BESTSELLER

Clive Cussler posee una naturaleza tan aventurera como la de sus personajes literarios. Ha batido todos los récords en la búsqueda de minas legendarias y dirigiendo expediciones en pos de recuperar restos de barcos naufragados, de los cuales ha descubierto más de sesenta de inestimable valor histórico. Asimismo, Cussler es un consumado coleccionista de coches antiguos, y su colección es una de las más selectas del mundo. Sus novelas han revitalizado el género de aventuras y cautivan a millones de lectores. Entre ellas deben destacarse *Sáhara*, *El secreto de la Atlántida*, *La cueva de los vikingos*, *El buda de oro*, *La odisea de Troya* y *Viento Letal*. Clive Cussler divide su tiempo entre Denver (Colorado) y Paradise Valley (Arizona).

Biblioteca
CLIVE CUSSLER

El imperio del agua

Traducción de
Eduardo G. Murillo

DEBOLS!LLO

Título original: *Flood Tide*

Primera edición con esta portada: julio, 2011

© 1997, Clive Cussler
  Publicado de acuerdo con Lennart Sane Agency AB.
© de la traducción: Eduardo G. Murillo
© 1998, Random House Mondadori, S. A.
  Travessera de Gràcia, 47-49. 08021 Barcelona

Printed in Spain – Impreso en España

ISBN: 978-84-9759-652-7 (vol. 244/14)
Depósito legal: B-23494-2011

Fotocomposición: Lozano Faisano, S. L. (L'Hospitalet)

Impreso en Barcelona por: **black**print
                            A CPI COMPANY

P 89652 A

AGRADECIMIENTOS

El autor desea expresar su gratitud a los hombres y mujeres del Servicio de Inmigración y Naturalización, por su generosa aportación de datos y estadísticas sobre inmigración ilegal.

Gracias también al Cuerpo de Ingenieros del Ejército por su colaboración para la descripción de los ríos Misisipí y Atchafalaya.

Y a las muchas personas que ofrecieron ideas y sugerencias sobre los obstáculos que Dirk y Al debían superar.

RÉQUIEM POR UNA PRINCESA

10 de diciembre de 1948
Aguas desconocidas

La violencia de las olas aumentaba con cada ráfaga de viento. El tiempo sereno de la mañana se había transformado de doctor Jekyll en un vehemente señor Hyde al anochecer. Las palomillas que coronaban las crestas de las gigantescas olas arrojaban cortinas de espuma. El agua agitada y las nubes negras se fundían bajo el ataque de una virulenta tormenta de nieve. Resultaba imposible definir dónde terminaba el agua y empezaba el cielo. Mientras el transatlántico *Princess Dou Wan* se abría camino entre olas que se elevaban como montañas, para luego desplomarse sobre el barco, los hombres que iban a bordo no eran conscientes del inminente desastre que iba a producirse al cabo de escasos minutos.

Las aguas enloquecidas eran azotadas por vientos muy fuertes que impulsaban feroces corrientes que se estrellaban contra el casco del barco. Los vientos no tardaron en alcanzar los ciento cincuenta kilómetros por hora, y las olas sobrepasaban los nueve metros de altura. Atrapado en el maelstrom, el *Princess Dou Wan* no tenía donde refugiarse. Su proa cabeceaba y las olas barrían sus cubiertas al aire libre, corriendo hacia la proa cuando la popa se alzaba y las hélices, girando a toda velocidad, quedaban fuera del agua. Sacudido por todos lados, el barco escoró treinta grados, y la barandilla de estribor a lo largo de la cubierta de paseo desapareció bajo un torrente de agua. Se enderezó muy lentamente y siguió sorteando la terrible tormenta.

Muerto de frío, incapaz de ver algo a causa de la nevisca, el segundo de a bordo Li Po, que montaba guardia, volvió al interior de la timonera y cerró la puerta de golpe. En todos sus días de navegar por el mar de la China nunca había visto la nieve remolinear en mitad de una tormenta tan violenta. Po no consideraba justo que los dioses enviaran contra el *Princess* unos vientos tan huracanados, después de recorrer la mitad del mundo y cuando sólo quedaban menos de doscientas millas para llegar a puerto. Durante las últimas dieciséis horas sólo habían avanzado cuarenta millas.

A excepción del capitán Leight Hunt y su jefe de máquinas, que se encontraba en la sala de máquinas, toda la tripulación estaba compuesta por chinos. Hunt, un avezado marinero que había servido doce años en la Royal Navy y dieciocho como oficial en tres diferentes flotas comerciales, había ostentado durante quince años el grado de capitán. De adolescente pescaba con su padre en las aguas de Bridlington, una pequeña ciudad de la costa este de Inglaterra, antes de embarcarse como marinero en un carguero con rumbo a Sudáfrica. Era un hombre delgado, de cabello gris, ojos tristes e inexpresivos, y se sentía muy pesimista sobre las posibilidades de que su barco saliera indemne de aquel infierno.

Dos días antes, uno de los tripulantes le había llamado la atención sobre una grieta descubierta en el revestimiento exterior de la única chimenea. Ahora que el barco estaba soportando una presión increíble, habría dado un mes de sueldo por inspeccionar la grieta. Desechó la idea a regañadientes. Tratar de llevar a cabo una inspección bajo vientos de ciento cincuenta kilómetros por hora y el agua que inundaba las cubiertas habría sido un suicidio. Sentía en sus huesos que el *Princess* estaba en peligro de muerte, y aceptaba que el destino del barco le había sido arrebatado de las manos.

Hunt clavó la vista en la capa de nieve que cubría las ventanas de la timonera y habló a su segundo sin volverse.

—¿El grueso de hielo es alarmante, señor Po?

—Se forma con gran rapidez, señor.

—¿Cree que corremos peligro de zozobrar?

Li Po meneó la cabeza.

—Todavía no, señor, pero el peso acumulado sobre la superestructura y las cubiertas quizá sea decisivo, si escoramos demasiado.

Hunt reflexionó y después dijo al timonel:

—No varíe el rumbo, señor Tsung. Que la proa continúe cortando el viento y las olas.

—Sí, señor —contestó el timonel chino, sujetando con fuerza el timón de latón.

Los pensamientos de Hunt regresaron a la grieta del casco. No recordaba cuándo el *Princess Dou Wan* había sido sometido a una revisión estricta en dique seco. Por extraño que pareciera, la tripulación no sentía la menor inquietud por las vías de agua, las planchas del casco muy oxidadas y los remaches flojos o ausentes. Daba la impresión de que hacía caso omiso de la corrosión y del funcionamiento constante de las bombas de carena, que se esforzaban por eliminar las frecuentes filtraciones durante el viaje. Si el *Princess* tenía un talón de Aquiles, era su cansado y desgastado casco. Un barco que recorre los mares se considera viejo al cabo de veinte años. El *Princess* había surcado cientos de miles de millas, castigado por mares agitados y tifones, durante los treinta y cinco años transcurridos desde que había abandonado el astillero. El que siguiera a flote casi podía considerarse un milagro.

Botado en 1913 con el nombre de *Lanai* por los constructores navales Harland y Wolff, para la Singapore Pacific Steamship Lines, pesaba 10.758 toneladas. Su longitud total era de ciento cincuenta metros, desde la roda hasta la popa en forma de copa de champán, con una manga de dieciocho metros. Sus máquinas a vapor de triple expansión tenían una potencia de 5.000 caballos y hacían girar dos hélices gemelas. En su época de máximo esplendor era capaz de cortar las olas a una respetable velocidad de diecisiete nudos. Cubrió la ruta Singapur-Honolulú hasta 1931, cuando fue vendido a la Canton Lines y rebautizado *Princess Dou Wan*. Después de ser renovado se utilizó para transporte de pasajeros y carga entre los puertos del Sudeste Asiático.

Durante la Segunda Guerra Mundial, el gobierno australiano lo requisó y adaptó como transporte de tropas. Tras sufrir gravísimos desperfectos como consecuencia de un ataque aéreo japonés, cuando efectuaba una misión de escolta, fue devuelto a la Canton Lines una vez finalizada la contienda, y efectuó unas pocas travesías entre Shanghai y Hong Kong hasta la primavera de 1948, en que fue vendido a los desguazadores de Singapur.

Estaba preparado para transportar a 55 pasajeros de primera clase, 85 de segunda, y 370 de tercera. Por lo general, su tripulación se componía de 190 hombres, pero en el que iba a ser su último viaje, este número se había reducido a tan sólo 38.

Hunt se imaginaba a su barco como una diminuta isla en un mar turbulento, protagonista de un drama sin público. Su actitud era fatalista. Estaba preparado para embarrancar, y el *Princess* estaba preparado para el desguace. Hunt sentía compasión por su barco, cubierto de cicatrices, mientras intentaba sortear la furia de la tormenta. Se retorcía y gruñía cuando olas titánicas lo inundaba, pero siempre se liberaba y hundía la proa en la siguiente. El único consuelo de Hunt era que sus agotados motores funcionaban sin el menor desmayo.

En la sala de máquinas, los crujidos y gruñidos del casco eran estruendosos. La herrumbre se desprendía de los mamparos a medida que el agua filtrada a través de las rejillas de las pasarelas ascendía de nivel. Los remaches que sujetaban las planchas de acero empezaban a soltarse. Salían disparados de las placas y cruzaban el aire como misiles. Por lo general, la reacción de los tripulantes era apática. Era algo que solía suceder en los barcos en los días anteriores a las soldaduras. Sin embargo, había un hombre tocado por los tentáculos del miedo.

El jefe de máquinas Ian Hong Kong Gallagher era un irlandés muy aficionado a la bebida, de hombros anchos, cara colorada y bigote poblado. Sabía cuándo un barco estaba a punto de romperse en pedazos en cuanto lo veía y oía. No obstante, apartó el miedo y concentró sus pensamientos en la supervivencia.

Huérfano desde los siete años, Ian Gallagher huyó de los suburbios de Belfast y se hizo a la mar como grumete. Como poseía un talento natural para alimentar máquinas a vapor, llegó a ser limpiador, y después tercer ayudante de maquinista. A los veintisiete años había conseguido su diploma de jefe de máquinas y servía en cargueros de servicio irregular entre las islas del sur del Pacífico. Adquirió el apodo de Hong Kong después de una épica pelea en una taberna de la ciudad, disputada contra ocho estibadores que intentaron desplumarle. Cuando cumplió los treinta, en el verano de 1945, fue contratado para el *Princess Dou Wan*.

Gallagher, con semblante serio, se volvió hacia su segundo, Chu Wen.

—Ve arriba, ponte un chaleco salvavidas y prepárate para abandonar el barco cuando el capitán dé la orden.

El maquinista chino se quitó la colilla de puro de la boca y miró a Gallagher con aire inquisitivo.

—¿Cree que nos vamos a hundir?

—Sé que nos vamos a hundir —replicó Gallagher—. Este cascarón no aguantará ni una hora más.

—¿Se lo ha dicho al capitán?

—Tendría que ser ciego, sordo y mudo para no haberse dado cuenta ya.

—¿Me acompaña?

—Voy enseguida.

Chu Wen se secó sus manos grasientas con un trapo, se despidió con un cabeceo del jefe de máquinas y subió por una escalerilla hasta la escotilla que conducía a las cubiertas superiores.

Gallagher echó un último vistazo a sus queridas máquinas, seguro de que no tardarían en yacer en las profundidades. Se puso rígido cuando un crujido, más sonoro de lo acostumbrado, resonó a lo largo del casco. El anciano *Princess Dou Wan* estaba atormentado por la fatiga metálica, una plaga que azotaba a los aviones tanto como a los barcos. Muy difícil de distinguir en aguas serenas, sólo se manifiesta con claridad en un barco sacudido por aguas muy agitadas. Incluso en sus mejores tiempos, el *Princess* habría tenido dificultades para aguantar el ataque de las olas, que golpeaban el casco con una fuerza de 10.000 kilos por cada 2,5 cm².

El corazón de Gallagher se heló cuando vio aparecer una grieta en un mamparo de babor, extenderse hacia abajo y luego avanzar lateralmente por las planchas del casco. Se ensanchaba a medida que progresaba hacia estribor. Descolgó de un manotazo el teléfono y llamó al puente.

—Puente —contestó Li Po.

—¡Póngame con el capitán! —rugió Gallagher.

Una pausa.

—Aquí el capitán.

—Señor, una grieta del copón acaba de abrirse en la sala de máquinas, y empeora a cada minuto que pasa.

Hunt se quedó estupefacto. Había confiado en que arribarían a puerto antes de que los desperfectos fueran irreparables.

—¿Está entrando agua?

—Las bombas tienen la batalla perdida.

—Gracias, señor Gallagher. ¿Puede mantener los motores en marcha hasta que tomemos tierra?

—¿Cuánto tiempo?

—Dentro de una hora nos encontraremos en aguas más tranquilas.

—Lo dudo —dijo Gallagher—. Le concedo diez minutos.

—Gracias —dijo Hunt, abatido—. Será mejor que abandone la sala de máquinas mientras pueda.

Hunt colgó, se volvió y echó un vistazo a las ventanillas de popa de la timonera. El barco había escorado visiblemente y cabeceaba con violencia. Dos botes ya habían resultado destrozados y habían caído por la borda. Dirigirse hacia la costa más cercana y conseguir que el barco tocara tierra sano y salvo era imposible. Para llegar a aguas más calmas habría que virar a estribor. El *Princess* no sobreviviría si las aguas enloquecidas lo atacaban de costado. Existían muchas posibilidades de que se hundiera en un seno y no emergiese. En cualquier caso, partido por obra de las grietas o hundido debido al peso del hielo amontonado sobre la superestructura, el barco estaba condenado.

Su mente retrocedió sesenta días en el tiempo y diez mil millas en la distancia, hasta el muelle del río Yangtze en Shanghai, donde estaban despojando de muebles los camarotes del *Princess Dou Wan* con vistas a su último viaje hasta el desguace de Singapur. La partida fue interrumpida por la llegada al muelle del general Kung Hui, del ejército de la China Nacionalista, en una limusina Packard. El militar ordenó al capitán Hunt que entrara en el coche para hablar en privado.

—Perdone mi intrusión, capitán, pero actúo bajo las órdenes directas del generalísimo Chiang Kai-shek.

El general Kung Hui, cuya piel y manos eran tan suaves y blancas como una hoja de papel, estaba sentado, pulcro e inmaculado, con un uniforme hecho a medida que no mostraba la menor huella de arrugas. Mientras hablaba, ocupaba todo el asiento posterior, de modo que el capitán Hunt se vio forzado a adoptar una postura incómoda en un asiento plegable.

—Le ordeno que tenga preparado el barco y la tripulación para un largo viaje.

—Creo que hay un error —dijo Hunt—. El *Princess* no está preparado para una larga travesía. Está a punto de zarpar con los tripulantes, el combustible y las provisiones casi justos para llegar al desguace de Singapur.

—Olvídese de Singapur —repuso Hui con un ademán ampuloso—. Se le proporcionarán combustible y comida de sobra, junto con veinte hombres de nuestra marina nacionalista. En cuanto la carga se halle a bordo... —Hizo una pausa para encender un cigarrillo en una larga boquilla—. Dentro de unos diez días, diría yo, recibirá la orden de zarpar.

—Debo aclarar esto con los directores de la compañía —repuso Hunt.

—Los directores de la compañía ya han sido avisados de que el gobierno requisa temporalmente el *Princess Dou Wan.*

—¿Han accedido?

Hui asintió.

—Considerando la generosa oferta en oro transmitida por el generalísimo, se sintieron muy felices de colaborar.

—Después de llegar a nuestro, o mejor dicho, su destino, ¿qué haremos?

—En cuanto la carga haya sido bajada a tierra, podrá continuar hacia Singapur.

—¿Puedo preguntar adónde nos dirigimos?

—No.

—¿Y la carga?

—El secreto será la palabra clave de toda la misión. A partir de este momento, usted y su tripulación permanecerán a bordo del barco. Nadie bajará a tierra. No podrá ponerse en contacto con amigos o familiares. Mis hombres vigilarán el barco día y noche para garantizar la máxima seguridad.

—Entiendo —dijo Hunt, aunque era evidente que el militar mentía. No recordaba haber visto nunca ojos tan huidizos.

—Mientras hablamos —continuó Hui—, todos sus equipos de comunicación están siendo trasladados o destruidos.

Hunt se quedó estupefacto.

—No esperará que me arriesgue a un viaje así sin una radio. ¿Qué haremos si encontramos dificultades y hemos de pedir ayuda?

Hui alzó la boquilla y la examinó.

—No preveo dificultades.

—Es usted optimista, general —repuso Hunt—. El *Princess* es un viejo barco, y hace mucho tiempo que dejó atrás su mejor época. Está mal preparado para aguantar mares agitados y tormentas violentas.

—No puede ni imaginarse la importancia de esta misión, ni la recompensa que le aguarda si la corona con éxito. El generalísimo Chiang Kai-shek le recompensará generosamente con oro a usted y su tripulación después de que arribe a puerto.

Hunt miró por la ventanilla de la limusina hacia el casco oxidado de su barco.

—Una fortuna en oro no me servirá de mucho en el fondo del mar.

—Entonces descansaremos juntos por toda la eternidad —sonrió sin humor el general Hui—. Iré con usted en calidad de pasajero.

El capitán Hunt recordaba la febril actividad que no tardó en desarrollarse alrededor del *Princess*. Se bombeó combustible hasta llenar los depósitos. El cocinero del barco se quedó asombrado al ver la cantidad y calidad de la comida que se subía a bordo y se guardaba en la despensa. Un flujo constante de camiones empezó a llegar, y se detenían bajo las gigantescas grúas del muelle. Sin más, enormes cajas de madera fueron subidas a bordo y almacenadas en las bodegas, que pronto quedaron abarrotadas.

La llegada de camiones parecía incesante. Las cajas lo bastante pequeñas para ser cargadas por uno o dos hombres fueron destinadas a los camarotes de pasajeros vacíos, pasillos desocupados y todos los compartimientos disponibles bajo cubierta. La carga de los últimos seis camiones fue depositada en las cubiertas de paseo, transitadas en otros tiempos por los pasajeros. El general Hui fue el último en subir a bordo, junto con un pequeño destacamento de oficiales. Su equipaje consistía en diez baúles de camarote y treinta cajas de vinos y licores caros.

Todo para nada, pensó Hunt. Derrotados en el último tramo por la naturaleza. Todo el secreto, todo el sigilo, para nada. Desde que había zarpado de Shanghai, el *Princess* había navegado en silencio y soledad. Desprovisto de equipos de comunicación, las llamadas de otros barcos que se cruzaban con él no se contestaron.

El capitán contempló el radar recién instalado, pero no mostraba señales de un barco en cincuenta millas a la redonda. Incapaz de enviar una llamada de auxilio, el rescate era imposible. Levantó la vista cuando el general Hui entró con paso vacilante en la timonera, con el rostro blanco como el papel y un pañuelo apretado contra los labios.

—¿Mareado, general? —preguntó Hunt con tono burlón.

—Esta condenada tormenta —murmuró Hui—. ¿Es que nunca va a amainar?

—Usted y yo fuimos proféticos.

—¿De qué está hablando?

—Cuando dijo aquello de que descansaríamos juntos para el resto de la eternidad. Ya falta poco.

Gallagher subió a cubierta y corrió por el pasillo en dirección a su camarote, sin dejar de sujetarse a la barandilla. No estaba nervioso ni confuso, sino sereno y sosegado. Sabía muy bien lo que debía hacer. Su puerta siempre estaba cerrada con llave, a causa de lo que cobijaba en su interior, pero no perdió tiempo buscando la llave. La abrió de una patada, y la hoja rebotó en el tope.

Una mujer de largo cabello rubio, vestida con una bata de seda, estaba tendida en la cama leyendo una revista. Levantó la vista sobresaltada, al tiempo que un pequeño perro pachón se incorporaba de un salto junto a ella y empezaba a ladrar. El cuerpo de la mujer era largo, perfectamente proporcionado. Su rostro era suave, inmaculado, de pómulos altos, y sus ojos poseían el azul intenso del cielo a mediodía. Si hubiera estado de pie, su cabeza habría llegado a la altura de la barbilla de Gallagher. Pasó las piernas sobre la cama con un gesto delicado y se sentó en el borde.

—Deprisa, Katie. —Gallagher la obligó a ponerse en pie—. Nos queda muy poco tiempo.

—¿Falta poco para llegar? —preguntó la mujer, perpleja.

—No, cariño. El barco está a punto de hundirse.

La mujer se llevó la mano a la boca.

—¡Dios mío! —jadeó.

Gallagher ya había abierto las puertas del armario y le lanzaba la ropa que iba encontrando.

—Ponte todas las prendas que puedas, incluidas todas las bragas que tengas y los calcetines míos que puedas embutirte en los pies. Rodéate de capas, las prendas más delgadas por dentro y las más gruesas por fuera, y deprisa. Este cascarón se irá al fondo de un momento a otro.

Dio la impresión de que la mujer iba a protestar, pero se quitó la bata sin decir palabra y empezó a ponerse ropa interior. Sus movimientos eran veloces y precisos. Cinco jerséis de punto se acomodaron sobre tres blusas. Se consideró afortunada por haber llenado la maleta en vistas a la cita con su prometido. Cuando ya no pudo ponerse nada más, Gallagher la ayudó a enfundarse uno de sus monos de trabajo. Del mismo modo, le puso varios pares de sus calcetines y le calzó un par de sus botas.

El perro correteaba entre sus piernas y brincaba, meneando las orejas en señal de excitación. Gallagher se lo había regalado, además de un anillo de esmeraldas, cuando le propuso que se casaran. El perro llevaba un collar rojo, del cual colgaba un amuleto en forma de dragón de oro, que oscilaba alegremente sobre su pecho.

—¡*Fritz*! —le reprendió la mujer—. Súbete en la cama y estáte quieto.

Katrina Garin era una mujer decidida. Tenía doce años cuando su padre inglés, capitán de un carguero que realizaba la ruta entre las islas, se perdió en el mar. Educada por la familia de su madre, una rusa blanca, empezó a trabajar en la Canton Lines como administrativa y fue ascendiendo hasta acceder al cargo de secretaria ejecutiva del director. De la misma edad que Gallagher, le había conocido en las oficinas del buque, cuando le llamaron para que informara sobre el estado de las máquinas del *Princess Dou Wan,* y se sintió atraída por él al instante. Aunque habría preferido un hombre con más estilo y sofisticación, sus rudos modales y disposición jovial le recordaron a su padre.

Se encontraron con frecuencia durante las semanas siguientes y se acostaron juntos, sobre todo en el camarote de Gallagher. Lo que Kate encontró más excitante fue la emoción añadida de subir a bordo furtivamente y hacer el amor ante las mismísimas narices del capitán y la tripulación. Katie había quedado atrapada a bordo cuando el general Hui rodeó el barco y el muelle con un pequeño ejército de guardias de seguridad. Incapaz de alcanzar la orilla, pese a las súplicas de Gallagher y de un enfurecido capitán Hunt, cuando fue informado de su presencia, el general Hui insistió en que permaneciera a bordo durante el resto del viaje. Desde que habían zarpado de Shanghai, apenas había salido del camarote. Su única compañía, cuando Gallagher se hallaba en la sala de máquinas, era el perrito, al que había enseñado algunos trucos para distraerse durante las largas horas en alta mar.

Gallagher introdujo a toda prisa sus documentos, pasaportes y objetos de valor en una bolsa de hule impermeable. Se puso una gruesa chaqueta de marinero y la miró con sus ojos azules nublados de preocupación.

—¿Preparada?

Ella alzó los brazos y contempló la voluminosa masa de prendas.

—Nunca conseguiré ponerme un chaleco salvavidas encima de todo esto —dijo con voz temblorosa—. Me hundiré como una piedra.

—¿Lo has olvidado? Hace cuatro semanas el general Hui ordenó arrojar por la borda todos los chalecos salvavidas.

—Entonces huiremos en los botes.

—Los que aún no están hechos trizas no sirven de nada en estas aguas.

La mujer le miró sin pestañear.

—Vamos a morir, ¿verdad? Si no nos ahogamos, moriremos congelados.

Él le encasquetó una gorra sobre su cabello rubio y las orejas.

—Una cabeza caliente equivale a unos pies calientes. —Cogió la adorada cabeza entre sus manazas y la besó—. Cariño, ¿no te enseñaron que los irlandeses nunca se ahogan?

Cogió a Katie de la mano, la llevó hacia el pasillo y se encaminaron hacia la cubierta superior por una escalerilla.

El perro pachón, olvidado a causa de las prisas, se quedó obediente sobre la cama, convencido de que su ama no tardaría en regresar, con expresión de perplejidad en sus ojos.

Los miembros de la tripulación fuera de servicio que no estaban sentados alrededor de una mesa jugando a cartas, o relatando historias sobre otras tormentas a las que habían sobrevivido, dormían en sus catres, sin saber que el barco estaba a punto de partirse en pedazos. El cocinero y su pinche estaban lavando los platos de la cena, y servían café a los rezagados. Pese a los embates de la tormenta, la perspectiva de llegar a puerto alegraba a los tripulantes. Si bien nadie les había revelado el destino al que se dirigían, sabían cuál era su posición exacta.

En la timonera no había la menor alegría. Hunt tenía la vista clavada en la popa, esforzándose por ver a través de la nevisca las luces de cubierta, que se extendían hacia la popa. Preso de una fascinación horrorizada, observaba que la popa parecía elevarse en ángulo descendente hacia el medio del barco. Por encima del aullido del viento, oía los crujidos del casco mientras se iba despedazando. Pulsó el timbre de emergencia, que disparaba la alarma general en todo el barco.

Hui apartó de un manotazo el dedo con el que Hunt estaba apretando el timbre.

—No podemos abandonar el barco —susurró.

Hunt le miró con desprecio.

—Muera como un hombre, general.

—No puedo permitirme el lujo de morir. Juré que la carga sería entregada sana y salva.

—El barco va a partirse en dos —dijo Hunt—. Nada puede salvarle a usted y su preciosa carga.

—Entonces hay que fijar nuestra posición, para que pueda ser recuperada.

—¿Fijada para quién? Los botes salvavidas se han perdido. Ordenó que todos los chalecos salvavidas fueran arrojados por la borda. Destruyó la radio. No podemos enviar ninguna llamada de auxilio. Borró nuestro rastro demasiado bien. Ni siquiera deberíamos estar en estas aguas. El resto del mundo desconoce nuestra posición. Lo único que Chiang Kai-shek sabrá es que el *Princess Dou Wan* se desvaneció con todos sus tripulantes seis mil millas al sur. Lo planeó muy bien, general, demasiado bien.

—¡No! —gritó Hui—. ¡Esto no puede suceder!

Hunt experimentó una oleada de satisfacción al ver la expresión de rabia e impotencia en la cara de Hui. Aquella mirada huidiza de sus ojos oscuros había desaparecido. El general no se resignaba a aceptar lo inevitable. Abrió la puerta que conducía al ala del puente y salió a la tormenta como enloquecido. Vio que el barco se retorcía, a las puertas de la muerte. La popa se inclinaba en un ángulo pronunciado hacia estribor. Surgía un chorro de vapor de la grieta abierta en el casco. Vio como atontado cómo la popa se separaba del resto del barco, al tiempo que oía el chirrido atormentado del metal al partirse. Después, todas las luces se apagaron y ya no pudo ver nada más.

Los tripulantes salieron como una exhalación a las cubiertas, sobre las que se extendía una capa de hielo y nieve. Maldijeron la falta de chalecos salvavidas y las olas asesinas que habían destrozado los botes. El final se produjo casi al instante, y los pilló a casi todos desprevenidos. En aquella época del año, la temperatura del agua apenas alcanzaba un grado positivo, y la temperatura atmosférica descendía hasta los quince bajo cero. Saltaron por la borda, presa del pánico, como indiferentes al hecho de que el agua helada les mataría en cuestión de minutos, si no de hipotermia por paro cardíaco, cuando sus cuerpos se expusieran a un brusco y letal descenso de temperatura.

La popa desapareció en menos de cuatro minutos. El casco de la parte media del barco pareció evaporarse en la nada, y dejó un amplio boquete entre la popa hundida y la sección de la chimenea de proa. Un pequeño grupo se esforzaba con desesperación en bajar el único bote salvavidas que había resistido, pero una ola gigantesca se abatió sobre el castillo de proa y barrió la cubierta. Hombres y bote desaparecieron para siempre bajo el diluvio.

Gallagher, sin soltar la mano de Katie, subió por una escalerilla y corrió sobre el techo de los camarotes de los oficiales, en dirección a una balsa salvavidas montada a popa de la timonera. Se quedó sorprendido al ver que estaba vacía. Resbalaron y cayeron dos veces sobre la capa de hielo que cubría el techo. La espuma levantada por el vendaval aguijoneó sus caras y los cegó. En la confusión, ninguno de los oficiales chinos ni los tripulantes habían recordado la balsa salvavidas sujeta al techo. Casi todos, incluidos los soldados del general Hui, habían corrido hacia el único bote salvavidas o se habían arrojado a las aguas mortíferas.

—¡*Fritz*! —gritó angustiada Katie—. Hemos dejado a *Fritz* en el camarote.

—No hay tiempo de regresar —dijo Gallagher.

—¡No podemos irnos sin él!

Él la miró con solemnidad.

—Has de olvidar a *Fritz*. Es nuestra vida o la suya.

Katie intentó soltarse, pero Gallagher la retuvo con fuerza.

—Sube, cariño, y sujétate bien.

Extrajo un cuchillo de la bota y cortó las cuerdas que amarraban la balsa. Se detuvo antes de cortar la última y miró por las ventanillas de la timonera. Apenas iluminado por las luces de emergencia, el capitán Hunt se erguía con calma junto al timón, aceptando su muerte estoicamente.

Gallagher agitó las manos frenéticamente para que Hunt le viera, pero el capitán no se volvió. Se limitó a hundir las manos en los bolsillos de su chaquetón y miró sin ver la nieve que se amontonaba sobre las ventanas.

De repente, una silueta emergió del puente entre los remolinos de nieve. Se tambaleaba como un hombre perseguido por un demonio, pensó Gallagher. El intruso tropezó contra la balsa salvavidas y cayó dentro. Sólo cuando levantó la vista, con ojos enloquecidos más que aterrorizados, Gallagher reconoció al general Hui.

—¿No hemos de soltar la balsa? —gritó Hui por encima del viento.

Gallagher negó con la cabeza.

—Ya me he encargado yo.

—La succión del barco al hundirse nos arrastrará a las profundidades.

—En este mar no, general. Nos alejará en cuestión de segundos. Tiéndase en el fondo y sujétese a las cuerdas de seguridad.

Demasiado atontado para contestar, Hui obedeció y se acomodó en el interior de la balsa.

Un rugido profundo surgió desde abajo cuando el agua inundó las calderas y provocó su explosión. La sección delantera del barco tembló y vibró, y después se hundió por el medio, de forma que la proa se alzó hacia la noche gélida. Los cables que sujetaban la alta y anticuada chimenea se partieron debido a la tensión, y se desplomó con un estruendoso chapoteo. El agua llegó al nivel de la balsa salvavidas, que al flotar se liberó de sus soportes. La última vez que Gallagher vio al capitán Hunt, el agua entraba a presión por las puertas de la timonera y remolineaba alrededor de sus piernas. Decidido a hundirse con su barco, él aferraba el timón y se mantenía tan firme como si estuviera esculpido en granito.

Gallagher sintió que el tiempo se había detenido. Esperar a que el barco se hundiera se le antojó una eternidad. No obstante, todo sucedió en escasos segundos. Después, la balsa quedó libre y se precipitó a las aguas turbulentas.

Oyeron gritos en dialecto mandarín y cantonés a los que no pudieron contestar. Las súplicas finales a los amigos se desvanecieron poco a poco entre las monstruosas crestas de las olas, sus senos y la furia del viento. No habría rescate. No había barcos cercanos para que advirtieran su desaparición por el radar, ni se había pedido auxilio. Gallagher y Katie vieron con horror que la proa se elevaba cada vez más, como si intentara arañar el cielo tormentoso. Colgó suspendida durante casi un minuto, con el aspecto de una aparición. Después cedió y se hundió en las negras aguas. El *Princess Dou Wan* ya no existía.

—Destruido —murmuró Hui—. Todo desaparecido.

Contemplaba con absoluta incredulidad el lugar que el barco había ocupado segundos antes.

—Arrimémonos para aprovechar el calor de nuestros cuerpos —ordenó Gallagher—. Si aguantamos hasta el amanecer, existe una posibilidad de que nos recojan.

Rodeada por el espectro de la muerte y una terrible sensación de vaciedad, la balsa y sus desdichados pasajeros fueron engullidos por la noche gélida y la furia incontenible de la tormenta.

Al amanecer, las malévolas olas continuaban sacudiendo la pequeña balsa. La negrura de la noche había dado paso a un cielo gris espectral, cubierto de nubes oscuras. La nieve se había convertido en lluvia helada. Por suerte, el viento había amainado a veinte millas por hora y las olas habían descendido de nueve a tres metros. La balsa era sólida y fuerte, pero era un modelo antiguo que carecía de equipo para la supervivencia. A sus pasajeros sólo les quedaba su entereza personal para mantener la moral elevada hasta que les rescataran.

Gallagher y Katie, arrebujados bajo las gruesas capas de ropa, habían sobrevivido a la noche en buena forma, pero el general Hui, vestido sólo con su uniforme y sin chaquetón, se iba congelando lenta e inexorablemente. El viento despiadado atravesaba su uniforme como mil picos de hielo. Su cabello estaba cubierto de hielo. Gallagher se había quitado su grueso chaquetón para arropar a Hui, pero Katie sabía que el viejo militar se estaba apagando rápidamente.

La balsa era arrojada sobre las crestas y agitada por las brutales olas. Parecía imposible que aquella frágil embarcación pudiera aguantar los embates. Sin embargo, siempre se recuperaba, enderezaba y estabilizaba, antes de hacer frente al siguiente ataque. Ni una sola vez arrojó a sus desdichados pasajeros a las frías aguas.

Gallagher se ponía de rodillas cada media hora y escudriñaba las aguas desde la cresta de las olas, cuando la balsa era empujada hacia el cielo, para luego hundirse de nuevo en otro seno. Era un ejercicio inútil. Las aguas estaban desiertas. Durante aquella noche terrorífica, no había visto ni rastro de luces de otro barco.

—Tiene que haber un barco cerca —dijo Katie entre sus dientes castañeteantes.

Gallagher meneó la cabeza.

—El agua está tan desierta como la hucha de un niño abandonado.

No añadió que la visibilidad era inferior a cincuenta metros.

—Nunca me perdonaré por abandonar a *Fritz* —susurró Katie, mientras las lágrimas resbalaban por sus mejillas, antes de convertirse en hielo.

—Fue por mi culpa —la consoló Gallagher—. Tendría que haberlo cogido cuando salimos del camarote.

—¿*Fritz*? —preguntó Hui.

—Mi perrito pachón —explicó Katie.

—Ha perdido un perro. —Hui se incorporó de repente—. ¿Ha perdido un perro? —repitió—. ¡Yo he perdido el alma y el corazón de mi país! —Sufrió un acceso de tos. El abatimiento abría surcos en su rostro, la desesperación nublaba sus ojos. Parecía un hombre cuya vida hubiera perdido todo sentido—. No he cumplido mi misión. Debo morir.

—No sea estúpido —repuso Gallagher—. Saldremos de ésta. Aguante un poco más.

Hui no pareció oírle. Daba la impresión de estarse encogiendo. Katie estudió los ojos del general. Era como si una luz encendida detrás de ellos se hubiera apagado de repente. Adoptaron una mirada vidriosa, muerta.

—Creo que ha muerto —susurró Katie.

Gallagher lo comprobó.

—Apriétate contra su cuerpo y utilízalo como protección contra el viento y la espuma. Yo me tenderé al otro lado de ti.

A Katie se le antojó horripilante, pero descubrió que apenas podía sentir el cadáver de Hui a través de su masa de ropa. La pérdida de su fiel perrito, el hundimiento del barco, el viento demencial y las olas enloquecidas, todo le parecía irreal. Esperaba que todo fuera una pesadilla de la que pronto despertaría. Se acurrucó más entre los dos hombres, uno vivo y otro muerto.

Durante el resto del día y la siguiente noche, la intensidad de la tormenta se calmó poco a poco, pero siguieron expuestos al viento asesino. Katie ya no sentía las manos ni los pies. Empezó a deslizarse en la inconsciencia. Diversas fantasías desfilaron por su mente. Consideró macabra la idea de que tal vez había tomado ya su última comida. Creyó ver una playa arenosa sobre la cual se mecían las palmeras. Imaginó que *Fritz* correteaba por la arena y ladraba cuando se acercaba a ella. Habló con Gallagher como si estuvieran en un restaurante, y escogió los platos de la cena. Se le apareció su padre, ya fallecido, vestido con su uniforme de capitán. Erguido sobre la balsa, la miró y sonrió. Le dijo que viviría, que no se preocupara. La tierra estaba muy cerca. Y después, desapareció.

—¿Qué hora es? —preguntó con voz ronca.

—La tarde está bastante avanzada —contestó Gallagher—. Mi reloj se paró poco después de abandonar el *Princess*.

—¿Cuánto tiempo hace que vamos a la deriva?

—Calculo que unas cuarenta horas, desde que el *Princess* se fue a pique.

—Estamos cerca de tierra —murmuró ella.

—¿Cómo lo sabes, cariño?

—Mi padre me lo ha dicho.

—¿De veras?

Gallagher le dedicó una sonrisa compasiva, que floreció bajo un bigote y unas cejas cubiertas de hielo. Los carámbanos que colgaban de sus cabellos expuestos al aire libre dotaban a Gallagher de la apariencia de un monstruo surgido de las profundidades del polo en una película de ficción científica. A excepción de que ella no tenía pelo en la cara, Katie se preguntó si su aspecto sería el mismo.

—¿No la ves?

Entumecido por el frío, Gallagher consiguió sentarse y escudriñó el horizonte de su pequeño mundo. La cellisca nublaba su vista, pero insistió en sus esfuerzos. Pensó que sus ojos le estaban engañando. Distinguió grandes rocas esparcidas sobre una playa. A escasa distancia, no más de cincuenta metros, la nieve formaba un manto sobre los árboles que el viento agitaba. Vio lo que parecía la forma oscura de una pequeña cabaña entre los árboles.

Gallagher, pese al entumecimiento de sus miembros, se quitó una bota y la utilizó a modo de remo. Al cabo de unos minutos, el ejercicio pareció calentarle el cuerpo, y el esfuerzo le resultó menos arduo.

—Ánimo, querida. Pronto llegaremos a tierra.

La corriente circulaba paralela a la orilla, y Gallagher hizo lo posible por liberarse de sus garras. Tuvo la impresión de que estaba luchando contra un torrente de melaza. La distancia fue disminuyendo con agonizante lentitud. Los árboles parecían tan cercanos como si pudiera tocarlos y sacudirlos, pero aún se hallaban a sus buenos sesenta metros de distancia.

Justo cuando Gallagher había llegado al fin de sus fuerzas y estaba a punto de desmayarse del agotamiento, notó que la balsa golpeaba contra pedruscos bajo el agua. Miró a Katie. Estaba temblando de forma incontrolable, debido al frío y la humedad. No duraría mucho.

Embutió su pie helado en la bota. Contuvo el aliento, rezó para que el agua no cubriera su cabeza y saltó. Era un riesgo que debía correr. Por suerte, sus botas tocaron roca dura antes de que el nivel del agua le llegara a las ingles.

—¡Katie! —gritó, presa de un delirio de alegría—. ¡Lo hemos conseguido! ¡Estamos en tierra!

—Estupendo —murmuró Katie, demasiado paralizada y amodorrada para que le importara.

Gallagher arrastró la balsa hasta una orilla cubierta de rocas y guijarros pulidos por el oleaje. El esfuerzo consumió sus últimas reservas de energía, y se desplomó como un muñeco de trapo sobre las rocas frías. No supo cuánto tiempo había pasado inconsciente, pero cuando por fin se recuperó lo suficiente para arrastrarse hasta la balsa y mirar por encima de la borda, vio que la piel de Katie estaba azul y moteada. La atrajo hacia sí, desesperado. No estaba seguro de si aún seguía con vida. Entonces reparó en que un hilillo de vapor surgía de su nariz. Buscó el pulso en su cuello. Era tenue y lento. Su fuerte corazón todavía latía, pero la muerte no tardaría en llegar.

Alzó la vista hacia el cielo. Ya no era una espesa capa de color gris oscuro. Las nubes estaban adoptando formas diferentes, al tiempo que adquirían un tono blancuzco. La tormenta se batía en retirada, e incluso notó que el viento racheado se había convertido en una brisa calma. Tenía poco tiempo. Si no encontraba calor enseguida, la perdería.

Gallagher respiró hondo, la cogió con sus brazos y la levantó de la balsa. Propinó una patada de odio a la balsa, que albergaba el cadáver del general Hui, para alejarla de la orilla. La siguió con la vista unos segundos, mientras la corriente empezaba a empujarla hacia aguas más profundas. Después apretó a Katie contra su pecho y se encaminó hacia lo que parecía una cabaña entre los árboles. De pronto, el aire gélido se le antojó más tibio, y ya no se sintió entumecido ni cansado.

Tres días después, el carguero *Stephen Miller* informó que había descubierto un cadáver en una balsa salvavidas. El muerto era un chino, y parecía que lo habían esculpido en hielo. Nunca fue identificado. La balsa salvavidas, de un modelo que ya no se utilizaba desde hacía casi veinte años, llevaba escrito su nombre en chino. La traducción posterior reveló que pertenecía al *Princess Dou Wan.*

Se ordenó una investigación. Restos flotantes fueron avistados, pero no se recuperaron. No se descubrió ninguna mancha de aceite. No se había informado de la desaparición de ningún barco. Nadie había recibido una señal de socorro, ni en tierra ni en mar. Ninguna de las estaciones de rescate que controlaban las frecuencias de los barcos en apuros recibieron nada, sólo la estática de la nieve.

El misterio se ahondó al llegar la noticia del hundimiento de un barco llamado *Princess Dou Wan* ante las costas de Chile, el mes anterior. El cadáver encontrado en la balsa salvavidas fue enterrado, y el extraño enigma no tardó en olvidarse.

PRIMERA PARTE

AGUAS ASESINAS

1

14 de abril del 2000
Océano Pacífico, costa de Washington

Como si luchase para salir de un pozo sin fondo, la conciencia regresó lentamente a Ling T'ai. La parte superior de su cuerpo aullaba de dolor. Gimió con los dientes apretados, deseosa de lanzar un chillido de agonía. Levantó una mano amoratada y se tocó con cautela la cara. Un ojo estaba cerrado por completo; el otro seguía abierto en parte, pero muy hinchado. Tenía la nariz rota, y aún brotaba sangre de sus fosas nasales. Por suerte, conservaba los dientes, pero sus brazos y hombros estaban virando a un tono lívido. No quiso empezar a contar los moratones.

Al principio, Ling T'ai no estaba segura de por qué la habían elegido para el interrogatorio. La explicación llegó después, justo antes de que comenzara la brutal paliza. Sí estaba segura de que habían sacado a otros del contingente de inmigrantes ilegales que transportaba el barco, para torturarlos a continuación y encerrarles en un compartimiento a oscuras de la bodega de carga. No tenía muchas cosas claras, todo le parecía confuso y oscuro. Tenía la sensación de que iba a perder la conciencia y caer de nuevo en el pozo.

El barco en el que había atravesado el Pacífico desde el puerto chino de Qingdao tenía la apariencia de un típico crucero. Se llamaba *Indigo Star* y su casco estaba pintado de blanco. Comparable en tamaño a la mayoría de cruceros más pequeños que transportaban entre cien y ciento cincuenta pasajeros con todo tipo de comodidades, el *Indigo Star* apretujaba a casi mil doscientos inmigrantes ilegales chinos en enormes compartimientos dentro del casco y la superestructura. Era una fachada inocente por fuera, un infierno humano por dentro.

Ling T'ai no había imaginado las insufribles condiciones que ella y otros mil desgraciados iban a soportar. La comida era mínima, suficiente apenas para subsistir. No existían condiciones sanitarias y los retretes eran deplorables. Algunos inmigrantes habían muerto, sobre todo niños pequeños y ancianos. Sus cuerpos habían desaparecido. Ling T'ai suponía que los habían echado al agua, como si fueran basura.

El día antes de que el *Indigo Star* llegara a la costa noroeste de Estados Unidos, un grupo de guardias sádicos llamados comisarios, que mantenían un clima de terror e intimidación a bordo del barco, habían reunido a treinta o cuarenta pasajeros, y después les habían sometido a un interrogatorio, sin más explicaciones. Cuando llegó su turno, Ling T'ai fue conducida a un compartimiento pequeño y oscuro, donde le ordenaron que se sentara en una silla delante de cuatro comisarios, sentados detrás de una mesa. Le formularon una serie de preguntas.

—¡Tu nombre! —preguntó un hombre delgado, vestido con un traje a rayas gris. Su rostro barbilampiño y oscuro era inteligente, pero inexpresivo.

Los otros tres guardaron silencio y se limitaron a dirigirle miradas malvadas. Para los iniciados, era el clásico esquema de coerción interrogativa.

—Me llamo Ling T'ai.

—¿En qué provincia naciste?

—En Jiangsu.

—¿Vivías allí? —preguntó el hombre delgado.

—Hasta que cumplí veinte años y acabé mis estudios. Después fui a Cantón, donde empecé a trabajar como maestra de escuela.

Las preguntas se sucedían de forma desapasionada, carentes de inflexión.

—¿Por qué quieres ir a Estados Unidos?

—Sabía que el viaje sería muy peligroso, pero la promesa de oportunidades y una vida mejor era demasiado atrayente —contestó ella—. Decidí abandonar a mi familia y hacerme estadounidense.

—¿De dónde sacaste el dinero para tu pasaje?

—De los ahorros de mi paga de maestra, durante más de diez años. El resto se lo pedí prestado a mi padre.

—¿Cuál es su ocupación?

—Es profesor de química en la Universidad de Pekín.

—¿Tienes amigos o familia en Estados Unidos?

Ling T'ai meneó la cabeza.

—No tengo a nadie.

El hombre la miró durante uno rato, con calculado interés. Después la señaló con el dedo.

—Eres una espía enviada para informar sobre nuestras operaciones ilegales.

La acusación llegó de una forma tan repentina que la muchacha se quedó paralizada, antes de tartamudear:

—No sé a qué se refiere. Soy maestra de escuela. ¿Por qué me llama espía?

—No tienes aspecto de haber nacido en China.

—¡No es verdad! —repuso Ling T'ai, presa del pánico—. Mis padres son chinos, y también lo eran mis abuelos.

—En ese caso, explica por qué excedes en diez centímetros la talla media de las mujeres chinas, y por qué tus rasgos faciales poseen ese leve toque de antepasados europeos.

—¿Quién es usted? —preguntó la mujer—. ¿Por qué es tan cruel?

—Me llamo Ki Wong. Soy el comisario jefe del *Indigo Star*. Ahora, contesta a mi última pregunta.

Ling, con aspecto asustado, explicó que su bisabuelo había sido un misionero holandés en la ciudad de Longyan. Tomó como esposa a una campesina de la localidad.

—Ésa es la única sangre occidental que corre por mis venas, lo juro.

Los inquisidores no concedieron crédito a su historia.

—Mientes.

—¡Ha de creerme, por favor!

—¿Hablas inglés?

—Sólo conozco algunas palabras y frases.

Wong fue directo al verdadero problema.

—Según nuestros registros, no pagaste lo suficiente por tu pasaje. Nos debes otros diez mil dólares estadounidenses.

Ling T'ai se puso en pie y sollozó:

—¡Pero no tengo más dinero!

Wong se encogió de hombros.

—Entonces, serás devuelta a China.

—¡No, por favor, ahora ya no puedo volver!

Se retorció las manos.

El comisario jefe dirigió una mirada significativa a los otros tres hombres, inmóviles en sus sillas como esculturas de piedra. Su voz experimentó un cambio sutil.

—Tal vez haya otra forma de que entres en Estados Unidos.

—Haré lo que sea —suplicó Ling T'ai.

—Si te depositamos en tierra, tendrás que trabajar

hasta que termines de pagar tu deuda. Como apenas hablas inglés, será imposible que encuentres empleo como maestra de escuela. Sin amigos o familiares, careces de medios de sustento. Por lo tanto, nosotros nos encargaremos de proporcionarte comida, un lugar donde vivir y una oportunidad de trabajar, hasta que seas capaz de subsistir por tus propios medios.

—¿A qué clase de trabajo se refiere? —preguntó ella, vacilante.

Wong hizo una pausa y luego sus labios esbozaron una sonrisa perversa.

—Te dedicarás al arte de satisfacer a los hombres.

Así que se trataba de eso. Ling T'ai y la mayoría de sus compañeros de penurias nunca disfrutarían de la posibilidad de vivir libres en Estados Unidos. En cuanto pisaran suelo extranjero se convertirían en esclavos, sujetos a tortura y extorsión.

—¿Prostitución? —gritó airada Ling T'ai—. ¡Nunca me rebajaré hasta ese extremo!

—Una lástima —dijo Wong, impasible—. Eres una mujer atractiva, y podría pedir un buen precio.

El hombre se puso en pie, rodeó la mesa y se plantó frente a ella. Su sonrisa burlona se desvaneció de repente, sustituida por una mirada de malicia. Extrajo del bolsillo de su chaqueta lo que parecía una manguera de goma rígida y la azotó en la cara y el cuerpo. Luego levantó la barbilla de la mujer con una mano y examinó su rostro amoratado. Ling T'ai gimió y suplicó que parara.

—Tal vez has cambiado de opinión.

—Nunca —murmuró ella con sus labios partidos y ensangrentados—. Antes moriré.

Wong esbozó una fría sonrisa y golpeó la base del cráneo de Ling T'ai con todas sus fuerzas. La desgraciada se sumió en las tinieblas al instante.

Su torturador regresó a la mesa y tomó asiento. Descolgó un auricular y dijo:

—Puedes sacar a la mujer y llevártela con los que van a Orion Lake.

—¿No crees que puede transformarse en una propiedad ventajosa? —preguntó un hombre corpulento sentado al extremo de la mesa.

Wong meneó la cabeza y contempló a Ling T'ai, que yacía ensangrentada en el suelo.

—Hay algo en esta mujer que me inspira desconfianza. Es mejor ir a lo seguro. A ninguno de nosotros se le ocurriría incurrir en la ira de nuestro estimado superior echando a perder el negocio. Ling T'ai verá satisfecho su deseo de morir.

Una mujer anciana, que decía ser enfermera, aplicó con delicadeza un paño húmedo a la cara de Ling T'ai, limpió la sangre coagulada y la trató con un desinfectante que había sacado de un botiquín de primeros auxilios. Después de atender a sus heridas, la anciana fue a consolar a un muchacho que lloraba en brazos de su madre. Ling T'ai abrió a medias el ojo que no estaba demasiado hinchado y reprimió una súbita náusea. Si bien padecía dolores espantosos que nacían en cada terminación nerviosa, su mente tenía muy claros todos los aspectos de cómo había ido a parar a aquella situación.

Su nombre no era Ling T'ai. El nombre que constaba en su partida de nacimiento estadounidense era Julia Marie Lee, nacida en San Francisco, California. Su padre había sido un analista financiero estadounidense destinado en Hong Kong, que se casó con la hija de un acaudalado banquero chino. A excepción de los ojos grises, que ocultaba bajo unas lentillas marrones, se parecía a su madre, de la que había heredado el hermoso cabello negroazulado y los rasgos faciales asiáticos. Tampoco había sido maestra de escuela en la provincia de Jiangsu.

Julia Marie Lee era una agente secreto especial de la División de Investigaciones de Asuntos Internacionales, perteneciente al Servicio de Naturalización e Inmigración de Estados Unidos (INS). En su papel de Ling T'ai, había pagado el equivalente a treinta mil dólares en moneda de curso legal china a un representante de la mafia de inmigración ilegal en Pekín. Durante el viaje, había reunido información muy valiosa sobre las actividades y los métodos operativos del sindicato.

En cuanto la depositaran en la orilla, su plan consistía en ponerse en contacto con la oficina del subdirector de investigaciones del distrito de Seattle, quien estaba a la espera de la información para detener a los contrabandistas de seres humanos dentro de los límites jurisdiccionales, y destruir así el conducto que utilizaba la mafia para introducirse en Estados Unidos. Ahora, su suerte era incierta y no veía forma de escapar.

Gracias a cierta reserva de entereza que ignoraba poseer, Julia había conseguido sobrevivir a la tortura. Meses de duro entrenamiento no la habían preparado para una paliza brutal. Se maldijo por haber elegido el cursillo equivocado. Si hubiera aceptado con docilidad su destino, habría contado con buenas probabilidades de escapar. Pero pensó que, si se ceñía a su papel de mujer china asustada pero orgullosa, engañaría mejor a los mafiosos. Cometió un error. Ahora sabía que no había piedad si se mostraba la menor señal de resistencia. A la tenue luz, empezó a ver que muchos hombres y mujeres habían sido golpeados con la misma saña que ella.

Cuanto más pensaba en su situación, más se convencía de que ella y todos cuantos la acompañaban en la bodega iban a ser asesinados.

2

El propietario de la pequeña tienda de Orion Lake, situada a 135 kilómetros al oeste de Seattle, se volvió apenas y miró al hombre que abría la puerta y se quedaba un momento en el umbral. Orion Lake estaba apartada de las rutas más transitadas, y Dick Colburn conocía a todo el mundo en esa zona escarpada de las montañas de la península de Olympic. El forastero era un turista de paso o un pescador de la ciudad que intentaba probar su suerte con los salmones y las truchas que el Servicio Forestal había llevado al cercano lago. Llevaba una chaqueta de cuero corta sobre un jersey de punto irlandés y pantalones color vino. Ningún sombrero cubría su cabello negro ondulado, que empezaba a encanecer en las sienes. Colburn vio que el forastero contemplaba sin pestañear los estantes y vitrinas antes de entrar.

Colburn estudió al hombre por unos segundos. Era alto. Su cabeza no tocaba el dintel de la puerta por tres dedos. No era el rostro de un oficinista, decidió. La piel estaba demasiado bronceada y agrietada para una vida pasada entre cuatro paredes. Las mejillas y la barbilla necesitaban un afeitado urgente. El cuerpo parecía delgado para su tamaño. Tenía el inconfundible aspecto de alguien que había visto demasiado, que había sufrido penurias y desdichas. Parecía cansado, pero no físicamente, sino agotado emocionalmente, alguien a quien la vida ya no importaba demasiado. Casi era como si la muerte le hubiera dado una palmadita en el hombro, pero él se la hubiera sacudido como si tal cosa. No obstante, una serena alegría habitaba en sus ojos verdes opalinos pese a las facciones demacradas, además de un vago sentido del orgullo.

Colburn procuró disimular su interés y continuó colocando artículos en los estantes.

—¿Puedo ayudarle? —preguntó sin volverse.

—Quiero comprar comestibles.

La tienda de Colburn era demasiado pequeña para que circularan carritos, de modo que cogió una cesta y pasó las asas sobre un brazo.

—¿Cómo va la pesca?

—Aún no he puesto a prueba mi suerte.

—Hay un buen remanso en el extremo sur del lago. Dicen que pican bastante.

—No lo olvidaré, gracias.

—¿Ha comprado ya la licencia de pesca?

—No, pero apuesto a que tiene autorización para venderme una.

—¿Residente o no residente en el estado de Washington?

—No residente.

El tendero sacó un formulario de debajo del mostrador y alargó un bolígrafo al forastero.

—Llene sólo los espacios en blanco pertinentes. Añadiré la cuota a su cuenta. —Para el oído experto de Colburn, el acento sonaba vagamente del sudoeste—. Los huevos son frescos. Tengo en oferta latas de estofado Shamus O'Malley. El salmón ahumado y los filetes de alce saben a gloria.

Por primera vez, la insinuación de una sonrisa asomó a los labios del forastero.

—Los filetes de alce y el salmón prometen, pero creo que pasaré del estofado del señor O'Malley.

Después de casi quince minutos, el cesto quedó lleno y apoyado en el mostrador, al lado de una antigua caja registradora de latón. En lugar de la habitual selección de alimentos enlatados, por la que se decantaba la mayoría de los pescadores, aquel cesto estaba repleto de frutas y verduras.

—Pensará alojarse en algún sitio —comentó Colburn.

—Un viejo amigo de la familia me ha prestado su cabaña del lago. Tal vez le conozca. Se llama Sam Foley.

—Hace veinte años que conozco a Sam. Su cabaña es la única que ese maldito chino no ha comprado todavía —gruñó Colburn—. Eso es bueno. Si Sam vende, los pescadores se quedarán sin acceso al lago para echar sus barcas al agua.

—Me preguntaba por qué todas las cabañas parecían descuidadas y abandonadas, a excepción de ese edificio de aspecto extraño. El que hay en la parte norte del lago, frente a la boca del riachuelo que fluye hacia el oeste.

Colburn contestó mientras marcaba los precios en la caja.

—Era una fábrica de conservas de pescado en los años cuarenta, hasta que la empresa quebró. El chino la compró por un precio irrisorio y la reconvirtió en una mansión elegante. Hasta construyó un campo de golf de nueve hoyos. Después, empezó a comprar todas las propiedades que daban al lago. Su amigo, Sam Foley, es el único que resiste.

—Parece que la mitad de la población de Washington y la Columbia Británica es china —comentó el forastero.

—Los chinos se han desparramado sobre el noroeste del Pacífico como una inundación desde que el gobierno comunista recuperó Hong Kong. Ya se han apoderado de la mitad del centro de Seattle y de casi todo Vancouver. Vaya usted a saber qué aspecto tendrá la población dentro de cincuenta años. —Colburn pulsó la tecla de TOTAL—. Con el permiso de pesca, serán setenta y nueve dólares con treinta centavos.

El forastero extrajo un billete del bolsillo, tendió a Colburn un billete de cien y esperó el cambio.

—¿A qué clase de negocios se dedica el chino del que ha hablado?

—Sólo he oído que es un rico magnate naviero de Hong Kong. —Colburn empezó a guardar los artículos en bolsas mientras hablaba—. Nadie le ha visto nunca. Nunca baja a la ciudad. A excepción de los conductores de grandes camiones de reparto, nadie entra ni sale. Un comportamiento extraño, si presta oído a las habladurías. Él y sus compinches nunca pescan de día. De noche sólo se oyen motores de barco, y navegan sin luces. Harry Daniels, que caza y acampa junto al río, afirma que ha visto un barco de aspecto raro surcando el lago después de medianoche, y nunca cuando hay luna.

—A todo el mundo le hace gracia un misterio.

—Si puedo hacer algo por usted mientras esté por aquí, dígamelo. Me llamo Dick Colburn.

El forastero exhibió unos dientes blancos y perfectos en una amplia sonrisa.

—Dirk Pitt.

—¿Es usted de California, señor Pitt?

—El profesor Henry Higgins[1] se sentiría orgulloso de usted —dijo Pitt, risueño—. Nací y me crié en el sur de California, pero durante los últimos quince años he vivido en Washington.

Colburn olfateó nuevas posibilidades.

1. Referencia al protagonista de *Pigmalión*, de G. B. Shaw. *(N. del T.)*

46

—Debe de trabajar para el gobierno.

—La NUMA, Agencia Nacional Marina y Submarina. Antes de que extraiga conclusiones precipitadas, le diré que he venido a Orion Lake sólo para relajarme y desconectar. Nada más.

—Perdone que se lo diga —contestó Colburn—, pero tiene aspecto de necesitar un descanso.

Pitt sonrió.

—Lo que necesito es un buen masaje en la espalda.

—Cindy Elder. Sirve en la barra del Sockeye Saloon y da unos masajes estupendos.

—Lo tendré presente. —Pitt acomodó las bolsas en ambos brazos y se dirigió hacia la puerta. Antes de salir, se detuvo y dio media vuelta—. Por pura curiosidad, señor Colburn, ¿cómo se llama ese chino?

Colburn miró a Pitt, intentando leer algo que sus ojos no transparentaban.

—Se hace llamar Shang, Qin Shang.

—¿Alguna vez explicó por qué había comprado la antigua fábrica de conservas?

—Norman Selby, el agente de bienes raíces que se ocupó de la transacción, dijo que Shang quería una zona retirada a la orilla del agua para construir un retiro elegante, donde pudiera agasajar a clientes ricos. —Colburn hizo una pausa, con expresión reprobadora—. Tendría que ver lo que hizo con una fábrica de conservas perfecta. Sólo era una cuestión de tiempo que la Comisión de Historia estatal la declarara monumento histórico. Shang la convirtió en un cruce entre un edificio de oficinas moderno y una pagoda. Un aborto, se lo digo yo, un maldito aborto.

—Posee un aspecto moderno —admitió Pitt—. Supongo que Shang, como gesto de buena voluntad, invita a los ciudadanos a fiestas y torneos de golf, ¿no?

—¿Bromea? Shang ni siquiera permite que el alcalde y los concejales se acerquen a un kilómetro de su propiedad. ¿Puede creer que ha erigido una verja metálica de tres metros, con alambre de espino en lo alto, y que rodea casi todo el lago?

—¿Puede hacer eso?

—Puede y pudo, sobornando a los políticos. No puede alejar a la gente del lago. Pertenece al estado. Pero se lo puede poner crudo.

—Algunas personas consideran la intimidad un fetiche —dijo Pitt.

—Para Shang es algo más que un fetiche. Cámaras de seguridad y matones armados patrullan por los bosques que rodean la propiedad. Los cazadores y pescadores que se acercan demasiado son expulsados y tratados como delincuentes comunes.

—Procuraré no abandonar mi lado del lago.

—No será mala idea.

—Le veré dentro de unos días, señor Colburn.

—Vuelva cuando quiera, señor Pitt. Buenos días.

Pitt levantó la vista hacia el cielo. El día estaba terminando. Las copas de los abetos que se alzaban detrás de la tienda de Colburn ocultaban en parte el sol del atardecer. Dejó las bolsas en el asiento trasero de su coche alquilado y se sentó al volante. Giró la llave de encendido, puso la primera y pisó el acelerador. Cinco minutos después, se desvió de la autovía de asfalto por un camino de tierra que conducía a la cabaña de Foley. Durante tres kilómetros, el camino serpenteaba por un bosque de cedros, abetos y pinabetes.

Al final de una recta de casi medio kilómetro, llegó a una bifurcación. Cada camino bordeaba la orilla del lago en direcciones opuestas, hasta que se encontraban de nuevo al otro lado, que era la extravagante morada de Qin Shang. Pitt tuvo que dar la razón al tendero. La antigua fábrica de conservas había sido transformada en un aborto arquitectónico, totalmente inadecuado para el hermoso paisaje de un lago alpino. Era como si el constructor hubiera iniciado un moderno edificio de placas solares tintadas de color entremezcladas con vigas de acero, para luego cambiar de idea y ponerlo en manos de un contratista de la dinastía Ming del siglo xv, que había coronado el edificio con un tejado de tejas doradas sacado del majestuoso Salón de la Armonía Suprema de la Ciudad Prohibida.

Pitt, después de saber que el propietario estaba protegido por un sofisticado sistema de seguridad, supuso que sus movimientos eran observados mientras disfrutaba de la soledad del lago. Se internó por la carretera de la izquierda y continuó otro kilómetro, hasta detenerse junto a una escalera de madera que conducía al porche techado que rodeaba una bonita cabaña de troncos que dominaba el lago. Siguió sentado en el coche durante un minuto, contemplando a un par de ciervos que pacían en el bosque.

El dolor había desaparecido de sus heridas, y podía realizar los movimientos casi tan bien como antes de la tragedia. Casi todos los cortes y quemaduras habían cicatrizado. Lo más costoso era curar su mente y sus emociones.

Había adelgazado cinco kilos y no hacía el menor esfuerzo por recuperarlos. Experimentaba la sensación de haber perdido todo sentido de la determinación. Era un caso de sentirse peor de lo que el aspecto delataba. No obstante, en el fondo existía una chispa encendida por una urgencia inherente de escudriñar en lo desconocido. La chispa se transformó en llama nada más entró los comestibles en la cabaña y dejó las bolsas sobre el fregadero de la cocina.

Algo no estaba bien. No sabía qué era, pero torturaba en silencio su mente, algún sexto sentido que le advertía. Entró en la sala de estar. Nada anormal. Entró con cautela en el dormitorio, paseó la vista alrededor, echó un vistazo al armario y entró en el cuarto de baño.

Allí estaba. Sus artículos de aseo, que guardaba en el neceser (navaja de afeitar, colonia, cepillo de dientes, cepillo del pelo) siempre estaban ordenados sobre la repisa del lavabo. Y seguían estándolo como él los había dejado, excepto el neceser. Recordaba muy bien que lo había sujetado por el asa para depositarlo sobre la repisa. Ahora, el asa miraba hacia la pared posterior.

Registró habitación tras habitación, con la atención puesta en todos los objetos sueltos. Alguien, probablemente más de una persona, había registrado hasta el último centímetro de la cabaña. Tenían que ser profesionales, pero se desinteresaron del asunto cuando llegaron a la conclusión de que el huésped no era un agente secreto o un asesino a sueldo, sino un invitado del propietario de la cabaña que disfrutaba de unos días de apacible descanso. Desde que Pitt había ido a la ciudad hasta que había vuelto, habían contado con sus buenos cuarenta minutos para llevar a cabo la tarea. Al principio, Pitt no entendió el motivo del registro, pero una tenue luz alumbró las profundidades de su cerebro.

Tenía que existir otro motivo. Para un espía o detective experto, la respuesta sería inmediata, pero Pitt no era ninguna de ambas cosas. Ex piloto de la fuerza aérea y director de proyectos especiales de la NUMA desde hacía mucho tiempo, su especialidad consistía en solucionar las dificultades con que tropezaban los proyectos submarinos de la agencia, no las investigaciones secretas. Tardó más de un minuto en resolver el enigma.

Comprendió que el registro era secundario. El auténtico propósito era instalar micrófonos o minicámaras. Alguien no confía en mí, pensó Pitt. Y ese alguien debe de ser el jefe de seguridad de Qin Shang.

Como los micrófonos no eran más grandes que una cabeza de alfiler, sería difícil descubrirlos sin aparatos de rastreo electrónicos. De todos modos, como Pitt sólo podía hablar con él mismo, decidió concentrarse en las cámaras. Tras asumir que se encontraba bajo vigilancia y que alguien sentado ante un monitor de televisión, al otro lado del lago, observaba sus movimientos, se sentó y fingió leer un periódico, mientras su mente se zambullía en una frenética actividad. Les dejaremos ver lo que quieran en la sala de estar y en el dormitorio, concluyó. La cocina es otra historia. La cocina sería su cuartel general.

Dejó el periódico y empezó a guardar las provisiones en las alacenas y la nevera, mientras sus ojos escudriñaban hasta el último rincón. No descubrió nada a primera vista. Luego paseó la mirada con aparente indiferencia por las paredes de troncos de la cabaña, con el fin de escrutar todas las grietas y huecos. Por fin, localizó una diminuta lente alojada en una hendidura de gusano. Pitt barrió el suelo con una escoba, como un actor delante de una cámara. Cuando terminó, puso al revés la escoba y apoyó el manojo de fibras contra la pared, justo delante de la cámara.

Aliviado, salió al exterior. Se alejó unos treinta pasos de la cabaña, hasta internarse en el bosque. Sacó un teléfono móvil del bolsillo de la chaqueta y marcó un número. Su señal rebotó a lo largo de una red de 66 satélites distribuidos alrededor del mundo, hasta conectar con la línea privada de la persona a la que llamaba, en el cuartel general de la NUMA de Washington.

Al cabo de cuatro timbrazos, respondió una voz con un leve acento de Nueva Inglaterra.

—Hiram Yaeger al habla. Sea breve, el tiempo es oro.

—Tu tiempo no vale ni un centavo metido en un chicle pegado a la suela de tu zapato.

—¿Acaso soy el objeto de los sarcasmos del director de proyectos especiales de la NUMA?

—En efecto.

—¿Qué estás haciendo, que no vale la pena ni contarlo? —preguntó Yaeger con tono jocoso. No obstante, su voz traicionó cierta preocupación. Sabía que Pitt todavía se estaba recuperando de las heridas sufridas durante una erupción volcánica en una isla situada a pocas millas de Australia, apenas un mes antes.

—No tengo tiempo de dejarte sin aliento con mis osadas aventuras en los bosques del norte, pero necesito un favor.

—La impaciencia me devora.

—A ver si puedes averiguar algo sobre un tal Qin Shang.

—¿Cómo se escribe?

—Tal como suena, supongo. Si mis conocimientos de menús chinos sirven de algo, el nombre empieza con Q. Shang es un magnate naviero chino que opera desde Hong Kong. También es el propietario de un retiro privado en Orion Lake, en el estado de Washington.

—¿Estás ahí ahora? No dijiste a nadie adónde te ibas cuando te dieron el alta y desapareciste.

—Me gustaría que el almirante Sandecker siguiera sin enterarse.

—Lo averiguará de todos modos. Siempre lo hace. ¿Qué te intriga de Shang?

—Podríamos decir que me irritan los vecinos fisgones.

—¿Por qué no vas a verle, le pides prestada una taza de azúcar, cuentas unos chistes y le invitas a una partida de mahjong?

—Según los del pueblo, nadie puede acercarse a diez manzanas de su casa. Además, dudo que esté en casa. Si Shang es como la mayoría de las celebridades ricas, tendrá diversas casas distribuidas por el mundo.

—¿Por qué te interesa tanto ese tío?

—Ningún ciudadano respetable tiene obsesión por la seguridad, a menos que tenga algo que ocultar —explicó Pitt.

—Me da la impresión de que estás aburrido, vagando por el bosque primigenio, viendo cómo el musgo crece sobre las rocas. Si no has intentado mirar a un alce sin pestañear durante tres cuartos de hora, te has perdido uno de los placeres de la vida.

—La apatía nunca ha sido mi fuerte.

—¿Alguna otra petición, ahora que estoy de buen humor? —preguntó Yaeger.

—Ya que lo dices, he confeccionado una lista de regalos de Navidad, y quiero que me los envíes esta noche, para que no lleguen más tarde de mañana por la tarde.

—Dispara. He conectado la grabadora e imprimiré la lista cuando hayas terminado.

Pitt describió los artículos y el equipo que necesitaba.

—Añade un plano de Orion Lake, cortesía del Departamento de Recursos Naturales, con los datos batimétricos y especies piscícolas, pecios y obstáculos submarinos.

—Y el misterio aumenta. Para ser un tío que quedó hecho fosfatina y acaba de salir del hospital, ¿no crees que estás exagerando?

—Tú hazme caso, y te enviaré tres kilos de salmón ahumado.

—Detesto ser tan puntilloso. De acuerdo, me encargaré de tus juguetes antes de iniciar las investigaciones, por los canales apropiados y los inapropiados, sobre Qin Shang. Con un poco de suerte, te proporcionaré su grupo sanguíneo.

Pitt sabía por experiencia que los datos de los archivos secretos no eran inmunes a los talentos indagadores de Yaeger.

—Pon a trabajar tus dedos morcilludos sobre el teclado y llámame al móvil en cuanto sepas algo.

Yaeger colgó, se reclinó en su silla y contempló el techo con aire pensativo. Yaeger parecía más un mendigo callejero que un brillante analista informático, su verdadera dedicación. Sujetaba su pelo cano en una coleta y vestía como un hippy envejecido, cosa que era. Yaeger era el responsable de la red de datos informáticos de la NUMA, que contenía una amplia biblioteca sobre cada libro, artículo y tesis, fuera científico, histórico o teórico, escritos sobre los océanos del mundo.

El dominio informático de Yaeger ocupaba toda la décima planta del edificio de la NUMA. Había costado años reunir la enorme biblioteca. Su jefe le había dado plena libertad y fondos ilimitados para acumular todos los conocimientos sobre la ciencia y tecnología oceanográficas, con el fin de que estuviera a disposición de estudiantes, oceanógrafos profesionales, ingenieros navales y arqueólogos submarinos de todo el mundo. El trabajo suponía una responsabilidad enorme, pero Yaeger lo amaba con pasión.

Volvió la vista hacia el carísimo ordenador que él mismo había diseñado y construido.

—Conque mis dedos morcilludos sobre el teclado, ¿eh?

No había ni teclado ni monitor. Como en la realidad virtual, las imágenes se proyectaban en tres dimensiones delante del usuario. En lugar de presionar teclas, las órdenes eran verbales. Una caricatura de Yaeger, perfeccionado e incorpóreo, le devolvió la mirada.

—Bien, Max, ¿preparado para navegar? —preguntó Yaeger a su imagen.

—Estoy a punto —contestó una voz incorpórea.

—Consigue toda la información disponible sobre un tal Qin Shang, un magnate naviero chino, cuya oficina principal se encuentra en Hong Kong.

—Datos insuficientes para un informe detallado —respondió Max con voz monótona.

—Admito que contamos con poca cosa —dijo Yaeger, que aún no se había acostumbrado a hablar con una imagen nebulosa generada por una máquina—. Haz lo que puedas. Imprime tus hallazgos cuando hayas agotado todas las redes.

—Muy bien.

Yaeger contempló el espacio que su sosias holográfico había dejado vacante. Pitt nunca le había pedido que investigara algo sin contar con buenos motivos. Yaeger sabía que algo estaba dando vueltas en la cabeza de su amigo. Dilemas y enigmas seguían a Pitt a todas partes como fieles cachorrillos. Los problemas le atraían como los lugares de desove a los salmones. Yaeger confiaba en que Pitt resolvería el misterio. Siempre lo hacía, siempre se veía obligado a ello cuando sus proyectos sobrepasaban el interés casual.

—¿En qué coño se habrá metido este bastardo ahora? —murmuró a su ordenador.

3

Orion Lake tenía la forma de una lágrima alargada cuyo extremo inferior se transformaba en un riachuelo. No era una gran extensión de agua, pero sí fascinante y mística, y sus orillas estaban bordeadas por un océano de espesos bosques verdes que escalaban las escarpaduras rocosas grises de los majestuosos montes Olympic, siempre cubiertos de nubes. Flores silvestres de alegres colores crecían debajo de los árboles y en pequeños prados. El agua fundida de los glaciares alimentaba el lago por mediación de varios torrentes, los cuales transportaban minerales que daban al agua un tono verdeazulado cristalino. Veloces nubes surcaban el cielo azul cobalto, y todas se reflejaban en las aguas, de forma que adquirían un tono turquesa claro.

El brazo de agua que surgía del extremo inferior de la lágrima recibía el nombre de Orion River. El río, que discurría plácidamente por un cañón abierto entre las montañas, recorría veinticinco kilómetros antes de desembocar en el extremo superior de una cala similar a un fiordo, llamada Grapevine Bay. Excavada por un antiguo glaciar, se abría al océano Pacífico. El río, recorrido en otro tiempo por barcos de pesca que descargaban su producto en la fábrica de conservas, sólo era utilizado ahora por botes de recreo y pescadores.

La siguiente tarde después de su excursión a la ciudad, Pitt salió al porche y respiró profundamente. Había caído una breve llovizna, dejando el aire como perfume para los pulmones, puro y desintoxicante. El sol se había ocultado detrás de las montañas, y sus postreros rayos caían en ángulo sobre las hondonadas que separaban los picos. Era una escena en la que el tiempo no existía. Sólo las casas y cabañas abandonadas dotaban al lago de un aspecto tétrico.

Pitt cruzó un estrecho muelle de madera que conducía desde la playa a un cobertizo de lanchas sobre el agua. Seleccionó una llave y abrió el pesado candado que aseguraba la puerta de madera. El interior estaba a oscuras. Aquí no habría micrófonos ni cámaras, pensó, mientras abría la puerta de par en par. Dentro del cobertizo había un pequeño velero de tres metros y una lancha motora Chris-Craft de 1933, de seis metros y medio de largo, con una cabina doble y un reluciente casco de caoba. Ambas embarcaciones estaban suspendidas sobre el agua mediante calzos fijados a un elevador eléctrico. Dos kayaks y una canoa descansaban sobre repisas que corrían a lo largo de ambas paredes.

Se acercó a una caja de fusibles y accionó un interruptor. Luego cogió la unidad de control conectada con el elevador y apretó un botón. El elevador zumbó mientras se movía sobre el velero. Deslizó el gancho que colgaba del elevador por una anilla metálica clavada en la calza y lo bajó. Por primera vez en muchos meses, el casco de fibra de vidrio del velero entraba en contacto con el agua.

Sacó de una taquilla las velas, dobladas con pulcritud, montó el mástil de aluminio y añadió los cordajes. Después, encajó la caña del timón en sus ejes e introdujo la orza de deriva. Al cabo de media hora, el pequeño barco estaba preparado para que el viento hinchara sus velas. Sólo tuvo que plantar el mástil, una tarea poco complicada que sólo pudo llevarse a cabo cuando el casco salió impulsado por debajo del techo del cobertizo.

Una vez satisfecho con sus preparativos, volvió con parsimonia a la cabaña y abrió una de las dos cajas de cartón grandes que Yaeger le había enviado por transporte aéreo. Se sentó a la mesa de la cocina y desplegó la carta marina de Orion Lake que había solicitado. Los sondajes de las profundidades mostraban que el lecho del lago se inclinaba suavemente a partir de la orilla, después se nivelaba durante una breve distancia, a una profundidad de nueve metros, para luego hundirse en mitad del lago hasta unos ciento veinte metros. Demasiada profundidad para que un buceador se arriesgara sin el equipo óptimo y una tripulación de superficie, supuso. No había obstáculos obra del hombre señalados. El único pecio indicado era una antigua barca de pesca que se había hundido frente a la fábrica de conservas. La temperatura media del agua era de cinco grados, demasiado fría para nadar pero ideal para pescar y navegar.

Asó un filete de alce a modo de cena temprana, preparó una ensalada y comió en la mesa del porche, que dominaba el lago. Bebió una botella de cerveza Olympia y después entró en la cocina, donde extendió las patas de un trípode que sostenía un telescopio de latón. Lo colocó en mitad de la cocina, lejos de la ventana, para dificultar que alguien observara sus actividades desde el exterior. Se acuclilló y enfocó el ocular en el refugio de Qin Shang. El aumento de alta potencia le permitió ver a dos jugadores en el campo de golf habilitado detrás de la casa. Unos incompetentes, pensó. Necesitaron cuatro golpes cada uno para que la bola entrara en el hoyo. Su campo de visión circular se extendía hasta los pabellones de invitados cobijados bajo un bosquecillo que se alzaba detrás del edificio principal. A excepción de una criada que hacía la limpieza, parecían desocupados. No había ningún jardín con césped inmaculado en los espacios abiertos. Hierba y flores silvestres crecían a sus anchas por toda la propiedad.

Un enorme cobertizo para vehículos se extendía desde el edificio sobre el camino de acceso, para que los invitados importantes pudieran entrar y salir de sus vehículos sin mojarse cuando llovía. La entrada principal estaba custodiada por dos gigantescos leones reclinados a cada lado de la escalera, que conducía a las puertas de palisandro cuya altura alcanzaba la de tres hombres. Modificó el enfoque del telescopio y distinguió los maravillosos motivos de dragones tallados en los paneles. El tejado estilo pagoda de tejas doradas no hacía juego en absoluto con los paneles solares tintados de cobre que envolvían toda la parte inferior del edificio. La casa, de tres plantas, se asentaba en un claro espacioso, situado a un tiro de piedra de la orilla.

Bajó el telescopio y estudió el muelle que se extendía, con la mitad de la longitud de un campo de rugby, hasta las aguas del lago. Había dos barcos amarrados lado a lado. El más pequeño no tenía nada de elegante. Los rechonchos cascos gemelos del catamarán albergaban una amplia cabina similar a una caja, sin portillas ni ventanas. Una timonera descansaba sobre el tejado, y todo el barco estaba pintado de negro como un coche fúnebre, un color poco acostumbrado para la obra muerta de una embarcación. El segundo podía calificarse de barco. Era un portento, un elegante yate a motor con un salón encristalado sobre un casco de más de treinta y cinco metros de eslora, del tipo que deja a la gente sin aliento. Pitt calculó que su manga alcanzaba casi los nueve metros. Diseñado para ofrecer las máximas comodidades a sus pasajeros, sus líneas clásicas lo convertían en una obra maestra flotante. Supuso que habría sido construido en Singapur o Hong Kong. Incluso con un calado poco profundo, se necesitaría un buen piloto para que navegara por el río que corría desde el lago hasta mar abierto.

Mientras miraba, surgió humo de motor diesel por la chimenea del primer barco. Al cabo de pocos momentos, su tripulación soltó amarras y empezó a atravesar el lago, en dirección a la desembocadura del río. Una embarcación muy rara, pensó. Parecía una caja de embarque construida en madera sobre dos pontones. No podía ni imaginar qué tenía en mente su constructor.

En tierra, a excepción de la criada y los dos jugadores de golf, el lugar parecía desierto. No se veía ni rastro de los sistemas de seguridad. No divisó cámaras de vídeo, pero sabía que las había. Tampoco vio guardias que patrullaran el terreno, a menos que hubieran aprendido el arte de la invisibilidad. Los únicos objetos que parecían fuera de lugar en aquel paisaje eran varios edificios sin ventanas, construidos a base de troncos. Similares a las cabañas utilizadas por cazadores y excursionistas, estaban situados en lugares estratégicos distribuidos alrededor del lago. Contó tres, y supuso que había más ocultos en el bosque. El tercero parecía una incongruencia. Flotaba al final del muelle y recordaba a una casa flotante pequeña. Como sucedía con el extraño barco negro, carecía de ventanas y puertas. Lo examinó durante casi un minuto, mientras intentaba descifrar su propósito y especulaba sobre lo que albergaba.

Una levísima manipulación del telescopio, y el punto focal de su interés recibió la recompensa. Sólo un pequeño fragmento asomaba por detrás de unos abetos. Poca cosa, pero lo suficiente para calmar su curiosidad sobre el sistema de seguridad. El tejado de un vehículo de recreo casi escondido revelaba un pequeño bosque de antenas normales y parabólicas. En un pequeño claro que había detrás, lo que parecía un pequeño hangar aéreo se alzaba junto a una estrecha pista de aterrizaje, cuya longitud máxima sería de quince metros. No era el tipo de instalación que facilitaría el uso de un helicóptero, desde luego. ¿Un avión ultraligero, tal vez?, pensó Pitt. Sí, ésa tenía que ser la respuesta.

—Un sistema de seguridad de diseño —murmuró para sí.

Y lo era, sin duda. Reconoció en el vehículo de recreo un puesto de mando móvil, del tipo que los agentes del servicio secreto presidencial utilizaban con frecuencia cuando el primer mandatario se ausentaba de Washington. Pitt empezó a comprender el propósito de las cabañas de troncos. El siguiente paso era provocar una reacción.

Parecía estúpido tomarse tantos esfuerzos sólo por la curiosidad nacida del aburrimiento. De todos modos, aún tenía que recibir la respuesta de Yaeger. Por lo que él sabía, Shang era un filántropo, una inspiración espiritual. Pitt no era un investigador, sino un ingeniero naval. Casi todo su trabajo se realizaba debajo del agua. Por qué se tomaba tantas molestias, era un misterio que ni siquiera él comprendía. No obstante, una diminuta bandera ondeó en su mente. El estilo de vida de Shang carecía de lógica. No era la primera vez que Pitt se metía en algo que no le importaba. La razón más acuciante para intervenir era que la intuición de Pitt casi siempre daba en la diana.

Como en respuesta a sus pensamientos, sonó su móvil. Sólo Hiram Yaeger conocía su código. Se alejó un buen trecho de la cabaña antes de contestar.

—¿Hiram?

—Tu Shang es una auténtica maravilla —dijo Yaeger sin más preámbulos.

—¿Qué has averiguado?

—Ese tío vive como un emperador romano. Un séquito de cojones. Mansiones palaciegas por todo el mundo, yates, un harén de mujeres despampanantes, reactor privado, un ejército de guardaespaldas. Si alguien tiene todos los números para *Lifestyles of the Rich and Famous,* ése es Shang.

—¿Qué sabes sobre sus operaciones?

—Poca cosa. Cada vez que Max...

—¿Max?

—Max es mi clon. Vive dentro de mi ordenador.

—Si tú lo dices... Continúa.

—Cada vez que Max intentaba introducirse en un archivo que llevaba el nombre de Shang, los ordenadores de casi todas las agencias de inteligencia de la ciudad bloqueaban nuestras investigaciones y exigían conocer nuestro objetivo. Parece que no eres el único interesado en ese individuo.

—Parece que hemos abierto la caja de Pandora —dijo Pitt—. ¿Por qué nuestro gobierno monta un dispositivo de seguridad alrededor de Shang?

—Mi impresión es que nuestras agencias de inteligencia están llevando a cabo una investigación reservada, y no les gusta que una sonda externa se deslice debajo de su verja.

—Cada vez más intrigante. Shang no puede ser puro como la nieve, si está bajo investigación secreta del gobierno.

—O eso, o le están protegiendo.

—¿Por qué lo dices?

—Es una teoría —admitió Yaeger—. Hasta que Max y yo podamos introducirnos sin problemas en las fuentes de datos adecuadas, estoy tan en la inopia como tú. Sólo puedo decirte que ese tipo no es la segunda venida del Mesías. Shang se escurre alrededor del mundo como una anguila, y obtiene enormes beneficios de una miríada de empresas en apariencia legales.

—¿Estás diciendo que no tienes pruebas de que esté implicado en alguna mafia?

—Nada aparece en la superficie. Lo cual no significa que no pueda trabajar como independiente.

—Tal vez es Fu Manchú reencarnado —bromeó Pitt.

—¿Te importa decirme qué tienes contra él?

—Sus esbirros registraron mi cabaña. No me gusta que unos desconocidos toqueteen mi ropa interior.

—Hay algo que te interesará —dijo Yaeger.

—Te escucho.

—Shang y tú no sólo cumplís años el mismo día, sino que nacisteis el mismo año. En su cultura, Shang nació en el año de la rata. En la tuya, bajo el signo de cáncer.

—¿Esto es lo mejor que ha podido conseguir el mago de los ordenadores? —preguntó con sequedad Pitt.

—Ojalá pudiera ofrecerte más —dijo con pesar Yaeger—. Seguiré intentándolo.

—No puedo pedir más.

—¿Qué piensas hacer ahora?

—No puedo hacer gran cosa, salvo ir a pescar.

No engañó a Yaeger ni un momento.

—Cuídate —dijo éste con tono serio—, no sea que te encuentres en ese famoso río maloliente sin medios de propulsión.

—Seré tan precavido como de costumbre.

Cortó la comunicación y colocó el móvil en la horquilla de un árbol. No era el escondite ideal, pero mejor así que dejarlo en la cabaña, por si volvían a registrarla en su ausencia.

Pitt odiaba desdeñar las legítimas preocupaciones de Yaeger, pero era mejor que el gurú de los ordenadores de NUMA supiera lo menos posible. Porque cabía la posibilidad de que Pitt fuera detenido por lo que se disponía a hacer. Y si no iba con cuidado, aún existían mayores probabilidades de que le dispararan. Sólo confiaba en que no hubiera consecuencias imprevistas. Tenía la sensación en la boca del estómago de que, si cometía una equivocación, nunca recobrarían su cuerpo.

Quedaban dos horas de luz diurna cuando Pitt se encaminó hasta la caseta de botes. Cargaba en brazos una nevera del tamaño de un jumbo y un enorme salmón disecado que colgaba sobre la repisa de la chimenea de la cabaña. Una vez en el interior, abrió la nevera y sacó un pequeño vehículo submarino autónomo construido por Benthos Inc., un diseñador de sistemas tecnológicos submarinos. El vehículo, en el interior de una caja negra que no medía más de 75 centímetros de largo por 15 de ancho, contenía una cámara de vídeo en color de alta resolución. Su batería eléctrica era capaz de impulsar dos propulsores que giraban en direcciones contrarias durante algo más de dos horas.

Pitt depositó la pequeña unidad en el fondo del velero, junto con la caña de pescar y la caja de avíos. A continuación, abrió las puertas exteriores de la caseta, bajó y ocupó su lugar ante el timón. Después de separarse del muelle con la ayuda de un bichero, plantó el mástil, alzó las velas y bajó la orza de deriva.

Para cualquiera que le observara, parecía un ejecutivo campechano de vacaciones, dispuesto a navegar por el lago. La temperatura era agradable, aunque fría, e iba vestido con una camisa de leñador de lana roja y pantalones cortos color caqui. Se protegía los pies con calcetines de lana y bambas. La única diferencia con los pescadores de verdad consistía en que ellos habrían utilizado una lancha motora o un bote de remos con motor fuera borda para ir en pos de salmones y truchas, pero nunca un velero. Pitt eligió la más lenta de las dos embarcaciones porque la vela serviría de protección contra las cámaras de vídeo que le espiaran desde el refugio.

Se alejó de la caseta hasta que la brisa de la tarde henchió las velas, y empezó a deslizarse por las aguas verdeazules de Orion Lake. Bordeó la orilla desierta al tiempo que se mantenía a una distancia prudencial de la enorme mansión situada en el extremo inferior del lago. En la parte más profunda del lago, que apenas distaba medio kilómetro del muelle de Shang, Pitt encontró viento y arrió la vela, que quedó reducida al tamaño suficiente para ondear en la brisa y ocultar sus movimientos. La cuerda del ancla no era lo bastante larga para llegar al fondo, pero la bajó al máximo para que actuara como lastre e impidiera que el viento empujara a la embarcación demasiado cerca de la orilla.

Con la vela bajada de cara a una orilla y vuelto de espaldas a la opuesta, se inclinó sobre un lado y echó un vistazo a un cubo de fondo transparente. El agua era tan cristalina, que Pitt pudo ver un banco de salmones que nadaban a unos cuarenta y cinco metros de profundidad. Después, abrió una caja de aparejos y extrajo un anzuelo y unas plomadas. El único pez que Pitt había capturado durante los últimos treinta años, lo ensartó con un arpón bajo el agua. No había sostenido una caña en sus manos desde que iba a pescar en la costa de California con su padre, el senador George Pitt, cuando era pequeño. De todos modos, consiguió manejar las plomadas, deslizar una infortunada lombriz nocturna por un anzuelo y arrojarla a las profundidades.

Mientras fingía pescar, también desenrolló un carrete de alambre muy fino y pasó un radiofaro de respuesta del tamaño de una taza de café, que enviaba y recibía señales electrónicas, por encima de la borda. Lo hundió a una profundidad de seis metros para asegurarse de que quedaba fuera de la sombra acústica del casco de la embarcación. Un radiofaro de tamaño similar estaba alojado en la parte posterior del vehículo submarino. Estas dos unidades, más el equipo electrónico encerrado en el revestimiento del vehículo, formaban el corazón del sistema, pues hablaban entre sí acústicamente, permitían el control bajo el agua y que las señales de vídeo fueran recibidas por una pequeña grabadora.

A continuación, extrajo el vehículo de la nevera, lo bajó con precaución al agua y vio cómo se hundía en silencio bajo la superficie. Su revestimiento negro le daba la apariencia de un desagradable monstruo de los abismos. Pitt había manipulado durante más de doscientas horas vehículos submarinos robóticos sujetos mediante un cable, pero ésta era la segunda vez que manejaba un sistema autónomo. Sintió la boca seca mientras seguía las evoluciones del pequeño vehículo que había costado a la NUMA dos millones de dólares, hasta que se perdió de vista en el interior del lago. El sistema submarino autónomo era una maravilla de miniaturización, y permitió por primera vez que científicos de la NUMA enviaran una unidad robótica a zonas imposibles de alcanzar hasta aquel momento.

Abrió un ordenador portátil, provisto de una pantalla más grande de lo normal, de alta resolución y matriz activa, y conectó el sistema. Una vez establecido un vínculo acústico seguro, pasó revista a los menús de control y eligió una combinación de «vídeo en directo y por control remoto». En circunstancias normales, habría preferido observar las imágenes en directo que la cámara registraba bajo el agua, pero en este desplazamiento era fundamental que concentrara su atención en los acontecimientos que esperaba provocar en el refugio. Su intención era seguir tan sólo de vez en cuando los progresos del vehículo, con tal de que mantuviera el curso elegido.

Movió el joystick. El vehículo respondió al instante y se zambulló. El sistema de control y telemetría acústica funcionó a la perfección, y el vehículo salió disparado hacia adelante, a una velocidad de casi cuatro nudos. El equilibrio de los propulsores era impecable, e impedían que el vehículo serpenteara al surcar las aguas.

—Cada movimiento, una imagen —dijo Pitt, mirando en dirección a la morada de Shang, mientras se estiraba sobre un par de asientos almohadillados de vinilo que hacían las veces de flotadores de seguridad si los ocupantes del barco caían al agua.

Apoyó los pies sobre el asiento de un banco y depositó el mando a distancia del vehículo entre sus piernas. Con la ayuda de las palancas y el joystick, dirigió los movimientos del vehículo como si fuera un submarino a escala. Lo niveló a una profundidad de dieciocho metros y lo dirigió lentamente hacia el embarcadero de Shang, de un lado a otro, como si estuviera arando un campo.

Un observador habría pensado que Pitt estaba manejando un juguete, pero el ejercicio era algo más que una diversión. Tenía la intención de poner a prueba los sistemas de seguridad de Shang. El primer experimento consistía en detectar si había sensores submarinos. Después de recorrer varias líneas, que poco a poco se fueron acercando a menos de diez metros del embarcadero sin ocasionar la menor reacción, llegó a la conclusión de que los sistemas de seguridad de Shang no se extendían al interior del lago. Por lo visto, no consideraban una amenaza las incursiones desde el agua.

Empieza el espectáculo, pensó Pitt. Empujó con suavidad la palanca que enviaba el vehículo hacia la superficie. El pequeño sumergible emergió a plena vista a escasos metros de un costado del muelle. Pitt calculó el tiempo de la reacción. Fue sorprendente que pasaran tres minutos hasta que las paredes de las cabañas carentes de ventanas se alzaran, y guardias armados con ametralladoras tácticas Steyr colgadas al hombro atravesaran los terrenos de la finca montados en motos todoterreno. A Pitt le recordaron las Suzuki japonesas RM de 250 cc. supercross. Se desplegaron en formación y tomaron posiciones a lo largo de la playa. Medio minuto después, la pared encarada hacia el agua de la cabaña situada al final del muelle flotante también se abrió, y dos guardias montados sobre una moto de agua de fabricación china, que imitaba el modelo japonés Jet Ski de Kawasaki, se lanzó en persecución del vehículo submarino autónomo.

Pitt no habría calificado de rápido aquel despliegue de fuerzas. Esperaba algo mejor de especialistas en seguridad veteranos. Incluso los ultraligeros siguieron escondidos en el hangar. Por lo visto, la incursión del vehículo submarino no merecía un esfuerzo especial.

Pitt sumergió el vehículo, y como aún era visible en las aguas cristalinas, le imprimió un giro brusco que lo envió bajo el yate amarrado junto al muelle. No tuvo que preocuparse de los guardias que iban en la moto de agua. Levantaban tanta espuma en sus evoluciones circulares, que les resultaba imposible ver las profundidades. Pitt observó que ninguno de los dos hombres llevaba equipo de buceo, ni siquiera máscaras y tubos de respiración, una indicación definitiva de que no estaban preparados para dedicarse a una investigación submarina. Profesionales en tierra pero aficionados en el agua, pensó Pitt.

Como no veían señales de ningún intruso en la playa, los guardias que custodiaban los terrenos bajaron de sus motos y centraron su atención en la persecución que tenía lugar en el agua. Sólo un equipo de las Fuerzas Especiales, expertos en el arte del sigilo y el camuflaje, podría intentar, con ciertas posibilidades de éxito, la invasión por tierra de la guarida de Shang. Por agua, era otra historia. Sería fácil para un buceador deslizarse por debajo del muelle y el yate sin temor a ser descubierto.

Mientras guiaba el vehículo de regreso al velero, Pitt

cobró cuerda, hasta que quedó justo debajo de la superficie. Después, dejó caer al agua el salmón disecado que adornaba la chimenea de Foley y pasó el anzuelo, todavía con la lombriz nocturna empalada, por la boca abierta y seca. Agitó los brazos como un poseso, alzó el salmón fuera del agua y lo sostuvo en el aire para que todos los ojos curiosos lo vieran. Los dos guardias de seguridad que iban en moto de agua corrieron en círculos a su alrededor, a menos de quince metros de distancia, consiguiendo que el velero oscilara violentamente. Pitt, convencido hasta cierto punto de que no intentarían prenderle en aguas estatales, no les hizo caso, pero se volvió hacia los guardias de la orilla y movió el pez de un lado a otro, como una bandera de señales. Vio que los guardias, al no descubrir nada sospechoso a lo que pudieran hincar el diente, volvían a las cabañas de troncos. Pensó que era absurdo continuar su mascarada, y aliviado de que los guardias, más interesados por lo visto en un pescador que en lo que había bajo el agua, no hubieran descubierto el vehículo submarino, izó el ancla, alzó la vela y, seguido obedientemente por el pequeño sumergible robótico, regresó hacia la caseta de Foley. Después de amarrar el velero y devolver el vehículo a la nevera, extrajo una videocasete de ocho milímetros de la cámara y la guardó en el bolsillo.

Después de comprobar que la escoba seguía tapando el ojo de la cámara de vigilancia, Pitt se relajó con una botella de Martin Ray chardonnay. Complacido consigo mismo, pero prudente y cauteloso, dejó su fiel, arañado y gastado Colt 45 automático en su regazo, debajo de una servilleta. Regalo de su padre, el revólver le había salvado la vida en más de una ocasión, y nunca viajaba sin él. Después de ordenar la cocina y preparar una cafetera, entró en la sala de estar, insertó la casete en un adaptador especial y lo introdujo en un vídeo colocado sobre el televisor de la cabaña. Después, se sentó delante de la pantalla, para que ninguna cámara que todavía pudiera haber en la sala de estar captara las imágenes.

Al contemplar el vídeo grabado por el vehículo submarino no esperaba ver nada que no fuera propio del fondo del lago. Su principal interés residía en la zona que rodeaba el muelle y el yate amarrado a su lado. Esperó con paciencia mientras el sumergible surcaba de un lado a otro los declives menos profundos, antes de pasar sobre la sima que había en mitad del lago durante su viaje indirecto hacia el muelle de Shang. Los primeros minutos sólo revelaron algún pez ocasional que se alejaba a toda prisa del intruso mecánico, algas que brotaban del cieno, troncos retorcidos que habían sido arrastrados por los torrentes encargados de alimentar el lago. Sonrió para sí cuando observó varios juguetes y bicicletas infantiles cerca de la playa, así como un automóvil anterior a la Segunda Guerra Mundial en aguas más profundas. Después, de repente, extraños retazos blancos aparecieron en el vacío verdeazulado.

Pitt se puso en tensión y vio, con horrorizada fascinación, cómo los retazos blancos se materializaban en rostros humanos sobre cabezas unidas a cuerpos amontonados o reposando aislados en el cieno. El lecho del lago estaba sembrado de cientos de cadáveres, algunos apilados en filas de tres o cuatro columnas, tal vez más, muchas más. Descansaban en la pendiente, a doce metros de profundidad, y se alejaban hasta perderse de vista en la parte más profunda. Para Pitt, era como mirar desde un escenario, a través de una cortina opaca, una inmensa platea. Los espectadores sentados en las primeras filas se veían con absoluta claridad, pero la gente sentada en las filas posteriores se difuminaban y desvanecían en la oscuridad. No se atrevió a calcular el número. Pasó por su mente la idea aterradora de que los cuerpos esparcidos en las aguas menos profundas no constituían más que una parte insignificante de los que yacían más allá del campo de visión de la cámara, en las profundidades invisibles del lago.

Los gélidos dedos de la repugnancia acariciaron la nuca de Pitt cuando vio niños y mujeres entre los cadáveres. Muchos de ellos pertenecían a ancianos. Las aguas heladas que vertían los glaciares los habían conservado en un estado casi perfecto. Daba la impresión de que reposaban en paz, como si durmieran, apenas hundidos en el blando cieno. En algunos, su expresión era de serenidad, pero en otros, los ojos estaban dilatados y sus bocas abiertas en un grito final. Yacían indiferentes a la baja temperatura del agua y a las secuencias diarias de luz y oscuridad. No mostraban señales de putrefacción.

Cuando el sumergible pasó a un metro de distancia de lo que parecía una familia, dedujo por los pliegues de los ojos y las facciones que eran orientales. También vio que tenían las manos atadas a la espalda, la boca amordazada y los pies sujetos mediante pesas de hierro.

Habían muerto a manos de asesinos múltiples. No se veían señales de disparos o cuchilladas. A pesar del mito, morir ahogado no era agradable. Sólo el fuego podría ser más horrible. Al hundirse con rapidez en las profundidades, los tímpanos estallan, el agua penetra en las fosas nasales, lo cual provoca un dolor indescriptible, y da la impresión de que carbones al rojo vivo muerden los pulmones. Tampoco era una muerte rápida. El terror les embargó mientras los ataban, transportaban hasta el centro del lago y arrojaban al agua, seguramente desde la cabina central del misterioso barco negro, y sus chillidos fueron ahogados por las aguas negras. Habían caído sin saberlo en una conspiración ignota, para luego hallar una muerte atroz.

Orion Lake era algo más que un escenario idílico y fascinante, mucho más. Era un cementerio.

4

Casi 4.500 kilómetros al este, un chubasco primaveral caía sobre el corazón de la ciudad, mientras una limusina negra recorría en silencio las calles desiertas y mojadas. Con las ventanillas tintadas subidas y sus ocupantes invisibles, el coche parecía un miembro más de una procesión fúnebre camino del cementerio.

Washington, la capital del mundo, poseía un aura de grandeza anticuada. Esto era especialmente cierto de noche, cuando las oficinas estaban apagadas, los teléfonos dejaban de sonar, las fotocopiadoras enmudecían, y las falsedades y exageraciones dejaban de pulular por los pasillos de la burocracia. Todos sus residentes políticos transeúntes habían vuelto a casa para dormir, con visiones de recaudadores de fondos bailando en sus cabezas. Debido a las luces y al tráfico mínimo, la ciudad adoptaba el aspecto de una Babilonia o Persépolis abandonada.

Ninguno de los dos hombres sentados en el compartimiento de pasajeros hablaba mientras el conductor, sentado al volante delante de la ventanilla de separación, maniobraba con pericia la limusina sobre el asfalto húmedo, que reflejaba las farolas de las aceras. El almirante James Sandecker miraba por la ventanilla cuando el conductor dobló por Pennsylvania Avenue. Estaba absorto en sus pensamientos. Vestido con chaqueta y pantalones deportivos caros, no parecía nada cansado. Cuando recibió la llamada de Morton Laird, el jefe del estado mayor del presidente, estaba celebrando una cena en honor de un grupo de oceanógrafos japoneses en su oficina, situada en el ático del edificio de la NUMA, al otro lado del río, en Arlington (Virginia).

Sandecker, cuya esbeltez se debía a correr ocho kilómetros cada día y a los ejercicios que padecía en el gimnasio de los empleados de la NUMA, parecía más joven que un hombre de sesenta y cinco años de edad. Respetado director de la NUMA desde su fundación, había erigido una agencia federal de ciencias oceánicas que era la envidia de todas las naciones marítimas del mundo. Animoso y enérgico, era un hombre que no aceptaba un no como respuesta. Con treinta y cinco años en la marina y condecorado en numerosas ocasiones, fue elegido por un presidente anterior para dirigir la NUMA cuando no había ni un centavo de fondo ni aprobación del Congreso. En quince años Sandecker había pisado muchos pies y se había creado numerosos enemigos, pero perseveró hasta que ningún miembro del Congreso osó insinuar que dimitiera en favor de algún lacayo político. Egocéntrico pero sencillo, se teñía las canas que aparecían en su llameante cabello rojo y su barba puntiaguda.

El hombre sentado a su lado, el comandante Rudi Gunn, llevaba un traje arrugado. Tenía los hombros hundidos y se frotaba las manos vigorosamente. Las noches de abril en Washington eran demasiado frías para su gusto. Graduado de la Academia Naval, Gunn había servido en submarinos hasta que fue nombrado ayudante principal del almirante. Cuando Sandecker dimitió para fundar la NUMA, Gunn le siguió y fue nombrado director a cargo de las operaciones. Miró a Sandecker a través de sus gafas de montura metálica, consultó la esfera luminosa de su reloj y rompió el silencio.

Habló con una voz que delataba cansancio e irritación.

—Almirante, ¿se le ocurre algún motivo para que el presidente nos haya convocado a la una de la noche?

Sandecker apartó su vista de las luces que pasaban y meneó la cabeza.

—No tengo ni idea. A juzgar por el tono de Morton Laird, era una invitación que no podíamos rechazar.

—No estoy enterado de que se haya producido una crisis —murmuró en tono cansado Gunn—, interior o exterior, de las que exigen sigilo a medianoche.

—Ni yo.

—¿Es que nunca duerme ese hombre?

—Tres horas, entre las cuatro y las siete de la mañana, según mis fuentes de la Casa Blanca. Al contrario que los tres anteriores presidentes, congresistas y buenos amigos míos, éste, que fue gobernador de Oklahoma en dos legislaturas, es casi un extraño para mí. Es la primera oportunidad que tengo de hablar con él, desde que hace poco accedió a la presidencia después del ataque que sufrió su predecesor.

Gunn escudriñó la oscuridad.

—¿No conoció a Dean Cooper Wallace cuando era vicepresidente?

Sandecker negó con la cabeza.

—Por lo que me han dicho, a la NUMA no le sirve de nada.

El conductor de la limusina torció por Pennsylvania Avenue y entró en el camino que conducía a la Casa Blanca. Se detuvo ante la puerta noroeste.

—Ya hemos llegado, almirante —anunció, mientras bajaba y abría la puerta posterior.

Un miembro uniformado del servicio secreto comprobó las identificaciones de Sandecker y Gunn, y tachó sus nombres en una lista de visitantes. Después, fueron escoltados a través de la entrada del edificio y conducidos a la sala de recepción del Ala Oeste. La recepcionista, una atractiva mujer adentrada en la treintena, de pelo castaño rojizo ceñido con un moño anticuado, se levantó y les dedicó una sonrisa cordial. El rótulo que descansaba sobre su escritorio la identificaba como ROBIN CARR.

—Almirante Sandecker, comandante Gunn, es un placer conocerles.

—Trabaja hasta muy tarde —comentó Sandecker.

—Por suerte, mi reloj de fichar funciona al unísono con el del presidente.

—¿Existe alguna remota posibilidad de conseguir una taza de café? —preguntó Gunn.

La sonrisa se desvaneció.

—Lo siento, pero me temo que no hay tiempo. —La mujer se sentó, descolgó el auricular y dijo—: El almirante ha llegado.

Al cabo de diez segundos, el nuevo jefe del estado mayor del presidente, Morton Laird, que había sustituido a la anterior mano derecha del presidente hospitalizado, Wilbur Hutton, apareció y se estrecharon las manos.

—Gracias por venir, caballeros. El presidente se alegrará de verlos.

Laird era un producto de la vieja escuela. Era el único jefe de estado mayor de los últimos tiempos que vestía ternos con reloj de cadena en el chaleco. Al contrario que casi todos sus predecesores, procedentes de universidades de la Ivy League,[1] había sido profesor de comunicaciones en la Universidad de Stanford. Era un hombre alto y calvo, con gafas sin montura, de ojos castaños que brillaban bajo unas cejas hirsutas. Proyectaba encanto, y era uno de

---

1. Grupo de universidades en el noroeste de EE.UU., famosas por su prestigio académico y social (*N. del T.*)

los pocos hombres del gobierno que caían bien a todo el mundo. Se volvió e indicó con un ademán a Sandecker y Gunn que le siguieran hasta el Despacho Oval.

La famosa habitación, cuyas paredes habían sido testigo de múltiples crisis, las tribulaciones solitarias del poder y decisiones agónicas, que afectaban a miles de millones de personas, estaba vacía.

Antes de que Sandecker o Gunn pudieran hacer algún comentario, Laird se volvió y dijo:

—Caballeros, lo que van a observar durante los siguientes veinte minutos es vital para la seguridad de nuestra nación. Deben jurar que nunca dirán una palabra a nadie. ¿Me dan su palabra de honor?

—Me atrevería a decir que, durante todos mis años de servicios al gobierno, he conocido y guardado más secretos que usted, señor Laird —dijo Sandecker con convicción—. Respondo de la integridad del comandante Gunn.

—Perdóneme, almirante —dijo Laird—. Es consustancial al cargo.

Laird se acercó a una pared y presionó un interruptor oculto en el zócalo. Una sección de la pared se deslizó a un lado, y reveló el interior de un ascensor. El hombre hizo una reverencia y extendió la mano.

—Pasen, por favor.

El ascensor era pequeño, y su capacidad máxima era de cuatro personas. Las paredes eran de cedro pulido. Sólo había dos botones en el panel de control, arriba y abajo. Laird pulsó el ABAJO. La falsa pared del Despacho Oval volvió en silencio a su lugar cuando las puertas se cerraron. No experimentaron la sensación de moverse, pero Sandecker comprendió que estaban bajando a una gran velocidad por la sensación de caída que notó en su estómago. Al cabo de menos de un minuto, el ascensor aminoró la velocidad y se detuvo con suavidad.

—No vamos a encontrarnos con el presidente en la

sala de crisis —dijo Sandecker. No era una pregunta, sino una afirmación.

Laird le miró con aire intrigado.

—¿Lo ha adivinado?

—Nada de adivinanzas. He estado en ella en varias ocasiones. La sala de crisis se encuentra a mucha más profundidad de la que estamos ahora.

—Es usted muy astuto, almirante —contestó Laird—. Este ascensor no recorre ni la mitad de la distancia.

Las puertas se abrieron sin ruido, y Laird salió a un túnel muy bien iluminado y conservado. Un agente del servicio secreto montaba guardia ante las puertas abiertas de un pequeño autobús de características especiales. El interior estaba equipado como un pequeño despacho, con mullidas butacas de piel, un escritorio en forma de herradura, un minibar muy bien surtido y un cuarto de baño pequeño. Cuando todo el mundo estuvo acomodado, el agente se sentó al volante y habló por un micrófono con un auricular sujeto a su cabeza.

—Pez Espada abandona el local.

Después, el autobús empezó a moverse en silencio por el amplio túnel.

—Pez Espada es mi código para el Servicio Secreto —explicó Laird, casi con timidez.

—Motor eléctrico —comentó Sandecker.

—Más eficaz que construir un complicado sistema de ventilación para extraer los gases de escape de los motores —dijo Laird.

Sandecker echó un vistazo a las entradas laterales que nacían en el túnel.

—Hay un Washington subterráneo que la gente no imagina.

—El sistema de pasillos y carreteras construidos bajo la ciudad forma un complicado laberinto que supera los mil quinientos kilómetros de longitud. No es de dominio público, por supuesto, salvo los túneles construidos para alcantarillas, desagües, vapor y cableado eléctrico, pero existe una extensa red de uso diario para el transporte de vehículos. Se extiende desde la Casa Blanca hasta el Tribunal Supremo, el edificio del Capitolio, el Departamento de Estado, por debajo del Potomac hasta el Pentágono, el cuartel general de la CIA en Langley, y una docena más de otros edificios estratégicos del gobierno y bases militares localizados dentro y en los alrededores de la ciudad.

—Algo así como las catacumbas de París —comentó Gunn.

—Las catacumbas de París no son nada comparadas con la red subterránea de Washington —dijo Laird—. ¿Me permiten ofrecerles una copa?

Sandecker negó con la cabeza.

—Yo paso.

—No, gracias —contestó Gunn. Se volvió hacia el almirante—. ¿Conocía esto, señor?

—El señor Laird olvida que he vivido en Washington muchos años. He recorrido algunos túneles de vez en cuando. Como corren bajo los niveles freáticos, se necesita un pequeño ejército de técnicos de mantenimiento para impedir la invasión de la humedad y el cieno, y así mantenerlos secos. También están los vagabundos, camellos y delincuentes que los utilizan para almacenar productos ilegales, y los jóvenes que celebran orgías en cámaras oscuras y siniestras. Por no mencionar los imprudentes impulsados por la curiosidad y la ausencia de claustrofobias, que se divierten explorando los pasadizos. Muchos de ellos son espeleólogos experimentados, que consideran los laberintos desconocidos un desafío.

—¿Cómo es posible controlar a tantos intrusos?

—Las arterias principales, reservadas a las operaciones gubernamentales, están custodiadas por una fuerza de seguridad especial, que los controla mediante cámaras de vídeo y sensores infrarrojos —explicó Laird—. Entrar en las zonas críticas es casi imposible.

—Esto sí que es una novedad para mí —dijo poco a poco Gunn.

Sandecker sonrió de una forma enigmática.

—El jefe del estado mayor del presidente se ha olvidado de mencionar los túneles de huida.

Laird se sirvió un vasito de vodka para disimular su sorpresa.

—Está muy bien informado, almirante.

—¿Túneles de huida? —preguntó Gunn.

—¿Puedo? —preguntó Sandecker, casi disculpándose.

Laird asintió y suspiró.

—Por lo visto, los secretos del gobierno tienen una vida corta.

—Como un guión de película de ciencia ficción —continuó Sandecker—. Hasta ahora, la idea de salvar al presidente, su gabinete y los jefes del alto estado mayor durante un ataque nuclear, mediante el expediente de evacuarlos en helicóptero hasta un aeródromo o un centro de operaciones subterráneo, era una falacia casi desde el principio. Misiles submarinos disparados desde algunos cientos de kilómetros durante un ataque sorpresa podían caer sobre la ciudad en menos de diez minutos, tiempo insuficiente para llevar a cabo una evacuación de emergencia.

—Tenía que haber otra forma —añadió Laird.

—Y la hay —prosiguió Sandecker—. Fueron construidos túneles subterráneos que conducían fuera de la ciudad, utilizando tecnología electromagnética capaz de transportar un convoy de cajas blindadas que albergara en su interior a personal de alto nivel de la Casa Blanca, así como documentos secretos, desde el Pentágono hasta la base aérea Andrews, al interior de un hangar donde una versión de transporte del bombardero B-2 está preparada para despegar a escasos segundos de su llegada.

—Me alegra saber algo que usted ignora —fue la críptica respuesta de Laird.

—Si me he equivocado, haga el favor de corregirme.

—La base aérea Andrews es demasiado conocida para el aterrizaje y despegue de un avión con pasajeros de alto nivel —dijo Laird—. Tenía razón en lo concerniente a la instalación que aloja un B-2 modificado, como puesto de mando aéreo. Sin embargo, el avión se halla en una base subterránea secreta, situada al sudeste de la ciudad, en Maryland.

—Perdonen —dijo Gunn—. No dudo de lo que están diciendo, pero me parece un poco fantasioso.

Laird carraspeó y habló a Gunn, como si estuviera dando clase a un colegial.

—El pueblo estadounidense sufriría una gran conmoción si llegara a enterarse de las tortuosas maniobras que tienen lugar alrededor de la capital de la nación, en nombre del buen gobierno. A mí me pasó cuando llegué aquí. Y aún no he salido de mi asombro.

El autobús aminoró la velocidad y se detuvo ante la entrada de un corto pasadizo que conducía hasta una puerta de acero, flanqueada por una cámara de vídeo a cada lado. El ominoso recinto estaba iluminado por fluorescentes empotrados que iluminaban la estrecha cámara con un brillo intenso. A Gunn le recordó el «último kilómetro» que recorren los condenados a muerte camino de la cámara de gas. No se movió de su silla, con los ojos fijos en el pasadizo, cuando el conductor abrió el panel lateral del autobús.

—Perdone, señor, pero quisiera hacerle una pregunta más. —Gunn volvió la vista hacia Laird—. Me gustaría saber dónde vamos a reunirnos con el presidente.

Laird dirigió una breve mirada pensativa a Gunn, y después miró a Sandecker.

—¿Qué dice usted, almirante?

Sandecker se encogió de hombros.

—En estas circunstancias sólo puedo guiarme por especulaciones y rumores. Yo también siento curiosidad.

—Los secretos han de seguir siendo eso, secretos, pero ya que hemos llegado tan lejos, y como su hoja de servicios prestados a su país es impoluta, creo que puedo tomarme la libertad de admitirles en lo que es una fraternidad muy exclusiva. —Hizo una pausa, y después continuó—. Nuestro breve viaje nos ha conducido hasta Fort McNair, justo debajo de lo que en otro tiempo era el hospital de la base, hasta que fue abandonado después de la Segunda Guerra Mundial.

—¿Por qué Fort McNair? —insistió Gunn—. A mí me habría parecido más conveniente para el presidente que nos hubiera citado en la Casa Blanca.

—Al contrario que sus predecesores, el presidente Wallace casi nunca se acerca a la Casa Blanca de noche.

Lo dijo como si fuera un comentario sobre el tiempo.

Gunn parecía confuso.

—No entiendo.

—Es dolorosamente sencillo, comandante. Vivimos en un mundo maquiavélico. Líderes de países hostiles, enemigos de Estados Unidos, si lo prefiere, ejércitos de terroristas bien entrenados y preparados, o simples lunáticos, todos sueñan con destruir la Casa Blanca y a sus residentes. Muchos lo han intentado. Todos nos acordamos del coche que se precipitó contra el portal, del lunático que disparó un arma automática a través de la verja de Pennsylvania Avenue, y del maníaco suicida que posó su avioneta en el Jardín Sur. Cualquier atleta provisto de un buen brazo podría tirar una piedra desde la calle contra las ventanas del Despacho Oval. La triste verdad es que la Casa Blanca es un blanco difícil de errar...

—Ni que decirlo —añadió Sandecker—. El número de atentados que han sido cortados de raíz por nuestros servicios de inteligencia es uno de los secretos mejor guardados.

—El almirante Sandecker está en lo cierto. Los profesionales que planearon el asalto a la residencia del presidente fueron detenidos antes de que la operación se pusiera en marcha. —Laird terminó su vodka y dejó el vaso en un pequeño fregadero antes de bajar del autobús—. Es demasiado peligroso para la familia presidencial comer y dormir en la Casa Blanca. Con la excepción de visitas guiadas públicas, conferencias de prensa ocasionales, recepciones oficiales a altos dignatarios y las reuniones del presidente con el público en el Jardín de Rosas para hacerse la foto, la familia apenas pisa su casa.

A Gunn le costaba aceptar la revelación.

—¿Está diciendo que la rama ejecutiva del gobierno trabaja en otro lugar que no es la Casa Blanca?

—A veintiocho metros por encima de nuestras cabezas, para ser exacto.

—¿Desde cuándo dura esta pantomima? —preguntó Sandecker.

—Desde la administración Clinton.

Gunn contempló con aire pensativo la puerta de acero.

—Considerando la situación actual en casa y en el extranjero, parece una solución práctica.

—Es triste averiguar —dijo Sandecker con solemnidad— que el otrora lugar reverenciado de nuestros presidentes se vea reducido a poco más que un lugar para recepciones.

5

Al salir del ascensor, Sandecker y Gunn, precedidos por Laird, cruzaron una sala de recepción circular custodiada por un agente del servicio secreto, y entraron en una biblioteca cuyas cuatro paredes estaban forradas de libros desde el suelo al techo. Habría más de un millar. Cuando la puerta se cerró a su espalda, Sandecker vio que el presidente estaba de pie en el centro de la sala, con los ojos clavados en el almirante, pero sin dar muestras de reconocerle. Había otros tres hombres en la biblioteca. Sandecker conocía a uno, pero a los otros dos no. El presidente sostenía una taza de café en su mano izquierda. Laird se encargó de las presentaciones.

—Señor presidente, el almirante James Sandecker y el comandante Rudi Gunn.

El presidente aparentaba unos sesenta y cinco años, pero aún no había cumplido los sesenta. El cabello prematuramente cano, las venillas rojas que surcaban su cutis, los ojos pequeños y como cuentas casi siempre enrojecidos, servían de inspiración a los humoristas políticos para caricaturizarle casi siempre como un alcohólico, aunque pocas veces bebía más de un vaso de cerveza de vez en cuando. Hombre fuerte, de cara redonda, frente escasa y cejas delgadas, era un político consumado. A los pocos días de sustituir a su jefe enfermo, todas las decisiones concernientes a su estilo de vida o el estado de la unión fueron tomadas en función de conseguir votos para las siguientes elecciones.

Dean Cooper Wallace no era uno de los presidentes favoritos de Sandecker. No era ningún secreto que Wallace detestaba Washington y rechazaba integrarse en la dinámica social exigida. El Congreso y él siempre estaban a la greña, en una lucha feroz y sin cuartel. No era un intelectual, pero sí un experto en llegar a compromisos y actuar basándose en su intuición. Desde que había reemplazado al hombre elegido por votación, se había apresurado a rodearse de ayudantes y consejeros que compartían su desagrado por la burocracia y siempre buscaban formas innovadoras de saltarse las tradiciones.

El presidente extendió su mano libre, sin dejar de sujetar la taza de café.

—Almirante Sandecker, es un placer conocerle por fin.

Sandecker parpadeó de forma involuntaria. El apretón del presidente era enérgico, no lo que esperaba de un político acostumbrado a estrechar manos sin cesar.

—Señor presidente, confío en que ésta será la primera de las muchas ocasiones en que nos encontraremos cara a cara.

—Eso espero, pues el pronóstico de mi predecesor no augura una recuperación completa.

—Lo siento. Es un buen hombre.

Wallace no contestó. Saludó con un movimiento de la cabeza a Gunn, como reconociendo su presencia, mientras Laird seguía en su papel de anfitrión. El jefe del estado mayor tomó al almirante por el brazo y le condujo hasta los tres hombres que aguardaban de pie delante de una estufa de gas que ardía en una chimenea de piedra.

—Duncan Monroe, comisionado del Servicio de Inmigración y Naturalización, y su comisionado adjunto ejecutivo para operaciones especiales, Peter Harper.

—Monroe tenía aspecto de hombre duro y práctico. Daba la impresión de que Harper se había fundido con el maletín, detrás de él. Laird se volvió hacia el tercer hombre—. Almirante Dale Ferguson, comandante de la Guardia Costera.

—Dale y yo somos viejos amigos —dijo Sandecker.

Ferguson, un hombretón de rostro colorado y sonrisa franca, agarró a Sandecker por el hombro.

—Me alegro de verte, Jim.

—¿Cómo están Sally y los chicos? No les he visto desde que hicimos el crucero juntos por Indonesia.

—Sally se dedica todavía a salvar los bosques, y los chicos se están puliendo mi pensión con los gastos de la universidad.

El presidente, cansado ya de trivialidades, les congregó alrededor de una mesa de conferencias y dio por iniciada la reunión.

—Me disculpo por haberles sacado de la cama en una noche lluviosa, pero Duncan ha llamado mi atención sobre una crisis que está a punto de estallar ante nuestras narices, relacionada con la inmigración ilegal. Cuento con ustedes, caballeros, para preparar un plan viable que interrumpa la invasión de extranjeros, en especial chinos, que entran clandestinamente por nuestras costas en gran número.

Sandecker enarcó las cejas, perplejo.

—Entiendo muy bien, señor presidente, el papel del INS en el problema, pero ¿qué tiene que ver la inmigración ilegal con la Agencia Nacional Marina y Submarina? Nuestro trabajo se basa en las investigaciones submarinas. Perseguir traficantes de chinos no es tarea nuestra.

—Necesitamos con urgencia toda la ayuda con la que podamos contar —dijo Duncan Monroe—. Puesto que el Congreso ha recortado su presupuesto, el INS se ve desbordado. El Congreso aprobó un aumento del sesenta por ciento en agentes de fronteras del INS, pero no aportó fondos para expandir nuestra división de investigaciones. Todo nuestro departamento no cuenta con más de mil ochocientos agentes especiales para cubrir todo Estados Unidos y las investigaciones en el extranjero. Sólo en Nueva York, el FBI tiene desplegados a mil cien agentes. Aquí en Washington, mil doscientos policías del Capitolio patrullan una zona que se mide en manzanas. Dicho de otra manera, el INS no cuenta con medios de investigación suficientes para hincar el diente en el flujo de inmigrantes ilegales.

—Suena como si estuvieran trabajando con un ejército de patrulleros al que apoyan muy pocos detectives —dijo Sandecker.

—Estamos librando una batalla perdida, teniendo en cuenta la cantidad de ilegales que se cuelan por nuestra frontera con México. Algunos llegan incluso desde Chile y Argentina —continuó Monroe—. Es como intentar contener el oleaje del océano con un escurridor de cocina. El contrabando de personas se ha convertido en una industria que mueve miles de millones de dólares, en dura competencia ya con el tráfico de armas y de drogas. El tráfico de personas, que consiste en transportar carga humana en un submundo indiferente a las fronteras y las ideologías políticas, llegará a ser el delito más importante del siglo XXI.

Harper inclinó la cabeza.

—Para colmo de males, el tráfico de gente procedente de la República Popular China está alcanzando proporciones endémicas. Los traficantes, con la bendición y el apoyo de su gobierno, empeñado en reducir su tremenda población sea como sea, han lanzado un programa para exportar decenas de millones de sus compatriotas a todos los rincones del globo, en especial a Japón, Estados Unidos, Canadá, Europa y Sudamérica. Aunque parezca extraño, también los están infiltrando en África, desde El Cabo y Argel.

Harper sustituyó a su superior.

—Los grupos de traficantes han organizado un complejo laberinto de rutas de transporte. Aire, mar y tierra se utilizan para el tráfico de humanos. Más de cuarenta zonas de organización y distribución han sido establecidas en Europa Oriental, Centroamérica y África.

—Los rusos se han convertido en un objetivo predilecto —añadió Monroe—. Consideran una amenaza a su seguridad la inmigración masiva e incontrolada de chinos a Mongolia y Siberia. El directorio de inteligencia del Ministerio de Defensa ruso ha advertido a sus líderes que Rusia está a punto de perder sus territorios de Extremo Oriente, debido a que el flujo de chinos está superando ya a la población de la región.

—Mongolia ya es una causa perdida —dijo el presidente—. Rusia ha dejado que su autoridad se le escurriera entre los dedos. Siberia viene a continuación.

Como si leyera los diálogos de una obra teatral, Harper volvió a intervenir.

—Antes de que Rusia pierda sus puertos del Pacífico, con ricos depósitos de oro, petróleo y gas, todos vitales para su entrada en la economía asiática volcada hacia el Pacífico, que se encuentra en plena expansión, cabe la posibilidad de que su presidente y el parlamento, impulsados por la desesperación, declaren la guerra a China. Esto pondría a Estados Unidos en una situación imposible a la hora de elegir bandos.

—También se avecina otro cataclismo —dijo el presidente—. La conquista gradual de la Rusia oriental no es más que la punta del iceberg. Los chinos planifican a largo plazo. Aparte de los campesinos empobrecidos que son recogidos y cargados en barcos, un gran número de inmigrantes no son pobres. Muchos poseen los medios económicos suficientes para comprar propiedades y montar negocios en los países donde se instalan. Con el tiempo, esto puede conducir a enormes cambios en la influencia política y económica, sobre todo si su cultura y lealtad continúan vinculados a la madre patria.

—Si no se pone coto a la oleada de inmigración china —dijo Laird—, es imposible predecir el enorme trastorno que experimentará el mundo durante los próximos cien años.

—A juzgar por sus palabras, está insinuando que la República Popular China se encuentra implicada en un plan maquiavélico para apoderarse del mundo —dijo Sandecker.

Monroe asintió.

—Están en ello hasta el cuello. La población de China crece en veintiún millones de personas al año. Su población, que alcanza los mil doscientos millones de habitantes, representa el veintidós por ciento de la población total del mundo. No obstante, su territorio sólo representa el siete por ciento. La hambruna está a la orden del día. Las leyes promulgadas para prohibir que las parejas tuvieran más de un hijo han ido a parar al cubo de la basura. La pobreza produce niños, pese a las amenazas de prisión. Los líderes chinos consideran la inmigración ilegal una solución sencilla y barata a su problema de población. Mediante el expediente de autorizar, literalmente, grupos de criminales especializados en el tráfico humano, capitalizan ambos extremos del espectro. Los beneficios casi se acercan a los del tráfico de drogas, y reduce el número de aquellos que lastran su economía.

Gunn miró a los comisionados del INS.

—Siempre tuve la impresión de que las mafias del crimen organizado dirigían las operaciones de tráfico humano.

Monroe señaló con la cabeza a Harper.

—Dejaré que conteste Peter, puesto que es nuestro experto en el crimen organizado asiático y los grupos criminales supranacionales.

—Este tráfico presenta dos vertientes —explicó Harper—. De la primera se encarga una alianza de grupos criminales que también se dedican a las drogas, la extorsión, la prostitución y el robo de coches a escala internacional. Son responsables de casi el treinta por ciento de extranjeros introducidos ilegalmente en Europa y el hemisferio occidental. La segunda consiste en negocios legales que, tras su fachada de respetabilidad, se dedican a este tráfico, con el permiso y apoyo de sus gobiernos. Esta parte de la actividad abarca el setenta por ciento de todos los extranjeros que son introducidos de manera ilegal en todo el mundo.

»Si bien muchos inmigrantes chinos ilegales llegan por aire, la masa principal penetra por mar en los países extranjeros. El transporte aéreo requiere pasaportes y suculentos sobornos. El uso de barcos se ha impuesto bastante. Los gastos generales son menores, pueden transportarse muchos más cuerpos en una sola operación, la logística es más sencilla y los beneficios superiores.

El almirante Ferguson carraspeó.

—Cuando la oleada era un goteo se utilizaban cargueros de servicio irregular, viejos, ruinosos y maltrechos, para el transporte de inmigrantes. Después, los enviaban a tierra en botes y balsas llenos de agujeros. A muchos les entregaban chalecos salvavidas y los arrojaban por la borda. Cientos se ahogaban antes de llegar a la orilla. Ahora, los traficantes se han sofisticado mucho más. Ocultan a los inmigrantes en barcos comerciales y, en un número de casos cada vez mayor, entran con toda la jeta en el puerto, para luego colarlos ante las narices de los agentes de inmigración.

—¿Qué ocurre después de que los inmigrantes llegan sanos y salvos al país? —preguntó Gunn.

—Bandas mafiosas asiáticas se ocupan de ellos —contestó Harper—. Los inmigrantes que tienen la suerte de contar con dinero o parientes que ya viven en Estados Unidos, son entregados en su ciudad de destino. Sin embargo, la mayoría no puede pagar las tarifas de entrada. En consecuencia, se ven obligados a vivir escondidos, por lo general en almacenes camuflados. En ellos, permanecen encerrados durante semanas o meses, y les amenazan con que, si intentan escapar, serán entregados a las autoridades estadounidenses y encarcelados durante la mitad de su vida, sólo por haber entrado de forma ilegal. Las bandas utilizan con frecuencia la tortura, palizas y violaciones para asustar a sus cautivos, de forma que se convierten en esclavos, en la práctica. Una vez los inmigrantes se resignan a su suerte, se les obliga a trabajar para las mafias en tráfico de drogas, prostitución, en fábricas ilegales y en otras actividades relacionadas con las bandas. Los que se encuentran en buen estado físico, por lo general los hombres más jóvenes, han de firmar un contrato que les exige pagar su tarifa de entrada a unos intereses altísimos. Después se les encuentra trabajo en lavanderías, restaurantes o actividades manuales, catorce horas al día, siete días a la semana. Un inmigrante ilegal tarda de seis a ocho años en pagar la deuda.

—Después de obtener los documentos falsificados necesarios —continuó Monroe—, muchos de ellos se convierten en ciudadanos estadounidenses auténticos. Mientras exista en Estados Unidos demanda de mano de obra barata, las empresas de tráfico humano eficientes la explotarán con la inmigración ilegal, que ya está alcanzando proporciones epidémicas.

—Tiene que haber formas de atajar la inundación —dijo Sandecker. Se sirvió una taza de café de una jarra de plata que había sobre un carrito cercano.

—Aparte de imponer un bloqueo internacional alrededor del territorio chino, ¿cómo va a detenerles? —preguntó Gunn.

—La respuesta es sencilla —dijo Laird—. No podemos, a tenor de las leyes internacionales. Tenemos las manos atadas. Lo único que puede hacer cualquier nación, incluida Estados Unidos, es reconocer la amenaza como un problema de seguridad internacional de primera magnitud, y tomar las medidas de emergencia que sean necesarias para proteger sus fronteras.

—Como solicitar la intervención del ejército y los marines para defender las playas y repeler a los invasores —sugirió Sandecker con ironía.

El presidente dirigió a Sandecker una mirada severa.

—Da la impresión de que no ha entendido el problema, almirante. Nos estamos enfrentando a una invasión pacífica. No puedo alzar una cortina de misiles contra hombres, mujeres y niños desarmados.

Sandecker insistió.

—En ese caso, ¿qué le impide, señor presidente, ordenar una operación conjunta de las fuerzas armadas, con el fin de custodiar las fronteras sin fisuras? Al mismo tiempo, quizá detendría de paso la entrada de drogas ilegales.

El presidente se encogió de hombros.

—Esa idea ha cruzado mentes más inteligentes que la mía.

—Parar a los ilegales no es misión del Pentágono —afirmó Laird.

—Tal vez estoy mal informado, pero siempre he tenido la impresión de que la misión de nuestras fuerzas armadas era proteger y defender la seguridad de Estados Unidos. Pacífica o no, se trata de una invasión de nuestras costas soberanas. No entiendo por qué la infantería del ejército y divisiones de la marina no pueden ayudar a los patrulleros de fronteras del señor Monroe, por qué la marina no puede prestar mayor apoyo a la Guardia Costera, demasiado desperdigada, del almirante Ferguson, y por qué la fuerza aérea no puede llevar a cabo misiones de reconocimiento aéreo.

—Existen consideraciones políticas que escapan a mi control —dijo el presidente, con cierta severidad en su voz.

—¿Cómo no responder con duras sanciones comerciales a las importaciones chinas, porque nos compran cada año productos industriales y agrícolas por valor de miles de millones de dólares?

—Ahora que lo dice, almirante —dijo con énfasis Laird—, debería saber que los chinos han sustituido a los japoneses como los mayores compradores de bonos del tesoro estadounidense. No nos interesa acosarles.

Gunn advirtió que la ironía enrojecía la cara de su jefe, al tiempo que la del presidente palidecía. Intervino en el debate con diplomacia.

—Estoy seguro de que el almirante Sandecker comprende sus dificultades, señor presidente, pero creo que no entendemos en qué puede ayudar la NUMA.

—Me complacerá informarte sobre tu colaboración, Jim —dijo Ferguson a su viejo amigo.

—Hazlo, por favor —replicó Sandecker, tirante.

—No es ningún secreto que la Guardia Costera deja demasiados huecos. Durante el año pasado capturamos treinta y dos barcos e interceptamos a más de cuatro mil ilegales chinos en Hawai, así como en las costas Este y Oeste. La NUMA posee una pequeña flota de barcos de investigación...

—Alto ahí —interrumpió Sandecker—. No permitiré de ninguna manera que mis barcos y mis científicos se dediquen a abordar barcos sospechosos de transportar inmigrantes ilegales.

—Ni es nuestra intención la de poner armas en manos de biólogos marinos —tranquilizó Ferguson al almirante con voz serena e imperturbable—. Lo que necesitamos de la NUMA es información sobre posibles lugares de desembarco, condiciones submarinas y geología de nuestras costas, bahías y ensenadas que los traficantes puedan utilizar. Pon tus mejores hombres a trabajar en ello, Jim. ¿Dónde descargarían su cargamento humano, si fueran ellos los traficantes?

—Además —añadió Monroe—, su gente y sus barcos pueden servir para recoger información. Los barcos pintados de azul turquesa de la NUMA son conocidos y respetados en todo el mundo como barcos de investigación científica marina. Cualquiera de ellos podría acercarse a cien metros de un barco sospechoso lleno de inmigrantes, sin despertar las sospechas de los traficantes. Pueden informar de lo que observan y continuar sus investigaciones.

—Ha de comprender —dijo el presidente en tono cansado a Sandecker— que no le estoy pidiendo que deje de lado las prioridades de su agencia. Le estoy ordenando a usted y a la NUMA que colaboren en todo lo posible con el señor Monroe y el almirante Ferguson para detener la invasión de inmigrantes ilegales procedentes de China.

—Me gustaría que su gente investigara dos parcelas en particular —dijo Harper.

—Le escucho —contestó Sandecker, que empezaba a mostrar tenues señales de curiosidad.

—¿Le suena un hombre llamado Qin Shang? —preguntó Harper.

—Sí —contestó Sandecker—. Posee un imperio naviero en Hong Kong llamado Qin Shang Maritime Limited, con una flota de más de cien cargueros, petroleros y cruceros. En una ocasión, efectuó una petición personal, por mediación de un historiador chino, de investigar en unos archivos un naufragio que le interesaba encontrar.

—Si algo flota, es probable que Shang sea su propietario, incluyendo instalaciones portuarias y almacenes en casi todos los principales puertos del mundo. Es de lo más astuto y taimado.

—¿No es Shang el magnate chino que construyó aquella enorme instalación portuaria en Luisiana? —preguntó Gunn.

—El mismo que viste y calza —contestó Ferguson—. En la bahía de Atchafalaya, cerca de Morgan City. Sólo pantanos y marismas. Según todos los constructores a los que consultamos, es absurdo invertir cientos de millones de dólares en un puerto de embarque alejado ciento veinte kilómetros de la ciudad más cercana, y sin una red de transporte que nazca de ella.

—¿Tiene algún nombre? —preguntó Gunn.

—El puerto se llama Sungari.

—Shang ha de tener un motivo muy bueno para tirar tanto dinero en un pantano —dijo Sandecker.

—Sea cual sea su lógica, aún hemos de averiguar cuál es —admitió Monroe—. Es una de las dos parcelas en que la NUMA puede ayudarnos.

—Le gustaría utilizar un barco de investigación de la NUMA y su tecnología para husmear en el puerto de embarque recién construido por Shang —dedujo Gunn.

Ferguson asintió.

—Lo ha adivinado, comandante. Hay algo más en Sungari de lo que se ve a simple vista, y debe de estar escondido bajo el agua.

El presidente miró a Sandecker con una leve sonrisa.

—Ninguna otra agencia gubernamental cuenta con los cerebros y la tecnología de la NUMA para la investigación submarina.

Sandecker sostuvo su mirada.

—No han aclarado qué tiene que ver Shang con el tráfico de inmigrantes ilegales.

—Según nuestras fuentes de inteligencia, Shang es la mente responsable del cincuenta por ciento de los chinos introducidos en el hemisferio occidental, y el número no cesa de crecer.

—Por lo tanto, si neutraliza a Shang, corta la cabeza de la serpiente.

El presidente asintió.

—Ésa es nuestra teoría.

—Ha hablado de dos parcelas de investigación —sondeó Sandecker.

Ferguson levantó la mano para contestar a la pregunta.

—La segunda es un barco. Otro de los proyectos de Shang que nos intriga fue la compra de un antiguo transatlántico, el *S.S. United States*.

—El *United States* fue retirado del servicio y desarmado en Norfolk, Virginia, durante treinta años —dijo Gunn.

Monroe meneó la cabeza.

—Hace diez años fue vendido a un millonario turco, quien anunció que iba a remozarlo y ponerlo de nuevo en servicio como universidad flotante.

—Una idea muy poco práctica —dijo Sandecker—. Independientemente de las reformas que haya sufrido, para los patrones de hoy es demasiado grande y demasiado caro de funcionar y mantener.

—Una patraña. —Por primera vez, Monroe sonrió—. El turco rico resultó ser nuestro amigo Qin Shang. El *United States* fue remolcado desde Norfolk hasta el Mediterráneo, de allí a Estambul, y luego a Sebastopol por el mar Negro. Los chinos no tienen un dique seco capaz de albergar a un barco de ese tamaño. Shang contrató a los rusos para convertirlo en un crucero moderno.

—Eso es absurdo. Perderá hasta la camisa, y ya debe saberlo.

—No es nada absurdo si Shang pretende utilizar el *United States* como una tapadera para transportar inmigrantes ilegales —dijo Ferguson—. La CIA también piensa que la República Popular financió a Shang. La marina de los chinos es pequeña. Si alguna vez se toman en serio invadir Taiwán, necesitarán transportes de tropas. El *United States* podría transportar a toda una división, incluyendo sus armas y equipo pesado.

—Comprendo muy bien que esta siniestra amenaza exige medidas urgentes. —Sandecker hizo una pausa y se masajeó las sienes con las yemas de los dedos durante unos momentos. Después, anunció—: Los recursos de la NUMA están a sus órdenes. Haremos todo lo posible.

El presidente asintió, como si ya lo esperara.

—Gracias, almirante. Estoy seguro de que el señor Monroe y el almirante Ferguson comparten mi expresión de gratitud.

Los pensamientos de Gunn ya estaban concentrados en el trabajo que les aguardaba.

—Sería muy útil —dijo, mirando a Monroe y Harper— que tuvieran agentes en el interior de la organización de Shang, para proporcionarnos información.

Monroe hizo un ademán de impotencia con las manos.

—La seguridad de Shang es increíble. Ha contratado a un grupo de elite de ex agentes del KGB para formar un cerco impenetrable en el que ni siquiera la CIA ha logrado infiltrarse. Tienen una identificación personal informatizada y un sistema de investigación perfectos. Todos los miembros del círculo ejecutivo de Shang se encuentran bajo vigilancia constante.

—Hasta la fecha —añadió Harper— hemos perdido a dos agentes especiales que intentaron penetrar en la organización de Shang. A excepción de una de nuestras agentes, que se hizo pasar por inmigrante y compró su pasaje para uno de los barcos de Shang, nuestras misiones secretas han fracasado. Detesto admitirlo, pero las cosas son así.

—¿Ha dicho que su agente es una mujer? —preguntó Sandecker.

—Procede de una familia china acaudalada. Es una de las mejores.

—¿Tienen idea de dónde desembarcarán los traficantes a su agente? —preguntó Gunn.

Harper negó con la cabeza.

—No mantenemos contacto con ella. Podrían dejarla, a ella y a los demás, en cualquier punto situado entre San Francisco y Anchorage.

—¿Cómo saben que los agentes de seguridad de Shang no la han descubierto ya, como sucedió con los otros dos agentes?

Harper clavó la vista en la lejanía durante largo rato.

—No lo sabemos —admitió con solemnidad por fin—. Sólo podemos esperar y confiar en que establezca contacto con una de nuestras oficinas del distrito de la Costa Oeste.

—¿Y si nunca vuelven a oír hablar de ella?

Harper contempló la pulida superficie de la mesa como si viera en ella la respuesta.

—Enviaré una carta de condolencia a sus padres y designaré a otro agente para que siga sus pasos.

La reunión concluyó por fin a las cuatro de la madrugada. Sandecker y Gunn salieron de los aposentos secretos del presidente y fueron conducidos por el túnel hasta la Casa Blanca. Mientras les acompañaban a sus respectivas casas en limusina, ambos estaban absortos en sombríos pensamientos. Fue Sandecker quien rompió el silencio.

—Deben de estar desesperados si necesitan que la NUMA les saque las castañas del fuego.

—Yo, en lugar del presidente, también llamaría a los marines, a la Bolsa de Nueva York y a los Boy Scouts —dijo Gunn.

—Una farsa —resopló Sandecker—. Mis confidentes de la Casa Blanca me han dicho que el presidente se ha acostado con Qin Shang desde que era gobernador de Oklahoma.

Gunn le miró.

—Pero el presidente dijo...

—Sé lo que dijo, pero se refería a algo diferente. Claro que quiere acabar con la invasión de inmigrantes ilegales, pero no tomará ninguna medida que moleste a Pekín. Qin Shang es la persona que ha recogido más fondos en Asia para la campaña del presidente Wallace. Muchos millones de dólares procedentes del gobierno chino fueron encauzados hacia la campaña de Wallace a través de Hong Kong y la empresa de Shang. Es una influencia corrupta de primera magnitud. Por eso Wallace no quiere enfrentamientos directos. Su administración está llena de gente que trabaja en beneficio de China. Ese hombre ha vendido su alma en detrimento de los ciudadanos estadounidenses.

—En ese caso, ¿qué espera ganar si conseguimos pruebas de las actividades delictivas de Shang?

—Eso no ocurrirá —repuso Sandecker con acritud—. Qin Shang nunca será acusado ni condenado por actividades delictivas, al menos en Estados Unidos.

—Deduzco que su plan es llevar adelante la investigación —dijo Gunn—, sin hacer caso de las consecuencias.

Sandecker asintió.

—¿Tenemos algún buque de investigaciones trabajando en el Pacífico?

—El *Marine Denizen*. Su equipo científico está llevando a cabo un estudio sobre la disminución de los arrecifes de coral en Yucatán.

—Ha servido a la NUMA durante mucho tiempo —dijo Sandecker, con la imagen del barco en su mente.

—El más antiguo de nuestra flota —admitió

Gunn—. Es su último viaje. Cuando regrese al puerto de Norfolk, lo donaremos a la Universidad de Oceanografía de Lampack.

—La universidad tendrá que esperar un poco más. Un barco de investigaciones antiguo, tripulado por biólogos, sería una tapadera ideal para investigar las instalaciones del puerto de Shang.

—¿A quién piensa poner al frente de la investigación?

Sandecker se volvió hacia Gunn.

—A nuestro director de proyectos especiales, por supuesto.

Gunn vaciló.

—Es mucho pedir a Dirk, ¿verdad?

—¿Se le ocurre alguien mejor?

—No, pero salió muy mal librado del último proyecto. Cuando le vi hace pocos días, parecía al borde de la muerte. Necesita más tiempo para recuperarse.

—Pitt se recupera rápido —afirmó Sandecker—. Un buen desafío es lo que necesita para volver a ponerse en forma. Localízale y dile que se ponga en contacto conmigo de inmediato.

—No sé dónde buscarle —dijo Gunn—. Después de que usted le concediera el mes de permiso, se marchó sin decir adónde iba.

—Está en el estado de Washington, en un lugar llamado Orion Lake.

Gunn miró al almirante con suspicacia.

—¿Cómo lo sabe?

—Hiram Yaeger le envió un camión repleto de equipo submarino —contestó Sandecker con ojos centelleantes—. Hiram creyó que había actuado con discreción, pero los rumores corren que se las pelan hasta llegar a mi despacho.

—No pasan muchas cosas en la NUMA que usted no sepa.

—El único misterio que no he solucionado es cómo Al Giordino se fuma mis carísimos puros de Nicaragua sin que eche en falta ninguno.

—¿Ha pensado que tal vez los dos tengan el mismo camello?

—Imposible —resopló Sandecker—. Mis puros los elabora una familia de Managua con la que mantengo una estrecha amistad. No es posible que Giordino los conozca. A propósito, ¿dónde está Giordino?

—Tirado en una playa de Hawai —contestó Gunn—. Decidió que era un momento ideal para tomarse unas vacaciones, hasta que Dirk volviera a las andadas.

—Esos dos son tan impenetrables como ladrones. Siempre están tramando alguna.

—¿Quiere que informe a Al sobre la situación, y que luego le envíe a Orion Lake para que vuelva a Washington con Dirk?

Sandecker asintió.

—Buena idea. Pitt hará caso a Giordino. Conociendo a Dirk, si le llamara para ordenarle que volviera al trabajo, me colgaría el teléfono.

—Tiene toda la razón, almirante —reconoció Gunn, sonriente—. Eso es exactamente lo que haría.

6

Los pensamientos de Julia Lee, mejor dicho, ciertas convicciones, daban vueltas en torno a una sensación de derrota aplastante. En el fondo sabía que era la culpable del fracaso de su misión. Había efectuado los movimientos incorrectos, había dicho lo que no debía. Una sensación de vaciedad la abrumaba, teñida por la desesperación que invadía su mente. Había averiguado muchas cosas sobre la forma de trabajar de los traficantes. Notó un sabor amargo en la boca cuando comprendió que no serviría de nada. La información vital que había obtenido nunca sería transmitida al Servicio de Inmigración y Naturalización, para que pudiera detener a los traficantes.

Un mar de dolor se derramaba de sus heridas, infligidas con sadismo. Se sentía enferma, vacía y degradada. Además, estaba muy cansada y hambrienta. Su seguridad en sí misma la había traicionado. Si hubiera utilizado las habilidades aprendidas durante su adiestramiento como agente especial del INS, y con el tiempo suficiente, habría logrado escapar con facilidad de sus carceleros, antes de verse sometida a una vida de ultrajes. Ahora, ya era demasiado tarde. Julia había sufrido demasiados malos tratos para realizar un esfuerzo físico extremo. Lo único que podía hacer era mantenerse erguida sin marearse y perder el equilibrio.

Por culpa de su dedicación al trabajo, Julia tenía muy pocos amigos íntimos. Los hombres habían pasado por su vida sin dejar huella, poco más que conocidos. Experimentó una inmensa tristeza al pensar que nunca volvería a ver a sus padres. Por extraño que pareciera, no tenía la menor conciencia de miedo o aversión. Nada podía cambiar lo que iba a sucederle dentro de escasas horas.

A través de la cubierta de acero, notó que los motores se detenían. El barco empezó a mecerse en el oleaje. Un minuto después, el ancla resonó en el escobén. El *Indigo Star* había anclado justo antes de llegar a los límites jurisdiccionales de Estados Unidos, para evitar que las autoridades intervinieran.

Le habían quitado el reloj durante el interrogatorio, y Julia sólo estaba segura de que era noche cerrada. Miró a los otros cuarenta o más individuos acurrucados en la bodega, arrojados allí después de los interrogatorios. Todos empezaron a hablar muy excitados, pensando que habían llegado a Estados Unidos al fin y se disponían a iniciar una nueva vida en cuanto tocaran tierra. Julia habría sentido lo mismo, pero no se engañaba. La verdad golpearía con fría indiferencia. Cualquier expectativa de felicidad no duraría mucho. Todos habían sido engañados. Los ricos y poderosos eran los más listos. Los traficantes les habían estafado y robado, pero no obstante aún alentaban la esperanza en su alma.

Dos horas era todo el tiempo que los traficantes necesitaban para transportar los inmigrantes ilegales a los jabegueros que pertenecían a la flota pesquera de Qin Shang Maritime. La flota, tripulada por chinos documentados que habían obtenido la ciudadanía, llevaba a cabo operaciones de pesca legales, cuando no transportaba inmigrantes ilegales desde el buque escolta a lugares de paso situados en puertos pequeños y ensenadas repartidos a lo largo de la costa de la península de Olympic. Allí, autobuses y camiones de carga esperaban para conducirles a sus puntos de destino, repartidos por toda la nación.

Julia, la última en salir de la bodega, fue conducida sin miramientos por un comisario hasta la cubierta exterior. Apenas podía andar, y el hombre casi tuvo que arrastrarla. Ki Wong estaba de pie junto a la rampa de desembarco. Levantó una mano y detuvo al comisario antes de que la acompañara hasta un barco negro de aspecto extraño, que oscilaba sobre las olas al lado del buque.

—Una última cosa, Ling T'ai —dijo en voz baja y fría—. Ahora que ya has tenido tiempo de pensar en mi oferta, tal vez hayas cambiado de opinión.

—Si accedo a convertirme en su esclava —murmuró la mujer con sus labios hinchados—, ¿qué pasará después?

El hombre le dedicó su mejor sonrisa de chacal.

—Pues nada. No espero que te conviertas en mi esclava. Esa oportunidad ya ha pasado de largo.

—Entonces ¿qué desea de mí?

—Tu colaboración. Me gustaría saber quién más trabajaba contigo a bordo del *Indigo Star*.

—No sé de qué me está hablando —murmuró la joven con tono despreciativo.

El hombre la miró fijamente y se encogió de hombros. Después, introdujo la mano en el bolsillo de la chaqueta, sacó una hoja de papel y se la dio.

—Lee esto, y verás que tenía razón sobre ti.

—Léalo usted —dijo Julia con sus últimos restos de energía.

El hombre sostuvo el papel bajo una farola del muelle y forzó la vista.

—«La huella dactilar y la descripción que nos envió vía satélite fueron analizadas e identificadas. La mujer Ling T'ai es una agente del INS llamada Julia Marie Lee.

Sugerimos que solucione el problema de manera expeditiva.»

Si a Julia le quedaba alguna esperanza, fue cercenada al instante. Debieron tomarle las huellas mientras estaba inconsciente. Pero ¿cómo era posible que una banda de traficantes chinos obtuviera su identificación a las pocas horas, de una fuente que no fuera el FBI de Washington? La organización tenía que ser mucho más compleja y sofisticada de lo que ella y los investigadores del INS sospechaban. No estaba dispuesta a conceder a Wong la menor satisfacción.

—Soy Ling T'ai. No tengo nada más que decir.

—Yo tampoco. —Wong indicó con un gesto el barco negro que aguardaba—. Adiós, señorita Lee.

Cuando el comisario la cogió del brazo y tiró de ella hacia el barco camuflado, Julia miró a Wong, que seguía de pie sobre la cubierta del barco. El muy bastardo estaba sonriendo. Le miró con ojos rebosantes de odio.

—Morirás, Ki Wong —dijo—. Morirás muy pronto.

El hombre le devolvió la mirada, con más ironía que irritación.

—No, señorita Lee. Eres tú quien morirá pronto.

7

Todavía asqueado por lo que el vehículo submarino había descubierto, Pitt dedicó la última hora de luz a contemplar el refugio de Qin Shang por el telescopio. La criada que hacía la limpieza en los pabellones de invitados, los mismos dos jugadores de golf que continuaban la partida... Eran las únicas personas que había observado. Muy peculiar, pensó. Ni coches ni camiones de reparto entraban o salían de la propiedad. Los guardias de seguridad no volvieron a hacer acto de presencia. Pitt no podía creer que se quedaran encerrados día y noche en las pequeñas cabañas carentes de ventanas, sin salir para nada.

No llamó a la NUMA para informar del macabro descubrimiento, ni tampoco se puso en contacto con las autoridades locales. Decidió intentar descubrir sin ayuda el misterio de los cadáveres que alfombraban el fondo del lago. Que Qin Shang utilizaba las profundidades del lago como depósito de sus víctimas parecía evidente. Pero tenía que averiguar más cosas antes de dar la alarma.

Una vez convencido de que no había nada más que ver, abandonó el telescopio y transportó la segunda caja de cartón que Yaeger le había enviado al cobertizo de las lanchas. Era tan pesada y voluminosa que se vio obligado a utilizar una pequeña carretilla para transportar la caja y su contenido. Abrió con un cúter la tapa, extrajo un compresor eléctrico portátil y lo enchufó. A continuación, conectó el compresor a la válvula de aire de dos tubos montada sobre los cilindros de aire gemelos de buceo de veinticuatro metros cúbicos. Se vació con menos ruido que los gases de escape del motor de un coche parado.

Volvió a la cabaña y contempló la puesta de sol sobre la pequeña cordillera que discurría entre Orion Lake y el mar. Cuando la oscuridad descendió sobre el lago, Pitt tomó una cena ligera, y después vio algo de televisión por vía satélite. A las diez apagó las luces. Confiando en que las cámaras espía instaladas en la cabaña no funcionarían mediante infrarrojos, se desnudó, salió al exterior, se metió en el agua, contuvo la respiración y nadó hasta el interior del cobertizo de las lanchas.

El agua estaba helada, pero su mente estaba demasiado ocupada para darse cuenta. Se secó con una toalla y se puso una prensa interior Shellpro de una pieza, hecha de nailon y poliéster. El compresor se había cerrado automáticamente cuando los cilindros alcanzaron la presión de aire correcta. Sujetó un regulador de aire Micra a la válvula y comprobó las correas que ceñían el conjunto a la espalda. Después se embutió en un traje Viking gris oscuro, hecho a la medida y de caucho vulcanizado, provisto de capucha, guantes y botas de suela adhesiva. En aguas frías, prefería un traje seco a uno húmedo como medida de protección térmica.

A continuación vino un compensador de flotabilidad militar y una consola Sigma Systems con calibre de profundidad, indicador de presión de aire, brújula y temporizador de buceo. Como lastre, utilizó un sistema integrado, con parte del peso en la mochila y el contrapeso en el cinturón. Sujetó un cuchillo de buceo a su espinilla y deslizó por encima de la capucha una lámpara submarina parecida a las usadas por los mineros.

Por fin, deslizó sobre un hombro un cinturón similar a las bandoleras de un bandido del lejano Oeste. Su funda contenía una pistola de aire comprimido que disparaba cortos arpones de aspecto mortífero. Las cartucheras del cinturón contenían hasta veinte arpones.

Tenía prisa por empezar. Le esperaba un largo recorrido a nado, y muchas cosas que ver y hacer. Se sentó en el borde del muelle, se calzó las aletas, torció su cuerpo para impedir que los depósitos de aire acoplados a su espalda se engancharan con los tablones y saltó al agua. Antes de sumergirse, expulsó el aire del traje seco. No había el menor motivo para cansarse y desperdiciar el precioso aire guardado en los depósitos, de manera que levantó del muelle un vehículo propulsado de buceo Stingray, que funcionaba por medio de una batería eléctrica, lo extendió ante él por los agarraderos, presionó el interruptor de velocidad rápida al máximo y salió al instante propulsado hacia adelante.

Orientarse en una noche sin luna no representaba ningún problema. Su destino, al otro lado del lago, estaba tan bien iluminado como un estadio de rugby. La luz bañaba el bosque circundante. ¿Para qué tanto despliegue de iluminación?, se preguntó Pitt. Parecía excesivo como medio de seguridad. Sólo el muelle aparecía desprovisto de luz, pero no era necesaria, considerando el resplandor de la orilla. Pitt se subió la mascarilla sobre la cabeza y echó hacia atrás la luz de buceo, con el fin de impedir que los guardias localizaran algún reflejo.

Si las cámaras de vigilancia no taladraban la oscuridad con rayos infrarrojos, habría un guardia con gafas de visión nocturna, atento a la aparición de pescadores, cazadores, jefes de boy scouts perdidos, e incluso ogros. Seguro que no se dedicaban a contemplar los anillos de Saturno. Pitt no estaba demasiado preocupado. Constituía un blanco muy pequeño para que lo localizaran a aquella distancia. Cuando hubiera avanzado un cuarto de milla más, sería otra historia.

Una de las falsedades concernientes a fisgonear en plena noche es que el color negro sirve a la perfección para ocultarse. En teoría, una persona vestida de negro se funde con las sombras. Sí, hasta cierto punto, pero como la noche no es totalmente negra (hay que contar a menudo con la luz de las estrellas), el color perfecto para alcanzar una invisibilidad casi absoluta es el gris oscuro. Un objeto negro puede distinguirse recortado contra un fondo oscuro en una noche oscura, en tanto el gris se difumina en él.

Pitt sabía que las posibilidades de ser detectado eran remotas. Sólo el blanco de su estela, impulsado a casi tres nudos por los motores gemelos Stingray, rompía la negrura de las aguas. Antes de cinco minutos había llegado a mitad de camino. Se puso la mascarilla, hundió la cabeza bajo el agua y empezó a respirar a través del tubo. Otros cuatro minutos le dejaron a cien metros del muelle de la mansión. La gabarra aún no había vuelto, pero el yate seguía amarrado.

A aquella distancia todavía se atrevía a salir a la superficie. Clavó los dientes en la boquilla de su regulador de respiración. Acompañado por el siseo del tubo de escape, inclinó el Stingray hacia abajo y se hundió en las profundidades. Se niveló a unos tres metros del fondo, flotó inmóvil durante unos momentos, mientras introducía aire en su traje seco para alcanzar una flotabilidad neutra, y luego bostezó para eliminar el tapón que la creciente presión del agua había formado en sus oídos. Las luces de la mansión arrojaban un resplandor translúcido bajo el agua. Pitt experimentó la impresión de que el vehículo de propulsión le estaba arrastrando a través de cristal líquido revestido de un verde espectral. Desvió los ojos del cementerio submarino cuando la visibilidad aumentó, a medida que se acercaba al muelle. Por suerte, no podían distinguirle desde arriba, porque el reflejo de las luces sobre el agua imponía una visión muy limitada del fondo.

Aminoró la velocidad del Stingray y se movió con lentitud bajo la quilla del yate. El casco estaba limpio y libre de vegetación marina. Como no descubrió nada interesante, salvo un pequeño banco de peces, Pitt se aproximó con cautela a la cabaña de troncos flotante de la que habían surgido los guardias, montados en sus motos de agua, la tarde anterior. Los latidos de su corazón se aceleraron cuando calculó sus posibilidades de escapar, en el caso de ser descubierto. Inexistentes. Un nadador estaba en total desventaja frente a un par de motos de agua cuya velocidad máxima era de treinta millas por hora. A menos que estuvieran preparados para perseguirle bajo el agua, les bastaba con esperar a que se agotara su reserva de aire.

Tenía que proceder con mucha cautela. La superficie del agua no reflejaría la luz dentro de la cabaña. Para alguien sentado a oscuras en una habitación, sobre aguas tranquilas, sería como mirar las profundidades desde un barco de fondo transparente. Deseó que pasara un banco de peces para ocultarse entre ellos, pero no apareció ninguno. Esto es una locura, pensó. Si tuviera un gramo de materia gris, se largaría con viento fresco, volvería a la cabaña y llamaría a la policía. Es lo que haría cualquier hombre en su sano juicio.

Pitt no sentía miedo, sino cierto nerviosismo por ignorar si de un momento a otro se descubriría mirando el cañón de un rifle automático. No obstante, estaba decidido a averiguar por qué había muerto toda aquella gente, y tenía que averiguarlo ahora, o no volvería a gozar de la oportunidad. Desenfundó la pistola de aire comprimido y la sostuvo en vertical, con el cañón y el arpón apuntados hacia arriba. Poco a poco, para que nadie reparara en un movimiento repentino, liberó el interruptor de velocidad de los motores del Stingray y movió los pies con suavidad para quitarse las aletas, hasta que se deslizó bajo la cabaña. Miró al interior de la casa flotante, conteniendo la respiración para que las burbujas de aire no traicionaran su llegada. Mirar desde medio metro de profundidad era como mirar a través de quince centímetros de gasa.

A excepción de las dos motos de agua, el interior aparecía oscuro y vacío. Volvió a colocar la luz de buceo sobre su cabeza, emergió y la paseó alrededor de la cabaña flotante. Los cascos de fibra de vidrio de las motos estaban acomodados entre dos muelles abiertos en su parte delantera. En cuanto se abría a un lado la puerta de la cabaña, los guardias podían salir directamente al lago. Llamó a la puerta con los nudillos y recibió un sonido hueco. Los troncos eran falsos, pintados sobre una capa delgada de madera terciada. Sin esfuerzo, Pitt se izó sobre uno de los muelles, junto con su equipo. Dejó que el Stingray flotara debajo del muelle.

Aferró la pistola y se acercó con presteza a una puerta cerrada situada en la parte posterior de la cabaña. Apoyó los dedos sobre el pomo, lo giró poco a poco y abrió la puerta un par de centímetros, lo suficiente para ver que daba a un pasillo, el cual conducía a una larga rampa. Pitt se movió como un fantasma (al menos, él quería moverse como un fantasma). Todos los pasos que daba sobre sus botas de caucho se le antojaban redobles de tambor, cuando en realidad tocaban el suelo de cemento sin producir más ruido que un suspiro. La rampa descendía por un estrecho pasillo de cemento que apenas daba cabida a Pitt. Iluminado por luces empotradas en el techo, daba la impresión de conducir hasta la orilla por debajo del agua. Era razonable suponer que el pasillo se extendía desde el cobertizo de las barcas hasta un sótano del edificio principal. Por eso los guardias habían tardado tanto en salir en sus motos cuando el vehículo submarino había sido detectado. Como no podían desplazarse en bicicleta por un pasillo estrecho, tenían que correr casi doscientos metros.

Pitt dedicó un rápido vistazo a comprobar si había cámaras de vigilancia que siguieran sus movimientos (no había ninguna), y empezó a avanzar por el angosto pasadizo. Tuvo que hacerlo de costado. Maldijo al constructor que había vertido el cemento con la menor complexión física de los chinos en mente. El pasillo terminaba en otra rampa que ascendía y se ensanchaba al atravesar una arcada. Al otro lado, un corredor se perdía en la distancia, con puertas a ambos lados.

Se acercó a la primera puerta, que estaba algo entreabierta. Un veloz vistazo reveló una cama baja ocupada por un hombre dormido tocado con un gorro. Había un armario con ropas colgadas, una cómoda con varios cajones pequeños, una mesita de noche y una lámpara. Sobre un estante clavado a la pared había diversas armas: un rifle de francotirador con mira telescópica, dos rifles automáticos diferentes y cuatro pistolas automáticas de distintos calibres. Pitt comprendió al instante que se había metido en la boca del lobo. Aquéllas eran las habitaciones de los guardias de seguridad.

Surgieron voces de una habitación que había más adelante, así como el aroma acre del incienso. Se echó boca abajo y aventuró una mirada furtiva al interior. Cuatro asiáticos estaban sentados alrededor de una mesa, jugando al dominó. Su conversación era ininteligible para Pitt. Para su oído desentrenado, el dialecto mandarín sonaba como la jerigonza propagandística de un vendedor de coches usados hablando por televisión, acelerada y reproducida hacia atrás. A través de las puertas de otras habitaciones se oían los sonidos vibrantes al que los orientales llaman música.

Parecía una buena idea abandonar cuanto antes aquella zona. Era imposible saber cuándo aparecería en el pasillo uno de los desprevenidos guardias y se preguntaría qué hacía un caucasiano acechando ante la puerta de su dormitorio. Pitt siguió avanzando hasta que encontró una escalera de caracol. Ni gritos de alerta, ni disparos, ni sirenas, ni timbres de alarma. Se alegró de descubrir que los guardias de seguridad de Shang estaban más preocupados por los intrusos del exterior que por los del interior.

La escalera ascendía a dos pisos que estaban vacíos, grandes zonas abiertas sin paredes interiores. Daba la impresión de que el constructor y sus obreros se habían largado antes de completar la obra. Pitt llegó por fin al último rellano y se detuvo ante una enorme puerta de acero que parecía salida de la cámara acorazada de un banco. No había cerradura de tiempo ni de combinación, sólo una gruesa manija horizontal. Se quedó delante de ella todo un minuto, escuchando con atención, pero sin oír otra cosa, al tiempo que tiraba hacia abajo de la manija con una presión firme pero suave. Debajo del traje seco, el sudor empapaba su cuerpo. Volver nadando a la cabaña por las aguas heladas empezaba a parecerle estimulante. Decidió echar un rápido vistazo al interior del edificio principal y salir pitando.

Los ejes se deslizaron en silencio fuera de sus huecos. Pitt vaciló varios segundos antes de empezar, con la misma delicadeza de antes, a abrir la enorme puerta. Tuvo que tirar con toda su fuerza, hasta que pudo ver algo. Al otro lado había otra puerta, pero ésta tenía barrotes. Ningún ladrón se habría quedado más sorprendido al descubrir que la casa en la que pretendía robar piedras preciosas era una prisión de máxima seguridad.

No era la elegante mansión construida para un hombre de gustos peculiares. De hecho, no tenía el menor parecido con una mansión. Todo el interior de la inmensa casa de Shang era un bloque de celdas digno de Alcatraz. El descubrimiento dejó tan aturdido a Pitt como si un meteoro se hubiera estrellado contra su cabeza. El refugio construido para agasajar a los clientes y socios de Shang era una fachada, una maldita fachada. La criada que fingía limpiar habitaciones sin muebles, los dos jugadores de golf que competían eternamente, no eran más que figuras de azúcar en un pastel. La seguridad extrema no tenía como objetivo impedir que entraran intrusos, sino evitar que los reclusos escaparan. Ahora resultaba evidente que los paneles solares tintados de cobre estaban reforzados por muros de cemento.

Tres hileras de celdas daban a un cuadrado abierto, con una jaula asentada sobre columnas en el centro. Dentro de la jaula, dos guardias vestidos con uniformes grises sin distintivos vigilaban una serie de pantallas de vídeo. Los pasillos superiores, que corrían ante las celdas, estaban protegidos por mamparas metálicas. Las puertas de las celdas eran lisas, salvo por mirillas estrechas, con apenas cabida para introducir un plato pequeño de comida y un vaso de agua. Al criminal más irreductible le habría costado imaginar una forma de escapar de aquel lugar.

Pitt no supo calcular cuántos desgraciados estaban encerrados detrás de las puertas. Tampoco supo deducir quiénes eran o qué delito habían cometido contra Shang. Al recordar el vídeo grabado por el vehículo submarino y el repugnante espectáculo que encerraba el fondo del lago, empezó a comprender que, en lugar de una colonia penal, estaba contemplando un enorme pasillo de la muerte.

Sintió que un escalofrío recorría su espina dorsal, pese a que chorros de sudor resbalaban sobre su cara. Ya era hora de volver a casa y dar la alarma. Empujó con mucho cuidado la puerta hasta cerrarla. Menuda suerte, pensó. Sólo la puerta interior con barrotes estaba conectada para disparar una alarma, cuando se abría sin permiso de los guardias que vigilaban los monitores. Había puesto el pie en el cuarto peldaño, cuando oyó pasos que subían.

Eran dos hombres, sin duda el cambio de turno de los guardias de arriba. Subían la escalera charlando animadamente, y debido a la costumbre humana de mirarse los pies cuando se sube una escalera, ninguno alzó la vista y descubrió a Pitt. Sus únicas armas eran pistolas automáticas enfundadas.

Pitt tenía que actuar con celeridad si quería aprovechar el factor sorpresa, y lo aprovechó al máximo. Bajó corriendo la escalera y saltó, golpeando al guardia que iba delante y arrojándolo contra su compañero.

Acostumbrados a cautivos acobardados y aterrorizados, los dos chinos se quedaron petrificados al ser atacados por un loco vestido de buzo, cuyo cuerpo era mucho más grande que el suyo. Los dos hombres perdieron el equilibrio y cayeron hacia atrás, agitando brazos y piernas. Pitt se lanzó sobre el primer hombre, y los dos guardias bajaron rodando la escalera hasta el segundo rellano y se estrellaron contra una barandilla. El segundo hombre se golpeó la cabeza contra un peldaño y perdió el sentido al instante. Su amigo, más afortunado pero aturdido por la sorpresa, llevó la mano hacia la pistolera.

Pitt podría haberle matado, podría haber acabado con ambos, atravesando sus cabezas con un par de arpones, pero se limitó a coger la pistola por el cañón y descargarla sobre la cabeza del guardia. No le cupo duda de que, si la situación hubiera sido inversa, no habrían vacilado ni un instante en volarle los sesos.

Los arrastró hasta la segunda planta y los dejó apoyados contra la pared del fondo, protegida por las sombras. Desgarró sus uniformes, los ató de pies y manos y amordazó. Si, como sospechaba, iban a sustituir a los otros, les echarían en falta al cabo de cinco o diez minutos, a lo sumo. En cuanto les descubrieran atados y amordazados con pedazos de sus uniformes, se desencadenaría la alarma general, cuando informaran a Shang o a su junta de asesinos de la intrusión. En cuanto se enteraran de que su seguridad había sido violada por una fuerza desconocida, las consecuencias serían imprevisibles. No quería pensar en lo que sería de los desgraciados que seguían encerrados en las celdas, si decidían destruir todas las pruebas de lo que estaba sucediendo y matar a todos los testigos. Si los cadáveres del fondo del lago servían de prueba, aquella pandilla de desalmados no tenían reparos en asesinar a destajo.

Pitt regresó por el pasillo de las habitaciones de los guardias con el sigilo de Don Juan al salir del dormitorio de una dama. La misma suerte que le había favorecido al entrar le acompañó al salir. Llegó al pasadizo que conducía al cobertizo de las lanchas y corrió como pudo, sin hacer trizas los hombros de su traje seco. Como no tenía ganas de padecer una excitante persecución a cargo de chinos enfurecidos, provistos de armas mortíferas, pensó un momento en averiar los motores de las motos de agua pero lo consideró una pérdida de tiempo. Si no eran capaces de descubrir el vehículo submarino a plena luz del día, no le localizarían de noche a nueve metros de profundidad.

Después de ponerse a toda prisa el equipo de buceo, saltó al agua, nadó alrededor del muelle y recuperó el Stingray. Pitt no había recorrido todavía ni cien metros sobre el lecho del lago, cuando oyó el ruido del tubo de escape de un motor y el golpeteo de las hélices de un barco que se acercaba. El agua transportaba el sonido más rápido que el aire, y daba la impresión de que el barco estaba casi encima de él, cuando en realidad estaba entrando en el lago desde la desembocadura del río.

Inclinó el Stingray y dejó que su impulso le llevara a la superficie. Vio el barco cuando surgió de las sombras y las luces de la orilla lo iluminaron. Lo identificó como el catamarán negro que había observado el día anterior.

Supuso que, a menos que alguno de los tripulantes comiera montones de zanahorias cada día y tomara enormes dosis de vitamina A para fortalecer la vista, era improbable que distinguieran una cabeza casi invisible en las aguas oscuras. De pronto, el motor del barco enmudeció y el catamarán se detuvo a menos de quince metros de distancia.

Pitt tendría que haber hecho caso omiso del barco y continuado su huida. Aún había suficiente electricidad en las baterías del Stingray para devolverle a su cabaña. Tendría que haber seguido adelante, pues ya había visto más de lo que deseaba. Había que dar aviso a las autoridades a la mayor celeridad posible, antes de que los seres humanos encarcelados en la mansión sufrieran más daños. Tenía frío, estaba agotado y anhelaba un lingotazo de tequila y una silla delante de un buen fuego. Tendría que haber escuchado a su voz interior, que le aconsejaba salir por piernas de Orion Lake cuanto antes. Para lo que sirvió, su voz interior podría haber suplicado a sus fosas nasales.

Una fascinación insondable le atraía hacia el catamarán. Había algo siniestro en su apariencia. Nadie paseaba por las cubiertas, no había ninguna luz encendida.

Diabólico, pensó. Una maldad extraña, indescriptible, parecía proyectarse desde sus cubiertas. Entonces, Pitt pensó que tal vez se trataba de la barca que transportaba las almas de los muertos por la laguna Estigia. Se sumergió y apuntó el Stingray hacia abajo, y después hacia arriba, en un arco que le conducía bajo los cascos gemelos del misterioso barco.

8

Los cuarenta y ocho hombres, mujeres y niños estaban tan apretujados en el interior de la cabina cuadrada del barco negro, que no había sitio para que ninguno se sentara. Estaban de pie, respirando el aire viciado. La noche era fría, pero dentro, el calor corporal creaba una atmósfera calurosa y asfixiante. La única ventilación procedía de una pequeña reja en el techo de la cabina. Algunos ya habían perdido la conciencia, a causa del terror producido por la claustrofobia, pero sus cuerpos no podían caer. Sus cabezas descansaban sobre el pecho y se mecían con el movimiento del barco. Todo el mundo guardaba un silencio extraño. Acaso derrotados e imposibilitados de dictar su destino, los cautivos eran presa de una extraña letargia, como los enviados por los nazis a los campos de concentración en la Segunda Guerra Mundial.

Julia escuchaba el sonido de las olas que lamían el casco y la vibración suave de los motores diesel, mientras se preguntaba adónde la llevaban. El agua estaba en calma. Habían dejado atrás las olas del océano veinte minutos antes. Supuso que se hallaban en una bahía o navegando por un río. Sabía, con razonable certeza, que había vuelto a Estados Unidos. Estaba en casa. Se negaba a suplicar, y aunque todavía se sentía débil y mareada, estaba decidida a luchar para salir de aquella insensata situación y sobrevivir. Demasiadas cosas dependían de su supervivencia. Si escapaba y proporcionaba la información que había reunido sobre la banda de traficantes a sus superiores del INS, podría poner fin a los atroces sufrimientos y matanzas de miles de inmigrantes ilegales.

En la timonera situada sobre la cabina, dos de los cuatro comisarios empezaron a cortar cuerda en trozos pequeños, mientras el capitán, erguido ante el timón, surcaba el río Orion. La única luz procedía de las estrellas, y sus ojos no se apartaban ni un momento de la pantalla del radar. Al cabo de diez minutos, avisó a los demás de que estaban pasando del río al lago. Cuando el barco negro estaba a punto de llegar a las brillantes luces situadas en el refugio de Shang, el timonel cogió el teléfono del barco y habló unas pocas palabras en chino. Casi antes de que colgara, las luces interiores del edificio principal y las que había alrededor de la orilla se apagaron, y todo el lago quedó convertido en un manto de negrura. El timonel, guiado por una pequeña luz roja montada sobre una boya, rodeó el yugo de popa del magnífico yate de Shang y se colocó paralelo a los pilotes del lado opuesto del muelle. Dos comisarios saltaron y pasaron las amarras sobre sus cornamusas, en tanto el timonel ponía en punto muerto los dos motores diesel.

Durante los siguientes tres o cuatro minutos no se oyó nada en el exterior de la abarrotada cabina. Un alud de preguntas, un enjambre de angustias, se abrieron paso en la mente de Julia y de los inmigrantes ilegales, pero no sabían cómo analizarlos, y la pesadilla sin fin de su viaje todavía eclipsaba cualquier intento de pensar con lucidez. Entonces, una puerta se abrió en la parte posterior de la cabina. El aire fresco, empujado por una brisa que soplaba desde las montañas, se les antojó un milagro. Al principio, sólo pudieron ver oscuridad en el exterior. Después, un comisario entró.

—Cuando oigáis vuestro nombre, salid a cubierta —ordenó.

Al principio fue difícil para los que estaban en medio o detrás de la masa abrirse paso entre los demás, pero a medida que cada cuerpo salía por la puerta, los restantes exhalaban un suspiro de alivio. La mayoría de los que abandonaban el barco eran inmigrantes más pobres, los que no podían pagar la exorbitante tarifa de tocar tierra, cualquier tierra, siempre que no perteneciera a la República Popular China. Sin saberlo, habían vendido sus almas por una vida de servidumbre a los traficantes, que a su vez los vendían a las mafias criminales ya establecidas en Estados Unidos.

Pronto, sólo quedaron en la cabina Julia, una familia compuesta por los padres, debilitados por la falta de comida, y sus dos hijos pequeños, que tenían aspecto de sufrir raquitismo, y ocho hombres y mujeres ancianos. Éstos son los descartados, pensó Julia, los que habían sido despojados de todas sus posesiones, los que ya no tenían más dinero que dar y estaban demasiado débiles y enfermos para cualquier tipo de trabajo pesado. Éstos eran los que no irían a tierra, incluida ella.

Como para confirmar sus peores temores, la puerta se cerró con estrépito, las amarras se soltaron y los motores dieron marcha atrás. Dio la impresión de que el barco había recorrido una corta distancia, cuando los motores volvieron a parar. La puerta se abrió y entraron cuatro comisarios. Sin decir palabra, empezaron a atar los pies y las manos de los prisioneros. Los amordazaron con cinta adhesiva y ataron pesas de hierro a sus tobillos. Los padres hicieron un débil intento de defender a sus hijos, pero fueron reducidos con facilidad.

Muerte por inmersión. Toda la mente de Julia, cada uno de sus nervios, se concentró al instante en la huida.

Corrió hacia la puerta, con la intención de salir a cubierta y arrojarse al agua, para luego nadar hasta la orilla más cercana. El intento fue atajado antes de que llegara a la puerta. Debilitada por la paliza del día anterior, se tambaleó más que corrió, y uno de los comisarios la agarró al vuelo, para a continuación tirarla sobre la cubierta de un empellón. Julia intentó resistirse, golpeó, arañó y mordió mientras ataban sus pies y tobillos. Después cubrieron sus labios con cinta adhesiva y ataron las pesas a sus tobillos.

Vio con horror que abrían una compuerta en mitad de la cubierta, y el primer cuerpo cayó al agua.

Pitt apartó su pulgar del interruptor de velocidad del Stingray y flotó en el agua, tres metros por debajo de la cabina central del catamarán. Había planeado emerger entre los dos cascos e inspeccionar el fondo del barco, cuando de repente se encendió una luz encima de él y un fuerte chapoteo rompió el agua, seguido de varios más.

¿Qué está pasando, en nombre de Dios?, se preguntó Pitt, mientras llovían cuerpos a su alrededor. Aunque no daba crédito a sus ojos y estaba horrorizado por lo que veía, su reacción fue casi increíble. Con una serie de movimientos rapidísimos, soltó el Stingray, encendió la luz de buceo y extrajo el cuchillo de su funda. Con movimientos todavía más veloces, empezó a capturar cuerpos, cortar las cuerdas que ataban sus manos y pies, y soltar las pesas de hierro. A continuación empujaba el cuerpo hacia arriba y buscaba otro. Trabajaba frenéticamente, con la loca esperanza de que ninguno se le escaparía, sin saber al principio si las víctimas ya estaban muertas, pero obsesionado por salvarlas a pesar de sus temores. Descubrió que estaban vivas cuando aferró a una niña que no tenía más de diez años, la cual le miró con ojos de terror. Parecía china. Pitt rezó para que supiera nadar y la empujó hacia el aire de la noche.

Al principio, iba un poco adelantado al flujo de víctimas, pero pronto tuvo que esforzarse por alcanzarlas. La desesperación dio paso a la ira cuando salvó a un niño que no aparentaba más de cuatro años. Maldijo en su mente a los monstruos que eran capaces de tal atrocidad. Como no quería correr riesgos, tiró sus aletas hacia arriba, localizó el Stingray y colocó los brazos del niño a su alrededor. Apagó la luz de buceo y echó un veloz vistazo al barco, para ver si la tripulación había observado que las víctimas emergían a la superficie. Todo parecía tranquilo a bordo. Ni la menor señal de alarma. Volvió a sumergirse y encendió la luz. El haz luminoso enfocó lo que parecía el último cuerpo arrojado desde el barco. Ya estaba a seis metros de profundidad cuando lo alcanzó. Era una joven.

Antes de que llegara su turno, Julia había respirado hondo y expulsado el aire para hiperventilar sus pulmones, y después contuvo el aliento cuando los matones la tiraron al agua. Luchó con desesperación por liberarse de sus ataduras. Se hundió cada vez más en el abismo negro, mientras resoplaba por la nariz para aminorar la presión que se estaba formando en las trompas de Eustaquio de sus oídos. Un minuto, tal vez dos, y todo su oxígeno se habría agotado, y una muerte horrible le sobrevendría.

De pronto, unos brazos le rodearon la cintura y sintió que las pesas de hierro se desprendían de sus pies. Después, sus manos quedaron libres, una mano aferró su brazo y empezó a tirar de ella hacia arriba. Cuando su cabeza atravesó la superficie, se encogió cuando le arrancaron la cinta de la boca. Lo primero que vio fue una aparición con capucha, mascarilla y una luz que sobresalía de su cabeza.

—¿Entiende mi idioma? —preguntó una voz en inglés.

—Sí —jadeó ella.

—¿Es una buena nadadora?

Julia asintió.

—Bien. Procure salvar a toda la gente que pueda, intente agruparla. Dígales que sigan mi luz. Les guiaré hasta las aguas menos profundas de la orilla.

Pitt la dejó y se alejó hacia el niño agarrado al Stingray. Pasó al niño por detrás de su espalda y cerró las manitas alrededor de su cuello. Después, presionó el interruptor de velocidad y buscó a la niña. Cuando la localizó, la rodeó con su brazo cuando ya sólo faltaban unos segundos para que se perdiera de vista.

A bordo del barco, los dos comisarios subieron a la timonera y entraron.

—Todos se han ahogado —dijo uno al capitán—. Trabajo concluido.

El capitán asintió y aceleró con suavidad. Las hélices mordieron el agua, y el catamarán negro empezó a regresar hacia el muelle. Antes de que hubiera recorrido treinta metros, sonó el teléfono del barco.

—¿Chu Deng?

—Yo soy Chu Deng —contestó el capitán.

—Lo Han, jefe de seguridad del recinto. ¿Por qué hace caso omiso de nuestras instrucciones?

—He seguido el plan. Todos los emigrantes han sido eliminados. ¿Cuál es su problema?

—Lleva encendida una luz.

Chu Deng se apartó del timón y echó un vistazo al barco.

—Ha cenado demasiado pollo con especias, Lo Han. Su estómago cuenta mentiras a sus ojos. No hay ninguna luz encendida a bordo de este barco.

—Entonces, ¿qué estoy viendo en dirección a la orilla este?

Como supervisor del transporte de inmigrantes ilegales desde los buques escolta, Chu Deng también era responsable de ejecutar a los que no servían para trabajar como esclavos. No servía bajo las órdenes del jefe de seguridad de los inmigrantes encarcelados. Los dos eran hombres despiadados, pero no congeniaban.

Lo Han era un hombretón con el cuerpo de un barril de cerveza, una enorme cabeza de mandíbula cuadrada y ojos que siempre estaban inyectados en sangre. Deng lo consideraba poco más que un perro maleducado. Se volvió y miró hacia el este. Sólo entonces divisó un débil punto luminoso en el agua.

—La veo, a unos doscientos metros a estribor. Debe de ser un pescador —dijo a Lo Han.

—No queremos correr ningún riesgo. Ha de investigar.

—Investigaré.

—Si ve algo sospechoso, póngase en contacto conmigo de inmediato y volveré a encender las luces.

Chu Deng colgó. Giró el timón y puso el catamarán a estribor. Mientras apuntaba las proas gemelas hacia la tenue luz que oscilaba en la superficie del lago, llamó a los dos comisarios que seguían en la cubierta principal.

—Id a proa y observad con atención esa luz que hay delante.

—¿Qué cree que es? —preguntó un hombrecillo de ojos inexpresivos, mientras se descolgaba la ametralladora.

Chu Deng se encogió de hombros.

—Pescadores, probablemente. No es la primera vez que les hemos visto pescar salmones de noche.

—¿Y si no son pescadores?

Chu Deng se volvió y sonrió ampliamente.

—En ese caso ocupaos de que se reúnan con los otros.

Pitt vio que el barco se dirigía hacia el pequeño grupo de personas que huían, y comprendió que les habían visto. Oyó voces en la proa, una especie de plataforma que se extendía entre los cascos, hablando en chino. Sin duda decían a su capitán que había gente nadando en el lago. No tuvo que hacer ningún esfuerzo mental para saber que su luz les había atraído. No le había quedado otra alternativa. Sin luz, la gente a la que había rescatado se habría dispersado en todas direcciones, para luego perderse y ahogarse.

Con el asustado niño cogido a sus hombros, paró el Stingray y pasó la niña a la joven, que estaba ayudando a una pareja de ancianos a vadear las aguas. Ahora, con las dos manos libres, apagó la luz y se volvió. Vio que el barco se cernía sobre él y ocultaba las estrellas. Notó que estaba pasando a menos de un metro de él, y distinguió dos figuras oscuras que bajaban por una escalerilla desde la cabina a la plataforma de proa. Una de ellas se inclinó, vio a Pitt en el agua y le hizo un gesto.

Antes de que el otro comisario pudiera iluminar a Pitt con su linterna, un arpón siseó en la oscuridad y se alojó en la sien del hombre, por encima de la oreja. Al segundo siguiente, su compañero cayó muerto con un arpón que sobresalía de su garganta. Pitt no había dudado ni un instante. Aquellos hombres habían asesinado a incontables personas inocentes. No se merecían una advertencia o la posibilidad de defenderse. No se merecían más oportunidades de las que concedían a los que mataban.

Ambos habían caído en silencio hacia atrás. Pitt puso otro arpón en la pistola y nadó poco a poco de espaldas. El niño sepultó su cabeza en el hombro de Pitt y se aferró al cuello de su salvador con toda la fuerza de sus bracitos.

Pitt vio asombrado que el barco pasaba de largo, daba la vuelta y continuaba hacia el muelle como si nada hubiera pasado, al parecer ignorante de los cadáveres que adornaban la cubierta de proa. Apenas distinguió la sombra de un hombre al timón a través de las ventanas de la timonera. Por extraño que pareciera, el capitán no actuaba como si supiera que sus hombres estaban muertos. Pitt supuso que la atención del capitán estaba concentrada en otra cosa cuando había matado a sus compañeros de fatigas.

Pitt no abrigaba la menor duda de que el barco regresaría, y deprisa, en cuanto los cuerpos fueran descubiertos. Había comprado cuatro, tal vez cinco minutos, pero no más. Siguió con la vista al catamarán, mientras su contorno fantasmagórico se alejaba en la oscuridad. El barco estaba a mitad de camino del muelle, cuando su forma empezó a alterarse poco a poco, y calculó que se disponía a dar media vuelta.

Consideró extraño que ninguna luz se encendiera y rastreara el agua. Lo consideró extraño durante diez segundos, cuando las luces de la mansión se encendieron de nuevo y bailaron sobre las olas creadas por la estela del catamarán.

Descubiertos como patos de reclamo en el agua era fatal. Descubiertos después de llegar a la orilla, pero antes de encontrar refugio, era algo menos horrible. De pronto, el Stingray tiró de él hacia los bajíos, y descubrió que podía tocar pie con el agua hasta las caderas. Llegó a tierra y depositó al niño en la orilla del lago, que se alzaba casi medio metro sobre el agua. Después, volvió a por los demás. Eran demasiado viejos o demasiado jóvenes, y estaban demasiado agotados, para hacer algo más que arrastrarse hasta los árboles.

Hizo un ademán en dirección a la chica, que estaba saliendo del agua a pocos metros de distancia, con la niña a hombros y ayudando a una anciana desfalleciente.

—¡Coja al niño! —dijo Pitt—. Llévese a estas personas al bosque y escóndalas.

—¿Dónde estará... usted? —preguntó la joven, sin aliento.

Pitt dirigió otra mirada al barco.

—Horacio en el puente, Custer solo en Little Big Horn, ése soy yo —dijo Pitt.

Antes de que Julia pudiera contestar, el desconocido que había salvado sus vidas había desaparecido de nuevo en el agua.

Chu Deng estaba muerto de miedo. En la oscuridad, no había visto morir a sus esbirros. Estaba concentrado en impedir que el barco encallara cuando los mataron. Después de descubrir los cadáveres, el pánico se había apoderado de Chu Deng. No iba a volver al muelle para informar de que sus esbirros habían encontrado la muerte a manos de asesinos desconocidos sin que él hubiera sido testigo del acto. Su patrón jamás aceptaría excusas vagas e inexplicables. Sería castigado por su ineficacia. Lo sabía con absoluta certeza.

No le quedaba otra alternativa que hacer frente a los atacantes. Ni por un momento pensó que sólo hubiera uno. Supuso que había sido una operación planificada por profesionales. Apostó a sus dos hombres restantes, uno a popa, en la cubierta de babor, entre los cascos, y el otro en la cubierta de proa. Después de pedir a Lo Han que encendiera las luces, divisó a varias personas que salían del agua en la orilla del lago. Para colmo, vio que eran los inmigrantes que, en teoría, se habían ahogado. Se quedó paralizado de estupor. ¿Cómo habían escapado? Imposible, a menos que les hubieran ayudado. Tenía que ser una fuerza de agentes entrenados, pensó confuso.

Qin Shang le enviaría al fondo del lago si no atrapaba a los inmigrantes huidos antes de que se pusieran en contacto con las autoridades estadounidenses. A la luz procedente del otro lado del lago, Chu Deng contó casi una docena de hombres y mujeres, y dos niños, que se arrastraban hacia un bosque cercano. Temeroso por su futuro inminente y sin hacer caso de las circunstancias, Chu Deng volvió el catamarán hacia la orilla.

—¡Allí están! —gritó al comisario que estaba en la cubierta de proa—. ¡Dispara antes de que lleguen a los árboles!

Contempló como hipnotizado a su hombre de proa, que alzaba el arma, y vio, como en una película a cámara lenta, que una forma oscura surgía del agua delante del barco, como un ser abominable de una pesadilla. El comisario se puso rígido de repente, dejó caer la ametralladora y se aferró el hombro. Segundos después, un desagradable arpón sobresalió de repente de su ojo izquierdo. Chu Deng se quedó petrificado cuando el hombre cayó a las frías aguas del lago.

Un catamarán de dos cascos gemelos poseía muchas ventajas. Repeler abordadores no era una de ellas. Es casi imposible subir a bordo de un barco con una sola proa elevada, y mucho menos encontrar medios de colgarse del casco. Pero la plataforma de proa se alzaba a sólo treinta y cinco centímetros sobre el agua, con lo cual resultaba relativamente sencillo para una persona que estuviera en el agua agarrarse al borde.

Impulsado por el Stingray, Pitt saltó justo cuando el barco negro iba a embestirle. Con un cálculo del momento basado más en la suerte que en la experiencia, soltó el vehículo a propulsión, levantó un brazo y se cogió del borde de la cubierta. Por un momento, debido a la velocidad del barco, pensó que el brazo se le iba a dislocar. Por fortuna, no fue así, y Pitt disparó al hombre que apuntaba su fusil ametrallador contra la gente de la orilla antes de que pudiera apretar el gatillo. En tres segundos, Pitt había recargado y disparado el arpón que atravesó el ojo del hombre y se alojó en su cerebro.

El catamarán iba camino de estrellarse contra la orilla, que sólo distaba nueve metros, cuando Pitt se soltó y flotó sobre su espalda. Mientras la cabina elevada avanzaba sobre él, recargó con calma su pistola de aire comprimido. Dejó pasar las dos hélices, dio media vuelta y nadó en pos del barco. Al cabo de escasos metros, el catamarán chocó contra la orilla del lago, las proas quedaron aplastadas a causa del impacto, y el barco se detuvo como si se hubiera estrellado contra un muro de acero. Los motores funcionaron durante varios segundos, chisporrotearon y murieron. La aceleración y el impacto habían arrojado al comisario de la popa contra la cabina, con una fuerza tan extraordinaria que se rompió el cuello.

Pitt deshebilló las correas de sus cilindros de aire y dejó caer el contrapeso del cinturón. Se izó a la plataforma de popa. No vio a nadie dentro de la timonera. Subió la escalerilla y propinó una patada a la puerta.

Había un hombre tendido en la cubierta, con la cabeza y los hombros apoyados contra la bovedilla de proa. Se aferraba el pecho con ambas manos. Pitt sospechó que se había roto las costillas a causa del impacto. Herido o no, el hombre era un asesino. Pitt no quiso correr riesgos. Con hombres como éstos, mejor no. Levantó la pistola al mismo tiempo que Chu Deng sacaba una pequeña automática del calibre 32 que ocultaba con las manos. La detonación de la automática se impuso al siseo del arpón disparado por la pistola de aire comprimido. Los dos proyectiles se cruzaron en un microsegundo. La bala produjo una herida superficial de la cadera de Pitt, al tiempo que el arpón se hundía en la frente de Chu Deng.

La hemorragia y el dolor no disminuyeron la velocidad de sus movimientos. Salió corriendo de la timonera, bajó por la escalerilla y saltó desde la plataforma de proa a la orilla. Encontró a los asustados inmigrantes acurrucados detrás de unos arbustos.

—¿Dónde está la mujer que habla inglés? —preguntó, mientras se esforzaba por recuperar el aliento.

—Estoy aquí —contestó Julia. Se levantó y caminó hasta él.

—¿Cuántos he perdido? —preguntó Pitt, temeroso de la respuesta.

—Faltan tres.

—¡Mierda! —masculló Pitt, frustrado—. Tenía la esperanza de haberlos rescatado a todos.

—Lo hizo —dijo Julia—. Se perdieron camino de la orilla.

—Lo siento —dijo Pitt.

—No hace falta. Fue un milagro que nos salvara.

—¿Pueden caminar?

—Creo que sí.

—Sigan la orilla hacia la izquierda. Al cabo de unos trescientos metros, llegarán a una cabaña. Escóndanse en el bosque, pero no entren. Repito, no entren. Les seguiré en cuanto pueda.

—¿Dónde estará?

—No estamos lidiando con gente a la que le gusten las tomaduras de pelo. Se preguntarán qué ha sido de su barco y se pondrán a peinar la orilla en menos de diez minutos. Voy a preparar una pequeña maniobra de diversión. Podríamos llamarla una pequeña venganza sobre la persona responsable de sus desdichas.

Estaba demasiado oscuro para ver la repentina expresión de preocupación en su rostro.

—Vaya con cuidado, por favor, señor…

—Pitt. Me llamo Dirk Pitt.

—Soy Julia Lee.

Pitt quiso decir algo, pero se alejó corriendo hacia el catamarán. Entró en la timonera justo cuando el teléfono sonaba. Tanteó a ciegas en la oscuridad, hasta encontrarlo y descolgarlo. Alguien estaba hablando en chino al otro extremo de la línea. Cuando la voz calló, Pitt murmuró unas cuantas vocales ininteligibles, colgó y dejó el teléfono sobre la bovedilla. Con la ayuda de la luz de buceo, no tardó en encontrar el encendido y los reguladores. Conectó el motor de arranque y movió los reguladores atrás y adelante, hasta que los motores cobraron vida.

Las proas del catamarán estaban hundidas en el lodo de la orilla. Pitt puso marcha atrás y giró el timón, en un esfuerzo por aminorar la succión del lodo. Centímetro a centímetro, el barco negro fue retrocediendo hasta que la succión perdió fuerza y las proas quedaron libres. El barco entró en aguas más profundas. Pitt le dio media vuelta y aceleró, apuntando las lastimadas proas hacia el muelle y el yate de Qin Shang. Sus elegantes y, al parecer, desiertos salones proyectaban luz por todas las ventanas.

Encajó su cuchillo de buceo entre las cabillas del timón, hasta que la punta se hundió en la caja de madera de la brújula, con el fin de que el barco no se desviara de su ruta. Después, disminuyó la velocidad y salió de la timonera. Bajó por la escalerilla hasta la sala de máquinas, situada en el casco de estribor. No había tiempo para fabricar una bomba incendiaria, de manera que desenroscó el tapón del depósito de combustible, encontró varios trapos grasientos de los utilizados para limpiar los accesorios de los motores, y los ató hasta formar uno solo. Embutió una parte de la mecha improvisada en el interior del depósito, la empapó de combustible y extendió el resto sobre el suelo. A continuación, formó un pequeño círculo con los trapos y vertió más combustible en su interior. No del todo satisfecho todavía, pero consciente de que no podía hacer más, Pitt volvió a la timonera y registró los armarios, hasta encontrar lo que buscaba. Cargó la pistola de señales y la dejó sobre la bovedilla, al lado del teléfono y delante del timón. Sólo entonces sacó el cuchillo del timón y aferró las cabillas.

El yate y el muelle ya sólo se encontraban a doscientos metros de distancia.

El agua que penetraba por las grietas de las proas, provocadas por la colisión con la orilla del lago, empezaban a inundar la sección de proa de los cascos gemelos, y la arrastraba hacia el fondo. Pitt aceleró al máximo. Las hélices batieron el agua y levantaron montañas de espuma, al tiempo que alzaban las proas del agua. El desgarbado catamarán fue aumentando la velocidad, quince, dieciocho, veinte nudos. El timón vibraba bajo las manos de Pitt, a medida que el yate iba aumentando de tamaño. Describió un amplio arco, hasta que las proas gemelas apuntaron al centro del costado de babor del yate.

Cuando la distancia se redujo a sesenta metros, Pitt abandonó la timonera y saltó sobre la plataforma de popa. Apuntó la pistola de señales por la puerta abierta de la sala de máquinas a los trapos empapados en combustible, y disparó. Luego saltó al agua y cayó con tal fuerza que el compensador de flotación se desprendió de su cuerpo.

Cuatro segundos después se oyó un crujido ensordecedor, cuando el catamarán se estrelló contra el casco del yate, seguido de una explosión que lanzó al cielo nocturno llamas y escombros. El catamarán negro, que había servido de cámara de ejecuciones, se desintegró. Sólo quedó de él una capa aceitosa en llamas. Casi al instante, surgió fuego por todas las troneras y puertas barnizadas del yate. Pitt se quedó estupefacto al ver la rapidez con que se convertía en una antorcha. Nadó hasta la cabaña flotante del final del muelle, mientras veía que el fuego devoraba los lujosos salones del yate. Poco a poco, muy poco a poco, el yate se hundió en las aguas frías del lago entre una inmensa nube de vapor siseante, hasta que no quedó nada del barco, salvo la mitad superior de la antena del radar.

La reacción de los guardias de seguridad, como Pitt había calculado, fue lenta. Había llegado a la cabaña flotante antes de que aparecieran sobre sus motos en dirección al muelle, que también se había incendiado. Por segunda vez en una hora emergió dentro de la cabaña. Oyó ruido de pisadas en el pasillo. Cerró la puerta de golpe, pero como no descubrió cerradura, encajó su querido cuchillo entre el borde exterior y el marco, de forma que no se pudiera abrir.

Acostumbrado a pilotar motos de agua, saltó sobre la más cercana y apretó el botón de arranque. El motor cobró vida al instante. Los propulsores hendieron el agua e impulsaron la embarcación hacia adelante. Atravesó la endeble puerta, que saltó en astillas, y surcó el lago. Pitt, aterido, empapado, agotado y herido en la cadera, se sintió como un hombre que acabara de ganar la lotería, las carreras de caballos y hubiera hecho saltar la banca de Montecarlo. Pero sólo hasta que llegó al muelle de su cabaña.

Entonces, la realidad se impuso y comprendió que lo peor aún no había llegado.

9

Lo Han contemplaba estupefacto los monitores dispuestos en el interior del vehículo de seguridad móvil, que mostraban al catamarán negro en el momento de dar media vuelta y estrellarse contra el yate. La explosión meció el vehículo de seguridad, y los sistemas de vigilancia fallaron por un instante. Lo Han corrió afuera y bajó hasta la orilla, para presenciar el desastre con sus propios ojos.

Alguien lo va a pagar caro, pensó, mientras veía al yate hundirse en el lago entre una nube de humo. Qin Shang no era hombre que perdonara con facilidad. No le gustaría averiguar que uno de sus cuatro yates había sido destruido. Lo Han ya estaba inventando maneras de culpar al estúpido de Chu Deng.

Después de haber ordenado a Chu Deng que investigara la misteriosa luz no se había establecido una comunicación coherente con el barco negro y su grupo de comisarios. Debía creer que estaban borrachos y habían caído en una especie de sopor alcohólico. ¿Qué otra explicación podía haber? ¿Qué razón existía para que se suicidaran? Lo último que cruzó por su mente fue el espectro de una fuerza externa que fuera responsable del desastre.

Dos guardias corrieron hacia él. Lo Han vio que eran hombres de su patrulla acuática.

—Lo Han —jadeó uno de los dos, sin aliento después de correr casi cuatrocientos metros entre el pasaje y la casa flotante, y viceversa.

Les miró con irritación.

—Wang Hui, Li San, ¿por qué no habéis salido al agua con vuestras motos?

—No pudimos llegar a ellas —explicó Wang Hui—. La puerta estaba cerrada con llave. Antes de que pudiéramos abrirla, la cabaña se incendió, y tuvimos que escapar por el túnel, o nos hubiéramos quemado vivos.

—¡La puerta estaba cerrada! —rugió Lo Han—. Imposible. Di órdenes de que no se instalaran cerraduras.

—Te lo juro, Lo Han —dijo Li San—. La puerta estaba cerrada por dentro.

—Tal vez quedó bloqueada a causa de la explosión —sugirió Wang Hui.

—Tonterías... —Lo Han se interrumpió cuando una voz sonó en su radio portátil—. Sí, ¿qué pasa? —gritó.

La voz serena y competente de su segundo, Kung Chong, surgió del auricular.

—Los dos hombres que llegaron tarde a relevar a los guardias de seguridad del bloque de celdas...

—Sí, ¿qué pasa con ellos?

—Los han encontrado atados e inconscientes en la segunda planta del edificio.

—Atados e inconscientes —repitió Lo Han—. ¿Estás seguro?

—Parece obra de un profesional —declaró Kung Chong.

—¿Estás diciendo que se ha producido una filtración en nuestro sistema de seguridad?

—Eso parece.

—Dispón un registro inmediato de la propiedad —ordenó Lo Han.

—Ya he dado la orden.

Lo Han guardó la radio en el bolsillo y miró hacia el muelle, que seguía ardiendo de un extremo a otro. Tenía que existir una relación entre los dos hombres que habían sido atacados en el edificio carcelario y la insensata colisión del catamarán contra el yate, pensó. Como aún ignoraba que Pitt había rescatado a los inmigrantes condenados, Han se resistía a creer que agentes de la ley estadounidenses habían enviado un equipo secreto para frustrar la operación de Shang. Considerando la situación, decidió que aquella idea era absurda. Eso les convertiría en responsables del asesinato de Chu Deng y su grupo de comisarios, una acción que los agentes del FBI o el INS no solían llevar a la práctica. No, si investigadores estadounidenses hubieran tenido la menor pista de las actividades encubiertas que tenían lugar en Orion Lake, un equipo de asalto táctico ya habría invadido la propiedad. Era dolorosamente evidente para Lo Han que no se trataba de una intrusión planificada por profesionales y protagonizada por un ejército de agentes preparados. Era una operación efectuada por un hombre solo, o dos a lo sumo.

Pero ¿para quién estaban trabajando? ¿Quién les pagaba? No podía ser una organización de traficantes competidora, ni otra mafia establecida. No serían tan estúpidos como para iniciar una guerra territorial, al menos mientras Qin Shang contara con el apoyo de la República Popular China.

La mirada de Han se desplazó desde el muelle en llamas y los barcos hundidos hasta la cabaña que había al otro lado del lago. Se quedó como hipnotizado y recordó al arrogante pescador que había exhibido su pieza el día anterior. Quizá no era lo que aparentaba. No debía ser ni un pescador ni un ejecutivo de vacaciones, dedujo Lo Han, si bien no se comportaba como un agente del FBI o del Servicio de Inmigración. Fueran cuales fueran sus motivos, el pescador era el único sospechoso de Lo Han en cien kilómetros a la redonda.

Satisfecho de haber eliminado la peor posibilidad, Lo Han empezó a respirar mejor. Cogió la radio y pronunció un nombre. La voz de Kung Chong contestó.

—¿Se ven vehículos sospechosos? —preguntó Lo Han.

—Las carreteras y cielos están desiertos —le tranquilizó Kung Chong.

—¿Alguna actividad desacostumbrada al otro lado del lago?

—Nuestras cámaras revelan algunos movimientos entre los árboles, detrás de la cabaña, pero ninguna señal de su ocupante.

—Quiero que asaltéis esa cabaña. He de saber con quién nos enfrentamos.

—Llevará tiempo organizar un asalto.

—Para ganar tiempo, envía a un hombre para que sabotee su automóvil y no pueda escapar.

—Si algo saliera mal, ¿no corremos el riesgo de una confrontación con las autoridades locales?

—Ésa es la menor de mis preocupaciones. Si mi intuición no falla, ese hombre es peligroso y una amenaza para nuestro patrón, que nos paga, y nos paga bien.

—¿Quieres que acabemos con él?

—Creo que será lo mejor —dijo Lo Han, asintiendo—. Ve con cuidado. No quiero errores. No es prudente incurrir en la ira de Qin Shang.

—¿Señor Pitt?

El susurro de Julia Lee apenas fue audible en la oscuridad.

—Sí.

Pitt había aparcado la lancha en una pequeña ensenada que se abría al lago junto a la cabaña. Atravesó el bosque hasta que encontró a Julia y a sus protegidos. Se desplomó sobre un árbol caído y empezó a quitarse el traje seco.

—¿Todo el mundo está bien?

—Están vivos —contestó la joven en voz baja y ronca—. Pero no están bien. Están empapados hasta los huesos y helados. Todos necesitan ropas secas y atención médica.

Pitt tanteó con cuidado la herida en la cadera.

—Yo me ocuparé de eso.

—¿Por qué no podemos entrar en la cabaña, donde hará más calor y podremos comer algo?

Pitt negó con la cabeza.

—No es una buena idea. Hace casi dos días que no voy al pueblo y la despensa está vacía. Será mejor que los refugiemos en el cobertizo de lanchas. Les traeré la comida que quede y todas las mantas que encuentre.

—No lo entiende —objetó Julia—. Estarán más cómodos en la cabaña que en un cobertizo de lanchas maloliente.

Una mujer tozuda, pensó Pitt, y autosuficiente.

—¿He olvidado mencionar las cámaras de vigilancia y los micrófonos ocultos que crecen como setas en casi todas las habitaciones? Es mejor que nuestros amigos del otro lado del lago sólo me vean a mí. Si de repente ven los fantasmas de las personas que suponen ahogadas en el fondo del lago, viendo la tele y bebiendo mi tequila, aparecerán aquí armados hasta los dientes, antes de que los nuestros lleguen. No vale la pena irritarles antes de tiempo.

—¿Controlan sus movimientos desde el otro lado del lago? —preguntó la joven, perpleja.

—Uno de ellos piensa que no soy de fiar.

La mujer examinó su rostro, tratando de leer en sus facciones, pero no vio detalles en la oscuridad.

—¿Quién es usted, señor Pitt?

—¿Yo? —Se quitó el traje seco—. Un tipo normal que vino al lago para relajarse y pescar.

—Dista mucho de ser normal —dijo ella mientras volvía la vista hacia las llamas agonizantes y las brasas del muelle—. Ningún hombre normal habría logrado lo que usted ha hecho esta noche.

—¿Y usted, señorita Lee? ¿Por qué una dama tan inteligente, que habla un inglés sin tacha, se mezcla con un puñado de inmigrantes ilegales y acaba arrojada al lago con pesas atadas a los tobillos?

—¿Sabe que son ilegales?

—Si no lo son, lo disimulan muy bien.

La mujer se encogió de hombros.

—Supongo que es inútil fingir lo que no soy. No puedo mostrarle la placa, pero soy un agente secreto especial del Servicio de Inmigración y Naturalización. Le estaría muy agradecida si pudiera conseguirme un teléfono.

—Siempre he sido débil con las mujeres. —Se acercó a un árbol, buscó entre las ramas y volvió. Le entregó su teléfono móvil—. Llame a sus superiores y explique lo que está pasando aquí. Dígales que el edificio del lago es una cárcel de inmigrantes ilegales. No sé con qué propósito. Dígales que el lecho del lago está sembrado de cientos, tal vez de miles de cadáveres. Tampoco sé por qué. Dígales que la seguridad es de primera categoría y que los guardias van armados hasta los dientes, y dígales que se den prisa en venir, antes de que las pruebas sean tiroteadas, ahogadas o quemadas. Dígales que llamen al almirante James Sandecker, de la Agencia Nacional Marina y Submarina, y diga que su director de proyectos especiales quiere volver a casa y que le mande un taxi.

Julia escrutó su cara a la tenue luz de las estrellas, con ojos dilatados e intrigados, mientras sus labios formaban lentamente las palabras.

—Es usted un hombre asombroso, Dirk Pitt. Un director de la NUMA. No lo habría adivinado ni en mil años. ¿Desde cuándo entrenan a sus científicos marinos para que sean asesinos y pirómanos?

—Desde esta noche —dijo Pitt, y se encaminó hacia la cabaña—. Por cierto, no soy científico. Soy ingeniero. Haga su llamada, y deprisa. Vamos a tener compañía muy pronto, tan seguro como que el sol se pone por el oeste.

Dos minutos después, Pitt volvió de la casa cargado con una pequeña caja llena de comida y diez mantas. También se había cambiado a toda prisa, y llevaba ropa mucho más práctica. No oyó el par de balas disparadas con silenciador que perforaron el radiador de su coche alquilado. Sólo distinguió el anticongelante que inundaba el suelo, debajo del parachoques delantero, cuando la luz de las bombillas que había dejado encendidas en el porche se reflejó en él.

—Olvidémonos de huir en coche —dijo en voz baja a Julia, mientras ésta distribuía la escasa comida y pasaba las mantas a los chinos temblorosos.

—¿Qué quiere decir?

—Sus amigos acaban de perforar mi radiador. Antes de que llegáramos a la autovía principal, el motor se recalentaría.

—Me gustaría que dejara de llamarles mis amigos —dijo Julia con petulancia.

—Sólo era una forma de hablar.

—No creo que sea un problema. El lago estará abarrotado de agentes del INS y del FBI dentro de una hora.

—Demasiado tarde —dijo Pitt con seriedad—. Los hombres de Shang caerán sobre nosotros antes de que lleguen. Al averiar mi coche, han comprado tiempo para organizar un grupo de ataque. En este momento, ya estarán acercándose por la carretera y formando un cepo alrededor de la cabaña.

—No esperará que esta pobre gente camine kilómetros por el bosque en plena noche —afirmó Julia—. Ya no pueden aguantar más. Tiene que haber otra forma de salvarlos. Ha de pensar en algo.

—¿Por qué siempre he de ser yo?

—Porque es lo único que tenemos.

Lógica femenina, meditó Pitt. ¿Cómo se lo montan?

—¿Le apetece un poco de romance?

—¿Romance? —Julia se quedó estupefacta—. ¿En un momento como éste? ¿Se ha vuelto loco?

—No —dijo él—, pero ha de admitir que hace una noche preciosa para dar un paseo en barco bajo las estrellas.

Fueron a matar a Pitt poco antes del amanecer. Llegaron en silencio, con premeditación, rodearon y se acercaron a la cabaña en una operación calculada al segundo. Kung Chong hablaba en voz baja por su radio portátil y coordinaba los movimientos de sus hombres. Kung Chong era un experto en dirigir asaltos a casas de disidentes, cuando era agente del servicio de inteligencia de la República Popular. No le gustó nada lo que vio de la cabaña desde el bosque. Las luces del porche estaban encendidas, lo cual dificultaba la visión nocturna de los atacantes. También estaban encendidas las luces de todas las habitaciones, y la radio emitía a todo volumen música country.

Su equipo de veinte hombres había convergido en la cabaña desde la carretera y el bosque, después de que su explorador le comunicara por radio que había inutilizado el radiador del coche. Kung Chong estaba seguro de que todas las vías de escape estaban cortadas, y que nadie había atravesado el cordón. El habitante de la cabaña tenía que seguir allí. No obstante, Kung Chong presentía que no todo estaba saliendo de acuerdo con su plan.

Arrojar luz alrededor de un edificio a oscuras solía indicar una emboscada preparada por gente que esperaba abrir fuego desde dentro. El jardín iluminado impedía el uso de gafas de visión nocturna. Pero esta situación era diferente. Las habitaciones interiores iluminadas y la música estridente confundían a Kung Chong. El elemento sorpresa parecía descartado. Hasta que sus hombres pudieran ganar la relativa seguridad de las paredes de la cabaña e irrumpir por las puertas, eran blancos muy fáciles para cualquiera provisto de armas automáticas. Fue desplazándose de posición en posición alrededor de la cabaña, mirando por las ventanas con unos prismáticos, hasta que observó a un hombre solitario sentado a la mesa de la cocina, la única habitación no controlada por cámaras de vigilancia. Llevaba una gorra de béisbol, gafas de leer, y estaba inclinado sobre la mesa, al parecer leyendo un libro. Una cabaña con todas las luces encendidas. La radio a toda pastilla. ¿Un hombre vestido de pies a cabeza y leyendo un libro a las cinco y media de la mañana? Kung Chong olfateó el aire y olió una celada.

Envió a buscar a uno de sus hombres, que iba armado con un rifle de mira telescópica y un silenciador.

—¿Ves a ese hombre sentado en la cocina? —musitó.

El hombre asintió en silencio.

—Mátale.

Una distancia inferior a cien metros era un juego de niños. Un buen disparo con un arma corta habría dado en el blanco. El tirador desechó la mira telescópica y apuntó al hombre sentado a la mesa con las miras de hierro del fusil. El disparo sonó como una palmada seca, seguida de un tintineo de cristal. Kung Chong miró por los prismáticos. La bala había practicado un pequeño agujero en el cristal de la ventana, pero la figura continuaba erguida ante la mesa como si no hubiera pasado nada.

—Idiota —gruñó—. No le has dado.

El tirador meneó la cabeza.

—A esta distancia es imposible fallar.

—Vuelve a disparar.

El tirador se encogió de hombros, apuntó y apretó el gatillo. El hombre sentado a la mesa continuó inmóvil.

—O el blanco ya está muerto, o está en coma. Le he dado sobre el puente de la nariz. Mire usted mismo el agujero.

Kung Chong enfocó los prismáticos en la cara del hombre. Había un limpio orificio redondo sobre el puente de la nariz, encima de las gafas, y no sangraba.

—¡Maldito sea! —rugió Kung Chong. No haría falta sigilo ni precauciones—. ¡Adelante! ¡Adelante! —gritó a sus hombres.

Hombres vestidos de negro se materializaron de las sombras arrojadas por los árboles y cruzaron el patio a la carrera, hasta entrar por la puerta principal de la cabaña. Se desparramaron por las habitaciones como una inundación, las armas preparadas para disparar a la menor señal de resistencia. Kung Chong fue el quinto hombre que entró en la sala de estar. Dejó atrás a sus secuaces y se lanzó como una exhalación hacia la cocina.

—¿Qué clase de diablo es este hombre? —murmuró, mientras se apoderaba del muñeco sentado en la silla y lo tiraba al suelo. La gorra de béisbol resbaló y las gafas se rompieron, dejando al descubierto una tosca cara modelada a toda prisa con papel de periódico mojado y pintada de cualquier manera con tintes vegetales.

El segundo de Kung Chong se acercó a él.

—La cabaña está vacía. No hay señal de nuestra presa.

Kung Chong apretó los labios mientras asentía, pues la noticia no le sorprendía. Oprimió el botón de transmisión de su radio y pronunció un nombre. La voz de Lo Han respondió al instante.

—Informe.

—Ha escapado —se limitó a decir Kung Chong.

Una pausa.

—¿Cómo es posible que haya burlado a tus hombres? —repuso Lo Han, irritado.

—Nadie mayor que una rata habría podido atravesar el cordón. No puede andar lejos.

—Es muy extraño. No está en la cabaña, no está en el bosque. ¿Adónde habrá ido?

Kung Chong vio por la ventana el cobertizo de lanchas, que sus hombres estaban registrando.

—El lago —contestó—. Sólo puede estar en el lago.

Pasó por encima del muñeco tirado en el suelo y salió por la puerta posterior al muelle. Apartó a sus hombres y entró en el cobertizo de lanchas. El velero colgaba en su calza, los kayaks y las canoas continuaban en sus repisas. Se quedó atónito, consciente de la enormidad de su error, de la increíble facilidad con que le habían engañado. Tendría que haber adivinado, como mínimo, la añagaza utilizada por el hombre de la cabaña.

La vieja barca, la lancha Chris-Craft que Kung Chong había observado en el registro anterior de la cabaña y el cobertizo, no estaba.

A casi dos millas de distancia, aparecía una visión capaz de agitar la sangre de aquellos afortunados que vivían en el pasado. El casco de caoba, diseñado con suma belleza, contorneado a la vieja usanza, se curvaba con elegancia desde el yugo de popa hasta el compartimiento de máquinas, situado entre las cabinas de popa y proa. El motor Chrysler, de 77 años de edad y 125 caballos de vapor, que soportaba la carga de doce adultos y dos niños apretujados en su puente de mando, levantaba la proa y lanzaba el barco sobre el agua a casi treinta millas por hora. Pitt manejaba el timón del Chris-Craft de 1933 propiedad de Foley, con el niño chino sobre su regazo, mientras el barco surcaba las aguas del río Orion en dirección a la bahía de Grapevine.

Después de explicar su último plan a Julia, Pitt había encargado a dos chinos de edad avanzada que extrajeran gasolina mediante un tubo del depósito del coche y la trasladaran al depósito de la lancha. Como hacía varios meses que el enorme motor Chrysler no funcionaba, Pitt cambió la batería por la de su coche. Mientras Julia Lee traducía, ordenó a los inmigrantes de mayor edad que desmontaran los remos de los kayaks y las canoas, y llevó a cabo una demostración de cómo impulsar la lancha sin hacer ruido. Teniendo en cuenta el cansancio de los inmigrantes y la dificultad añadida de trabajar a oscuras, todo salió sorprendentemente bien.

De repente, Pitt salió corriendo del cobertizo de lanchas.

—¿Adónde va? —gritó Julia.

—Casi olvido a mi mejor amigo —replicó Pitt mientras corría hacia la cabaña. Volvió al cabo de dos minutos, con algo envuelto en una toalla bajo el brazo.

—¿Ése es su mejor amigo? —preguntó ella.

—Nunca salgo de casa sin él.

Sin más explicaciones, empezó a ayudar a todos los ocupantes de la lancha. Cuando los inmigrantes estuvieron alojados en las dos cabinas, Pitt abrió la puerta del cobertizo de lanchas y susurró la orden de que todo el mundo empezara a remar. Apenas habían recorrido un cuarto de milla, navegando en la sombra a lo largo de la orilla, cuando los agotados chinos empezaron a sufrir las consecuencias de sus desventuras. Pitt siguió remando hasta que la corriente del río se apoderó de la lancha.

Sólo entonces dejó a un lado su remo y contuvo el aliento durante varios segundos. La suerte les acompañaba: aún no los habían descubierto. Antes de encender el motor, esperó a haberse alejado del lago. Conectó los dos carburadores que Foley había instalado para modernizar la embarcación. A continuación, rezó a todas las estrellas que aparecían ante sus ojos y oprimió el botón de arranque.

El motor Chrysler giró poco a poco, hasta que la gasolina circuló, y después aumentó la velocidad de sus revoluciones. Al cabo de unos segundos, Pitt desconectó el motor de arranque. Mientras cargaba los carburadores de nuevo habría jurado que todos sus compañeros del barco contenían el aliento. Al siguiente intento, un par de cilindros cobraron vida, y después otro par, hasta que todos los ocho del motor funcionaron. Dejó que la embarcación derivara, impulsada tan sólo por la velocidad del motor. Manejaba el timón con el chinito sentado en su regazo. Aún no se oían gritos procedentes de la orilla, ni haces de reflectores rastreaban las aguas. Miró hacia la cabaña. Vio que figuras diminutas surgían del bosque y corrían hacia las luces que había dejado encendidas.

Los primeros rayos del sol bañaban las montañas del este cuando Pitt se volvió hacia Julia, sentada a su lado, con los brazos enlazados alrededor de la niña. Vio su cara a plena luz del día por primera vez, y se quedó impresionado por los daños infligidos a lo que habrían sido facciones delicadas, y entonces fue consciente de la valentía y coraje que había necesitado para sobrevivir a su odisea.

Una fría cólera se apoderó de él.

—Dios mío, esos bastardos la trabajaron a conciencia.

—No me he mirado a un espejo, pero sospecho que tardaré un tiempo en exhibir mi cara en público —dijo la joven.

—Si sus superiores del INS dan medallas, se merece un buen puñado.

—A lo sumo, sólo espero una mención en mi hoja de servicios.

—Diga a todo el mundo que se coja fuerte —anunció Pitt—. Vamos a llegar a los rápidos.

—Cuando lleguemos a la desembocadura del río, ¿qué pasará?

—Según mis cálculos, cualquier lugar llamado Grapevine Bay ha de tener uvas, y uvas significa viñedos, y viñedos significan gente. Cuantos más seamos, más reiremos. Los esbirros de Shang no se atreverán a atacarnos ante las narices de cien ciudadanos estadounidenses.

—Lo mejor será llamar otra vez a los agentes del INS, para avisarles que hemos salido de la zona y comunicarles nuestro destino.

—Buena idea —dijo Pitt. Paró el regulador mientras le tendía el teléfono con la otra mano—. Que concentren sus esfuerzos en la mansión, en lugar de preocuparse por nosotros en la cabaña.

—¿Ha recibido alguna noticia de sus compañeros de la NUMA? —gritó Julia para hacerse oír sobre el tubo de escape.

—En teoría, acudirán al rescate cuando lleguemos a la bahía de Grapevine.

—¿Utilizan aviones pequeños pintados de amarillo? Pitt negó con la cabeza.

—La NUMA alquila reactores privados y helicópteros pintados de azul turquesa. ¿Por qué lo pregunta?

Julia palmeó el hombro de Pitt y señaló con el dedo un ultraligero amarillo que les seguía río abajo.

—Si no son amigos, serán enemigos.

10

Pitt lanzó una rápida mirada hacia atrás y divisó el avión que se acercaba a toda velocidad al Chris-Craft. Era un monoplano ultraligero, con una hélice detrás del motor, tren de aterrizaje, forma de triciclo y asientos para dos personas. El piloto iba sentado delante, al aire libre, mientras el pasajero se sentaba detrás, un poco más elevado. El armazón consistía en tubos de aluminio sujetos mediante cables muy delgados. Propulsado por un motor de cincuenta caballos de fuerza y muy escaso peso, era muy veloz. Pitt calculó que podía alcanzar los 180 kilómetros por hora.

El piloto volaba sobre el centro del río, a menos de doce metros del agua. Era bueno, admitió Pitt. Las corrientes de aire remolineaban a través del estrecho cañón en una serie de ráfagas potentes, pero el piloto lograba compensarlas y mantener el ultraligero en un curso recto y nivelado. Seguía a la lancha como alguien muy convencido de lo que debía hacer. No cabían dudas sobre quién iba a ser el perdedor de la desigual contienda. Al menos Pitt no albergaba dudas, sobre todo cuando vio a un hombre sujeto con un cinturón de seguridad al asiento de detrás del piloto, con una pistola ametralladora en las manos.

—Diga a la gente que se tire al suelo —ordenó Pitt a Julia.

La muchacha habló en chino, pero los pasajeros estaban tan apretujados en las diminutas cabinas que no podían moverse. Se limitaron a agacharse lo máximo posible en sus asientos de piel y a agachar la cabeza.

—Oh, señor —jadeó Julia—. Hay dos más a unos tres kilómetros detrás del primero.

—Ojalá no me lo hubiera dicho —contestó él. Se inclinó sobre el volante y rezó para que la lancha corriera más—. No van a permitir que escapemos y demos el soplo sobre sus trapicheos.

El ultraligero pasó tan cerca del Chris-Craft, que la corriente de aire producida por sus hélices arrojó una nube de espuma sobre los ya mojados ocupantes de la embarcación. Pitt esperaba oír disparos, ver aparecer agujeros en la caoba barnizada, pero el avión se alejó sin atacar. Las ruedas de su tren de aterrizaje pasaron a menos de metro y medio del parabrisas de la lancha.

Kung Chong, que iba sentado en el asiento posterior del ultraligero, sonrió con satisfacción cuando pasaron sobre la lancha.

—Hemos avistado la barca —anunció por el transmisor sujeto a su casco.

—¿Habéis iniciado el ataque? —preguntó Lo Han desde el vehículo de seguridad móvil.

—Aún no. El avión de cabeza informa que nuestra presa no va sola.

—Tal como sospechábamos, eran dos.

—Dos no. Unos diez o doce. Por lo visto, la lancha va llena de viejos y niños.

—Ese demonio habrá encontrado una familia acampada junto al río y les habrá obligado a subir al barco como rehenes. Al parecer, nuestro adversario hará cualquier cosa con tal de salvar su pellejo.

Kung Chong alzó unos prismáticos con una mano y miró a los pasajeros acurrucados en las cabinas.

—Creo que tenemos un problema imprevisto, Lo Han.

—Desde hace doce horas no tenemos más que problemas. ¿Qué ocurre ahora?

—No estoy seguro, pero me parece que los ocupantes de la lancha son inmigrantes.

—Imposible. Los únicos inmigrantes desembarcados están encerrados, camino de su destino o muertos.

—Podría equivocarme.

—Esperemos que sea así. ¿Puedes acercarte para identificar su nacionalidad?

—¿Para qué? Si he de eliminar al demonio responsable de la destrucción del yate de Qin Shang y la infiltración en las celdas de los inmigrantes, los que estén con él han de morir también. ¿Qué más da si son chinos o estadounidenses?

—Tienes razón, Kung Chong —admitió Lo Han—. Haz todo lo posible por proteger el proyecto.

—Daré la orden de lanzar el ataque.

—Asegúrate de que no haya espectadores en las cercanías.

—En el río no se ven embarcaciones de recreo, y las orillas están vacías de gente.

—Muy bien, pero vigila. Todo testigo ocular ha de ser eliminado.

—A tus órdenes —dijo Kung Chong—, pero el tiempo se agota. Si no destruimos el barco y a sus ocupantes antes de pocos minutos, habremos perdido nuestra oportunidad.

—¿Por qué no ha disparado? —preguntó Julia, entornando los ojos para protegerlos del resplandor del sol sobre la superficie del río.

—Un fallo en sus planes. Pensaban que yo trabajaba solo. Va a informar a su jefe de que voy acompañado de pasajeros.

—¿Está muy lejos la bahía de Grapevine?

—A unas doce o quince millas.

—¿Podríamos acercarnos a la orilla y refugiarnos entre los árboles y las rocas?

—No es una idea práctica —dijo Pitt—. Les bastaría con aterrizar en el claro más cercano y perseguirnos. El río es nuestra única oportunidad, por leve que sea. Usted y los demás mantengan las cabezas agachadas. Vamos a dejar que se pregunten por qué voy cargado de pasajeros. Si miran con atención, se fijarán en los pliegues de sus ojos y comprenderán que no son descendientes de europeos.

El venerable Chris-Craft recorrió otras dos millas, hasta que el ultraligero sobrevoló el río y aumentó la velocidad, con el morro apuntado de forma amenazadora hacia la lancha.

—Se acabaron las intenciones pacíficas —anunció Pitt con calma—. Esta vez va en serio. ¿Sabe utilizar una pistola?

—Mis puntuaciones son superiores a la mayoría de agentes masculinos que conozco —contestó Julia, como si estuviera describiendo su última permanente.

Pitt sacó el bulto que había debajo de su asiento, desenvolvió la toalla y le entregó su pistola automática.

—¿Ha disparado alguna vez una Colt 45?

—No —contestó Julia—. Cuando es necesario, casi todos los agentes del INS llevamos Berettas automáticas del 40.

—Aquí tiene dos cargadores llenos. No desperdicie balas disparando al motor o al depósito de combustible. Como blanco, es demasiado pequeño para alcanzar a un avión que pasa a más de setenta y cinco kilómetros por hora. Apunte al piloto y al artillero. Un buen tiro, y se estrellarán o volverán a casa.

La joven cogió la 45, se retorció en el asiento para mirar hacia atrás, quitó el seguro y amartilló el percutor.

—Está casi encima de nosotros —advirtió a Pitt.

—El piloto se colocará encima de nosotros algo esquinado para que su artillero pueda dispararnos —recitó Pitt con frialdad—. En cuanto nos tenga alineados con sus miras, dispare hacia el lado por el que esté pasando, para que yo pueda correr en zigzag.

Sin cuestionarse las instrucciones de Pitt, Julia aferró la vieja Colt con ambas manos, alzó el cañón y alineó las miras con los dos hombres acomodados delante de las alas y el motor. Su rostro denotaba más concentración que miedo cuando su dedo apretó el gatillo.

—¡A su izquierda! —advirtió.

Pitt describió un brusco giro a la izquierda, sin desprenderse del ultraligero. Oyó el sonido entrecortado de un arma automática provista de silenciador, mezclado con el estruendo de la vieja Colt, y vio que las balas salpicaban el agua a sólo un metro del casco, al tiempo que se cruzaba en el trayecto del aeroplano, aprovechando su parte inferior para ocultarse a la vista del artillero.

Cuando el ultraligero pasó de largo, vio que ni el piloto ni el copiloto parecían heridos. De hecho, daba la impresión de que se lo estaban pasando en grande.

—¡Ha fallado! —gritó a la joven.

—Juraría que les he alcanzado —replicó Julia, furiosa.

—¿No ha oído hablar nunca de un disparo desviado? —la sermoneó Pitt—. Hay que seguir a un blanco en movimiento. ¿Nunca ha cazado patos?

—Jamás he sido capaz de disparar contra un ave

indefensa —dijo ella mientras extraía un cargador vacío e introducía uno nuevo en la culata del arma.

Lógica femenina una vez más, pensó Pitt. Son incapaces de disparar contra un ave o un animal, pero no dudan en volar la cabeza de un hombre.

—Si vuelve a la misma velocidad y altitud, dispare unos tres metros por delante del piloto.

El ultraligero describió un círculo para iniciar otro ataque, mientras su gemelo aguardaba a lo lejos. El zumbido del tubo de escape del motor despertaba ecos en las paredes rocosas del cañón. El piloto pasó a escasa distancia de la orilla, y la corriente de aire producida por las hélices agitó las copas de los árboles. El río, sereno y pintoresco, y las pendientes del cañón boscoso parecían el lugar menos indicado para un combate a vida o muerte. Las aguas verdes y transparentes corrían a lo largo de orillas franqueadas de árboles, que escalaban las laderas rocosas de las montañas hasta ralear y desaparecer en las cumbres. El aeroplano amarillo se destacaba como una piedra preciosa de colores, un girasol mejicano recortado contra un cielo color zafiro. A decir verdad, pensó Pitt un momento, hay lugares mucho peores donde morir.

El ultraligero se estabilizó y picó hacia la proa del Chris-Craft. Pitt distinguió con absoluta claridad el ángulo de la trayectoria del artillero. A menos que el piloto sea un cretino consumado, pensó Pitt, no repetirá el mismo error. Pitt tenía que buscar en su bolsa de trucos. Al tiempo que mantenía el rumbo hasta el último momento posible, se sentía como un arenque que desafiara a un tiburón.

Julia levantó la Colt por encima del parabrisas. Casi parecía cómica, con la cabeza algo ladeada y apuntando con un solo ojo semiabierto. El piloto del ultraligero estaba resbalando de ala río arriba con el fin de proporcionar a su artillero más tiempo para disparar y una línea de tiro más amplia. Conocía su oficio, y no iba a permitir que le engañaran dos veces. Rozó casi la orilla del río, con el fin de impedir que Pitt se deslizara bajo el estrecho vientre del avión. Para colmo, el piloto se estaba mostrando más cauto. Algunas balas de Julia habían alcanzado el ala, y se había dado cuenta de que su presa tenía un aguijón.

Con certeza deprimente, Pitt sabía que iban a recibir disparos. Esta vez, ni trucos ni maniobras fantasiosas iban a salvarles. A menos que Julia hiciera gala de una puntería asombrosa, estaban todos muertos, literalmente. Vio que el ultraligero aumentaba de tamaño a través del parabrisas. Era como estar de pie en mitad de un puente alzado sobre un abismo de trescientos metros, mientras un tren expreso se abalanzaba hacia él.

Y entonces pasó por su mente la idea desesperante de que, aunque consiguieran librarse del primer ultraligero, aún no habían recorrido ni la mitad de camino que les separaba de la salvación. El segundo y el tercer aeroplano se habían rezagado, a la espera de su turno. Si uno quedaba fuera de juego, dos sustitutos estaban preparados para entrar en acción. Aquel momento de nerviosismo terminó cuando las balas dibujaron estrías en el agua, en una hilera que se acercaba de forma inexorable a la lancha.

Pitt movió con brusquedad el timón a la derecha. El artillero compensó, pero demasiado tarde. Pitt describió una suave curva a la izquierda para engañarle. Efectuó una nueva finta, pero el artillero se limitó a girar su arma y crear una pauta en forma de S. Entonces, como si le hubieran dado cuerda, Julia empezó a disparar.

Era el momento adecuado. Mientras las balas dibujaban un bosquecillo de agujeros en la lustrosa proa del Chris-Craft, Pitt agarró la palanca de cambios con ambas manos y la echó hacia atrás, cuando la lancha iba a toda velocidad. Se oyó un horrísono chirrido, la protesta destemplada de la caja de cambios. Las revoluciones sobrepasaron la línea roja del tacómetro, y la embarcación se detuvo de repente. Después, saltó hacia atrás en un arco cerrado. Varias balas destrozaron el parabrisas, pero no alcanzaron a nadie. Y después, la línea de fuego, como una tormenta que pasara de largo, se alejó por detrás de la lancha. Julia siguió a su blanco y disparó hasta la última bala.

Pitt miró hacia atrás y vio un hermoso panorama. El ultraligero había perdido el control y aullaba como un demonio, mientras fragmentos de la hélice giraban en el aire, disparados en todas direcciones. Vio que el piloto forcejeaba con los controles, en un intento inútil de enderezar el aparato. Después, el morro se inclinó y se hundió sin vida en mitad del río, abriendo un cráter en el agua que levantó gran cantidad de agua, antes de emerger unos breves momentos y volver a hundirse enseguida, hasta desaparecer por completo.

—Buen disparo —felicitó Pitt a Julia—. Wyatt Earp estaría orgulloso de usted.

—Tuve suerte —repuso con modestia ella, pues no deseaba admitir que había apuntado al piloto.

—Ha puesto el miedo en el cuerpo a los pilotos de los otros dos. No van a cometer los mismos errores que su colega. Se quedarán fuera del alcance de su pistola, se lo tomarán con calma y nos ametrallarán desde una altura segura.

—¿Cuánto falta para salir del cañón?

—Cuatro o cinco millas.

Intercambiaron una mirada. Ella vio la fiera determinación en los ojos de Pitt, él vio que la cabeza y hombros de la joven estaban hundidos debido al cansancio, tanto físico como mental. No hacía falta un médico para saber que Julia estaba medio muerta a causa de la falta de sueño. Había aguantado lo máximo posible por pura tozudez, pero había llegado al final del camino. La joven se volvió y echó un vistazo a los agujeros de bala que astillaban la proa del Chris-Craft.

—No vamos a conseguirlo, ¿verdad? —murmuró de forma casi inaudible.

—¡Claro que sí, joder, lo vamos a conseguir! —contestó Pitt, como si lo creyera a pies juntillas—. No he interrumpido mis vacaciones para salvarla a usted y los demás y rendirme ahora.

La joven examinó su rostro agrietado y sombrío unos momentos, y después meneó la cabeza en señal de derrota.

—No puedo hacer un buen disparo si los ultraligeros se mantienen a más de cien metros de distancia, apuntando a un blanco móvil desde un barco que no para de menearse.

—Haga lo que pueda. —No eran unas palabras de ánimo brillantes, admitió Pitt, pero su mente estaba concentrada en otros asuntos, como esquivar una serie de rocas que sobresalían del río—. Dentro de diez minutos estaremos a salvo.

—¿Y si nos atacan los dos al mismo tiempo?

—Es lo más seguro. Tómelo con calma y administre sus disparos, dos contra uno, y luego dos contra el otro. Hay que dar la apariencia de que estamos dispuestos a resistir, lo suficiente para que no se acerquen demasiado. Cuanto más lejos se mantengan, más les costará a los artilleros disparar con buena puntería. Me desplazaré de un lado a otro del río para frustrar sus intentos.

Pitt había leído bien la mente de Kung Chong. El chino ordenó a sus pilotos que atacaran desde una altitud mayor.

—He perdido un avión y dos hombres excelentes —informó a Lo Han.

—¿Cómo?

—Por disparos efectuados desde la lancha.

—No es inconcebible que unos profesionales porten armas automáticas.

—Me avergüenza decirlo, Lo Han, pero el fuego defensivo procede de una mujer armada con una pistola automática.

—¡Una mujer! —La voz de Lo Han nunca había sonado más irritada a los oídos de Kung Chong—. Tú y yo hemos quedado en ridículo. Concluye de una vez esta desafortunada misión.

— Sí, Lo Han. Obedeceré fielmente tus órdenes.

—Espero con ansia el anuncio de tu victoria.

—Pronto, muy pronto —dijo Kung Chong con tono confiado—. Éxito o muerte. Te prometo una cosa u otra.

Durante las siguientes tres millas se impusieron los movimientos tácticos. Los dos restante ultraligeros insistieron en sus ataques, al tiempo que se desplazaban de un lado a otro con brusquedad para escapar a las patéticas balas disparadas en su dirección, lo cual casi imposibilitaba que sus artilleros utilizaran las pistolas ametralladoras. Se separaron a doscientos metros del Chris-Craft y cercaron la lancha por ambos lados. Era una maniobra astuta que permitía a sus ráfagas converger.

Julia se lo tomaba con calma y disparaba siempre que veía una oportunidad de dar en el blanco, mientras Pitt manipulaba el volante como un poseso y zigzagueaba de una orilla a otra, en un esfuerzo por escapar a las esporádicas rociadas de balas que se estrellaban en el agua. Se quedó sin aliento cuando una ráfaga astilló la escotilla de caoba que se abría sobre el compartimiento de máquinas, entre las dos cabinas. Sin embargo, el rugido del enorme motor Chrysler no cedió ni un ápice. Sus ojos barrieron instintivamente el panel de instrumentos, y observó con alarma que la aguja del indicador de presión del aceite estaba llegando a la zona roja.

Sam Foley se cabreará como una mona cuando recupere su lancha, pensó Pitt.

Aún faltaban dos millas. El hedor a aceite quemado empezó a surgir del compartimiento de máquinas. Las revoluciones del motor fueron perdiendo velocidad, y Pitt imaginó el roce del metal contra el metal por falta de aceite. Era cuestión de escasos minutos que los cojinetes se quemaran y el motor se detuviera. A los ultraligeros les bastaría con volar en círculos sobre la lancha y acabar con todo el mundo. Golpeó el volante, presa de la frustración, cuando vio que volvían juntos, los extremos de las alas casi tocándose.

Avanzaron sin desviarse, y esta vez a mucha menor altura, conscientes de que en cuanto la embarcación y sus ocupantes entraran en la bahía, habría espectadores que denunciarían a los asesinos.

Entonces, como por arte de magia, el piloto del ultraligero que volaba a la izquierda del Chris-Craft se derrumbó en su asiento, con los brazos caídos a los costados. Una de las balas de Julia había alcanzado al piloto en el pecho y destrozado su corazón. El aeroplano osciló con violencia, el extremo de su ala rozó el agua, y después cortó dando volteretas la estela de la lancha, antes de desaparecer en el río.

No había tiempo para celebrar el fenomenal disparo de Julia. Su situación empeoró cuando la joven disparó su última bala. El piloto del ultraligero restante, al ver que ya no le disparaban y que la velocidad del Chris-Craft disminuía, mientras una columna de humo surgía del compartimiento de máquinas, abandonó toda precaución y les atacó a menos de metro y medio sobre el agua.

El Chris-Craft se arrastraba a menos de diez millas

por hora. La carrera por la supervivencia casi había terminado. Pitt alzó la vista y vio al artillero chino en el interior del ultraligero. Llevaba los ojos cubiertos con gafas de diseño, y sus labios dibujaban una tensa sonrisa. Saludó con la mano y alzó el arma, con el dedo sobre el gatillo.

En un acto final de desafío, Pitt agitó el puño en el aire y levantó el dedo medio. Protegió con el cuerpo a Julia y a los dos niños, en un inútil esfuerzo por utilizarlo como escudo. Se puso en tensión, a la espera de que las balas desgarraran su espalda.

11

Para alivio de Pitt, o bien la vieja de la guadaña tenía asuntos más importantes en otra parte, o no valía la pena perder el tiempo con él. Las balas que Pitt esperaba nunca fueron disparadas.

Estaba convencido de que el último sonido que iba a oír en su vida sería el estampido apagado de una pistola automática con silenciador. En cambio, el rápido golpeteo de las hélices resonó en el aire, hélices que giraban a toda velocidad, imponiéndose a los ruidos desagradables que surgían del interior del motor Chrysler. Una gigantesca sombra apareció sobre el Chris-Craft, con un rugido atronador acompañado de una gran ráfaga de viento. Antes de que nadie pudiera comprender lo que estaba pasando, un gran helicóptero turquesa, con las letras NUMA pintadas en su fuselaje secundario, se precipitó sobre el ultraligero amarillo como un halcón sobre un canario.

—¡Oh, Dios! —gimió Julia.

—No tema —la tranquilizó Pitt—. Son los nuestros.

Reconoció el McDonnell Douglas Explorer, un helicóptero veloz sin rotor de cola, con dos motores y una velocidad de hasta 255 kilómetros por hora, pues había volado en él con frecuencia. El fuselaje de proa era muy parecido a la mayoría de rotoplanos, pero el fuselaje secundario, con sus dos estabilizadores verticales, se extendía hacia atrás como un delgado cigarro.

—¿De dónde han salido?

—Mis amigos han llegado antes —dijo Pitt, y juró que mencionaría al piloto en su testamento.

Todos los ojos de la lancha y del restante ultraligero estaban clavados en el intruso. Se veían dos figuras a través de la proa transparente del helicóptero. El copiloto llevaba una gorra de béisbol echada hacia atrás y gastaba gafas de concha. El piloto se tocaba con un sombrero de paja, como los típicos de las islas tropicales, y exhibía una camisa floreada hawaiana. Un largo y grueso puro estaba aprisionado entre sus dientes.

Kung Chong ya no sonreía. Su expresión era de sorpresa y temor. Temió que el nuevo jugador en liza no iba a retirarse. Pasó revista a la escena y vio que la lancha, aunque apenas avanzaba ya, pronto llegaría a la boca del río que conducía a la bahía de Grapevine. Divisó también una flotilla de barcos de pesca que salían al mar y doblaban el último recodo del río. Las casas de las afueras de la ciudad franqueaban la orilla. La gente caminaba por las playas. Sus posibilidades de liquidar a los inmigrantes huidos y al diablo responsable del caos ocurrido en Orion Lake se habían evaporado. A Kung Chong no le quedaba otra alternativa que dar la orden de retirada a su piloto. En un intento de esquivar a su atacante, el ultraligero se elevó bruscamente y describió un giro tan cerrado que su ala se inclinó en ángulo vertical.

El piloto del helicóptero de la NUMA ya conocía la maniobra. Adivinó las intenciones de su contrincante. No sintió compasión ni indecisión. Su rostro seguía inexpresivo cuando imitó el giro cerrado del ultraligero y acortó distancias. Se oyó un estruendo cuando los patines de aterrizaje del helicóptero cortaron la frágil ala del ultraligero.

Los hombres sentados en los asientos al aire libre se

quedaron petrificados cuando su aparato se agitó como presa de una tormenta, con la ilusoria esperanza de aferrarse al cielo. Después, el ala partida se dobló por la mitad, y el pequeño aeroplano se estrelló contra una playa erizada de grandes rocas. No hubo explosión, tan sólo una pequeña nube de polvo y restos dispersos que se elevó en el aire. Todo lo que quedó fue una masa retorcida, con dos cuerpos fundidos entre los tubos y aletas destrozados.

El helicóptero sobrevoló el Chris-Craft tullido, mientras el piloto y el hombre sentado en el puesto del copiloto se asomaban por las ventanas de la cabina y saludaban.

Julia devolvió los saludos y les echó besos.

—Sean quienes sean estos hombres maravillosos, nos han salvado la vida.

—Se llaman Al Giordino y Rudi Gunn.

—¿Amigos suyos?

—Desde hace muchos años —dijo Pitt, radiante como un faro.

El viejo motor Chrysler casi les condujo hasta el final de su azaroso viaje. Sus cojinetes y pistones se inmovilizaron debido a la falta de aceite, y expiró a sólo doscientos metros del muelle que se extendía desde la calle principal del pueblo de Grapevine. Un adolescente remolcó con su lancha fueraborda al Chris-Craft y a sus cansados pasajeros hasta el muelle, donde aguardaban dos hombres y una mujer. Ninguno de los turistas que paseaba por el muelle de madera, ni ninguno de los habitantes del pueblo que pescaba sobre las barandillas, habría adivinado que las tres personas de pie al final del muelle, vestidas con prendas deportivas, eran agentes del INS enviados para recoger a un grupo de inmigrantes ilegales.

—¿Los suyos? —preguntó Pitt a Julia.

Ella asintió.

—No le conozco, pero supongo que uno de ellos es el director de investigaciones del distrito.

Pitt alzó al niño, hizo una mueca y fue recompensado con una sonrisa y una carcajada.

—¿Qué será de estas personas?

—Son inmigrantes ilegales. Según la ley, han de ser devueltos a China.

Pitt la miró con ceño.

—Después de lo que han sufrido, sería un crimen devolverlos.

—Estoy de acuerdo —dijo Julia—, pero tengo las manos atadas. Puedo llenar los documentos reglamentarios y recomendar que les dejen quedarse, pero su decisión final escapa a mi control.

—¡Documentos! —espetó Pitt—. Puede hacer algo aún mejor. En cuanto pongan el pie en su patria, la gente de Shang los matará, y usted lo sabe muy bien. No estarían vivos si usted no hubiera derribado al ultraligero. Ya conoce la norma, si salvas la vida de alguien te haces responsable de él. No se puede lavar las manos y despreocuparse de su destino.

—Me preocupa —afirmó Julia. Miró a Pitt de la forma con que las mujeres miran a los hombres cuando sospechan que están hablando con un imbécil—. Y no pienso lavarme las manos. Y como es muy posible, tal como usted sugiere, que fueran asesinados si volvieran a China, es innecesario decir que les serán concedidas todas las oportunidades de solicitar asilo político. Existen leyes, señor Pitt, nos gusten o no, y existen por un motivo concreto y han de ser obedecidas. Le prometo que se hará todo lo humanamente posible para que estas personas se conviertan en ciudadanos estadounidenses.

—La emplazo a que cumpla su promesa —masculló Pitt.

—Créame —contestó la joven—, haré todo cuanto esté en mi mano por ayudarles.

—Si se encuentra con problemas, póngase en contacto conmigo a través de la NUMA. Tengo cierta influencia política y podría conseguir que el Senado apoyara su causa.

La joven enarcó las cejas.

—¿Cómo es posible que un ingeniero naval de la NUMA tenga influencias políticas en el Senado?

—¿Le serviría de algo si le dijera que mi padre es el senador George Pitt, por California?

—Sí —murmuró Julia, asombrada—. Ya veo que puede serme útil.

El muchacho del fueraborda soltó la sirga y el Chris-Craft chocó contra los pilotes del muelle. Los inmigrantes chinos eran todo sonrisas. El hecho de que ya no les dispararan les alegraba, y estaban contentos de haber llegado sanos y salvos a Estados Unidos. De momento, dejaban de lado cualquier aprensión acerca de su futuro. Pitt pasó al niño y a la niña a las manos de los agentes del INS, y después se volvió para ayudar a los padres a subir al muelle.

Un hombre alto, de aspecto jovial y ojos chispeantes, se acercó a Julia y la rodeó con el brazo. Una expresión compasiva apareció en su rostro cuando vio la cara magullada de Julia, con sangre coagulada alrededor de los labios hinchados.

—Señorita Lee, soy George Simmons.

—Sí, el subdirector del distrito. Hablé por teléfono con usted desde la cabaña.

—No sabe cuánto me alegro de verla viva, y lo que le agradezco su información.

—No se alegra tanto como yo —dijo Julia, y se encogió de dolor cuando intentó forzar una sonrisa.

—Jack Farrar, el director del distrito, habría querido recibirla en persona, pero ha ido a dirigir la operación de limpieza en Orion Lake.

—¿Ya ha empezado?

—Un helicóptero depositó a nuestros agentes en la propiedad hace ocho minutos.

—¿Los prisioneros que hay dentro del edificio?

—Todos vivos, pero necesitados de cuidados médicos.

—¿Los guardias de seguridad?

—Se rindieron sin luchar. Según el último informe, sólo faltaba por capturar a su jefe. No creo que tarden.

Julia se volvió hacia Pitt, que estaba ayudando al último de los inmigrantes a salir de la lancha.

—Señor Simmons, le presento al señor Dirk Pitt, de la NUMA, quien hizo posible la operación.

Simmons tendió la mano a Pitt.

—La señorita Lee no tuvo tiempo de darme los detalles, señor Pitt, pero yo diría que su éxito ha sido impresionante.

—A eso se le llama estar en el lugar adecuado en el momento preciso —dijo Dirk mientras estrechaba la mano del agente del INS.

—O más bien que el hombre adecuado estaba donde más se le necesitaba —dijo Simmons—. Si no le importa, me gustaría un informe sobre sus actividades de los dos últimos días.

Pitt asintió, y después señaló a los chinos que eran conducidos por otros agentes del INS hasta un autobús que esperaba al final del muelle.

—Estas personas han sufrido una odisea inimaginable. Espero que sean tratadas con humanidad.

—Puedo asegurarle, señor Pitt, que recibirán las mejores atenciones.

—Gracias, señor Simmons. Agradezco su preocupación.

Simmons señaló a Julia.

—Si se siente con fuerzas, señorita Lee, mi jefe desea que se persone en la mansión para ayudarle como traductora.

—Creo que podré aguantar el sueño un rato más —dijo la joven. Se volvió y miró a Pitt, que estaba a su lado—. Creo que ha llegado el momento de decirnos adiós.

Pitt sonrió.

—Lamento que la cita fuera un desastre.

Julia hizo caso omiso del dolor y sonrió.

—No puedo decir que fuera romántica, pero sí divertida.

—Le prometo que la próxima vez haré gala de más *savoir faire*.

—¿Vuelve a Washington?

—Aún no he recibido las órdenes de movilización, pero sospecho que llegaron con mis amigos Giordino y Gunn. ¿Y usted? ¿Adónde la enviarán las necesidades del servicio?

—La oficina principal está en San Francisco. Supongo que me reclamarán allí.

Pitt la tomó en sus brazos y le besó la frente.

—La próxima vez que nos encontremos —dijo, acariciando con delicadeza sus labios hinchados y cortados— te besaré en la boca.

—¿Besas bien?

—Las chicas acuden de todas partes para besarme.

—Si hay una próxima vez —musitó Julia—, te devolveré el favor.

Se alejó con Simmons en dirección a un coche que esperaba, Pitt se quedó junto al Chris-Craft y siguió al coche con la mirada hasta que dobló en una esquina. Al poco, Giordino y Gunn aparecieron al otro lado del muelle, gritando como posesos.

Habían permanecido en el aire hasta que la lancha quedó amarrada al muelle. Al ver a un helicóptero del INS posado en un campo situado a dos kilómetros al norte de la ciudad, Giordino prefirió dejar el helicóptero de la NUMA en un aparcamiento que no distaba más de una manzana del muelle, para disgusto del ayudante del sheriff, que amenazó con detenerle. Giordino le aplacó al anunciarle que estaban buscando localizaciones para una productora de Hollywood, y prometió que recomendarían Grapevine como el telón de fondo perfecto para una nueva película de terror de gran presupuesto. Seducido por el falsario más famoso de la NUMA, el hombre insistió en acompañar en coche a Giordino y Gunn hasta el muelle.

Giordino, que sólo medía un metro sesenta pero era tan ancho como alto, levantó a Pitt del suelo en un abrazo de oso.

—¿Qué pasa contigo? —preguntó, contento de verlo vivo—. Cada vez que te pierdo de vista, te metes en líos.

—Un instinto natural, supongo —gruñó Pitt mientras notaba que sus huesos crujían.

Gunn era más tranquilo. Se limitó a apoyarle la mano en el hombro.

—Me alegro de volver a verte, Pitt.

—Te he echado de menos, Rudi —dijo éste, respirando hondo después de que Giordino le soltara.

—¿Quiénes eran aquellos tipos de los ultraligeros? —preguntó Giordino.

—Traficantes de inmigrantes ilegales.

Giordino echó un vistazo a los agujeros de bala que presentaba el Chris-Craft.

—Has estropeado una embarcación estupenda.

Pitt examinó también el parabrisas destrozado, la escotilla del motor astillada, los agujeros que cruzaban la proa, el hilo de humo que se alzaba del compartimiento de máquinas.

—Si hubierais llegado dos segundos después, el almirante Sandecker se habría visto en la tesitura de tener que redactar mi panegírico.

—Cuando sobrevolamos la cabaña de Foley estaba

plagada de tíos vestidos como ninjas negros. Pensamos lo peor, por supuesto, así que fuimos a por ti. Cuando descubrimos que una pandilla de tipos patibularios te estaban dando caza en sus ultraligeros, les aguamos la fiesta.

—Y salvasteis una docena de vidas —añadió Pitt—. ¿De dónde coño habéis salido? Lo último que oí fue que tú estabas en Hawai y Rudi en Washington.

—Por suerte para ti —explicó Gunn—, el presidente confió al almirante Sandecker un proyecto de máxima prioridad. Aunque le disgustaba mucho interrumpir tu descanso y recuperación, nos ordenó a Giordino y a mí que nos encontráramos en Seattle. Los dos llegamos anoche, pedimos prestado un helicóptero en el centro científico de la NUMA de Bremerton y vinimos a recogerte. Después de que esta mañana llamaras al almirante y le contaras lo que habías descubierto, y que ibas a escapar río abajo, Al y yo despegamos y cruzamos la península de Olympic en cuarenta minutos.

—¿Ese viejo corsario os envió a miles de kilómetros de distancia sólo para devolverme al trabajo? —preguntó Pitt, algo asombrado.

Gunn sonrió.

—Me dijo que estaba bastante seguro de que, si te llamaba él en persona, le habrías dedicado palabras irrepetibles por el teléfono.

—Ese viejo me conoce bien —admitió Pitt.

—Lo has pasado mal —dijo Gunn—. Quizá pueda convencerle de que te conceda unos días más de descanso.

—No es mala idea —añadió con candidez Giordino—. Me recuerdas al ratón que el gato acorraló.

—Unas vacaciones —dijo Pitt por fin—. Ojalá no vuelva a pasar unas iguales. Prefiero pensar que han concluido.

Gunn indicó el borde del muelle.

—El helicóptero no está lejos. ¿Crees que puedes conseguirlo?

—Me gustaría ocuparme de algunas cosas antes de que me raptéis. Primero, me gustaría llevar el Chris-Craft de Sam Foley al taller de reparaciones más cercano. Segundo, habría que encontrar un médico que no hiciera muchas preguntas y me curara la herida de bala de la cadera. Y tercero, me muero de hambre. No iré a ningún sitio hasta que haya desayunado.

—¿Estás herido? —preguntaron los dos al unísono.

—Nada del otro mundo, pero la gangrena no es santo de mi devoción.

La demostración de obstinación fue muy eficaz. Giordino miró a Gunn.

—Encuentra un médico para Dirk, mientras yo me ocupo de la lancha. Después, nos encontraremos en el restaurante más cercano. Esta ciudad tiene pinta de preparar buenas sopas de cangrejos.

—Una cosa más —dijo Pitt.

Los dos hombres le miraron, expectantes.

—¿De qué va este proyecto urgente por el que debo dejarlo todo?

—Incluye la investigación submarina de un extraño puerto de embarque cerca de Morgan City, Luisiana —contestó Gunn.

—¿Y qué tiene de extraño un puerto de embarque?

—Para empezar, que está situado en un pantano. Eso, y el hecho de que el propietario es el jefe de un imperio internacional de tráfico de inmigrantes ilegales.

—Que Dios me ayude —suspiró Pitt, al tiempo que alzaba las manos—. Dime que no es verdad.

—¿Algún problema? —preguntó Giordino.

—He estado metido hasta las cejas entre inmigrantes ilegales durante las últimas doce horas. Ése es el problema.

—Es asombroso la experiencia que se llega a acumular con cada caso.

Pitt dedicó a sus amigos una mirada gélida.

—Supongo que nuestro divino gobierno cree que el puerto se utiliza para introducir inmigrantes ilegales.

—Las instalaciones son demasiado complejas para eso sólo —contestó Gunn—. Hemos recibido el encargo de descubrir su verdadero propósito.

—¿Quién construyó el puerto?

—La empresa Qin Shang Maritime Limited, de Hong Kong.

Pitt no sufrió un ataque de apoplejía. Ni siquiera movió un párpado. No obstante, dio la impresión de haber recibido un puñetazo en la boca del estómago. Su rostro adoptó la expresión de un hombre que, en una película de terror, acaba de descubrir que su mujer se ha largado con el monstruo. Hundió los dedos en el brazo de Gunn hasta hacerle daño.

—¿Has dicho Qin Shang?

—Exacto —contestó Gunn, mientras se preguntaba cómo iba a explicar aquellas marcas en el gimnasio—. Dirige un imperio de actividades malignas. Es posible que sea el cuarto hombre más rico del mundo. Te comportas como si le conocieras.

—Nunca nos hemos encontrado, pero no es arriesgado decir que me odia a muerte.

—Estás de broma —dijo Giordino.

Gunn parecía perplejo.

—¿Por qué un tío con más dinero que un banco de Nueva York va a odiar a un pelagatos como tú?

—Porque —dijo Pitt con una sonrisa diabólica— prendí fuego a su yate.

Cuando todos los esfuerzos por comunicarse con Kung Chong resultaron estériles, Lo Han comprendió que su fiel ayudante y los cinco hombres que le acompañaban habían muerto. Al mismo tiempo, también fue consciente de que el diablo causante de tantas desgracias había escapado.

Estaba sentado solo en el vehículo de seguridad móvil, intentando explicarse de alguna manera el desastre. Sus ojos negros albergaban una mirada vacua, su rostro estaba tenso e inexpresivo. Kung Chong había informado de haber visto inmigrantes ilegales en la lancha. Su aparición era un misterio, puesto que todos los prisioneros se encontraban en sus celdas. Entonces, una idea estalló en su mente. Chu Deng. El idiota del catamarán había permitido que los inmigrantes condenados a muerte escaparan. No había otra explicación. El hombre que los estaba conduciendo a la salvación debía estar a sueldo del gobierno estadounidense.

Y entonces, como para confirmar la revelación, sus ojos se desplazaron hacia los monitores de vídeo y observó que dos enormes helicópteros aterrizaban al lado del edificio principal. En un asalto sincronizado, coches blindados atravesaron la barricada levantada en la carretera que conducía a la autopista principal. Salieron hombres de los vehículos y los helicópteros y entraron en el edificio. No hubo la menor pausa, no se exigió a los guardias de dentro que depusieran las armas y se rindieran de manera pacífica.

Los atacantes penetraron en el recinto carcelario antes de que los guardias de Lo Han se dieran cuenta de lo que pasaba. Era como si los agentes del INS supieran que los prisioneros serían asesinados en caso de ataque. No cabía duda de que estaban bien informados por alguien que había efectuado un reconocimiento de la mansión.

Al darse cuenta de que la resistencia contra un grupo numeroso de agentes era inútil, los guardias de Lo Han se fueron rindiendo individualmente y en grupos. Lo Han, aturdido por la derrota, se reclinó en su silla y entró una serie de códigos en su sistema de comunicaciones vía satélite, y esperó una respuesta de Hong Kong.

Una voz respondió en chino.

—Se ha puesto en contacto con Loto II.

—Aquí Bambú VI —dijo Lo Han—. La Operación Orión se ha visto comprometida.

—Repita.

—La Operación Orión está a punto de ser clausurada por agentes estadounidenses.

—No es una buena noticia —replicó la voz al otro extremo de la línea.

—Lamento no haber podido seguir trabajando hasta completar la Operación Iberville.

—¿Los prisioneros fueron liquidados para impedir que hablaran?

—No, el ataque se desarrolló a una velocidad sorprendente.

—Nuestro presidente se sentirá muy disgustado cuando sea informado de su fracaso.

—Acepto todas las culpas de mi mala administración.

—¿Puede escapar?

—No, es demasiado tarde —dijo con solemnidad Lo Han.

—No puede ser detenido, Bambú VI. Ya lo sabe. Ni sus subordinados tampoco. No debe quedar ninguna pista que los estadounidenses puedan seguir.

—Los que conocían nuestra relación están muertos. Mis guardias de seguridad son simples mercenarios que fueron contratados para hacer un trabajo, nada más. Ignoran quién les pagaba.

—Entonces, usted es el único vínculo —dijo la voz, sin la menor inflexión.

—He perdido mi prestigio y debo pagar el precio.

—Por lo tanto, ésta es nuestra última comunicación.

—Debo llevar a cabo un acto final —dijo Lo Han en voz baja.

—No falle —exigió la voz con frialdad.

—Adiós, Loto II.

—Adiós, Bambú VI.

Lo Han miró los monitores, que revelaron a un grupo de hombres corriendo hacia el vehículo de seguridad móvil. Estaban atacando la puerta cerrada con llave, cuando extrajo un pequeño revólver con cachas de níquel del cajón de su escritorio. Introdujo el cañón en la boca y apuntó hacia arriba. Su dedo ya se estaba cerrando sobre el gatillo cuando el primer agente del INS irrumpió por la puerta. La detonación detuvo al agente en seco, con la pistola levantada y una mirada de sorpresa en los ojos, cuando Lo Han saltó hacia atrás en su silla, para luego desplomarse sobre el escritorio, mientras el revólver caía al suelo.

SEGUNDA PARTE

EL ÚLTIMO GALGO

12

20 de abril del 2000
Hong Kong (China)

Qin Shang no poseía la apariencia de un corrupto y depravado sociópata que había asesinado de forma indiscriminada a varios miles de personas inocentes. No tenía colmillos de serpiente, ojos hendidos en vertical, ni lengua bífida que asomara de vez en cuando entre sus labios. No le rodeaba ningún aura de maldad. Sentado ante un escritorio, en su ático de cuatro niveles situado en lo alto de la torre espejeante de cincuenta pisos de la Qin Shang Maritime Limited, no se diferenciaba en nada de cualquier otro hombre de negocios chino que trabajara en el núcleo financiero de Hong Kong. Como la mayoría de asesinos de masas de la historia, Qin Shang pasaba inadvertido cuando paseaba por la calle.

Para ser asiático, era un hombre alto, de casi un metro ochenta, de cintura protuberante, con un peso superior a los cien kilos. Se le podría calificar de rechoncho, consecuencia de su afición a la buena comida china. Llevaba el pelo negro y espeso bastante corto, con la raya en medio. La cabeza y la cara no eran redondas, sino estrechas y casi felinas, a juego con las manos largas y esbeltas. La boca, extraña y engañosa, parecía fija en una sonrisa permanente. De puertas afuera, Qin Shang parecía tan amenazador como un vendedor de zapatos.

Nadie que le conociera podía olvidar sus ojos. Eran del color del jade verde más puro, y revelaban unas profundidades negras que desmentían su aspecto plácido. Ardían con un grado aterrador de maldad, y eran tan penetrantes que sus conocidos juraban que era capaz de leer en su cerebro las últimas cotizaciones del mercado de valores. El hombre que había detrás de aquellos ojos era otra historia. Qin Shang era tan sádico y falto de escrúpulos como una hiena del Serengeti. Había alcanzado el poder y la riqueza gracias a sus constantes manipulaciones. Cuando, siendo huérfano, se dedicaba a mendigar por las calles de Kowloon, desarrolló un talento casi sobrenatural para explotar a la gente. A la edad de diez años, ya había ahorrado lo bastante para comprar un sampán, y lo utilizaba para el transporte de personas y todo tipo de cargamentos.

En dos años, poseía una flota de diez sampanes. Antes de los dieciocho, vendió su próspera flotilla y compró un viejo carguero de servicio irregular que cubría el trayecto entre costa y costa. El cascarón de nuez se convirtió en la base del imperio naviero de Qin Shang. La línea de carga floreció durante la siguiente década, porque los competidores de Qin Shang se quedaban en la cuneta cuando sus barcos desaparecían misteriosamente en el mar sin dejar huella, con todos sus tripulantes a bordo. Al ver que sus márgenes de beneficios quedaban en números rojos, los propietarios de los barcos desaparecidos siempre parecían encontrar un comprador dispuesto a adquirir sus barcos restantes y magros bienes. La compañía establecida en Japón que realizaba la compra era conocida como Yokohama Ship Sales & Scrap Corporation, una fachada cuyos vínculos parentales se extendían por el mar de la China hasta la Qin Shang Maritime Limited.

Con el tiempo, Qin Shang adoptó una política diferente de sus rivales de Hong Kong, que establecían alianzas con instituciones financieras europeas y exportadores e importadores occidentales. Con gran astucia, concentró su interés en la República Popular China y estableció lazos de amistad con funcionarios del gobierno importantes, con la vista puesta en el día que arrebatarían el control de Hong Kong a los ingleses. Llevó a cabo negociaciones bajo mano con Yin Tsang, titular del Ministerio del Interior de la República Popular, un oscuro departamento del gobierno que estaba metido en todo, desde espionaje de tecnología científica en el extranjero hasta contrabando internacional de inmigrantes para aliviar la superpoblación del país. A cambio de sus servicios, Qin Shang pudo registrar sus barcos en China sin pagar las exorbitantes tarifas existentes.

La sociedad resultó increíblemente beneficiosa para Qin Shang. El transporte y comercio clandestino de inmigrantes indocumentados, junto con el transporte legítimo de productos y petróleo chino en los cargueros y buques cisterna de Qin Shang, que poseía la exclusividad, aportaron cientos de millones de dólares durante varios años a sus numerosas cuentas bancarias secretas esparcidas por todo el mundo.

Qin Shang no tardó en amasar más dinero del que podría gastar en mil vidas. Sin embargo, una obsesiva determinación le empujaba a acumular más riqueza, más poder. Una vez construida una de las flotas de carga y pasajeros más grandes del mundo, el desafío terminó, y el fin legítimo del negocio empezó a aburrirle, aunque no así el aspecto secreto de la operación. La descarga de adrenalina y la borrachera del peligro le excitaban como una pendiente inclinada a un esquiador experto. Poco sabían sus compinches de la República Popular que también estaba traficando con drogas y armas, además de los inmigrantes ilegales. Era una actividad suplementaria muy lucrativa, y utilizó sus beneficios para desarrollar las instalaciones portuarias de Luisiana. Engañar a sus socios le deparó horas gloriosas de júbilo.

Qin Shang era un egomaníaco con un nivel estratosférico de optimismo demencial. Albergaba la firme creencia de que su día de pagar cuentas nunca llegaría. Y aun en ese caso, era demasiado rico y omnipotente para que acabaran con él. Ya había pagado cuantiosos sobornos a funcionarios importantes de la mitad de gobiernos del mundo. Sólo en Estados Unidos, tenía en nómina a más de cien personas en todas las agencias del gobierno federal. Para Qin Shang, el futuro estaba envuelto en una niebla que nunca se materializaba del todo. Para más seguridad, mantenía un pequeño ejército de guardaespaldas y asesinos profesionales que había elegido en las agencias de inteligencia más eficaces de Europa, Israel y América.

La voz de su recepcionista sonó en el pequeño altavoz de su escritorio.

—Llega un visitante en el ascensor privado.

Qin Shang, sentado ante su inmenso escritorio de palisandro de patas talladas en forma de tigres, se levantó y cruzó la cavernosa sala en dirección al ascensor. El despacho recordaba un camarote de capitán de un velero antiguo, pero muy ampliado. El suelo era de tablas de roble. Gruesas vigas de roble sostenían un techo con claraboya, chapado en teca. Grandes modelos a escala de los barcos de la compañía naviera navegaban en mares de yeso, dentro de vitrinas dispuestas en un lado de la sala, mientras que en la pared opuesta había una colección de viejos trajes de buzo con sus botas de plomo y cascos de latón, suspendidos por sus tubos de aire, como si aún contuvieran los cuerpos de sus propietarios. Qin Shang se detuvo ante el ascensor cuando las puertas se abrieron, y saludó a su visitante, un hombre bajo de espeso pelo gris. Tenía los ojos saltones, que sobresalían de entre bolsas carnosas. Sonrió y estrechó la mano de Qin Shang.

—Qin Shang —dijo con una sonrisa tensa.

—Siempre es un honor verle, Yin Tsang. No le esperaba hasta el jueves que viene.

—Espero que perdone esta intolerable intromisión —dijo Yin Tsang, ministro del Interior de China—, pero deseaba hablar en privado con usted de un asunto delicado.

—Siempre estoy disponible para usted en cualquier momento, viejo amigo. Siéntese. ¿Le apetece un té?

Yin Tsang asintió.

—¿De su mezcla especial? Muchísimo.

Qin Shang llamó a su secretaria particular y pidió té.

—Bien, ¿cuál es este asunto delicado que le trae a Hong Kong una semana antes de lo previsto?

—Hasta Pekín han llegado noticias preocupantes sobre su operación de Orion Lake, en el estado de Washington.

Qin Shang se encogió de hombros, como sin darle importancia.

—Sí, un desgraciado incidente que escapó a mi control.

—Mis fuentes me han indicado que la estación de espera de los inmigrantes fue asaltada por el Servicio de Inmigración y Naturalización.

—En efecto —admitió Qin Shang—. Mis mejores hombres resultaron muertos, y nuestros agentes de seguridad fueron capturados en un ataque relámpago inesperado.

Yin Tsang le miró.

—¿Cómo fue posible? No puedo creer que descuidara tal posibilidad. ¿Sus agentes de Washington no le avisaron?

Qin Shang negó con la cabeza.

—Me han informado que el asalto no se planeó en el cuartel general del INS. Fue una operación espontánea dirigida por el director del distrito local, que asumió la responsabilidad de lanzar el ataque. Ninguno de mis agentes infiltrados en el gobierno estadounidense me avisaron.

—Toda su operación en América del Norte corre peligro. Ahora, los estadounidenses han roto un eslabón de la cadena y les conducirá hasta usted.

—No hay de qué preocuparse, Yin Tsang —dijo con calma Qin Shang—. Los investigadores estadounidenses carecen de pruebas que me vinculen con el tráfico de inmigrantes ilegales. Puede que alberguen sospechas insignificantes, pero nada más. Mis otros puntos de estacionamiento en la costa estadounidense siguen en funcionamiento, y absorberán sin problemas todos los futuros cargamentos programados para Orion Lake.

—El presidente Lin Loyang y los demás ministros del gobierno se sentirán complacidos al saber que todo está bajo su control —dijo Yin Tsang—, pero aún tengo mis reservas. En cuanto los estadounidenses olfateen una grieta en su organización, le perseguirán sin descanso.

—¿Tiene miedo?

—Estoy preocupado. Nos jugamos demasiado para permitir que un hombre más interesado en los beneficios que en los objetivos de nuestro partido siga al mando.

—¿Qué insinúa?

Yin Tsang miró fijamente a Qin Shang.

—Recomendaré al presidente Lin Loyang que le destituya y reemplace.

—¿Y mi contrato de transporte de carga y pasajeros?

—Será revocado.

La esperada reacción de sorpresa e irritación no se materializó. Tampoco se hizo patente la menor señal de disgusto. Qin Shang se limitó a encogerse de hombros.

—¿Cree que se me puede sustituir tan fácilmente?

—Ya hemos elegido a alguien que posee sus cualificaciones especiales.

—¿Le conozco?

—Uno de sus competidores, Quang Ting, presidente de China & Pacific Lines, ha accedido a sustituirle.

—¿Quang Ting? —Enarcó las cejas un milímetro—. Sus barcos son apenas mejores que gabarras herrumbrosas.

—Pronto estará en condiciones de fletar nuevos barcos.

Las palabras contenían la velada implicación de que el gobierno chino financiaría a Quang Ting, con el beneplácito y la bendición de Yin Tsang.

—Está insultando a mi inteligencia. Ha aprovechado el contratiempo de Orion Lake para cancelar mi asociación con la República Popular China, formar una nueva sociedad y así embolsarse usted mismo una parte de los beneficios.

—La codicia no es ajena a usted, Qin Shang. Haría lo mismo en mi lugar.

—¿Y mi nueva instalación de Luisiana? ¿También voy a perderla?

—Será compensado por la mitad de su inversión, naturalmente.

—Naturalmente —repitió Qin Shang con acritud, muy consciente de que jamás recibiría ni un centavo—. Será entregada a mi sucesor y a usted, su socio silencioso, por supuesto.

—Ésa será mi sugerencia en el próximo congreso del Partido.

—¿Puedo preguntar con quién más ha hablado de mi expulsión?

—Sólo con Quang Ting —contestó Yin Tsang—. Consideré que lo mejor era mantener en secreto el asunto, hasta que llegara el momento adecuado.

La secretaria particular de Qin Shang entró en la sala y se acercó con la gracia de una bailarina balinesa, cosa que era hasta que Qin Shang la contrató y preparó para su nueva ocupación. Sólo era una más de las diversas mujeres hermosas que colaboraban con Qin Shang como ayudantes. Confiaba en las mujeres más que en los hombres. Shang, que era soltero, mantenía a casi una docena de amantes (tres vivían en el ático), pero seguía la política de no intimar nunca con mujeres implicadas en sus actividades comerciales. Dio las gracias a la secretaria con un cabeceo, mientras la joven colocaba una bandeja con dos tazas y dos teteras sobre la mesa baja que separaba a los dos hombres.

—La tetera verde es su mezcla especial —dijo la joven a Qin Shang—. La tetera azul es jazmín.

—¡Jazmín! —resopló Yin Tsang—. ¿Cómo puede beber un té que sabe a perfume de mujer, cuando su mezcla especial es muy superior?

—En la variedad está el gusto.

Qin Shang sonrió. Como muestra de cortesía, sirvió él mismo el té. Relajado en su silla, acunando la taza humeante en sus manos, contempló a Yin Tsang mientras bebía el té hasta terminarlo. Después, le sirvió otra taza.

—Es consciente, por supuesto, de que Quang Ting no posee cruceros preparados para el transporte de pasajeros.

—Se comprarán o alquilarán a otras líneas marítimas —contestó Yin Tsang—. Seamos realistas. Durante los últimos años ha conseguido inmensos beneficios. No va a la bancarrota. Le será muy sencillo extender las actividades de la Qin Shang Maritime Limited a los mercados occidentales. Es usted un hombre de negocios astuto, Qin Shang. Sobrevivirá sin la ayuda de la República Popular China.

—Un halcón no puede volar con las alas de un gorrión —fue la filosófica respuesta de Qin Shang.

Yin Tsang dejó la taza sobre el platillo y se levantó.

—Debo dejarle. Mi avión espera para transportarme de vuelta a Pekín.

—Comprendo —dijo con sequedad Qin Shang—. Como ministro del Interior, es un hombre ocupado que ha de tomar muchas decisiones.

Yin Tsang percibió el desprecio, pero no dijo nada. Una vez cumplido su desagradable deber, hizo una breve reverencia y entró en el ascensor. En cuanto las puertas se cerraron, Qin Shang volvió a su escritorio y habló por el interfono.

—Que venga Pavel Gavrovich.

Cinco minutos después, un hombre alto, de complexión mediana, facciones eslavas y espeso cabello negro, untado con brillantina y peinado hacia atrás sin raya, salió del ascensor. Cruzó la sala y se detuvo ante el escritorio de Qin Shang.

Qin Shang miró al jefe de sus esbirros, uno de los mejores y más despiadados agentes secretos de toda Rusia. Pavel Gavrovich, asesino profesional y experto sin parangón en artes marciales, había recibido una oferta exorbitante para abandonar un puesto de gran importancia en el Ministerio de Defensa ruso y pasar a depender de Qin Shang. Gavrovich había tardado menos de un minuto en aceptar.

—Uno de mis competidores, propietario de una empresa naviera de inferior calidad, me está causando ciertas molestias. Ocúpate de que sufra un accidente.

Gavrovich asintió en silencio, giró sobre sus talones y volvió a entrar en el ascensor, sin haber pronunciado ni una sola palabra.

A la mañana siguiente, cuando Qin Shang se sentó a solas en el comedor de su ático y hojeó varios periódicos, extranjeros y nacionales, se sintió muy complacido al descubrir un par de artículos en el *Journal* de Hong Kong. El primero rezaba:

Quang Ting, presidente y director gerente de la China Pacific Shipping Line, y su esposa resultaron muertos anoche cuando la limusina en que viajaban fue arrollada por un camión que transportaba material eléctrico, en el momento en que el señor Quang y su esposa abandonaban el hotel Mandarín, después de cenar con unos amigos. Su conductor también murió. El conductor del camión desapareció del lugar del accidente, y aún no ha sido localizado por la policía.

El segundo artículo del periódico decía:

El gobierno chino anunció hoy en Pekín que Yin Tsang ha muerto. La muerte prematura del ministro chino del Interior, que padeció un ataque al corazón cuando volaba hacia Pekín, fue súbita e inesperada. Si bien no tenía un historial de problemas cardíacos, todos los esfuerzos por revivirle fueron estériles, y fue declarado muerto nada más llegar al aeropuerto de Pekín. Se espera que el secretario de Estado Lei Chau sea nombrado su sucesor.

Qué gran pérdida, pensó con ironía Qin Shang. Mi mezcla especial de té no debió de complacer al estómago de Yin Tsang. Tomó nota mental de llamar a su secretaria para enviar sus condolencias al presidente Lin Loyang y concertar una cita con Lei Chau, que había recibido los sobornos necesarios y no era tan avaricioso como su predecesor.

Dejó a un lado los periódicos y dio un último sorbo a su café. Bebía té en público, pero en privado prefería el café estadounidense con achicoria, al estilo del sur. Un suave campanilleo le avisó de que su secretaria particular iba a entrar en el comedor. La joven se acercó y dejó una carpeta forrada en piel a su lado.

—Aquí tiene la información que solicitó a su agente del FBI.

—Te ruego que esperes un momento, Su Zhong. Me gustaría saber tu opinión sobre algo.

Qin Shang abrió el expediente y empezó a estudiar su contenido. Alzó una fotografía de un hombre parado ante un coche clásico, que miraba a la cámara. El hombre iba vestido con pantalones, polo de golf y chaqueta de deporte. Una sonrisa torcida, casi tímida, curvaba sus labios en un rostro bronceado y curtido por la intemperie. Los ojos, bordeados de arrugas risueñas, estaban fijos en el objetivo de la cámara, y daban la impresión de estar tomando la medida de quienquiera que mirara la foto. Estaban resaltados por unas cejas negras y pobladas. La foto era en blanco y negro, de modo que era imposible saber el color exacto de los iris. Qin Shang supuso equivocadamente que eran azules.

El cabello negro era espeso y ondulado, algo revuelto. Era ancho de espaldas, de cintura delgada y caderas estrechas. Los datos del expediente revelaban que medía un metro noventa de estatura y pesaba noventa y tres kilos. Sus manos parecían las de un obrero, con las palmas callosas y surcadas por pequeñas cicatrices, y tenía los dedos largos. Los ojos eran verdes, no azules.

—Posees un sexto sentido acerca de los hombres, Su Zhong. Eres capaz de ver cosas que otras personas, como yo, no pueden. Mira esta foto. Mira dentro del hombre y dime lo que descubras.

Su Zhong se apartó el largo cabello negro de la cara cuando se inclinó sobre Qin Shang y miró la fotografía.

—Posee una apostura ruda. Intuyo cierto magnetismo en él. Tiene el aspecto de un aventurero aficionado a explorar lo desconocido, sobre todo cuando se halla bajo el mar. La ausencia de anillos en sus manos sugiere que es sencillo. Las mujeres se sienten atraídas hacia él. No le consideran una amenaza. Él disfruta con su compañía. Le rodea un aura de bondad y ternura. Es un hombre en el que se puede confiar. Todas las indicaciones de un buen amante. Es sentimental con los objetos antiguos, y es probable que los coleccione. Su vida está dedicada a la acción. Pocos de sus logros fueron realizados con ánimo de lucro. Los desafíos le fascinan. Es un hombre al que no le gusta fracasar, pero que puede aceptar el fracaso si ha hecho todo cuanto ha podido. También es capaz de matar. Es extremadamente leal con los amigos. Con los enemigos, extremadamente peligroso. En conjunto, un hombre muy extraño que tendría que haber vivido en otra época.

—Estás diciendo que es una especie de atavismo.

Su Zhong asintió.

—Se habría encontrado como en casa en la cubierta de un bajel pirata, peleando en las Cruzadas o conduciendo una diligencia por los desiertos del viejo Oeste estadounidense.

—Gracias, querida, por tu extraordinaria perspicacia.

—Es un placer servirle.

Su Zhong hizo una reverencia y abandonó en silencio la sala. Cerró la puerta al salir.

Qin Shang puso boca abajo la fotografía y empezó a leer los datos que contenía el expediente. Observó divertido que el sujeto y él habían nacido el mismo día del mismo año. Allí terminaban todas las similitudes. El sujeto era el hijo del senador George Pitt, de California. Su madre era Barbara Knight, fallecida. Había asistido a la escuela secundaria de Newport Beach, California, y después a la Academia de la Fuerza Aérea en Colorado. Desde el punto de vista académico, superaba a la media, y había acabado el trigésimo quinto de su clase. Jugó en el equipo de fútbol americano y ganó varios trofeos de atletismo. Después de aprender a volar, alcanzó una carrera militar distinguida durante los últimos días de la guerra de Vietnam. Fue ascendido al rango de mayor, antes de pasar de la Fuerza Aérea a la Agencia Nacional Marina y Submarina. Ascendido posteriormente a teniente coronel.

Coleccionaba automóviles y aviones antiguos, y los guardaba en un viejo hangar situado en el extremo del aeropuerto nacional de Washington. Vivía en un apartamento habilitado encima de la colección. Sus logros en la NUMA como director de proyectos especiales, bajo las órdenes del almirante Sandecker, su superior, recordaban una novela de aventuras. Desde la dirección del proyecto de rescate del *Titanic*, hasta la destrucción de una marea roja[1] en los océanos que, a la larga, habría diezmado la vida en la tierra, pasando por el descubrimiento de objetos perdidos de la Biblioteca de Alejandría, durante los últimos quince años el sujeto había sido el responsable directo de operaciones que habían salvado muchas vidas, o habían sido de un valor incalculable para la arqueología o el medio ambiente. La lista de proyectos que había dirigido con éxito ocupaban casi veinte páginas.

El agente de Qin Shang también había incluido una lista de los hombres que Pitt había matado. Varios de los nombres dejaron estupefacto a Qin Shang. Había hombres ricos y poderosos, al igual que delincuentes comunes y asesinos profesionales. Su Zhong no se había equivocado en su evaluación. Aquel hombre podía llegar a ser un enemigo muy peligroso.

Al cabo de casi una hora, Qin Shang dejó a un lado los documentos y volvió a coger la fotografía. Contempló con atención la figura erguida al lado de un coche antiguo, y se preguntó qué fuerza impulsaba a un hom-

---

1. Fenómeno causado por la proliferación de ciertas algas marinas unicelulares productoras de toxinas, que al acumularse en el cuerpo de moluscos y crustáceos hacen peligroso su consumo. (*N. del T.*)

bre semejante. Cada vez estaba más claro que sus caminos se cruzarían.

—Bien, señor Pitt, así que usted es el responsable del desastre de Orion Lake —dijo Qin Shang, hablando a la fotografía como si Pitt estuviera delante de él—. Sus motivos para destruir mi zona de almacenamiento de inmigrantes y el yate aún son un misterio para mí, pero voy a decirle esto: posee cualidades que respeto, pero ha llegado al final de su carrera. El siguiente apéndice y la última posdata de su expediente serán su necrológica.

13

Se ordenó desde Washington que la agente especial Julia Lee fuera transportada en avión de inmediato desde Seattle a San Francisco, donde fue ingresada en un hospital para recibir tratamiento médico y quedar bajo observación. La enfermera que le habían asignado lanzó una exclamación ahogada cuando le quitó la bata del hospital, con el fin de que el médico procediera a su examen. Apenas había un centímetro cuadrado del cuerpo de Julia que no estuviera amoratado o cubierto por marcas rojas. La expresión de la enfermera también reveló que la cara de Julia aún era grotesca, debido a la hinchazón y las contusiones, lo cual reforzó la decisión de ella de no mirarse en el espejo hasta pasada una semana, como mínimo.

—¿Sabía que tiene tres costillas rotas? —preguntó el médico, un hombre jovial y gordinflón, de cabeza calva y barba recortada con pulcritud.

—Lo suponía debido al dolor agudo cada vez que me sentaba y levantaba en el cuarto de baño —dijo Julia—. ¿Van a enyesarme el pecho?

El médico rió.

—Lo de enyesar las costillas rotas desapareció junto con las sanguijuelas y las sangrías. Ahora, las dejamos curarse solas. Durante algunas semanas, sufrirá ciertas incomodidades cuando haga movimientos bruscos, pero no tardarán en disminuir.

—¿Los demás daños son reparables?

—Ya he devuelto la nariz a su sitio, la medicación reducirá enseguida las hinchazones, y todas las señales de contusiones desaparecerán muy pronto. Pronostico que dentro de un mes será elegida reina de su promoción.

—Todas las mujeres deberían tener un médico como usted —le halagó Julia.

—Es curioso, pero mi mujer nunca dice eso —contestó el médico, sonriente. Apretó la mano de Julia—. Si se siente con fuerzas, podrá volver a casa pasado mañana. A propósito, hay un par de personajes importantes de Washington que suben hacia aquí para verla. En este momento, estarán saliendo del ascensor. En las películas antiguas, a los visitantes de un hospital siempre se les decía que no se quedaran demasiado rato, pero desde mi punto de vista, volver al trabajo agiliza el proceso de curación. Pero no exagere.

—No lo haré, y gracias por su amabilidad.

—De nada. Pasaré a verla esta noche.

—¿Me quedo? —preguntó la enfermera.

El doctor meneó la cabeza cuando dos hombres de aspecto sombrío entraron en la habitación, provistos de maletines.

—Asunto oficial del gobierno. Querrán hablar con la señorita Lee en privado, ¿verdad, caballeros?

—En efecto, doctor —dijo el jefe de Julia, Arthur Russell, director de la oficina del distrito de San Francisco del INS. Russell tenía el pelo cano, y un cuerpo razonablemente esbelto, debido a sus ejercicios gimnásticos diarios. Sonrió y miró a Julia con ojos llenos de ternura.

El otro hombre, de cabello rubio ralo, y ojos grises que miraban desde detrás de unas gafas sin montura, era desconocido para Julia. No había el menor rastro de simpatía en sus ojos. De hecho, daba la impresión de que se disponía a venderle una póliza de seguros.

—Julia —dijo Russell—, te presento a Peter Harper. Ha venido desde Washington para interrogarte.

—Sí, por supuesto —dijo Julia. Intentó incorporarse, y se encogió a causa del dolor que invadió su pecho—. Usted es el subcomisionado ejecutivo de operaciones. Me alegro de conocerle. Su reputación es una leyenda en todo el Servicio.

—Me halaga. —Harper le estrechó la mano y se quedó sorprendido al sentir la firmeza de su apretón—. Lo ha pasado muy mal. El comisionado Monroe le envía sus felicitaciones y agradecimiento, y desea comunicarle por mi mediación que el Servicio está orgulloso de su actuación.

Lo dijo como si aguardara la bajada del telón después de una obra teatral, pensó Julia.

—De no ser por un hombre, no estaría aquí para recibir sus felicitaciones.

—Sí. Ya nos ocuparemos más tarde de él. Ahora me gustaría escuchar un recuento verbal de su misión.

—No queríamos atornillarte tan pronto —interrumpió Russell en voz baja—. Un informe por escrito de tus actividades puede esperar a que estés recuperada, pero ahora querríamos que nos contaras lo que has averiguado sobre los traficantes y sus procedimientos.

—¿Desde que me convertí en Ling T'ai y pagué un pasaje a los traficantes en Pekín? —preguntó Julia.

—Desde el principio —dijo Harper, al tiempo que sacaba una grabadora del maletín y la colocaba sobre la cama—. Empezando con su entrada en China. Nos gustaría saberlo todo.

Julia miró a Harper cuando empezó.

—Como Arthur podrá decirle, viajé hasta Pekín con un grupo de turistas canadienses. Después de llegar a la ciudad, abandoné el grupo durante un paseo a pie por la ciudad. Como soy de ascendencia china y hablo el idioma, no tuve problemas para mezclarme entre la gente que abarrotaba las calles. Después de ponerme unas ropas más adecuadas, empecé a preguntar con discreción sobre la posibilidad de emigrar a un país extranjero. De hecho, los periódicos publicaban artículos y anuncios para promocionar la emigración. Contesté a un anuncio de una empresa llamada Pasajes Internacionales Jingzi. Las oficinas, casualmente, se encontraban en el tercer piso de un edificio moderno, propiedad de Qin Shang Maritime Limited. El precio solicitado por ser introducida de forma ilegal en Estados Unidos equivalía a treinta mil dólares estadounidenses. Cuando intenté regatear, me dijeron sin ambages que era cuestión de pagar o marchar. Pagué.

A continuación, Julia relató la terrible historia de su odisea después de abordar el lujoso crucero, que por dentro era un infierno. Habló de la crueldad inhumana; de la falta de comida e instalaciones sanitarias; de la brutalidad de los guardias; de su interrogatorio y apalizamiento; del transporte de los inmigrantes fuertes y sanos a barcos que les conducían, sin ellos saberlo, a una vida de esclavitud, mientras los que tenían algo más de dinero eran derivados a la prisión de Orion Lake y encarcelados hasta que soltaran más dinero. Los niños, los ancianos y los incapaces de soportar una vida de servidumbre eran arrojados al fondo del lago.

Narró con todo detalle la operación, con calma y sin demostrar la menor emoción. Describió cada centímetro del buque escolta y del barco más pequeño utilizado por los traficantes para transportar a los inmigrantes a Estados Unidos. También describió los rasgos faciales y las características corporales de todos los contrabandistas con los que estuvo en contacto, y proporcionó todos los nombres que pudo obtener.

Explicó que los inmigrantes ancianos y la familia de los dos hijos, junto con ella, habían sido confinados en la cabina del catamarán negro; que les habían atado pesas de hierro a los pies antes de arrojarlos por una escotilla abierta al lago. Contó que un hombre vestido de buzo había aparecido milagrosamente y cortado sus ligaduras antes de que se ahogaran. Después, refirió que había conducido a todo el mundo hasta la seguridad provisional de la orilla, que les había dado de comer y medios de escapar minutos antes de que llegara la fuerza de seguridad de los traficantes. Contó que aquel hombre indomable había matado a cinco de los esbirros enviados para asesinar a los inmigrantes, que había recibido una bala en la cadera y actuado como si no hubiera pasado nada. Relató que había volado el muelle y el yate de la mansión, la batalla en el río, que ella había derribado a dos ultraligeros, y el coraje del hombre desconocido, que había protegido con su cuerpo a los niños cuando pensó que iban a matarles.

Julia contó todo cuanto había presenciado desde que salió de China, pero no supo explicar cómo o por qué el hombre de la NUMA había aparecido debajo del catamarán en el momento preciso en que ella y los demás habían sido arrojados a las frías aguas del lago, y tampoco pudo explicar por qué llevó a cabo un reconocimiento del edificio-prisión por iniciativa propia. Desconocía sus motivos. Era como si la intervención de Pitt fuera una secuencia onírica. ¿De qué otra manera podían explicarse su presencia y sus acciones en Orion Lake? Por fin, terminó su relato diciendo su nombre, y su voz dio paso al silencio.

—¿Dirk Pitt, el director de proyectos especiales de la NUMA? —barbotó Harper.

Russell se volvió hacia Harper, que estaba mirando a Julia con incredulidad.

—Es verdad. Pitt fue quien ayudó a descubrir que

el refugio era una prisión y proporcionó información vital para el asalto a la gente de nuestra oficina del distrito en Seattle. Sin su oportuna aparición y valentía excepcional, la agente Lee habría muerto y los asesinatos en masa de Orion Lake habrían continuado de forma indefinida. Gracias a él, la macabra operación salió a la luz, y permitió que nuestra oficina del distrito de Seattle la abortara.

Harper la miró.

—Un hombre se materializa en plena noche bajo el agua, un hombre que no es un agente secreto adiestrado ni un miembro de las Fuerzas Especiales, sino un ingeniero naval de la Agencia Nacional Marina y Submarina, y mata con sus propias manos a la tripulación de un barco asesino y destruye un yate y todo un muelle. Después, les conduce entre un ejército de traficantes que ataca un barco cargado de inmigrantes ilegales desde aviones ultraligeros, mientras descienden por un río en un barco de setenta años de antigüedad. Una historia increíble, por decirlo de una manera suave, señorita Lee.

—Y cada palabra es cierta —replicó Julia con firmeza.

—El comisionado Monroe y yo nos encontramos con el almirante Sandecker, de la NUMA, hace escasas noches, con el fin de solicitar su ayuda para luchar contra las operaciones ilegales de Qin Shang. Me parece inimaginable que hayan actuado con tal celeridad.

—Aunque aún no hemos tenido tiempo de comparar opiniones, estoy seguro de que Dirk actuó por su cuenta, sin recibir órdenes de sus superiores.

Cuando Harper y Russell la habían ametrallado con montones de preguntas y cambiado la cinta de la grabadora cuatro veces, Julia estaba librando una batalla perdida con el cansancio. Había respondido más de la cuenta a la llamada del deber, y ahora sólo deseaba dormir. Después de que su cara recuperara una apariencia de normalidad, confiaba en ver a su familia, pero no antes.

Casi en estado de trance, se preguntó cómo habría descrito Pitt los acontecimientos, de haber estado presente. Sonrió, sabiendo que habría convertido toda la odisea en un chiste, minimizando su participación. Es extraño, pensó, que pueda predecir sus reacciones y pensamientos, cuando hace tan pocas horas que le conozco.

—Has sufrido más de lo que teníamos derecho a esperar —dijo Russell al ver los esfuerzos de Julia por mantener los ojos abiertos.

—Es usted un orgullo para el servicio —dijo con sinceridad Harper, mientras desconectaba la grabadora—. Un informe magnífico. Gracias a usted, un eslabón importante del tráfico de inmigrantes ilegales ya es historia.

—Aparecerán en otra parte —dijo Julia, al tiempo que reprimía un bostezo.

Russell se encogió de hombros.

—Es una pena que no poseamos pruebas suficientes para condenar a Qin Shang en un tribunal internacional.

Julia se despertó al instante.

—¿Qué está diciendo? ¿Que no hay pruebas suficientes? Yo tengo la prueba de que un falso crucero, cargado de inmigrantes ilegales, estaba registrado en la Qin Shang Maritime Limited. Sólo eso, más los cuerpos enterrados en Orion Lake, debería ser suficiente para acusar y condenar a Qin Shang.

Harper meneó la cabeza.

—Lo hemos comprobado. El barco fue registrado legalmente a nombre de una oscura compañía naviera de Corea. Y si bien representantes de Shang se encargaron de todas las transacciones, la propiedad de Orion Lake está a nombre de una compañía tenedora de Vancouver llamada Nanchang Investments. Empresas radicadas en el extranjero, con una empresa de paja que conduce a otra en diferentes países, es una maniobra muy habitual, y dificulta seguir la pista hasta la empresa madre y su propietario, directores y accionistas. Aunque parezca inverosímil, ningún tribunal internacional condenaría a Qin Shang.

Julia miró por la ventana de su habitación. Distinguió entre dos casas los edificios grises y ominosos de Alcatraz, la famosa prisión, ahora abandonada.

—Entonces —dijo—, todo, el sacrificio de personas inocentes en el lago, mis padecimientos, los heroicos esfuerzos de Pitt, el asalto a la mansión..., todo para nada. Qin Shang se mondará de risa y seguirá sus operaciones como si hubiera sido un inconveniente sin importancia.

—Al contrario —la tranquilizó Harper—. Su información es de un valor incalculable. Nada resulta fácil, y llevará tiempo, pero tarde o temprano pondremos fuera de la circulación a Qin Shang y a sus negocios.

—Peter tiene razón —añadió Russell—. Sólo hemos ganado una pequeña escaramuza de la guerra, pero hemos cortado un tentáculo importante del pulpo. También poseemos nueva información sobre la política china en lo tocante a estas operaciones. Nuestra tarea resultará más fácil a partir de ahora, sabiendo los recovecos que debemos investigar.

Harper recogió su maletín y se encaminó hacia la puerta.

—Nos vamos, así podrá descansar.

Russell palmeó su hombro.

—Ojalá pudiera concederte un permiso, cortesía del INS, pero el cuartel general te quiere en Washington en cuanto estés en forma.

—Me gustaría pedir un favor —dijo Julia, y los dos hombres se detuvieron ante la puerta.

—Dilo —dijo Russell.

—A excepción de una breve visita a mis padres aquí, en San Francisco, me gustaría volver al trabajo a principios de la semana que viene. Solicito oficialmente continuar en la investigación de Qin Shang.

Russell miró a Harper, que sonrió.

—Ni que decir tiene —contestó Russell—. ¿Por qué crees que te quieren en Washington? ¿Quién sabe más que tú en el INS sobre las operaciones de tráfico de inmigrantes de Qin Shang?

Cuando se marcharon, Julia hizo un último esfuerzo por combatir el amodorramiento. Descolgó el teléfono de la mesilla de noche, marcó una línea exterior, y después el código y el número de información de larga distancia. Cuando obtuvo el número, llamó al cuartel general de la NUMA en Washington y preguntó por Dirk Pitt.

La pusieron con su secretaria, quien la informó que Pitt estaba de vacaciones y aún no había regresado al trabajo. Julia colgó el teléfono y acomodó la cabeza en las almohadas. Se sentía transformada, de una manera extraña. Me estoy comportando como una calientabraguetas, pensó, persiguiendo a un hombre al que casi no conozco. ¿Por qué, de entre todos los hombres del mundo, ha tenido que irrumpir en mi vida un hombre como Dirk Pitt?, se preguntó.

14

Pitt y Giordino no consiguieron volver a Washington. Cuando devolvieron el helicóptero al laboratorio de ciencias marinas de la NUMA de Bremerton, capeando una tormenta, descubrieron que el almirante Sandecker les estaba esperando. Cualquiera en la posición de Sandecker se habría quedado en un despacho confortable, sentado en un sofá y tomando café, esperando que sus subordinados acudieran a él, pero el almirante no era como los demás. Sandecker estaba de pie bajo la lluvia, protegiéndose con el brazo de la espuma que proyectaban las hélices del aparato. Permaneció inmóvil hasta que las aspas se detuvieron y luego avanzó hacia la escotilla. Aguardó a que Gunn la abriera y saltara al suelo, seguido de Giordino.

—Les esperaba una hora antes —gruñó Sandecker.

—No nos avisaron que usted estaría aquí, almirante —dijo Gunn—. La última vez que hablamos, decidió quedarse en Washington.

—Cambié de opinión —rezongó Sandecker. Al ver que nadie más bajaba, miró a Giordino—. ¿No habéis traído a Pitt?

—Ha dormido como un tronco desde la bahía de Grapevine —contestó Giordino, con su sonrisa acostumbrada—. No está en su mejor forma. Como si no fuera ya un caso clínico de fatiga de guerra cuando llegó a Orion Lake, consiguió que le pegaran un tiro otra vez.

—¿Un tiro? —El rostro de Sandecker se ensombreció—. Nadie me ha dicho que le hubieran pegado un tiro. ¿La herida es grave?

—No. Por suerte, la bala no alcanzó la pelvis, sino que entró y salió por la parte superior de la nalga derecha. Un médico de Grapevine examinó y curó la herida. Insistió en que Dirk no debía levantarse, pero nuestro amigo soltó una carcajada y exigió que encontráramos un bar, ya que un par de lingotazos de tequila le dejarían como nuevo.

—¿Esos dos lingotazos de tequila le sirvieron de algo? —preguntó con cinismo Sandecker.

—Fueron cuatro, en realidad. —Giordino se volvió cuando Pitt salió del helicóptero—. Compruébelo usted mismo.

Sandecker alzó la vista y vio a un hombre vestido como un excursionista, delgado y demacrado, como si sólo se hubiera alimentado de bayas del bosque. Su cabello estaba enmarañado, tenía la cara chupada y macilenta, pero surcada por una sonrisa tan amplia como el cartel de una autopista, con los ojos brillantes y vivos.

—¡Vaya, si es el almirante! —exclamó Pitt—. Es el último hombre al que esperaba ver de pie bajo la lluvia.

Sandecker tuvo ganas de reír, pero arrugó la frente y habló con fingida irritación.

—Pensé que sería un acto caritativo ahorrarle un viaje de ida y vuelta de siete mil quinientos kilómetros.

—¿No quiere que vuelva a mi despacho?

—No. Usted y Al se van a Manila.

—Manila —repitió Pitt, perplejo—. ¿Eso no está en las Filipinas?

—Que yo sepa, no la han movido de sitio —replicó Sandecker.

—¿Cuándo?

—Dentro de una hora.

—¿Una hora? —Le miró como atontado.

—Les he reservado pasajes en un vuelo comercial. Usted y Al irán en él.

—¿Qué hemos de hacer en Manila?

—Si se protegen de la lluvia antes de que nos ahoguemos, se lo diré.

Después de ordenar a Pitt que bebiera dos tazas de café, Sandecker reunió a su mejor equipo de oceanógrafos en un acuario. Una vez sentados entre los tanques llenos de vida marítima del norte del Pacífico, entregada al estudio de los biólogos de la NUMA, el almirante informó a Pitt y Giordino de la reunión que Gunn y él habían celebrado con el presidente y las autoridades del Servicio de Inmigración y Naturalización.

—El hombre cuya organización criminal desbaratasteis en Orion Lake dirige un imperio de tráfico de inmigrantes ilegales, que introduce en casi cualquier país del mundo. Infiltra millones de chinos, literalmente, en las Américas, Europa y Sudáfrica. En secreto, recibe el aliento, y muy a menudo los fondos, del gobierno chino. Cuanta más gente pueda sacar de ese país superpoblado para situarlos en puestos de importancia de países extranjeros, mayor será el potencial de establecer bases de poder internacionales bajo las directrices de la madre patria. Es una conspiración a escala mundial de incalculables consecuencias.

—Qin Shang es responsable de cientos de asesinatos, y los cadáveres están enterrados en el fondo de Orion Lake —dijo Pitt, encolerizado—. ¿Está diciendo que no puede ser acusado de genocidio y encarcelado?

—Acusarle y condenarle son cosas muy diferentes —contestó Sandecker—. Qin Shang cuenta con más barreras empresariales que olas llegan a una orilla. Duncan Monroe, el comisionado del INS, me ha dicho que

Qin Shang está tan alejado, política y económicamente, de dichas empresas que no existe ninguna prueba directa que lo vincule con los asesinatos de Orion Lake.

—Ese hombre parece inexpugnable —dijo Gunn.

—Ningún hombre es inexpugnable —repuso Pitt—. Todos tenemos un talón de Aquiles.

—¿Cómo vamos a cargarnos a ese bastardo? —preguntó Giordino.

Sandecker soslayó la pregunta y explicó que el presidente había ordenado a la NUMA que investigara el antiguo transatlántico *United States*, así como el puerto de embarque de Sungari, propiedad de Qin Shang, en Luisiana.

—Rudi estará al mando de un equipo especial submarino que investigará Sungari —concluyó—. Dirk y Al registrarán el antiguo transatlántico.

—¿Dónde encontraremos el *United States*? —preguntó Pitt.

—Hasta hace tres días estaba en Sebastopol, en el mar Negro, sometido a reparaciones. Sin embargo, según las fotos de los satélites espía, zarpó y atravesó los Dardanelos camino del canal de Suez.

—Un viaje muy largo para un barco de cincuenta y cinco años —comentó Giordino.

—No tiene nada de extraño —dijo Pitt mientras contemplaba el techo, como si recordara algo—. El *United States* podía batir a cualquier contrincante. En una travesía del Atlántico superó el mejor tiempo del *Queen Mary* por unas asombrosas diez horas. En su viaje inaugural fijó un récord de velocidad entre Nueva York e Inglaterra que aún no ha sido superado: treinta y siete nudos.

—Debía ser muy rápido —dijo Gunn, admirado—. Eso equivale a sesenta y dos kilómetros por hora.

Sandecker asintió.

—Todavía es más veloz que cualquier buque comercial construido antes o después.

—¿Cómo se apoderó de él Qin Shang? —preguntó Pitt—. Tenía entendido que la Administración Marítima no quería venderlo, a menos que siguiera bajo pabellón estadounidense.

—Qin Shang lo compró por mediación de una compañía estadounidense, que a su vez lo vendió a un comprador que representaba a una nación amiga. Se trataba de un hombre de negocios turco. Nuestras autoridades descubrieron demasiado tarde que un chino había comprado el barco, haciéndose pasar por el hombre de negocios turco.

—¿Por qué quería Qin Shang el *United States*? —preguntó Pitt.

—Está conchabado con el Ejército de Liberación Popular chino —contestó Gunn—. El trato al que llegó con ellos le concede el derecho de utilizar el barco, posiblemente para traficar con inmigrantes ilegales, disfrazado de crucero. Por su parte, los militares chinos tienen la opción de convertir el buque en transporte de tropas.

—Ojalá nuestro Departamento de Defensa hubiera visto la luz hace años y lo hubiera reconvertido —dijo Giordino—. Habría podido transportar toda una división a Arabia Saudí durante la guerra del Golfo, en menos de cinco días.

Sandecker se mesó la barba, pensativo.

—En estos tiempos las tropas se transportan por aire. Los barcos suelen utilizarse para transportar suministros y equipo. En cualquier caso, los días de esplendor de los galgos transatlánticos ya han pasado.

—¿Cuál es nuestra misión? —preguntó Pitt, impaciente—. Si el presidente quiere impedir que el *United States* introduzca inmigrantes ilegales en el país, ¿por qué no ordena que un submarino nuclear le envíe con discreción un par de torpedos Mark XII a un flanco?

—¿Y dar a los chinos una excusa para desquitarse y

enviar a pique un crucero de turistas estadounidenses?
—resopló Sandecker—. No; hay formas más prácticas y menos arriesgadas de neutralizar a Qin Shang.

—¿Como cuáles? —preguntó Giordino.

—¡Respuestas! —replicó Sandecker—. Hay preguntas desconcertantes que conviene contestar antes de que el INS entre en acción.

—No somos agentes secretos —protestó Pitt, impasible—. ¿Qué espera que hagamos? ¿Pagar el pasaje, reservar un camarote, y después enviar cuestionarios al capitán y la tripulación?

—Soy consciente de que esto no os parece muy atractivo —dijo Sandecker, al advertir que ni Pitt ni Giordino mostraban mucho entusiasmo por su misión—, pero hablo muy en serio cuando digo que la información que obtengáis es vital para el futuro bienestar del país. La inmigración ilegal no puede continuar como una inundación incontrolada. Sabandijas como Qin Shang están llevando a cabo una versión modernizada del comercio de esclavos. —Hizo una pausa y miró a Pitt—. Por lo que me han dicho, viste un ejemplo de su inhumanidad con tus propios ojos.

Pitt asintió.

—Sí, vi el horror.

—El gobierno ha de hacer algo para rescatar a esa gente de la esclavitud —dijo Gunn.

—Es imposible proteger a gente que ha desaparecido del mapa después de que la hayan introducido en el país de manera clandestina —contestó Sandecker.

—¿No se podría formar una fuerza operacional para buscarlos, liberarlos e integrarlos en la sociedad? —insistió Gunn.

—El INS tiene mil seiscientos investigadores en los cincuenta estados, sin contar los que trabajan en países extranjeros, que efectuaron más de trescientas mil detenciones de inmigrantes ilegales implicados en actividaades delictivas. Haría falta el doble de ese número de investigadores sólo para seguir igual.

—¿Cuántos ilegales entran en Estados Unidos cada año? —preguntó Pitt.

—No hay manera de calcularlo con precisión —contestó Sandecker—. Se calcula que unos dos millones de personas entraron el año pasado, y sólo de China y América Central.

Pitt miró por la ventana las aguas calmas de Puget Sound. La lluvia había cesado, y las nubes se estaban dispersando. Un arcoiris se iba formando lentamente sobre los muelles.

—¿Alguien tiene idea de cómo acabará?

—Con un buen montón de gente —replicó Sandecker—. El último censo indicaba que había unos doscientos cincuenta millones en Estados Unidos. Con el aumento de nacimientos y la inmigración, legal e ilegal, la población habrá alcanzado los trescientos sesenta millones para el año 2050.

—Otros cien millones en cincuenta años —murmuró Giordino—. Espero que para entonces ya no estaré aquí.

—Es difícil imaginar los cambios que esperan a este país —dijo Gunn, pensativo.

—Todas las grandes naciones o civilizaciones se derrumbaron debido a la corrupción interna o por alteraciones causadas por la migración extranjera —observó Sandecker.

El rostro de Giordino reflejaba indiferencia. El futuro le importaba muy poco. Al contrario que Pitt, un hombre aficionado al pasado, Giordino vivía sólo para el presente. Gunn, meditabundo como siempre, tenía la vista fija en el suelo, intentando imaginar cuáles serían las consecuencias de un aumento de población del cincuenta por ciento.

—Por lo tanto —dijo Pitt con sequedad—, el presidente, en su infinita sabiduría, espera que paremos la inundación con los dedos.

—¿Cómo debemos llevar a cabo esta cruzada? —preguntó Giordino mientras extraía un largo puro de un envoltorio de cedro y lo hacía girar sobre la llama de un encendedor.

Sandecker contempló el puro y palideció cuando comprobó que era uno de su reserva particular.

—Cuando lleguéis al aeropuerto internacional de Manila, os encontraréis con un hombre llamado John Smith...

—Muy original —masculló Giordino—. Siempre he querido conocer al tipo cuya firma está antes que la mía en el registro de los moteles.

Alguien ajeno al grupo habría creído que los hombres de la NUMA no se respetaban entre sí, y que una nube de animosidad colgaba sobre ellos. Nada podía estar más lejos de la verdad. Pitt y Giordino sentían una admiración absoluta y sin límites por Sandecker. Lo consideraban como un padre. Ambos habían arriesgado sus vidas en más de una ocasión por salvar la del almirante, y sin la menor vacilación. El toma y daca era un juego que habían practicado muchas veces a lo largo de los años. La apatía era una farsa. Pitt y Giordino eran demasiado independientes para aceptar órdenes sin aparentar rebelión. Tampoco eran de los que se ponían firmes y saludaban antes de salir por la puerta y cumplir su deber con un fervor exagerado. Eran como marionetas que tiraran de los hilos de otras marionetas, con un sentido del humor subyacente.

—Aterrizamos en Manila y esperamos a que un tal John Smith se presente —dijo Pitt—. Espero que el plan sea más inteligente que todo eso.

Sandecker continuó.

—Smith os acompañará hasta los muelles, donde subiréis a bordo de un carguero viejo y destartalado. Un buque muy peculiar, como ya descubriréis. Cuando piséis el muelle, el sumergible *Sea Dog II* de la NUMA ya estará a bordo. Vuestro trabajo, cuando surja la oportunidad, consistirá en inspeccionar y fotografiar el casco del *United States* por debajo de la línea de flotación.

Pitt meneó la cabeza con expresión de incredulidad.

—Nos damos un buen garbeo y examinamos el fondo de un barco cuya longitud equivale a la de tres campos de fútbol americano. No debería ocuparnos más de cuarenta y ocho horas de inmersión. Por supuesto, los esbirros de Qin Shang no habrán pensado en arrojar sensores alrededor del casco, en vistas a una intrusión similar. —Miró a Giordino—. ¿Cómo lo ves?

—Como darle la teta a un bebé —contestó Giordino con indiferencia—. El único problema que se me ocurre es: ¿cómo consigue un sumergible que no supera los cuatro nudos de velocidad no quedar rezagado de un barco que alcanza los treinta y cinco?

Sandecker le dirigió una mirada sarcástica, y luego contestó:

—Desde luego, llevaréis a cabo vuestra inspección submarina mientras el barco esté atracado en el muelle.

—¿En qué puerto está pensando? —preguntó Pitt.

—Los informadores de la CIA en Sebastopol nos han comunicado que el barco irá a Hong Kong, donde se instalarán los muebles y acabados finales, antes de que esté disponible para pasajeros con destino a Estados Unidos.

—¿La CIA está metida en esto?

—Todas las agencias de investigación del gobierno están colaborando con el INS, hasta que puedan trabajar en comandita para controlar la situación.

—¿Quién es el propietario de ese carguero? —preguntó Pitt.

—Sé lo que estás pensando —contestó Sandecker—.

Olvídate de cualquier relación con una agencia de inteligencia. El barco es privado. Es lo único que puedo decirte.

Giordino exhaló una nube de humo azul hacia una pecera.

—Habrá más de mil millas de agua entre Manila y Hong Kong. Todos los cargueros de servicio irregular que he visto apenas alcanzan los ocho o nueve nudos. Estamos hablando de un viaje de casi cinco días. ¿Podemos permitirnos el lujo de tanto tiempo?

—Atracaréis en Hong Kong a menos de un cuarto de milla del *United States*, y os amorraréis a su quilla menos de cuarenta y ocho horas después de abandonar Filipinas —replicó Sandecker.

—Eso podría ser interesante —dijo Giordino con las cejas enarcadas escépticamente.

15

Eran las once de la noche, hora de Filipinas, cuando Pitt y Giordino descendieron de un vuelo comercial procedente de Seattle, pasaron la aduana y entraron en el vestíbulo principal del aeropuerto internacional Ninoy Aquino. Se fijaron en un hombre que, apartado de la muchedumbre, sostenía un cartel escrito con toscas mayúsculas. Sólo rezaba SMITH.

Era un sujeto muy desaliñado. Tal vez en otro tiempo habría sido un levantador de pesas olímpico, pero su cuerpo se había deteriorado, y su estómago se había convertido en una monstruosa sandía. Colgaba sobre unos pantalones sucios y un tenso cinturón. La cara mostraba cicatrices resultado de docenas de peleas, y su nariz ganchuda había sufrido tantas fracturas que oscilaba hacia la mejilla derecha. Una barba incipiente cubría los labios y la barbilla. Era difícil decidir si sus ojos estaban inyectados en sangre debido al exceso de bebida o a la falta de sueño. El pelo negro estaba pegoteado a su cráneo como una especie de casquete grasiento, y los dientes eran irregulares y amarillentos. Sus bíceps y antebrazos parecían tensos y musculosos en comparación con el resto de su cuerpo, y estaban cubiertos de tatuajes. Se tocaba con una mugrienta gorra de marinero y vestía un mono manchado.

—Que me aspen si no es el mismísimo Barbanegra en persona —murmuró Giordino.

Pitt se acercó a aquella piltrafa humana.

—Le agradezco que haya venido a recibirnos, señor Smith.

—Me alegro de recibirles a bordo —dijo Smith con una sonrisa—. El capitán les está esperando.

Pitt y Giordino, que sólo llevaban consigo algunos artículos de ropa interior, higiene personal, y camisas y pantalones de trabajo, adquiridos en un almacén de excedentes camino del aeropuerto de Seattle, no tenían motivos para esperar en el carrusel de equipajes. Siguieron a Smith y salieron desde la terminal al aparcamiento del aeropuerto. Smith se detuvo ante una furgoneta Toyota que daba la impresión de haber pasado la vida recorriendo las carreteras del Himalaya. La mitad de las ventanillas estaban rotas y tapadas con tablas de madera terciada. La pintura casi había saltado por completo, y los guardabarros estaban oxidados. Pitt observó los neumáticos recauchutados, y escuchó con interés el rugido de un potente motor que cobró vida en cuanto John Smith apretó el arranque.

La furgoneta se puso en movimiento con Pitt y Giordino sentados sobre el tapizado de vinilo roto y gastado. Pitt dio un codazo a su amigo para conseguir su atención, y habló en voz lo bastante alta para que el conductor le oyera.

—Dígame, señor Giordino, ¿es cierto que usted es una persona observadora?

—Ya lo creo —replicó Giordino, siguiéndole la corriente—. Nada se me escapa. Pero no vamos a olvidarnos de usted, señor Pitt. Sus poderes de predicción son famosos en el mundo entero. ¿Sería tan amable de demostrar sus talentos?

—Ya lo creo.

—Mi primera pregunta será: ¿qué deduce de este vehículo?

—Debo admitir que parece un juguete salido de una película de Hollywood, que ningún hippy digno aceptaría, y sin embargo cuenta con neumáticos caros y un motor de unos cuatrocientos caballos. Muy peculiar, ¿no le parece?

—Es usted muy astuto, señor Pitt. Yo pienso lo mismo.

—En cuanto a usted, señor Giordino, ¿qué ha de decir sobre nuestro chófer *bon vivant*?

—Un hombre obsesionado con las farsas, las tretas y las conspiraciones. En definitiva, un artista de la superchería. —Giordino estaba en su elemento, y a punto de pasarse—. ¿Ha reparado en su estómago protuberante?

—¿Una almohada mal colocada?

—Exacto —exclamó Giordino, como si fuera una revelación—. Además, tenemos las cicatrices de la cara y la nariz aplastada.

—¿Un maquillaje mal aplicado? —preguntó Pitt con tono de inocencia.

—No hay forma de engañarle, ¿verdad? —La fea cara del conductor adoptó una expresión ceñuda en el retrovisor, pero nada podía detener a Giordino—. Habrá observado que la peluca nada en pomada, por supuesto.

—Desde luego.

—¿Cómo ha interpretado sus tatuajes?

—¿Grabados con pluma y tinta?

Giordino meneó la cabeza.

—Me decepciona usted, señor Pitt. Troqueles. Cualquier aprendiz se daría cuenta de que han sido hechos con troqueles.

—Acepto mi error.

Incapaz de permanecer callado, el conductor dijo sin volverse:

—Se creen muy listos, ¿verdad, chicos bonitos?

—Hacemos lo que podemos —replicó Pitt con tono desenvuelto.

Una vez efectuado el trabajo sucio, y tras dejar claro que no se chupaban el dedo, Pitt y Giordino guardaron silencio, mientras la furgoneta corría hasta el muelle de una terminal de carga. Smith se detuvo por fin ante la entrada de una vía férrea que corría paralela al borde del muelle. Sin pronunciar palabra, bajó del vehículo y caminó hacia una rampa que conducía a una lancha amarrada a un pequeño dique flotante. Los dos hombres de la NUMA le siguieron y subieron a la lancha. El marinero que se erguía ante el timón, situado en la popa de la lancha, era una composición en negro: pantalones negros, camiseta negra y gorra negra echada sobre las orejas, pese al calor y la humedad tropicales.

La lancha se alejó de los pilotes de madera y volvió la proa hacia un barco anclado a dos tercios de milla de la terminal. Estaba rodeado por las luces de otros barcos que aguardaban su turno de cargar y descargar. La atmósfera era tan transparente como cristal tallado, y al otro lado de la bahía de Manila, luces de colores pertenecientes a barcas de pesca centelleaban como joyas contra el cielo negro.

La forma del barco empezó a definirse en la noche, y Pitt comprobó que no se trataba del típico carguero de servicio irregular que surcaba los mares del Sur de isla en isla. Lo identificó, sin equivocarse, como un barco maderero de la costa del Pacífico, con bodegas limpias y vacías, y sin superestructuras en medio de la cubierta. Su sala de máquinas estaba en la popa, debajo de los camarotes de la tripulación. Una sola chimenea se alzaba a popa por encima de la timonera, y detrás de ella un mástil alto. Un segundo palo, más pequeño, se elevaba del castillo de proa. Pitt calculó su peso entre cuatro y cinco mil toneladas, con una eslora de casi noventa metros y una manga de diecisiete. Un buque de aquel tamaño habría podido transportar una enorme carga de madera. Hacía mucho tiempo que habría dejado atrás su mejor época. Sus hermanos, que habían transportado el producto de los aserraderos, llevaban casi medio siglo descansando en el lodo de los desguaces, y habían sido sustituidos por remolcadores y barcazas más modernos.

—¿Cómo se llama? —preguntó Pitt a Smith.

—*Oregon*.

—Imagino que transportó ingentes cantidades de madera en sus buenos tiempos.

Smith dirigió una mirada escrutadora a Pitt.

—¿Cómo es posible que un niño bonito como usted sepa esto?

—Cuando mi padre era joven trabajó en un barco maderero. Antes de terminar sus estudios en la universidad recorrió diez veces la ruta entre San Diego y Portland. Tiene una foto del barco en la pared de su despacho.

—El *Oregon* navegó entre Vancouver y San Francisco durante casi veinticinco años, antes de que lo jubilaran.

—Me pregunto cuándo lo construyeron.

—Mucho antes de que usted o yo hubiéramos nacido.

El timonel condujo la lancha a lo largo del casco, otrora pintado de un naranja oscuro, pero ahora desteñido por la herrumbre, tal como revelaban las luces de situación de los palos y el resplandor de la luz de navegación de estribor. No había pasarela, sólo una escalerilla de cuerda con peldaños de madera.

—Usted primero, niño bonito —dijo Smith.

Pitt abrió la marcha, seguido de Giordino. Mientras subía, Pitt pasó los dedos sobre la capa de óxido. Las escotillas de la cubierta estaban cerradas, y las botavaras del buque arrumadas con descuido. Varias cajas de madera grandes, apiladas sobre cubierta, parecían haber sido aseguradas por chimpancés desentrenados. En apariencia, la tripulación navegaba a bordo de lo que solía llamarse un «barco relajado». No vieron a ningún tripulante, y las cubiertas parecían desiertas. La única indicación de vida era una radio que emitía un vals de Strauss. La música no concordaba con la apariencia general del buque. Pitt pensó que una oda a un vertedero habría sido más apropiada. No vio señales del *Sea Dog II*.

—¿Ha llegado el sumergible? —preguntó a Smith.

—Está guardado en la caja más grande que hay detrás del castillo de proa.

—¿Cómo se va al camarote del capitán?

Su acompañante levantó una plancha de la cubierta, revelando una escalerilla que conducía a un compartimiento de carga.

—Le encontrará allí abajo.

—Los capitanes de barco no suelen alojarse en compartimientos ocultos. —Pitt echó un vistazo a la superestructura de popa—. En todos los barcos que he conocido el camarote del capitán está debajo de la timonera.

—Abajo, niño bonito —repitió Smith.

—¿En qué demonios nos ha metido Sandecker? —masculló Giordino mientras daba la espalda a Pitt y adoptaba instintivamente una postura de combate.

Como si fuera lo más natural del mundo, Pitt dejó su bolsa sobre la cubierta, descorrió la cremallera de un bolsillo y extrajo su vieja Colt 45. Antes de que Smith se enterara de lo que estaba pasando, tenía el cañón apretado debajo de su barbilla.

—Perdone que no lo haya comentado antes, pero le volé la tapa de los sesos al último capullo que me llamó niño bonito.

—Vale, tío —dijo Smith, sin la menor demostración de temor—. Reconozco una pistola cuando la veo. No es que esté en su mejor forma, pero salta a la vista que se ha utilizado con frecuencia. Haga el favor de apuntar a otra parte. No querrá que nos hagamos daño, ¿verdad?

—Creo que yo no voy a hacerme daño.

—Será mejor que mire alrededor.

Era el truco más viejo del mundo, pero Pitt no tenía nada que perder. Paseó la vista por la cubierta, y vio que varios hombres surgían de las sombras. No eran dos, ni cuatro, sino seis, tan impresentables como Smith, y cada uno sostenía una automática, apuntadas a Pitt y a Giordino. Hombres grandes y silenciosos.

—Si le digo que usted vendrá conmigo, ¿cuál será su respuesta?

—¿Y permitirá que su amigo muera con usted? —dijo Smith con una sonrisa perversa—. Por lo poco que sé de usted, Pitt, no es tan negado.

—¿Qué sabe de mí?

—Aparte la pistola y hablaremos.

—Le oigo perfectamente desde donde estoy.

—Tranquilos, muchachos —dijo Smith a sus hombres—. Hemos de demostrar un poco de clase y tratar a nuestros invitados con respeto.

Los tripulantes del *Oregon* bajaron las armas y se echaron a reír.

—Eso te servirá de lección, capitán —dijo uno de ellos—. Dijiste que serían un par de mongoles de la NUMA, que beberían leche y comerían brócoli.

Giordino se unió a la representación.

—¿Hay cerveza en este cascarón de nuez?

—Diez marcas diferentes —contestó un tripulante, al tiempo que le palmeaba la espalda—. Nos alegramos de tener pasajeros con cojones a bordo.

Pitt bajó la pistola y puso el seguro.

—Tengo la sensación de que nos la han jugado.

—Lamento haberles molestado —dijo Smith—, pero no podemos bajar la guardia en ningún momento. —Se volvió hacia sus hombres—. Levad anclas, muchachos, y pongamos proa hacia Hong Kong.

—El almirante Sandecker dijo que este barco era muy peculiar —comentó Pitt mientras devolvía la pistola a la bolsa—. Pero no dijo nada acerca de la tripulación.

—Si nos dejamos de mamonadas —dijo Smith—, les acompañaré abajo.

Descendió por la escalerilla y desapareció. Pitt y Giordino le siguieron, y se encontraron en un pasillo alfombrado y bien iluminado, con tabiques pintados de colores pastel. Smith abrió una puerta barnizada e indicó que entraran.

—Pueden compartir este camarote. Dejen sus cosas, pónganse cómodos, utilicen el retrete, y después les presentaré al capitán. Su camarote es la cuarta puerta del lado de babor, hacia popa.

Pitt entró y encendió la luz. No era el camarote espartano de un carguero decrépito, sino tan ostentoso como el de cualquier crucero de lujo. Decorado y amueblado con gusto, sólo faltaban las puertas corredizas que dieran a una terraza particular. La única sugerencia del mundo exterior era una portilla pintada de negro.

—¡Cómo, no hay cuenco de fruta! —exclamó Giordino.

Pitt paseó la vista por el camarote, fascinado.

—Me pregunto si tendremos que vestirnos de etiqueta cuando vayamos a cenar con el capitán.

Oyeron la cadena del ancla elevarse del agua y la vibración de los motores bajo sus pies. El *Oregon* empezó a surcar la bahía de Manila en dirección a Hong Kong. Pocos minutos después llamaron a la puerta del camarote del capitán.

—Adelante —contestó una voz.

Si su cabina parecía de lujo, la del capitán habría pasado por una suite. Recordaba a la sala de exposiciones de un decorador de Rodeo Drive, en Beverly Hills. Los muebles eran caros, pero elegidos con gusto. Los mamparos estaban chapados o cubiertos con cortinas.

La alfombra era mullida y gruesa. Dos de las paredes chapadas estaban ocupadas por óleos originales. Pitt se acercó a uno y lo estudió. El cuadro, encajado en un marco muy trabajado, plasmaba a un negro tendido en la cubierta de un balandro desprovisto de palos, rodeado de tiburones.

—*Gulf Stream*, de Winslow Homer —dijo Pitt—. Creía que se exhibía en un museo de Nueva York.

—El original sí —dijo un hombre erguido junto a un escritorio de tapa corrediza—. Todo son falsificaciones. En mi profesión, ninguna compañía de seguros quiere responsabilizarse de la obra original. —Un hombre apuesto, adentrado en la cuarentena, de ojos azules y cabello rubio muy corto, se adelantó y extendió una mano manicurada—. Presidente Juan Rodríguez Cabrillo, a su servicio.

—¿Presidente?

—Una pequeña diferencia respecto a la tradición marítima —explicó Cabrillo—. Este barco se dirige como un negocio, como una empresa. El personal prefiere recibir denominaciones empresariales.

—Vaya —dijo Giordino—. No me lo diga, quiero adivinarlo. Su segundo de a bordo es el director general.

Cabrillo negó con la cabeza.

—No, el director general es el jefe de máquinas. Mi segundo de a bordo es el vicepresidente ejecutivo.

Giordino enarcó una ceja.

—No sabía que el reino de Oz era propietario de un barco.

—Ya se acostumbrará —repuso Cabrillo con benevolencia.

—Si no recuerdo mal la historia de California —dijo Pitt—, usted descubrió California a principios del siglo XVI.

Cabrillo rió.

—Mi padre siempre defendió que Cabrillo era antepasado nuestro, pero yo abrigo mis dudas. Mis abuelos cruzaron la frontera por Nogales, procedentes de Sonora, en 1931, y consiguieron la ciudadanía estadounidense cinco años después. Para honrar mi nacimiento, insistieron en que mis padres me pusieran el nombre de una figura histórica famosa de California.

—Creo que ya nos conocemos —dijo Pitt.

—Desde hace unos veinte minutos —añadió Giordino.

—Su imitación de un pelagatos portuario, presidente Cabrillo, alias señor Smith, fue muy profesional.

Cabrillo lanzó una carcajada.

—Caballeros, son los primeros en no haberse dejado engañar por mi disfraz de percebe empapado de ron.

Al contrario que su personaje de ficción, Cabrillo era corpulento, aunque más bien delgado. La nariz ganchuda había desaparecido, así como los tatuajes y la panza protuberante.

—Debo admitir que me engañó hasta que vi la furgoneta.

—Sí, nuestro medio de transporte terrestre no es lo que aparenta.

—¿A qué viene todo esto, el barco, el disfraz, la pantomima? —preguntó Pitt.

Cabrillo indicó que se sentaran en un sofá de piel. Se acercó a una barra de teca.

—¿Una copa de vino?

—Sí, gracias.

—Yo prefiero una cerveza —dijo Giordino.

Cabrillo sirvió las bebidas y extendió una jarra a Giordino.

—Una San Miguel filipina. —Acercó la copa de vino a Pitt—. Wattle Creek chardonnay del valle de Alexander, California.

—Tiene un gusto excelente —le felicitó Pitt—. Intuyo que se extiende a su cocina.

Cabrillo sonrió.

—Le robé mi chef a un restaurante exclusivo de Bruselas. También debería añadir que, en caso de indigestión o infarto por abuso de comida, contamos con un hospital excelente, dirigido por un médico de primera categoría, que también se las apaña como dentista.

—Señor Cabrillo, por pura curiosidad, ¿a qué clase de negocios se dedica el *Oregon*, y para quién trabaja?

—Este barco es un buque de diseño dedicado a recoger información —contestó Cabrillo—. Vamos adonde ningún buque de guerra de Estados Unidos puede ir, entramos en puertos cerrados a casi todas las flotas comerciales y transportamos cargamentos ultrasecretos sin despertar sospechas. Trabajamos para cualquier agencia gubernamental estadounidense que necesite nuestra oferta única de servicios.

—No están bajo las órdenes de la CIA.

Cabrillo negó con la cabeza.

—Aunque algunos ex agentes de inteligencia trabajan para nosotros, la tripulación del *Oregon* está compuesta por un grupo de elite de antiguos hombres y oficiales navales, todos retirados.

—No me di cuenta en la oscuridad. ¿Qué bandera ondean?

—La de Irán —contestó Cabrillo con una leve sonrisa—. El último país que podría identificarse con Estados Unidos.

—¿He de asumir que todos ustedes son mercenarios? —preguntó Pitt.

—No me avergüenza reconocer que estamos en el negocio para obtener beneficios. Nos pagan muy bien por llevar a cabo diversos servicios clandestinos para nuestro país.

—¿Quién es el dueño del barco? —preguntó Giordino.

—Todos los tripulantes son accionistas de la empresa —contestó Cabrillo—. Algunos tenemos más acciones que otros, pero no hay ni un solo miembro de la tripulación que no posea cinco millones de dólares, como mínimo, invertidos en negocios extranjeros.

—¿El IRS[1] conoce su existencia?

—El gobierno tiene fondos reservados para grupos como el nuestro —explicó Cabrillo—. Llegamos al acuerdo de cobrar nuestros honorarios a través de una red de bancos ubicados en países que no abren sus archivos al IRS.

Pitt bebió un sorbo de vino.

—Un acuerdo excelente.

—Pero no ajeno al peligro y a los desastres. El *Oregon* es nuestro tercer barco. Los demás fueron destruidos por fuerzas hostiles. Debería añadir que, durante nuestros trece años de existencia, no hemos perdido menos de veinte hombres.

—¿Fueron capturados por agentes extranjeros?

—No, aún no nos han desenmascarado. Fue por culpa de otras circunstancias.

Cabrillo no se molestó en explicarlas.

—¿Quién ha autorizado este viaje? —preguntó Giordino.

—Entre usted, yo y la portilla más cercana, las órdenes vinieron de la Casa Blanca.

—Más alto no se puede llegar.

Pitt miró al capitán.

—¿Cree que nos puede conducir hasta una distancia razonable del *United States*? Hemos de investigar una hectárea de casco, y el tiempo que podamos pasar bajo el agua está limitado, debido a la batería del *Sea Dog II*. Si ha de amarrar el *Oregon* a una milla o más,

1. Internal Revenue Service, Superintendencia de Contribuciones. *(N. del T.)*

ir y volver del crucero acortará nuestro tiempo de una forma considerable.

Cabrillo le miró con seguridad.

—Les acercaré lo bastante para que hagan volar una cometa sobre las chimeneas. —Se sirvió otro vaso de vino y lo levantó—. Brindo por un viaje coronado por el éxito.

16

Pitt salió a cubierta y contempló la luz del mástil, que se balanceaba bajo la Vía Láctea. Apoyó los brazos en la barandilla y dejó que su vista vagara hacia la isla de Corregidor, mientras el *Oregon* salía de la bahía de Manila. La masa negra indefinida se alzaba de la noche, y custodiaba la entrada de la bahía en un silencio sepulcral. Algunas luces brillaban en el interior de la isla, junto con las señales rojas de aviso que parpadeaban en lo alto de la torre de transmisiones. Era difícil para Pitt imaginar la oleada de muerte y destrucción que había sacudido el saliente rocoso durante los años de la guerra. El número de hombres muertos allí, estadounidenses en 1942, japoneses en 1945, se contaba por millares. Una pequeña aldea de cabañas se asentaba cerca del muelle desmoronado donde el general Douglas MacArthur había subido a bordo de la torpedera del comandante Buckley, para iniciar la primera fase de su viaje a Australia y posterior regreso.

Pitt percibió el olor acre a humo de puro y se volvió, cuando un tripulante se acodó sobre la barandilla a su lado. Pitt vio que era un hombre cercano a los sesenta años. Reconoció a Max Hanley, al cual le habían presentado antes, no como jefe de máquinas o segundo de a bordo, sino como vicepresidente a cargo de los sistemas operativos.

Una vez en alta mar, Hanley, como el resto de tripulantes, se transformaba en una persona diferente mediante el expediente de ponerse ropas más apropiadas para un campo de golf. Llevaba bambas, pantalones cortos blancos y un polo marrón. Sostenía una taza de café en la mano. Su piel estaba enrojecida, sin la menor señal de bronceado, tenía unos ojos pardos muy vivos, una nariz bulbosa y algunos restos de pelo castaño rojizo en la cabeza.

—Esa vieja roca tiene un montón de historia —comentó Hanley—. Siempre subo cuando pasamos al lado.

—Ahora está muy tranquila —dijo Pitt.

—Mi padre murió ahí en el cuarenta y dos, cuando el cañón que manejaba recibió un impacto directo de un bombardero japonés.

—Muchos hombres excelentes murieron con él.

—En efecto. —Hanley lo miró a los ojos—. Yo dirigiré la inmersión y recuperación de su sumergible. Si necesitan mi ayuda o la de mis muchachos, sólo tienen que decirlo.

—Hay una cosa.

—Le escucho.

—¿Su tripulación podría volver a pintar el *Sea Dog II*? El color turquesa de la NUMA es muy visible en aguas poco profundas desde la superficie.

—¿Qué color le gustaría?

—Un verde tapete de billar —explicó Pitt—, un tono que se confunda con el agua del puerto.

—Pondré a mis muchachos manos a la obra. —Hanley se volvió y apoyó la espalda contra la barandilla. Contempló el hilillo de humo que surgía de la chimenea del barco—. Creo que habría sido más fácil utilizar uno de sus vehículos submarinos robóticos.

—O un vehículo submarino autónomo —admitió Pitt, sonriente—. Ninguno de ambos es tan eficaz para inspeccionar el fondo de un casco del tamaño del *United States* como un sumergible tripulado. El brazo manipulador del sumergible también es muy útil. En algunos proyectos, el ojo humano es más eficaz que las cámaras de vídeo. Éste es uno de ellos.

Hanley consultó su reloj de cadena.

—Es hora de programar los sistemas de máquinas y navegación. Ahora que hemos salido a mar abierto, el presidente querrá triplicar nuestra velocidad.

—Debemos correr a una velocidad de nueve o diez nudos —dijo Pitt, picado por la curiosidad.

—Pura pantomima —contestó Hanley—. Cuando el viejo *Oregon* está expuesto a ojos suspicaces en los puertos, o cuando nos cruzamos con otros barcos en el mar, preferimos dar la impresión de que sus viejos motores no pueden ni con su alma. Es lo que su apariencia da a entender. La verdad es que ha sido modificado con dos hélices impulsadas por dos motores de turbina diesel, capaces de imprimirle más de cuarenta nudos.

—Pero cuando va cargado a tope, el casco se eleva poco sobre el agua y lo rezaga.

Hanley ladeó la cabeza hacia las escotillas de carga y las cajas de madera atadas a cubierta.

—Todo vacío. El casco va más hundido porque llenamos depósitos de lastre especialmente instalados para dar la apariencia de que vamos sobrecargados. Una vez se vacían, el barco se eleva casi dos metros y alcanza una velocidad cuatro veces superior a la época en que fue construido.

—Un lobo con piel de cordero.

—Con dientes a juego. Pídale al presidente Cabrillo que le enseñe cómo reaccionamos cuando nos atacan.

—Lo haré.

—Buenas noches, señor Pitt.

—Buenas noches, señor Hanley.

Diez minutos después, Pitt notó que el barco cobraba vida, cuando las vibraciones de los motores aumentaron la velocidad de manera drástica. La estela pasó de ser una cicatriz blanca a un caldero hirviente. La popa se hundió casi un metro, la proa se elevó en igual proporción y levantó una muralla de espuma. El agua corría a lo largo del casco como absorbida por un aspirador gigantesco. El mar rielaba bajo un manto de estrellas que perfilaban una masa de nubes de tormenta en el horizonte. Era como la postal de un anochecer en el mar del sur de China, con un cielo teñido de naranja hacia el oeste.

El *Oregon* arribó al puerto de Hong Kong dos días después, y recaló al anochecer. Había efectuado la travesía desde Manila en un tiempo notable. En dos ocasiones, cuando se habían encontrado con otros cargueros a plena luz del día, Cabrillo había ordenado que se disminuyera la velocidad. Varios tripulantes, siempre vestidos con sus monos andrajosos, se habían congregado en cubierta y contemplado el barco con que se cruzaban, mirando con rostro inexpresivo lo que Cabrillo denominaba una exhibición de imbéciles. Siguiendo una tradición marina no escrita, las tripulaciones de los barcos que se encontraban en alta mar nunca daban muestras de júbilo. Sólo sus ojos se movían y parpadeaban. Los pasajeros saludaban, pero los marinos mercantes siempre se comportaban con desasosiego cuando miraban a los tripulantes de otro barco. Por lo general, se limitaban a agitar con torpeza una mano. Cuando el otro barco se hallaba a una distancia prudencial del *Oregon*, Cabrillo ordenaba aumentar la velocidad.

Pitt y Giordino fueron invitados a dar un paseo por el peculiar barco. La timonera, montada sobre la superestructura, siempre se mantenía en un estado mugriento, para engañar a las autoridades portuarias y los prácticos. Del mismo modo, los camarotes de oficiales y tripulantes situados bajo la timonera, que nunca se utilizaban, se conservaban lo más sucios posibles, para evitar sospechas. Sin embargo, no había forma de disimular el excelente estado de la sala de máquinas. El vicepresidente Hanley no quería ni oír hablar de la posibilidad de mancillarla. Si algún inspector de puerto o aduanas subía a bordo y quería ver sus motores, Hanley le conducía por un pasillo tan sucio de grasa y barro, que hasta los funcionarios más celosos se echaban atrás. Ninguno llegaba a darse cuenta de que la escotilla situada al final del repugnante pasillo se abría a una sala de máquinas tan inmaculada como un quirófano.

Los camarotes de oficiales y tripulantes estaban ocultos bajo las bodegas de carga. Para defenderse, el *Oregon* iba armado hasta los dientes. Como los buques corsarios alemanes de ambas guerras y los buques de guerra británicos de la Primera Guerra Mundial, con apariencia de barcos mercantes, cuyos flancos se abrían para dejar al descubierto cañones de 15 cm y tubos lanzatorpedos, el casco del *Oregon* disponía de toda una colección de lanzamisiles agua-agua y agua-aire. El barco era muy diferente de cualquiera que Pitt hubiera pisado. Era una obra maestra de impostura y superchería. Sospechaba que no había otro igual en los siete mares.

Cenó pronto con Giordino antes de ir a la timonera para charlar con Cabrillo. Le presentaron a la chef del barco, Marie du Gard, una ciudadana belga cuyas credenciales habrían conseguido que cualquier propietario de hotel o restaurante se pusiera de rodillas para implorar sus servicios como *chef de cuisine*. Estaba a bordo del *Oregon* porque Cabrillo le había hecho una oferta imposible de rehusar. Gracias a astutas inversiones de su monumental salario como chef del barco, pensaba abrir su propio restaurante en el centro de Manhattan, al cabo de dos operaciones secretas más.

El menú fue extraordinario. Los gustos de Giordino eran vulgares, de modo que se decantó por el *boeuf à la mode*, buey dorado a fuego lento cubierto de gelatina y verduras rebozadas. Pitt optó por *ris de veau ou cervell au beurre noir*, mollejas en salsa de mantequilla negra, servidas con setas al horno rellenas de cangrejo, y acompañadas de alcachofa hervida con salsa holandesa. Permitió que la chef le eligiera un excelente Ferrari-Carano Siena del 92, elaborado en el condado de Sonoma. Pitt no podía jactarse de haber tomado nunca una cena más deliciosa, y menos a bordo de un barco como el *Oregon*.

Después del café, Pitt y Giordino subieron por una escalera hasta la timonera. Las tuberías y los accesorios de hierro estaban cubiertos de herrumbre. La pintura se desprendía de los mamparos y los marcos de las ventanas. El suelo estaba muy agrietado y sembrado de quemaduras de cigarrillos. Muy pocos aparatos parecían modernos. Sólo el latón de la bitácora y el telégrafo anticuados relucía bajo los aparatos de alumbrado pasados de moda, que todavía albergaban bombillas de sesenta vatios.

El presidente Cabrillo se encontraba de pie en un ala del puente, con la pipa sujeta entre los dientes. El barco había entrado en el canal de West Lamma, que conducía al puerto de Hong Kong. El tráfico era intenso, y Cabrillo ordenó que se redujera la velocidad, en vistas a recibir al práctico. El *Oregon*, que había llenado sus depósitos de lastre veinte millas antes de llegar, no se diferenciaba en nada de los cientos de viejos cargueros llenos hasta los topes de cargamento que entraban en el puerto. Las luces rubí de las antenas de televisión y ondas ultracortas que coronaban el monte Victoria se encendían y apagaban, en señal de advertencia a los aviones que volaban demasiado bajo. Las miles de luces que adornaban el restaurante Jumbo Floating, cerca de Aberdeen, en la isla de Hong Kong, salpicaban el agua como nubes de luciérnagas.

Si existía algún riesgo o peligro en sus actividades secretas, los hombres y oficiales congregados en la timonera demostraban una total inmunidad a ellos. La caseta de derrota y la cubierta que rodeaba el timón se habían convertido en la sala de juntas de una empresa. Se sopesaban los méritos de las diferentes acciones y títulos de renta fija asiáticos. Eran astutos inversores que seguían la evolución del mercado con mayor interés, en apariencia, del que demostraban por su inminente labor de espionaje.

Cabrillo entró desde el ala del puente, reparó en la presencia de Pitt y Giordino, y se acercó a ellos.

—Mis amigos de Hong Kong me han informado de que el *United States* está amarrado en el muelle terminal de la Qin Shang Maritime, en Kwai Chung, al norte de Hong Kong. Las autoridades portuarias convenientes han sido sobornadas, y se nos ha concedido un espacio en el canal a unos quinientos metros del crucero.

—Un viaje de ida y vuelta de mil metros —dijo Pitt, mientras calculaba mentalmente el tiempo que aguantaba bajo el agua el sumergible.

—¿Cuánto tiempo pueden durar las baterías del *Sea Dog II*? —preguntó Cabrillo.

—Unas catorce horas, si las tratamos con dulzura —contestó Giordino.

—¿Es posible que una lancha les remolque bajo el agua, cuando nadie nos vea?

Pitt asintió.

—Si nos remolcaran para ir y venir, contaríamos con una hora más bajo el casco. Sin embargo, debo advertirle que el sumergible no pesa poco. Una lancha pequeña sufrirá para remolcarlo bajo el agua.

Cabrillo sonrió.

—No tiene ni idea de qué tipo de motores impulsan nuestra lancha de tierra y nuestros botes salvavidas.

—Ni siquiera voy a preguntarlo —dijo Pitt—. Pero supongo que mantendrían el tipo en una carrera de la Gold Cup.

—Le hemos revelado suficientes secretos del *Oregon* para que escriba un libro sobre él.

Cabrillo se volvió y miró por la ventana del puente hacia la barca del práctico, que describió un giro de 180 grados y se colocó al costado del barco. Tiraron la escalerilla y el práctico subió a la cubierta. Se encaminó al puente, saludó a Cabrillo y se encargó del timón.

Pitt salió al puente y contempló el increíble carnaval de luces de colores de Kowloon y Hong Kong, mientras el barco se deslizaba por el canal hacia el lugar de amarre asignado, al noroeste del puerto central. Los rascacielos que bordeaban Victoria Harbour estaban iluminados como gigantescos árboles de Navidad. En apariencia, la ciudad había cambiado poco desde que la República Popular China había tomado el poder. Para la mayoría de residentes, la vida continuaba como siempre. Sólo los ricos, y numerosas multinacionales, se habían trasladado a la costa Oeste de Estados Unidos.

Giordino se reunió con él cuando el barco se acercó a la terminal marítima de Qin Shang. El transatlántico, que en otro tiempo había sido el orgullo de la flota estadounidense, fue aumentando de tamaño.

Durante el vuelo a Manila, Giordino y él habían examinado un extenso informe sobre el *United States*. Obra del famoso diseñador de barcos William Francis Gibbs, fue construido por la Newport News Ship Building & Dry Dock Company, que lo botó en 1950. Gibbs, un personaje genial, era a la ingeniería y el diseño naval lo que Frank Lloyd Wright a la arquitectura. Su sueño era crear el transatlántico más rápido y hermoso de la historia. Hizo realidad su sueño, y su obra maestra se convirtió en el orgullo y la obra cumbre de Estados Unidos durante la época de los grandes transatlánticos. Era lo último en elegancia y velocidad.

Gibbs era un fanático en lo tocante a peso e incombustibilidad. Insistió en utilizar el aluminio siempre que fuera posible. Desde el millón doscientos mil remaches clavados en su casco hasta los botes salvavidas y sus remos, los muebles de los camarotes y los accesorios de los cuartos de baño, pasando por las sillas altas de los bebés, incluidas las perchas y los marcos de las fotos, todo tenía que ser de aluminio. La única madera que había en todo el barco era un piano Steinway a prueba de incendios y el tajo del cocinero. Al final, Gibbs redujo en 2.500 toneladas el peso de la superestructura. El resultado fue un barco de notable estabilidad.

Considerado enorme tanto entonces como ahora, con un peso total de 53.329 toneladas, una eslora de casi trescientos metros y una manga de treinta, no era el transatlántico más grande del mundo. En la época de su construcción, el *Queen Mary* le superaba en 30.000 toneladas, y el *Queen Elizabeth* medía doce metros más de longitud. Tal vez los Queens de la Cunard Lines proporcionaban una atmósfera más cargada y barroca, pero la ausencia de ricos chapados y adornos elegantes en el buque estadounidense, a cambio de una moderación elegante, unida a su seguridad y velocidad, eran los elementos que diferenciaban al *United States* de sus contemporáneos. Al contrario que sus competidores extranjeros, el *Gran U*, como le llamaba con afecto su tripulación, concedía a sus pasajeros 694 camarotes muy espaciosos y aire acondicionado. Diecinueve ascensores transportaban a los pasajeros entre cubierta y cubierta. Además de las habituales tiendas de regalos, contaban con tres bibliotecas y dos cines, y podían rezar en una capilla.

Pero sus dos características principales eran un secreto militar en la época de su construcción y botadura. No se supo hasta varios años después que podía ser reconvertido en transporte militar, con capacidad para trasladar a catorce mil soldados en pocas semanas. Impulsado por ocho enormes calderas que producían vapor supercalentado, sus cuatro turbinas Westinghouse eran capaces de alcanzar los 240.000 caballos de vapor, 60.000 por cada uno de sus cuatro árboles de transmisión, e impulsarlo por el agua a una velocidad que rozaba las cincuenta millas por hora. Era uno de los escasos transatlánticos que podían pasar por el canal de Panamá, cruzar el Pacífico hasta Singapur y regresar a San Francisco sin repostar. En 1952, el *United States* ganó el prestigioso premio Blue Riband, concedido a la mayor velocidad en atravesar el Atlántico. Ningún transatlántico lo ha ganado desde entonces.

Una década después de abandonar los astilleros, se había convertido en un anacronismo. Los aviones comerciales ya planteaban una seria rivalidad a los famosos galgos del mar. En 1969, los gastos de funcionamiento en alza y el deseo del público de llegar a su destino por aire en el menor tiempo posible, espolearon el fin del mayor transatlántico de Estados Unidos. Lo retiraron y desarmaron durante treinta años en Norfolk (Virginia), hasta que volvió a aparecer en China.

Pitt cogió unos prismáticos y estudió el enorme barco desde el puente del *Oregon*. Su casco seguía pintado de negro, su superestructura de negro, sus dos enormes y magníficas chimeneas de rojo, azul y blanco. Su aspecto era tan magnífico como el día en que rompió el récord transatlántico.

Se quedó sorprendido al verlo iluminado de punta a punta. El agua transportaba el ruido de las actividades que se sucedían a bordo. También le asombró que los hombres de Qin Shang estuvieran trabajando en el buque día y noche, sin tratar de ocultarlo. De repente, todos los ruidos y la actividad cesaron.

El práctico cabeceó en dirección a Cabrillo, el cual tecleó en el telégrafo la orden de PAREN MÁQUINAS. En realidad, y sin que el práctico lo supiera, el telégrafo no funcionaba, y Cabrillo murmuró la orden por una radio manual. La vibración murió, y el *Oregon* quedó silencioso como una tumba, mientras avanzaba poco a poco, impulsado por su propia aceleración. Al poco, se detuvo por completo.

Cabrillo dio la orden de tirar el ancla. La cadena tintineó y cayó con estrépito al agua. Estrechó la mano del práctico después de firmar las declaraciones juradas habituales y arribar al atracadero. Esperó a que el piloto volviera a su barca, y se volvió hacia Pitt y Giordino.

—Reúnanse conmigo en la caseta de derrota y repasaremos el programa de mañana.

—¿Para qué esperar veinticuatro horas más? —preguntó Giordino.

Cabrillo meneó la cabeza.

—Mañana, después de oscurecer, será el momento apropiado. Aún han de subir los oficiales de aduanas. Es absurdo alentar sospechas.

—Creo que hay un fallo en la comunicación —dijo Pitt.

Cabrillo le miró.

—¿Anticipa algún problema?

—Hemos de proceder con luz de día. De noche carecemos de visibilidad.

—¿No pueden utilizar luces submarinas?

—En aguas negras, cualquier luz brilla como un faro. Nos descubrirían a los diez segundos de haber encendido nuestras luces.

—Cuando estemos bajo la quilla pasaremos inadvertidos —añadió Giordino—. El momento en que seremos más vulnerables a ser descubiertos desde arriba será cuando inspeccionemos el casco, bajo la línea de flotación.

—¿Y la oscuridad provocada por la sombra del casco? —preguntó Cabrillo—. ¿Qué pasará si la visibilidad submarina es escasa?

—Tendríamos que utilizar iluminación artificial, pero sería imperceptible para cualquiera que mirara desde el muelle con el sol encima.

Cabrillo asintió.

—Comprendo su dilema. Las novelas de aventuras románticas dicen que el momento más oscuro es antes del amanecer. Les bajaremos por la borda junto con su sumergible y les remolcaremos hasta pocos metros del *United States* antes de que salga el sol.

—Me parece bien —dijo Pitt.

—¿Puedo hacerle una pregunta, presidente? —dijo Giordino.

—Adelante.

—Si no lleva carga, ¿cómo justifica las entradas y salidas de los puertos?

Cabrillo le dirigió una mirada de sorna.

—Las cajas de madera vacías que ve sobre cubierta, y las que hay en las bodegas de carga, encima de nuestros camarotes y la cocina, son pura utilería. Serán descargadas en el muelle, entregadas a un agente que trabaja para mí y transportadas a un almacén. Al cabo de un tiempo prudencial, las cajas son registradas con diferentes descripciones, devueltas al muelle y se vuelven a cargar a bordo. Por lo que concierne a los chinos, dejamos una carga y nos vamos con otra.

—Sus argucias nunca dejan de asombrarme —dijo Pitt.

—Ya vieron nuestro departamento de informática, en la proa del barco —dijo Cabrillo—. Ya saben, pues, que los sistemas automáticos informatizados controlan el noventa por ciento del funcionamiento del *Oregon*.

Cambiamos a manual cuando entramos y salimos de un puerto.

Pitt entregó los prismáticos a Cabrillo.

—Es usted un veterano en lo tocante a actividades secretas. ¿No le parece extraño que Qin Shang esté transformando el *United States* en un transporte de inmigrantes ilegales ante las narices de todo el mundo?

—Parece extraño —admitió Cabrillo. Bajó los prismáticos con aire pensativo, tiró de su pipa y volvió a mirar—. También es extraño que todos los trabajos han parado a bordo del barco, en apariencia. Tampoco se ven señales de una seguridad extremada.

—¿Eso le dice algo? —preguntó Giordino.

—Me dice que Qin Shang se ha vuelto muy descuidado, o que se ha burlado de nuestras famosas agencias de inteligencia.

—Sabremos algo más después de investigar el fondo de la quilla —dijo Pitt—. Si su intención es introducir inmigrantes ilegales en países extranjeros, ante las narices de las autoridades, ha de tener una técnica para sacarlos del barco sin que nadie los detecte. Eso sólo puede significar una especie de pasadizo estanco que corra bajo la línea de flotación hasta la orilla, o tal vez hasta un submarino.

Cabrillo dio unos golpecitos con la pipa sobre la barandilla. Después, contempló el antiguo orgullo de la flota comercial estadounidense, su superestructura y las dos chimeneas, todo iluminado como un decorado de película. Cuando habló, lo hizo con lentitud y solemnidad.

—Supongo que son conscientes de que, si algo sale mal, un percance sin importancia, un detalle pasado por alto, y son sorprendidos en lo que sería considerado un acto de espionaje por la República Popular China, serán tratados en consecuencia.

—Torturados y fusilados —dijo Giordino.

Cabrillo asintió.

—Y sin que nuestro gobierno se digne alzar un dedo para impedir la ejecución.

—Al y yo somos muy conscientes de las consecuencias —dijo Pitt—, pero usted corre el riesgo de perder a toda su tripulación y su barco. No le culparía ni un segundo si quisiera dejarnos tirados en la bahía y salir pitando al anochecer.

Cabrillo le miró y sonrió.

—¿Habla en serio? ¿Abandonarles? Jamás pasaría por mi mente, sobre todo debido a la enorme cantidad de dinero que ciertos fondos reservados gubernamentales me pagan a mí y a la tripulación. En mi opinión, esto es menos peligroso que robar un banco.

—¿Una cifra de siete números? —preguntó Pitt.

—Digamos ocho —contestó Cabrillo, con lo cual insinuaba una cifra superior a diez millones de dólares.

Giordino miró a Pitt con tristeza.

—Cuando pienso en la miseria que la NUMA nos paga al mes, no puedo evitar preguntarme dónde nos equivocamos.

17

Al amparo de la oscuridad que precede al alba, el sumergible *Sea Dog II*, con Pitt y Giordino dentro, fue izado de la caja mediante la grúa, pasado por encima de la borda y bajado poco a poco al agua. Un tripulante erguido sobre el sumergible desenganchó el cable y fue subido de nuevo a bordo. A continuación, la lancha de tierra del *Oregon* se colocó al lado, provista de una sirga. Giordino se quedó de pie en la escotilla abierta, que se alzaba un metro del agua, en tanto Pitt continuaba tachando los elementos que contenía la lista de instrumental y equipo.

—Cuando ustedes quieran —anunció Max Hanley desde la lancha.

—Bajaremos tres metros —dijo Giordino—. Cuando lleguemos a esa profundidad, pueden ponerse en camino.

—Entendido.

Giordino cerró la escotilla y se estiró al lado de Pitt en el interior del sumergible, que tenía forma de puro siamés grueso, con alas rechonchas a cada lado que se curvaban en vertical en los extremos. El vehículo, que medía seis metros de largo, dos y medio de ancho y pesaba mil seiscientos kilos, podía parecer desgarbado en la superficie, pero bajo el agua se zambullía y giraba con la gracia de una cría de ballena. Era impulsado mediante tres propulsores situados en la sección de las alas, que lanzaban agua por la toma delantera y la expulsaban por la parte posterior. Con una ligera presión sobre las empuñaduras, una de las cuales controlaba la inclinación y la zambullida, en tanto la otra se encargaba de los giros y los ladeos, junto con la palanca de control de velocidad, el *Sea Dog II* podía deslizarse varios metros bajo la superficie del mar, o zambullirse a una profundidad de seiscientos metros en cuestión de minutos. Los pilotos, que iban tendidos boca abajo con las cabezas y los hombros dentro de una sola cúpula de cristal transparente, gozaban de un campo de visibilidad mucho más amplio del que proporcionaban la mayoría de sumergibles, que sólo tenían pequeñas troneras.

La visibilidad bajo la superficie era nula. El agua envolvía al sumergible como una colcha gruesa. Al mirar delante y hacia arriba, apenas podían distinguir el contorno borroso de la lancha. De pronto, se oyó un rugido profundo, cuando Cabrillo aumentó las revoluciones del poderoso motor Rodeck de 1.350 cc y 1.500 caballos de vapor que impulsaba la lancha. La hélice cortó el agua, la popa se hundió y la lancha salió disparada remolcando al sumergible. Como una locomotora diesel que tirara de un tren largo pendiente arriba, la lancha se esforzó por acelerar, y aumentó la velocidad por fin hasta que arrastró al peso muerto sumergido a una respetable velocidad de ocho nudos. Sin que Pitt y Giordino lo supieran, Cabrillo había reducido la velocidad del poderoso motor a sólo un tercio de su potencia.

Durante el breve trayecto desde el *Oregon* hasta el *United States*, Pitt programó el analizador informático que ajustaba y controlaba automáticamente el nivel de oxígeno, los sistemas electrónicos y los sistemas de control de profundidad. Giordino activó el brazo manipulador y lo sometió a una serie de ejercicios.

—¿La antena está subida? —preguntó Pitt.

Giordino, tendido a su lado, asintió.

—He soltado el cable a una longitud máxima de dieciocho metros en cuanto tocamos el agua. La arrastramos por la superficie detrás de nosotros.

—¿Cómo la has disimulado?

Giordino se encogió de hombros.

—Otra astuta treta del gran Albert Giordino. La metí dentro de un melón hueco.

—Robado a la chef, sin duda.

Giordino le dirigió una mirada ofendida.

—No me gusta que los alimentos se estropeen. Estaba demasiado maduro y se disponía a tirarlo a la basura.

Pitt habló por un microscopio diminuto.

—Presidente Cabrillo, ¿me oye?

—Como si estuviera sentado a mi lado, señor Pitt —contestó Cabrillo. Como los otros cinco hombres de la lancha, iba vestido de pescador local.

—En cuanto lleguemos a nuestra zona de caída, soltaré la antena de comunicaciones para que podamos seguir en contacto, una vez hayan vuelto al *Oregon*. Cuando deje caer la antena, su cable lastrado se hundirá en el lodo y hará las veces de boya.

—¿Cuál es su alcance?

—Bajo el agua, podemos transmitir y recibir a un máximo de mil quinientos metros.

—Entendido —dijo Cabrillo—. Estamos a muy corta distancia de la proa del transatlántico. No podré acercarme a más de cincuenta metros.

—¿Alguna señal de fuerzas de seguridad?

—El barco y el muelle están tan muertos como una cripta en invierno.

—Seguiremos en contacto.

Cabrillo cumplió su palabra. Disminuyó la velocidad de la lancha hasta quedar casi debajo de la proa del

United States. El sol estaba ascendiendo, cuando un buzo bajó por la borda y descendió cogido a la sirga hasta el sumergible.

—El buzo ha bajado —anunció Cabrillo.

—Le vemos —contestó Pitt mirando por el morro transparente. Vio que el buzo desenganchaba el mecanismo de conexión montado sobre el sumergible, entre los tubos gemelos, y daba la señal de OK antes de desaparecer en dirección a la superficie—. Estamos libres.

—Giren cuarenta grados a estribor —ordenó Cabrillo—. Están a sólo veinticinco metros al oeste de la proa.

Giordino indicó la inmensa sombra que producía la ilusión de estar pasando sobre ellos. El sol que se filtraba entre el muelle y el gigantesco casco reforzaba la sensación de que la forma no tenía fin.

—Lo vemos.

—Se quedan solos. La cita será a las cuatro treinta. Un buzo les estará esperando en el amarre de la antena.

—Gracias, Juan —dijo Pitt, que se sentía con derecho a tutear al presidente—. No lo habríamos conseguido sin tu ayuda ni la de tu excepcional tripulación.

—Lo mismo digo —fue la jovial respuesta de Cabrillo.

Giordino contemplaba admirado el monstruoso timón que se cernía sobre sus cabezas, y bajó la palanca que dejaba caer el ancla de la antena en el lodo. Desde su posición, daba la impresión de que el casco se perdía en el infinito.

—Parece que está en la cresta de la ola. ¿Recuerdas su calado?

—Tendré que adivinarlo —dijo Pitt—. ¿Unos doce metros, más o menos?

—A juzgar por su aspecto, yo diría que te has quedado corto en un metro y medio.

Pitt efectuó la corrección de curso de Cabrillo y hundió el *Sea Dog II* en aguas más profundas.

—Iré con cuidado, o nos daremos un buen coscorrón.

Pitt y Giordino habían trabajado en equipo durante incontables inmersiones en los abismos, y manejado diferentes sumergibles en varios proyectos de la NUMA. Sin necesidad de hablar, cada uno de ellos asumía de forma espontánea sus responsabilidades, debido a la larga práctica. Pitt hacía las veces de piloto, en tanto Giordino controlaba el monitor de sistemas, manejaba la cámara de vídeo y accionaba el brazo manipulador.

Pitt aceleró un poco, dirigió los movimientos del sumergible con los controles manuales que accionaban los tres propulsores, se deslizó bajo el gigantesco timón y rodeó las dos hélices de estribor. Como una máquina voladora nocturna, el sumergible esquivó las hélices de bronce de tres palas que cortaban la oscuridad del agua como enormes colmillos curvos. El *Sea Dog II* siguió surcando en silencio el agua, que adquirió un tono verdusco siniestro.

El fondo parecía una tierra lejana a través de la niebla. Basura arrojada desde los barcos y el muelle a lo largo de los años se veía esparcida en el lodo. Pasaron sobre una reja oxidada que albergaba un pequeño banco de calamares, que entraban y salían de las filas paralelas de aberturas cuadradas. Pitt supuso que algún estibador la había tirado al agua en el pasado. Detuvo los propulsores y depositó el aparato en el blando fondo, debajo de la proa del transatlántico. Una pequeña nube de lodo se elevó como vapor marrón, y oscureció por un momento la vista que ofrecía la cúpula transparente.

El casco del *United States* se extendía sobre ellos como una mortaja oscura y ominosa. Una sensación de soledad envolvía el desolado fondo. El mundo de arriba no existía.

—Creo que deberíamos dedicar unos minutos a meditar sobre este asunto —dijo Pitt.

—No me preguntes por qué —dijo Giordino—, pero me ha venido a la cabeza un chiste malo de mi infancia.

—¿Cuál?

—El de la carpa dorada que se ruborizó cuando vio el fondo del *Queen Mary*.[1]

Pitt puso cara de mal humor.

—Cosas tontas producto de mentes retrasadas. Deberías pudrirte en el purgatorio por haber resucitado esa mamarrachada.

Giordino se comportó como si no le hubiera oído.

—No es que quiera cambiar de tema, pero me pregunto si esos payasos habrán pensado en utilizar sensores de escucha alrededor del casco.

—A menos que tropecemos con uno colgado del muelle, no hay forma de saberlo.

—Aún está oscuro para distinguir los detalles.

—Yo diría que podemos encender los focos del extremo inferior y empezar a inspeccionar la quilla. Las posibilidades de que nos localicen a esta profundidad debajo del casco son remotas.

—Después, cuando el sol esté más alto, podremos subir hasta la línea de flotación.

Pitt asintió.

—No es un plan muy brillante, pero dadas las circunstancias es el mejor.

—Será mejor que nos pongamos en acción —dijo Giordino—, si no queremos quedarnos sin oxígeno.

Pitt conectó los propulsores y el sumergible se elevó poco a poco, hasta situarse a poco más de un metro

---

1. Juego de palabras intraducible. *Bottom* significa fondo de un barco, pero también trasero. El *Queen Mary* llevaba el nombre de la reina María. *(N. del T.)*

por debajo de la quilla. Se concentró en mantener nivelado el *Sea Dog II*, y cada pocos segundos echaba un vistazo al monitor de posición para que le ayudara a seguir un curso recto, en tanto Giordino miraba hacia arriba, en busca de cualquier irregularidad que indicara una escotilla de entrada o salida practicada en el fondo del casco. También rodaba cualquier elemento sospechoso con la cámara de vídeo. Al cabo de unos minutos, Pitt comprendió que era más ventajoso dejar de mirar el monitor y seguir las costuras horizontales que distinguía entre las planchas del casco a través de la bóveda transparente.

Los rayos del sol empezaban a penetrar en las profundidades, y la visibilidad aumentaba. Pitt apagó las luces exteriores. Las planchas de acero, negras en la oscuridad previa, adquirieron ahora un tono rojo oscuro, cuando la pintura antioxidante se hizo más evidente. Había una leve corriente causada por la marea saliente, pero Pitt mantuvo estabilizado el sumergible mientras continuaba la inspección. Durante las siguientes dos horas se movieron de un lado a otro, como si estuvieran cortando césped, cada hombre concentrado en su trabajo sin decir palabra.

De pronto, la voz de Cabrillo rompió el silencio.

—¿Les importa informarme sobre sus progresos, caballeros?

—Ningún progreso —contestó Pitt—. Una pasada más y habremos terminado con el fondo del casco. Después examinaremos los costados, subiendo hasta la línea de flotación.

—Esperemos que la nueva capa de pintura impida que les localicen desde la superficie.

—Max Hanley y sus chicos eligieron un tono verde más oscuro de lo que yo había pensado —dijo Pitt—, pero si alguien mira al agua, le costará vernos.

—El barco aún parece desierto.

—Me alegra saberlo.

—Nos vemos dentro de dos horas y dieciocho minutos —se despidió Cabrillo—. Procuren no retrasarse.

—Estaremos allí —prometió Pitt—. Al y yo no queremos demorarnos más de lo necesario.

—Recibido y fuera.

Pitt inclinó la cabeza hacia Giordino sin mirarle.

—¿Cómo está nuestra provisión de oxígeno? —preguntó.

—Tolerable —contestó Giordino—. La potencia de la batería aún se mantiene estable, pero avanza lentamente hacia la raya roja.

Terminaron la última inspección de la quilla. Pitt guió el pequeño vehículo en paralelo a la sección del casco que se curvaba hacia arriba, hacia la línea de flotación. La siguiente hora transcurrió con agonizante lentitud, y no descubrieron nada fuera de lo normal. La marea cambió y comenzó a llegar desde el mar, aportando agua más limpia y un aumento de visibilidad a casi nueve metros. Rodearon la proa y empezaron a trabajar hacia el lado de estribor, que estaba junto al muelle y no se alzaba ni a tres metros de la superficie.

—¿Cuánto tiempo queda? —preguntó Pitt con voz tensa, sin molestarse en consultar su reloj de buceo Doxa.

—Faltan cincuenta y siete minutos para nuestra cita con la lancha del *Oregon* —contestó Giordino.

—Desde luego este desplazamiento no valía la pena. Si Qin Shang se dedica a meter y sacar inmigrantes ilegales del *United States*, no es por medio de un pasadizo subterráneo o un submarino.

—Ya imaginaba que no lo hacía a plena vista —dijo Giordino—. Los agentes de inmigración abortarían la operación a los diez minutos de que el barco hubiera tocado puerto.

—Ya no podemos hacer nada más. Volvamos a casa.

—Eso quizá sea algo problemático.

Pitt lo miró de reojo.

—¿Por qué?

Giordino movió la cabeza hacia adelante.

—Tenemos visita.

Delante del sumergible, tres buzos se habían materializado del vacío verdoso. Nadaban hacia ellos como demonios embutidos en sus trajes negros.

—¿Cuál crees que será la multa por entrar en una propiedad privada en estos parajes?

—No lo sé, pero sospecho que será algo más que una palmadita en la muñeca.

Giordino estudió a los buzos que se acercaban, uno en el centro y los otros dos convergiendo desde los flancos.

—Es raro que no nos localizaran antes, mucho antes de la última pasada bajo la línea de flotación.

—Alguien debió mirar por encima de la borda y anunciar que había visto un monstruo verde —se burló Pitt.

—Hablo en serio. Es casi como si hubieran estado observándonos hasta el último minuto.

—¿Parecen enfadados?

—No traen flores ni caramelos.

—¿Armas?

—Yo diría que rifles submarinos Mosby.

El Mosby era una desagradable arma que disparaba un proyectil con una pequeña cabeza explosiva. Si bien sus efectos eran devastadores en un cuerpo humano, Pitt no creía que pudiera causar daños serios a un sumergible capaz de resistir las presiones de las profundidades.

—Lo peor que podemos esperar es un poco de pintura rascada y algunas abolladuras.

—No te hagas ilusiones —dijo Giordino mientras contemplaba a los buzos con la misma atención que un médico examinaría una radiografía—. Estos tipos llevan a cabo un ataque coordinado. Sus cascos deben contener radios en miniatura. Nuestro casco puede aguantar algunos golpes, pero un tiro de suerte en los motores de nuestros propulsores y acabaremos en el fondo.

—Somos más veloces que ellos —dijo Pitt con tono confiado. Imprimió un giro cerrado al *Sea Dog II*, puso los propulsores a toda velocidad y se dirigió hacia la popa del transatlántico—. Este aparato es capaz de ir seis nudos más deprisa que cualquier buzo lastrado por los depósitos de oxígeno.

—La vida no es justa —murmuró Giordino, más irritado que amilanado cuando se encontraron de repente ante otros siete buzos, que flotaban en semicírculo bajo las gigantescas hélices del barco, impidiendo su huida—. Parece que la diosa de la suerte nos ha dado la espalda.

Pitt conectó su micrófono y llamó a Cabrillo por radio.

—Aquí *Sea Dog II*. Un total de diez villanos nos persiguen como posesos.

—Le escucho, *Sea Dog*, y tomaremos las medidas apropiadas. No hace falta que vuelvan a ponerse en contacto conmigo. Fuera.

—Mal asunto —se quejó Pitt—. Podríamos dar esquinazo a dos o tres, pero si el resto se acerca lo bastante, nos hará mucha pupa. —Entonces tuvo una inspiración—. A menos...

—A menos ¿qué?

Pitt no contestó. Lanzó el *Sea Dog II* hacia el fondo, pero lo estabilizó a menos de treinta centímetros del lodo e inició una pauta de búsqueda. Al cabo de diez segundos descubrió lo que buscaba. La reja que había visto antes sobresalía del lodo.

—¿Puedes sacar ese trasto del barro con el brazo manipulador? —preguntó a Giordino.

—El brazo puede aguantar ese peso, pero desconocemos la succión. Depende de si la reja está muy hundida.

—Pruébalo.

Giordino asintió en silencio y deslizó las manos a toda prisa sobre los controles en forma de bola del brazo mecánico. Con gran delicadeza, hizo girar las bolas como si moviera el ratón de un ordenador. Extendió el brazo, que estaba articulado en el codo y en la muñeca como si fuera humano. A continuación, colocó la mano mecánica sobre la reja y cerró sobre ella los tres dedos articulados.

—Una reja en mano —anunció—. Dame todo el empuje vertical que sea posible.

Pitt alzó los propulsores y aplicó toda la potencia de la batería, mientras los buzos de la fuerza de seguridad de Qin Shang se acercaban a menos de seis metros. Durante unos terribles segundos, no pasó nada. Después, la reja empezó a izarse poco a poco del cieno, levantando una gran nube de polvo.

—Tuerce el brazo hasta que la reja esté en posición horizontal —ordenó Pitt—. Después, sosténla delante de los tubos de los propulsores.

—Aún nos pueden enviar un explosivo a la cola.

—Sólo si llevan radares que penetren el lodo —dijo Pitt, al tiempo que echaba hacia atrás los propulsores y los inclinaba, de modo que sus gases de escape barrieron el fondo y levantaron grandes nubes de lodo remolineante—. Ya no nos ven.

Giordino sonrió con aprobación.

—Un escudo blindado, una nube de humo autoinducida... ¿qué más se puede pedir? Salgamos de aquí cuanto antes.

No hacía falta animar a Pitt. El sumergible avanzó rozando el fondo para levantar más nubes de lodo. Tan cegado como los buzos, pero mucho menos confuso, contaba con la ventaja de un sistema acústico que le guiaba hacia la boya de la antena. Habían recorrido una escasa distancia, cuando el sumergible recibió un fuerte golpe.

—¿Nos han alcanzado? —preguntó Pitt.

Giordino negó con la cabeza.

—No. Creo que puedes borrar de la lista a uno de los atacantes. Casi le has arrancado la cabeza con el ala de estribor.

—No será la única baja, si se disparan mutuamente sin ver...

Una explosión interrumpió a Pitt y el *Sea Dog II* osciló de un lado a otro. Dos más siguieron en rapidísima sucesión. La velocidad del aparato disminuyó en una tercera parte.

—Ése era el disparo afortunado del que estaba hablando —dijo Giordino sin alterarse—. Habrá pasado por debajo de la reja.

Pitt echó un vistazo a sus instrumentos.

—Han alcanzado el propulsor de babor.

Giordino posó una mano encima de la cúpula transparente, sobre cuya superficie exterior habían aparecido diminutas grietas y estrellas.

—También se han cargado el parabrisas.

—¿Dónde estalló el tercer proyectil?

—Es imposible ver a través de esa niebla, pero sospecho que el estabilizador vertical del ala de estribor ya no existe.

—Me lo imaginaba —dijo Pitt—. El aparato se inclina a babor.

Sin que ellos lo supieran, el equipo de diez buceadores se había reducido a seis. Además del que Pitt se había llevado por delante, los disparos indiscriminados de los restantes habían acabado con tres de sus compañeros. Los buceadores, que disparaban y recargaban sus rifles Mosby tan deprisa como podían, hacían caso omiso del peligro que corrían. El sumergible rozó a otro cuando les disparó a quemarropa.

—Otro impacto —informó Giordino. Retorció el cuerpo en el reducido espacio y miró hacia el lado de estribor del sumergible—. Esta vez han alcanzado la caja de la batería.

—Estas cabezas explosivas Mosby son más potentes de lo que creía.

Giordino miró hacia atrás cuando otra explosión tuvo lugar en la estructura situada entre el casco de estribor y el morro transparente. Empezó a entrar agua por el punto en que el metal se encontraba con el vidrio.

—Esas cosas hacen algo más que arrancar la pintura y producir abolladuras —dijo—. Te lo aseguro.

—Los propulsores están perdiendo potencia —dijo Pitt en una exhibición de absoluta frialdad—. Ese último impacto habrá producido un cortocircuito en el sistema. Tira la reja. Nos coarta demasiado.

Giordino obedeció, manipuló los controles y liberó la reja. A través de la nube de lodo vio que el hierro oxidado había desaparecido en algunos puntos, debido a las cargas explosivas. Cayó hasta perderse de vista en el fondo.

—Hasta la vista, amiga, cumpliste tu misión.

Pitt observó un pequeño monitor de navegación.

—Sesenta metros hasta la antena. Estamos a punto de pasar por debajo de las hélices del transatlántico.

—Sin impactos en los últimos minutos —anunció Giordino—. Quizá hemos dejado atrás a nuestros airados amigos, en la niebla. Sugiero que aminores la velocidad y conserves la poca batería que queda.

—No hay nada que conservar —contestó Pitt, y señaló el cuadrante que indicaba la potencia de la batería—. Hemos descendido a un nudo y la aguja está en la zona roja.

Giordino esbozó una tensa sonrisa.

—Si los buzos de Shang se perdieran y abandonaran la persecución, me alegrarían el día.

—Pronto lo sabremos —dijo Pitt—. Voy a elevarme en ángulo fuera de la nube. En cuanto salgamos a aguas más limpias, mira a popa y dime lo que ves.

—Si siguen por aquí y nos ven cojeando a medio nudo, se lanzarán sobre nosotros como avispas enloquecidas.

Pitt no dijo nada, mientras el *Sea Dog II* emergía de la tormenta remolineante de lodo. Forzó la vista, intentando ver algo en las aguas de un verde aterciopelado, en busca del cable de la antena y el buzo de Cabrillo. Una silueta vaga se movía a unos veinte o veintitrés metros de distancia, algo a babor, y poco a poco se concretó en el fondo de la lancha, mecida por las olas del puerto.

—¡Casi hemos llegado! —exclamó Pitt, más animado.

—Tozudos como demonios —repuso Giordino—. Hay cinco que nos pisan los talones como chacales.

—Han de ser listos para habernos localizado tan deprisa. Debieron dejar a un vigía en aguas más claras. En cuanto nos vio salir del cieno, avisó a sus coleguis por radio.

Una carga explosiva se estrelló contra uno de los estabilizadores de cola del *Sea Dog II* y lo vaporizó. Una segunda carga erró por poco la sección hemisférica del morro. Pitt luchó por conservar el control y lanzó el sumergible en un curso recto hacia la lancha. En cuanto vio por el rabillo del ojo a uno de los buceadores de Shang que se acercaba por el flanco del sumergible, supo que todo había acabado. Con la batería agotada y sin ayuda de Cabrillo no había escapatoria.

—Tan cerca, y sin embargo tan lejos —murmuró Giordino con la vista clavada en la quilla de la lancha mientras esperaba impotente, pero imperturbable, el inevitable ataque final.

De pronto, una serie de detonaciones resonaron alrededor del sumergible. Pitt y Giordino rodaron en el interior como ratas dentro de un tubo giratorio. El agua que les rodeaba estalló en una masa de espuma y burbujas que salieron disparadas en todas direcciones, antes de ascender a la superficie. Los buzos, que estaban a punto de converger en el *Sea Dog II*, murieron al instante, sus cuerpos convertidos en gelatina por los golpes de almádena. Los hombres refugiados dentro del sumergible se quedaron estupefactos y ensordecidos por las explosiones submarinas. El casco de presión les salvó de sufrir heridas graves.

Pitt tardó unos momentos en comprender que Cabrillo, advertido de la persecución que tenía lugar, había esperado a que el sumergible y sus atacantes estuvieran lo bastante cerca de la lancha del *Oregon* para arrojar al agua granadas de concusión. Pese al zumbido que atormentaba sus oídos, Pitt oyó que alguien llamaba por radio.

—¿Están bien ahí abajo? —dijo la voz bienvenida de Cabrillo.

—Mis riñones nunca volverán a ser los mismos —contestó Pitt—, pero nos estamos comportando.

—¿Y los vigilantes?

—Da la impresión de que se han convertido en jalea —contestó Giordino.

—Si nos han atacado bajo el agua —advirtió Pitt a Cabrillo—, es lógico suponer que irán a por ustedes en la superficie.

—Ahora que lo dice —comentó Cabrillo—, veo venir hacia nosotros un pequeño crucero. Nada que no podamos manejar, por supuesto. No se muevan. Mi buzo les enganchará a la sirga después de que demos la bienvenida a nuestros visitantes.

—No se muevan —repitió con acidez Giordino—. No tenemos energía. Estamos muertos en el agua. Debe de pensar que estamos en un parque de atracciones submarino.

—Sus intenciones son buenas —suspiró Pitt, mientras la tensión cedía un poco en el interior del sumergible. Se quedó tendido, con las manos aferrando los controles que ya no funcionaban, la vista clavada en el fondo de la lancha a través de la bóveda transparente. Se preguntó qué cartas iba a jugar Cabrillo.

—Vienen por todas —dijo Cabrillo a Eddie Seng, el ex agente de la CIA que había sido su hombre en Pekín durante casi veinte años, hasta que se vio obligado a volver precipitadamente a Estados Unidos y solicitar la jubilación. Cabrillo miró con un catalejo el yate pequeño de motor que se acercaba. Su configuración le recordaba a un barco de rescate de la Guardia Costera estadounidense, sólo que aquél no se dedicaba a salvar vidas—. Se imaginaron el pastel cuando detectaron el sumergible, pero no estarán seguros de nuestra complicidad hasta que suban a bordo e investiguen.

—¿Cuántos ves? —preguntó Seng.

—Unos cinco, todos armados, excepto el piloto.

—¿Armas de buen tamaño montadas a bordo? —preguntó Seng.

—No veo ninguna. Van de pesca y no buscan problemas. Dejarán dos hombres detrás para cubrirnos, mientras tres suben a bordo. —Cabrillo se volvió hacia Seng—. Dile a Pete James y a Bob Meadows que bajen al agua sin que les vean desde la lancha. Son buenos nadadores. Cuando el barco se ponga a nuestro lado, diles que naden por debajo de nuestro barco y se queden en el agua, entre los dos cascos. Si mi plan funciona, los dos guardias que permanezcan en el yate reaccionarán de forma instintiva a cualquier situación inesperada. Hemos de acabar con los cinco sin armas. Sin hacer ruido. Ya hay bastantes ojos curiosos en el muelle. Nos las tendremos que ingeniar sin grandes alharacas.

James y Meadows bajaron por la borda, escondidos detrás de una tela alquitranada, y esperaron en el agua la señal de que debían nadar por debajo de la lancha. Los demás hombres de Cabrillo se repantigaron en las cubiertas como si estuvieran dormitando. Uno o dos fingieron pescar en la popa.

Cabrillo pudo distinguir que los hombres de seguridad de la Qin Shang Maritime llevaban uniformes marrón oscuro, más adecuados para una opereta de Gilbert y Sullivan. Cuatro aferraban lo que parecían las pistolas automáticas último modelo fabricadas por los chinos. El capitán del yate exhibía la típica expresión indescifrable de un chino investido de autoridad.

—¡Quédense donde están! —gritó en mandarín—. ¡Vamos a subir a bordo!

—¿Qué quieren? —gritó Seng.

—Seguridad del astillero. Queremos inspeccionar su barco.

—No son de la Patrulla Portuaria —dijo Seng, indignado—. Carecen de autoridad sobre nosotros.

—Tienen treinta segundos para obedecer, de lo contrario dispararemos —dijo el capitán, con fría insistencia.

—¿Dispararían a unos pobres pescadores? —preguntó con amargura Seng—. Están locos. —Se volvió hacia los demás y se encogió de hombros—. Será mejor que obedezcamos. Están lo bastante chiflados para cumplir su amenaza. De acuerdo —dijo al capitán de seguridad de la Qin Shang Maritime—, suban a bordo, pero no crean que no vamos a denunciarles a las autoridades portuarias de la República Popular.

Cabrillo se inclinó sobre el timón, con la cara protegida por un sombrero de paja inclinado, para que los guardias no se fijaran en sus ojos occidentales. Dejó caer unas monedas por la borda, la señal para que James y Meadows nadaran por debajo de la lancha. Poco a poco, una de sus manos se cerró sobre la palanca de estrangulación. Entonces, justo cuando el capitán y sus hombres estaban saltando la corta distancia que separaba ambos barcos, abrió del todo la válvula de estrangulación y la volvió a cerrar, de forma que el espacio entre ambos barcos se ensanchó.

Como si se tratara de una comedia bien ensayada, el capitán y sus dos hombres cayeron al agua entre los dos barcos. Guiados por un impulso, tal como Cabrillo había predicho, los dos hombres que seguían a bordo del barco de seguridad dejaron caer las armas y se pusieron de rodillas, con el fin de intentar sacar del agua a su superior. Su intento fracasó cuando dos pares de brazos surgieron del agua, les agarraron por la garganta y les hicieron caer por la borda. A continuación, cada uno con un hombre cogido de los pies, James y Meadows los arrastraron por debajo de la lancha hasta el otro lado, donde los dejaron inconscientes de un golpe no demasiado suave en la cabeza, tras lo cual los subieron a bordo y arrojaron en una pequeña bodega de carga.

Cabrillo escudriñó la popa del *United States* y el extremo del muelle, por si había testigos. No contó más de tres o cuatro estibadores que se habían detenido a presenciar la escena. Ninguno parecía muy preocupado. La cabina del yate ocultaba a su vista casi todo. Parecía una investigación normal de la fuerza de seguridad. Sólo podían ver que los tripulantes de Cabrillo seguían dormitando y pescando en la popa de la lancha. Los estibadores no tardaron en volver a su trabajo, sin aparentar la menor alarma.

James y Meadows volvieron a bordo, y junto con Eddie Seng desnudaron al capitán de seguridad y sus hombres. Pocos minutos después, los tres reaparecieron en cubierta con los uniformes de los hombres de seguridad.

—No me queda mal —dijo Eddie, haciendo un pase de modelos a Cabrillo—, considerando que está empapado.

—El mío es cuatro tallas más pequeño —rezongó Meadows, que era un hombre grande.

—Bienvenido al club —dijo James al tiempo que extendía un brazo para mostrar una manga que apenas le llegaba al codo.

—No tenéis que desfilar por una pasarela —dijo Cabrillo, mientras colocaba la lancha junto al barco de seguridad—. Saltad y coged el timón. En cuanto tengamos a remolque el sumergible, seguidnos como si nos estuvierais escoltando hasta el muelle de la Patrulla Portuaria de Hong Kong. En cuanto hayamos perdido de vista los astilleros de Qin Shang, daremos vueltas hasta que oscurezca. Después, volveremos hacia el *Oregon* y echaremos a pique el barco de seguridad.

—¿Y las cinco ratas mojadas que hay en la bodega? —preguntó Seng.

Cabrillo se volvió con una sonrisa burlona.

—Nos gustará ver la expresión de sus caras cuando despierten y descubran que les han abandonado en una isla de las Filipinas.

Como no tenía oxígeno suficiente para seguir bajo el agua, el *Sea Dog II* fue remolcado por la superficie con la escotilla superior abierta en parte. Pitt y Giordino se quedaron dentro, mientras el barco de seguridad navegaba a su lado y evitaba que alguien les viera desde los barcos que pasaban y la orilla. Media hora después, el *Sea Dog II* fue izado a toda prisa sobre la cubierta del *Oregon*. Cabrillo ayudó a Pitt y Giordino a salir del sumergible. Con los músculos tensos y entumecidos a causa de las muchas horas de confinamiento, agradecieron su ayuda.

—Lamento haberles dejado enjaulados así, pero como ya saben tuvimos algunas pequeñas dificultades.

—Y las ha sorteado muy bien —le felicitó Pitt.

—Se sacaron de encima a los malos sin demasiados problemas.

—Seguiríamos sentados en el fondo si no hubiera tirado aquellas granadas.

—¿Qué han descubierto? —preguntó Cabrillo.

Pitt meneó la cabeza, cansado.

—Nada, absolutamente nada. El casco por debajo de la línea de flotación está limpio, sin modificaciones, sin escotillas escondidas ni puertas presurizadas. El fondo ha sido raspado y revestido con pintura antioxidante, y parece que no lo hayan tocado desde el día que botaron el barco. Si Qin Shang posee un método rápido de meter inmigrantes ilegales en puertos extranjeros, no es por debajo de la línea de flotación.

—¿Qué hemos de hacer, pues?

Pitt clavó la vista en Cabrillo.

—Entrar en el barco. ¿Puede arreglarlo?

—Como hechicero residente, sí, creo que puedo concertar una visita guiada al interior del barco, pero tengan en cuenta esto: pasarán una, dos horas a lo sumo, antes de que echen de menos a los guardias de seguridad que secuestramos. El jefe de seguridad de los astilleros de Qin Shang sumará dos y dos y deducirá que los intrusos procedían del *Oregon*. No me cabe duda de que en este mismo momento ya se está preguntando cómo y por qué han desaparecido diez de sus buzos. En cuanto avise a la marina china, vendrán a por nosotros, tan seguro como que las mujeres se quedan preñadas. Con una buena ventaja, el *Oregon* puede dejar atrás a casi cualquier barco de la flota china. Pero si envían aviones en nuestra persecución antes de que podamos salir de sus aguas territoriales, estamos muertos.

—Ustedes van bien armados —dijo Giordino.

Cabrillo tensó los labios.

—Pero no somos inmunes a buques de guerra provistos de cañones pesados, ni a aviones caza. Cuanto más pronto nos vayamos de Hong Kong y salgamos a mar abierto, más a salvo estaremos.

—Así pues, se dispone a levar anclas y abandonar la ciudad —dijo Pitt.

—Yo no he dicho eso. —Cabrillo miró a Seng, que se había puesto ropas secas—. ¿Qué dices tú, Eddie? ¿Quieres volver a ponerte el uniforme de un jefe de seguridad de Qin Shang, y pasearte por el astillero como Pedro por su casa?

Seng sonrió.

—Siempre he querido visitar un transatlántico sin pagar la entrada.

—Asunto solucionado —dijo Cabrillo a Pitt—. Váyanse ya. Vean lo que tengan que ver y vuelvan enseguida, o todos nos arrepentiremos de no haber conocido a nuestros nietos.

18

—¿No cree que nos estamos pasando un poco? —preguntó Pitt, menos de una hora después.

Seng se encogió de hombros detrás del volante.

—¿A quién se le ocurriría sospechar que unos espías se presentan ante una puerta de seguridad en un Rolls-Royce? —preguntó en tono de inocencia.

—A cualquiera que no sufra glaucoma o cataratas —replicó Giordino.

Pitt, coleccionista de coches clásicos, admiraba la fabricación artesanal del Rolls.

—El presidente Cabrillo es un hombre asombroso.

—El mejor manipulador del ramo —dijo Seng mientras frenaba ante la puerta principal de los astilleros de Qin Shang—. Hizo un trato con el portero del mejor hotel de cinco estrellas de Hong Kong. Utilizan la limusina para recoger y transportar huéspedes famosos al aeropuerto.

El sol del atardecer seguía colgado sobre el horizonte, cuando dos guardias salieron de la caseta de seguridad para contemplar el Rolls-Royce Silver Dawn de 1955, con carrocería de Hooper. Sus líneas elegantes ejemplificaban el clásico estilo «filo de navaja» que se popularizó en los coches ingleses de los años cincuenta. Los guardabarros delanteros se curvaban graciosamente hacia abajo hasta los guardabarros ribeteados posteriores, en consonancia con el techo posterior y el maletero inclinados, conocidos como la «curva francesa», y que Cadillac imitó a principios de los ochenta.

Seng mostró la identificación que había cogido al capitán del barco de seguridad. Aunque los dos hombres habrían podido pasar por primos, no permitió que los guardias examinaran con demasiado detenimiento la foto del carnet.

—Han Wan-Tzu, capitán de la seguridad del muelle —anunció en chino.

Uno de los guardias miró por la ventanilla trasera a los pasajeros, vestidos con trajes a rayas azules muy conservadores. Sus ojos se entornaron.

—¿Quiénes van con usted?

—Karl Mahler y Erich Grosse, ingenieros navales de los astilleros alemanes Voss & Heibert. Han venido a inspeccionar y estudiar los motores a turbina del gran transatlántico.

—No les veo en la lista de seguridad —dijo el guardia, mientras comprobaba nombres en una tablilla con sujetapapeles.

—Estos caballeros han venido a petición personal de Qin Shang. Si eso le provoca algún problema, llámele. ¿Quiere que le dé su número directo y privado?

—No, no —balbuceó el guardia—. Puesto que usted les acompaña, tendrán permiso para entrar.

—No se ponga en contacto con nadie —ordenó Seng—. Los servicios de estos hombres se necesitan de inmediato, y su presencia aquí es de alto secreto. ¿Me ha entendido?

El guardia asintió fervientemente, se alejó del coche, alzó la barrera e indicó que entraran en una calle que conducía a la zona del muelle. Seng dejó atrás varios almacenes y depósitos de componentes, y pasó bajo altos puentes transversales de grúa corrediza que se arqueaban sobre los esqueletos de barcos en construcción. No le costó mucho encontrar el *United States*. Sus chimeneas se alzaban sobre los edificios cercanos de la terminal. El Rolls se detuvo en silencio ante una de las muchas pasarelas que ascendían hasta el interior del barco, que parecía carente de vida. No se veía por parte alguna tripulantes, trabajadores de los astilleros ni guardias de seguridad. Las pasarelas estaban desiertas y libres de vigilancia.

—Qué extraño —murmuró Pitt—. Han quitado todos los botes salvavidas.

Giordino echó un vistazo a los hilillos de humo que surgían de las chimeneas.

—Si no supiera lo contrario, diría que se dispone a zarpar.

—No puede llevar pasajeros sin botes salvavidas.

—El misterio aumenta —dijo Giordino con la vista fija en el silencioso barco.

Pitt asintió.

—Nada es como esperábamos.

Seng dio la vuelta y abrió la puerta trasera.

—Yo me quedo aquí. A partir de ahora, se lo montan solos. Buena suerte. Volveré dentro de treinta minutos.

—¿Treinta minutos? —repuso Giordino—. Está de broma.

—Media hora no es suficiente para inspeccionar un transatlántico del tamaño de un pueblo —protestó Pitt.

—Es lo máximo que puedo hacer. Órdenes del presidente Cabrillo. Cuanto antes nos marchemos, menos posibilidades hay de que descubran la superchería. Además, pronto oscurecerá.

Pitt y Giordino salieron del coche y subieron por una pasarela que conducía a un par de puertas abiertas. Entraron en el barco, en lo que había sido la zona de recepción del sobrecargo. Parecía curiosamente desprovista de muebles y de signos de vida.

—¿He olvidado decirte que no sé hablar con acento alemán? —preguntó Giordino.

Pitt le miró.

—Eres italiano, ¿verdad?

—Mis abuelos lo eran, pero ¿qué tiene que ver?

—Si nos dirigen la palabra, habla con las manos. Nadie se enterará de la diferencia.

—¿Y tú? ¿Cómo pretendes hacerte pasar por un fritz?

Pitt se encogió de hombros.

—Diré *Ja* cada vez que me pregunten.

—No tenemos mucho tiempo. Si nos separamos, cubriremos más territorio.

—De acuerdo. Exploraré las cubiertas de camarotes, y tú ocúpate de la sala de máquinas. De paso, echa un vistazo en la cocina.

Giordino compuso una expresión de perplejidad.

—¿En la cocina?

Pitt sonrió.

—Siempre se puede juzgar una casa por su cocina.

Subió por una escalera de caracol hasta la cubierta superior, que había alojado el comedor de primera clase, las salas de fiestas, las tiendas de regalos y el cine.

Habían quitado las puertas que se abrían al comedor de primera clase. Las paredes, con su decoración espartana de los años cincuenta y los altos techos arqueados, se alzaban sobre una sala vacía. La escena se repitió en todos los lugares que visitó. Sus pasos despertaban ecos en el suelo, al que habían quitado las alfombras. Habían desmontado los 352 asientos del cine. No había vitrinas ni escaparates en las tiendas de regalos. Cada una de las dos salas de fiestas eran poco más que un compartimiento hueco. La sala de baile, donde las acaudaladas celebridades de su tiempo habían bailado mientras atravesaban el Atlántico, estaba vacía por completo.

Subió por una escalerilla hasta los camarotes de la tripulación y la timonera. Igual que antes. Los camarotes no mostraban señales de muebles ni de presencia humana.

—Un cascarón vacío —masculló Pitt—. Todo el barco no es más que un gran cascarón vacío.

La timonera era otra historia. Estaba abarrotada desde el suelo hasta el techo de equipo electrónico informatizado, cuya multitud de luces de colores e interruptores estaban conectados en su inmensa mayoría. Le resultó extraño que el timón de cabillas de latón fuera la única pieza conservada del equipo original.

Consultó su reloj. No les quedaban más de diez minutos. Por increíble que fuera, no había visto trabajadores ni tripulantes. Era como si el barco se hubiera transformado en un cementerio. Bajó hasta la cubierta de camarotes de primera clase y corrió por los pasillos. Igual que en la cubierta de salones. Un vacío fantasmal invadía la zona donde los pasajeros habían dormido con todos los lujos durante la travesía entre Nueva York y Southampton, y viceversa. Hasta las puertas habían sido arrancadas de sus goznes. La falta de basura o desperdicios sorprendió a Pitt. El interior destripado aparecía asombrosamente inmaculado, como si hubiera sido absorbido por una aspiradora gigantesca.

Cuando llegó a la puerta de entrada de la zona de recepción del sobrecargo, Giordino ya le estaba esperando.

—¿Qué has descubierto? —preguntó Pitt.

—Muy poca cosa. Las cubiertas de los camarotes de segunda clase y las bodegas de carga están vacías. La sala de máquinas se conserva como el día de la inauguración, con el vapor a punto y preparado para zarpar. Todos los demás compartimientos están vacíos.

—¿Entraste en las bodegas de equipaje y en las delanteras, donde transportaban los coches de los pasajeros?

Giordino negó con la cabeza.

—Las puertas de las bodegas estaban cerradas a cal y canto. Lo mismo pasaba con las entradas y salidas de los aposentos de la tripulación, en la cubierta inferior. También las habrán despojado.

—Lo mismo me pasó a mí —dijo Pitt—. ¿Te metiste en algún lío?

—Eso es lo raro. No vi ni a un alma. Si alguien trabajaba en la sala de máquinas, eran mudos o invisibles. ¿Te encontraste con alguien?

—Ni rastro de vida humana.

De pronto, la cubierta empezó a temblar bajo sus pies. Los grandes motores del barco habían cobrado vida. Pitt y Giordino se encaminaron a toda prisa hacia el Rolls-Royce que aguardaba. Eddie Seng estaba de pie ante una puerta abierta.

—¿Les ha gustado la visita? —fue su saludo.

—No sabe lo que se ha perdido —contestó Giordino—. La comida, el espectáculo, las chicas.

Pitt señaló a los estibadores que estaban soltando las enormes guindalezas de los bolardos de hierro del muelle. Las grandes grúas montadas sobre raíles alzaron las pasarelas y las depositaron sobre el muelle.

—Nuestro cálculo del tiempo ha sido perfecto. Va a zarpar.

—¿Cómo es posible, sin nadie a bordo? —murmuró Giordino.

—Será mejor que nos larguemos mientras podamos —dijo Seng.

Se puso a toda prisa al volante. Esta vez pasaron la puerta de seguridad con un simple asentimiento de la cabeza. Cuando se encontraban a tres kilómetros de los astilleros, y una vez seguros de que nadie les seguía, Seng se desvió por una carretera de tierra y condujo hasta un campo abierto situado detrás de un colegio vacío de niños. Un helicóptero púrpura y plateado sin distintivos estaba esperando en mitad del patio de recreo. Los rotores giraban poco a poco.

—¿No regresamos al *Oregon* en barca? —preguntó Pitt.

—Demasiado tarde —respondió Seng—. El presidente Cabrillo pensó que sería más prudente levar anclas y poner la mayor cantidad de agua posible entre el barco y Hong Kong, antes de que empiecen los fuegos artificiales. En estos momentos el *Oregon* debería estar saliendo al mar de la China desde el canal de West Lamma. Por lo tanto, al helicóptero.

—¿Cabrillo también llegó a un acuerdo acerca del helicóptero? —preguntó Giordino.

—Un amigo de un amigo dirige un servicio de alquiler.

—No debe de creer en la publicidad —observó Pitt, que buscaba en vano un nombre en el fuselaje secundario.

La boca de Seng se abrió en una amplia sonrisa.

—Su clientela prefiere desplazarse en la oscuridad.

—Si nosotros somos un ejemplo de su clientela, no me sorprende.

Un joven vestido de uniforme se acercó al Rolls y abrió la puerta. Seng le dio las gracias y deslizó un sobre en su bolsillo. Después, indicó a Giordino y Pitt que le siguieran al interior del aparato. Aún se estaban abrochando los cinturones de seguridad, cuando el piloto se elevó del patio de recreo y se niveló a sólo seis metros de altura, antes de pasar bajo una red de cables de corriente eléctrica como si fuera cosa de cada día. Después, puso rumbo al sur y cruzó las aguas del puerto. Pasó sobre un petrolero a no más de treinta metros por encima de su chimenea.

Pitt dirigió una mirada nostálgica a la antigua colonia británica, que se perdía en la distancia. Habría dado un mes de sueldo por recorrer las calles tortuosas y visitar la multitud de tiendecitas que vendían de todo, desde té a muebles de tallas complicadas, cenar cocina china exótica en la suite del hotel Península, dominando las luces del puerto, en compañía de una mujer hermosa y una botella de Veuve Cliquot-Ponsardin brut...

Sus sueños se rompieron en un calidoscopio de piezas cuando Giordino exclamó de repente:

—¡Dios mío, lo que daría por un taco y una cerveza!

El sol estaba bajo y el cielo había adquirido un tono gris azulado hacia el oeste, cuando el helicóptero alcanzó al *Oregon* y aterrizó sobre una de las cubiertas de las escotillas de carga. Cabrillo les estaba esperando en la cocina con una copa de vino para Pitt y una botella de cerveza para Giordino.

—Como creo que su día ha sido un poco duro, nuestra chef les está preparando algo especial —dijo.

Pitt se quitó la chaqueta prestada y se aflojó la corbata.

—Un día duro, y muy improductivo.

—¿Descubrieron algo de interés a bordo del *United States*? —preguntó Cabrillo.

—Descubrimos un barco destripado de proa a popa —explicó Pitt—. Todo el interior no es más que un inmenso hueco, con una sala de máquinas operativa y una timonera llena de sistemas de control y navegación automatizados.

—El barco ya ha salido del muelle. Estará funcionando con una tripulación mínima.

Pitt meneó la cabeza.

—No hay tripulación. Si, como dice, ha zarpado, está navegando sin la ayuda de manos humanas. Un control remoto y ordenadores se encargan de que el barco funcione.

—Puedo jurar que no hay ni rastro de comida en la cocina —dijo Giordino—. Ni horno, ni nevera, ni siquiera cuchillos y tenedores. Cualquiera que vaya a emprender un viaje largo en ese barco se morirá de hambre.

—Ningún barco puede surcar los mares sin los responsables de la sala de máquinas y los marineros que controlen los sistemas de navegación —protestó Cabrillo.

—Me han dicho que la marina estadounidense está experimentando con barcos no tripulados —dijo Giordino.

—Un barco desprovisto de tripulación podría cruzar el océano Pacífico, pero necesitaría un capitán a bordo para recibir al práctico y pagar a las autoridades panameñas la tarifa de cruzar el canal.

—Podrían asignarle un capitán y una tripulación temporales antes de que llegara a Panamá... —Pitt calló de repente y miró a Cabrillo—. ¿Cómo sabe que el *United States* se dirige hacia el canal de Panamá?

—Son las últimas noticias de mi fuente local.

—Me alegra saber que tiene a un hombre dentro de la organización de Qin Shang, que nos mantiene informados de los últimos acontecimientos —dijo con sarcasmo Giordino—. Es una pena que no se molestara en decirnos que habían convertido el barco en un juguete operado por control remoto. Nos habría ahorrado una barbaridad de problemas.

—No tengo a ningún hombre infiltrado —explicó Cabrillo—. Ojalá. La información fue obtenida gracias al agente destacado en Hong Kong de la Qin Shang Maritime Limited. Las llegadas y salidas de barcos comerciales no constituyen ningún secreto.

—¿Cuál es el destino final del *United States*? —preguntó Pitt.

—El puerto de Sungari.

Pitt contempló su copa de vino durante un largo momento.

—¿Con qué fin? —preguntó—. ¿Por qué Qin Shang envía un transatlántico robotizado y destripado al otro lado del océano, a un aborto de puerto de embarque en Luisiana? ¿Qué estará rondando por su mente?

Giordino terminó su cerveza y untó un trozo de tortilla en un cuenco de salsa.

—Podría desviar el barco hacia otra parte.

—Es posible, pero esconderlo no. Con ese tamaño, imposible. Sería localizado por los satélites de reconocimiento.

—¿Cree que pretende llenarlo de explosivos y volar algo, como el canal de Panamá? —insinuó Cabrillo.

—El canal de Panamá no, desde luego, ni ningún puerto de embarque —dijo Pitt—. Sería como cortarse su propia garganta. Sus barcos necesitan acceder a puertos de ambos océanos, como los de cualquier otra compañía naviera. No, Qin Shang ha de tener otra cosa en mente, otro motivo, igual de amenazador y mortífero.

19

El barco surcaba las olas con un leve balanceo, bajo un cielo tan iluminado por la luna llena que se podía leer un periódico bajo su resplandor. La escena era engañosamente apacible. Cabrillo aún no había ordenado que el barco navegara a toda velocidad, de manera que se desplazó a ocho nudos hasta que estuvieron lejos del continente. El susurro de las proas que cortaban el agua y el aroma del pan recién horneado que ascendía desde la cocina habrían adormecido a la tripulación de cualquier otro carguero del mar de la China, pero no a los hombres entrenados del *Oregon*.

Pitt y Giordino se encontraban en la sala de control de vigilancia y contramedidas, situada en el castillo de proa elevado, actuando sólo como observadores mientras Cabrillo y su equipo de técnicos concentraban sus ojos y mentes en los sistemas de detección e identificación por radar.

—No tiene prisa —dijo la analista de vigilancia, una mujer llamada Linda Ross, que estaba sentada frente a un ordenador que mostraba la imagen tridimensional de un buque de guerra. Ross era otra de las presas que Cabrillo había cobrado en sus expediciones de caza en busca de personal especializado. Era la oficial en jefe de control de disparo a bordo de un crucero estadounidense Aegis de misiles guiados, cuando cayó en las garras de Cabrillo y recibió una oferta que le permitiría ganar mucho más dinero del que obtendría en la marina.

—A una velocidad máxima de treinta y cuatro nudos, caerá sobre nosotros antes de media hora.

—¿Qué dicen las lecturas? —preguntó Cabrillo.

—La configuración indica que es un Luhu Tipo 052 Class, uno de los grandes destructores botados a finales de los noventa. Desplaza cuatro mil doscientas toneladas. Dos motores de turbinas a gas que alcanzan los cincuenta y cinco mil caballos de fuerza. Lleva dos helicópteros Harbine en la popa. La tripulación consiste en doscientos treinta hombres, cuarenta de los cuales son oficiales.

—¿Misiles?

—Ocho misiles tierra-tierra y un lanzador óctuple tierra-aire.

—Si yo fuera su capitán, no me molestaría en preparar un ataque con misiles contra un viejo lanchón de aspecto inofensivo como el *Oregon*. ¿Cañones?

—Dos de cien milímetros en una torreta de proa —dijo la analista—. Ocho de treinta y siete milímetros montados en parejas. También lleva seis torpedos en dos tubos triples y doce lanzacargas de profundidad.

Cabrillo se secó la frente con un pañuelo.

—Para los parámetros chinos, es un buque de guerra impresionante.

—¿De dónde ha salido? —preguntó Pitt.

—Hemos tenido mala suerte —explicó Cabrillo—. Se cruzaba en nuestro camino por casualidad cuando se dio la alarma, y las autoridades portuarias avisaron a su armada. Calculé la hora de nuestra partida para que navegáramos detrás de un carguero australiano y un carguero de minerales boliviano, con el fin de confundir a los radares chinos. Los otros dos debieron ser detenidos y registrados por patrulleros veloces, y después autorizados a continuar hacia sus destinos. Nosotros hemos tenido la desgracia de atraer la atención de un destructor pesado.

—Qin Shang ha de tener un brazo muy largo para obtener este tipo de colaboración de su gobierno.

—Ojalá tuviera su influencia en nuestro Congreso.

—¿No es contrario a las leyes internacionales que el ejército de una nación detenga y registre a barcos extranjeros, fuera de sus aguas territoriales?

—Desde 1996 no. Fue cuando Pekín puso en práctica un artículo del Tratado Marítimo de la ONU, y extendió las aguas jurisdiccionales chinas desde el límite de doce millas a doscientas.

—Lo cual nos coloca en sus aguas.

—Unas ciento cuarenta millas dentro —dijo Cabrillo.

—Si ustedes tienen misiles, ¿por qué no vuelan el destructor antes de que estemos al alcance de sus cañones? —preguntó Pitt.

—Si bien llevamos una pequeña versión más antigua del misil Harpoon tierra-tierra, con capacidad explosiva más que suficiente para desintegrar una lancha de ataque rápida o una patrullera, deberíamos contar con una suerte increíble en nuestro primer disparo para borrar del mapa a un destructor de cuatro mil doscientas toneladas, suficientemente armado para hundir una flota. Estamos en desventaja. Nuestros primeros misiles deberían dejar fuera de juego a sus lanzaderas. También podemos meterle dos torpedos Mark 46 en el casco, pero eso aún les deja con suficientes cañones de treinta y siete y cien milímetros para volarnos en pedazos.

Pitt miró a Cabrillo.

—Muchos hombres morirán en las próximas horas. ¿No hay forma de evitar la carnicería?

—No podemos engañar a una partida de abordaje naval —dijo Cabrillo con solemnidad—. Distinguirán nuestros disfraces dos minutos después de haber puesto pie en cubierta. Parece olvidar, señor Pitt, que en lo concerniente a los chinos, usted, yo y todas las personas que viajan a bordo del barco son espías. Como tal, todos podemos ser ejecutados en un abrir y cerrar de ojos. Por otra parte, en cuanto se apoderen del *Oregon* y de su tecnología, y se den cuenta de su potencial, no dudarán en utilizarlo para sus operaciones de inteligencia contra otras naciones. Una vez los primeros marineros chinos pisen nuestra cubierta, la suerte estará echada. Es una cuestión de luchar o morir.

—Nuestra única opción es la sorpresa.

—La clave es que no constituimos una amenaza a los ojos del capitán de ese destructor —explicó Cabrillo—. Si usted fuera él, mirándonos desde su puente con unos prismáticos, ¿temblaría de miedo al vernos? Lo dudo. Podría apuntar los cañones de cien milímetros hacia nuestro puente, o uno de los de treinta y siete milímetros contra cualquier tripulante que apareciera en cubierta. Pero en cuanto vea que sus marineros suben a bordo y se apoderan del barco, se relajará y anulará la alerta del barco, eso suponiendo que se haya molestado en ordenarla.

—Lo cuenta con tanta despreocupación como una batalla de bolas de nieve —comentó Giordino.

Cabrillo dedicó a Giordino una mirada paciente.

—¿Una batalla de qué?

—Tendrá que excusar la exhibición de humor subnormal de Al —dijo Pitt—. Su mente se inestabiliza cuando las cosas no salen como él quiere.

—Usted no le va a la zaga —rezongó Cabrillo—. ¿Es que nada les hace perder la calma?

—Considérelo una reacción ante las situaciones desagradables —dijo Pitt—. Usted y su tripulación están adiestrados y preparados para combatir. Nosotros somos simples espectadores.

—Necesitaremos la colaboración de todos los hombres y mujeres que van a bordo antes de que termine la noche.

Pitt estudió la imagen del monitor por encima del hombro de Linda Ross.

—Si no le importa que lo pregunte, ¿cómo intenta cargarse a un destructor pesado?

—Mi plan, muy elemental, consiste en detener el *Oregon* cuando lo ordenen. Después nos pedirán que les dejemos subir a bordo para el registro. Una vez se queda parado a un tiro de piedra, nos comportamos como inocentes y malhumorados marineros, mientras nos observan desde cerca. Cuando suba a cubierta la partida de abordaje, engañaremos todavía más al capitán bajando nuestra enseña iraniana e izando la bandera de la República Popular China.

—¿Tienen una bandera china? —preguntó Giordino.

—Por supuesto —contestó Cabrillo.

—¿Y después del simulacro de rendición? —preguntó Pitt.

—Le tiramos todo lo que podemos y rezamos para que, cuando hayamos terminado, a él no le quede nada para arrojarnos.

—En un duelo a larga distancia con misiles no podemos ganar —dijo Max Hanley, que estaba sentado en una silla junto a un especialista en electrónica que manejaba una unidad de datos táctica.

Como un entrenador de rugby antes del partido, Cabrillo expuso su plan con todo detalle a sus jugadores. No quedó ninguna contingencia sin examinar, ningún detalle pasado por alto, nada al azar. No existía tensión. Los hombres y mujeres que iban a bordo del *Oregon* se prepararon para hacer su trabajo como si fuera un lunes por la mañana en cualquier ciudad. Tenían la mirada limpia y atenta, sin el aspecto asustado de los acorralados.

—¿Alguna pregunta? —quiso saber Cabrillo cuando terminó. Su voz era profunda y ronca, con un levísimo acento español, y aunque poseía demasiada experiencia y percepción para no aceptar el miedo, no asomaba ni rastro a su voz y modales. Cuando la tripulación no hizo preguntas, asintió—. Muy bien, eso es todo. Buena suerte a todos. Cuando esta escaramuza haya terminado, celebraremos la mayor fiesta que el *Oregon* haya conocido.

Pitt levantó la mano.

—Dijo que necesitaba a todos los hombres. ¿En qué podemos ayudar Al y yo?

Cabrillo asintió.

—Ya dieron muestras la otra noche de que no tienen miedo de combatir. Vayan a la armería del barco y cojan un par de armas automáticas. Necesitarán más potencia de fuego que esa pistolita del cuarenta y cinco. Cojan también un par de chalecos antibalas. Después, vayan al departamento de disfraces para conseguirse ropa vieja. Luego, reúnanse con la tripulación de cubierta. Sus talentos servirán para detener a los marineros chinos, una vez hayan subido a bordo. Sólo puedo relevar a unos pocos hombres de tareas más importantes, de manera que estarán en una leve desventaja. Supongo que no nos abordarán más de diez, así que no deben preocuparse, porque el elemento sorpresa estará de nuestra parte. Si tienen éxito, y cuento con ello, echen una mano en el control de daños. Porque ya pueden estar seguros de que van a producirse un montón.

—¿Es absolutamente necesario disparar a la partida de abordaje sin previa advertencia? —preguntó Linda Ross.

—No olvides que la intención de esta gente es impedir que nadie a bordo de este barco llegue a puerto —replicó con brusquedad Cabrillo—. Como sin duda conocen nuestra implicación en la investigación submarina del *United States*, no me cabe la menor duda de que su intención es enviarnos a dormir con los peces antes de que amanezca.

Los ojos de Pitt escudriñaron los de Cabrillo, en busca de una insinuación de pesar, una señal de que sospechara que iban a cometer una tremenda equivocación, pero no la encontró.

—¿No le preocupa que tal vez interpretemos mal sus intenciones y cometamos un acto de guerra?

Cabrillo sacó su pipa y rascó la cazoleta.

—No me importa admitir que estoy preocupado por esa posibilidad, pero no podemos huir de su fuerza aérea, de modo que no queda otra alternativa que procurar abrirnos paso con engaños, y si eso falla tendremos que luchar.

Como un fantasma gris que se deslizara sobre un mar negro iluminado por la luna llena, el gran destructor chino dio caza al lento *Oregon* con el sadismo de una orca asesina que acechara a un pacífico manatí. De no ser por su desgarbado conjunto de sistemas de navegación, detección y búsqueda por tierra y aire, y contramedidas, dispuestos sobre feas torretas, el barco habría tenido una apariencia esbelta. Tal como era, parecía que un niño poco seguro de cómo encajaban las piezas lo hubiera montado.

Hali Kasim, vicepresidente del *Oregon* a cargo de las comunicaciones, llamó por el altavoz del puente a Cabrillo, que estaba observando al destructor con unos prismáticos de visión nocturna.

—Señor Cabrillo, han ordenado que nos pongamos al pairo.

—¿En qué idioma?

—En inglés.

—Intentan que nos delatemos. Contésteles en árabe.

Siguió una breve pausa.

—Han olido nuestra treta, señor. Llevan a alguien a bordo que habla árabe.

—Déle largas un poco más. No hay que aparentar demasiada ansiedad por plegarnos a sus deseos. Pregunte por qué deberíamos obedecer sus órdenes en aguas internacionales.

Cabrillo encendió su pipa y esperó. Miró hacia el puente, donde Pitt, Giordino y tres tripulantes se habían congregado, todos armados para una lucha sin cuartel.

—No se lo han tragado —anunció Hali Kasim—. Dicen que si no nos detenemos de inmediato nos volarán a cañonazos.

—¿Han interferido nuestras señales, por si enviamos un mensaje de socorro?

—Cualquier mensaje que enviemos fuera de la zona se recibirá con interferencias.

—¿Qué posibilidades hay de que un buque de guerra o un submarino nuclear aparezca en las inmediaciones?

—Ninguna —dijo la voz de Linda Ross desde la sala de contramedidas y vigilancia—. El único barco que se encuentra dentro de un radio de cien millas es un transporte japonés.

—De acuerdo —suspiró Cabrillo—. Envíeles señales de que vamos a obedecer, pero infórmeles de que elevaremos una protesta a la Junta Mundial de Comercio y al Consejo Marítimo Internacional.

Cabrillo no pudo hacer otra cosa que esperar y ver cómo el destructor chino surgía de la oscuridad. Además de su par de ojos que no parpadeaban, el gran destructor estaba vigilado por los dos misiles Harpoon ocultos, montados en el centro del casco del *Oregon*, los dos torpedos Mark 46, alojados en sus tubos submarinos, y las bocas de los dos cañones Oerlikon de treinta milímetros, capaces de escupir setecientas balas por minuto cada uno.

Todos los preparativos se habían llevado a cabo. Cabrillo estaba orgulloso de su equipo. Si existía inquietud, nadie la manifestaba. Lo único visible era la determinación, la sombría satisfacción de que iban a plantar cara a un contrincante que les doblaba en tamaño y era diez veces más poderoso. No iban a presentar la otra mejilla. Ya no podían volver atrás, y eran ellos los que iban a golpear primero.

El destructor se detuvo a unos doscientos metros del *Oregon*. Cabrillo utilizó los prismáticos de visión nocturna para leer los grandes números blancos pintados cerca de la proa. Llamó a Ross.

—¿Puede identificar a un destructor chino, número mil seiscientos? Repito, mil seiscientos.

Esperó la respuesta mientras observaba que una lancha era bajada al agua. La operación de abordaje se desarrollaba con absoluta precisión. La lancha se plantó al lado del supuesto carguero antes de veinte minutos. Cabrillo reparó con satisfacción en que los cañones de cien milímetros dispuestos en la torreta de proa eran las únicas armas apuntadas, en apariencia, contra el *Oregon*. Los lanzamisiles aparecían desiertos y vigilados. Los cañones de treinta y siete milímetros apuntaban a proa y popa.

—Lo tengo —dijo Ross—. El mil seiscientos se llama *Chengdo*. Es el mejor buque de la marina china. Su capitán es el comandante Yu Tien. Déme más tiempo y le contaré su biografía.

—Gracias, Ross, pero no se moleste. Siempre es agradable saber el nombre de tu enemigo. Estén preparados para disparar a mansalva.

—Todas las armas preparadas para disparar cuando usted lo decida, señor presidente —replicó Ross, fría e imperturbable.

Tiraron por el costado la escalerilla de abordaje, y los marineros chinos, conducidos por un teniente de navío y un capitán del contingente de la marina, subieron enseguida a cubierta. Los abordadores tenían un aire casi festivo, una complacencia que recordaba más a una excursión de *boy scouts* que a una operación ejecutada por soldados endurecidos.

—¡Maldita sea! —exclamó Cabrillo.

Había más del doble de lo que había calculado, y todos armados hasta los dientes. Lamentó no haber podido disponer de más hombres para el combate que se avecinaba en la cubierta principal. Miró a Pete James y a Bob Meadows, los buzos del barco y ex agentes de los servicios secretos de la marina, y a Eddie Seng, los tres apoyados en la barandilla, con las pistolas automáticas escondidas bajo sus chaquetones. Después, vio que Pitt y Giordino se plantaban ante los oficiales chinos, con las manos levantadas.

La reacción de Cabrillo fue de furia. Si Pitt y Giordino se rendían sin luchar, los otros tres tripulantes no tendrían la menor posibilidad contra veinte marineros entrenados para combatir. Los chinos los barrerían de cubierta e invadirían todo el barco en cuestión de minutos.

—¡Maricones! —estalló, y agitó el puño en su dirección—. ¡Sucios traidores!

—¿Cuántos has contado? —preguntó Pitt a Giordino cuando el último chino subió a bordo.

—Veintiuno —respondió Giordino con placidez—. Cuatro contra uno. Yo no le llamaría a eso una «leve desventaja».

—Yo he llegado a la misma conclusión.

Se irguieron con torpeza, vestidos con sus largos chaquetones de invierno, las manos alzadas sobre la cabeza como en señal de rendición. Eddie Seng, James y Meadows miraban a los invasores chinos con hosquedad, como tripulantes irritados por cualquier interrupción en su rutina cotidiana. El efecto tuvo los resultados que Pitt había imaginado. Los marineros chinos, al ver la dócil recepción, se relajaron y aflojaron la presa sobre sus armas, sin esperar la menor resistencia de la tripulación desharrapada de un barco destartalado.

El oficial de navío contempló con arrogancia y disgusto la impresentable tripulación que le recibía, avanzó hacia Pitt y preguntó en inglés dónde podía encontrar al capitán del barco.

—¿Cuál de vosotros es Beavis, y cuál Butt-head? —preguntó Pitt mientras paseaba la vista entre el teniente y el capitán.

—¿Qué has dicho? —preguntó el teniente—. Si no quieres recibir un tiro, guíame hasta tu capitán.

La cara de Pitt se convirtió en una máscara de terror.

—¿Eh? ¿Quieres al capitán? Haberlo dicho antes.

Se volvió apenas y movió la cabeza en dirección a Cabrillo, que estaba maldiciendo como un poseso.

Por puro reflejo, todas las cabezas y ojos siguieron el gesto de Pitt hacia el hombre que gritaba.

Entonces, Cabrillo comprendió con absoluta claridad el propósito de los dos hombres de la NUMA, y contempló como hipnotizado la sangrienta pelea que estalló ante sus ojos. Vio estupefacto que Pitt y Giordino sacaban otro par de manos de debajo de los chaquetones, cada mano provista de una pistola automática, con los índices curvados sobre los gatillos. Practicaron un sendero mortal entre los marineros chinos, pillados por sorpresa. Los dos oficiales fueron los primeros en caer, seguidos por los seis hombres que había detrás. No estaban preparados para un contragolpe tan brutal, sobre todo procedente de hombres que parecían aterrados. En una fracción de segundo, la ventaja de los atacantes se redujo a algo más de dos contra uno. El caos arrasó la cubierta.

Seng, James y Meadows, informados de antemano sobre el truco de los brazos falsos, levantaron al instante sus armas y abrieron fuego menos de un segundo después que Pitt y Giordino. Fue una locura. Los hombres caían, se dispersaban, intentaban abatir al enemigo. Los marineros chinos eran soldados profesionales, y valientes. Se recuperaron enseguida y no cedieron terreno. Todos los cargadores de todas las armas se vaciaron casi en el mismo momento. Seng fue alcanzado y dobló una rodilla. Meadows tenía una bala alojada en un hombro, pero hacía girar su fusil como un garrote. Sin tiempo para volver a cargar, Pitt y Giordino tiraron sus armas contra los ocho marineros chinos que todavía peleaban. Pese a la confusión, Pitt oyó el grito que Cabrillo lanzó desde el puente.

—¡Disparad, por el amor de Dios, disparad!

Una sección del casco del *Oregon* se abrió y los dos misiles Harpoon salieron expulsados de sus lanzaderas casi al mismo tiempo que los torpedos Mark 46 de sus tubos. Un segundo después, los dos cañones Oerlikon abrieron fuego, apuntados y disparados desde el centro de control de combate, y rociaron de proyectiles los lanzamisiles del *Chengdo*. Neutralizaron sus sistemas antes de que pudieran ser activados y disparados contra el carguero. El tiempo se detuvo cuando el primer misil del *Oregon* perforó el casco del destructor por debajo de la única chimenea y estalló en la sala de máquinas. El segundo Harpoon alcanzó la torre que controlaba el sistema de comunicaciones del *Chengdo*, y silenció cualquier transmisión hacia el mando de su flota.

Los torpedos, más lentos, llegaron a continuación, y estallaron separados por apenas nueve metros de distancia. Un par de enormes géiseres se alzaron junto al *Chengdo*, que estuvo a punto de zozobrar. Se estabilizó un momento, y después empezó a inclinarse a estribor, cuando el agua penetró por los dos agujeros, tan grandes como puertas de establo.

El capitán Yu Tien, por lo general un hombre precavido, picó el anzuelo cuando vio con los prismáticos que sus hombres abordaban el barco de aspecto inofensivo sin encontrar resistencia. Vio que bajaban la bandera verde, blanca y roja de Irán y la sustituían por la enseña roja de la República Popular China, con sus cinco estrellas. De pronto, el capitán Yu Tien se quedó paralizado de incredulidad. Un momento antes, su buque invencible había dado caza a un carguero viejo y oxidado, y al siguiente, el inofensivo carguero había infligido daños horrorosos a su barco con sofisticada precisión. Alcanzado casi al mismo tiempo por misiles, torpedos y una lluvia de balas disparadas por armas ligeras, el barco quedó herido de muerte al instante. Se le antojó indignante que un barco comercial tan inocente poseyera tal potencia de fuego.

Yu Tien se puso rígido cuando vio que la muerte y el deshonor surgían de los ventiladores, escotillas y escalerillas que conducían a las entrañas de su barco. Lo que empezó como nubecillas blancas y destellos anaranjados se convirtió enseguida en un torrente de fuego rojo y humo negro, nacidos en los escombros de lo que había sido una sala de máquinas, pero ahora era un crematorio de hombres indefensos.

—¡Fuego! —gritó—. ¡Destruid a esos perros traicioneros!

—¡Volved a cargar! —chilló Cabrillo por el sistema de comunicaciones—. Deprisa...

Sus órdenes fueron interrumpidas por un tremendo

rugido, seguido de explosiones que resonaron a su alrededor. Los grandes cañones de la torreta indemne del destructor vomitaban un torrente de fuego sobre el *Oregon*. El primer proyectil pasó entre las grúas de carga y estalló contra la base del palo de popa, lo partió y derrumbó sobre la cubierta de carga, al tiempo que fragmentos al rojo vivo volaban en todas direcciones, provocando algunos incendios sin importancia, pero pocos daños. El segundo proyectil estalló con una explosión ensordecedora en la bovedilla de la popa del *Oregon* y la arrancó, dejando un hueco bostezante sobre el vástago del timón. Los estragos fueron graves, pero no catastróficos.

Cabrillo se agachó involuntariamente cuando una lluvia de balas de treinta y siete milímetros, procedentes del cañón ligero del *Chengdo*, barrieron el *Oregon* desde el castillo de proa a la popa destrozada. Ross, que también se encargaba de manejar los sistemas de conducción de tiro del barco, lo llamó casi al instante.

—Señor, los cañones ligeros chinos han destruido los mecanismos de disparo del lanzamisiles. Detesto ser la portadora de malas noticias, pero nuestra táctica de ataque ya es historia pasada.

—¿Y los torpedos?

—Tardarán tres minutos en estar preparados para hacer fuego.

—¡Diga a los hombres de los tubos que los recarguen en uno! ¡Hanley! —gritó Cabrillo por el altavoz a la sala de máquinas.

—Estoy aquí —contestó Hanley con calma.

—¿Tus máquinas han sufrido algún daño?

—Algunas tuberías tienen grietas. Nada que no podamos controlar.

—Dame máxima velocidad, hasta el último nudo que puedas arrancar a tus motores. Hemos de salir cagando leches antes de que el destructor nos despedace.

—Hecho.

Fue entonces cuando Cabrillo reparó en que sus Oerlikon habían enmudecido. Se quedó petrificado y contempló los dos çañones posados sobre una enorme caja de madera, con las cuatro paredes vaporizadas. Las bocas apuntaban impotentes al destructor, como desechadas. Los proyectiles de treinta y siete milímetros habían cercenado sus controles electrónicos automáticos. Supo con agonizante certeza que, sin su protección, sus posibilidades de supervivencia disminuían a cada segundo que transcurría. Se dio cuenta demasiado tarde de que la popa del *Oregon* se hundía y la proa se alzaba, cuando los poderosos motores de Hanley impulsaron el barco hacia adelante. Por primera vez, experimentó temor y desesperación, mientras contemplaba las bocas de los cañones de cien milímetros del destructor, a la espera de destruir su barco y a su tripulación.

Había olvidado por un momento la batalla campal que tenía lugar en la cubierta. Parpadeó y miró hacia abajo. Cuerpos ensangrentados estaban amontonados y dispersos, como si hubieran vaciado un camión de desperdicios humanos en mitad de la calle. Sintió que la bilis ascendía a su garganta. La carnicería había durado menos de dos minutos, y no había dejado a ningún hombre sin su herida correspondiente. Al menos, eso pensaba.

Entonces, como a cámara lenta, vio que un hombre se ponía en pie y empezaba a cruzar tambaleante la cubierta, en dirección a los Oerlikon.

Aunque protegidos por los chalecos antibalas que rodeaban sus torsos, James y Meadows se habían desplomado con heridas en las piernas. Seng había recibido dos balas en el brazo derecho. Con la espalda apoyada contra la barandilla, desgarró la manga y la apretó contra las heridas para detener la hemorragia. Giordino estaba tendido a su lado, apenas consciente. Un marinero chino le había golpeado en la cabeza con la culata de un rifle automático, en el mismo instante que Giordino hundía su puño en el estómago de su enemigo, casi hasta tocarle las vértebras. Los dos hombres se habían derrumbado juntos sobre cubierta, el marinero retorciéndose de dolor y jadeando en busca de aire, Giordino casi sin sentido.

Pitt, después de comprobar que su amigo no estaba herido de gravedad, se quitó el chaquetón con los brazos de maniquí y se arrastró hacia los Oerlikon silenciosos, mientras mascullaba:

—Dos veces. Para no creérselo. Dos veces en el mismo sitio.

Apretaba una mano contra la herida, apenas un par de centímetros sobre el agujero, todavía vendado, practicado por la bala que le había atravesado la cadera en Orion Lake. La otra mano aferraba una pistola automática china que había arrebatado a un marinero muerto.

Cabrillo seguía presenciando con incredulidad la escena: Pitt, avanzando entre la lluvia de proyectiles de treinta y siete milímetros que barría la cubierta de carga del *Oregon*. Pitt las oía pasar junto a su cabeza y sentía la brisa que producían, que acariciaba su cara y cuello. Fue un milagro que no le alcanzara ninguno durante su breve desplazamiento hasta los Oerlikon.

No era agradable ver la cara de Pitt. A Cabrillo se le antojó una máscara de furia demoníaca, con un brillo de rabiosa determinación en sus ojos verdes, encendidos como brasas. Era una cara que Cabrillo nunca olvidaría. Jamás había visto a un hombre que despreciara con tal indiferencia a la muerte.

Por fin, después de lograr lo que parecía imposible, Pitt levantó la pistola automática y cortó a balazos los restos del cable que conducía a la sala de conducción de tiro, con lo cual dio libertad de movimientos a los cañones. Se colocó detrás de ellos y tomó el control manual. Su mano derecha aferró el mecanismo de disparo, que había sido instalado pero nunca probado. Fue como si el viejo *Oregon* hubiera resucitado, como cuando un boxeador al límite de las fuerzas se levanta antes de que termine la cuenta hasta diez y empieza a pegar de nuevo. Su blanco no fue el que Cabrillo esperaba. En lugar de rociar el puente del *Chengdo* y los cañones de treinta y siete milímetros, Pitt dirigió los mil cuatrocientos proyectiles por minuto de los Oerlikon contra la torreta, cuyos cañones de cien milímetros se disponían a destruir al carguero.

Pese a que parecía un gesto inútil de desafío (el diluvio de pequeños proyectiles se limitaba a rebotar en la torreta blindada), Cabrillo comprendió la intención de Pitt. Una locura, pensó, la locura desatada de pretender lo imposible. Aún con un sólido apoyo donde descansar el cañón del rifle, sólo un tirador de primera habría conseguido introducir una bala por la boca de uno de los cañones, montados en la torreta de un barco que se mecía con las olas. No obstante, Cabrillo subestimaba la aterradora potencia de los Oerlikon que Pitt manejaba, sin darse cuenta de que la ley de los promedios estaba de su parte. Tres proyectiles, uno detrás de otro, entraron por la boca del cañón central, hicieron impacto en el proyectil que acababan de cargar y detonaron su cabeza casi en el mismo instante que era disparado.

En un momento robado al infierno, el enorme proyectil de 100 mm estalló, y provocó por simpatía otra explosión dentro de la torreta, que la abrió como una lata de conservas y convirtió al instante en una lluvia de fragmentos de acero mellado. Entonces, los dos últimos torpedos del *Oregon* se estrellaron contra el casco del *Chengdo*, y uno de ellos entró milagrosamente por el hueco que había practicado uno de sus predecesores. El destructor se estremeció cuando un trueno ensordecedor estalló en sus entrañas, hasta el punto de que el casco casi se elevó del agua. Una bola de fuego floreció a su alrededor, y después, como un monstruoso animal herido de muerte, se estremeció y murió. Tres minutos después se había hundido con un gran siseo, al tiempo que una columna de humo negro se alzaba hacia la noche, ocultando las estrellas.

La onda de choque golpeó al *Oregon*, y la posterior oleada procedente del destructor hundido lo sacudió como si estuviera en medio de un terremoto. Cabrillo no había presenciado la agonía final del *Chengdo*. Sólo segundos antes de que los disparos de Pitt convirtieran al destructor en una carcasa humeante, los cañones ligeros chinos habían concentrado su fuego en el puente, hasta convertirlo en un caos de escombros y astillas de cristal, como si mil almádenas lo hubieran golpeado. Cabrillo sintió que el aire se rasgaba a su alrededor en un concierto de explosiones. Agitó los brazos cuando fue alcanzado y salió disparado desde el puente al interior de la timonera. Cayó al suelo, cerró los ojos con fuerza, rodeó con los brazos la bitácora de latón y se sujetó. Un proyectil había atravesado su pierna derecha por debajo de la rodilla, pero Cabrillo no experimentaba dolor. Entonces oyó una tremenda explosión y notó una fortísima corriente de aire, tras lo cual se hizo un silencio de muerte.

En la cubierta de abajo, Pitt soltó el mecanismo de disparo y volvió sobre sus pasos para ayudar a Giordino. Lo levantó, Giordino pasó el brazo alrededor de la cintura de Pitt para sostenerse, y después la retiró. Contempló su mano teñida de rojo.

—Me parece que has desarrollado una vía de agua.

Pitt le dirigió una tensa sonrisa.

—Recuérdame que meta el dedo dentro.

Tranquilizado al saber que la herida de Pitt no era grave, Giordino señaló a Seng y a los demás.

—Estos chicos están heridos de gravedad. Hemos de ayudarles.

—Haz lo que puedas para ponerlos cómodos, hasta que el médico del barco pueda atenderles —dijo Pitt, mientras miraba hacia las ruinas de lo que había sido el puente, ahora una masa retorcida de cascotes—. Si Cabrillo sigue con vida, debería ayudarle.

La escalerilla que conducía al ala del puente desde la cubierta de carga era un fragmento retorcido de hierro, y Pitt tuvo que escalar la masa de acero que había sido la superestructura de proa para llegar a la timonera. Un silencio absoluto reinaba en el destrozado interior. Los únicos sonidos procedían de la vibración de los motores y del agua que cortaba la proa del barco malherido. Pitt entró poco a poco y se abrió paso entre los escombros.

No vio los cadáveres del timonel o del segundo de a bordo, pues todos los sistemas de combate se habían operado desde el centro de control, situado bajo el castillo de proa. Cabrillo había observado y dirigido la batalla solo desde el puente, que apenas se utilizaba. Casi inconsciente, distinguió una silueta borrosa que se acercaba y echaba a un lado los restos astillados de la puerta. Intentó incorporarse. Una pierna respondió, pero la otra carecía de fuerza. Sus pensamientos parecían perdidos en una niebla impenetrable. Sólo fue consciente de que alguien se arrodillaba a su lado.

—Su pierna ha recibido un feo impacto —dijo Pitt, mientras desgarraba su camisa y la apretaba sobre la herida para cortar la hemorragia—. ¿Cómo está el resto?

Cabrillo alzó los despojos de una pipa destrozada.

—Esos bastardos han estropeado mi mejor pipa.

—Tuvo suerte de que no fuera su cabeza.

Cabrillo agarró el brazo de Pitt.

—Usted lo logró. Pensaba que iba directo al infierno.

—¿Nadie le ha dicho que soy indestructible —sonrió Pitt—, debido sobre todo al chaleco antibalas que me sugirió llevar?

—¿Y el *Chengdo*?

—Descansando en el fondo de los mares de China.

—¿Supervivientes del destructor?

—Hanley ha puesto sus motores a toda velocidad. Creo que no abriga la menor intención de disminuir la velocidad, dar media vuelta y volver a mirar.

—¿Hemos sufrido daños graves? —preguntó Cabrillo, mientras sus ojos empezaban a enfocarse de nuevo.

—Aparte de que parece que Godzilla haya pisoteado el *Oregon*, nada que unas cuantas semanas en un astillero no puedan curar.

—¿Bajas?

—Cinco o seis heridos, incluido usted. Que yo sepa, no hay muertos ni heridos bajo cubierta.

—Quiero darle las gracias —dijo Cabrillo. Sentía que se estaba debilitando debido a la pérdida de sangre, y quería ir al grano—. Me engañó a mí y a los chinos con ese juego de manos. Si usted no los hubiera eliminado, el desenlace habría sido muy diferente.

—Cuatro hombres excelentes me prestaron su ayuda —dijo Pitt, mientras apretaba el torniquete en la pierna de Cabrillo.

—Hacen falta muchos huevos para correr por una cubierta rociada de balas.

Como ya no podía hacer nada más hasta que Cabrillo fuera conducido al hospital del barco, Pitt se sentó y miró al presidente de la empresa.

—Creo que lo llaman locura temporal.

—De todos modos —dijo Cabrillo con voz débil—, salvó al barco y a todos los tripulantes.

Pitt le dirigió una sonrisa cansada.

—¿La empresa me concederá una prima en la próxima reunión de la junta directiva?

Cabrillo quiso decir algo, pero se desmayó justo cuando Giordino, seguido por dos hombres y una mujer, entraban en la timonera destrozada.

—¿Está muy mal? —preguntó Giordino.

—La parte inferior de su pierna cuelga por un hilo —dijo Pitt—. Si el médico del barco es tan hábil y profesional como los demás integrantes de la tripulación, estoy seguro de que se la podrá pegar de nuevo.

Giordino miró la sangre que empapaba los pantalones y la cadera de Pitt.

—¿Has pensado alguna vez en pintarte un blanco en el culo?

—¿Para qué molestarse? —replicó Pitt con un destello en los ojos—. Nunca fallan.

20

Aunque casi todos los visitantes de Hong Kong lo ignoran, el territorio cuenta con 235 islas exteriores. Consideradas la otra cara del bullicioso distrito comercial que se alza frente a Kowloon, las viejas aldeas de pescadores y la pacífica campiña se ven embellecidas por granjas pintorescas y antiguos templos. La mayoría de islas son menos accesibles que Cheung Chau, Lamma y Lantau, cuyas poblaciones oscilan entre ocho mil y veinticinco mil habitantes, y muchas siguen todavía hoy deshabitadas.

Cuatro millas al sudoeste de la ciudad de Aberdeen, en Repulse Bay, la isla de Tia Nan se eleva de las aguas del canal de East Lamma, sobre un estrecho canal de la península de Stanley. Es pequeña, no mide más de un kilómetro y medio de diámetro. En su pico, que sobresale de un promontorio elevado sesenta metros sobre el mar, se alza un monumento a la riqueza y el poder, una manifestación del egoísmo supremo.

Al principio un monasterio taoísta construido en 1789 y dedicado a Ho Hsie Ku, uno de los inmortales del taoísmo, el templo principal y otros tres templos más pequeños que lo circundan fueron abandonados en 1949. En 1990 fue adquirido por Qin Shang, a quien dominaba la obsesión de crear una propiedad palaciega que fuera la envidia de todos los hombres de negocios y políticos influyentes del sudeste de China.

Los jardines interiores, protegidos por un muro alto y cancelas bien custodiadas, fueron diseñados con sentido artístico y plantados con los árboles y flores más extraños del mundo. Maestros artesanos se encargaron de duplicar antiguos motivos decorativos. Fueron traídos artesanos de toda China para remodelar el monasterio y transformarlo en una gloriosa exposición de la cultura china. La armoniosa arquitectura fue conservada y mejorada para exhibir la inmensa colección de tesoros artísticos de Qin Shang. Su búsqueda de treinta años abarcaba objetos artísticos desde la prehistoria de China hasta el final de la dinastía Ming, en 1644. Suplicó, engatusó y sobornó a los burócratas de la República Popular China para que le vendieran antigüedades y obras de arte de incalculable valor, cualquier tesoro artístico al que le pudiera poner la mano encima.

Sus agentes peinaron todas las grandes casas de subastas de Europa y América, investigaron todas las colecciones privadas de todos los continentes en busca de exquisitos objetos chinos. Qin Shang compraba y compraba con un fanatismo que sorprendía a sus escasos amigos y socios de negocios. Pasado un período de tiempo apropiado, lo que no podía ser comprado fue robado y trasladado a hurtadillas a su mansión. Lo que no podía exhibirse por falta de espacio, o constaba como robado, se guardaba en almacenes de Singapur, pero no de Hong Kong, porque sospechaba que los burócratas de la República Popular intentarían algún día confiscarle sus tesoros para apoderarse de ellos.

Al contrario que muchos de sus contemporáneos superricos, Qin Shang nunca adoptó el «estilo de vida de los ricos y famosos». Desde que robó su primera moneda hasta que ganó su tercer millardo, no dejó de porfiar en extender sus operaciones comerciales, ni cesó en su maníaco e interminable objetivo de coleccionar las riquezas culturales de China.

Cuando compró el monasterio, el primer proyecto de Qin Shang fue ensanchar y pavimentar el sendero tortuoso que conducía a los templos desde un pequeño puerto, para que los materiales de construcción, y más tarde sus obras de arte y muebles, pudieran ser transportados colina arriba mediante vehículos. Quería algo más que reconstruir y remodelar sus templos, mucho más. Deseaba crear un efecto sorprendente, jamás logrado en residencia privada o en cualquier otro edificio que un solo individuo hubiera dedicado a la acumulación de objetos artísticos, salvo quizá el Hearst Castle de San Simeon (California).

Se tardaron cinco años en terminar el trabajo de remodelación del paisaje y el decorado del interior de los templos. Otros seis meses transcurrieron antes de que se colocaran en su sitio muebles y objetos de arte. El templo principal pasó a ser la residencia y complejo de recreo de Qin Shang, que incluía una sala de billar decorada con todo lujo y una inmensa piscina climatizada exterior e interior, que formaba un círculo de más de cien metros. El complejo también contaba con dos pistas de tenis y un pequeño campo de golf de nueve hoyos. Los otros templos más pequeños se convirtieron en pabellones de invitados. Por fin, Qin Shang lo llamó la Casa de Tin Hau, la patrona y diosa de los navegantes.

Qin Shang era extremista en lo tocante a la perfección. Nunca paraba de embellecer sus amados templos. El complejo parecía estar siempre en un estado de actividad constante, debido a los cambios de diseño y a los costosos detalles que enriquecían la creación del magnate. Los gastos eran enormes, pero poseía dinero más que suficiente para dedicarse a su pasión. Sus catorce mil objetos de arte eran la envidia de todos los museos del mundo. Galerías y coleccionistas le asediaban con ofertas incesantes, pero Qin Shang sólo compraba. Nunca vendía.

Una vez finalizada, la Casa de Tin Hau era majestuosa y magnífica. Se cernía sobre el mar como un espectro que custodiara los secretos de Shang.

Una invitación a visitar la Casa de Tin Hau siempre era aceptada con sumo placer por las realezas asiáticas y europeas, los líderes mundiales, asiduos de la prensa del corazón, magnates y estrellas de cine. Los invitados, que por lo general llegaban al aeropuerto internacional de Hong Kong, eran transportados de inmediato en un gigantesco helicóptero a una pista de aterrizaje situada fuera del complejo. Los altos funcionarios estatales, o aquellos que pertenecían a alguna elite concreta, eran trasladados por mar a la increíble mansión flotante de Qin Shang, de sesenta metros de largo, el tamaño de un pequeño crucero, diseñado y construido en sus propios astilleros. Nada más llegar, la servidumbre recibía a los invitados, y los acompañaba a lujosos carruajes en los que recorrían el breve trayecto que les separaba de sus aposentos, donde ya tenían asignados doncellas y criados para toda su estancia. También se les informaba de los horarios de las comidas y les preguntaban si preferían algún plato o vino en particular.

Los invitados, maravillados por el esplendor y la grandiosidad de los templos reconstruidos, se relajaban en los jardines, haraganeaban alrededor de la piscina o trabajaban en la biblioteca, atendida por secretarias muy profesionales y que estaba provista de las últimas publicaciones, sistemas informáticos y de comunicaciones para hombres de negocios y estadistas, con el fin de que permanecieran en contacto con sus diversas oficinas.

Las cenas siempre eran formales. Los invitados se congregaban en una inmensa antecámara, que consistía en un exuberante jardín tropical con cascadas, estanques llenos de carpas de colores y una neblina levemente perfumada que surgía de unos tubos dispuestos en el techo. Las mujeres se sentaban bajo sombrillas de seda, teñidas con sentido artístico, con el fin de proteger sus peinados. Después de los aperitivos, se reunían en la gran sala del templo que hacía las veces de comedor, y se sentaban en enormes sillas talladas con patas y apoyabrazos en forma de dragón. Los cubiertos eran opcionales: palillos para los invitados orientales, utensilios de oro para los acostumbrados a los gustos occidentales. En lugar de la tradicional mesa larga rectangular con el anfitrión sentado a su cabecera, Qin Shang prefería una inmensa mesa circular, con los invitados espaciados sin apreturas alrededor de ella. En una sección de la mesa se había abierto un estrecho pasillo, para que esbeltas y sensuales mujeres chinas, ataviadas con hermosos y ceñidos trajes de seda, con cortes hasta la altura del muslo, pudieran servir una multitud de platos nacionales desde dentro. Para la mente creativa de Qin Shang, este método era mucho más práctico que el de servir por encima del hombro del invitado.

Una vez estaba sentado todo el mundo, Qin Shang hacía acto de aparición en un ascensor que surgía del suelo. Por lo general, vestía las caras ropas de seda de un mandarín y se sentaba en un antiguo trono, elevado cinco centímetros sobre las sillas de sus invitados. Indiferente a la importancia o la nacionalidad de los huéspedes, Qin Shang actuaba como si cada cena fuera una ceremonia y él un emperador.

Como era de prever, los invitados disfrutaban de cada minuto de las cenas, que eran más bien un festín. Terminado el ágape, Qin Shang les acompañaba hasta un lujoso teatro, donde les pasaban las últimas películas de moda, traídas en avión desde todos los países del mundo. Se sentaban en mullidas sillas de terciopelo y utilizaban auriculares que traducían los diálogos a su idioma natal. La película terminaba hacia medianoche.

Se servía un bufé frío y los invitados se mezclaban entre sí, mientras Qin Shang desaparecía en una sala de estar privada, con uno o dos invitados selectos, para hablar sobre los mercados mundiales o ultimar acuerdos de negocios.

Aquella noche, Qin Shang requirió la presencia de Zhu Kwan, el erudito de setenta años que era el historiador más respetado de China. Kwan era un hombrecito de rostro sonriente y pequeños ojos castaños, de pestañas muy espesas. Le invitó a sentarse en una butaca de madera muy cómoda, tallada con leones, y le ofreció una taza pequeña de la dinastía Ming de licor de melocotón.

Qin Shang sonrió.

—Quiero darle las gracias por venir, Zhu Kwan.

—Agradezco su generosidad —contestó Zhu Kwan—. Es un gran honor haber sido invitado a su espléndida casa.

—Usted es la mayor autoridad de nuestro país sobre historia y cultura antigua chinas. Solicité su presencia porque quería conocerle y hablar de una posible empresa mutua.

—Debo suponer que desea mi ayuda en alguna investigación.

Qin Shang asintió.

—Exacto.

—¿En qué puedo ayudarle?

—¿Ha examinado con atención alguno de mis tesoros?

—Ya lo creo. Para un historiador, es una oportunidad poco frecuente estudiar de primera mano las más grandes obras de arte de nuestro país. No tenía ni idea de que todavía existieran tantas piezas de nuestro pasado. Se pensaba que muchas de ellas se habían perdido. Los magníficos incensarios de bronce incrustados de oro y piedras preciosas de la dinastía Chou, la carroza de bronce con el conductor de tamaño natural y cuatro caballos, de la dinastía Han...

—¡Falsificaciones, réplicas! —le interrumpió Qin Shang en una repentina exhibición de tribulación—. Lo que usted considera obras maestras de nuestros antepasados fueron recreadas a partir de fotografías de los originales.

Zhu Kwan se mostró estupefacto y desilusionado al mismo tiempo.

—Parecen tan perfectas. Me engañaron por completo.

—No, si tuviera tiempo para estudiarlas en condiciones de laboratorio.

—Sus artesanos son extraordinarios. Tan hábiles como los de hace mil años. En el mercado actual, sus obras de encargo valdrán una fortuna.

Qin Shang se reclinó en su silla.

—Es cierto, pero las reproducciones no valen lo que los objetos genuinos. Por eso me ha complacido tanto que aceptara mi invitación. Me gustaría que confeccionara un inventario de los tesoros artísticos cuya existencia se conocía antes de 1948, pero que han desaparecido desde entonces.

Zhu Kwan le miró fijamente.

—¿Está dispuesto a pagar una enorme suma de dinero por esa lista?

—Sí.

—En tal caso, a finales de semana tendrá un inventario completo, con todos los tesoros artísticos desaparecidos en los últimos cincuenta o sesenta años. ¿Desea que se lo entregue aquí o en su oficina de Hong Kong?

Qin Shang le miró intrigado.

—Se trata de un encargo excepcional. ¿Está seguro de que podrá satisfacer mi petición en un plazo de tiempo tan breve?

—Ya he acumulado una descripción detallada de los

tesoros por un período que abarca treinta años —explicó Zhu Kwan—. Fue una tarea llena de amor, para mi satisfacción personal. Sólo le pido unos días para ordenarla. Después se la entregaré gratis.

—Es muy amable, pero no soy un hombre que pide favores sin compensación.

—No aceptaré dinero. Sin embargo, hay una condición.

—Sólo tiene que decirla.

—Le pido humildemente que utilice sus amplios recursos en el intento de localizar los tesoros perdidos, para que puedan ser devueltos al pueblo de China.

Qin Shang asintió con solemnidad.

—Le prometo utilizar todos mis recursos. Aunque sólo he dedicado quince de sus treinta años en la investigación, lamento decir que los progresos han sido escasos. El misterio es tan profundo como la desaparición de los huesos del hombre de Pekín.

—¿Usted tampoco ha encontrado pistas? —preguntó Zhu Kwan.

—La única clave de una posible solución se encuentra en un barco llamado *Princess Dou Wan*, según mis agentes.

—Lo recuerdo bien. Viajé en él con mis padres a Singapur cuando era pequeño. Era un hermoso barco. Si no recuerdo mal, era propiedad de la Canton Lines. Yo mismo busqué pistas de su desaparición hace unos años. ¿Cuál es su relación con los tesoros artísticos perdidos?

—Poco después de que Chiang Kai-shek saqueara los museos nacionales y expoliara las colecciones privadas de los tesoros artísticos de nuestros antepasados, el *Princess Dou Wan* zarpó con rumbo desconocido. Nunca llegó a él. Mis agentes no han encontrado ni rastro de testigos oculares. Parece que muchos de ellos desaparecieron en circunstancias misteriosas. En tumbas anónimas, sin duda, cortesía de Chiang Kai-shek, quien no deseaba que los comunistas se enterasen de la misión del barco.

—¿Cree que Chiang Kai-shek trató de llevarse los tesoros en el *Princess Dou Wan*?

—La coincidencia, así como peculiares acontecimientos, me hacen pensar que sí.

—Eso respondería a muchas preguntas. Los únicos documentos que pude encontrar sobre el *Princess Dou Wan* insinuaban que se perdió camino del desguace de Singapur.

—De hecho, su pista se pierde en el mar, al oeste de Chile, donde se informó de que habían recibido un SOS de un barco llamado *Princess Dou Wan*, antes de que se hundiera con todos sus tripulantes durante una violenta tormenta.

—Ha trabajado bien, Qin Shang —dijo Zhu Kwan—. Tal vez ahora pueda solucionar el enigma.

Qin Shang meneó la cabeza.

—Es más fácil decirlo que hacerlo. Se podría haber hundido en cualquier parte dentro de una zona de seiscientos kilómetros cuadrados. Un occidental diría que es como buscar una aguja en un pajar.

—No hay que dejarse desanimar por las dificultades. Es preciso llevar a cabo una búsqueda. Nuestros tesoros nacionales han de ser recuperados.

—Estoy de acuerdo. Para eso mandé construir un barco de investigación e inspección. Mi tripulación ha estado recorriendo la zona durante seis meses, y no ha visto la menor indicación en el fondo marino de un casco que coincidiera con el tamaño y la descripción del *Princess Dou Wan*.

—Le ruego que no ceje en su empeño —dijo con solemnidad Zhu Kwan—. Descubrir y devolver los objetos para que se exhiban en los museos y galerías de la República le proyectaría hacia la inmortalidad.

—Es el motivo de que le haya invitado esta noche. Le ruego que se esfuerce al máximo en encontrar una pista del paradero final del barco. Le pagaré bien por cada nueva información que descubra.

—Es usted un gran patriota, Qin Shang.

Cualquier esperanza que albergara Zhu Kwan sobre los nobles ideales de Qin Shang se vio pronto desechada. Qin Shang le miró y sonrió.

—A lo largo de mi vida he acumulado grandes riquezas y poder. No busco la inmortalidad. Lo hago porque no puedo morir frustrado. No descansaré hasta que los tesoros sean encontrados y recuperados.

El velo que ocultaba las pérfidas intenciones de Qin Shang se había rasgado. El multimillonario no era un moralista. Si la suerte le sonreía y encontraba el *Princess Dou Wan*, así como su precioso cargamento, tenía todas las intenciones de quedárselo. Todas las piezas, grandes o pequeñas, pasarían a formar parte de la colección oculta que sólo Qin Shang disfrutaba.

Qin Shang estaba tumbado en la cama, leyendo informes financieros sobre su vasto imperio económico, cuando el teléfono de la mesilla de noche sonó con suavidad. Al contrario que muchos hombres solteros de su posición, solía dormir solo. Admiraba a las mujeres y convocaba a alguna en las escasas ocasiones que sentía deseo, pero su pasión eran los negocios y las finanzas. Pensaba que fumar y beber eran una pérdida de tiempo, y la seducción también. Era demasiado disciplinado para una relación vulgar. Sólo sentía asco por los hombres poderosos y ricos que se perdían en la disipación y la lujuria.

El teléfono sonó.

—¿Sí?

—Me pidió que le llamara a cualquier hora —dijo la voz de su secretaria, Su Zhong.

—Sí, sí —dijo impaciente, pues habían interrumpido el curso de sus pensamientos—. ¿Cuál es el último informe sobre el *United States*?

—Zarpó de su muelle a las siete de esta noche. Todos los sistemas automáticos funcionan con normalidad. A menos que encuentre una fuerte tormenta en alta mar, debería llegar a Panamá en un tiempo récord.

—¿Hay una tripulación preparada para subir a bordo y cruzar el canal?

—Se han hecho los preparativos. En cuanto el barco entre en el Caribe, la tripulación volverá a conectar los sistemas automáticos para el viaje hasta Sungari y el desembarco.

—¿Alguna noticia sobre los intrusos que penetraron en el astillero?

—Sólo que fue una operación muy profesional y se utilizó un sumergible muy sofisticado.

—¿Y mi equipo de seguridad submarino?

—Sus cuerpos han sido encontrados. No sobrevivió ninguno. Parece que la mayoría murió a causa de contusiones. La patrullera fue encontrada en el muelle de la Autoridad Portuaria, pero la tripulación ha desaparecido.

—¿Ha sido abordado e investigado el carguero de matrícula iraniana que estaba amarrado cerca del astillero?

—Se llama *Oregon*. Zarpó un poco antes que el *United States*. Según nuestras fuentes en el Mando Naval, fue perseguido a solicitud suya por el capitán Yu Tien, del crucero *Chengdo*. Su último mensaje decía que el carguero estaba al pairo y enviaba una partida de abordaje para inspeccionarlo.

—¿No se ha sabido nada del capitán Yu Tien desde entonces?

—Sólo silencio.

—Tal vez esa partida de abordaje descubrió pruebas acusadoras, y se ha apoderado del barco y de la tripulación con el máximo secreto.

—No cabe duda de que la situación es ésa —admitió Su Zhong.

—¿Qué más tienes para mí?

—Sus agentes también están interrogando al guardia de la puerta principal, el cual afirmó que tres hombres, uno de ellos con el uniforme de un oficial de seguridad, presentaron credenciales robadas y entraron en un Rolls-Royce en el astillero. Se cree que fueron directamente al *United States*, pero esto no podrá verificarse, porque todos los guardias recibieron la orden de abandonar el muelle antes de que zarpara.

—Quiero respuestas —dijo Qin Shang, irritado—. Quiero saber qué organización es responsable del espionaje de mis operaciones. Quiero saber quién se halla detrás de la intrusión y las muertes de los agentes de seguridad.

—¿Desea que Pavel Gavrovich dirija la investigación? —preguntó Su Zhong.

Qin Shang reflexionó un momento.

—No. Quiero que se concentre en la eliminación de Dirk Pitt.

—Según el último informe, Pitt estaba en Manila.

—¿En Filipinas? —dijo Qin Shang, perdiendo la compostura—. ¿Pitt estaba en Filipinas, a sólo dos horas en avión de Hong Kong? ¿Por qué no he sido informado?

—Gavrovich llamó hace sólo una hora. Siguió a Pitt hasta un astillero de Manila, donde él y su socio, Albert Giordino, fueron vistos cuando subían a bordo de un carguero iraní.

La voz de Qin Shang adquirió un tono sedoso y siniestro.

—¿El mismo carguero iraní que zarpó antes que el *United States*?

—La coincidencia aún no ha sido confirmada, pero todo indica que es el mismo.

—Pitt está mezclado de algún modo en todo este asunto. Como director de proyectos especiales de la Agencia Nacional Marina y Submarina, es lógico suponer que sabe manejar y pilotar un sumergible. Pero ¿qué interés puede tener la NUMA en mis operaciones?

—Parece que su intervención en Orion Lake fue accidental, pero es posible que ahora esté trabajando para otra agencia de investigación de Estados Unidos, como la CIA o el INS.

—Es muy posible —dijo Qin Shang, con hostilidad latente en su voz—. Ese demonio ha demostrado ser mucho más destructivo de lo que yo pensaba. —Transcurrieron algunos segundos en silencio—. Informe a Gavrovich de que le concedo la máxima autoridad y un presupuesto ilimitado para descubrir y frustrar cualquier operación secreta contra Qin Shang Maritime.

—¿Y Dirk Pitt?

—Dígale a Gavrovich que aplace la muerte de Pitt hasta que regrese.

—¿A Manila?

La respiración de Qin Shang era agitada, y sus labios formaban una línea blanca y delgada.

—No; cuando regrese a Washington.

—¿Por qué está tan seguro de que volverá a la capital estadounidense?

—Al contrario que tú, Su Zhong, que sabes leer a la gente mediante fotografías, yo he estudiado la historia de ese hombre desde que nació hasta que destruyó mi proyecto de Orion Lake. Confía en mí cuando te digo que volverá a su casa a la primera oportunidad.

Su Zhong se estremeció levemente, sabiendo lo que se avecinaba.

—¿Está hablando del hangar de aviones donde vive con su colección de coches antiguos?

—Exacto —siseó como una serpiente Qin Shang—. Pitt contemplará horrorizado el espectáculo de sus preciosos automóviles quemándose. Hasta es posible que me tome la molestia de verle arder con ellos.

—Su agenda no le lleva a Washington la semana que viene. Hay citas concertadas con los directores de su empresa en Hong Kong y con autoridades del gobierno en Pekín.

—Cancélalas —dijo Shang con un ademán de indiferencia—. Concierta citas con mis amigos del Congreso. Y también con el presidente. Ya es hora de que calme las dudas que pueda abrigar sobre Sungari. —Hizo una pausa y sus labios esbozaron una sonrisa siniestra—. Además, creo apropiado estar cerca cuando Sungari se convierta en el primer puerto de embarque de Estados Unidos.

21

Cuando el sol salió, el *Oregon* surcaba un mar sereno, bajo un cielo despejado, a una velocidad de treinta nudos. Con los depósitos de lastre vacíos para elevar el casco y reducir la resistencia del agua, constituía una visión extraña, con la popa hundida en el agua, en la que se formaba espuma blanca debido a las hélices, y la proa alzada sobre los senos antes de coronar la cresta de otra ola. Durante la noche habían limpiado de escombros la cubierta del carguero, mientras el médico trabajaba sin descanso para vendar heridas y atender a quienes habían sufrido heridas graves. El *Oregon* sólo había perdido a un hombre, que tuvo la desgracia de ser alcanzado en la cabeza por fragmentos del proyectil de 100 mm que había estallado en la sección superior de popa. Ninguno de los heridos se encontraba en estado crítico. El médico también había conseguido salvar la vida de casi todos los marineros chinos, excepto seis. Los dos oficiales habían muerto y fueron arrojados por la borda, junto con los hombres que no habían sobrevivido.

Las mujeres que servían a bordo del *Oregon* se transformaron en enfermeras, ayudaron al médico y atendieron a los heridos. La mala suerte de Pitt no cejó. En lugar de que una atractiva enfermera le vendara la herida de la cadera, cayó en manos de la cabo de mar (su cargo en la estructura corporativa de Cabrillo era coordinadora de suministros y logística), que medía un metro ochenta y pesaba cien kilos. Se llamaba Monica Crabtree y era de lo más alegre y habilidosa. Después de terminar, dio una palmada a Pitt en su trasero desnudo.

—Asunto arreglado. Puedo asegurarle que tiene un hermoso par de nalgas.

—¿Por qué será que las mujeres siempre se aprovechan de mí? —se quejó él, mientras se subía los calzoncillos.

—Porque somos lo bastante listas para ver a través de ese exterior de acero y saber que en su interior late el corazón de un sentimental.

Pitt la miró.

—¿Lee las palmas de las manos, o las nalgas?

—No, pero soy un as con las cartas del tarot. —Crabtree le dedicó una sonrisa seductora—. Pase por mi camarote algún día y se las tiraré.

Pitt habría preferido correr sobre carbones encendidos.

—Lo siento, pero saber mi futuro tal vez le sentaría mal a mi estómago.

Pitt entró cojeando en el camarote del presidente. No había litera para el presidente de la junta. Cabrillo estaba acostado en una cama doble, de cabecera tallada balinesa, bajo limpias sábanas verdes. En un soporte descansaban unos frascos de líquidos transparentes que le inyectaban mediante tubos. Teniendo en cuenta lo que había sufrido, su aspecto era razonablemente saludable. Estaba incorporado sobre unas almohadas y leía los informes sobre los daños, mientras fumaba en pipa. Pitt se entristeció al ver que le habían amputado la pierna por debajo de la rodilla. El muñón estaba alzado sobre una almohada, y una mancha roja se había extendido sobre el vendaje.

—Lamento lo de su pierna —dijo Pitt—. Confiaba en que el médico consiguiera pegarla.

—Ojalá —contestó Cabrillo con extraordinario valor—, pero el hueso estaba destrozado.

—Supongo que es absurdo preguntarle cómo se encuentra.

Cabrillo indicó el miembro amputado.

—No ha sido tan horrible. Al menos es por debajo de la rodilla. ¿Qué tal me sentaría una pata de palo?

Pitt se encogió de hombros.

—No imagino al presidente de la junta paseando por cubierta como un bucanero.

—¿Por qué no? Eso es lo que soy.

—Es evidente que no necesita la menor compasión.

—Lo que necesito es una buena botella de Beaujolais para compensar la hemorragia.

Pitt se sentó en una silla al lado de la cama.

—He oído que ha dado orden de esquivar las Filipinas.

Cabrillo asintió.

—Es cierto. Se debió de armar una buena cuando los chinos se enteraron de que habíamos hundido a uno de sus cruceros. Utilizarán todas las argucias del manual diplomático para que nos detengan y embarguen el barco si fondeamos en Manila.

—¿Cuál es nuestro destino?

—Guam. En territorio estadounidense estaremos a salvo.

—Lamento las bajas y heridas de su tripulación, así como los daños sufridos por el barco. Toda la culpa es mía. Si no hubiera insistido en retrasar su partida de Hong Kong, el *Oregon* habría salido bien librado.

—¿Se atribuye la culpa? ¿Piensa que es la causa de todo lo sucedido? No presuma tanto. Dirk Pitt no me ordenó que investigara en secreto el *United States*. Yo suscribí un contrato con el gobierno estadounidense para cumplir una misión. Todas las decisiones concernientes a la investigación fueron mías y sólo mías.

—Usted y su tripulación han pagado un precio muy elevado.

—Tal vez, pero la empresa recibió una recompensa muy alta. De hecho, nos han garantizado una suculenta prima.

—Aun así...

—Y una mierda. La misión se habría ido al carajo si Giordino y usted no hubieran averiguado todos esos detalles. Para nuestras agencias de inteligencia la información será considerada vital para la seguridad nacional.

—Lo único que averiguamos es que un antiguo transatlántico, vaciado de todo su equipo no esencial, y propiedad de un criminal, está navegando con destino a un puerto de Estados Unidos que también es propiedad del mismo criminal.

—Yo diría que es información importante.

—¿De qué sirve, si aún desconocemos los motivos?

—Confío en que adivinará la respuesta cuando vuelva a Estados Unidos.

—Es probable que no averigüemos nada sólido hasta que Qin Shang no descubra sus intenciones.

—*El Viejo Marinero* y el *Holandés Errante* tenían tripulaciones compuestas por fantasmas.

—Sí, pero son obras de ficción.

Cabrillo dejó la pipa sobre el cenicero. El cansancio empezaba a hacer mella en él.

—Mi teoría acerca de la voladura del canal de Panamá por el *United States* habría resultado sólida, si hubiera encontrado sus bodegas llenas de explosivos.

—Como el viejo destructor prestado durante un ataque a Saint-Nazaire durante la Segunda Guerra Mundial —dijo Pitt.

—El *Campbeltown*. Lo recuerdo. Los británicos lo atiborraron de explosivos y lo metieron en el gran dique seco del astillero de Saint-Nazaire para que los nazis no pudieran utilizarlo para reparar el *Tirpitz*. Con la ayuda de un temporizador, voló por los aires horas después, destruyó el dique seco y mató a más de un centenar de nazis que habían ido a verlo.

—Se necesitarían varios trenes de explosivos para volar un barco del tamaño del *United States*, junto con todo lo demás en dos kilómetros a la redonda.

—Qin Shang es capaz de casi todo. ¿Es posible que tenga en sus manos una bomba nuclear?

—¿Y qué si la tuviera? —dijo Pitt—. ¿De qué le serviría? ¿Para qué desperdiciar una buena bomba nuclear, a menos que el blanco sea de una magnitud notoria? ¿Qué ganaría destruyendo San Francisco, Nueva York o Boston? ¿Para qué gastar millones reconvirtiendo un transatlántico de casi trescientos metros en una bomba ambulante, cuando habría podido utilizar cualquier otro barco obsoleto? No, Qin Shang no es un terrorista fanático con una causa. Su credo es la dominación y la codicia. Sea cual sea su propósito, ha de ser tortuoso y brillante, uno en el que usted o yo no habríamos pensado ni en un millón de años.

—Tiene razón —suspiró Cabrillo—. Arrasar una ciudad y matar a miles de personas es una situación negativa para un hombre tan rico. Sobre todo, teniendo en cuenta que se podría seguir la pista del barco-bomba hasta Qin Shang Maritime.

—A menos...

—¿A menos?

Pitt le dirigió una mirada distante.

—A menos que el plan exigiera una cantidad de explosivos mínima.

—¿Con qué fin?

—Volar el fondo del *United States* y echarlo a pique.

—Eso es posible. —Los párpados de Cabrillo empezaban a cerrarse—. Es posible que esté en lo cierto.

—Eso explicaría por qué Al encontró todas las puertas de los camarotes de la tripulación y de las bodegas inferiores cerradas a cal y canto.

—Bien, todo cuanto necesita es una bola de cristal para predecir dónde pretende hundirlo Qin Shang... —murmuró Cabrillo, un segundo antes de dormirse.

Pitt salió en silencio del camarote de Cabrillo y cerró la puerta con cuidado.

Tres días después, el *Oregon* recogió al práctico, pasó por el canal de embarque y se situó junto al muelle de la terminal comercial de Guam. A excepción del muñón que ocupaba el lugar del mástil de popa y la popa pulverizada, su aspecto no era demasiado desastroso.

Una hilera de ambulancias esperaba en el muelle a los heridos para transportarlos al hospital de la estación naval de la isla. Se llevaron primero a los marineros chinos, seguidos de la tripulación. Cabrillo fue el último herido en abandonar el barco. Después de despedirse de la tripulación, Pitt y Giordino apartaron a los camilleros y lo bajaron por la pasarela.

—Me siento como el sultán de Bagdad —dijo Cabrillo.

—Le entregarán la factura en la ambulancia —replicó Giordino.

Llegaron a la ambulancia y depositaron la camilla sobre el muelle. Pitt miró a Cabrillo a los ojos.

—Ha sido un honor conocerle, señor presidente.

—Y un privilegio trabajar con usted, señor director de proyectos especiales. Si alguna vez decide abandonar la NUMA y quiere un trabajo que le permita surcar los siete mares y recalar en puertos exóticos, envíeme su currículum.

—No es que sea pesimista, pero el crucero a bordo

de su barco no ha sido beneficioso para mi salud. —Pitt hizo una pausa y contempló los costados oxidados del *Oregon*—. Parece extraño, pero voy a echarlo de menos.

—Yo también —admitió Cabrillo.

Pitt le dirigió una mirada interrogante.

—Se recuperará y volverá a bordo en un periquete.

Cabrillo negó con la cabeza.

—Después de este viaje no. El siguiente destino del *Oregon* es el desguace.

—¿Por qué? —preguntó Giordino—. ¿Se han llenado los ceniceros?

—Ya no es de utilidad.

—No lo entiendo —dijo Pitt—. Parece en plena forma.

—Se ha «expuesto», como dicen en la jerga de los espías —explicó Cabrillo—. Los chinos no se dejarán engañar por su fachada. En pocos días todos los servicios de inteligencia del mundo estarán sobre aviso. No; temo que sus días de reunir información secreta han terminado.

—¿Significa eso que va a disolver la empresa?

Cabrillo se incorporó, con ojos brillantes.

—Ni hablar. Nuestro agradecido gobierno ya se ha ofrecido a reformar otro barco, con tecnología de diseño, más grande, con motores más potentes y armamento más poderoso. Puede que sean necesarias algunas operaciones para pagar la hipoteca, pero los accionistas y yo no estamos dispuestos a cerrar el negocio.

—Le deseo la mejor de las suertes —dijo Pitt—. Tal vez podamos repetirlo algún día.

Cabrillo puso los ojos en blanco.

—Oh, Dios. Espero que no.

Giordino sacó uno de sus espléndidos cigarros y lo deslizó en el bolsillo de Cabrillo.

—Por si se cansa de su pipa maloliente.

Esperaron a que los camilleros lo metieran en la ambulancia. La puerta se cerró y el vehículo se alejó. Lo vieron desaparecer por una calle bordeada de palmeras, y entonces un hombre se acercó a ellos.

—¿El señor Pitt y el señor Giordino?

Pitt se volvió.

—Somos nosotros.

Un hombre adentrado en la sesentena, de barba y cabello cano, alzó una placa forrada en piel y una identificación. Llevaba pantalones blancos cortos, una camisa de seda floreada y sandalias.

—Mis superiores me han enviado para acompañarles al aeropuerto. Un avión les espera para transportarles a Washington.

—¿No es un poco mayor para jugar a agente secreto? —preguntó Giordino mientras examinaba la identificación del desconocido.

—Los viejos podemos pasar más inadvertidos que los jóvenes.

—¿Dónde está su coche? —preguntó Pitt.

El hombre señaló una furgoneta Toyota pequeña pintada con los alegres colores de un taxi local.

—Su carroza les aguarda.

—No sabía que la CIA les hubiera cortado el presupuesto de una manera tan drástica —comentó con sarcasmo Giordino.

—Nos las arreglamos con lo que tenemos.

Se apretujaron en la furgoneta, y veinte minutos después estaban sentados en un avión militar. Mientras rodaba por la pista de despegue de la base aérea de Guam, Pitt miró por la ventanilla y vio al veterano agente secreto apoyado contra su furgoneta, como asegurándose de que Pitt y Giordino abandonaban la isla. Al cabo de un minuto volaban sobre el paraíso isleño del Pacífico, con sus montañas volcánicas, cascadas selváticas y kilómetros de playas de arena blanca sobre las que oscilaban gráciles cocoteros. Los turistas japoneses invadían los hoteles y playas de Guam, pero no así los estadounidenses. Continuó mirando, mientras el avión sobrevolaba las aguas turquesas del interior del arrecife que rodeaba la isla y salía al mar.

Mientras Giordino dormitaba, Pitt devolvió sus pensamientos al *United States*, que surcaba el océano sobre el cual volaba. Algo terrible se maquinaba, una espantosa amenaza que sólo un hombre podía evitar. Pero Pitt sabía con total certeza que nada, salvo una muerte prematura, disuadiría a Qin Shang de su propósito.

Puede que el mundo sea un lugar donde escasean los políticos decentes, los búfalos blancos, los ríos incontaminados, santos y milagros, pero hay abundancia de villanos depravados. Algunos, como los asesinos múltiples, pueden matar a veinte o cien víctimas inocentes. Sin embargo, contando con los recursos adecuados, podrían matar a muchas más. Los hombres como Qin Shang, que poseen enormes caudales, pueden saltarse la ley y contratar a cretinos homicidas para que les hagan el trabajo sucio. El malvado multimillonario no era un general que sentía remordimientos por perder mil hombres en una batalla con tal de lograr su objetivo. Qin Shang era un asesino sociópata de sangre fría capaz de beber una copa de champán y cenar con magnificencia después de condenar a cientos de inmigrantes ilegales, muchos de ellos mujeres y niños, a una horrible muerte en las aguas heladas de Orion Lake.

Pitt estaba decidido a detenerlo, a cualquier precio, incluso matándole si se presentaba la ocasión. Se había implicado demasiado para volver atrás. Fantaseó sobre lo que podría pasar si alguna vez se encontraban. ¿Cuáles serían las circunstancias? ¿Qué diría a un genocida?

Pitt se quedó contemplando el techo de la cabina del avión. Nada era lógico. Fuera cual fuera el plan de Qin

Shang, lindaba con la locura. Y ahora, la mente de Pitt no paraba de dar vueltas. Por fin, pensó que sólo podía dormir y esperar a ver las cosas de otra manera cuando llegaran a Washington.

TERCERA PARTE

CANAL A NINGUNA PARTE

22

23 de abril del 2000
Río Atchafalaya, Luisiana

Entre los principales ríos del mundo, el Nilo proyecta un hechizo romántico desde el pasado, el Amazonas conjura imágenes de aventuras y peligros, y el Yangtze arroba el alma con los misterios de Oriente. Imágenes de faraones tendidos en barcazas reales impulsadas por cien remeros acuden a la mente... Los conquistadores españoles luchando y muriendo en un infierno verde... Juncos y sampanes chinos navegando por un agua que el cieno ha teñido de un tono pardoamarillento... Pero es el Misisipí el que en verdad cautiva la imaginación.

Gracias a los relatos de Mark Twain sobre grandes barcos fluviales con ruedas de paleta a los lados, que doblan un recodo y tocan el silbato cuando adelantan a Huck Finn y Tom Sawyer en su balsa, y a las batallas libradas a lo largo y ancho del río durante la guerra de secesión por acorazados unionistas y confederados, el pasado del Misisipí parece tan cercano que basta con rasgar un delgado velo para experimentarlo.

«El padre de los ríos», como lo llamaban los indios, el Misisipí es el único río de Estados Unidos que se cuenta entre los diez primeros del mundo. Tercero en longitud, tercero en cuenca, quinto en volumen, se extiende desde las fuentes de su afluente más largo, el Missouri, en Montana, hasta el golfo de México, en un recorrido de más de cinco mil kilómetros.

Casi tan fluido como el mercurio, siempre en busca del sendero que ofrezca la menor resistencia, el Misisipí ha cambiado de curso muchas veces a lo largo de los últimos cinco mil años, sobre todo después de que los mares alcanzaran los actuales niveles, al final del último período glaciar. Entre los años 1900 y 700 a.C., corría casi sesenta kilómetros al oeste de su curso actual. El río se desplazaba sin descanso de un lado a otro del estado de Luisiana, tallaba un canal antes de emigrar y abrir uno nuevo. Casi la mitad de Luisiana se formó gracias a las tremendas cantidades de lodo y arcilla depositadas por el Misisipí, transportadas desde lugares tan hacia el norte como Minnesota y Montana.

—Las aguas parecen tranquilas hoy —dijo un hombre sentado en un asiento elevado, que escrutaba desde la timonera del *George B. Larson*, un barco de inspección del Cuerpo de Ingenieros del Ejército.

El capitán Lucas Giraud, de pie ante la consola de control, se limitó a asentir, mientras pilotaba la embarcación y contemplaba el ganado que pastaba en los riberos del Misisipí, al sur de Luisiana.

Era el país cajún, la última avanzadilla de la cultura acadiana francesa. Camiones de reparto estaban aparcados bajo extensos árboles, al lado de cabañas de papel alquitranado alzadas sobre pilones. En las cercanías, pequeñas iglesias bautistas se elevaban de la tierra húmeda. Sus costados de madera despuntada dominaban cementerios con tumbas maltratadas por la intemperie. Soja y maíz crecían en el rico suelo, entre estanques obra del hombre destinados a granjas de siluros. Pequeñas ferreterías y colmados se asomaban a carreteras estrechas, frente a garajes rodeados de coches herrumbrosos e inutilizados, medio enterrados en la maleza verde que surgía por sus ventanillas rotas.

El general de división Frank Montaigne estudiaba el paisaje mientras el gran barco de inspección descendía por el río, invadido por una bruma matinal. Se acercaba a los sesenta años y vestía un traje gris claro, camisa azul a rayas y pajarita burdeos. Debajo de la chaqueta lucía un chaleco, embellecido por una cadena de reloj extendida entre los bolsillos. Un caro sombrero jipijapa estaba inclinado en un ángulo gallardo sobre el cabello gris acero que ondulaba hacia atrás desde las sienes. Las cejas habían conseguido retener su negrura y se arqueaban sobre unos ojos transparentes grisazulados. Tenía un aspecto pulcro, compensado por una dureza que existía aunque no pudiera verse. Su marca de fábrica, un bastón de sauce con una rana saltarina en el puño, descansaba sobre su regazo.

Montaigne conocía bien la naturaleza caprichosa del Misisipí. Para él era un monstruo condenado a moverse por un estrecho pasaje durante toda la eternidad. Casi siempre dormía, pero de vez en cuando perdía los estribos, invadía sus orillas y provocaba desastrosas inundaciones. La misión del general Montaigne y del Cuerpo de Ingenieros del Ejército, al cual representaba, consistía en controlar al monstruo y proteger a los millones de personas que vivían a lo largo de sus orillas y riberas.

Como presidente de la Comisión del Misisipí, Montaigne debía inspeccionar los proyectos de control del caudal una vez al año, a bordo de un remolcador habilitado con casi tanta ostentación como un crucero. En esos viajes iba acompañado por un grupo de altos oficiales del ejército, así como por su personal civil. Se detenía en muchas ciudades y puertos del río y celebraba conferencias con los habitantes, con el fin de escuchar sus sugerencias y quejas sobre la influencia del río en su vida.

A Montaigne le disgustaba comer y beber con las autoridades locales, rodeado por la pompa de su cargo. Prefería los circuitos de inspección relámpagos que efectuaba en un barco de inspección vulgar, sin más compañía que el capitán Giraud y su tripulación. De esta forma, sin distracciones, podía examinar de primera mano los trabajos de los muros de contención dispuestos a lo largo de las riberas para reducir la erosión, los espigones de roca y las esclusas de navegación.

El Cuerpo de Ingenieros del Ejército es el responsable de la lucha interminable contra las crecidas. Lanzaron el primer ataque para domar al Misisipí a principios del siglo XIX. Después de construir fortificaciones a lo largo del río durante la guerra de 1812, con el objetivo de repeler a los ingleses, les pareció conveniente aplicar su experiencia a las obras civiles, y la academia de West Point tenía la única escuela de ingenieros del país. Hoy, la organización casi parece un anacronismo, si se piensa que por cada oficial del ejército que trabaja para el Cuerpo hay 141 civiles.

Frank (su partida de nacimiento rezaba François) Montaigne nació en la localidad cajún de Plaquemines Parish, más abajo de Nueva Orleans, y pasó su infancia en el mundo de la acadia francesa del sur de Luisiana. Su padre era un pescador de cangrejos que construyó una casa flotante en el pantano con sus propias manos y ganó mucho dinero con el paso de los años, a base de vender directamente su pesca a los restaurantes de Nueva Orleans. Como la mayoría de cajún, nunca dilapidó sus beneficios y murió rico.

Montaigne hablaba francés antes de aprender inglés, y sus compañeros de la academia le llamaban Popurrí, porque solía mezclar los dos idiomas cuando hablaba. Después de una carrera distinguida como ingeniero de combate en Vietnam y la guerra del Golfo, Montaigne no tardó en ser ascendido después de recibir varios títulos académicos en su tiempo libre, incluyendo un doctorado en Hidrología. A la edad de cincuenta y cinco años fue nombrado comandante del valle del Misisipí, desde el Golfo hasta el punto en que el río Missouri se encuentra con el Misisipí cerca de San Luis. Había nacido para aquel trabajo. Montaigne amaba al río casi tanto como a su mujer, que también era cajún, hermana del mejor amigo de su infancia, y a sus tres hijas. Sin embargo, con ese amor se mezclaba también el miedo a que un día la Madre Naturaleza se tornara violenta y aniquilara sus esfuerzos, cuando el Misisipí anegara los riberos, inundara millones de hectáreas y tallara un nuevo canal hasta el Golfo.

Poco antes de amanecer, el *Larson*, que debía su nombre a un antiguo ingeniero del Cuerpo, había pasado por las esclusas de navegación construidas para controlar el caudal e impedir que el Atchafalaya capturara al Misisipí. Gigantescas estructuras de control, básicamente diques con aliviaderos, fueron construidas setenta y cinco kilómetros más arriba de Baton Rouge y en un viejo recodo del río, el mismo donde ciento setenta años antes el Red River entró por única vez en el Misisipí y el Atchafalaya se desbordó. Entonces, en 1831, un empresario marítimo, el capitán Henry Shreve, excavó un canal alrededor del istmo del recodo. Ahora, el Red River daba un rodeo y pasaba a través de restos del recodo, que eran conocidos como el Old River. Casi como una sirena que tentara a un marinero incauto, el Atchafalaya, que sólo tiene 213 kilómetros hasta el Golfo, en comparación con los 470 del Misisipí, atrae al río principal hacia sus brazos anhelantes.

Montaigne había salido a cubierta cuando las compuertas se cerraban y bloqueaban el agua del Misisipí, y vio cómo los muros de la esclusa parecían alzarse hacia el cielo, al tiempo que el barco de inspección descendía hacia el Atchafalaya. Saludó al encargado de la esclusa, que agitó la mano a su vez. Las aguas del Atchafalaya corrían casi cinco metros más bajas que las del Misisipí, pero las compuertas del oeste sólo tardaron diez minutos en abrirse, y el *Larson* salió al canal que conducía en dirección a Morgan City y el Golfo.

—¿A qué hora calcula que nos encontraremos con el barco de investigación de la NUMA, más abajo de Sungari? —preguntó al capitán del *Larson*.

—A eso de las tres —contestó Giraud.

Montaigne señaló un gran remolcador que empujaba una ristra de barcazas río abajo.

—Parece un cargamento de madera —dijo a Giraud.

—Debe de dirigirse hacia el nuevo complejo industrial cerca de Melville.

Giraud recordaba a uno de los tres mosqueteros, con sus facciones aguileñas francesas y el poblado bigote negro, untado con pomada y retorcido en las puntas. Como Montaigne, Giraud había crecido en territorio cajún, pero nunca lo había abandonado. Era un hombretón cuyo estómago casi nunca estaba vacío de cerveza Dixie, y poseía un humor sardónico bien conocido en todo el río.

Montaigne vio que una pequeña lancha de carreras tripulada por cuatro adolescentes adelantaba con imprudencia al barco de inspección y pasaba por delante de las barcazas, seguidos por otros cuatro amigos sentados a horcajadas sobre un par de motos de agua.

—Estúpidos —murmuró Giraud—. Si alguno perdiera el motor delante de las barcazas, el remolcador los arrollaría.

—Yo hacía lo mismo con el esquife de pesca de aluminio de mi padre, que medía cinco metros y medio y tenía un motor fuera borda de veinticinco caballos de fuerza, y aún sigo vivo.

—Perdone que se lo diga, general, pero usted aún era más burro que ellos.

Montaigne sabía que no era intención de Giraud faltarle al respeto. Sabía muy bien que el piloto había presenciado montones de accidentes durante los largos años que había pilotado barcos y remolcadores arriba y abajo del Misisipí. Barcos encallados, derrames de petróleo, colisiones, incendios, había visto de todo, y como la mayoría de pilotos veteranos del río, era precavido. Nadie era más consciente de que el Misisipí era un río implacable.

—Dígame, Lucas —dijo Montaigne—, ¿cree que el Misisipí se verterá algún día en el Atchafalaya?

—Sólo hará falta una gran inundación para que el río arrase los riberos y se vierta en el Atchafalaya —contestó con estoicismo Giraud—. Un año, diez, tal vez veinte, pero tarde o temprano el río ya no pasará frente a Nueva Orleans. Sólo es cuestión de tiempo.

—El Cuerpo ha librado una buena batalla para controlarlo.

—El hombre no puede decir a la naturaleza lo que ha de hacer durante mucho tiempo. Sólo espero vivir para verlo.

—No será un espectáculo muy bonito —dijo Montaigne—. Los efectos del desastre serán espantosos. Muerte, una inundación total, destrucción masiva. ¿Por qué quiere ser testigo de tal horror?

Giraud se volvió y miró al general con un brillo de ensoñación en los ojos.

—El canal ya transporta el caudal del Red y del Atchafalaya. Piense en el caudal de un río poderoso al atravesar el sur de Luisiana, cuando todo el Misisipí se desborde y añada su flujo a los otros dos. Será un espectáculo inolvidable.

—Sí —dijo Montaigne—, un espectáculo inolvidable, pero espero no estar aquí para verlo.

23

A las tres menos cinco minutos de la tarde, Lucas Giraud redujo la velocidad a un cuarto de la potencia de los motores diesel, cuando el *Larson* dejó atrás Morgan City, en el extremo inferior del río Atchafalaya. Después de cruzar el Intracoastal Waterway y descender por debajo del puerto de Sungari, el *Larson* entró en las aguas serenas de Sweet Bay Lake, a nueve kilómetros del golfo de México. Dirigió el barco hacia un buque de investigación de color turquesa, con las siglas NUMA pintadas en medio del barco. Tiene un aspecto práctico y eficiente, pensó Giraud. Cuando el *Larson* se acercó más, logró leer el nombre en la proa: *Marine Denizen*. Parecía un barco que había trabajado demasiado. Calculó su edad en veinticinco años o más.

El viento soplaba del sudeste a 23 kph y el agua estaba un poco picada. Giraud ordenó a un tripulante que arrojara las defensas por la borda. Después condujo al *Larson* hasta el costado del *Marine Denizen* y lo retuvo lo suficiente para que su pasajero utilizara la rampa que habían extendido a su llegada.

A bordo del *Denizen*, Rudi Gunn alzó los prismáticos hasta la luz que penetraba por una portilla del barco de la NUMA, entornó los ojos y buscó manchas en las lentes. Después, bajó la vista y estudió el diorama tridimensional del puerto de embarque de Sungari, transmitido sobre una superficie horizontal por un proyector holográfico. La imagen estaba procesada a partir de treinta o cuarenta fotografías tomadas a baja altitud por un helicóptero de la NUMA.

El puerto, construido sobre un terreno recién formado en una zona pantanosa a lo largo de ambas orillas del río Atchafalaya, antes de desembocar en el golfo de México, se consideraba la terminal de embarque más moderna y eficaz del mundo. Abarcaba mil hectáreas y alcanzaba una longitud superior a un kilómetro y medio, a ambos lados del río Atchafalaya. Lo habían dragado para permitir una profundidad de navegación de casi diez metros. El puerto de Sungari contaba con una zona de almacenamiento de más de trescientos mil metros cuadrados, dos silos de grano con elevador mecánico y plataformas de carga, una terminal con capacidad para seiscientos mil barriles de líquido y tres terminales para manejo de carga general, capaces de cargar y descargar veinte portacontenedores a la vez. En ambas orillas del canal del río, sustentados mediante terraplenes, los muelles con frente de acero proporcionaban casi trescientos sesenta metros de profundidad para que toda clase de barcos amarraran, excepto los superpetroleros.

Lo que diferenciaba a Sungari de las demás instalaciones portuarias era su arquitectura. No había edificios de hormigón grises rectangulares y austeros. Los almacenes y los edificios de oficinas tenían forma de pirámide, cubiertos de un material galvanizado dorado que centelleaba como fuego a la luz del sol. El efecto era electrizante, sobre todo para los aviones que pasaban por encima, y el resplandor se veía desde los barcos que cruzaban el Golfo, a sesenta kilómetros de distancia.

Alguien llamó a la puerta de Gunn. Cruzó la sala de conferencias del barco, utilizada para reuniones entre los científicos y los técnicos del barco, y abrió la puerta. El general Frank Montaigne se erguía en el pasillo, apoyado en su bastón y con aspecto atildado.

—Gracias por venir, general. Soy Rudi Gunn.

—Comandante Gunn —dijo con afabilidad el general Montaigne—, tenía ganas de conocerle. Después de mi entrevista con funcionarios de la Casa Blanca y del INS, me alegra saber que no soy el único en considerar a Qin Shang una amenaza siniestra.

—Parece que somos miembros del mismo club.

Gunn invitó a sentarse al general junto a la imagen tridimensional de Sungari. Montaigne se inclinó hacia el diorama, con la mano y la barbilla apoyadas sobre la rana saltarina del puño del bastón.

—Veo que la NUMA también utiliza imágenes holográficas para hacer demostraciones de sus proyectos marinos.

—Me han dicho que el Cuerpo de Ingenieros se beneficia de la misma tecnología.

—Resulta útil para convencer al Congreso de que aumente nuestros fondos. La única diferencia reside en que nuestra unidad está diseñada para mostrar el movimiento de los líquidos. Cuando hacemos demostraciones a los diversos comités de Washington, nos gusta impresionarles con los horrores de una inundación desastrosa.

—¿Qué opina de Sungari? —preguntó Gunn.

Montaigne parecía absorto en la imagen.

—Es como si una cultura alienígena hubiera llegado del espacio y construido una ciudad en mitad del desierto de Gobi. Todo es absurdo, innecesario. Me recuerda ese viejo dicho, vestido de punta en blanco y sin ningún sitio adonde ir.

—Veo que no está impresionado.

—Como terminal de embarque, se me antoja tan útil como un segundo ombligo.

—Cuesta creer que Qin Shang consiguiera la aprobación y los permisos necesarios para un proyecto tan inmenso sin ofrecer futuros beneficios —comentó Gunn.

—Presentó un plan de desarrollo global que fue aprobado por el Parlamento de Luisiana. Naturalmente, los políticos se lanzan sobre cualquier proyecto industrial que, en su opinión, aumentará el empleo y los ingresos, sin repercutir en el bolsillo de los contribuyentes. Sin desventajas evidentes, ¿quién puede echarles la culpa? El Cuerpo de Ingenieros también dio los permisos para dragar, porque vio que no se producía ninguna interrupción en el flujo natural del río Atchafalaya. Los ecologistas pusieron el grito en el cielo, por supuesto, debido a la virtual destrucción de una extensa zona de tierras pantanosas. Sin embargo, todas sus objeciones, y las de mis propios ingenieros, relativas a la futura alteración del delta del Atchafalaya, fueron barridas de un plumazo cuando los cabilderos de Qin Shang convencieron al Congreso de que autorizara el proyecto. Aún no he conocido a un solo analista financiero o comisionado de puerto que no considerara a Sungari un fiasco antes de que sus planos salieran de los ordenadores.

—Y no obstante se concedieron todos los permisos.

—Altos funcionarios de Washington, incluido el presidente Wallace, que allanó el camino, dieron su bendición —reconoció Montaigne—. Gran parte de la aceptación se debió a los nuevos acuerdos comerciales con China. El Congreso no quiso frustrar a los representantes comerciales chinos cuando añadieron Sungari a sus propuestas. Y no cabe la menor duda de que Qin Shang Maritime ha untado manos a diestro y siniestro.

Gunn se acercó a una portilla y miró el complejo, que se encontraba a tres kilómetros del *Marine Denizen* río arriba. Los edificios dorados estaban virando al naranja por obra del sol poniente. A excepción de dos barcos, los largos muelles estaban vacíos.

—No estamos tratando con un hombre que apuesta por un caballo con escasas posibilidades. Ha de existir una explicación lógica para que Shang gaste más de mil millones de dólares en una terminal de comercio marítimo situada en un lugar tan poco práctico.

—Ojalá alguien me iluminara —dijo Montaigne con cinismo—, porque no tengo ni la más remota idea.

—No obstante, Sungari tiene acceso a la autopista estatal 90 y a la línea férrea Southern Pacific.

—Se equivoca —resopló Montaigne—. De momento no hay acceso. Qin Shang se ha negado a construir una conexión con el tren y un camino pavimentado hasta la autopista. Dice que ya ha hecho bastante. Insiste en que corresponde a los gobiernos federal y estatal construir los accesos a su red de transporte. Debido a la inquietud de los votantes y a las nuevas restricciones en los presupuestos, los burócratas estatales se niegan.

Gunn se volvió y miró a Montaigne, perplejo.

—¿No hay medios de salir y entrar de Sungari por tierra? Eso es una locura.

Montaigne indicó la imagen holográfica.

—Eche un buen vistazo a su bonito juguete. ¿Ve alguna arteria viaria que suba hasta la autopista 90, o apartaderos de conexión con el Southern Pacific? El Intracoastal Waterway discurre unos kilómetros al norte, pero se utiliza sobre todo para embarcaciones de placer y tráfico limitado de barcazas.

Gunn estudió la imagen con atención y comprendió que los cargamentos sólo podían acceder al norte del Atchafalaya mediante barcazas. Todo el puerto estaba rodeado de pantanos.

—Esto es una locura. ¿Cómo logró construir un complejo tan enorme sin materiales transportados por camión o tren?

—Ningún material procedía de Estados Unidos. Todo lo que ve fue traído por los barcos de Qin Shang Maritime. Los materiales de construcción, el equipo, todo vino de China, al igual que los ingenieros, los capataces y los obreros. Ningún estadounidense, japonés o europeo participó en la obra. El único material que no llegó de China fue la tierra para los terraplenes, que trajeron de una excavación efectuada noventa kilómetros más arriba.

—¿No pudo encontrar tierra más cercana a la obra? —preguntó Gunn.

—Un misterio —contestó Montaigne—. Los arquitectos de Qin Shang transportaron en barcazas millones de metros cúbicos de tierra río abajo, gracias a la excavación de un canal en los pantanos, canal que no va a ninguna parte.

Gunn exhaló un suspiro de exasperación.

—¿Cómo espera obtener beneficios?

—Hasta ahora, los cargamentos de los pocos barcos mercantes chinos que han atracado en Sungari han sido transportados tierra adentro por barcazas y remolcadores —explicó Montaigne—. Aunque cediera y construyera un sistema de transporte para entrar y salir de su puerto, ¿quién vendría, sino los chinos? Las terminales del Misisipí tienen facilidades de acceso muy superiores a las autopistas principales, los empalmes ferroviarios y un aeropuerto internacional. Ningún alto ejecutivo de una compañía de embarques con un poco de cerebro desviaría barcos de su flota mercante desde Nueva Orleans a Sungari.

—¿Podría acarrear cargamentos en barcazas arriba y abajo de los ríos Atchafalaya y Red, hasta un centro de transportes situado más al norte?

—Una posibilidad sin futuro —contestó Montaigne—. Es posible que el Atchafalaya sea un río navegable, pero no lleva ni la mitad de caudal que el

Misisipí. Se considera una arteria de poca profundidad, y el tráfico de barcazas es limitado, al contrario que en el Misisipí, capaz de albergar a grandes remolcadores de diez mil caballos de fuerza que empujan hasta a cincuenta barcazas atadas en filas, formando una columna de casi medio kilómetro. El Atchafalaya es un río traicionero. Su aspecto es sereno y pacífico, pero es una máscara que oculta su verdadero rostro. Acecha como un caimán, con sólo los ojos y las fosas nasales a la vista, preparado para saltar sobre el piloto incauto o el barco de placer que se dispone a iniciar un crucero de fin de semana. Si Qin Shang pensaba que podía construir un imperio comercial que reforzara el tráfico de cargas arriba y abajo del Atchafalaya, o por el Intracoastal Waterway, estaba muy equivocado. Ninguna de ambas vías de comunicación está preparada para aceptar un tráfico de barcazas intenso.

—La Casa Blanca y el Servicio de Inmigración sospechan que el propósito principal de Sungari es convertirse en un centro de distribución de inmigrantes ilegales, drogas y armas.

Montaigne se encogió de hombros.

—Eso me han dicho, pero ¿para qué enterrar toneladas de dinero en una instalación con capacidad para millones de toneladas de cargamento, y utilizarla sólo para entrar contrabando? No le veo la lógica.

—Sólo el tráfico de inmigrantes ilegales reporta enormes beneficios —explicó Gunn—. Mil ilegales entrados en un barco y distribuidos a todo el país a treinta mil dólares por cabeza dan mucho dinero.

—De acuerdo, si Sungari es una tapadera para pasar de contrabando inmigrantes ilegales, me gustaría saber cómo Qin Shang va a trasladar inmigrantes y mercancías del punto A al punto B sin alguna especie de sistema de transporte subterráneo. Aduanas e Inmigración peinan todos los barcos que amarran en Sungari. Se controla todo el tráfico de barcazas tierra adentro. Sería imposible que un inmigrante indocumentado se les escapara.

—Ése es el motivo de que la NUMA esté aquí. —Gunn cogió un puntero metálico y señaló el punto de la imagen del Atchafalaya que separaba Sungari Este de Sungari Oeste—. Como no existe forma humana de que transporte inmigrantes y drogas por tierra y por agua, tiene que embarcarlos bajo la superficie.

Montaigne se enderezó y lo miró con escepticismo.

—¿En submarino?

—Los submarinos capaces de transportar pasajeros y carga son una posibilidad que no debemos pasar por alto.

—Perdone que se lo diga, pero no hay forma de recorrer en submarino el río Atchafalaya. Los bajíos y los recodos son una pesadilla para los pilotos experimentados. Navegar bajo la superficie río arriba, contra la corriente, es impensable.

—Quizá los ingenieros de Qin Shang han abierto un sistema de túneles submarinos que desconocemos.

Montaigne negó con la cabeza.

—Imposible que hubieran excavado una red de túneles sin que lo hubiéramos descubierto. Los expertos en construcción del gobierno examinaron con lupa cada centímetro cuadrado de la obra durante su construcción, para comprobar que los planes aprobados se seguían al pie de la letra. Los constructores de Qin Shang colaboraron con entusiasmo, y aceptaron nuestras críticas o aprobaron sin rechistar todos los cambios sugeridos. Al final, fue como si todos hubiéramos participado en la fase de diseño. Si Qin Shang excavó un túnel ante las narices de hombres y mujeres a quienes considero los mejores inspectores de su especialidad en el sur, no le costaría nada que le eligieran Papa.

Gunn alzó una jarra y un vaso.

—¿Le apetece un vaso de té helado?

—¿No tendrá alguna botella de bourbon extraviada por ahí?

Gunn sonrió.

—El almirante Sandecker sigue la tradición naval y ha impuesto una norma contra el alcohol a bordo de los barcos de investigación de la NUMA. No obstante, en honor a su presencia, creo que alguien introdujo subrepticiamente a bordo una botella de Jack Daniels etiqueta negra.

—Señor, es usted un santo —dijo Montaigne, con ojos brillantes de impaciencia.

Gunn sirvió un vaso.

—¿Hielo?

—¡Jamás! —Montaigne levantó el vaso y estudió su contenido ambarino. Olió el aroma antes de beber—. Como no se observó nada sospechoso sobre tierra, me dijeron que usted iba a probar suerte con una inspección submarina.

Gunn asintió.

—Lo primero que haré por la mañana será enviar un vehículo autónomo submarino, para que lleve a cabo una exploración. Si sus cámaras graban algo dudoso, los buzos lo investigarán.

—Las aguas son turbias a causa del cieno. Dudo que vean gran cosa.

—Nuestras cámaras, de alta resolución y tecnología digital, pueden distinguir objetos en aguas turbias a seis metros de distancia. Mi única preocupación es la seguridad submarina de Qin Shang.

Montaigne sonrió.

—Si existe algo similar a seguridad alrededor del puerto —dijo—, ya puede olvidarlo. Una verja de tres metros de altura rodea el perímetro, pero sólo hay una puerta sin vigilancia que no conduce a ninguna parte. Cualquier barco de paso, sobre todo las barcas de pesca de Morgan City, puede atracar en el muelle sin problemas. También hay una excelente pista de aterrizaje para helicópteros, con una pequeña terminal en el extremo norte. Nunca he oído que la seguridad de Shang rechazara a nadie que se hubiera dejado caer para visitar el complejo. Al contrario, todo son facilidades.

—Por lo tanto, no se trata de la típica operación de Qin Shang.

—Eso me han dicho.

—Como puerto —continuó Gunn—, Sungari tendrá funcionarios de aduanas y agentes de inmigración.

Montaigne rió.

—Los hombres más solitarios de la ciudad.

—¡Maldita sea! —estalló Gunn—. Todo esto ha de ser una gigantesca tapadera. Qin Shang construyó Sungari para facilitar sus actividades criminales. Apostaría mi pensión en ello.

—Si yo fuera él, y mi propósito fuera llevar a cabo una operación ilegal, jamás habría diseñado un puerto tan llamativo como un casino de Las Vegas.

—Ni yo —admitió Gunn.

—Ahora que me acuerdo, había una característica de la obra que dejó perplejos a los inspectores.

—¿Cuál?

—El constructor de Shang edificó el nivel superior de sus muelles un metro más alto de lo necesario por encima del agua. En lugar de bajar por una pasarela hasta el muelle desde la cubierta de un barco, has de hacerlo por una pequeña pendiente.

—¿Podría ser un sistema de seguridad contra las olas levantadas por un huracán o un desbordamiento total del río?

—Sí, pero exageraron la amenaza —explicó Montaigne—. Sí, algunas crecidas del Misisipí han alcanzado grandes alturas, pero no ha pasado lo mismo en el Atchafalaya. En Sungari, el nivel del suelo fue levantado hasta una altura exagerada.

—Qin Shang no habría llegado adonde está si hubiera descuidado la furia de los elementos.

—Supongo que tiene razón. —Montaigne terminó el Jack Daniels. Hizo un ademán en dirección a Sungari—. Ahí está, un edificio majestuoso en honor del ego de un hombre. Fíjese: dos barcos en un puerto preparado para aceptar cien. ¿Es posible que el negocio dé beneficios?

—No que yo sepa —dijo Gunn.

El general se levantó.

—He de irme. Pronto oscurecerá. Creo que ordenaré a mi piloto subir hasta Morgan City y amarrar allí para pasar la noche, antes de regresar a Nueva Orleans.

—Gracias, general —dijo Gunn—. Agradezco que me haya dedicado parte de su tiempo. Espero que no sea la última vez.

—No lo será —contestó Montaigne—. Ahora que sé dónde atizarme un lingotazo gratis de whisky, no se preocupe, que volverá a verme. Buena suerte en su investigación. Siempre que necesite los servicios del Cuerpo, no dude en llamarme.

—Gracias. Lo haré.

Mucho después de que el general Montaigne hubiera regresado a su barco de inspección, Gunn seguía mirando la imagen holográfica de Sungari, mientras su mente buscaba respuestas que no se revelaban.

—Si le preocupa que su seguridad nos acose —dijo Frank Stewart, capitán del *Marine Denizen*—, podemos llevar a cabo nuestra inspección desde el centro del río. Aunque posean edificios y tierra a ambos lados del Atchafalaya, la ley marítima garantiza la libertad de paso entre el Golfo y Morgan City.

Stewart, de cabello castaño corto peinado meticulosamente con la raya a la derecha, era un marinero de la vieja escuela. Aún fijaba la posición del sol con el sextante, y calculaba la longitud y la latitud al estilo antiguo, cuando un rápido vistazo a su sistema de posición geofísica podía decirle dónde se encontraba al centímetro. Alto y delgado, de ojos azules hundidos, era un hombre soltero cuya amante era el mar.

Gunn estaba de pie junto al timón, y miraba a través de las ventanas de la timonera el puerto desierto.

—Si ancláramos en el río, entre sus muelles y almacenes, destacaríamos tanto como una verruga en la nariz de una estrella de cine. El general Montaigne dijo que la seguridad de Sungari no era más estricta que la de cualquier puerto de las costas Este y Oeste. Si está en lo cierto, no veo motivos para pasarnos de listos. Llamemos al capitán de puerto y solicitemos atracar en el muelle para efectuar unas reparaciones.

Stewart asintió y llamó al capitán de puerto por un teléfono móvil, que casi había sustituido a la radio.

—Aquí el buque de investigaciones *Marine Denizen* de la NUMA. Solicitamos atracar para reparar el timón.

El capitán de puerto se mostró de lo más solícito. Dijo que se llamaba Henry Pang y concedió el permiso al instante.

—Mantengan su posición y enviaré un bote para que les guíe hasta el muelle diecisiete, donde pueden amarrar. Si algo tenemos, son amarraderos vacantes.

—Gracias, señor Pang —dijo Stewart.

—¿Están buscando peces raros? —preguntó Pang.

—No; estamos estudiando las corrientes del Golfo. Topamos con un banco de peces no señalado frente a la costa y el timón se averió. Responde, pero no en todo el arco.

—Disfruten de su estancia —dijo Pang—. Si necesitan un mecánico o algunas piezas, no duden en informarme.

—Gracias —contestó Stewart—. Esperamos al práctico.

—El general Montaigne tenía razón —comentó Gunn—. La seguridad está muy relajada.

Cayeron chubascos dispersos durante toda la noche. Las cubiertas del *Marine Denizen* resplandecían bajo el sol de la mañana. Stewart ordenó a dos tripulantes que descendieran en una pequeña plataforma sobre el timón, fingiendo que lo estaban reparando. La pantomima apenas parecía necesaria. Los muelles y cajas de embarque estaban tan muertos como un estadio de fútbol americano a mitad de semana. Los dos buques de carga chinos que Gunn había observado la noche anterior se habían esfumado durante la noche. El *Marine Denizen* tenía todo el puerto para él solo.

Dentro de la sección central del casco del *Denizen* había un compartimiento cavernoso llamado el estanque lunar. Dos divisiones deslizantes se separaban como puertas de ascensor horizontales y permitían que el agua entrara en el estanque lunar, hasta alcanzar un nivel de metro y medio. Era el corazón del buque de investigaciones, donde los buzos podían entrar en el agua sin ser sacudidos por las olas, donde los sumergibles podían ser bajados para explorar las profundidades, y donde el equipo científico que controlaba y capturaba vida marina podía ser izado para su estudio en los laboratorios del barco.

La tripulación y los científicos, amodorrados por la atmósfera similar a un cementerio de Sungari, desayunaron con parsimonia, para luego congregarse alrededor de las plataformas de trabajo del estanque lunar. Un vehículo submarino autónomo Benthos colgaba en un calzo sobre el agua. Este aparato era tres veces más grande que el utilizado por Pitt en Orion Lake. Provisto de dos propulsores horizontales, alcanzaba velocidades de cinco nudos. El equipo de filmación consistía en una cámara de vídeo Benthos de sensibilidad a muy escasa luz y alta resolución. El vehículo también contaba con una cámara fija digital y un radar capaz de detectar huecos en revestimientos de acero que indicaran la existencia de un pasadizo. Un buzo, que llevaba un traje de neopreno como protección contra las medusas, flotaba sobre su espalda mientras esperaba a que bajaran el vehículo submarino.

Stewart miró por una puerta a Gunn, que estaba sentado delante de un monitor de ordenador montado bajo una pantalla de vídeo panorámica.

—Cuando quiera, Rudi.

—Bajadlo —dijo Gunn, al tiempo que movía la mano.

El elevador sujeto al calzo zumbó, mientras el vehículo se hundía poco a poco en la oscuridad perpetua del río. El buzo desenganchó el calzo, nadó hasta una escalerilla y se izó sobre la plataforma de trabajo.

Stewart entró en el pequeño compartimiento atestado de equipo electrónico. Se sentó al lado de Gunn, que manejaba el vehículo submarino desde un ordenador, sin dejar de mirar el monitor de vídeo. Lo único que vio fue una larga pared gris de revestimiento de acero que se perdía en la penumbra.

—La verdad, todo esto me suena a mucho ruido y pocas nueces.

—No se lo pienso discutir —dijo Gunn—. La orden de investigar Sungari bajo la superficie vino directamente desde la Casa Blanca.

—¿De veras cree que Qin Shang llevaría a cabo sus operaciones de tráfico ilegal mediante pasadizos submarinos conectados con los cascos de sus barcos?

—Algún pez gordo de Washington sí que se lo cree. Por eso estamos aquí.

—¿Quiere café? —preguntó Stewart.

—Una taza no me vendría mal —dijo Stewart, sin volverse del monitor.

El pinche de cocina no tardó en traer una bandeja con tazas y una cafetera llena. Tres horas después, las tazas y la cafetera estaban tan vacías como el proyecto de investigación. El monitor no revelaba nada, salvo una pared interminable de revestimientos de acero hundidos en el lodo, para actuar como barrera del terraplén, que a su vez hacía las veces de cimiento del muelle y de los edificios de las terminales. Por fin, justo antes de mediodía, Gunn se volvió hacia Stewart.

—El lado oeste del puerto no muestra nada —dijo, cansado. Se frotó los ojos para aliviar la tensión—. Es espantosamente aburrido mirar durante horas y horas revestimientos grises sin forma.

—¿Alguna señal de una puerta que condujera a un pasadizo?

—Ni siquiera una grieta.

—Podemos mover el vehículo por el canal del río, y con suerte, terminar la parte este antes de que oscurezca —dijo Stewart.

—Cuanto antes acabemos, mejor.

Gunn tecleó una orden y el vehículo submarino fijó un curso en dirección al lado opuesto del puerto. Después, se reclinó en su silla.

—¿Seguro que no quiere descansar y tomar un bocadillo? —preguntó Stewart.

Gunn negó con la cabeza.

—Apuraré mi cáliz hasta el final y llenaré mi estómago a la hora de la cena.

El vehículo tardó sólo diez minutos en llegar al lado opuesto del puerto. Entonces, Gunn programó los controles para que iniciara la inspección al final de la pared de revestimientos y trabajara de norte a sur. El vehículo submarino había recorrido doscientos metros, cuando sonó el teléfono.

—¿Puede cogerlo? —preguntó Gunn a Stewart.

El capitán del *Marine Denizen* descolgó el teléfono, y después lo pasó a Gunn.

—Es Dirk Pitt.

—Pitt. —Gunn se volvió, con las cejas enarcadas en señal de sorpresa. Cogió el teléfono y habló—. ¿Dirk?

—Hola, Rudi —dijo la voz familiar de Pitt—. Llamo desde un avión que vuela sobre el desierto de Nevada.

—¿Cómo fue tu investigación submarina del *United States*?

—La cosa se puso un poco peligrosa durante un rato, pero lo único que Al y yo encontramos fue un casco liso y una quilla sin aberturas.

—Si no encontramos nada aquí durante las siguientes horas, nos apuntaremos a vuestro club.

—¿Utilizáis un sumergible? —preguntó Pitt.

—No es necesario —contestó Gunn—. Un vehículo submarino autónomo se está encargando muy bien del trabajo.

—No lo pierdas de vista, o los agentes de seguridad submarina de Qin Shang te lo robarán delante de tus narices. Son unos demonios muy escurridizos.

Gunn vaciló antes de contestar, intrigado por las palabras de Pitt. Estaba a punto de preguntarle, cuando Stewart volvió.

—Están sirviendo la comida, Rudi. Hablaré contigo cuando lleguemos a Washington. Buena suerte, y dale recuerdos a Frank Stewart.

La conexión se interrumpió.

—¿Cómo está Dirk? —preguntó Stewart—. No le he visto desde que trabajamos juntos hace años en el crucero *Lady Flamborough*, frente a Tierra del Fuego.

—Tozudo como siempre. Me hizo una advertencia extraña.

—¿Una advertencia?

—Dijo que los agentes de seguridad submarina de Qin Shang me robarían el vehículo submarino —explicó Gunn, muy confuso.

—¿Qué agentes de seguridad submarina? —preguntó Stewart con sarcasmo.

Gunn no contestó. De pronto, sus ojos se desorbitaron y señaló el monitor del vídeo.

—¡Dios mío, mire!

Los ojos de Stewart siguieron el dedo extendido de Gunn.

Una cara con gafas de buceo llenaba la pantalla del monitor. Los dos hombres vieron estupefactos que el buceador se quitaba las gafas y revelaba unos ojos, nariz y boca de rasgos chinos. Después, les dedicó una amplia sonrisa y saludó como haría un niño.

Entonces la imagen se oscureció y fue sustituida por franjas grises y blancas. Gunn ordenó frenéticamente al vehículo submarino que regresara al *Marine Denizen*, pero no hubo respuesta. El vehículo había desaparecido, como si nunca hubiera sido lanzado al agua.

24

Pitt supo que algo iba mal en cuanto el conductor de la NUMA detuvo el coche. Una diminuta alarma casi inaudible resonó en su cerebro y descendió hasta su nuca. Algo no estaba como debería estar.

Una situación que pusiera en peligro su vida era lo último en lo que pensaba durante el trayecto desde la base aérea de Andrews, donde había aterrizado el avión de la NUMA, hasta su casa, situada en un rincón del aeropuerto internacional de Washington. La oscuridad se había cerrado sobre la capital, pero hizo caso omiso del océano de luces que iluminaban los edificios. Intentó relajarse y dejar que su mente vagara, pero no cesaba de regresar hasta Orion Lake. Consideró extraño que los medios de comunicación no se hubieran hecho eco de la historia.

El antiguo hangar de mantenimiento de aviones construido en 1937, el año que Amelia Earhart desapareció, aparecía solitario y abandonado. Malas hierbas trepaban sobre sus muros oxidados de metal acanalado, cuya pintura había desaparecido mucho tiempo atrás, después de décadas de estar sometida a las temperaturas extremas de Washington. Pese a que el edificio había sido considerado una ofensa a la vista y condenado a ser demolido, Pitt había comprendido las posibilidades del hangar. Intervino en el último momento y frustró a los burócratas de las Fuerzas Aéreas cuando ganó la batalla y consiguió que fuera incluido en el registro nacional de lugares históricos. Impidió la destrucción del edificio, lo adquirió, junto con el terreno que lo rodeaba, y se puso a remodelar el interior, hasta transformarlo en una combinación de vivienda y almacén para su colección de automóviles y aviones clásicos.

El abuelo de Pitt había amasado una pequeña fortuna invirtiendo en bienes raíces en el sur de California. Al morir, dejó a su nieto una suma considerable. Después de pagar los impuestos, Pitt se había decantado por invertir en coches y aviones antiguos, en lugar de acciones y bonos. En veinte años había reunido una colección única en el mundo.

En lugar de iluminar el hangar con una batería de focos, Pitt había preferido que pareciera desierto y abandonado. Una luz pequeña montada sobre un poste eléctrico, que proyectaba un tenue resplandor amarillento, era lo único que iluminaba la carretera sin pavimentar que moría en el hangar. Se volvió y miró desde la ventanilla del coche el extremo superior del poste. Una luz roja que tendría que haber destellado desde una cámara de seguridad oculta estaba apagada.

Era una indicación, tan clara como una señal de stop luminosa, de que algo iba mal.

El sistema de seguridad de Pitt estaba diseñado e instalado por un amigo que trabajaba para una agencia de inteligencia, un auténtico experto en su profesión. Nadie, salvo un profesional muy experimentado, habría podido descifrar y cambiar el código. Paseó la vista por el desolado paisaje y detectó la sombra de una furgoneta, apenas visible a cincuenta metros bajo las luces de la ciudad que se reflejaban en el Potomac. Pitt no necesitó los servicios de un adivino para saber que alguien, o un grupo, había entrado en el hangar y esperaba para darle la bienvenida.

—¿Cómo te llamas? —preguntó Pitt al conductor.

—Sam Greenberg.

—Sam, ¿llevas un móvil?

—Sí, señor —contestó Greenberg.

—Llama al almirante Sandecker y dile que tengo visitantes indeseables. Pídele que envíe una fuerza de seguridad lo antes posible.

Greenberg era un joven de veinte años a lo sumo, estudiante de oceanografía en una universidad local, que se ganaba un dinero extra en un programa de educación marina de la NUMA, creado por el almirante Sandecker.

—¿No deberíamos llamar a la policía?

El chico era listo, pensó Pitt. Enseguida se había hecho cargo de la situación.

—No es un asunto para la policía local. En cuanto te hayas alejado del hangar, llama lo antes posible. El almirante sabrá lo que hay que hacer.

—¿Va a entrar solo? —preguntó el estudiante, mientras Pitt salía del coche y recuperaba su bolsa de viaje del maletero.

Pitt miró al joven y sonrió.

—Un buen anfitrión siempre procura complacer a sus invitados.

Se irguió y esperó a que las luces del coche desaparecieran en la nube de polvo que levantaba el vehículo. Abrió la bolsa y extrajo su viejo Colt 45, y en ese momento recordó que no lo había vuelto a cargar, después de que Julia Lee hubiera vaciado el arma contra uno de los ultraligeros que les atacaba en el río Orion.

—¡Vacío! —dijo entre dientes.

Empezó a preguntarse si su cerebro sufría un trastorno permanente. Sólo quedaba la alternativa de entrar en el hangar como si no sospechara nada, para luego intentar llegar a uno de sus coches, donde guardaba una escopeta en el interior de un compartimiento de nogal diseñado para albergar un paraguas.

Sacó un mando a distancia del bolsillo y silbó las primeras notas de *Yankee Doodle*. La señal de reconocimiento sonoro cerró automáticamente los sistemas de seguridad y abrió una puerta lateral, cuyo aspecto insinuaba que se había abierto por última vez en 1945. Una luz verde del mando parpadeó tres veces. Tendría que haber parpadeado cuatro. Alguien, muy hábil a la hora de neutralizar sistemas de seguridad, había descifrado su código. Cerró los ojos, permaneció inmóvil unos segundos y respiró hondo. Mientras la puerta se abría, cayó a cuatro patas en el suelo, tanteó alrededor del marco de la puerta y abrió las luces del interior.

Las paredes, el suelo y el techo curvo estaban pintados de un blanco brillante, que acentuaban el espectro de colores vivos de los treinta coches distribuidos por el hangar. El efecto visual era cegador, y con ello contaba Pitt para desconcertar a sus atacantes. Recordó que el Duesenberg sedán descapotable de 1929, de carrocería naranja y guardabarros marrones, en cuyo interior guardaba la escopeta, era el tercer coche contando desde la puerta.

Los intrusos no eran muy educados. Sus sospechas se confirmaron cuando oyó una serie de detonaciones ahogadas y presintió, más que oyó, un torrente de balas que salpicaban la puerta. Los silenciadores de las armas no permitían identificar los disparos como tal. Tanteó con el brazo de nuevo y cerró las luces. Se deslizó como una serpiente bajo los dos primeros coches, un Stutz de 1932 y un Cord L-29 de 1931, mientras una lluvia de fuego estallaba a su alrededor, y agradeció que los dos automóviles se elevaran bastante sobre el suelo. Llegó al Duesenberg y se refugió en el suelo de la parte posterior. Casi al mismo tiempo, giró el pomo de la puerta del compartimiento que había detrás del asiento delantero y la abrió. Extrajo una escopeta Aserma de doce cartuchos Bulldog que contenía once balas. El arma era una de las cuatro que Pitt había repartido por todo el hangar para una ocasión semejante.

El interior del hangar estaba tan oscuro como las profundidades de una caverna. Si los tipos eran profesionales, y a Pitt no le cabía la menor duda, utilizarían miras telescópicas de visión nocturna y visores láser infrarrojos. Pitt analizó la trayectoria de las balas que silbaban a través de la puerta y llegó a la conclusión de que había dos asesinos, armados con pistolas ametralladoras automáticas. Uno estaba en la planta baja, y el otro en la galería de su vivienda, a una altura de nueve metros sobre una esquina del hangar. El que había pagado por matarle quería asegurarse de que, si uno de los asesinos fallaba, hubiera otro para sustituirle.

Era inútil precipitarse hacia la puerta. Los asesinos sabían que Pitt había entrado y estaba refugiado en el suelo del hangar. Si se daban cuenta de que su presa había caído voluntariamente en la trampa, procederían con más cautela.

Pitt abrió las dos puertas posteriores del Duesenberg, escudriñó la oscuridad y esperó a que los atacantes se movieran.

Intentó respirar con más lentitud para percibir cualquier ruido, pero sus oídos sólo pudieron detectar los latidos de su corazón. No experimentaba terror, ni desesperación, tan sólo una leve punzada de temor. No sería humano si no sintiera cierto miedo al descubrirse objetivo de dos asesinos profesionales. Pero él se encontraba en su territorio, mientras los asesinos estaban en un entorno desconocido para ellos. Si querían matarle, tendrían que localizarle en la oscuridad, entre una treintena de coches y aviones antiguos. Habían perdido la ventaja que poseían antes de que Pitt entrara en el hangar. Además, ignoraban que estaba armado. A Pitt le bastaba con esperar en la parte posterior del Duesenberg a que cometieran un error.

Empezó a preguntarse quiénes eran y quién les enviaba. El único enemigo que acudió a su mente, y que aún seguía en el mundo de los vivos, tenía que ser Qin Shang. No se le ocurría ninguna otra persona que deseara verle muerto. Comprendió que el multimillonario chino era una persona de naturaleza vengativa.

Colocó la escopeta sobre su pecho, y escuchó atentamente. El hangar estaba tan silencioso como una cripta a medianoche en mitad de un cementerio. Los tipos eran buenos. No se oía el menor ruido de pies descalzos o embutidos en calcetines, pero si se andaba con cuidado, el hormigón no delataba el menor sonido en ambas circunstancias. No debían tener prisa, y también estarían con el oído atento. Decidió ahorrarse el viejo truco de tirar algo contra una pared para obligarles a disparar. Los asesinos profesionales eran demasiado inteligentes para revelar su posición disparando al azar.

Transcurrió un minuto, dos, tres... El tiempo parecía fluir como un torrente de melaza. Alzó la vista y vio el haz de un láser rojo que barría el parabrisas del Duesenberg, y después continuaba su búsqueda. Estaba seguro de que los atacantes empezaban a preguntarse si había escapado del hangar. No había forma de saber cuándo llegaría el almirante Sandecker, respaldado por un grupo de agentes federales. De todos modos, Pitt estaba preparado para esperar toda la noche, si era necesario, al acecho de que un sonido o una sombra traicionara algún movimiento.

Un plan empezó a forjarse en su mente. Una de sus normas era quitar las baterías de todos sus coches antiguos, debido al peligro de que un cortocircuito provocara un incendio. Sin embargo, como había planeado conducir el Duesenberg cuando regresara de Orion Lake, había encargado al jefe de mecánicos de la flota de la NUMA, que tenía llaves del hangar, que cargara una batería y la instalara en el coche. Comprendió que, si se presentaba la oportunidad, podría utilizar los faros delanteros del Duesenberg para iluminar el suelo del almacén.

Sin apartar los ojos de los rayos láser que barrían el hangar como los focos situados en las torres de las viejas películas carcelarias, adoptó una posición horizontal sobre el asiento delantero. Aceptó un riesgo calculado y alzó la luz de estribo situada en el lado del volante hacia la galería de su apartamento. Después, levantó la escopeta sobre la parte superior del parabrisas y encendió la luz.

La luz bañó a una silueta vestida de ninja negro, con la cabeza y la cara cubierta por un pasamontañas, acuclillado ante la barandilla de la galería y armada con una pistola ametralladora táctica. La mano del asesino se alzó instintivamente para protegerse los ojos del inesperado resplandor cegador. Pitt apenas tuvo tiempo de corregir la puntería, disparar dos veces y apagar la luz, de manera que la oscuridad invadió de nuevo el hangar. La explosión doble de la escopeta sonó como el disparo de un cañón entre las paredes metálicas del hangar. Una oleada de satisfacción invadió a Pitt cuando oyó el golpe sordo de un cuerpo al desplomarse sobre el suelo de hormigón. Al suponer que el segundo asesino esperaba que se escondiera debajo del coche, se tendió sobre el amplio estribo y esperó una lluvia de disparos.

No llegaron.

El segundo asesino no reaccionó porque estaba buscando a Pitt en el interior de un antiguo vagón Pullman aparcado a un lado del hangar sobre un par de vías. El vagón había pertenecido en su tiempo al tren expreso llamado el *Manhattan Limited*, que corría entre Nueva York y Quebec entre 1912 y 1914. Pitt había comprado el vagón después de encontrarlo en una cueva. El asesino apenas distinguió el breve destello de luz por la ventana del Pullman, antes de escuchar la explosión de la escopeta. Cuando se precipitó hacia la plataforma posterior, el hangar se había sumido de nuevo en la penumbra. Llegó demasiado tarde para escuchar el impacto sobre el suelo del cuerpo de su cómplice, o de saber hacia dónde debía disparar. Se acurrucó detrás de un enorme Daimler descapotable y movió sus gafas de visión nocturna entre el laberinto de coches aparcados. Cuando miraba con las gafas conectadas a una sola lente sujeta a su cabeza mediante correas, lo cual le daba aspecto de cíclope robótico, el interior negro como boca de lobo del hangar aparecía bañado en una luz verdosa que definía los objetos circundantes. Vio a unos seis metros de distancia el cuerpo de su compañero, con la cabeza rodeada de un charco de sangre. Cualquier confusión que albergara sobre el motivo de que la presa hubiera caído voluntariamente en la trampa se evaporó. Ahora comprendió que Pitt estaba armado. Les habían advertido de que su objetivo era un hombre peligroso, pero le habían subestimado.

Era esencial que Pitt tomara la iniciativa mientras la ventaja estuviera de su parte, y que se moviera con la mayor rapidez posible, antes de que el pistolero restante le localizara. Pitt descartó cualquier intento de sigilo. Lo que contaba era la velocidad. Se arrastró por detrás de la parte delantera de los coches hacia la puerta de entrada, utilizando las ruedas y neumáticos para ocultar sus movimientos de cualquier mira telescópica que sondeara el suelo. Llegó a la puerta, la abrió y se precipitó detrás de un coche cuando una lluvia de balas roció el umbral. Después, se arrastró a lo largo de la pared hasta acurrucarse tras el volante de un sedán Mercedes-Benz 540-K de 1939.

Su acción fue imprudente y temeraria, pero pagó un precio muy bajo. Pitt notó que brotaba sangre de su antebrazo izquierdo, rozado por una bala. Si el asesino restante hubiera contado con cinco segundos más para adivinar las intenciones de Pitt, no habría corrido hacia la puerta, convencido de que su presa había intentado escapar del hangar.

Pitt oyó el suave rumor de unas suelas de goma sobre el cemento. Después, una silueta vestida de negro de pies a cabeza se dibujó en el umbral, iluminada por la tenue luz del poste eléctrico. En el amor y en la guerra todo es justo, pensó Pitt, mientras disparaba al asesino por la espalda, por debajo del hombro derecho.

El asesino permaneció inmóvil un momento, mientras la pistola ametralladora se escapaba de su mano y caía al suelo del hangar. Después, se quitó las gafas de visión nocturna y dio media vuelta muy lentamente. Contempló con incredulidad la cara de Pitt, mientras la presa se acercaba al cazador, y vio el cañón de una escopeta apuntada a su pecho. La certidumbre asombrada de que estaba a punto de morir parecía irritarle más que asustarle. La expresión estupefacta y amarga de sus ojos provocó que Pitt experimentara un escalofrío. No era la mirada de un hombre a punto de morir, sino la mirada desesperada de un hombre que había fracasado en su misión. Se tambaleó hacia Pitt, en una demostración estéril de tenacidad. Los labios, apenas visibles bajo el pasamontañas, dibujaron una mueca manchada de sangre.

Pitt no volvió a disparar al asesino. Tampoco utilizó su arma a modo de garrote. Avanzó y propinó una patada a las piernas del hombre, que se desplomó.

Se apoderó del arma del asesino, y no la reconoció al instante como de fabricación china, pero sus avanzadas innovaciones le asombraron: armazón de plástico con equipo electroóptico incorporado, un cargador de cincuenta balas de acuerdo con el calibre, y cartuchos forrados comprimidos con la balística de un cartucho de rifle. Era un arma corta del siglo XXI.

Volvió a entrar en el hangar y encendió de nuevo las

luces. Pese a la matanza, no se sentía afectado. Recorrió el pasillo que separaba los coches hasta detenerse bajo la galería de su apartamento. Contempló el cadáver del segundo asesino. Pitt había fallado un disparo, pero el otro había destrozado la cabeza del sicario. Un recuerdo poco adecuado a la hora de cenar.

Subió por una escalera de caracol metálica y entró en su apartamento. Era absurdo llamar a la policía. Suponía que los agentes federales irrumpirían de un momento a otro. Lavó un vaso con agua, lo agitó para secarlo y lo introdujo al revés en un cuenco de sal. Después añadió hielo picado, una raja de lima y una generosa ración de tequila Don Julio. Mientras se relajaba en un sofá de piel, saboreó la bebida como un beduino muerto de sed que hubiera encontrado un oasis.

Cinco minutos y un segundo tequila después, el almirante Sandecker llegó con un grupo de agentes. Pitt bajó a la planta del hangar y salió a su encuentro, vaso en ristre.

—Buenas noches, almirante. Siempre es un placer verle.

Sandecker gruñó algo apropiado y señaló con la cabeza el cadáver tendido bajo el apartamento.

—Has de aprender a cuidarte, te lo aseguro.

El tono era cáustico, pero la preocupación que transparentaban sus ojos era inconfundible.

Pitt sonrió y se encogió de hombros.

—El mundo necesita asesinos tanto como el cáncer.

Sandecker reparó en el reguero de sangre que descendía por el brazo de Pitt.

—Te han herido.

—Nada que una venda no pueda curar.

—Cuéntame lo sucedido —dijo Sandecker, una vez finalizados los preliminares—. ¿De dónde salieron?

—No tengo ni idea. Me estaban esperando.

—Es un milagro que no te mataran.

—No contaban conque viniera preparado para la fiesta, en cuanto vi que habían saboteado mi sistema de seguridad.

Sandecker miró a Pitt con cautela.

—Tendrías que haber esperado a que llegara con los agentes.

Pitt señaló hacia la carretera.

—Si hubiera tratado de escapar, me habrían alcanzado antes de recorrer cincuenta metros. Es mejor pasar a la ofensiva. Pensé que mi única posibilidad era actuar con rapidez y pillarles desprevenidos.

Sandecker lo miró con ironía. Sabía que su director de proyectos especiales nunca haría nada sin tener buenos motivos.

—Espero que conozcas a un buen bricolajero.

En ese momento, un hombre vestido con prendas deportivas, cazadora y chaleco antibalas, y armado con una Smith & Wesson del 38, se acercó a ellos. Sostenía en una mano el pasamontañas utilizado por el asesino al que Pitt había abatido en el umbral.

—No será fácil identificarlos. Debieron importarlos para el trabajo.

Sandecker se encargó de las presentaciones.

—Dirk, éste es el señor Peter Harper, subcomisionado ejecutivo de operaciones del Servicio de Inmigración y Naturalización.

Harper estrechó la mano de Pitt.

—Es un placer conocerle, señor Pitt. Parece que ha tenido un recibimiento inesperado.

—Una desagradable sorpresa con la que no contaba.

Pitt no estaba seguro de si Harper llegaría a caerle bien. Pensó que se trataba de un hombre aficionado en su tiempo libre a resolver problemas de álgebra. Pese a que portaba un arma, Harper parecía un individuo bondadoso y erudito.

—Hay una furgoneta aparcada a escasa distancia del hangar.

—Ya la hemos registrado —dijo Harper—. Pertenece a una agencia de alquiler de vehículos. El nombre que consta en el contrato es falso.

—¿Quién sospechas que anda detrás de esto? —preguntó Sandecker.

—Me viene a la mente el nombre de Qin Shang —contestó Pitt—. Según me han dicho, es de naturaleza vengativa.

—La elección evidente —admitió Sandecker.

—No estará contento cuando sepa que sus asesinos han fracasado —añadió Harper.

Sandecker adoptó una expresión zorruna.

—Creo que lo más pertinente es que Dirk se lo diga en persona.

Pitt meneó la cabeza.

—Me parece una idea muy poco sensata. En Hong Kong se me considera persona non grata.

Sandecker y Harper intercambiaron una mirada.

—Qin Shang te ha ahorrado el viaje —dijo el almirante—. Acaba de llegar a Washington para borrar cualquier relación con Orion Lake. De hecho, está celebrando una fiesta en su residencia de Chevy Chase para adular tanto a congresistas como a adláteres. Si te das prisa y te cambias de ropa, aún llegarás a tiempo.

Pitt le miró como si hubiera recibido un puñetazo en el estómago.

—Supongo que está bromeando.

—Nunca he hablado más en serio.

—Creo que el almirante tiene razón —intervino Harper—. Qin Shang y usted deberían encontrarse cara a cara.

—¿Para qué? ¿Para que pueda proporcionar una descripción perfecta de mí al siguiente equipo encargado de enviarme al cementerio?

—No —dijo Harper con seriedad—. Para que Qin Shang se entere de que, pese a toda su riqueza y poder, no puede burlarse del gobierno de Estados Unidos. Ese hombre no es infalible. Si su aparición le trastorna, es probable que no reciba la noticia de que está vivo hasta que se tope con usted. La sorpresa podría enfurecerle lo suficiente para que cometa algún error en el futuro. Y será entonces cuando nosotros intervendremos.

—En pocas palabras, quieren que haga una grieta en su armadura.

Harper asintió.

—Exacto.

—Supongo que es consciente de que su propuesta compromete mi futura implicación en la investigación de sus actividades ilegales —dijo Pitt.

—Considérate una maniobra de diversión —dijo Sandecker—. Cuanto más se concentre Qin Shang en ti como una amenaza para sus operaciones, más fácil les resultará al INS y a los demás servicios de inteligencia crucificarle.

—Y una mierda. Lo que usted quiere es un cebo.

Harper se encogió de hombros.

—Llámelo como prefiera.

Pitt fingió que le inquietaba la idea, pese a que en realidad le intrigaba. Pensó en los cuerpos esparcidos en el fondo de Orion Lake, y la ira brotó en su interior como una inundación incontrolada.

—Lo que haga falta, con tal de colgar a esa basura.

Harper suspiró de alivio, pero Sandecker no había dudado ni un instante de que Pitt aceptaría. El almirante sabía que Pitt jamás había declinado un desafío, por imposible que fuera. Algunos hombres eran indiferentes, impasibles. Costaba saber lo que pensaban. Pitt no era así. Sandecker le comprendía más que nadie, excepto Al Giordino. Para las mujeres constituía un misterio, un hombre al que podían tocar, pero nunca retener. Sabía que había dos Dirk Pitt, uno tierno, considerado y divertido, y otro tan frío e implacable como una tormenta de invierno. Competente hasta el punto de la brillantez, su percepción de las personas y los acontecimientos era casi sobrenatural. Pitt nunca cometía un error consciente. Poseía la habilidad de hacer lo correcto en circunstancias muy difíciles, casi inhumanas.

Harper era incapaz de descifrar a Pitt. Sólo veía a un ingeniero naval que, de forma increíble, había matado a dos asesinos profesionales.

—Lo hará, pues.

—Me encontraré con Qin Shang, pero me gustaría que alguien me explicara cómo voy a entrar en su fiesta sin invitación.

—Todo está arreglado —explicó Harper—. Un buen agente siempre tiene relaciones con la imprenta que se encarga de las invitaciones.

—Estaba muy seguro de sí mismo.

—Admito que no, pero el almirante me aseguró que usted nunca rechazaba comida y copas gratis.

Pitt dirigió a Sandecker una mirada malhumorada.

—El almirante ha convertido el engaño en una forma de arte.

—Incluso me he tomado la libertad de asignarle una acompañante —continuó Harper—. Una dama muy atractiva que le apoyará en caso de apuros.

—Una canguro —murmuró Pitt, al tiempo que ponía los ojos en blanco—. En un alarde de optimismo, me gustaría preguntar si ha entrado en combate alguna vez.

—Me han contado que derribó a dos aviones y le salvó el culo en Orion Lake.

—Julia Lee.

—La misma.

Pitt esbozó una amplia sonrisa.

—A fin de cuentas, parece que la noche no va a ser tan aburrida.

25

Pitt llamó a la puerta de la dirección que Peter Harper le había facilitado. Al cabo de una breve espera, apareció Julia Lee. Estaba radiante con un vestido de cachemira y seda blanco, que le llegaba algo por debajo de la rodilla, con los hombros y la espalda al aire hasta la cintura, sujeto por una fina tirilla alrededor del cuello. Se había recogido el pelo en una cola de caballo elevada sobre su cabeza, con las puntas erizadas. Sus únicas joyas eran una delgada cadena de oro que rodeaba su cintura y un collar de oro. No llevaba medias y sus pies asomaban por los zapatos dorados abiertos.

Sus ojos se dilataron.

—¡Dirk, Dirk Pitt! —murmuró.

—Oh, eso espero —replicó él con una sonrisa sardónica.

Tras la sorpresa inicial de ver a Pitt en su puerta, resplandeciente con su esmoquin, chaleco y reloj de cadena de oro, Julia se recobró y se precipitó en sus brazos. Dirk se quedó tan sorprendido que estuvo a punto de caer escaleras abajo. Ella le dio un beso apasionado en la boca. Ahora le tocó a él desorbitar los ojos. Nunca había esperado una recepción tan ardorosa.

—Creía haber dicho que sería yo quien te besaría cuando volviéramos a encontrarnos. —Separó con delicadeza los brazos de Julia de su cuello—. ¿Siempre recibes así a tus citas a ciegas?

La joven bajó sus ojos grises hacia el suelo.

—No sé qué me ha pasado. La sorpresa de verte. No me dijeron quién iba a acompañarme a la fiesta de Qin Shang. Peter Harper sólo dijo que un hombre alto, apuesto y moreno sería mi apoyo.

—Esa serpiente venenosa me indujo a creer que tú eras mi apoyo. Tendría que dedicarse a productor teatral. Apuesto a que estará babeando de anticipación, al pensar en la reacción de Qin Shang cuando vea que las dos personas responsables del fracaso de su operación en Orion Lake aparecen en su fiesta sin invitación.

—Espero no te disguste tener que acompañarme. Debajo de todo este maquillaje, mi aspecto sigue siendo espantoso.

Dirk le levantó con delicadeza la barbilla y miró a sus ojos brumosos. Tendría que haber dicho algo ingenioso e inteligente, pero no era el momento.

—Tan disgustado como un hombre que acaba de descubrir una mina de diamantes.

—No sabía que eras capaz de decir cosas tan bonitas a una chica.

—No darías crédito a las hordas de mujeres que mi lengua de oro ha seducido.

—Mentiroso —dijo Julia en voz baja, al tiempo que sonreía.

—Basta de charla frívola —contestó Pitt—. Será mejor que nos vayamos, antes de que se acabe la comida.

Después de que Julia volviera a entrar un momento en la casa para coger el bolso y la chaqueta, Pitt la guió hasta la majestuosa e imponente máquina aparcada en el bordillo, delante de la casa donde Julia se alojaba con una antigua compañera de la universidad. Contempló atónita el gigantesco coche, con sus grandes ruedas de rayos de alambre cromadas y los neumáticos de banda blanca.

—¡Santo Dios! —exclamó la joven—. ¿En qué clase de coche vamos a ir?

—En un Duesenberg de 1929. Como nos han ordenado acudir a una fiesta dada por uno de los hombres más ricos del mundo, me pareció apropiado llegar a ella con estilo y elegancia.

—Nunca he ido en un coche tan fabuloso —dijo Julia con admiración, mientras se sentaba en el mullido asiento de piel oscura. Contempló maravillada el capó, que parecía extenderse hasta la mitad de la manzana, mientras Pitt cerraba la puerta y se acomodaba detrás del volante—. No conocía esta marca.

—Los Duesenberg Modelo J constituyen el mejor ejemplo de la industria automovilística de Estados Unidos. Fabricados sólo entre 1928 y 1936, estaban considerados por muchos expertos los automóviles más hermosos jamás construidos. Sólo unos cuatrocientos ochenta chasis y motores salieron de la fábrica para ser enviados a los más reputados fabricantes de coches del país, quienes produjeron magníficos diseños. Este coche fue fabricado por la empresa Walter M. Murphy de Pasadena, y remodelado como sedán descapotable. No eran baratos, se vendían hasta por veinte mil dólares, cuando el Ford Modelo A salía a la venta por unos cuatrocientos. Los adquirieron las celebridades del momento, sobre todo las estrellas de Hollywood, para las cuales los Duesenberg eran una demostración de orgullo y prestigio. Si conducías un Duesy, significaba que habías triunfado.

—Es bonito —dijo Julia, fascinada por las líneas del automóvil—. Debe de ser rápido.

—El motor fue un derivado de los motores de carreras Duesenberg. Un motor de ocho cilindros en línea, que desplazaba 6.882 centímetros cúbicos que producían 265 caballos de fuerza, cuando la mayoría de motores de su época no llegaban a los setenta. Aunque este motor carece del compresor centrífugo que fue instalado en modelos posteriores, hice unas pocas modificaciones cuando restauré el coche. En las condiciones adecuadas, puede alcanzar los 210 kilómetros por hora.

—Acepto tu palabra sin necesidad de demostraciones.

—Es una pena que no podamos ir con la capota bajada, pero la noche es fría y la he subido para proteger el pelo de su alteza.

—A las mujeres les gustan los hombres considerados.

—Siempre estoy dispuesto a complacerlas.

Julia examinó el parabrisas y reparó en un pequeño agujero que había en una esquina del cristal, rodeado de diminutas grietas.

—¿Es un agujero de bala?

—Un recuerdo de un par de esbirros de Qin Shang.

—¿Envió a hombres para matarte? —preguntó Julia, mientras contemplaba fascinada el agujero—. ¿Dónde pasó?

—Se dejaron caer por el hangar de aviones donde vivo, a primera hora de la noche —contestó Pitt, impasible.

—¿Qué ocurrió?

—No eran nada sociables, así que les di el pasaporte.

Pitt puso en marcha el coche, y el gran motor empezó a girar con un suave ronroneo, antes de que los ocho cilindros cobraran vida y emitieran un rugido apagado por el enorme tubo de escape. Pitt puso la primera, y después pasó de la segunda a la tercera. El gran coche de lujo que nunca había sido superado rodó por las calles de Washington, majestuoso y elegante.

Julia decidió que era inútil solicitar más información

a Pitt. Se relajó en el amplio asiento de piel y disfrutó del recorrido, así como de las miradas de otros conductores y de la gente que paseaba por las aceras.

Tras subir por Wisconsin Avenue y salir del distrito de Columbia, Pitt dobló por una sinuosa calle residencial flanqueada por gigantescos árboles, de los que brotaban nuevas hojas primaverales, hasta llegar al portal del camino de acceso a la mansión de Qin Shang en Chevy Chase. Las puertas de hierro eran una monstruosidad de dragones chinos entrelazados alrededor de los barrotes. Dos guardias chinos ataviados con uniformes barrocos miraron con extrañeza al enorme coche durante varios segundos, para luego avanzar y solicitar las invitaciones. Pitt se las entregó por la ventanilla abierta y esperó a que los guardias buscaran su nombre y el de Julia en una lista de invitados. Una vez comprobado que constaban en la lista, hicieron una reverencia y teclearon el código en un mando a distancia que abrió las puertas. Pitt agitó la mano a modo de saludo y condujo el Duesenberg por el largo camino de acceso, hasta detenerse bajo el pórtico de la entrada de la casa, cuya fachada estaba iluminada como un estadio de fútbol.

—He de acordarme de felicitar a Harper —dijo Pitt—. No sólo nos proporcionó invitaciones, sino que logró colar nuestros nombres en la lista de invitados.

La expresión de Julia era la de una joven que se acerca al Taj Mahal.

—Nunca había asistido a una fiesta de gala en Washington. Confío en no avergonzarte.

—No lo harás. Limítate a recordar que es una función teatral. La poderosa elite de Washington monta lujosas representaciones porque tiene algo que vender. Todo se reduce a un montón de personas que soplan como condenadas, buscan influencias e intercambian habladurías mezcladas con información auténtica. En general, la sociedad de la ciudad se limita a relatar los estúpidos acontecimientos que ocurren en sus pequeños círculos políticos.

—Hablas como si ya lo hubieras vivido.

—Como ya te dije en el muelle de Grapevine Bay, mi padre es senador. En mis días juveniles de *bon vivant* me sumaba a las fiestas para ligar con congresistas.

—¿Tenías éxito?

—Casi nunca.

De una larga limusina estaban saliendo varios invitados a la fiesta, que se volvieron y contemplaron admirados el Duesenberg. Criados encargados del aparcamiento aparecieron como por arte de magia. Eran inmunes a limusinas y coches caros, la mayoría extranjeros, pero aquél alteró sus mentes. Abrieron las puertas casi con reverencia.

Pitt divisó a un hombre, algo apartado, que dedicaba un interés particular a los recién llegados y a su medio de transporte. Después, se volvió y corrió adentro. Sin duda, pensó Pitt, para avisar a su jefe de la llegada de unos invitados que no encajaban en el perfil habitual.

Mientras desfilaban cogidos del brazo por la elegante entrada flanqueada de columnas, Julia susurró a Pitt:

—Espero no perder la compostura cuando nos encontremos con ese bastardo asesino, y le escupa en la cara.

—Dile lo mucho que disfrutaste el crucero a bordo de su barco, y que ardes en deseos de realizar otro.

Los ojos verdes destellaron como brasas.

—Y una mierda.

—No olvides que como agente del INS has venido aquí con una misión.

—¿Y tú?

Él rió.

—Yo sólo soy tu acompañante.

—¿Cómo puedes ser tan indiferente? Tendremos suerte si salimos de aquí con la cabeza sobre los hombros.

—Mientras estemos rodeados de gente, no pasará nada. Nuestros problemas empezarán en cuanto nos marchemos.

—No te preocupes —le tranquilizó Julia—. Peter ha ordenado que un equipo de agentes de seguridad esté apostado ante la casa, por si acaso.

—Si Qin Shang se pone desagradable, ¿lanzamos bengalas al aire?

—Estaremos en comunicación constante. Llevo una radio en el bolso.

Pitt contempló el diminuto bolso con escepticismo.

—¿Y también una pistola?

La joven negó con la cabeza.

—Nada de pistolas. —Sonrió con astucia—. No olvides que te he visto en acción. Tú me protegerás.

—Querida, te has metido en un buen lío.

Atravesaron el vestíbulo y desembocaron en un inmenso pasillo abarrotado de objetos de arte chinos. La pieza principal era un incensario de bronce de dos metros de altura con incrustaciones de oro. La sección superior plasmaba llamas que saltaban hacia un cielo entrelazado de mujeres, cuyos brazos y manos estaban alzados con ofrendas. Un aromático incienso dibujaba espirales de humo sobre las llamas. El perfume invadía toda la mansión. Pitt se acercó a la obra de arte y la estudió con detenimiento, así como el oro incrustado que adornaba la base.

—Bonito, ¿verdad? —dijo Julia.

—Sí —contestó Pitt en voz baja—. El acabado es único.

—Mi padre tiene una versión mucho más pequeña que no es tan antigua ni por asomo.

—El olor es un poco abrumador.

—Para mí no. Crecí rodeada de cultura china.

Pitt la cogió del brazo y la condujo hasta una amplia sala ocupada por los ricos y poderosos de Washington.

La escena le recordó un banquete romano surgido de una película de Cecil B. DeMille: mujeres esbeltas con vestidos de diseño, congresistas, senadores y la aristocracia de los abogados, cabilderos e intermediarios del poder de la ciudad, todos esforzándose por parecer sofisticados y distinguidos con sus trajes de etiqueta. Había tal océano de telas entre los invitados y los muebles, que un silencio sobrenatural reinaba en la sala, pese a que un centenar de voces hablaban al mismo tiempo.

Si los muebles habían costado menos de veinte millones de dólares, entonces era que Qin Shang los había comprado en una tienda de saldos de Nueva Jersey. Las paredes y el techo exhibían tallas muy trabajadas y estaban chapados en secoya, como la mayoría de muebles. Sólo la alfombra habría exigido que veinte muchachas ocuparan la mitad de sus vidas adolescentes en tejerla. Se extendía en azul y dorado como un océano al anochecer, y era tan mullida que daba la impresión de poder hundirse en ella. Las cortinas habrían avergonzado a las del palacio de Buckingham. Julia nunca había visto tanta seda en un único espacio. Las butacas y canapés tapizados con opulencia parecían más propios de un museo que de una casa.

No menos de veinte camareros se afanaban detrás de un bufé, cuyas montañas de langosta, cangrejo y mariscos habrían dado cuenta de toda la jornada de una flota pesquera. Sólo se servía el champán francés de mejor calidad, junto con vinos de reserva, todos de cosechas anteriores a 1950. En un rincón del salón, una orquesta de cuerda interpretaba temas de películas. Aunque Julia había nacido en el seno de una familia acomodada de San Francisco, no había visto nada comparado con aquello. Paseó los ojos por la sala, aturdida.

—Ahora entiendo por qué Peter dijo que las invitaciones de Qin Shang eran las más deseadas de Washington, aparte de las de la Casa Blanca.

—La verdad, prefiero las fiestas de la embajada francesa. Más elegancia, más refinamiento.

—Me siento tan… tan palurda entre estas mujeres tan bien vestidas.

Pitt dedicó a Julia una mirada de adoración y apretó su cintura.

—Deja de menospreciarte. Posees más clase que ninguna. Deberías ser ciega para no darte cuenta de que todos los hombres de la sala te están devorando con los ojos.

Julia se ruborizó. La turbó comprobar que tenía razón. Los hombres la miraban con descaro, al igual que muchas mujeres. También observó a una docena de exquisitas mujeres chinas, vestidas con trajes de seda ceñidos, que se mezclaban con los invitados masculinos.

—Parece que no soy la única mujer de antepasados chinos.

Pitt echó una mirada a las mujeres de las que Julia había hablado.

—Hijas de la alegría.

—¿Perdón?

—Putas.

—¿Qué insinúas?

—Qin Shang las contrata para que se trabajen a los hombres que vienen sin sus mujeres. Podrías llamarlo una forma sutil de padrinazgo político. Las influencias que no puede comprar, las consigue mediante favores sexuales.

Ella le miró boquiabierta.

—He de aprender muchas cosas sobre los cabildeos gubernamentales.

—Son exóticas, ¿verdad? Menos mal que estoy con alguien que las supera con creces porque quizá serían una tentación difícil de resistir.

—No tienes nada que Qin Shang desee —afirmó Julia—. Tal vez deberíamos localizarle y anunciarle nuestra presencia.

Pitt la miró como asombrado.

—¿Cómo, y perdernos toda la comida y bebida gratis? Ni hablar. Lo primero es lo primero. Vamos al bar en busca de champán, y después atacaremos el bufé. Más tarde, disfrutaremos de un buen coñac, y luego nos presentaremos ante el archivillano de Oriente.

—Creo que eres el hombre más loco, complicado y temerario que he conocido.

—Te has dejado encantador y atractivo.

—Es imposible que una mujer pueda aguantarte más de veinticuatro horas.

—Conocerme es quererme. —Las arrugas que cercaban sus ojos se profundizaron, y ladeó la cabeza en dirección al bar—. Tanta charla me da sed.

Cruzaron el salón en dirección al bar y bebieron el champán que les ofrecieron. Después, se desplazaron hasta el bufé y llenaron sus platos. Pitt se quedó muy sorprendido al ver una gran bandeja de abalone frito, un marisco en vías de extinción. Localizó una mesa vacía al lado de la chimenea y la ocuparon. Julia no podía impedir que sus ojos vagaran por el inmenso salón.

—Veo a varios hombres chinos, pero no sé cuál es Qin Shang. Peter no me facilitó su descripción.

—Para ser una agente del gobierno —dijo Pitt, entre bocado y bocado de langosta—, tus poderes de observación son lastimosamente pobres.

—Conoces su apariencia.

—Nunca le he visto, pero si miras por aquella puerta de la pared oeste, custodiada por un gigante disfrazado con un traje dinástico, descubrirás la sala de audiencias privada de Qin Shang. Yo supongo que ahora se encuentra allí.

Julia empezó a ponerse en pie.

—Acabemos de una vez.

Pitt la contuvo.

—No tan deprisa. Aún no he tomado mi coñac.

—Eres incorregible.

—Las mujeres siempre me dicen lo mismo.

Un camarero se llevó sus platos, y Pitt dejó sola a Julia unos momentos para ir al bar, del que volvió con dos copas de cristal que contenían un coñac de cincuenta años. Poco a poco, muy poco a poco, como si no tuviera la menor preocupación en el mundo, Pitt aspiró el aroma del licor. Cuando se llevó la copa a los labios, vio a un hombre reflejado en el cristal, que se acercaba a su mesa.

—Buenas noches —dijo con voz calma—. Espero que se estén divirtiendo. Soy su anfitrión.

Julia se quedó petrificada cuando alzó la vista y vio el rostro sonriente de Qin Shang. No era como había imaginado. No pensaba que fuera tan alto y corpulento. Su cara no era la de un asesino cruel, despiadado y poderoso. No se detectaba la menor señal de autoridad detrás de su tono cordial, pero intuyó una frialdad subterránea. Vestía un esmoquin inmaculado, bordado con tigres dorados.

—Sí, gracias —dijo Julia, apenas incapaz de reaccionar con educación—. Es una fiesta magnífica.

Pitt se puso en pie con parsimonia, procurando no parecer paternalista.

—Permítame presentarle a la señorita Julia Lee.

—¿Y usted, señor? —preguntó Qin Shang.

—Me llamo Dirk Pitt.

Ni rayos ni truenos. El tipo tiene estilo, tuvo que admitir Pitt. La sonrisa permaneció fija. Si se sorprendió al encontrar a Pitt vivito y coleando, Qin Shang no lo demostró. La única reacción visible fue un leve movimiento de los ojos. Durante unos largos momentos, los ojos verde jade se trabaron con los verdes opalinos, porque ninguno de ambos hombres deseaba apartar la vista. Pitt sabía muy bien que era una estupidez, y no veía otro propósito en el duelo de miradas que la satisfacción egoísta del vencedor. Poco a poco, sus ojos se elevaron hacia las cejas de Qin Shang, después hacia la frente, se detuvieron un momento, y ascendieron hasta el cabello. Después, los ojos de Pitt se dilataron un poco, como si hubiera descubierto algo, y sus labios esbozaron una tensa sonrisa.

La treta funcionó. Qin Shang perdió la concentración. Alzó los ojos involuntariamente.

—¿Puedo preguntarle qué encuentra tan divertido, señor Pitt?

—Me estaba preguntando quién es su peluquero —contestó Pitt con aire de inocencia.

—Es una dama china que me atiende cada día. Le daría su nombre, pero es una empleada particular.

—Le envidio. Mi barbero es un húngaro demente y paralítico.

Una breve mirada gélida.

—La foto de su expediente no le hace justicia.

—Aplaudo a un hombre que hace sus deberes.

—¿Puedo hablar un momento con usted en privado, señor Pitt?

Pitt señaló a Julia.

—Sólo si la señorita Lee está presente.

—Temo que nuestra conversación no interese a una dama tan encantadora.

Pitt se dio cuenta de que Qin Shang ignoraba la identidad de Julia.

—Al contrario. Ha sido una grosería por mi parte no mencionar que la señorita Lee es agente del servicio de Inmigración y Naturalización. También viajaba como pasajera a bordo de uno de sus barcos de ganado, y tuvo la desgracia de disfrutar de su hospitalidad en Orion Lake. Supongo que Orion Lake no le resulta desconocido. Se encuentra en el estado de Washington.

Por un instante, un brillo rojizo asomó a los ojos color jade, pero se extinguió con la misma rapidez. Qin

Shang siguió tan impenetrable como el mármol. Su voz era serena y apacible.

—¿Quieren hacer el favor de acompañarme?

Dio media vuelta y se alejó, convencido de que Julia y Pitt le seguirían.

—Creo que ha llegado el momento —dijo Pitt, mientras ayudaba a Julia a levantarse.

—Perro marrullero —murmuró ella—. Sabías desde el principio que nos buscaría.

—Shang no ha llegado donde está sin una buena dosis de curiosidad.

Lo siguieron a través de la multitud hasta que llegó ante el gigante disfrazado, que abrió la puerta con deferencia. Entraron en una habitación muy diferente a la que acababan de dejar. Era modesta y austera. Las paredes estaban pintadas de un azul pálido. Los únicos muebles eran un canapé, dos butacas y un escritorio vacío, a excepción de un teléfono. Les indicó con un ademán que tomaran asiento en el canapé, mientras él se sentaba detrás del escritorio. Pitt advirtió divertido que el escritorio y la butaca estaban un poco elevados, para que Qin Shang mirara de arriba abajo a sus visitantes.

—Perdone que no lo haya mencionado —dijo Pitt con desenvoltura—, pero el incensario de bronce de la entrada principal es de la dinastía Liao, si no me equivoco.

—Pues sí, está en lo cierto.

—Ya sabrá que se trata de una falsificación.

—Es usted muy observador, señor Pitt —dijo Qin Shang sin ofenderse—. No es una falsificación, sino una réplica muy bien ejecutada. El original se perdió en 1948, durante la guerra, cuando el ejército de Mao Tsé-tung aplastó a las fuerzas de Chiang Kai-shek.

—¿El incensario continúa en China?

—No; iba en un barco, junto con otros tesoros antiguos robados de mi país por Chiang, que se perdió en el mar.

—¿El lugar donde descansa el barco sigue siendo un misterio?

—Un misterio a cuya solución he dedicado muchos años. Encontrar el barco y su carga es el deseo más apasionado de mi vida.

—Sé por experiencia que los barcos naufragados no se encuentran hasta que ellos quieren.

—Muy poético —dijo Qin Shang. Hizo una pausa para consultar su reloj—. Debo volver para atender a mis invitados, de manera que seré breve, antes de que mis guardias de seguridad les acompañen a la puerta. Hagan el favor de explicarme el motivo de su presencia aquí.

—Pensaba que era evidente —contestó Pitt—. La señorita Lee y yo queríamos conocer al hombre al que vamos a colgar.

—Es usted muy sucinto, señor Pitt. Es algo que aprecio en un adversario. Pero son ustedes los que caerán en esta guerra.

—¿De qué guerra habla?

—De la guerra económica entre la República Popular China y Estados Unidos. Una guerra que proporcionará inmensas riquezas y poder al ganador.

—No abrigo ambiciones a ese respecto.

—Ah, pero yo sí. Ésa es la diferencia entre nosotros y nuestros compatriotas. Como la mayoría de la chusma de Estados Unidos, usted carece de determinación y celo.

Pitt se encogió de hombros.

—Si la codicia es su dios, posee muy pocas cosas de auténtico valor.

—¿Me considera un hombre codicioso? —preguntó con placidez Qin Shang.

—Pocas cosas de su estilo de vida me han persuadido de lo contrario.

—Todos los grandes hombres de la historia fueron espoleados por la ambición. Es la compañera natural del poder. Pese a lo que piense la opinión pública, el mundo no está dividido en buenos y malos, sino en los activos y los pasivos, los visionarios y los ciegos, los realistas y los románticos. El mundo no funciona a base de obras y sentimientos buenos, señor Pitt, sino a base de logros.

—¿Qué espera lograr a la larga, además de un mausoleo pretencioso sobre su ataúd?

—Me ha entendido mal. Mi objetivo es ayudar a China a convertirse en la nación más grande de todos los tiempos.

—Al tiempo que acumula más riquezas de las que ya posee. ¿Dónde acabará, señor Shang?

—No hay límites, señor Pitt.

—Lo tiene crudo si piensa que China puede superar a Estados Unidos.

—Ah, pero ya está ocurriendo. Su país está agonizando lentamente como potencia mundial, mientras el mío está en pleno apogeo. Ya hemos superado a Estados Unidos como la mayor economía de la historia. Ya hemos superado su déficit comercial con Japón. Su gobierno es impotente, pese a su arsenal nuclear. Pronto, será impensable que sus líderes intervengan cuando asumamos el control de Taiwán y de las demás naciones asiáticas.

—¿Y qué más da? Aún tardarán otros cien años en alcanzar nuestro nivel de vida.

—El tiempo está de nuestra parte. No sólo erosionaremos Estados Unidos desde fuera, sino que, con la ayuda de nuestros compatriotas, provocaremos que se derrumbe desde dentro. La división futura y las guerras raciales internas darán al traste con su destino de gran nación.

Pitt empezó a comprender las intenciones de Qin Shang.

—Ayudadas e instigadas por su doctrina de la inmigración ilegal, ¿verdad?

Qin Shang miró a Julia.

—Su Servicio de Inmigración y Naturalización calcula en casi un millón los chinos que entran en Estados Unidos y Canadá legal e ilegalmente cada año. De hecho, la cifra se acerca a los dos millones. Mientras se concentraban en impedir el paso a sus vecinos del sur, nosotros hemos enviado masas de mis compatriotas por mar hacia sus costas. Un día, antes de lo que supone, sus estados costeros y las provincias canadienses serán una extensión de China.

La idea era inconcebible para Pitt.

—Le concedo matrícula de honor en ilusiones y un suspenso en sentido práctico.

—No es tan ridículo como piensa —dijo con paciencia Qin Shang—. Piense en los cambios que han experimentado las fronteras de Europa durante los últimos cien años. A lo largo de los siglos, la emigración ha destruido viejos imperios y construido nuevos, hasta que han vuelto a derrumbarse por la acción de nuevas masas migratorias.

—Una teoría interesante —dijo Pitt—, pero teoría, al fin y al cabo. La única forma de que su visión se convierta en realidad es que el pueblo estadounidense se tienda a la bartola y finja estar muerto.

—Sus compatriotas han dormido durante toda la década de los noventa —replicó Qin Shang con tono visceral, casi amenazador—. Cuando al fin despierten, será una década demasiado tarde.

—Plasma un cuadro sombrío para la humanidad —dijo Julia, estremecida.

Pitt guardó silencio. No tenía respuestas, ni tampoco era Nostradamus. Su cerebro le decía que la profecía de Qin Shang tal vez fuera cierta, pero su corazón se negaba a rechazar la esperanza. Se puso en pie y cabeceó en dirección a Julia.

—Creo que ya hemos oído bastante. Es evidente

que el señor Shang es un hombre al que le encanta escucharse. Salgamos de esta monstruosidad arquitectónica y su falso decorado, y respiremos un poco de aire puro.

Qin Shang se levantó como impulsado por un resorte.

—No se atreva a burlarse de mí —rugió.

Pitt avanzó hacia el escritorio y se inclinó sobre la superficie, hasta que su rostro quedó a escasos centímetros del de Qin Shang.

—¿Burlarme de usted, señor Shang? Por decirlo de una manera suave, prefiero que mi calcetín de Navidad se llene de mierda de vaca a escuchar su demencial filosofía sobre el futuro. —Cogió la mano de Julia—. Vamos, larguémonos de aquí.

Julia no hizo el menor esfuerzo por moverse. Parecía aturdida. Pitt tuvo que arrastrarla detrás de él. Se detuvo en la puerta y se volvió.

—Gracias, señor Shang, por una velada de lo más estimulante. He disfrutado de su champán y sus mariscos, sobre todo el abalone.

La cara del chino estaba tensa y fría, retorcida en una máscara de maldad.

—Ningún hombre habla a Qin Shang de esta manera.

—Lo siento por usted, Shang. De puertas afuera, es fabulosamente rico y todopoderoso, pero por dentro no es más que un hombre que se ha hecho a sí mismo y que adora a su inventor.

Qin Shang luchó por recuperar el control de sus emociones. Cuando habló, su voz sonó como llegada desde una neblina arcaica.

—Ha cometido un error fatal, señor Pitt.

Éste sonrió.

—Iba a decir lo mismo sobre dos cretinos que envió a matarme hace unas horas.

—En otro momento, en otro lugar, tal vez no sea tan afortunado.

—En pro del juego limpio —dijo con frialdad Pitt—, debo advertirle que he contratado a un equipo de asesinos profesionales para acabar con usted, señor Shang. Con suerte, no volveremos a vernos nunca más.

Antes de que Qin Shang pudiera replicar, Pitt y Julia atravesaron la masa de invitados en dirección a la entrada principal. Julia abrió con discreción su bolso, lo acercó a la cara como si buscara algún maquillaje y habló por la diminuta radio.

—Aquí Dama Dragón. Vamos a salir.

—Dama Dragón —dijo Pitt—. ¿Es lo mejor que se te ha ocurrido para un nombre en clave?

Los ojos grises le miraron como si hubiera perdido el juicio.

—Es adecuado —se limitó a contestar.

Si los asesinos pagados por Qin Shang se proponían seguir al Duesenberg y volatilizar a sus ocupantes en el primer semáforo en rojo, pronto abandonaron la idea, cuando dos furgonetas se colocaron detrás del coche.

—Espero que sean los nuestros —dijo Pitt.

—Peter Harper es muy minucioso. El INS protege a los suyos con especialistas ajenos al servicio. La gente de esas furgonetas pertenece a una fuerza de seguridad poco conocida que proporciona grupos de guardaespaldas a petición de las diferentes ramas del gobierno.

—Qué pena.

Ella le miró intrigada.

—¿Por qué lo dices?

—Con esas carabinas armadas vigilando todos nuestros movimientos, no puedo llevarte a mi casa para echar una cabezada.

—¿Estás seguro de que una cabezada es lo único

que tienes en mente? —repuso Julia con voz sensual.

Él apartó una mano del volante y palmeó su rodilla.

—Las mujeres siempre han sido un enigma para mí. Confiaba en que olvidaras que eres una agente del gobierno y te dejaras de precauciones.

Julia apretó su cuerpo contra el de Pitt y deslizó las manos alrededor de su brazo. El ruido apagado del motor y el olor del cuero se le antojaban sensuales.

—Quedé fuera de servicio en cuanto salimos de la casa de esa sabandija —dijo—. Mi tiempo es tu tiempo.

—¿Cómo nos desembarazamos de tus amigos?

—Imposible. No nos dejarán ni a sol ni a sombra.

—En ese caso, ¿crees que les importará si tomo un desvío?

—Es probable —sonrió Julia—, pero creo que lo harás de todos modos.

Pitt guardó silencio mientras conducía. Miró por el retrovisor y experimentó una punzada de orgullo cuando vio que las furgonetas se esforzaban por no quedar rezagadas.

—Espero que no disparen a los neumáticos. No salen baratos para un coche como éste.

—¿Hablaste en serio cuando dijiste a Qin Shang que habías contratado a un grupo de asesinos profesionales para que le mataran?

Él sonrió.

—Un farol como un camión, pero él no lo sabe. Me proporciona una gran satisfacción atormentar a hombres como Qin Shang, demasiado acostumbrados a que la gente menee la cola en cuanto levanta un dedo. Le sentará bien clavar la vista en el techo por las noches y preguntarse si alguien acecha a la espera de meterle una bala en la cabeza.

—¿Cuál es ese desvío?

—Creo que he encontrado la grieta en la armadura de Qin Shang, su talón de Aquiles, si me perdonas el tópico. Pese al muro, en apariencia impenetrable, que ha erigido alrededor de su vida privada, tiene una grieta vulnerable de un kilómetro de ancho.

Ella ciñó la chaqueta alrededor de sus piernas desnudas para protegerse del frío.

—Habrás adivinado algo a partir de lo que dijo que se me ha escapado.

—Si no recuerdo mal, sus palabras fueron: «el deseo más apasionado de mi vida».

Ella le miró a los ojos.

—Estaba hablando de una inmensa carga de tesoros artísticos chinos que desaparecieron en un barco.

—Exacto.

—Posee más riquezas y antigüedades chinas que nadie en la tierra. ¿Por qué le interesa tanto un barco cargado con algunos objetos históricos?

—No es un simple interés, encantadora criatura. Qin Shang está obsesionado, como todos los hombres que han buscado a lo largo de los siglos un tesoro perdido. No morirá feliz, por riquezas y poder que haya acumulado, hasta que pueda sustituir todas sus réplicas artísticas por las piezas verdaderas. Poseer algo que ningún hombre o mujer de la tierra pueden poseer es la realización absoluta para Qin Shang. He conocido a hombres como él. Daría treinta años de su vida por encontrar el barco y sus tesoros.

—Pero ¿cómo se busca un barco perdido hace cincuenta años? —preguntó Julia—. ¿Por dónde empiezas?

—Empiezas llamando a una puerta que está a una seis manzanas calle arriba.

26

Pitt desvió el Duesenberg por un estrecho camino de acceso que corría entre dos casas de paredes de ladrillo, cubiertas por completo de enredadera. Detuvo el coche frente a una espaciosa cochera que daba a un patio que habían cubierto con un tejado.

—¿Quién vive aquí? —preguntó Julia.

—Un personaje muy interesante. —Indicó una gran aldaba de bronce con forma de velero—. Llama, si puedes.

—¿Si puedo? —Extendió una mano vacilante hacia la aldaba—. ¿Tiene algún truco?

—No es lo que estás pensando. Adelante, intenta levantarla.

Antes de que Julia pudiera tocar la aldaba, la puerta se abrió, y un hombretón gordinflón, vestido con una bata color vino que cubría un pijama de seda del mismo color apareció. Ella lanzó una exclamación ahogada y dio un paso atrás hasta tropezar con Pitt, que se echó a reír.

—Nunca falla.

—¿En qué? —preguntó el hombre.

—En abrir la puerta antes de que un visitante llame.

—Ah, eso. —El hombre hizo un ademán majestuoso—. Un timbre suena siempre que alguien sube por el camino de acceso.

—St. Julien —dijo Pitt—, perdona esta visita intempestiva.

—¡Tonterías! —clamó el hombre, que pesaría unos doscientos kilos—. Eres bienvenido a cualquier hora del día o la noche. ¿Quién es esta encantadora dama?

—Julia Lee, te presento a St. Julien Perlmutter, gourmet, coleccionista de vinos de marca y poseedor de la biblioteca más extensa del mundo sobre naufragios.

Perlmutter se inclinó todo lo que le permitió su corpachón y besó la mano de Julia.

—Siempre es un placer conocer a una amiga de Dirk. —Se incorporó y agitó un brazo. La manga de seda ondeó como una bandera en la brisa—. No os quedéis ahí fuera. Entrad, entrad. Estaba a punto de abrir una botella de oporto Barros de cuarenta años. Por favor, compartidla conmigo.

Julia salió del patio cerrado que en otro tiempo había servido para enjaezar tiros de caballos a carruajes elegantes, y contempló maravillada los miles de libros amontonados sobre cada centímetro cuadrado de la cochera. Muchos estaban colocados ordenadamente en estanterías interminables. Otros estaban apilados a lo largo de paredes, en escaleras y balcones. En los dormitorios, en los cuartos de baño, en los armarios, incluso en la cocina y el comedor. Apenas sobraba espacio para que una persona recorriera un pasillo.

A lo largo de cincuenta años, St. Julien Perlmutter había acumulado la mejor y más extensa colección de literatura naval histórica jamás reunida en un solo lugar. Su biblioteca era la envidia de todos los archivos marítimos del mundo y no tenía parangón. Los libros y registros navales que no podía poseer, los copiaba. Temerosos de un incendio u otro tipo de desastre, sus compañeros de investigaciones le suplicaban que informatizara su inmenso archivo, pero él prefería dejar su colección en papel encuadernado.

La compartía generosamente con cualquiera que acudiera a él en busca de información sobre un naufragio en particular. Desde que Pitt le conocía, Perlmutter no había rechazado a nadie que buscara sus extensos conocimientos.

Si el monstruoso cúmulo de libros no era todo un espectáculo por sí mismo, Perlmutter sí lo era. Su cara, de un color purpúreo adquirido gracias a toda una vida de comer y beber en exceso, apenas asomaba bajo una masa rizada de pelo gris y una barba poblada. Su nariz, bajo los ojos azul cielo, era un puntito rojo. Sus labios se perdían bajo un bigote retorcido en las puntas. Era obeso, pero no grasiento. Era tan sólido como una escultura de madera maciza. La gente que le conocía por primera vez pensaba que era mucho más joven de lo que aparentaba, pero St. Julien Perlmutter había cumplido ya setenta y un años, sano como el que más.

Amigo íntimo del padre de Pitt, el senador George Pitt, Perlmutter conocía a Dirk desde que nació. A lo largo de los años se había forjado un estrecho vínculo entre ambos, de modo que era una especie de tío favorito. Sentó a Pitt y a Julia alrededor de una enorme cubierta de escotilla enrejada, reconstruida y lacada hasta alcanzar el brillo de una mesa de comedor. Les ofreció copas de cristal que en su tiempo habían distinguido el comedor de primera clase del transatlántico de lujo italiano *Andrea Doria*.

Julia estudió la imagen grabada del barco en su copa, mientras Perlmutter les servía el oporto añejo.

—Pensaba que el *Andrea Doria* descansaba en el fondo de los mares.

—Y así es —dijo Perlmutter, mientras se retorcía una punta del bigote—. Dirk recuperó una colección de copas de vino cuando buceó hasta el barco hundido hace cinco años, y tuvo la gentileza de regalármelas. Dígame su opinión sobre el oporto, se lo ruego.

El que semejante gourmet quisiera saber su opinión halagó a Julia. Sorbió el contenido rubí de la copa y compuso una expresión de placer.

—Sabe de maravilla.

—Estupendo, estupendo. —Dirigió a Pitt una mirada reservada a un vago tirado sobre un banco de un parque—. A ti no te lo preguntaré, porque tus gustos son bastante vulgares.

Pitt reaccionó como si le hubieran insultado.

—No reconocerías el buen oporto ni que te ahogaras en una barrica. A mí, en cambio, me destetaron con él.

—Me aborrezco por haberte permitido entrar en mi casa —gimió Perlmutter.

Julia se dio cuenta de la pantomima.

—¿Siempre os comportáis así?

—Sólo cuando nos encontramos —rió Pitt.

—¿Qué te trae por aquí a estas horas de la noche? —preguntó Perlmutter, al tiempo que guiñaba un ojo a Julia—. No puede ser mi ingeniosa conversación.

—No —admitió Pitt—. Quería saber si has oído hablar de un barco que abandonó China en 1948 con un cargamento de obras de arte chinas históricas, y después se desvaneció.

Perlmutter sostuvo el oporto ante sus ojos y le dio vueltas en la copa. Sus ojos adoptaron un brillo pensativo, mientras su mente enciclopédica buceaba en sus células cerebrales.

—Creo recordar que se llamaba *Princess Dou Wan*. Se perdió con todos sus tripulantes y pasajeros en algún lugar de Centroamérica. Nunca se encontró el menor rastro del barco.

—¿Había algún registro de su cargamento?

Perlmutter negó con la cabeza.

—El rumor de que transportaba una rica carga de antigüedades no estaba bien documentado. Rumores vagos, en realidad. No surgió a la luz ninguna prueba de que fuera cierto.

—¿Cómo lo llamas tú? —preguntó Pitt.

—Otro misterio del mar. No puedo decirte gran cosa, excepto que el *Princess Dou Wan* era un buque de pasajeros que había dejado atrás sus buenos tiempos e iba de cabeza al desguace. Un barco bonito, que en su época de esplendor era conocido como el rey de los Mares de China.

—¿Cómo llegó a perderse en Centroamérica?

Perlmutter se encogió de hombros.

—Como ya he dicho, otro misterio del mar.

Pitt sacudió la cabeza.

—No estoy de acuerdo. Si existe un enigma, es obra del hombre. Un barco no desaparece a cinco mil millas de donde se supone que debe estar.

—Voy a desenterrar el informe sobre el *Princess*. Creo que está en un libro apilado debajo del piano.

Alzó su corpachón de una silla agradecida y salió anadeando del comedor. No habían pasado ni dos minutos, cuando Pitt y Julia oyeron un grito desde otra habitación.

—¡Ah, aquí está!

—Con tantos libros, ¿cómo sabe exactamente dónde encontrar el que busca? —preguntó Julia, asombrada.

—Conoce el título de todos los libros de la casa —aseguró Pitt—, su exacta localización y si es el tercero o cuarto desde lo alto de la pila o desde el lado derecho de la estantería.

Apenas Pitt había terminado de hablar, cuando Perlmutter entró en el comedor. Sus codos rozaron los dos marcos de la puerta al mismo tiempo. Sostenía en alto un libro grueso encuadernado en piel. El título, en letras doradas, rezaba: *Historia de las líneas navales orientales*.

—Es el único informe oficial que he encontrado sobre la historia del *Princess Dou Wan*.

Perlmutter se sentó a la mesa, abrió el libro y empezó a leer en voz alta.

—Se le puso la quilla y fue botado el mismo año, 1913, por los constructores navales Harland & Wolf, de Belfast, para la Singapore Pacific Steamship Lines. Su nombre original era *Lanai*. Era un barco de buena apariencia para su época, un tonelaje algo inferior a once mil toneladas, una eslora de casi ciento cincuenta metros y una manga de dieciocho metros. —Hizo una pausa y alzó el libro para que vieran una fotografía del barco, surcando un mar en calma con un hilillo de humo que surgía de su única chimenea. La foto estaba coloreada y revelaba el tradicional casco negro con la superestructura blanca, rematada por una alta chimenea verde—. Tenía capacidad para quinientos diez pasajeros, cincuenta y cinco de ellos de primera clase —continuó—. Al principio funcionaba con carbón, pero después fue modificado para aceptar petróleo, en 1920. Velocidad máxima de diecisiete nudos. Su viaje inaugural tuvo lugar en diciembre de 1913, cuando zarpó de Southampton en dirección a Singapur. Hasta 1931, la mayoría de sus desplazamientos fueron entre Singapur y Honolulú.

—Debía ser una experiencia relajante y cómoda cruzar los Mares del Sur en aquellos primeros tiempos —comentó Julia.

—Hace ochenta años, los pasajeros no iban tan apresurados y ocupados —admitió Pitt. Miró a Perlmut- ter—. ¿Cuándo se convirtió el *Lanai* en *Princess Dou Wan*?

—Lo vendieron a la Canton Lines de Shanghai en 1931 —contestó Perlmutter—. Desde entonces hasta la guerra, transportó pasajeros y carga a los puertos del sur del mar de la China. Durante la guerra, sirvió como transporte de tropas australiano. En 1942, mientras desembarcaba tropas y equipo en Nueva Guinea, fue atacado por aviones japoneses y sufrió graves daños, pero volvió a Sidney por sus propios medios para ser reparado y remozado. Su historial bélico es impresionante. Desde 1940 a 1945, transportó más de ochenta mil hombres dentro y fuera de la zona de guerra, eludió aviones, submarinos y acorazados enemigos, y sufrió graves daños, infligidos en siete ataques diferentes.

—Cinco años de navegar por aguas infestadas de japoneses —dijo Pitt—. Es asombroso que no se hundiera.

—Cuando la guerra concluyó, el *Princess Dou Wan* fue devuelto a la Canton Lines y reconvertido una vez más en buque de pasajeros. Entró en servicio entre Hong Kong y Shanghai. Después, a finales del otoño de 1948, fue dado de baja del servicio y enviado al desguace de Singapur.

—Al desguace —murmuró Pitt—. Has dicho que se hundió ante Centroamérica.

—Los hechos empiezan a ser vagos —dijo Perlmutter, mientras sacaba varias hojas de papel sueltas del libro—. He acumulado toda la información que he podido encontrar, y la he refundido en un breve informe. Lo único que se sabe con seguridad es que no llegó al desguace. El último informe lo proporcionó un radiotelegrafista de una estación naval de Valparaíso, en Chile. Según los registros del radiotelegrafista, un barco que se identificó como *Princess Dou Wan* envió una serie de señales de auxilio, diciendo que hacía agua y escoraba peligrosamente, bajo el embate de una violenta tormenta doscientas millas al oeste. Preguntas repetidas no aportaron más respuestas. Después, la radio enmudeció y nunca más se supo nada de él. Una investigación no encontró ni rastro del buque.

—¿Es posible que existiera otro *Princess Dou Wan*? —preguntó Julia.

Perlmutter negó con la cabeza.

—En el Registro Internacional de Barcos sólo consta un *Princess Dou Wan* entre 1850 y el presente. La señal debió enviarse como pista falsa desde otro barco chino.

—¿De dónde surgieron los rumores de que antigüedades chinas iban a bordo? —preguntó Pitt.

Perlmutter extendió las manos con las palmas hacia arriba en señal de ignorancia.

—Un mito, una leyenda, el mar está plagado de ellas. Las únicas fuentes de que tengo noticia son estibadores y soldados de la China Nacionalista, indignos de confianza, que recibieron la orden de cargar el barco. Más tarde, fueron capturados e interrogados por los comunistas. Uno afirmó que una caja se había abierto mientras la izaban a bordo, y dejó al descubierto un caballo de bronce de tamaño natural.

—¿Cómo demonios ha reunido toda esta información? —preguntó Julia, asombrada por los conocimientos de Perlmutter sobre desastres marítimos.

Él sonrió.

—Gracias a un colega chino. Tengo fuentes de información en todo el mundo, que me envían libros y documentación relativos a naufragios siempre que las encuentran. Saben que pago generosamente en dólares por informes que contengan datos nuevos. La historia del *Princess Dou Wan* me la refirió un viejo amigo, que es el historiador e investigador más importante de China, Zhu Kwan. Nos hemos carteado e intercambiado información marítima durante muchos años. Fue él quien aludió a la leyenda que rodea al barco desaparecido.

—¿Te proporcionó Zhu Kwan un manifiesto del tesoro? —preguntó Pitt.

—No; se limitó a afirmar que su investigación le había conducido al convencimiento de que, antes de que las tropas de Mao entraran en Shanghai, Chiang Kai-shek había limpiado los museos, galerías y colecciones privadas de antigüedades chinas. Los registros de objetos y obras de arte chinos anteriores a la Segunda Guerra Mundial son sucintos, por decirlo de una manera suave. Es bien sabido que, después de que los comunistas tomaran el poder, se encontraron muy pocas antigüedades. Todo lo que se ve en China hoy fue descubierto y excavado después de 1948.

—¿No se encontró ninguno de los tesoros perdidos?

—No que yo sepa —admitió Perlmutter—. Tampoco Zhu Kwan me ha dicho algo diferente.

Pitt tomó el último sorbo de su oporto añejo.

—Por lo tanto, cabe la posibilidad de que una inmensa parte de la herencia de China yazca en el fondo del mar.

Julia adoptó una expresión de curiosidad.

—Todo esto es muy interesante, pero no alcanzo a comprender qué tiene que ver con las operaciones ilegales de Qin Shang.

Pitt cogió su mano y la estrechó.

—Tu Servicio de Inmigración y Naturalización, la CIA y el FBI podrán atacar a Qin Shang y su imperio corrompido desde el frente y los lados, pero su obsesión por las antigüedades perdidas de China abre la puerta a que la Agencia Nacional Marina y Submarina le ataque por la retaguardia, donde menos lo espera. St. Julien y yo tendremos que ponernos al día. Juntos, formamos un equipo investigador mejor que cualquiera reunido por Qin Shang. —Pitt hizo una pausa y su cara se iluminó—. Ahora sólo nos queda encontrar el *Princess Dou Wan* antes que Qin Shang.

27

La noche todavía era joven cuando Pitt y Julia salieron de la cochera de St. Julien Perlmutter. Pitt dio media vuelta con el coche y bajó por el camino de acceso a la calle. Se detuvo antes de sumergirse en el tráfico. Las dos furgonetas Ford conducidas por guardaespaldas especiales de la compañía de seguridad contratada por Peter Harper no se veían por ninguna parte.

—Parece que nos han abandonado —dijo Pitt, con el pie apoyado en el freno del Duesenberg.

Julia parecía perpleja.

—No lo entiendo. No se me ocurre por qué.

—Tal vez decidieron que éramos muy aburridos y fueron a un bar a ver un partido de baloncesto.

—No digas tonterías —rezongó Julia.

—Entonces se trata de otro *déjà vu* —comentó Pitt. Extendió la mano hacia la funda lateral de la puerta de Julia, sacó el Colt 45 que ya había recargado y se lo entregó a ella—. Espero que no hayas perdido la puntería desde nuestra huida de Orion Lake.

La joven meneó la cabeza.

—Estás exagerando el peligro.

—No. Algo muy grave está pasando. Coge la pistola, y si has de utilizarla, hazlo.

—Tiene que haber una explicación sencilla de la desaparición de las furgonetas.

—Una predicción más de la precognición de Pitt. Los bolsillos del Servicio de Inmigración y Naturalización no son tan hondos como los bolsillos de Qin Shang Maritime Limited. Sospecho que alguien pagó el doble a los guardias privados de Harper para que hicieran las maletas y volvieran a casa.

Julia extrajo el transmisor del bolso.

—Aquí Dama Dragón. Adelante, Sombra, déme su posición. —Esperó la respuesta, pero sólo recibió estática. Repitió el mensaje cuatro veces, sin obtener contestación—. ¡Esto es inadmisible! —exclamó.

—¿Puedes llamar a alguien más con tu aparatito? —preguntó con cinismo Pitt.

—No; sólo tiene un alcance de unos tres kilómetros.

—Entonces ha llegado el momento de… —Pitt calló a mitad de la frase cuando las dos furgonetas doblaron por la esquina y frenaron en el bordillo, a cada lado del Duesenberg, que seguía parado en el camino de acceso.

Apenas dejaron sitio para que los amplios guardabarros del Duesenberg pudieran pasar. Sólo llevaban encendidas las luces de aparcamiento. Las siluetas del interior se veían vagas e indefinidas tras los cristales tintados.

—Ya sabía yo que todo iba bien —dijo Julia, y dirigió a Pitt una mirada de autosuficiencia. Habló por el transmisor de nuevo—. Sombra, aquí Dama Dragón, ¿por qué abandonaron sus posiciones?

Esta vez la respuesta llegó casi de inmediato.

—Lo siento, Dama Dragón, pensamos que era mejor dar vueltas a la manzana por si aparecían vehículos sospechosos. Si están preparados para marcharse, díganos su destino.

—No me lo trago —dijo Pitt mientras observaba la

distancia entre las dos furgonetas aparcadas y el tráfico de la calle—. Una furgoneta tendría que haberse quedado de vigilancia, mientras la otra daba vueltas a la manzana. Eres una agente. ¿Por qué tengo que decírtelo?

—Peter no habría contratado a gente irresponsable —insistió ella—. Él no trabaja así.

—¡No contestes todavía! —le espetó él. El peligro, como una señal de advertencia roja, parpadeaba en su cerebro—. Nos han vendido. Apuesto diez contra uno a que esos tipos no son los mismos que Harper contrató.

Por primera vez, los ojos de Julia reflejaron una creciente aprensión.

—Si estás en lo cierto, ¿qué les digo?

Si Pitt pensaba que sus vidas corrían peligro de muerte, no lo manifestó.

—Diles que vamos a mi casa, en el aeropuerto internacional de Washington.

—¿Vives en un aeropuerto? —se asombró ella.

—Desde hace casi veinte años. De hecho vivo dentro del perímetro.

Julia se encogió de hombros, perpleja, y dio las instrucciones a los hombres de las furgonetas, mientras Pitt buscaba debajo del asiento y sacaba un teléfono móvil.

—Ahora ponte en contacto con Harper. Explica la situación y di que nos dirigimos al Lincoln Memorial. Dile que intentaré retrasar nuestra llegada hasta que envíe a alguien para interceptarnos.

Julia marcó un número. Después de identificarse, le pusieron con Peter Harper, que estaba en casa con su familia. Después de transmitirle el mensaje de Pitt, Julia escuchó en silencio un rato y luego colgó. Miró a Pitt sin expresión.

—La ayuda está en camino. Peter también me ha dicho que, considerando lo sucedido en tu hangar hace unas horas, lamenta no haber estado más atento a la aparición de posibles problemas.

—¿Va a enviar fuerzas de la policía al Memorial?

—Se pondrá en contacto con ella ahora. Por cierto, no me has contado lo que pasó en el hangar.

—Después.

Julia quiso decir algo, pero se lo pensó mejor.

—¿No habría sido mejor esperar aquí a recibir la ayuda?

Pitt estudió las furgonetas aparcadas en un ominoso silencio frente al bordillo.

—No puedo quedarme más rato aquí, como si esperara a que el tráfico disminuyera, o nuestros amigos empezarán a pensar que hemos descubierto sus intenciones. En cuanto lleguemos a la Massachusetts Avenue y nos mezclemos con el tráfico, estaremos razonablemente a salvo. No se atreverán a atacarnos ante cientos de testigos.

—Podrías llamar a la policía con el móvil para que envíen un coche patrulla a la zona.

—Si estuvieras a cargo de la centralita, ¿te tragarías una historia peregrina y asumirías la responsabilidad de ordenar a una flota de coches patrulla que salieran disparados hacia el Lincoln Memorial, en busca de un Duesenberg naranja y marrón de 1929, perseguido por asesinos?

—Supongo que no —admitió ella.

—Es mejor dejar que Harper llame a nuestros salvadores.

Puso la primera, salió a la calle y giró a la izquierda, para que las furgonetas perdieran tiempo dando un giro de ciento ochenta grados para seguirles. Ganó casi cien metros, hasta que las luces de la primera furgoneta se pegaron a su guardabarros posterior. Dos manzanas después, entró en Massachusetts Avenue y empezó a sortear el tráfico nocturno.

Julia se puso en tensión cuando vio que la aguja del velocímetro subía hasta ciento veinticinco por hora.

—Este coche no lleva cinturones de seguridad.

—En 1929 no creían en ellos.

—Vas muy deprisa.

—No se me ocurre una forma mejor de atraer la atención que sobrepasando el límite de velocidad en un coche de hace setenta años, y que pesa casi cuatro toneladas.

—Espero que tenga buenos frenos.

Julia se resignó a la persecución, todavía insegura.

—No son tan sensibles como los modernos servofrenos, pero se portan bien.

Ella aferró el Colt, pero no hizo el menor esfuerzo por quitar el seguro o apuntarlo. Se negaba a creer que sus vidas estuvieran en peligro. Que sus guardaespaldas les hubieran vendido se le antojaba increíble.

—¿Por qué yo? —gimió Pitt, mientras el monstruo rodeaba Mount Vernon Square con un aullido de protesta de los neumáticos y la gente les miraba asombrada—. ¿Podrías creerte que ésta es la segunda vez en un año que una chica guapa y yo somos perseguidos por las calles de Washington?

Ella le miró fijamente.

—¿Ya te ha pasado antes?

—En aquella ocasión conducía un coche de carreras, y fue mucho más fácil zafarse de ellos.

Pitt condujo hacia New Jersey Avenue, luego dobló a la derecha por la calle Uno y aceleró hacia el Capitolio y el Mall. Apartaba a los coches que se interponían en su camino con ensordecedores bramidos de las dos enormes bocinas montadas bajo los grandes faros delanteros. Movía el volante con brusquedad de un lado a otro, mientras corrían entre el tráfico de la atestada calle.

Las furgonetas les pisaban los talones. Debido a su aceleración más veloz, se habían acercado hasta que sus faros ocuparon el retrovisor del parabrisas. Si bien el

Duesenberg podía aventajarles en una recta lo bastante larga, no era un coche que batiera récords en las calles de una ciudad. Pitt tuvo que cambiar de segunda a tercera, y las marchas chillaron como demonios.

El gigantesco motor no necesitaba esforzarse para alcanzar velocidades elevadas. El tráfico se despejó, y Pitt pudo acelerar a gusto. Se internó en el círculo que rodeaba el Monumento a la Paz, detrás del Capitolio. Otro rápido giro del volante, y el Duesy rodeó el monumento a Garfield, bordeó el Lago Reflectante y corrió por Maryland Avenue hacia el Museo del Aire y el Espacio.

Detrás de ellos, por encima del rugido del tubo de escape, oyeron una breve ráfaga de disparos. El espejo sujeto sobre la parte superior de la tapa del neumático de repuesto, en el guardabarros delantero izquierdo, se desintegró. El tirador modificó la puntería y una lluvia de balas destrozó el marco superior del parabrisas. Pitt se agachó debajo del volante, y con la mano derecha agarró a Julia del pelo para que se tendiera sobre el asiento.

—Eso concluye la parte divertida del programa —masculló Pitt—. Se acabaron las medidas pusilánimes.

—¡Oh, Dios mío, tenías razón! —gritó en su oído Julia—. Quieren matarnos.

—Conduciré en línea recta para que puedas dispararles.

—Con este tráfico no, y menos en estas calles —replicó la joven—. No me perdonaría si matara a un niño inocente.

Salió proyectada hacia un costado cuando el coche atravesó como un cohete la calle Tres. En lugar de internarse en el tráfico, Pitt atajó por la acera y el Duesenberg brincó sobre el bordillo para caer sobre la hierba del Mall. Los enormes neumáticos no se dieron por aludidos.

Julia hizo lo que cualquier mujer en su sano juicio haría en aquellas circunstancias. Chilló y chilló.

—¡No puedes conducir por el medio del Mall!

—¡Ya lo creo que puedo, y lo haré mientras vivamos para contarlo! —fue la réplica de Pitt.

Su insensata maniobra obtuvo resultado. El chófer de la primera furgoneta imitó la maniobra del Duesenberg, y pinchó las cuatro ruedas en el intento. Entraron en contacto con la barrera de hormigón con tal fuerza que estallaron en una rápida serie de explosiones. Los neumáticos modernos de las furgonetas, mucho más pequeños, no podían saltar sobre el bordillo con la facilidad de los gigantescos donuts del Duesenberg.

El conductor de la segunda furgoneta apostó por la discreción, controló su velocidad a tiempo, frenó y subió lentamente sobre el bordillo sin lastimar sus neumáticos. Los dos hombres que iban en la primera furgoneta abandonaron su vehículo y se arrojaron por la puerta lateral abierta del segundo vehículo. Reanudaron la caza de nuevo y persiguieron al Duesenberg por el medio del Mall, ante el estupor de centenares de curiosos que volvían a casa después de asistir a un concierto al aire libre de la banda de la Infantería de Marina en el Navy Memorial. La expresión de sus caras oscilaba entre la incomprensión más absoluta y la estupefacción total, al ver que el gigantesco coche antiguo corría por mitad del Mall, entre el Museo Nacional del Aire y el Espacio y la Galería de Arte Nacional. Grupos de personas que corrían o paseaban por los senderos del Mall empezaron a perseguir a pie a los vehículos, con la esperanza de presenciar un buen accidente.

El Duesenberg continuaba acelerando. El coche cruzó la calle Siete y esquivó los coches que pasaban, mientras Pitt se aferraba al volante con sombría tenacidad. El coche respondía de maravilla. Cuanto más corría, más sólida era la sensación de estabilidad. Le bastaba con apuntar el coche hacia donde deseaba, y obedecía. Exhaló un breve suspiro de alivio al ver que no había tráfico cruzado en la calle Catorce, la siguiente arteria que atravesaba el Mall. La ráfaga anterior de disparos había destrozado el retrovisor lateral y el del parabrisas, y no podía mirar atrás para ver si las furgonetas les tenían a tiro de nuevo.

—¡Asómate por encima del asiento y comprueba si están cerca! —gritó a Julia.

La joven había quitado el seguro del Colt y lo tenía apuntado sobre el respaldo del asiento.

—Aminoraron la velocidad cuando saltaron sobre los bordillos de las dos travesías anteriores, pero están recuperando terreno. Casi puedo ver el blanco de los ojos del conductor.

—Pues ya puedes empezar a disparar.

—No estamos en el río Orion. Hay peatones por todo el Mall. No quiero correr el riesgo de que alguien reciba una bala perdida.

—Entonces espera hasta que no puedas fallar.

Los hombres que disparaban por ambos lados de la furgoneta no eran tan considerados. Lanzaron otra andanada contra el Duesenberg y acribillaron el enorme maletero. Pitt giró con desesperación el volante y esquivó la descarga, que pasó silbando a su derecha.

—Estos chicos no poseen tu sensibilidad hacia los demás —dijo, aliviado de no haber arrollado a otro coche durante la maniobra.

Deseó poseer una varita mágica para detener el tráfico y cruzó la calle Quince, esquivó por muy poco una camioneta de reparto de periódicos, y a continuación un sedán Ford Crown Victoria negro, que había sustituido a casi todas las limusinas del gobierno. Por un momento, se preguntó qué alto cargo del gobierno iba dentro. Experimentó una leve oleada de alivio cuando pensó que la furgoneta tendría que disminuir la velocidad para subirse a los bordillos.

El monumento a Washington apareció a lo lejos. Pitt dio la vuelta al obelisco iluminado y descendió por la suave pendiente del otro lado. Julia aún no veía la ocasión de disparar, mientras Pitt se concentraba en conducir el Duesenberg sobre la hierba resbaladiza sin perder el control. Se dirigieron hacia el Lincoln Memorial, al final del Mall.

Llegó segundos después a la calle Diecisiete. Por suerte, había un hueco en mitad del tráfico y pasó al otro lado sin poner en peligro a los coches que transitaban. Pese a la violenta persecución que tenía lugar en las avenidas y el Mall de Washington, no vio los destellos rojos ni oyó las sirenas de los coches de policía. Si hubiera intentado en otra ocasión cruzar el Mall de aquella manera, le habrían detenido por conducción temeraria antes de recorrer cien metros.

Pitt gozó de un momento de respiro mientras corrían entre el Lago Reflectante y los Jardines de la Constitución. Casi delante se cernía el Lincoln Memorial, y al otro lado estaba el río Potomac. Miró hacia atrás, y vio que la furgoneta se acercaba a toda velocidad. Los faros delanteros estaban tan cerca que habría podido leer un periódico bajo ellos. La contienda era demasiado desigual. Pese a que el Duesenberg era un automóvil magnífico, era como si un cazador estuviera persiguiendo a un elefante en jeep. Sabían que ellos estaban atrapados. Si giraba a la derecha en dirección a Constitution Avenue, le cortarían el paso con facilidad. A su izquierda, el Lago Reflectante se alejaba casi hasta el Memorial de mármol blanco. La barrera de agua parecía infranqueable. ¿O no?

Arrojó a Julia al suelo con brusquedad.

—¡Agáchate y cógete bien!

—¿Qué vas a hacer?

—Vamos a dar un paseo en bote.

—No sólo estás trastornado, sino que has perdido los pedales.

—Una rara combinación —dijo con calma Pitt.

Sus facciones se inmovilizaron cuando se concentró, con los ojos brillantes como los de un halcón que vuela en círculos alrededor de una liebre. Su aspecto aparentaba una indiferencia insondable. Para Julia, que le miraba desde debajo del tablero de instrumentos, parecía tan decidido como una ola gigantesca que se precipitara hacia una playa. Entonces, vio que giraba el volante a la izquierda, de forma que el Duesenberg derrapó sobre la hierba a más de cien kilómetros por hora. Las grandes ruedas traseras giraron locamente, segaron la hierba como picadoras de carne y esquivaron por poco los grandes árboles que bordeaban el lago, separados por una distancia de seis metros entre cada uno.

Después de lo que se le antojaron eones, los neumáticos se aferraron a la tierra blanda, y el inmenso coche se precipitó hacia el Lago Reflectante.

El pesado chasis de acero y la carrocería de aluminio penetraron en el agua con una enorme explosión blanca, que saltó desde la parte delantera y los costados como unas cataratas del Niágara al revés. El tremendo impacto sacudió el Duesenberg de un extremo al otro cuando su gran peso se hundió. Sus neumáticos se posaron sobre el fondo de hormigón, las estrías de goma se cogieron e impulsaron el coche hacia adelante, como una ballena macho que surcara el mar en pos de una hembra en celo.

El agua se elevó sobre el capó y penetró por el parabrisas roto en el compartimiento delantero, empapando a Pitt y casi ahogando a Julia. Como ignoraba las intenciones de Pitt, la joven se quedó petrificada cuando el diluvio la sumergió. Para Pitt, que había recibido todo el impacto del torrente, era como conducir por unos rompientes que sólo un aficionado al surf podría amar.

No había vegetación en el fondo del Lago Reflectante. El Servicio de Parques lo vaciaba y limpiaba con regularidad. La distancia entre la superficie del agua y la parte superior del borde de los lados era de sólo veinte centímetros. El fondo del lago no era liso, sino que descendía desde unos 30 centímetros alrededor de las paredes hasta 75 en el centro. La distancia desde el suelo del lago hasta el borde superior de la pared era de medio metro.

Pitt rezó para que el motor no se anegara. Sabía que el distribuidor se encontraba a un metro veinte del suelo. No representaba ningún problema, como tampoco los carburadores, situados a más de noventa centímetros de altura. Su principal preocupación eran las bujías de encendido. Descansaban entre los árboles de leva.

El Lago Reflectante medía 48 metros de anchura. Parecía imposible que el Duesenberg salvara semejante obstáculo, pero practicó un valle en el agua sin hundirse. Se encontraba a diez metros de la orilla opuesta del lago, cuando una nube de pequeños géiseres estalló a su alrededor.

—¡Bastardos tozudos! —masculló Pitt. Agarraba con tanta fuerza el volante que los nudillos se le habían puesto blancos.

La furgoneta perseguidora se había detenido al borde del Lago Reflectante. Sus ocupantes salieron y dispararon frenéticamente contra el gran coche que vadeaba el agua. Su sorpresa e incredulidad les había costado casi un minuto, lo cual proporcionó a Pitt la oportunidad de llegar al otro lado. Al comprender que era su última oportunidad, descargaron sus armas sobre el Duesenberg, al parecer ciegos y sordos a las sirenas y luces destellantes que convergían sobre ellos desde la calle Veintitrés y Constitution Avenue. Tomaron conciencia demasiado tarde de su situación apurada. A menos que siguieran a Pitt por el Lago Reflectante, un acto tan inconcebible como que les salieran alas y volaran hasta la luna, debido a sus neumáticos y ruedas, modernos y más pequeños, su única alternativa consistía en intentar escapar de los coches patrulla. Sin detenerse a conferenciar, saltaron dentro de la furgoneta, dieron un giro de 180 grados, cruzaron el Mall y aceleraron hacia el monumento a Washington.

El Duesenberg estaba subiendo la pendiente del lago hacia el borde de la pared. Pitt disminuyó la velocidad del coche, tras calcular la altura de la pared en relación con el tamaño de los neumáticos delanteros. Puso la primera, y después, a tres metros de la pared, pisó el acelerador y aprovechó la pendiente para levantar la parte delantera del coche.

—¡Hazlo! —imploró al Duesenberg—. ¡Súbete a la pared!

El antiguo Duesenberg, como si poseyera un cerebro y un corazón mecánicos, respondió con un estallido de aceleración que alzó el extremo delantero, hasta pasar el guardabarros por encima del borde. Las ruedas giraron pared arriba, salvaron el borde y se posaron sobre el suelo.

La distancia del coche hasta el suelo era de casi treinta centímetros, insuficiente para que el fondo del chasis no lo tocara. Se inclinó de forma pronunciada, y después se oyó un fuerte impacto. A continuación, el ruido de algo al desgarrarse hendió el aire. Por un momento dio la impresión de que colgaba, y después, el impulso lo propulsó hacia adelante, hasta que las cuatro ruedas volvieron a tocar la hierba del Mall.

Sólo en aquel instante el motor empezó a desfallecer. El Duesenberg, como un perro perdiguero dorado que saliera de un río con un ave en la boca, se estremeció, se sacudió el agua que llenaba su cuerpo y cojeó hacia adelante. Al cabo de apenas cien metros, el ventilador situado detrás del radiador y el calor del motor conspiraron al unísono para secar el agua que había mojado y cortocircuitado cuatro de sus bujías de encendido. No tardó en volver a funcionar con sus ocho cilindros.

Julia se levantó del suelo y miró por encima del asiento hacia la furgoneta que huía, perseguida por cuatro coches de la policía. Escurrió el agua del borde de su vestido y pasó los dedos por su cabello, en un vano intento de adoptar un aspecto presentable.

—Estoy hecha un desastre. Mi vestido y mi chaqueta están para tirar. —Dirigió a Pitt una mirada de ira en estado puro. Luego su expresión se suavizó—. Si no me hubieras salvado la vida por segunda vez en otras tantas semanas, te obligaría a comprarme un vestido nuevo.

Pitt se volvió hacia ella y sonrió, mientras bajaba por la Independence Avenue y cruzaba el Memorial Bridge en dirección al aeropuerto internacional de Washington y su hangar.

—Voy a decirte una cosa. Si te portas bien, te llevaré a mi casa, secaré tus ropas y te reconfortaré con una taza de café caliente.

Los ojos grises de la joven no parpadearon. Apoyó una mano sobre su brazo.

—¿Y si me porto mal?

Pitt rió, en parte a causa del alivio que le causaba haber escapado de otra trampa mortal, en parte por la apariencia desaliñada de Julia, y en parte porque la joven intentaba, sin éxito, cubrirse las zonas del cuerpo que se revelaban a través del vestido empapado.

—Si sigues hablando así no te prepararé café.

28

El sol se estaba deslizando sobre los alféizares de las claraboyas cuando Julia apartó poco a poco la bruma del sueño. Experimentó la sensación de que estaba flotando, con el cuerpo carente de peso. Era una sensación agradable, residuo de la apasionada noche. Abrió los ojos, puso la mente en funcionamiento y empezó a examinar el entorno. Descubrió que estaba sola en la cama doble, colocada en mitad de una habitación que le recordó el camarote del capitán de un antiguo velero, con paredes chapadas en caoba y una pequeña chimenea. Los muebles, incluidos armarios y cómodas, eran antigüedades náuticas.

Como la mayoría de mujeres, Julia sentía curiosidad por los apartamentos de hombres solteros. Pensaba que se podía conocer al sexo opuesto por el ambiente en que vivía. Algunos hombres, comentaban las mujeres, vivían como ratas y nunca cuidaban su higiene personal, creaban y conservaban extrañas formas de vida en sus cuartos de baño y dentro de las neveras. Hacer las camas les resultaba tan extraño como procesar queso de cabra. Su ropa sucia se acumulaba sobre lavadoras que aún conservaban las instrucciones atadas a los mandos.

Pero luego había los tipos excéntricos residentes en entornos que sólo un experto en descontaminación podía amar. Polvo, restos de comida y restos de pasta dentífrica eran atacados con furia y eliminados enérgicamente. Todos los muebles, todos los objetos decorativos, estaban colocados con precisión, y nunca podían cambiar de sitio. La cocina habría superado un examen de los inspectores de sanidad más diligentes.

El apartamento de Pitt ocupaba una posición intermedia. Limpio y ordenado, mostraba una despreocupación masculina capaz de atraer a las mujeres que lo visitaban de vez en cuando, pero no con frecuencia. Julia observó que Pitt era un hombre que prefería vivir en el pasado. No había nada moderno en todo el apartamento. Hasta los complementos de latón del cuarto de baño y la cocina parecían salidos de un antiguo transatlántico.

Se volvió y miró la sala de estar a través de la puerta. Había estanterías en dos de las paredes llenas de modelos a escala de los barcos naufragados que Pitt y su tripulación de la NUMA habían descubierto e inspeccionado. Las restantes paredes alojaban maquetas de astilleros y cuatro marinas obra de Richard DeRosset, un artista estadounidense contemporáneo, que plasmaban barcos de vapor del siglo XIX. El apartamento daba una sensación de sencilla comodidad, contraria a la atmósfera afectada y vanidosa de un decorador de interiores.

Julia no tardó en comprender que aquella casa no hacía concesiones a los toques femeninos. Era el refugio de un hombre muy celoso de su intimidad, que adoraba y admiraba a las mujeres, pero nunca podría ser controlado totalmente por ellas. Era el tipo de hombre por el que las mujeres se sentían atraídas para vivir aventuras y romances apasionados, pero nunca se casaban con él.

Olió el aroma a café procedente de la cocina, pero no vio a Pitt. Se incorporó y posó los pies sobre el suelo de planchas de madera desnudo. Su vestido y la ropa interior colgaban en un armario abierto, secos y planchados. Entró en el cuarto de baño y sonrió a su reflejo en el espejo cuando descubrió una bandeja con un tubo de pasta dentífrica nuevo, crema hidratante femenina, geles de baño, aceites corporales, accesorios de maquillaje y diversos cepillos para el pelo. Julia se preguntó cuántas mujeres se habían mirado en el mismo espejo antes que ella. Se duchó dentro de lo que parecía una cubeta de cobre vuelta del revés, y se secó el cuerpo y el pelo. Después de vestirse, Julia entró en la cocina desierta, se sirvió una taza de café y salió a la galería.

Pitt estaba en la planta baja vestido con un mono, y se dedicaba a reparar el parabrisas destrozado del Duesenberg. Antes de saludarle, la mirada de ella resbaló por los inmaculados vehículos desplegados ante su vista.

No reconoció las marcas de los coches clásicos aparcados en filas parejas, ni tampoco reconoció el avión Ford trimotor ni el Messerschmitt 262, posados uno junto a otro en un extremo del hangar. Había un vagón Pullman anticuado que descansaba sobre una corta sección de vías, y detrás de él vio una pequeña bañera con motor fuera borda colocada sobre una pequeña plataforma, al lado de una embarcación de aspecto extraño que recordaba la mitad superior de un velero atado a los tubos de flotación de un bote neumático. Un mástil se alzaba del centro, con lo que parecían hojas de palmera entretejidas en una vela.

—Buenos días —dijo.

Él levantó la vista y le dedicó una sonrisa irresistible.

—Es un placer verte, perezosa.

—Habría podido quedarme en la cama todo el día.

—Ni lo sueñes. El almirante Sandecker llamó mientras estabas en brazos de Morfeo. Tu jefe y él quieren nuestros cuerpos dentro de una hora, para celebrar una conferencia.

—¿En tu sede o en la mía? —preguntó Julia con humor.

—En la tuya, el cuartel general del INS.

—¿Cómo has podido lavar y planchar mi vestido de seda?

—Lo mojé en agua fría después de que te durmieras y lo colgué para que se secara. Esta mañana lo he planchado a través de una toalla de algodón. A mí me parece que ha quedado como nuevo.

—Eres un chico muy competente, Dirk Pitt. Nunca había conocido a un hombre tan atento e innovador. ¿Prestas los mismos servicios a todas las chicas que vienen a dormir?

—Sólo a las damas exóticas de ascendencia china.

—¿Puedo preparar el desayuno?

—Me parece bien. Encontrarás lo que necesites en el frigorífico y en las alacenas de la derecha. Ya he preparado café.

Julia vaciló, mientras Pitt empezaba a quitar el retrovisor astillado colocado sobre la rueda de repuesto lateral.

—Siento lo de tu coche —dijo.

Pitt se encogió de hombros.

—Nada que no pueda reparar.

—Es un coche maravilloso, de veras.

—Por suerte, las balas no alcanzaron partes vitales.

—Hablando de los matones de Qin Shang...

—No hay de qué preocuparse. Hay suficientes guardias de seguridad patrullando fuera como para montar un golpe de estado en un país del Tercer Mundo.

—Me siento avergonzada.

Pitt miró a Julia y vio que su cara había enrojecido.

—¿Por qué?

—Mis superiores y mis compañeros del INS ya deben saber que he pasado la noche aquí, y estarán intercambiando comentarios obscenos a mis espaldas.

Pitt sonrió.

—A quienquiera que pregunte, le diré que, mientras dormías, pasé la noche trabajando en un extremo posterior.

—No me parece nada divertido —le reprendió ella.

—Perdón, quería decir un diferencial.

—Eso está mejor. —Se volvió con un meneo de su cabello negro y entró en la cocina, divertida con las burlas de Pitt.

Pitt y Julia, acompañados por dos guardaespaldas en un sedán blindado, fueron conducidos al apartamento de su compañera de clase para que pudiera ponerse un atuendo más apropiado para una agente del gobierno. Después, les condujeron al impresionante edificio Chester Arthur, en la calle Northwest I, que albergaba la sede del Servicio de Inmigración y Naturalización. Entraron en el edificio de piedra, de siete pisos y ventanas tintadas, desde el aparcamiento subterráneo, para luego subir en ascensor hasta la división de investigaciones, donde fueron recibidos por la secretaria de Peter Harper, que les escoltó hasta la sala de conferencias.

Seis hombres ya estaban presentes en la sala: el almirante Sandecker, el subcomisionado Duncan Monroe y Peter Harper, del INS, Wilbur Hill, un directivo de la CIA, Charles Davis, ayudante especial del director del FBI, y Al Giordino. Todos se pusieron en pie cuando ambos entraron en la sala. Todos excepto Al Giordino, que se limitó a mover la cabeza en silencio y dedicó a Julia una sonrisa contagiosa. Se procedió a las presentaciones y todos se sentaron alrededor de una larga mesa de roble.

—Bien —dijo Monroe a Pitt—, tengo entendido que usted y la señorita Lee han pasado una velada muy interesante. —Su tono sugería un doble significado.

—Horripilante estaría más cerca de la verdad —se apresuró a contestar Julia, muy peripuesta con su blusa blanca, traje azul y falda cortada justo sobre sus bien moldeadas rodillas.

Pitt miró con severidad a Harper.

—Las cosas habrían ido mucho mejor si nuestros guardaespaldas privados no hubieran intentado enviarnos a la funeraria.

—Lamento muchísimo el incidente —respondió Harper con gravedad—, pero las circunstancias se nos escaparon de las manos.

Pitt observó que Harper no parecía muy desolado.

—Me interesaría conocer esas circunstancias —replicó con frialdad.

—Los cuatro hombres que Peter contrató para protegerles fueron asesinados —reveló Davis, del FBI. Era un hombre alto que pasaba media cabeza a los demás hombres de la mesa, con los ojos de un San Bernardo que acaba de descubrir un cubo de basura detrás de un asador.

—Oh, Dios —murmuró Julia—. ¿Los cuatro?

—Como estaban concentrados en vigilar la residencia del señor Perlmutter, quedaron vulnerables a un ataque.

—Lamento sus muertes —dijo Pitt—, pero no creo que trabajaran como auténticos profesionales.

Monroe carraspeó.

—Se está llevando a cabo una investigación minuciosa, por supuesto. Los análisis iniciales sugieren que fueron atacados y asesinados por hombres de Qin Shang, disfrazados de agentes de policía que investigaban comportamientos sospechosos en la vecindad.

—¿Hay testigos?

Davis asintió.

—Un vecino que vive al otro lado de la calle del señor Perlmutter informó haber visto un coche patrulla y cuatro agentes uniformados que entraban en las furgonetas y se las llevaban.

—Después de disparar a los guardaespaldas con armas provistas de silenciadores —añadió Harper.

Pitt miró a Harper.

—¿Puede identificar a los hombres que me atacaron en el hangar?

Harper desvió la vista hacia Davis, que levantó las manos en un gesto de impotencia.

—Parece que sus cuerpos desaparecieron camino del depósito de cadáveres.

—¿Cómo es posible? —estalló Sandecker.

—No me lo diga —ironizó Giordino—. Se está investigando.

—Por supuesto —replicó Davis—. Lo único que sabemos es que desaparecieron después de ser descargados de las ambulancias en el depósito de cadáveres. No obstante, tuvimos suerte cuando conseguimos identificar a uno de sus asesinos, porque un enfermero le quitó un guante para ver si aún tenía pulso. La mano del cadáver yacía sobre el suelo encerado de su hangar y dejó tres huellas dactilares. Los rusos identificaron al asesino como Pavel Gavrovich, ex agente del Ministerio de Defensa y asesino profesional. Que un ingeniero de la NUMA elimine a un profesional, señor Pitt, a un hombre que había matado a veintidós personas, como mínimo, es un portento.

—Profesional o no —dijo Pitt con serenidad—, Gavrovich cometió el error de menospreciar a su presa.

—Me parece increíble que Qin Shang se burle del gobierno de Estados Unidos con esa facilidad —dijo Sandecker con acritud.

Pitt se reclinó en la silla y bajó la vista, como si viera algo debajo de la mesa de conferencias.

—No podría, de no tener ayuda dentro del Departamento de Justicia y otras agencias del gobierno federal.

Wilbur Hill, de la CIA, habló por primera vez. Era rubio, con bigote, los ojos muy separados, como para observar movimientos por ambos lados.

—Es posible que me meta en un lío por decir esto, pero abrigamos serias sospechas de que la influencia de Qin Shang llega hasta la Casa Blanca.

—Mientras hablamos —añadió Davis—, un comité del Congreso y fiscales del Departamento de Justicia están investigando millones de dólares en contribuciones fraudulentas procedentes de la República Popular China, que fueron canalizadas hacia la futura campaña electoral del presidente por mediación de Qin Shang.

—Cuando nos entrevistamos con el presidente —dijo Sandecker—, habló como si los chinos fueran el mayor azote del país desde la guerra civil. Ahora, me dicen que tiene los dedos metidos en el billetero de Qin Shang.

—Nunca hay que subestimar la moral de un político —dijo Giordino con una sonrisa sarcástica.

—Sea como sea —dijo con gravedad Monroe—, la ética política no es asunto del INS. En este momento, nuestra principal preocupación se concentra en el ingente número de inmigrantes ilegales chinos que Qin Shang Maritime Limited está introduciendo en el país, antes de que las mafias criminales los maten o esclavicen.

—El comisionado Monroe tiene toda la razón —intervino Harper—. La misión del INS es detener la invasión, no perseguir asesinos.

—No puedo hablar por el señor Hill y la CIA —dijo Davis—, pero el FBI se ha dedicado a investigar a fondo los delitos de Qin Shang contra el pueblo estadounidense durante tres años.

—Por otra parte, nuestras pesquisas se concentran más en sus operaciones de ultramar —terció Hill.

—Una batalla laboriosa en cualquier frente —dijo Pitt con aire pensativo—. Si Shang ha infiltrado fuerzas dentro de nuestro gobierno para frustrar sus esfuerzos, nuestro trabajo será más difícil todavía.

—Nadie piensa que será cuestión de coser y cantar —dijo Monroe con seriedad.

Julia intervino.

—¿No estamos pasando por alto el hecho de que, además de ser un traficante de personas a escala internacional, Qin Shang es el autor de matanzas incontables? Yo he experimentado su crueldad de primera mano. Nadie sabe el número de personas y niños inocentes asesinados por culpa de su codicia. Las atrocidades que sus esbirros han llevado a cabo bajo sus órdenes son horripilantes y monstruosas. Ha cometido crímenes contra la humanidad. Hemos de poner fin a la carnicería, y deprisa.

Durante un largo momento nadie dijo palabra. Todos los hombres de la mesa sabían lo que Julia había presenciado y padecido. Por fin, Monroe rompió el silencio.

—Todos comprendemos sus sentimientos, señorita Lee, pero todos trabajamos sujetos a leyes y normas que han de cumplirse. Le prometo que se harán todos los esfuerzos posibles por detener a Qin Shang. Mientras yo esté al mando del INS, no descansaremos hasta que su organización sea destruida, y su líder detenido y condenado.

—Me siento autorizado a decir que lo mismo puede aplicarse al señor Hill y a mí —añadió Davis.

—No es suficiente —dijo Pitt en voz baja, y todas las cabezas se volvieron.

—¿Duda de nuestra resolución? —preguntó Monroe, indignado.

—No, pero estoy en total desacuerdo con sus métodos.

—La política gubernamental dicta nuestras acciones —dijo Davis—. Todos hemos de trabajar siguiendo las directrices emanadas del sistema judicial estadounidense.

El rostro de Pitt se nubló como una tarde de tormenta.

—He visto con mis propios ojos un mar de cadáveres en el fondo de Orion Lake. Vi a esas pobres almas atormentadas encerradas en celdas. Cuatro hombres han muerto para protegernos a Julia y a mí...

—Sé adónde quiere ir a parar, señor Pitt —dijo Davis—, pero carecemos de pruebas que relacionen directamente a Qin Shang con esos crímenes. Son insuficientes para formular cargos contra él.

—Ese hombre es taimado —dijo Harper—. Se protege de toda implicación directa. Sin pruebas concluyentes no podremos crucificarle.

—Si se ha reído en sus caras hasta ahora —dijo Pitt—, ¿por qué creen que se volverá gilipollas de repente y caerá en sus brazos anhelantes?

—Ningún hombre puede desafiar indefinidamente los poderes investigadores de nuestro gobierno —afirmó Hill—. Le prometo que será juzgado, condenado y ejecutado muy pronto.

—Ese hombre es un extranjero —dijo Sandecker—. Deténganle en cualquier parte de Estados Unidos, y el gobierno chino montará un cirio en la Casa Blanca y en el Departamento de Estado. Boicots, sanciones comerciales, lo que quiera. No van a permitir que quiten de la circulación a su chico bonito.

—Tal como yo lo veo, señor Hill —intervino Giordino—, lo mejor es que dé aviso a uno de sus equipos de la CIA y lo eliminen limpiamente. Problema solucionado.

—Pese a lo que muchos piensan, la CIA no comete asesinatos —afirmó Hill.

—Chorradas —murmuró Pitt—. Imagine que los mercenarios de Shang hubieran tenido éxito anoche, y que Julia y yo hubiéramos sido asesinados. Estarían sentados aquí, clamando que carecen de pruebas suficientes para procesar al hombre que ordenó nuestra muerte.

—Por desgracia, así es —dijo Monroe.

—Qin Shang no va a detenerse aquí —dijo Julia, frustrada—. Está decidido a matar a Dirk. Lo dijo en la fiesta de anoche.

—Y yo le informé que lo más justo es atenerse a las mismas reglas —precisó Pitt—. Ahora piensa que he contratado a un grupo de asesinos para eliminarle.

—¿Amenazó a Qin Shang en su cara? —preguntó con incredulidad Harper—. ¿Cómo se atrevió?

—Fue fácil —replicó Pitt con indiferencia—. Pese a su riqueza y poder, todavía mea como yo. Consideré apropiado que mirara hacia atrás, como el resto de sus víctimas.

—Está bromeando, por supuesto —dijo Monroe en tono desdeñoso—. No dirá en serio que pretende asesinar a Shang.

Pitt contestó con voz meliflua.

—Por supuesto que sí. Como dicen en las viejas películas del Oeste, se trata de él o yo, y la próxima vez pienso disparar primero.

Monroe parecía preocupado. Miró a Hill y a Davis; después, a Sandecker.

—Almirante, he convocado esta reunión con la idea de conseguir que Pitt colaborara en nuestra operación. Parece que ha perdido los estribos. Como se halla bajo su autoridad, sugiero que le conceda un permiso. En vistas a su protección, Peter le conseguirá un piso franco en la costa de Maine.

—¿Qué hay de Julia? —preguntó Pitt—. ¿Cómo piensa protegerla de ahora en adelante?

—La señorita Lee es una agente del INS —dijo Harper con tono oficial—. Continuará trabajando en el caso. Un equipo de nuestros agentes vigilará sus movimientos. Garantizo su plena seguridad.

Pitt miró a Sandecker.

—¿Qué opina usted, almirante?

Éste se tiró de su barba roja puntiaguda. Sólo Pitt

y Giordino reconocieron el brillo feroz de sus ojos.

—Parece que no tenemos muchas alternativas al respecto. Un piso franco es el mejor lugar donde puedes esconderte hasta que hayan liquidado a Qin Shang y a sus actividades criminales.

—Bien, supongo que no puedo decir gran cosa —suspiró Pitt—. Acepto el piso franco.

La fácil sumisión de Pitt no engañó ni por un momento a Sandecker. Sabía que su director de proyectos especiales no tenía la menor intención de abandonar la sala como un corderito.

—Asunto solucionado.

De pronto, lanzó una carcajada.

—¿Puedo preguntarle qué le divierte tanto, almirante? —preguntó Monroe, irritado.

—Lo siento, señor Monroe, pero me alivia saber que el INS, el FBI y la CIA ya no necesitan a la NUMA para nada.

—Exacto. Después de las chapuceras intervenciones de sus hombres en las instalaciones de Qin Shang en Hong Kong y Singapur, he comprendido que es un esfuerzo inútil seguir implicando a su agencia.

Las palabras cortantes de Monroe no produjeron furia, indignación, ni incitaron a la ira. Pitt y Giordino encajaron el puñetazo sin expresar ninguna emoción. Sandecker logró a duras penas contenerse y replicar a los comentarios insultantes del comisionado. Apretó los puños debajo de la mesa.

Pitt se levantó, seguido de Giordino.

—Sé cuándo estoy de más. —Sonrió a Sandecker—. Le esperaré en el coche. —Cogió una mano de Julia para besarla—. ¿Has estado alguna vez en una playa de Mazatlán y visto el sol ponerse sobre el mar de Cortés? —susurró en su oído.

La muchacha contempló las caras que rodeaban la mesa, ruborizada.

—Nunca he ido a México.

—Ya lo harás —prometió Pitt—, ya lo harás.

Soltó su mano y salió con parsimonia de la sala de conferencias, seguido de Giordino y Sandecker.

Al contrario que la mayoría de directores de agencias gubernamentales, los cuales exigían ser paseados por Washington en limusina, el almirante Sandecker prefería conducir su propio coche. Después de abandonar el edificio del INS, se puso al volante del jeep azul turquesa, perteneciente a la flota de la NUMA, y condujo por el lado este del río Potomac, en la orilla de Maryland. Después de alejarse unos kilómetros de la ciudad, se desvió de la carretera y detuvo el jeep en un aparcamiento contiguo a un pequeño embarcadero. Sandecker cerró con llave el coche y les guió hasta un bote ballenero, con timón en cada extremo, de sesenta años de antigüedad, que durante la guerra en el Pacífico había sido utilizado como bote de desembarco del almirante Bull Halsey. Después de encontrarlo en un estado lamentable, Sandecker lo había restaurado con primor. Mientras giraba la manija que encendía el motor diesel Buda de cuatro cilindros, Pitt y Giordino soltaron las amarras. Después, subieron a bordo, mientras la pequeña embarcación se internaba en el río.

—He pensado que debíamos hablar en privado antes de volver al edificio de la NUMA —dijo Sandecker, mientras sujetaba bajo el brazo el largo timón de popa—. Aunque parezca ridículo, me da miedo hablar en mi propio despacho.

—Uno se vuelve cauteloso, sabiendo que Qin Shang ha comprado a la mitad de la ciudad —dijo Pitt.

—Ese tipo tiene más tentáculos que diez calamares juntos —añadió Giordino.

—Al contrario que los rusos, que pagaban cantidades mezquinas por información secreta durante la guerra fría —dijo Sandecker—, Qin Shang paga millones de dólares por comprar gente e información.

—Apoyado por el gobierno chino —recordó Pitt—, sus reservas de dinero son infinitas.

Giordino se sentó en un banco, de cara al almirante Sandecker.

—¿Qué magia ha conjurado, almirante?

—¿Magia?

—Hace demasiado tiempo que nos conocemos para saber que no es de los que aceptan sin inmutarse el desprecio y el ridículo. Algo se está cociendo en su mente maquiavélica.

Pitt sonrió.

—Sospecho que el almirante y yo pensamos igual. No vamos a permitir que impidan a la NUMA colgar a Qin Shang del árbol más cercano.

Los labios de Sandecker se curvaron en una tensa sonrisa, mientras el barco giraba en un amplio arco para esquivar a un velero que navegaba río arriba.

—Detesto que los empleados adivinen mis pensamientos.

—¿Sungari? —preguntó Pitt.

Sandecker asintió.

—He ordenado a Rudi Gunn y al *Marine Denizen* que se aposten a escasos kilómetros del puerto de Qin Shang en el río Atachafalaya. Me gustaría que vosotros dos volarais hasta allí y os reunierais con él. Después esperaréis la llegada del *United States*.

—¿Dónde está ahora? —preguntó Giordino.

—El último informe lo sitúa a doscientas millas de la costa de Costa Rica.

—Por lo tanto, podría estar en Sungari dentro de tres días —calculó Pitt.

—Teníais razón en lo tocante a que una tripulación subió a bordo para cruzar el canal de Panamá.

—¿Se quedó a bordo?

Sandecker negó con la cabeza.

—Después de atravesar el canal, los tripulantes desembarcaron. El *United States* continúa viaje hacia Luisiana por control remoto.

—Un barco robot —murmuró Giordino con aire pensativo—. Cuesta creer que un barco del tamaño del *United States* cruce los mares sin nadie a bordo.

—La marina ha estado desarrollando el concepto de «barco robot» desde hace diez años —explicó Sandecker—. Los diseñadores e ingenieros navales ya han construido un buque arsenal, que es en síntesis una plataforma lanzamisiles flotante, capaz de lanzar hasta quinientos misiles manejado por control remoto desde otro barco, avión o instalación situado a miles de kilómetros de distancia, un cambio radical respecto a los actuales portaaviones, que necesitan una tripulación de cinco mil hombres. Es el concepto más innovador de la marina desde el submarino armado con misiles nucleares.

—No creo que Qin Shang quiera convertir el *United States* en una plataforma lanzamisiles —dijo Giordino—. Dirk y yo lo registramos desde la sala de máquinas a la timonera. No hay lanzamisiles.

—Leí vuestro informe —dijo Sandecker—. Tampoco encontrasteis el menor indicio de que quiera utilizarlo para pasar de contrabando inmigrantes ilegales.

—Eso es verdad —admitió Pitt—. Cuando se examinan las operaciones de Qin Shang, a primera vista parecen concebidas por un genio aficionado a la brujería, pero quita el barniz y descubrirás un ejercicio de lógica. Ese barco va a tener una función válida, estoy seguro.

Sandecker aceleró un poco la velocidad del bote.

—No estamos más cerca de una solución que hace dos semanas.

—Excepto mi teoría particular de que Shang quiere echarlo a pique —dijo Pitt.

Sandecker no parecía muy convencido.

—¿Por qué va a echar a pique un barco que le ha costado millones de dólares renovar?

—No tengo la respuesta —admitió Pitt.

—Eso es lo que quiero que averigüéis. Solicitad que un avión de la NUMA os lleve a Morgan City. Yo llamaré a Rudi para comunicarle que vais.

—Ahora que estamos trabajando sin el respaldo del INS y las demás agencias de investigación, ¿hasta dónde podemos llegar? —preguntó Pitt.

—Haced todo cuanto sea necesario sin poner vuestra vida en peligro —contestó con firmeza Sandecker—. Yo asumiré la responsabilidad y responderé por vuestras acciones cuando Monroe y Harper se enteren de que no nos hemos vuelto a casa como buenos chicos.

Pitt estudió a Sandecker.

—¿Por qué hace esto, almirante? ¿Por qué pone en peligro su cargo de jefe de la NUMA con tal de detener a Qin Shang?

El almirante miró a Pitt con astucia.

—De todos modos, Al y tú ibais a seguir acosando a Qin Shang a mis espaldas. ¿Estoy en lo cierto?

Giordino se encogió de hombros.

—Sí, supongo que sí.

—En cuanto Pitt interpretó el papel de león cobardica y se sometió a las exigencias de Monroe, supe muy bien que ibais a desertar. Sólo me inclino ante lo inevitable.

Hacía mucho tiempo que Pitt era un juez astuto del carácter de Sandecker.

—Usted no, almirante. Usted no se inclina ante nada ni ante nadie.

Una leve chispa destelló en los ojos de Sandecker.

—Si quieres saberlo, esos fantasmones de la mesa me cabrearon tanto que cuento con vosotros dos, Rudi Gunn y todos los recursos de la NUMA para eliminar a Qin Shang antes que ellos.

—La competencia es muy poderosa —señaló Pitt.

—Tal vez —dijo Sandecker con mirada apremiante—, pero Qin Shang Maritime opera en el agua, y ahí es donde tenemos ventaja.

Cuando la reunión terminó, Harper acompañó a Julia a su despacho y cerró la puerta. Los dos tomaron asiento.

—Julia, tengo una misión difícil para ti. Estrictamente voluntaria. No estoy seguro de que estés preparada todavía.

Julia sintió curiosidad.

—Un resumen no me hará daño.

Harper le entregó una carpeta. Julia la abrió y examinó la fotografía de una mujer de su edad, que miraba a la cámara sin expresión. A excepción de una cicatriz en la barbilla, Julia y ella podrían haber pasado por hermanas.

—Se llama Lin Wan Chu. Creció en una granja de la provincia de Jiangsu y huyó cuando su padre quiso casarla con un hombre lo bastante mayor para ser su abuelo. Después de encontrar trabajo en la cocina de un restaurante del puerto de Qingdao, llegó a ser chef. Hace dos años firmó un contrato como cocinera de Qin Shang Maritime, y desde entonces trabaja a bordo de un portacontenedores llamado *Sung Lien Star*.

Julia encontró un informe sobre la mujer y observó que procedía de la CIA. Lo leyó mientras Harper guardaba silencio.

—Hay un parecido indiscutible —dijo Julia—. Tenemos el mismo peso y estatura. Sólo soy cuatro meses mayor que Lin Wan Chu. —Dejó el expediente abierto sobre su regazo y miró a Harper—. ¿Quiere que ocupe su lugar? ¿Ésa es la misión?

El hombre asintió.

—Exacto.

—Mi identidad fue descubierta en el *Indigo Star*. Gracias a un agente doble a sueldo de Qin Shang, sus agentes de seguridad tienen una ficha sobre mí de un kilómetro de largo.

—El FBI cree tener un sospechoso y se halla vigilado en todo momento.

—No entiendo cómo puedo suplantar a Lin Wan Chu sin ser descubierta —dijo Julia con solemnidad—. Sobre todo durante un viaje largo.

—Sólo tendrás que ser Lin Wan Chu durante unas cuatro o cinco horas, como máximo. El tiempo suficiente para adaptarte a la rutina del barco y descubrir cómo Qin Shang introduce su cargamento de inmigrantes ilegales en el país.

—¿Sabe con certeza que el *Sung Lien Star* lleva inmigrantes a bordo?

—Un agente de la CIA informó desde Qingdao que había observado cómo más de cien hombres, mujeres y niños eran descargados en plena noche de unos autobuses, para luego ser conducidos a un almacén del muelle cercano al barco. Dos horas después, el *Sung Lien Star* zarpó. Por la mañana, el agente descubrió que el almacén estaba vacío. Ciento y pico de personas desaparecidas misteriosamente.

—¿Cree que fueron subidas a bordo?

—El *Star* es un portacontenedores grande con capacidad para alojar a cien personas, y su destino es el puerto de Sungari, en Luisiana. Existen pocas dudas de que sea otro de los buques de Qin Shang dedicados al transporte de inmigrantes ilegales.

—Si esta vez me descubren —dijo Julia—, seré carnaza de los tiburones en menos tiempo del que tardo en contarlo.

—El peligro no es tanto como imaginas —la tranquilizó Harper—. No trabajarás sola, como sucedió en el *Indigo Star*. Llevarás una radio oculta y te controlaremos minuto a minuto. La fuerza de apoyo estará a menos de un kilómetro de distancia.

En lo tocante a desafiar a lo desconocido, Julia era tan atrevida como cualquier hombre, incluso más que la mayoría. Sólo de pensar que iba a caminar en la cuerda floja le produjo una descarga de adrenalina.

—Hay un problema —musitó.

—¿Cuál?

Una pequeña mueca torció su boca roja y sensual.

—Mis padres me enseñaron cocina refinada. Nunca he preparado rancho en cantidades industriales.

29

La mañana era cristalina y el cielo estaba despejado, con pequeñas nubes esparcidas como palomitas de maíz sobre una alfombra azul. Pitt niveló el pequeño hidroavión Skyfox y voló sobre los edificios de la terminal y los muelles de Sungari. Dio varias vueltas, a menos de treinta metros sobre las grandes grúas que estaban subiendo cajas de madera desde las bodegas del único carguero amarrado en el muelle desierto. El buque mercante estaba emparedado entre el muelle y una barcaza con remolcador.

—Puede que sea un día de poca actividad comercial —observó Giordino desde el asiento del copiloto.

—Un barco que deja su carga en un puerto construido para albergar toda una flota —dijo Pitt.

—La cuenta de Qin Shang Maritime Limited ha de estar en números rojos.

—¿Qué te parece la barcaza?

—Parece que es el día de recogida de basuras. La tripulación está tirando bolsas de plástico dentro de la barcaza.

—¿Alguna señal de seguridad?

—El lugar está plantado en medio de un pantano —dijo Giordino, mientras echaba un vistazo a los alrededores—. El único trabajo de los guardias de seguridad sería espantar caimanes, que según me han dicho infectan estos parajes.

—Un gran negocio —dijo Pitt—. Su piel se utiliza para zapatos, botas y bolsos. Por suerte se aprobarán leyes que restrinjan la matanza de caimanes antes de que se convierta en una especie en peligro de extinción.

—El remolcador y la barcaza de la basura están empezando a separarse del casco del carguero. Haz una pasada por encima cuando salgan de las instalaciones.

Pitt ladeó un poco la palanca de mando y mantuvo nivelado el aparato durante unos cuantos cientos de metros, hasta que voló sobre el remolcador de cinco pisos de altura y proa cuadrada, pegada a la popa de una sola barcaza. Un hombre salió de la timonera del remolcador e indicó con gestos furiosos al hidroavión que se alejara. Cuando el Skyfox sobrevoló el remolcador, Giordino divisó una expresión hostil en un rostro suspicaz.

—Al capitán le ponen paranoico los ojos curiosos.

—Quizá deberíamos tirarle una nota, preguntando cómo se va a Irlanda —bromeó Pitt mientras inclinaba el Skyfox para otra pasada.

El aparato, que había sido un avión de entrenamiento militar, fue comprado por la NUMA y modificado para aterrizajes en el agua con un casco impermeable y flotadores retráctiles. Con dos motores a chorro montados sobre el fuselaje, detrás de las alas y la cabina, el Skyfox era utilizado a menudo por el personal de la NUMA cuando no se necesitaban aviones más grandes, y como podía aterrizar en el agua, era muy útil para transportes a distancia de la costa.

Esta vez Pitt se acercó a unos nueve metros de la chimenea y el aparejo electrónico que sobresalía del techo de la timonera. Cuando pasaron sobre la barcaza, Giordino vio a un par de hombres que se tiraban al suelo entre las bolsas de basura para ocultarse.

—He localizado a dos hombres con rifles automáticos que intentaron hacerse invisibles —anunció Giordino con tanta calma como si estuviera llamando a unos invitados a cenar—. Algo se está cociendo.

—Ya hemos visto todo lo que queríamos —dijo Pitt—. Ya es hora de encontrarnos con Rudi y el *Marine Denizen*.

Dio media vuelta y dirigió el avión río abajo, en dirección a Sweet Bay Lake. Pronto apareció a la vista el barco de investigaciones. Bajó los alerones y los flotadores para preparar el aterrizaje. Dejó que el hidroavión besara las aguas serenas y levantara una tenue muralla de espuma. Después, se deslizó junto al barco y paró los motores.

Giordino alzó la cubierta transparente de la cabina y saludó con la mano a Rudi Gunn y al capitán Frank Stewart, que estaban apoyados en la barandilla. Stewart se volvió y gritó una orden. El pescante de la grúa del barco giró hasta situarse encima del Skyfox. Bajaron el cable y Giordino encajó el gancho y las estachas a las argollas montadas sobre las alas y el fuselaje del avión, y luego atrapó los cables lanzados por la tripulación. A una señal, la grúa del barco alzó el Skyfox. Cayeron cascadas de agua desde el casco y los flotadores, mientras la tripulación encargada de los cables levantaba el hidroavión hasta la altura adecuada. En cuanto se dio la orden, la grúa giró y depositó el aparato sobre una pista de aterrizaje de la proa, al lado del helicóptero del barco. Pitt y Giordino bajaron de la cabina y estrecharon la mano de Gunn y Stewart.

—Os hemos observado con los prismáticos —dijo Stewart—. Si hubierais volado más bajo sobre Sungari, podríais haber alquilado unos auriculares y una grabadora y efectuado una visita autoguiada del lugar.

—¿Se ve algo interesante desde el aire? —preguntó Gunn.

—Ahora que lo dices —contestó Giordino—, creo que hemos visto algo que no debíamos.

—Entonces ya has visto más que nosotros —murmuró Stewart.

Pitt contempló a un pelícano desplegar las alas y sumergirse en el agua, para luego salir con un pececillo en el pico.

—El almirante dijo que no descubristeis ninguna abertura en los terraplenes formados bajo los muelles, antes de que su seguridad os arrebatara el vehículo sumergible.

—Ni una sola grieta —admitió Gunn—. Si Qin Shang planea introducir inmigrantes ilegales por Sungari, no será desde túneles subterráneos que conduzcan a los almacenes de la terminal.

—Nos advertisteis de que podían ser astutos —dijo Stewart—. Ya lo sabemos por experiencia propia. La NUMA se ha quedado sin un aparato valioso y no nos atrevemos a pedir que lo devuelvan.

—No hemos logrado nada —dijo Gunn con tristeza—. Lo único que hemos hecho durante las últimas cuarenta y ocho horas es mirar muelles desiertos y edificios vacíos.

Pitt apoyó una mano en el hombro de Gunn.

—Ánimo, Rudi. Mientras estamos aquí tristes y cariacontecidos, un barco lleno de inmigrantes ilegales procedentes de China fue descargado en Sungari, y ahora continúan su camino tierra adentro hacia un centro de distribución.

Gunn miró a Pitt, sobresaltado, y vio que guiñaba un ojo.

—Dinos lo que visteis.

—El remolcador y las barcazas que abandonaron Sungari hace poco. Al observó a un par de hombres a bordo de las barcazas, que iban armados. Cuando pasamos sobre ellos, intentaron esconderse.

—Es normal que la tripulación de un remolcador lleve armas —dijo Stewart—. Es una práctica muy común si transportan cargamentos valiosos

—¿Valiosos? —sonrió Pitt—. El cargamento era basura tirada desde el barco, que se había acumulado tras un largo viaje por mar. Los hombres armados no iban en la barcaza para proteger la basura, sino para impedir que su cargamento humano escapara.

—¿Cómo lo sabes? —preguntó Gunn.

—Un proceso de eliminación. —Pitt empezaba a sentirse bien. Estaba inspirado—. En este momento la única forma de entrar y salir de Sungari es por buques oceánicos y barcos fluviales. Los barcos introducen a los inmigrantes, pero es imposible transportarlos en secreto a una zona de distribución que los disperse por todo el país. Vosotros habéis demostrado que no los sacan desde los barcos a través de pasajes ocultos hasta los muelles y almacenes. Por lo tanto, son transportados tierra adentro en barcazas.

—Imposible —replicó Stewart—. Los agentes de aduanas e inmigración suben a bordo en cuanto el barco amarra, y lo registran de proa a popa. Todos los cargamentos han de ser bajados y guardados en los almacenes para ser inspeccionados. Hasta la última bolsa de basura es examinada. ¿Cómo consigue la gente de Qin Shang engañar a los inspectores?

—Creo que los inmigrantes ilegales son alojados en una embarcación submarina, debajo del casco del buque mercante que los transporta desde China. Cuando el barco llega a puerto, trasladan de alguna manera la embarcación submarina bajo la barcaza amarrada al lado para recibir la basura. Mientras esto sucede, los agentes de inmigración y aduanas realizan su labor, pero no encuentran ni rastro de inmigrantes ilegales. Después, cuando se dirigen a un vertedero río arriba, hacen escala en algún lugar apartado para desembarcar a los inmigrantes.

Gunn parecía un ciego que hubiera recobrado la vista gracias a un curador.

—¿Has deducido todo eso sólo por sobrevolar una barcaza llena de basura?

—Una teoría, en el peor de los casos —dijo Pitt.

—Pero una teoría que puede probarse con facilidad —señaló Stewart.

—No perdamos más tiempo hablando —dijo Gunn, exaltado—. Bajemos una lancha por la borda y sigamos al remolcador. Tú y Al podéis vigilarlos desde el aire.

—Es lo peor que podríamos hacer —interrumpió Giordino—. Ya les hemos puesto en guardia al sobrevolar la barcaza. El capitán del remolcador estará ojo avizor a posibles perseguidores. Voto por no hacer nada de momento y portarnos con discreción.

—Al tiene razón —dijo Pitt—. Los traficantes no son idiotas. Han calculado todas las opciones. Es posible que sus servicios de inteligencia en Washington ya hayan proporcionado a la fuerza de seguridad de Sungari fotografías de todas las personas que van a bordo del *Marine Denizen*. Lo mejor es tomárselo con filosofía y llevar a cabo las expediciones de exploración con el mayor sigilo posible.

—¿No deberíamos avisar al INS? —preguntó Stewart.

Pitt negó con la cabeza.

—Hasta que podamos entregarles pruebas concluyentes no.

—Hay otro problema —añadió Giordino—. A Dirk y a mí nos han prohibido trabajar con vosotros.

Gunn sonrió.

—El almirante Sandecker me lo dijo. Os habéis ausentado sin permiso oficial de un piso franco del gobierno en Maine.

—Ya habrán enviado mi descripción a todas partes

por haber cruzado varias fronteras estatales —sonrió Giordino.

—¿Qué vamos a hacer para mantenernos ocupados? —preguntó Stewart—. ¿Y durante cuánto tiempo?

—El *Marine Denizen* seguirá anclado donde está ahora —dijo Pitt—. Después de que los agentes de seguridad de Qin Shang robaran vuestro vehículo submarino, vuestra tapadera se ha ido al carajo. Hay que seguir vigilando Sungari desde el lugar más cercano donde podamos anclar.

—Si han descubierto nuestra coartada, ¿no sería mejor trasladar el barco río abajo, hacia el Golfo?

Pitt negó con la cabeza.

—No lo creo. Hay que estar cerca. En mi opinión, están convencidos de que su estrategia es indetectable e infalible. Qin Shang cree que es intocable. Dejémosle pensar que los chinos son demonios taimados y marrulleros, mientras todos los estadounidenses son tontos del culo. Entretanto, Al y yo montaremos una pequeña operación clandestina por nuestra cuenta, con el fin de localizar el centro de distribución. Los agentes de inmigración estarán interesados en saber dónde son descargados y retenidos los inmigrantes ilegales, antes de que los recojan autobuses y camiones para repartirlos por todo el país. —Pitt hizo una pausa—. ¿Alguna pregunta?

—Si has adivinado el *modus operandi* de Qin Shang —dijo Stewart—, ya hemos recorrido la mitad del camino.

—A mí me parece un buen plan —dijo Gunn—. ¿Cómo vamos a proceder?

—El subterfugio estará a la orden del día —explicó Pitt—. Al y yo nos trasladaremos a Morgan City, nos mezclaremos con la población y alquilaremos una barca de pesca. Después subiremos por el Atchafalaya y buscaremos el centro de distribución.

—Es probable que necesitéis un guía —sugirió Stewart—. Hay miles de ensenadas, rías y pantanos entre las esclusas situadas más arriba de Baton Rouge y aquí. El desconocimiento del río os podría costar mucho tiempo y esfuerzos inútiles.

—Bien pensado —admitió Giordino—. No deseo extraviarme, perecer en un lodazal y convertirme en un misterio como Amelia Earhart.

—No caerá esa breva —sonrió Stewart.

—Lo único que necesitaremos serán planos topográficos detallados. —Pitt señaló al capitán del *Marine Denizen*—. Os mantendremos informados de nuestra localización y progresos por mi teléfono móvil. Avisadnos de la próxima salida de la barcaza y el remolcador que vengan a colaborar con el siguiente barco que arribe a puerto.

—Tampoco iría mal que nos proporcionarais información sobre el *United States* —añadió Giordino—. Me gustaría estar presente cuando atraque en Sungari.

Gunn y Stewart intercambiaron una mirada de confusión.

—El *United States* no se dirige hacia Sungari —dijo Gunn.

Los ojos verdes de Pitt se entornaron y sus hombros se tensaron un poco.

—El almirante Sandecker no me ha dicho nada. ¿Dónde habéis obtenido esta información?

—En los periódicos locales —contestó Stewart—. Enviamos cada día una lancha a Morgan City para comprar provisiones. Los voluntarios siempre traen un periódico. La historia ha despertado expectación en Luisiana.

—¿Qué historia? —preguntó Pitt.

—¿No te la han contado? —preguntó a su vez Gunn.

—¿De qué hablas?

—Del *United States* —murmuró Gunn—. Se dirige Misisipí arriba hacia Nueva Orleans, donde será reconvertido en hotel y casino flotante.

Pitt y Giordino se quedaron como si les hubieran dicho que los ahorros de toda su vida se habían evaporado. Giordino torció la boca en una mueca.

—Parece que nos han tomado el pelo, viejo amigo.

—En efecto. —Cuando Pitt volvió a hablar, la temperatura de su voz era de veinte grados bajo cero, y esbozó una sonrisa sombría que parecía augurar algo—. Pero las apariencias engañan.

30

Por la tarde, el guardacostas *Weehawken* avanzaba con facilidad sobre las pequeñas olas, y redujo la velocidad cuando llegó la orden desde la timonera. El capitán Duane Lewis miró con los prismáticos el portacontenedores que se acercaba desde el sur, a menos de una milla marina de distancia. Su expresión era tranquila y relajada, y llevaba la gorra echada hacia atrás, sobre su espeso cabello rubio. Bajó los prismáticos y reveló unos ojos pardos hundidos. Se volvió y sonrió a la mujer que estaba a su lado en el puente, ataviada con el uniforme de la Guardia Costera de Estados Unidos.

—Ése es su barco —dijo en voz baja—, tan pacífico como un lobo con piel de cordero. Su aspecto es de lo más inocente.

Julia Lee echó un vistazo al *Sung Lien Star*.

—Un engaño. Dios sabe cuántos sufrimientos humanos se habrán padecido dentro de su casco.

No llevaba maquillaje, y una cicatriz falsa atravesaba su barbilla. Habían cortado y peinado como el de un hombre su largo cabello negro, cubierto por una gorra de béisbol. Al principio, había dudado en intercambiar personalidades con Lin Wan Chu, pero su odio hacia Qin Shang, junto con la confianza ciega en que triunfaría, la decidieron más que nunca a continuar adelante.

Experimentó una oleada de optimismo al saber que no estaba sola en su misión.

Lewis se volvió y apuntó los prismáticos hacia la orilla y la boca del río Atchafalaya, que sólo distaba cinco kilómetros. A excepción de unas cuantas barcas dedicadas a la pesca de la gamba, las aguas estaban desiertas. Hizo un ademán en dirección a un joven oficial que estaba a su lado.

—Teniente Stowe, hagan señales de que se detenga y esté preparado para una inspección.

—Sí, señor —contestó Stowe. Alto y rubio, tenía el aspecto saludable y juvenil de un profesor de tenis.

El *Weehawken* escoró levemente en respuesta a su timón, cuando el piloto dirigió el guardacostas en un curso paralelo al barco que ondeaba la bandera de la República Popular China. Las cubiertas estaban abarrotadas de contenedores, pero navegaba a una extraña altura sobre el agua, según observó Lewis.

—¿Han contestado? —preguntó en voz lo bastante alta para que le oyeran desde la timonera.

—Han contestado en chino —respondió Stowe desde la sala de transmisiones.

—¿Traduzco? —se ofreció Julia.

—Es una treta —sonrió Lewis—. La mitad de los barcos extranjeros que detenemos suelen comportarse como si fueran idiotas. La mayoría de sus oficiales hablan inglés mejor que nosotros.

Lewis esperó con paciencia a que el cañón de 76 mm Mark 75, situado en la proa, telecontrolado y de fuego rápido, apuntara al portacontenedores.

—Informe al capitán, en inglés, de que pare los motores o dispararemos contra el puente.

Poco después, Stowe volvió al puente con una amplia sonrisa en los labios.

—El capitán ha contestado en inglés —informó—. Va a detenerse.

Como en respuesta, el vapor que escapaba desde los costados de la proa se esfumó, y el enorme barco se detuvo. Lewis miró a Julia con preocupación.

—¿Preparada, señorita Lee?

La joven asintió.

—Más que nunca.

—Ha comprobado su radio. —Más que una pregunta, era una afirmación.

Julia echó un vistazo a la radio en miniatura sujeta con cinta adhesiva entre sus pechos, debajo del sujetador.

—Funciona a la perfección.

Apretó las piernas para sentir la pequeña pistola automática del calibre 25 ceñida a la parte interna de su muslo derecho. Un cuchillo corto Smith & Wesson First Response, cuya hoja podía abrirse en un santiamén y era lo bastante fuerte para cortar metal, iba sujeta con cinta adhesiva a su bíceps, bajo la manga del uniforme.

—Mantenga conectado el transmisor para que podamos controlar todas sus palabras —dijo Lewis—. El *Weehawken* seguirá dentro del alcance de su radio hasta que el *Sung Lien Star* amarre en Sungari y nos envíe la señal de que está preparada para que la recojamos. Con suerte, la sustitución se llevará a cabo tal como habíamos planeado, pero si se topa con algún problema después de adoptar la identidad de la cocinera, llame y vendremos corriendo. También he dispuesto que un helicóptero y su tripulación estén preparados para dejarse caer a bordo.

—Agradezco sus desvelos, capitán Lewis. —Julia se volvió y señaló a un hombre corpulento, con bigote de morsa, cuyos ojos grises hundidos miraban desde debajo de una gorra de béisbol—. El jefe Cochran ha sido un sueño de hombre mientras hemos ensayado el cambio.

—Han llamado muchas cosas a Mickey Cochran, pero nunca un sueño —rió Lewis.

—Lamento haberles ocasionado tantas molestias —musitó Julia.

—Todos los que navegamos en el *Weehawken* nos sentimos responsables de su seguridad. El almirante Ferguson dio órdenes estrictas de que la protegiéramos, sin importar cuáles fueran las consecuencias. No le envidio su trabajo, señorita Lee, pero le prometo que haremos cuanto esté en nuestras manos por evitarle el menor daño.

Julia apartó la vista, con el rostro controlado, pese a que se estaban formando lágrimas en sus ojos.

—Gracias —dijo—. Déle a todo el mundo las gracias de mi parte.

Mientras Stowe daba la orden de arriar la lancha del guardacostas, el capitán Lewis miró a Julia.

—Ha llegado el momento —dijo. Estrechó su mano con firmeza—. Dios la bendiga, y buena suerte.

El capitán del *Sung Lien Star*, Li Hung-chang, no se sintió irritado porque un guardacostas estadounidense le detuviera y abordara. Hacía mucho rato que lo esperaba. Los directores de Qin Shang Maritime le habían advertido de que los agentes de inmigración estadounidense estaban incrementando sus esfuerzos por detener la creciente oleada de inmigrantes ilegales. Se sentía indemne a cualquier amenaza. La inspección más diligente sería incapaz de descubrir el segundo casco sujeto debajo de las sentinas y la quilla del barco, que albergaba a trescientos inmigrantes. Pese a las deplorables condiciones de hacinamiento, no había perdido ni a uno. Hung-chang estaba seguro de que el generoso Qin Shang le recompensaría bien cuando regresara a China, como en el pasado. Era su sexto viaje en el que combinaba el transporte de cargamento legal con el ilegal, y gracias a las recompensas había construido una bonita casa en el barrio residencial de Pekín.

Contempló al guardacostas con expresión serena y relajada. Hung-chang aún no había cumplido los cincuenta años, pero su pelo estaba salpicado de gris, aunque su estrecho bigotito todavía era negro. Miraba con unos ojos límpidos y bondadosos de abuelo, de color ámbar oscuro, y tenía los labios tensos, mientras los dos barcos se acercaban. Después, bajaron un bote al agua desde el guardacostas y se dirigió hacia el *Sung Lien Star*. Hizo una señal al segundo de a bordo.

—Vaya a la escalerilla de abordaje y dé la bienvenida a nuestros invitados. Unos diez, por lo que veo. Concédales su plena cooperación y permítales el libre acceso a todo el barco.

Después, tan tranquilo como si estuviera sentado en el jardín de su casa, el capitán Li Hung-chang pidió una taza de té a la cocina y contempló a la partida de abordaje del *Weehawken*, cuando subió a la cubierta de su barco y empezó la inspección.

Ya en el puente, el teniente Stowe presentó sus respetos al capitán Hung-chang y pidió ver los papeles y el manifiesto de carga del barco. La tripulación del guardacostas se dispersó. Cuatro hombres fueron a registrar los compartimientos del barco, tres examinaron los contenedores, y otros tres se dirigieron a los camarotes de la tripulación. Los chinos reaccionaron con indiferencia a la intrusión y prestaron escasa atención a los tres guardacostas que parecían más interesados en el comedor, y sobre todo en la cocina, que en sus camarotes.

Sólo dos tripulantes del *Sung Lien Star* estaban presentes en el comedor. Ambos iban vestidos con el uniforme y el gorro blanco de los pinches de cocina. Estaban sentados alrededor de una mesa. Uno leía un periódico chino, mientras el otro comía sopa en un cuenco. Ninguno protestó cuando el jefe Cochran les pidió por señas que salieran al pasillo mientras inspeccionaban el comedor.

Disfrazada de guardacostas, Julia entró directamente en la cocina, donde encontró a Lin Wan Chu vestida con una camisa y pantalones blancos, con un cucharón de madera en la mano, dedicada a remover una olla de gambas hervidas.

Como el capitán le había ordenado que colaborara con los inspectores de la Guardia Costera, levantó la vista y exhibió una sonrisa dentuda y cordial. Siguió trabajando mientras Julia se ponía detrás de ella y examinaba de forma rutinaria la despensa y las alacenas.

Lin Wan Chu no sintió la aguja de la jeringa cuando se hundió en su nuca. Al cabo de unos segundos, sus ojos adoptaron una mirada de desconcierto, a medida que el humo de la olla parecía espesarse. Después, una oscuridad absoluta cayó sobre ella. Mucho después, cuando despertó a bordo del *Weehawken*, su primer pensamiento fue que había hervido en exceso las gambas.

En menos de minuto y medio, gracias a los resultados de un ejercicio practicado repetidamente, Julia estaba vestida con el uniforme blanco de la cocinera, en tanto Lin Wan Chu yacía en el suelo con el uniforme de un guardacostas estadounidense. Pasaron otros treinta segundos, mientras Julia cortaba el cabello de la cocinera y le añadía una gorra de béisbol con la enseña de la Guardia Costera y la palabra *Weehawken*.

—Llévesela —dijo a Cochran, que vigilaba con paciencia la puerta de la cocina.

Cochran y otro miembro de la partida de abordaje recogieron a la cocinera china, uno por cada lado, y le pasaron los brazos por encima de sus hombros, para que la cabeza descansara sobre el pecho y fuera difícil identificarla. Inclinaron la gorra de béisbol sobre su cara y se despidieron de Julia.

—Le deseo una gran interpretación —susurró Cochran en su oído.

Después, transportaron a Lin Wan Chu casi a rastras hasta el bote.

Julia cogió el cucharón de madera y siguió removiendo el hervido de gambas como si lo hubiera hecho durante toda la tarde.

—Parece que uno de sus hombres se ha hecho daño —dijo el capitán Hung-chang al ver que la partida de abordaje bajaba un cuerpo inconsciente a la lancha.

—El muy idiota no miraba por donde iba y se golpeó en la cabeza con una tubería —explicó Stowe—. Habrá sufrido una conmoción cerebral.

—¿Han encontrado algo interesante a bordo de mi barco? —preguntó Hung-chang.

—No, señor. Su barco está limpio.

—Siempre es un placer cooperar con las autoridades estadounidenses —contestó Hung-chang.

—¿Su destino es Sungari?

—Según mis instrucciones y los documentos proporcionados por Qin Shang Maritime, sí.

—Puede continuar su camino —dijo Stowe, y dedicó al capitán chino un cortés saludo—. Lamento haberle importunado.

Veinte minutos después de que la lancha del guardacostas se hubiera alejado, el práctico de Morgan City llegó y se colocó al lado del *Sung Lien Star*. El práctico subió a bordo y se encaminó hacia el puente. Al cabo de poco, el portacontenedores avanzó por el canal del río Atchafalaya y atravesó Sweet Bay Lake, en dirección al puerto de Sungari.

El capitán Hung-chang estaba de pie en el puente al

lado del piloto cajún, mientras éste se ocupaba del timón automático y guiaba el barco con pericia entre las marismas. Por pura curiosidad, Hung-chang miró con los prismáticos el barco azul turquesa anclado a la entrada del canal. Letras mayúsculas pintadas en el casco lo identificaban como un buque de investigaciones perteneciente a la Agencia Nacional Marina y Submarina. Hung-chang los había visto con frecuencia en expediciones marítimas científicas durante sus viajes alrededor del mundo. Se preguntó qué clase de experimentos estaban llevando a cabo en el río Atchafalaya.

Mientras barría con los prismáticos la cubierta del buque, se detuvo de repente y observó a un hombre alto, de espeso cabello negro ondulado, que le estaba mirando con sus propios prismáticos. Lo que extrañó a Hung-chang fue que el tripulante no estuviera examinando el portacontenedores en sí.

Daba la impresión de que estaba estudiando la estela que el barco dejaba a popa.

31

Julia tuvo que esforzarse para descifrar los menús y recetas de Lin Wan Chu. Pese a que el chino Han es el idioma más hablado del mundo, existen diferentes dialectos que corresponden a diferencias regionales. La madre de Julia le había enseñado a leer, escribir y hablar mandarín cuando era pequeña. Había aprendido la más extendida de las tres variantes del mandarín, conocido como dialecto de Pekín. Como Lin Wan Chu se había criado en la provincia de Jiangsu, escribía y hablaba otra variante del mandarín, el dialecto de Nanking. Por suerte, existían suficientes similaridades para que Julia se saliera con la suya. Mientras trabajaba sobre los fogones, mantenía la cabeza gacha y la cara apartada de quienes se acercaban a ella.

Sus dos ayudantes, el pinche y el lavaplatos, no dieron muestras de sospechar nada. Se dedicaron a su trabajo y sólo hablaron de la cena. Julia pensó que el encargado de los fogones la estaba mirando con una expresión peculiar, pero cuando le ordenó que dejara de mirar y volviera a freír wontons, el hombre rió, hizo un comentario procaz y volvió al trabajo.

Los fogones, las ollas y los woks que hervían, agitados con vigor, pronto convirtieron la cocina en un baño turco. Julia no recordaba haber sudado tanto nunca. Bebía vaso tras vaso de agua para no deshidratarse. Rezó una breve oración de gracias cuando vio que el pinche tomaba la iniciativa y preparaba la sopa de berros y el pollo guisado con brotes de soja. Julia, por su parte, se encargó del cerdo asado, los tallarines y el arroz con gambas.

El capitán Hung-chang entró un instante en la cocina para picar buñuelos de semillas de sésamo, después de que el *Sung Lien Star* hubiera amarrado sin problemas en el muelle de Sungari. Después, volvió al puente para recibir a los oficiales de inmigración y aduanas. Miró a Julia a la cara, pero sus ojos no traicionaron nada.

Julia se reunió con el resto de la tripulación cuando se pusieron en fila y enseñaron sus documentos al oficial de inmigración que subió a bordo. Por lo general, el encargado de entregar los documentos era el capitán, para que los tripulantes no interrumpieran su trabajo, pero el INS era muy estricto con los buques propiedad de Qin Shang Maritime que entraban en el puerto. El oficial examinó el pasaporte de Lin Wan Chu, que Julia había descubierto en el camarote de la cocinera, sin mirarla. Todo muy limpio y profesional, pensó ella. Si la hubiera mirado a la cara, tal vez el oficial habría delatado en su expresión que la reconocía.

En cuanto terminaron los trámites de inmigración, la tripulación bajó a cenar. La cocina estaba situada entre el comedor de oficiales y el comedor de la tripulación. Como jefe de cocina, Julia servía a los oficiales, mientras sus ayudantes atendían a la tripulación. Estaba ansiosa por empezar a registrar el barco, pero debía interpretar su papel sin levantar sospechas hasta que la tripulación hubiera terminado de cenar.

Julia guardó silencio durante toda la cena. Trajinaba en la cocina y ofrecía de vez en cuando una breve sonrisa, cuando un tripulante la felicitaba por los platos y pedía repetir. No era que se comportara como Lin Wan Chu. Para todo el mundo a bordo, era Lin Wan Chu. No había el menor escrutinio, ni incredulidad. Nadie reparaba en las insignificantes diferencias de ademanes, apariencia o habla. Para ellos era la misma cocinera que había preparado sus comidas a bordo del *Sung Lien Star* desde la noche que habían zarpado de Qingdao.

Repasaba su misión mentalmente. Hasta el momento todo iba bien, pero había un problema fundamental. Si llevaban a bordo trescientos inmigrantes ilegales, ¿cómo les daban de comer? Las provisiones no salían de la cocina, desde luego. Según los registros de Lin Wan Chu, sólo preparaba comida para treinta tripulantes. Era absurdo que hubiera otra cocina a bordo para dar de comer a los pasajeros. Echó un vistazo a la despensa y las alacenas, y encontró las cantidades de vituallas correctas para alimentar a la tripulación del *Sung Lien Star* durante el viaje desde China a Sungari. Empezó a preguntarse si el agente de Peter Harper destinado en Qingdao había cometido una equivocación y confundido el nombre del barco.

Se sentó en el pequeño despacho de Lin Wan Chu y actuó como si estuviera confeccionando el menú del día siguiente. Con el rabillo del ojo vio que el pinche guardaba la comida sobrante en la alacena y el lavaplatos restregaba las mesas antes de atacar los platos, ollas y sartenes.

Abandonó el despacho, cruzó el comedor de oficiales y salió al pasillo, complacida de que sus dos ayudantes no la hubieran visto marcharse. Subió por una escalerilla y salió a cubierta, debajo de la timonera y el puente. Las grandes grúas del muelle ya habían girado para descargar los contenedores apilados sobre las cubiertas de carga.

Miró por encima de la borda y vio que un remolcador empujaba a una barcaza paralela al casco del buque. La tripulación parecía china. Dos hombres empezaron a tirar bolsas de plástico llenas de basura a la barcaza. El procedimiento tenía lugar bajo la inspección de un agente de narcóticos, que palpaba y examinaba cada bolsa antes de que la arrojaran.

La escena parecía tan inocente como cualquier otra actividad lícita. Julia no vio nada sospechoso. Los barcos habían sido registrados por la Guardia Costera, así como por los agentes de inmigración y aduanas, en busca de inmigrantes ilegales y drogas, y no habían encontrado nada ilegal. Los contenedores estaban llenos de productos manufacturados, como prendas de vestir, zapatos de goma y de plástico, juguetes infantiles, aparatos de radio y televisión, todos producidos por la barata mano de obra china, en detrimento de los miles de trabajadores estadounidense que habían perdido su trabajo.

Regresó a la cocina y llenó un cuenco con los buñuelos de semillas de sésamo que tanto le gustaban al capitán Hung-chang. Después empezó a recorrer las entrañas del barco en busca de compartimientos disimulados bajo la línea de flotación. Casi todos los tripulantes estaban arriba, descargando los contenedores. Los pocos que continuaban abajo agradecieron que les ofreciera un buñuelo cuando se cruzaron con ella. Evitó la sala de máquinas, pues lo más razonable era suponer que los inmigrantes no estaban escondidos allí. Ningún jefe de máquinas en su sano juicio permitiría que hubiera pasajeros cerca de sus queridas máquinas.

El único momento de pánico se produjo cuando se extravió en el largo departamento que albergaba los depósitos de combustible del barco. Un tripulante la asustó cuando apareció detrás de ella y le preguntó qué estaba haciendo allí. Julia sonrió, le ofreció un buñuelo y explicó que era una cortesía del capitán para celebrar su cumpleaños. El marinero, como no vio motivos para sospechar de la cocinera del barco, cogió un puñado de buñuelos y sonrió muy contento.

Después de un registro estéril de todos los compartimientos del *Sung Lien Star* susceptibles de poder alojar pasajeros, sin encontrar nada sospechoso, volvió a la cubierta de estribor. Se apoyó en la barandilla, como si contemplara la orilla con anhelo de bajar a tierra, y tras asegurarse de que no había nadie cerca, introdujo un pequeño auricular en su oído y empezó a hablar por el transmisor oculto entre sus pechos.

—Lamento decirlo, pero el barco parece limpio. He registrado cada cubierta sin encontrar ni rastro de inmigrantes ilegales.

—¿Se encuentra bien? —preguntó el capitán Lewis, a bordo del *Weehawken*.

—Sí. Fui aceptada sin reservas.

—¿Desea desembarcar?

—Todavía no. Me gustaría quedarme un rato más.

—Manténgame informado y vaya con cuidado.

Las últimas palabras de Lewis se oyeron ahogadas por el estruendo del helicóptero del *Weehawken*, cuando pasó sobre la cubierta. Julia reprimió el deseo de saludar con la mano. Siguió inclinada sobre la barandilla, contemplando el aparato con indiferencia. Experimentó una oleada de placer al saber que un par de guardacostas la estaban vigilando, como ángeles de la guarda.

Sentía alivio por haber concluido su misión y rabia por no haber descubierto ninguna actividad delictiva. Al parecer, Qin Shang les había engañado una vez más. Si fuera práctica, llamaría a Lewis para que fuera a buscarla, o se arrojaría en brazos del agente de inmigración más cercano. Sin embargo, se resistía a abandonar. Tenía que haber una respuesta, y Julia estaba decidida a encontrarla.

Se dirigió a la cubierta de babor para poder ver sin estorbos la barcaza, que ya estaba medio llena de bolsas de plástico. Se quedó junto a la barandilla un largo minuto, mientras estudiaba la barcaza y el remolcador.

La frustración la invadía. No había ninguna muchedumbre de inmigrantes hacinados en sórdidas condiciones a bordo del *Sung Lien Star*. De eso estaba segura. Tampoco dudaba de la veracidad del informe del agente de la CIA. Qin Shang era astuto. Seguramente había encontrado un método capaz de engañar a las mejores agencias de investigación gubernamentales.

No había respuestas fáciles. Si existía una solución, tal vez estaba relacionada con la barcaza y el remolcador que se alejaban del barco. No le quedaba otra opción. El fracaso la estaba mirando a la cara de nuevo. Se sentía abrumada por una sensación de insuficiencia y rabia contra sí misma. Entonces comprendió que debía actuar.

Una veloz mirada le indicó que ya habían cerrado la puerta de carga y que no había ningún tripulante trabajando en el flanco del casco encarado hacia el río. El capitán del remolcador se alzaba ante el timón, mientras un tripulante vigilaba en el puente y otro se erguía en la proa de la barcaza, con los ojos fijos en el frente. Nadie miraba hacia atrás.

Cuando el remolcador pasó bajo ella, Julia echó un vistazo a la cubierta de popa. Había un trozo largo de cuerda enrollado detrás de la chimenea. Calculó la distancia en unos tres metros y se subió a la barandilla. No había tiempo de llamar a Lewis y explicar lo que iba a hacer. Julia rechazó toda vacilación, porque era una mujer decidida. Respiró hondo y saltó.

El salto de Julia a la barcaza fue observado no por un tripulante del *Sung Lien Star*, sino por Pitt, que se encontraba a bordo del *Marine Denizen*, anclado a la entrada del puerto. Había pasado la última hora sentado en el puente, ocupando la silla del capitán, indiferente al sol y a algún chubasco ocasional, enfrascado en examinar con unos potentes prismáticos la actividad que tenía lugar alrededor del portacontenedores. Le intrigaba en especial la barcaza y el remolcador parados a su lado. Observó con atención mientras ataban las bolsas de la basura acumulada durante el largo viaje desde China y la dejaban caer por una escotilla a la barcaza. Cuando tiraron la última bolsa por la borda y la escotilla se cerró, Pitt iba a desviar su atención hacia los contenedores que las grúas depositaban sobre la cubierta, cuando vio que una figura se subía a la barandilla de la cubierta y caía sobre el tejado del remolcador.

—¿Qué coño pasa ahí? —exclamó.

Rudi Gunn, que estaba al lado de Pitt, se puso rígido.

—¿Has visto algo interesante?

—Alguien acaba de lanzarse desde el barco al remolcador.

—Tal vez un tripulante.

—Parecía el cocinero del barco —dijo Pitt, con los prismáticos fijos en el remolcador.

—Espero que no se haya hecho daño —dijo Gunn.

—Creo que un rollo de cuerda protegió su caída. No parece que se haya herido.

—¿Has descubierto algo que apoye tu teoría de que una especie de embarcación submarina puede desplazarse por debajo de la barcaza?

—Nada que un tribunal pudiera aceptar —admitió Pitt. Un breve destello asomó a sus ojos verdes opalinos—. Pero todo podría cambiar en las siguientes cuarenta y ocho horas.

32

El bote del *Marine Denizen* atravesó como una exhalación el Intracoastal Waterway, y después disminuyó la velocidad cuando pasó ante el puerto de Morgan City. La ciudad estaba protegida de las subidas del río mediante un dique de hormigón de dos metros y medio de altura y un rompeolas gigantesco encarado hacia el Golfo, que se alzaba unos seis metros. Dos puentes de autopista y uno de tren salvaban el río Atchafalaya en Morgan City. Los faros delanteros blancos y las luces de cola rojas del tráfico se movían como cuentas deslizadas entre los dedos de una mujer. Las luces de los edificios jugaban sobre el agua y ondulaban en la estela de los barcos que pasaban. Morgan City, con una población de quince mil habitantes, era la población más grande de St. Mary Parish (las circunscripciones territoriales de Luisiana se llaman parroquias en lugar de condados, al contrario que en la mayoría de estados). La ciudad estaba orientada hacia el oeste y dominaba un amplio tramo del río Atchafalaya llamado Berwick Bay. Hacia el sur corría el Bayou Boeuf, que rodeaba la ciudad como un enorme foso y desembocaba en Lake Palourde.

Morgan City es la única ciudad asentada en las orillas del Atchafalaya a baja altura, lo cual la hace presa fácil de inundaciones y mareas muy altas, sobre todo durante los huracanes, pero los habitantes nunca miran hacia el Golfo por si se acercan nubes negras amenazadoras. California tiene sus terremotos, Kansas sus tornados y Montana sus tormentas de nieve, de manera que todo el mundo se olvida de estas cosas.

La población es más urbana que en las demás ciudades y pueblos del territorio pantanoso de Luisiana. Hace las veces de puerto marítimo, abastece a pescadores, compañías petrolíferas y constructoras de barcos, pero posee el encanto de una ciudad fluvial, como las que crecen a orillas del Misisipí y el Ohio, y la mayoría de edificios dan al agua.

Pasó una procesión de barcas de pesca, de proa afilada, obra muerta elevada y cabinas montadas delante. Se dirigían hacia las aguas profundas del Golfo.

—¿Dónde queréis que os deje? —preguntó Gunn, sentado al volante de la lancha motora.

—La taberna más próxima sería un buen sitio para conocer a los hombres del río —dijo Pitt.

Giordino señaló una manzana de edificios de madera que se extendía a lo largo del muelle. Un letrero de neón sobre una de las construcciones rezaba: «Pescado, marisco y licores de Charlie».

—Parece el tipo de sitio que buscamos.

—Los pescadores deben llevar su pesca a la fábrica de conservas que hay al lado —observó Pitt—. Un buen lugar para preguntar si han observado movimientos inusuales en el río.

Gunn disminuyó la velocidad, condujo la lancha entre una pequeña flota de jabegueros y se detuvo al pie de una escalerilla de madera.

—Buena suerte —dijo cuando Pitt y Giordino subieron al muelle—. No olvidéis escribir.

—Seguiremos en contacto —aseguró Pitt.

Gunn saludó con la mano, se alejó del muelle y dirigió la lancha río abajo, hacia el *Marine Denizen*.

El muelle hedía a pescado y la humedad nocturna acrecentaba todavía más el olor. Giordino señaló una colina de caparazones de ostra que se alzaba casi hasta el tejado del bar.

—Una cerveza Dixie y una docena de suculentas ostras del Golfo me irían de coña en este momento —dijo, jubiloso.

—Apuesto a que su sopa de pescado también es de primera.

Entrar en la sala del Charlie's Fish Dock era como retroceder en el tiempo. El viejo sistema de aire acondicionado había perdido definitivamente la batalla contra el sudor humano y el humo de tabaco. El suelo de madera estaba desgastado por las pisadas de innumerables botas de pescador, y mostraba las cicatrices de cientos de quemaduras de cigarrillos. Las mesas, que en su origen habían sido cubiertas de escotillas, cortadas y barnizadas posteriormente, también exhibían su ración de quemaduras. Las cansadas sillas estaban parcheadas y pegadas con cola, después de años de peleas tabernarias. Letreros metálicos herrumbrados cubrían las paredes. Anunciaban de todo, desde Aunt Bea's Ginger Ale a Goober's Bait Shack, pasando por Old South Whiskey. Todos habían sido acribillados a balazos en algún momento de su existencia. No había ninguno de los anuncios promocionales de cerveza modernos que proliferaban en la mayoría de antros del país. Los estantes que había detrás de la barra, y que albergaban casi cien marcas diferentes de licores, algunos destilados en la zona, parecían haber sido clavados en la pared durante la guerra civil. La barra procedía de la cubierta de una barca de pesca abandonada mucho tiempo atrás, y pedía a gritos un buen calafateado.

La clientela era una mezcla de pescadores, obreros de la construcción y de los astilleros, y trabajadores de las compañías petrolíferas que operaban en las instalaciones cercanas. Una colección de hombres rudos. Era el país de los cajún, y algunos hablaban en francés. Dos perrazos roncaban plácidamente bajo una mesa vacía. Al menos treinta hombres llenaban la barra, y no se veían mujeres por ninguna parte, ni siquiera detrás de la barra. El tabernero servía todas las bebidas. No se daban vasos con la cerveza. O botella o lata. Sólo el licor merecía un vaso rajado y agrietado. Un camarero, con aspecto de boxear los jueves por la noche en el ring local, servía la comida.

—¿Qué opinas? —preguntó Pitt.

—Ahora ya sé dónde van a morir las cucarachas.

—No te olvides de sonreír y decir «señor» si uno de estos patanes te pregunta la hora.

—Sería el último lugar donde se me ocurriría iniciar una pelea —dijo Giordino.

—Menos mal que no vamos vestidos como turistas de un crucero —comentó Pitt, mientras volvía a examinar las ropas de trabajo sucias y zurcidas que la tripulación del *Marine Denizen* les había cedido—. Pero creo que da igual. Saben que no somos como ellos por el olor a limpio.

—Ya sabía yo que fue un error bañarme el mes pasado —ironizó Giordino.

Pitt hizo una reverencia e indicó una mesa vacía.

—¿Cenamos?

—Vamos —contestó Giordino con otra reverencia. Acercó una silla y se sentó.

Después de veinte minutos sin que nadie viniera a servirles, Giordino bostezó.

—Al parecer, nuestro camarero ha refinado mucho la técnica profesional de fingir no mirar hacia nuestra mesa.

—Te habrá oído, porque ahí viene.

El camarero vestía unos tejanos cortados a la altura del muslo y una camiseta, con el dibujo de un cornilargo deslizándose en esquís por una colina de color marrón. La inscripción decía: «Si Dios hubiera querido que los tejanos esquiaran, habría hecho blanca la mierda de vaca.»

—¿Puedo traerles algo de la cocina? —preguntó el hombre, con una voz sorprendentemente aguda.

—¿Qué tal una docena de ostras y una Dixie? —preguntó Giordino.

—Hecho —contestó el camarero—. ¿Y usted?

—Un plato de su famosa sopa de pescado.

El camarero gruñó.

—No sabía que fuera famosa, pero es buena. ¿Qué quiere beber?

—¿Hay tequila detrás de la barra?

—Claro, por aquí vienen muchos pescadores de Centroamérica.

—Tequila con hielo y lima.

El camarero se encaminó hacia la cocina, no sin antes decirles:

—Vuelvo enseguida.

—Espero que no se crea Arnold Schwarzenegger y atraviese la pared con un coche —murmuró Giordino.

—Tranquilo. Disfruta del color local, el ambiente, el salón lleno de humo.

—Creo que aprovecharé para contribuir un poco a la atmósfera insalubre. —Y procedió a encender uno de sus puros exóticos.

Pitt inspeccionó la sala en busca del personaje adecuado que pudiera proporcionarles información. Descartó a un grupo de perforadores de las compañías petroleras reunidos en un extremo de la barra, y que estaban jugando al billar. Los obreros del astillero eran una buena posibilidad, pero no daban la impresión de recibir con los brazos abiertos a los forasteros. Empezó a concentrarse en los pescadores. Algunos, después de juntar unas mesas, se habían sentado a jugar al póquer. Un hombre avanzado en la sesentena acercó una silla, pero no participó en la partida. Interpretaba el papel de solitario, pero había un brillo humorístico y cordial en sus ojos verdeazulados. Tenía el cabello gris, a juego con un bigote caído que se encontraba con una perilla. Contemplaba a los demás mientras tiraban su dinero sobre la mesa de póquer, como un psicólogo estudiaría las pautas de comportamiento de unos ratones de laboratorio.

El camarero trajo las bebidas, sin bandeja, con un vaso en una mano y la botella en la otra. Pitt levantó la vista.

—¿Qué marca de tequila había?

—Creo que se llama Pancho Villa.

—Por lo que yo sé de tequilas, la Pancho Villa viene en botellas de plástico.

El camarero torció los labios, como si intentara convocar una imagen presenciada muchos antes. Después su cara se iluminó.

—Sí, tiene razón. Viene en botella de plástico. Una gran medicina para los dolores.

—No me duele nada en este momento —dijo Pitt.

Giordino consiguió sonreír con afectación.

—¿Cuánto queda en el fondo de la botella, y cuánto vale?

—Compré una botella en el desierto de Sonora durante el proyecto Oro Inca por un dólar y sesenta y siete centavos —dijo Pitt.

—¿Se puede beber sin peligro para la salud?

Pitt alzó el vaso a la luz antes de tomar un trago. Luego bizqueó en broma.

—Como un puerto en un día de tormenta.

El camarero regresó de la cocina con las ostras y la sopa. Como segundo plato eligieron arroz al estilo de Luisiana y siluro. Las ostras eran tan grandes que Giordino tuvo que cortarlas como si fueran un bistec.

El cuenco de sopa de Pitt hubiera dejado satisfecho a un león hambriento. Después de llenar sus estómagos con un plato de arroz, pidieron otra botella de Dixie y tequila Pancho Villa. Después se aflojaron los cinturones.

Durante la cena, Pitt apenas había apartado la vista del viejo que miraba jugar a los pescadores.

—¿Quién es ese tipo sentado a horcajadas en la silla? —preguntó al camarero—. Le conozco, pero no sé de dónde.

El camarero miró al hombre.

—Ah, ése. Es el dueño de una flota de barcos pesqueros. Palangres para pescar cangrejo y gamba, sobre todo. También es dueño de un criadero de siluros. No lo aparenta, pero es un hombre rico.

—¿Sabe si alquila barcas?

—No sé. Tendrá que preguntarle.

Pitt miró a su amigo.

—¿Por qué no te trabajas la barra y tratas de averiguar dónde tiran su basura los remolcadores de Qin Shang?

—¿Y tú?

—Preguntaré sobre las operaciones de dragado río arriba.

Giordino asintió en silencio y se levantó de la mesa. Al cabo de poco rato estaba riendo entre varios pescadores, y les obsequiaba con historias exageradas sobre sus días de pesca en California. Pitt se acercó al viejo pescador y se quedó de pie a su lado.

—Perdone, señor, pero me gustaría hablar un momento con usted.

Los ojos verdeazulados del hombre barbudo examinaron lentamente a Pitt desde la hebilla del cinturón hasta su pelo negro rizado. Después cabeceó poco a poco, se levantó de la silla e indicó a Pitt un reservado situado en un rincón del bar. Tras acomodarse y pedir otra cerveza, el pescador dijo:

—¿Qué puedo hacer por usted, señor...?

—Pitt.

—Señor Pitt. No es de por aquí.

—No. Trabajo para la Agencia Nacional Marina y Submarina, en Washington.

—¿Se dedica a investigaciones marinas?

—Esta vez no. Mis colegas y yo estamos colaborando con el Servicio de Inmigración, con la intención de detener el tráfico de inmigrantes ilegales.

El viejo sacó una colilla de puro del bolsillo y la encendió.

—¿En qué puedo ayudarle?

—Me gustaría alquilar una barca para investigar una excavación río arriba.

—¿El canal excavado por Qin Shang Maritime para terraplenar Sungari?

—El mismo.

—No hay mucho que ver —explicó el pescador—. Salvo un gran canal donde estaba el Mystic Bayou. La gente lo llama ahora el Mystic Canal.

—No puedo creer que se necesitara tanta tierra para construir el puerto.

—El cieno dragado del canal que no se utilizó para el terraplenado fue transportado en barcazas hasta el mar y arrojado en el Golfo —contestó el pescador.

—¿Hay alguna población cercana?

—Existía una ciudad llamada Calzas, al final del pantano y a escasa distancia del Misisipí, pero desapareció.

—¿Calzas ya no existe?

—Los chinos difundieron el rumor de que estaban proporcionando un gran servicio a la población al facilitar el acceso por barca al Atchafalaya. La verdad es que sobornaron a los terratenientes. Les pagaron el triple de lo que valían sus propiedades. Lo que queda en pie es un pueblo fantasma. El resto fue nivelado con una rasadora.

Pitt estaba confuso.

—¿Cuál es el propósito de practicar un canal sin salida, cuando habrían podido extraer tierra de cualquier parte del valle del Atchafalaya?

—Todo el mundo se pregunta lo mismo arriba y abajo del río —dijo el pescador—. El problema es que los amigos míos que han pescado en el pantano durante treinta años ya no son bienvenidos. Los chinos han cortado con cadenas el acceso al nuevo canal, y no dejan pasar a los pescadores. Ni a los cazadores.

—¿Utilizan el canal para el tráfico de barcazas?

El pescador negó con la cabeza.

—Si piensa que pasan inmigrantes ilegales por el canal, ya puede olvidarlo. Los únicos remolcadores y barcazas que suben río arriba desde Sungari se desvían al noroeste por Bayou Teche y paran en un desembarcadero al lado de un viejo trapiche azucarero abandonado, a unos quince kilómetros de Morgan City. Qin Shang Maritime lo compró cuando estaban construyendo Sungari. Una vía férrea que corría a lo largo del trapiche fue restaurada por los chinos.

—¿Dónde empalma?

—Con la línea principal de la Southern Pacific.

Las aguas turbias empezaban a despejarse. Pitt no dijo nada durante unos momentos, con la vista perdida en la lejanía. La estela que había observado detrás del *Sung Lien Star* mostraba un balanceo extraño pero definido bajo la superficie revuelta, que no era normal para el diseño básico del casco de un buque de carga. Había tenido la impresión de que el barco desplazaba más agua de la que el diseño del barco prometía, o que llevaba un segundo casco exterior. Empezó a visualizar en su mente otra embarcación, tal vez un submarino, sujeta a la quilla del portacontenedores.

—¿El desembarcadero tiene nombre? —preguntó por fin.

—Se llamaba Bartholomeaux, por el hombre que construyó el trapiche en 1909.

—Para acercarme a Bartholomeaux sin despertar sospechas necesitaré alquilar alguna barca de pesca.

El viejo pescador miró a Pitt, se encogió de hombros y sonrió.

—Haré algo mejor que eso. Lo que ustedes necesitan es una casa flotante.

—¿Una casa flotante?

—Algunos las llaman barcas de acampada. La gente las utiliza para pasear por los canales navegables y amarrar en los pantanos, junto a pueblos o granjas, antes de ponerse en movimiento de nuevo. Con frecuencia las dejan amarradas en el mismo lugar y las utilizan como cabañas para pasar las vacaciones. Ya no hay mucha gente que viva en ellas todo el tiempo.

—Una casa flotante un poco especial —comentó Pitt.

—Porque una casa flotante no suele desplazarse por sus propios medios —dijo el pescador—. Sin embargo, tengo una barca que es habitable y tiene un buen motor alojado dentro del casco. Es suya si la considera conveniente. Como va a utilizarla por el bien del país, no le cobraré nada, siempre que me la devuelva en el mismo estado que se la dejé.

—Creo que este hombre nos ha hecho una oferta que no podemos rehusar —dijo Giordino, que se había acercado desde la barra y había escuchado la conversación.

—Gracias —dijo Pitt—. Aceptamos.

—Encontrarán la casa flotante unos dos kilómetros río arriba, amarrada a un muelle de la orilla izquierda llamado Wheeler's Landing. Cerca hay un pequeño astillero y una tienda de comestibles propiedad de un viejo amigo y vecino, Doug Wheeler. Pueden comprarle sus provisiones. Yo me encargaré de que les llenen el depósito de combustible. Si alguien les hace preguntas, digan que son amigos del Chico del Bayou. Así me llama la gente por aquí. A excepción de Tom Straight, el tabernero y viejo compañero de pesca. Él siempre me llama por el nombre.

—¿El motor tiene potencia para avanzar río arriba contracorriente? —preguntó Pitt.

—Verá que puede hacer su trabajo.

Ambos dieron las gracias al pescador por su colaboración.

—Le devolveremos la barca tal como la encontramos —prometió Pitt.

Giordino estrechó la mano del viejo. Cuando habló, lo hizo con una humildad impropia de él.

—Creo que jamás sabrá cuánta gente se beneficiará de su generosidad.

El pescador se acarició la barba y agitó una mano peluda.

—Me alegro de poder ayudarles. Les deseo suerte. El negocio del tráfico ilegal, en especial el de los seres humanos, es una forma repugnante de ganar dinero.

Miró con aire pensativo a Pitt y Giordino cuando salieron del bar y salieron a la noche. Terminó su cerveza. Había sido un día muy largo, y estaba cansado.

—¿Has averiguado algo en la barra? —preguntó Pitt mientras se alejaban del muelle por una callejuela, de la que salieron a una calle bulliciosa.

—Los hombres del río no sienten mucho aprecio por Qin Shang Maritime —contestó Giordino—. Los chinos se niegan a utilizar mano de obra local o empresas de barcos. Todo el tráfico de remolcadores y barcazas que sale de Sungari se realiza con barcos y tripulaciones chinas, que viven en el puerto y nunca van a Morgan City. Existe una corriente subterránea de rabia que podría dar lugar a una guerra en pequeña escala, si Qin Shang no empieza a mostrar más respeto por los residentes de la parroquia de St. Mary Parish.

—Dudo que Shang haya cultivado alguna afición por tratar con campesinos.

—¿Cuál es el plan?

—Primero, encontrar una fonda. Después, en cuanto salga el sol, subiremos a la barca, viajaremos río arriba y exploraremos el canal.

—¿Y Bartholomeaux? —insistió Giordino—. ¿No sientes curiosidad por ver si es ahí donde las barcazas dejan cargamento humano?

—Curiosidad, sí. Desesperación no. No estamos trabajando con un límite de tiempo. Podemos registrar Bartholomeaux después de investigar el canal.

—Si quieres realizar una exploración submarina, necesitaremos equipos de buceo.

—En cuanto nos hayamos instalado, llamaré a Rudi y le pediré que nos traiga el equipo.

—¿Y Bartholomeaux? —continuó Giordino—. Si demostramos que el viejo trapiche es un centro de almacenamiento y distribución de inmigrantes ilegales, ¿qué haremos después?

—Cederemos la tarea de llevar a cabo un asalto a los agentes del INS, pero sólo después de dar al almirante Sandecker la satisfacción de informar a Peter Harper de que la NUMA ha descubierto otra operación ilícita de Qin Shang sin su ayuda.

—Creo que a eso se le llama justicia poética.

Pitt sonrió a su amigo.

—Ahora viene lo más difícil.

—¿Lo más difícil?

—Encontrar un taxi.

Mientras esperaban en el bordillo, Giordino se volvió hacia el bar.

—¿No te resultaba familiar ese viejo pescador?

—Ahora que lo dices, había algo en él que me sonaba.

—No nos ha dicho su nombre.

—La próxima vez que le veamos —dijo Pitt—, le preguntaremos si nos habíamos visto antes.

En el restaurante Charlie's Fisch Dock, el viejo pescador levantó la vista cuando el tabernero le gritó desde la barra:

—Eh, Cussler. ¿Quieres otra cerveza?

—¿Por qué no? —asintió el viejo—. Una más antes de largarme no me hará daño.

33

—Nuestra casa lejos de casa —dijo Giordino en cuanto echó un vistazo a la barca que el viejo pescador les había prestado—. Apenas mayor que un retrete exterior de Dakota del Norte.

—No es elegante, pero sí funcional —dijo Pitt mientras pagaba al taxista y estudiaba la vieja casa flotante amarrada al final de un muelle destartalado, que se extendía desde la orilla del río sobre pilotes anegados de agua.

Dentro del muelle, varias barcas de pesca pequeñas de aluminio se mecían en las aguas verdes, con los motores fuera borda oxidados y manchados de grasa a causa de la repetida utilización.

—Menudo regalo —gruñó Giordino, y procedió a descargar el equipo de submarinismo del maletero del taxi—. Ni calefacción central ni aire acondicionado. Apuesto a que este cascarón de nuez no tiene agua corriente ni electricidad para que funcionen las luces y la televisión.

—No necesitas agua corriente. Puedes bañarte en el río.

—¿Y un retrete?

Pitt sonrió.

—Utiliza tu imaginación.

Giordino señaló una pequeña antena de plato en el tejado.

—Radar —dijo con incredulidad—. Tiene un radar.

El casco de la barca era ancho y liso. La pintura negra presentaba cientos de cicatrices causadas por el roce contra pilotes de muelle y otros barcos, pero el fondo que se veía por debajo de la línea de flotación aparecía libre de vegetación marina. Una caja cuadrada con ventanas y puertas, que era la casa, se alzaba unos dos metros. Sus paredes azules gastadas por la intemperie casi se juntaban con los costados del casco. Un pequeño balcón protegido por un tejado, que ofrecía sillas plegables, se extendía a lo ancho de la proa. Arriba, en el centro del tejado, como una idea surgida a última hora, descansaba una estructura baja parecida a un puente, que hacía las veces de tragaluz y pequeña timonera. Sobre el tejado había un esquife corto con los remos vueltos del revés. La chimenea negra de una cocina panzuda que se alimentaba con madera sobresalía del extremo posterior de la casa.

Giordino meneó la cabeza con tristeza.

—He dormido en asientos de autobús que tenían más clase que esto. Dame una patada la próxima vez que me queje de la habitación de mi motel.

—Venga, deja de gruñir. Repítete que no nos ha costado nada.

—Debo admitir que posee carácter.

Pitt indicó a Giordino, cuya costumbre de lamentarse era crónica, que se encaminara hacia la barca.

—Ve a descargar el equipo y examina el motor. Yo iré a la tienda a comprar comida.

Pitt caminó por un paseo entablado que atravesaba un astillero, el cual descendía por la orilla hasta el río. Un obrero estaba dando una nueva capa de pintura anticorrosiva a la quilla y el casco de una barca de pesca de madera, colocada en el interior de una calza sobre raíles. Pitt llegó a un edificio de madera sobre el cual se alzaba un letrero que proclamaba APEADERO DE WHEELER. Un largo porche corría alrededor del edificio, levantado sobre el suelo mediante una hilera de pilotes cortos. Las paredes estaban pintadas de un verde chillón, y unos postigos amarillos enmarcaban las ventanas. Dentro, Pitt contempló con incredulidad la cantidad de mercancías que podían apiñarse en un espacio tan restringido. Piezas de barco ocupaban todo un extremo de la tienda, y en el otro se apretujaban suministros de pesca y caza. El centro estaba dedicado a los productos alimenticios. Un arcón frigorífico lleno de cervezas, que ganaban por uno a cinco a refrescos y productos avícolas, estaba apoyado contra una pared.

Pitt cogió una cesta y cogió suficiente comida para alimentarse durante tres o cuatro días y, como suelen hacer la mayoría de los hombres, compró más de lo que podrían comer, en especial condimentos y especialidades de la casa. Dejó el cesto rebosante sobre el mostrador, al lado de la caja registradora, y se presentó al corpulento propietario de la tienda, muy ocupado en almacenar alimentos enlatados.

—Señor Wheeler, me llamo Dirk Pitt. Mi amigo y yo hemos alquilado la barca del Chico del Bayou.

Wheeler se acarició el poblado bigote con un dedo y asomó la cabeza.

—Les estaba esperando. El Chico dijo que pasarían esta mañana. El barco está preparado para zarpar. Depósito de combustible lleno, batería cargada y aceite a punta pala.

—Gracias por tomarse tantas molestias. Volveremos dentro de pocos días.

—Me han dicho que van a subir hasta el canal que los chinos han construido.

Pitt asintió.

—Las noticias vuelan.

—¿Tienen cartas de navegación?

—Confiaba en que usted nos las proporcionaría.

Wheeler se volvió y comprobó las etiquetas pegadas en un armarito colgado de la pared, que contenía cartas de navegación enrolladas de los canales locales y mapas topográficos de los pantanos circundantes. Sacó varias y las extendió sobre el mostrador.

—Aquí hay una carta que muestra las profundidades del río y unos cuantos mapas topográficos del valle del Atchafalaya. Uno de ellos muestra la zona que rodea el canal.

—Nos ha sido de gran ayuda, señor Wheeler —dijo Pitt con sinceridad—. Gracias.

—Supongo que ya estarán enterados de que los chinos no les dejarán entrar en el canal. Han tendido una cadena a lo largo.

—¿Hay otra forma de entrar?

—Claro, dos como mínimo. —Wheeler cogió un lápiz y empezó a hacer marcas en las cartas—. Pueden tomar los canalizos de Hooker o de Mortimer. Ambos corren paralelos al canal y desembocan en él a unos trece kilómetros del Atchafalaya. Descubrirán que el Mortimer es el más fácil de navegar con la barca.

—¿Qin Shang Maritime también posee la propiedad que rodea el canalizo de Hooker?

Wheeler negó con la cabeza.

—Sus fronteras sólo se extienden cien metros a cada lado del canal.

—¿Qué pasará si cruzamos la barrera?

—Los pescadores y cazadores locales se cuelan de vez en cuando. Con más frecuencia que no, son sorprendidos y expulsados por un barco lleno de chinos armados con rifles automáticos, que suele patrullar el canal.

—Entonces la seguridad es estricta.

—No tanto de noche. Es probable que puedan colarse, ver lo que quieren ver, puesto que habrá luna en cuarto menguante durante las dos noches siguientes, y salir antes de que se enteren.

—¿Alguien ha visto algo extraño en el canal y sus alrededores?

—Nada que valga la pena comentarse. Nadie comprende esa obsesión por mantener alejada a la gente de un canal que atraviesa un pantano.

—¿Algún tráfico de barcazas o barcas de entrada y salida?

Wheeler meneó la cabeza.

—Ninguno. La cadena está fija y no puede abrirse, a menos que la vuele con TNT.

—¿El canal tiene nombre?

—Se le conocía como Mystic Bayou —dijo Wheeler con tono nostálgico—. Y era un canalizo muy bonito, antes de que se lo cargaran. Montones de ciervos, patos y caimanes para cazar. Siluros, bremas y percas para pescar. Mystic Bayou era el paraíso del deportista. Ahora todo ha desaparecido, y en lo que queda no se puede entrar.

—Con suerte, mi amigo y yo obtendremos algunas respuestas durante las cuarenta y ocho horas siguientes —dijo Pitt, mientras guardaba las vituallas en una caja de cartón que Wheeler le ofreció.

El propietario del amarradero escribió varios números a lápiz en la esquina de un sobre.

—Si tienen problemas, llamen a mi móvil. Me ocuparé de enviarles ayuda enseguida.

Pitt se quedó conmovido por la cordial e inteligente gente del sur de Luisiana, que les habían ofrecido consejo y ayuda. Eran contactos que debían atesorarse. Dio las gracias a Wheeler y transportó los alimentos hasta la barca. Cuando subió al balcón, Giordino estaba en la puerta y sacudía la cabeza en señal de asombro.

—No vas a creer lo que verás —dijo.

—¿Es peor de lo que pensabas?

—Nada de eso. El interior es limpio y espartano. Es el motor y nuestro pasajero lo que me desconciertan.

—¿Qué pasajero?

Giordino entregó a Pitt una nota que había encontrado clavada en la puerta. «Señor Pitt y señor Giordino —leyó—: he pensado que, como querían pasar por habitantes de las cercanías en excursión de pesca, deberían tener un acompañante. Por consiguiente, les presto a *Romberg*, que embellecerá su imagen de ribereños. Comerá cualquier tipo de pescado que le echen. Suerte. El Chico del Bayou.»

—¿Quién es *Romberg*? —preguntó Pitt.

Giordino se apartó del umbral y señaló a un perro sabueso que estaba tendido de costado con las patas levantadas al aire. Sus grandes orejas estaban extendidas a los lados, y la mitad de su lengua colgaba fuera de la boca.

—¿Está muerto?

—No me extrañaría, a juzgar por el entusiasmo que ha demostrado por mi presencia —dijo Giordino—. No ha movido ni un ojo desde que he subido a bordo.

—¿Qué tiene de raro el motor?

—Has de verlo. —Giordino atravesó la única habitación que comprendía la sala de estar, el dormitorio y la cocina de la barca y le guió hasta una trampilla practicada en el suelo. Alzó la cubierta y señaló hacia la sala de máquinas del casco—. Un Ford V-8 de 1.060 centímetros cúbicos con dos carburadores cuadrangulares. Antiguo pero excelente. Ha de producir al menos cuatrocientos caballos de fuerza.

—Más bien cuatrocientos veinticinco —dijo Pitt mientras admiraba el potente motor, que parecía en perfecto estado—. Cómo se habrá reído el viejo cuando le pregunté si el motor podía mover el barco contra la corriente.

—Por grande que sea esta cabaña flotante supongo que podría alcanzar los cuarenta kilómetros por hora si fuera necesario.

—Tómatelo con calma. No hay que dar la impresión de que tenemos prisa.

—¿A cuánto está el canal?

—No he calculado la distancia, pero yo diría que a unos noventa kilómetros.

—Nos interesa llegar antes del anochecer —dijo Giordino, que ya se imaginaba una velocidad de crucero.

—Yo desamarraré. Tú ocúpate del timón y dirige el barco hacia el canal, mientras yo guardo la comida.

Giordino no necesitaba que le alentaran. Ardía en deseos de poner en marcha el motor, que cobró vida con un desagradable gruñido. No giraba con suavidad, sino que corría a paso largo. Era demasiado bueno para creerlo, pensó Giordino. El motor estaba trucado y preparado para correr.

—Dios mío —murmuró para sí—. Es mucho más potente de lo que pensábamos.

Pitt, como estaba seguro de que Giordino aceleraría la embarcación al máximo, aseguró los comestibles para que no terminaran sobre la cubierta. Después pasó por encima del dormido *Romberg*, salió al balcón delantero y se relajó en una silla, pero no antes de apoyar los pies contra la amurada y pasar los brazos alrededor de la barandilla.

Giordino esperó a que el río Atchafalaya estuviera despejado y no hubiera barcos a la vista. Extendió la carta marina proporcionada por Doug Wheeler y estudió las profundidades del río. Después, fiel a sí mismo, aumentó la velocidad de la vieja embarcación hasta que la proa estuvo a sus buenos treinta centímetros sobre el agua y la popa se hundió, tallando una amplia muesca en la superficie. Ver que un barco tan desmañado corría río arriba a más de 50 kph era un espectáculo extraordinario e incongruente. En el balcón, la resistencia del viento y el ángulo elevado de la proa apretaban a Pitt contra la pared de la casa con tal fuerza que se sentía incómodo y apenas capaz de moverse.

Por fin, después de tres kilómetros de esparcir una estela de un metro de altura detrás de la barca, que se internaba en los pantanos y rociaba la maraña sin fisuras de jacintos de agua que se extendían desde el canal del río, Giordino observó dos barcos de pesca pequeños que se acercaban, de regreso a Morgan City. Aminoró la velocidad de forma radical. El jacinto de agua es una planta muy bonita, pero desastrosa para los brazos de agua que penetran en la tierra, pues es muy prolífico y obtura ríos y canalizas. Sus rabillos llenos de vejigas natatorias los mantienen a flote. Del jacinto brotan hermosas flores de un rosado lavanda, pero al contrario que la mayoría de plantas que florecen, huele como una fábrica de fertilizantes cuando se saca del agua.

Pitt, con la sensación de haber sobrevivido a unas montañas rusas, regresó al interior, recuperó el mapa topográfico y empezó a estudiar las curvas y vueltas del río, así como a familiarizarse con la red de canalizas y lagos esparcidos entre el Apeadero de Wheeler y el canal excavado por Qin Shang Maritime. Siguió con el dedo y comparó los puntos característicos y curvas del río con los que señalaba el mapa. Era reconfortante sentarse a la sombra del balcón y experimentar la agradable sensación de viajar por aguas eternas que sólo un barco puede proporcionar. La vegetación de las orillas variaba de kilómetro en kilómetro. Espesos bosques de sauces, álamos y cipreses se alternaban con arbustos de bayas, y las enredaderas salvajes dieron paso poco a poco a un pantano primigenio, una pradera de cañas altas que cimbreaban bajo una leve brisa y se alejaban hasta perderse de vista. Un ciprés solitario se elevaba majestuosamente entre la hierba, como una fragata en el mar. Vio garzas caminar sobre sus largas patas junto al agua, con los cuellos en forma de S cuando buscaban comida en el barro.

Para un cazador que navegara en kayak o canoa por los pantanos del sur de Luisiana, era esencial encontrar un trozo de terreno firme donde plantar la tienda para pernoctar. Lentejas de agua y jacintos flotaban sobre gran parte del agua. Crecían bosques del cieno salobre, no de la tierra seca. A Pitt le costaba imaginar que toda el agua que veía procedía de lugares tan lejanos como Ontario y Manitoba, Dakota del Norte y Minnesota, y los demás estados situados más al sur. La gente sólo cultivaba la tierra y construía ciudades y pueblos amparada tras la seguridad de miles de kilómetros de sistemas de diques. No había visto nunca un paisaje semejante.

Hacía un frío agradable, con la suficiente brisa para que pequeñas olas se formaran sobre la superficie del agua. Las horas transcurrían como si el tiempo fuera tan ilimitado como el espacio. Por idílico que pareciera el perezoso paseo río arriba, estaban metidos en un asunto muy serio, que podía costarles la vida. No podían cometer errores en su plan de explorar el misterioso canal.

Pocos minutos después de mediodía, Pitt llevó un bocadillo de salami y una cerveza a Giordino, que no se movía de la timonera. Pitt se ofreció a coger el timón, pero Giordino no quiso saber nada de ello. Se estaba divirtiendo demasiado, de modo que Pitt volvió a su silla del balcón.

Aunque el tiempo parecía carecer de significado, Pitt aprovechó las horas. Dedicó el tiempo a sacar el equipo de buceo. Extrajo de su caja y ajustó los controles del pequeño vehículo sumergible autónomo que había usado en Orion Lake. Por fin, sacó las gafas de visión nocturna de su estuche y las dejó sobre los almohadones de un sofá desgastado.

Poco después de las cinco de la tarde, Pitt entró en la casa y se quedó en la base de la escalerilla que subía a la timonera.

—Faltan dos kilómetros para llegar a la boca del canal —anunció Giordino—. Pasa de largo otro kilómetro, hasta el siguiente canalizo. Después, gira a estribor.

—¿Cómo se llama?

—Hooker's Bayou, pero no te molestes en buscar un cartel en el cruce. Sigue unos nueve kilómetros hasta donde el mapa señala un muelle abandonado junto a un pozo de petróleo cerrado. Amarraremos allí y cenaremos, mientras esperamos en la oscuridad.

Giordino adelantó a una larga hilera de barcazas empujadas río abajo por un enorme remolcador. El capitán del remolcador saludó con un bocinazo cuando pasaron, sin duda pensando que el propietario iba a bordo de la casa flotante. Pitt, que había regresado a su silla del balcón, saludó con la mano. Examinó el canal con unos prismáticos cuando cruzaron su boca. Estaba tallado en un curso recto perfecto de casi medio kilómetro de largo, que parecía ondularse como una alfombra verde sobre el horizonte. Una cadena herrumbrosa estaba tendida a lo largo de la boca, fija a unos pilares de hormigón. Grandes letreros escritos con letras rojas sobre fondo blanco advertían: NO PASAR. CUALQUIER PERSONA SORPRENDIDA EN LA PROPIEDAD DE QIN SHANG MARITIME SERÁ DENUNCIADA.

No cabía duda de por qué los residentes locales odiaban a Qin Shang, pensó Pitt. Abrigó serias dudas acerca de que el sheriff se desviara de su camino para detener a amigos y vecinos por pescar o cazar en una propiedad comprada por extranjeros.

Cuarenta minutos después, Giordino dio vuelta a la barca, se detuvo ante los restos de un muelle de hormigón y posó la proa sobre una orilla baja. En los pilares de hormigón se leía en letras grabadas: COMPAÑÍA PE-

TROLERA CHEROKEE, BATON ROUGE, LUISIANA. Como el barco no tenía ancla, sacaron unos palos largos atados a las pasarelas para tal propósito y los hundieron en el barro. Después, ataron las amarras a los palos. Por fin, bajaron una pasarela hasta tierra firme.

—El radar muestra algo que se acerca desde el sudeste —anunció Giordino.

—Viene de la dirección del Mystic Canal.

—Vienen a toda mecha —dijo Giordino con intención.

—La seguridad de Shang nos ha localizado enseguida. —Pitt entró y salió con una red cuadrada de soportes verticales que había encontrado en el balcón—. Saca a *Romberg* aquí y consigue una botella de cerveza.

Giordino contempló la red.

—¿Crees que vas a pescar cangrejos para cenar?

—No —contestó Pitt, y divisó a lo lejos un destello del sol poniente sobre un objeto brillante, en el océano de hierba—. El truco es aparentar que sé lo que hago.

—Un helicóptero —dijo Giordino—, o un ultraligero, como en Washington.

—Demasiado bajo. Debe de ser un hidrofoil.

—¿Estamos dentro de las propiedades de Qin Shang?

—Según el mapa, debemos estar a trescientos metros de la línea divisoria. Vendrán en visita oficial para ver quiénes somos.

—¿Cuál es el plan? —preguntó Giordino.

—Yo interpretaré el papel de pescador de cangrejos, tú el de patán que trasiega cerveza, y *Romberg* el de *Romberg*.

—No es fácil para un italiano hacerse pasar por cajún francés.

—Mastica un poco de okra.

El perro colaboró cuando lo sacaron al balcón, no por obediencia, sino por necesidad. Anduvo con lentitud por la pasarela y se alivió. Ese perro tiene una vejiga de hierro, pensó Giordino, para haber aguantado tanto. Entonces *Romberg* se puso en estado de alerta, ladró a un conejo que había aparecido entre la hierba y lo persiguió.

—¡No te van a nominar para el Oscar, *Romberg*! —gritó Giordino cuando el perro saltó a un sendero que corría a lo largo de la orilla. Después, se dejó caer en su silla, se quitó las bambas y los calcetines, y apoyó los pies descalzos en la barandilla, con una botella de Dixie en la mano.

Como preparativos, Pitt ocultó su Colt 45 en un cubo que tenía a los pies, cubierto con un trapo, y Giordino colocó la escopeta Aserma de doce cartuchos debajo del asiento. Contemplaron el punto negro del hidrofoil crecer en tamaño sobre los pantanos. Era un aparato anfibio capaz de efectuar la transición entre el agua y la tierra. Impulsado por dos motores de avión con hélices en la popa, lo sostenía un colchón de aire contenido en el interior de una gruesa estructura de goma y producido por un motor más pequeño, sujeto a un ventilador horizontal. Se controlaba con una serie de timones muy similares a los utilizados en los aviones. Ambos vieron que avanzaba sin esfuerzo y con rapidez sobre los pantanos y tierras bajas.

—Es veloz —comentó Pitt—. Capaz de alcanzar los setenta y cinco kilómetros por hora. Unos seis metros de largo, con una pequeña cabina. A juzgar por su aspecto, puede albergar a seis personas.

—Y ninguna de ellas sonríe —murmuró Giordino, mientras el hidrofoil se acercaba a la casa flotante y disminuía la velocidad.

Romberg vino saltando desde la hierba, ladrando como un poseso.

—El bueno de *Romberg* —dijo Pitt—. Justo a tiempo.

El hidrofoil se detuvo a unos tres metros de distancia. El ruido de los motores se redujo a un murmullo apagado. Los cinco hombres que iban a bordo llevaban armas cortas, pero no rifles. Vestían el mismo uniforme de la seguridad de Qin Shang que Pitt había visto en Orion Lake. Todos los ojos tenían el sesgo inconfundible de los asiáticos. No sonreían. Sus rostros tostados por el sol parecían muy serios. Era un claro intento de intimidarles.

—¿Qué están haciendo aquí? —preguntó un individuo de expresión dura en inglés fluido. Exhibía insignias en los hombros y la gorra de alguien acostumbrado a mandar, y su aspecto era el de un hombre al que le divertía clavar alfileres en insectos vivos, un hombre que aprovecharía la menor oportunidad de matar a otro ser humano. Miró a *Romberg* con un brillo en los ojos.

—Pasándolo bien —respondió Pitt—. ¿Cuál es el problema?

—Esto es una propiedad privada —dijo con frialdad el comandante del hidrofoil—. No pueden amarrar aquí.

—Resulta que me consta que la tierra que rodea Hooker's Bayou pertenece a la Compañía Petrolífera Cherokee.

En realidad, Pitt no estaba seguro de quién era el propietario, pero supuso que debía ser Petróleos Cherokee.

El comandante se volvió hacia sus hombres y farfullaron en chino. Después se puso a un lado del hidrofoil.

—Vamos a subir a bordo —anunció.

Pitt se puso en tensión, preparado para apoderarse del viejo Colt. Entonces comprendió que la exigencia de subir a bordo era una trampa. Giordino no mordió el anzuelo.

—Y una mierda —dijo con tono amenazador—. Carece de autoridad. Mueva el culo de aquí antes de que llame al sheriff.

El comandante estudió la vieja barca y las ropas descoloridas y raídas de Pitt y Giordino.

—¿Llevan una radio o un teléfono móvil a bordo?

—Una pistola de bengalas —contestó Giordino—. Disparamos bengalas y la ley viene corriendo.

El comandante del hidrofoil entornó los ojos.

—No lo considero creíble.

—Exhibir una actitud pomposa hacia la impecabilidad intelectual no le conducirá a ninguna parte —dijo de repente Pitt.

El comandante se encrespó.

—¿Qué es eso? ¿Qué ha dicho?

—He dicho que nos deje en paz —ladró Pitt—. No hacemos daño a nadie.

Otra conferencia entre el comandante y sus hombres. Señaló con el dedo a Pitt.

—Se lo advierto: no entren en la propiedad de Qin Shang Maritime.

—¿Para qué? —dijo con desdén Giordino—. Su empresa ha arruinado el pantano, matado los peces y ahuyentado a la vida salvaje con sus dragados. No existe ningún motivo para entrar.

El comandante dio media vuelta con arrogancia, cuando las primeras gotas de lluvia empezaban a caer sobre el tejado de la casa flotante. Dirigió a *Romberg*, que continuaba ladrando, una mirada amenazadora y dijo algo a sus hombres. Los motores aceleraron y el hidrofoil avanzó en dirección al canal. Un momento después desaparecía de vista entre el torrente de lluvia.

A Giordino le gustó la sensación de la lluvia sobre sus pies descalzos, que colgaban por encima de la barandilla. Se encogió cuando *Romberg* sacudió su pelaje mojado y salpicó agua en todas direcciones.

—Una interpretación brillante, salvo tu intento de jugar al aristócrata.

Pitt rió.

—Un poco de sentido del humor nunca va mal.

—Podrías habernos delatado.

—Quería que tomaran buena nota de nuestra arrogancia. ¿Te fijaste en la cámara de vídeo montada sobre la cabina? En este momento, nuestras fotos están siendo enviadas por vía satélite a la seguridad del cuartel general de Qin Shang en Hong Kong, con el fin de identificarnos. Es una pena que no podamos estar allí para ver la cara de Shang cuando le informen de que estamos husmeando en otro de sus proyectos sensibles.

—Entonces nuestros amigos volverán.

—Ya puedes apostar lo que quieras.

—*Romberg* nos protegerá —bromeó Giordino.

Pitt buscó el perro y lo descubrió aovillado dentro de la casa flotante, tras haber recuperado su estado catatónico.

—Abrigo serias dudas al respecto.

34

Después del chubasco, y antes de que los últimos rayos del sol se desvanecieran detrás de los pantanos del oeste, Pitt y Giordino internaron el barco en un estrecho afluente de Hooker's Bayou y lo amarraron bajo un enorme álamo, con el fin de protegerlo de radares aéreos. Después, camuflaron la barca con cañas y ramas muertas del álamo. *Romberg* sólo volvió a la vida cuando Pitt le dio un cuenco lleno de pescado. Giordino le ofreció un poco de hamburguesa, pero *Romberg* ni la tocó mientras consumía el pescado, babeante y feliz.

Después de cerrar los postigos y colgar mantas sobre las ventanas y puertas para ocultar las luces de dentro, Pitt desplegó el mapa topográfico sobre la mesa del comedor y trazó un plan de acción.

—Si las fuerzas de seguridad de Shang se comportan como es de esperar, tendrán un puesto de mando en algún lugar de las orillas del canal, tal vez en el centro, para cubrir ambos extremos contra infractores locales.

—Un canal es un canal —dijo Giordino—. ¿Qué buscamos, exactamente?

Pitt se encogió de hombros.

—Sé tanto como tú.

—¿Cadáveres como los que encontraste en Orion Lake?

—Espero que no, por Dios. Pero si Qin Shang está pasando inmigrantes ilegales a través de Sungari, ya puedes apostar a que tiene algún campo de exterminio por las inmediaciones. Es fácil esconder cadáveres en los pantanos. No obstante, según Doug Wheeler, el tráfico de barcas desde el río al canal es inexistente.

—Qin Sgang no ha excavado un canal de veintisiete kilómetros de largo para nada.

—No, desde luego —repuso Pitt con acritud—. La cuestión es que tres kilómetros de excavación habrían proporcionado con holgura toda la tierra que necesitaba para construir Sungari. ¿Por qué excavó otros veinticuatro?

—¿Por dónde empezamos?

—Cogeremos el esquife porque es menos fácil de detectar por sus sistemas de seguridad. Después de cargar el equipo, remaremos Hooker's Bayou arriba hasta su desembocadura en el canal. Luego, continuaremos hacia el este, hasta llegar a Calzas. Después de comprobar si hay algo de interés, volveremos hacia el Atchafalaya y daremos un rodeo hasta encontrar nuestro barco.

—Deben de tener sistemas de detección para localizar a los intrusos.

—Cuento con que utilicen la misma tecnología limitada que tenían en Orion Lake. Si tienen detectores láser, habrán dispuesto los haces para que barran el terreno sobre la hierba del pantano. Los cazadores con todoterrenos y los pescadores que van de pie en su barca para echar una red se pueden distinguir desde cinco kilómetros de distancia. Si nos mantenemos agachados en el esquife y bordeamos las orillas, los haces no nos localizarán.

Giordino escuchó el plan y luego guardó silencio durante unos segundos. Estaba sentado con sus facciones etruscas torcidas en una expresión ceñuda, como la máscara de una ceremonia vudú. Después, movió lentamente la cabeza de un lado a otro, e imaginó largas y dolorosas horas de remar en el esquife.

—Bien —dijo por fin—, el retoño de la señora Giordino tendrá un par de brazos doloridos antes de que acabe la noche.

La predicción de Doug Wheeler, en el sentido de que la luna estaría en cuarto menguante, fue correcta. Dejaron a un saciado y dormido *Romberg* como vigilante del barco y empezaron a remar canalizo arriba. La luz de la luna les ayudó a orientarse. El esquife, una embarcación estrecha de líneas gráciles, avanzaba con facilidad, sin grandes esfuerzos por parte de los dos hombres. Siempre que una nube ocultaba la luna, Pitt confiaba en las gafas de visión nocturna para guiar su curso, mientras el canalizo se estrechaba hasta poco más de metro y medio de anchura.

Los pantanos cobraban vida de noche. Escuadrones de mosquitos surcaban el aire nocturno, en busca de blancos jugosos. Pitt y Giordino, protegidos por sus trajes de neopreno y una generosa capa de repelente de insectos en la cara, no les hicieron caso. Miles de ranas croaban, alcanzaban un crescendo, y después se sumían en un silencio total, antes de empezar de nuevo. Daba la impresión de que un maestro invisible dirigiera su concierto nocturno. La hierba estaba adornada con millones de insectos luminosos, cuyas luces parpadeaban como chispas de unos fuegos artificiales agonizantes. Una hora y media después, Pitt y Giordino salieron al canal.

El puesto de mando de la fuerza de seguridad estaba iluminado como un estadio de fútbol americano. Los focos esparcidos alrededor de una hectárea de tierra seca iluminaban una vieja plantación protegida por robles y asentada en un jardín infestado de malas hierbas, que descendía en una suave pendiente hacia la orilla del canal. La construcción, de tres pisos de altura, con tablas de forro combadas que los clavos apenas sujetaban a las vigas de apoyo, parecía similar en estructura a la casa de la película *Psicosis*, pero no estaba en tan buen estado. Varios postigos colgaban de sus goznes herrumbrados, y las ventanas del desván estaban rotas. Columnas de madera sostenían un porche central casi hundido, y sus cornisas sustentaban un tejado largo e inclinado.

El olor a cocina china impregnaba el aire. Se veían hombres uniformados detrás de las ventanas sin cortinas. Música china, un tormento para los oídos occidentales, interpretada por una mujer que berreaba como si estuviera dando a luz, chirriaba sobre los pantanos. La sala de estar de la antigua mansión estaba ocupada por un laberinto de antenas de comunicación y detección. Al igual que en Orion Lake, no había guardias que patrullaran el terreno. No temían un ataque y depositaban su confianza en los sistemas electrónicos. El hidrofoil estaba amarrado a un muelle pequeño que flotaba sobre unos bidones de petróleo vacíos. No había nadie a bordo.

—Dirígete a la orilla contraria y rema muy despacio —susurró Pitt—. Reduce el movimiento al mínimo.

Giordino asintió en silencio y hundió el remo con precaución en el agua, como a cámara lenta. Como espectros en la noche, atravesaron las sombras de la orilla del canal, dejaron atrás el puesto de mando y ascendieron por el canal otros cien metros, hasta que Pitt ordenó un breve descanso. El sigilo no era una opción, sino una necesidad, pues no habían subido sus armas al esquife sobrecargado para ahorrar peso y espacio.

—Por mi experiencia —explicó Pitt—, este dispositivo de seguridad es más descuidado que el de Orion Lake. La red de detección está dispuesta, pero no veo que nadie la controle.

—Esta tarde nos localizaron a la primera —le recordó Giordino.

—No cuesta nada localizar una casa flotante de tres metros de altura en mitad de un campo de hierba, desde cinco kilómetros de distancia. Si esto fuera Orion Lake, habrían observado todos nuestros movimientos cinco segundos después de haber pisado el esquife. Pero aquí, nos movemos ante sus narices como si fuera un pedazo de pastel.

—Esto empieza a parecerse a la Navidad —observó Giordino—. No hay regalos bajo el árbol que contengan secretos oscuros, pero debemos agradecer que nos hayan dado vía libre.

—Sigamos avanzando. Aquí no veo nada prometedor. Hemos de investigar mucho territorio. Puede que la fuerza de seguridad se relaje por la noche, pero tendrían que ser ciegos para no descubrirnos si no llegamos al barco antes de que salga el sol.

Cada vez más confiados, olvidaron las precauciones y empezaron a remar con vigor canal arriba. El tenue resplandor de la luna caía sobre el canalizo y arrojaba su reflejo sobre el agua, como una carretera que se estrechara hasta convertirse en una cabeza de alfiler a medida que se alejaba hacia el horizonte. El fin del canal parecía imposiblemente distante, tan inalcanzable como un espejismo en el desierto. Giordino remaba con energía y una sincronía perfecta de los brazos. El aire nocturno era perfumado, pero húmedo. Debajo de los trajes de neopreno sudaban como langostas en la olla, pero no se atrevieron a sacárselos. Su piel clara, aunque bronceada, se revelaba bajo la luna menguante como rostros en un cuadro de terciopelo negro. Delante, vieron el contorno de las nubes, iluminadas por una fuente de luz invisible. También vieron los faros delanteros de coches y camiones, que circulaban en ambas direcciones por una autopista lejana.

Los edificios del pueblo fantasma de Calzas se vislumbraban en ambas orillas, pues el canal había partido la población en dos. Las casas se apiñaban sobre una sección de tierra que se elevaba sobre las marismas. Era un lugar embrujado por los antiguos habitantes, que ya no podían regresar. El viejo hotel del pueblo se alzaba silencioso y solitario frente a la gasolinera, cuyos surtidores aún se erguían en islas situadas ante la administración y las zonas reservadas a los mecánicos. Una iglesia aparecía abandonada y vacía al lado del cementerio, las tumbas asomaban sobre los pequeños altares redondos, maltratados por la intemperie. El esquife no tardó en dejar atrás el pueblo fantasma.

Por fin, salieron del canal. La excavación concluía en un terraplén que ascendía hasta una autopista principal. En la base del terraplén, descubrieron una construcción de hormigón que sobresalía del agua del canal, y que parecía la entrada de un búnker subterráneo. En cualquier caso, estaba sellada por una imponente puerta de acero.

—¿Qué crees que guardan ahí? —preguntó Giordino.

—Nada que necesiten con rapidez —contestó Pitt mientras examinaba la puerta con las gafas de visión nocturna—. Tardaríamos más de una hora en abrirla con un soplete. —También observó una conducción eléctrica que corría desde la puerta hasta desaparecer en el barro. Se quitó las gafas y señaló hacia la orilla—. Vamos a varar el esquife y subir hasta la autopista.

Giordino le miró con extrañeza y asintió. Remaron hasta la orilla y ocultaron el esquife. El terraplén no era muy empinado. Llegaron arriba, saltaron por encima de la valla metálica y casi fueron arrollados por un gigantesco camión que circulaba a toda velocidad. La campiña, embellecida por la luna, estaba bañada por un mar de luces panorámico.

No vieron la escena que esperaban. Los faros delanteros de los coches, que se extendían a lo largo de la autopista como una serpiente con lentejuelas, se enroscaban alrededor de una amplia extensión de agua. Un enorme remolcador del tamaño de una mansión pasó en aquel momento, empujando veinte barcazas que abarcaban casi medio kilómetro de longitud. En la orilla opuesta vieron una ciudad grande, así como los depósitos blancos de las refinerías de petróleo y las plantas petroquímicas, brillantemente iluminados.

—Bien —dijo Giordino—, ¿no es un buen momento para entonar el estribillo de *Old Man River*?

—El Misisipí —murmuró Pitt—. Ahí está Baton Rouge, al otro lado del río. El fin del trayecto. ¿Por qué cavaron un canal hasta este punto en particular?

—¿Quién es capaz de descifrar las tortuosas maquinaciones de Qin Shang? —fue la filosófica respuesta de Giordino—. Tal vez ha planeado construir un acceso hasta la autopista.

—¿Para qué? No hay desvío. La anchura del borde de la carretera apenas permite el paso de un coche. Tiene que existir otro motivo. —Se sentó sobre la valla metálica y contempló el río con aire pensativo—. La autopista es recta como una flecha en esta parte.

Giordino lo miró con las cejas enarcadas.

—¿Qué tiene de extraordinario una carretera recta?

—¿Se debe a la casualidad, o a un plan muy bien concebido, que el canal termine en el lugar exacto donde el río tuerce hacia el oeste y casi toca la autopista?

—¿Qué diferencia hay? Los ingenieros de Shang podrían haber terminado el canal donde les diera la gana.

—Una gran diferencia, por lo que empiezo a comprender, una extraordinaria diferencia.

La mente de Giordino no estaba conectada en la misma onda que la de Pitt. Giordino consultó su reloj de buceo, aprovechando las luces de un coche que pasaba.

—Si queremos terminar el trabajo mientras esté oscuro, sugiero que rememos río abajo, y deprisa.

Aún debían investigar los veintisiete kilómetros del canal con la ayuda del vehículo sumergible autónomo. Después de bajar a buscar el esquife, sacaron el vehículo de su estuche, lo bajaron por la borda y vieron que se sumergía. Después, mientras Giordino remaba, Pitt accionó el mando a distancia, conectó los motores del vehículo, encendió sus luces y lo niveló a un metro y medio del fondo del canal. Debido a las algas que crecían a bastante altura en las aguas turbias, y que limitaban la visibilidad a menos de dos metros, existía el peligro de que el vehículo chocara contra un objeto sumergido antes de poder desviarlo.

Giordino remaba con un ritmo preciso y continuado, lo cual facilitaba que Pitt mantuviera el avance del vehículo paralelo al del esquife. Sólo cuando llegaron al borde exterior de las luces que rodeaban la antigua plantación, avanzaron furtivamente por la orilla contraria a paso de tortuga.

Era una hora de la noche en que casi todos los guardias de seguridad debían de estar dormidos, pero de pronto los guardias empezaron a correr en dirección al muelle donde estaba amarrado el hidrofoil. Pitt y Giordino se refugiaron en las sombras y vieron que cargaban el hidrofoil con armas automáticas. Dos hombres introdujeron en la embarcación un objeto largo y pesado, en forma de tubo.

—No se andan con chiquitas —susurró Giordino—. Si no me equivoco, eso es un lanzacohetes.

—No te equivocas. Creo que el jefe de la seguridad de Chang en Hong Kong nos ha identificado y anunciado que planeamos cometer otra fechoría.

—La casa flotante. Es evidente que planean hacerla trizas, junto con todos sus ocupantes.

—No debemos permitir que destruyan la propiedad

del Chico del Bayou. Además, hemos de pensar en *Romberg*. La Sociedad Protectora de Animales nos pondría en su lista negra si dejamos que conviertan en hamburguesas al pobre bicho.

—Dos *bon vivants* desarmados contra una horda de bárbaros armados hasta los dientes —masculló Giordino—. No contamos con muchas posibilidades, ¿verdad?

Pitt deslizó unas gafas de buceo sobre su cabeza y cogió una bombona de aire.

—He de cruzar el canal antes de que se larguen. Ocúpate del esquife y espérame cien metros más allá de la plantación.

—Deja que lo adivine. Vas a utilizar tu cuchillito de buceo para reventar el colchón de aire del hidrofoil.

Pitt sonrió.

—Si hace agua no se elevará.

—¿Y el vehículo sumergible?

—Manténlo sumergido. Tal vez valga la pena ver qué clase de basura tiran en el canal, delante de su cuartel general.

Pitt había desaparecido al cabo de diez segundos. Se sumergió sin hacer ruido, al tiempo que sujetaba con las correas la bombona de aire y la mochila. Cuando se había alejado seis metros de la embarcación, encajó el regulador en su boca y empezó a respirar bajo el agua. Nadó en dirección a las luces que destellaban sobre el agua, delante de la plantación. El barro del fondo era oscuro y repugnante, y el agua estaba tan tibia como la de una bañera. Pitt nadaba con los brazos extendidos hacia adelante para reducir la resistencia del agua, y movía las aletas de los pies vigorosamente, con toda la fuerza de sus músculos.

Un buen buceador es capaz de presentir el agua del mismo modo que un animal presiente un cambio de tiempo o la presencia de un depredador. El agua turbia del canal poseía un toque cordial, nada parecido a la fuerza siniestra y maligna que había experimentado en Orion Lake. Su único temor residía en que un guardia de seguridad mirara en su dirección y viera las burbujas de aire, una posibilidad a la que no concedía excesivo crédito, porque estaban haciendo los preparativos para atacar la casa flotante y no tenían tiempo de mirar hacia el agua.

A medida que se acercaba a la fuente de iluminación, la luz era más brillante bajo el agua. Pronto, la sombra del hidrofoil se cernió sobre su cabeza. Estaba seguro de que ya lo habían cargado, y de que la tripulación estaba a bordo. Sólo la falta de sonido le reveló que aún no habían encendido los motores. Nadó con más energía, decidido a detener al hidrofoil antes de que zarpara.

Giordino, desde el otro lado del canal, empezó a abrigar serias dudas de que Pitt llegara a tiempo al hidrofoil. Se maldijo por no haber remado con más entusiasmo en el viaje de vuelta, pues habrían podido ganar tiempo. Pero ¿cómo iba a saber que los guardias se disponían a atacar la casa flotante antes del amanecer? Se mantuvo en las sombras y remó poco a poco, para que ningún hombre vislumbrara un movimiento brusco desde la otra orilla.

—¡Hazlo! —masculló, como si su amigo pudiera oírle—. ¡Hazlo!

Pitt empezaba a sentir los brazos y las piernas entumecidos, así como el cansancio de sus pulmones. Se dispuso a realizar un último esfuerzo, antes de que su cuerpo agotado se negara a obedecerle. No podía creer que se estuviera matando por salvar a un perro que, sin duda, había sido picado por una mosca tse-tse cuando era un cachorrillo, y padecía una enfermedad del sueño crónica.

De repente, la luz procedente de arriba disminuyó de intensidad, y Pitt penetró en un agujero negro. Su cabeza emergió dentro de la manga flexible llamada falda que contiene el colchón de aire y mantiene suspendido el hidrofoil. Flotó durante unos momentos, demasiado entumecido para moverse, hasta que recobró las fuerzas y examinó el interior de la falda. De los tres tipos que se adaptan a un hidrofoil, aquél se llamaba falda bolsa, y consistía en un tubo de goma que rodeaba el casco y, cuando se inflaba, servía para contener el colchón de aire, al tiempo que elevaba la embarcación. También recordó que aquel hidrofoil utilizaba una hélice de aluminio a modo de ventilador que inflaba el tubo de la bolsa e introducía aire en el colchón.

Cuando Pitt extendió la mano hacia el cuchillo, dispuesto a practicar agujeros en la tela impermeabilizada con caucho, el ruido de los motores al cobrar vida le arrebató su momento de victoria. A continuación, las palas de la hélice empezaron a girar, y la velocidad aumentó a cada nueva revolución. La falda empezó a hincharse, y el agua del interior se convirtió en un maelstrom. Era demasiado tarde para rajar el colchón de goma e impedir que la embarcación avanzara.

Preso de la desesperación, soltó la hebilla de la mochila del depósito de oxígeno, escupió el regulador y subió el depósito por encima de su cabeza. Después, con un solo movimiento, lo lanzó hacia la hélice y se agachó bajo la falda, que empezaba a inflarse. Las palas de la hélice chocaron contra el depósito y se partieron. Fue un acto nacido de la desesperación. Pitt sabía que había reaccionado con imprudencia y tentado en exceso a su suerte.

La desintegración de la hélice fue seguida por una lluvia de fragmentos de metal que desgarraron las paredes de la falda de goma como la metralla de una bomba. A continuación, se produjo una segunda explosión, más potente, cuando otros pedazos perforaron las paredes de la bombona y ésta estalló, debido a la repentina liberación de veinticinco metros cúbicos de aire presurizado a mil quinientos kilos. Los depósitos de combustible no quisieron ser menos y colaboraron en el cataclismo cuando estallaron y redujeron a pedazos el hidrofoil que, convertido en fragmentos llameantes, se desplomó sobre la plantación y prendió fuego al viejo edificio de madera.

Giordino se quedó horrorizado al ver que el hidrofoil saltaba del agua presa de las llamas. Algunos cuerpos salieron precipitados hacia el cielo como acróbatas de circo borrachos, y luego cayeron al agua con la rigidez de maniquíes arrojados desde un helicóptero. Las ventanas de la plantación estallaron en fragmentos acerados. La explosión resonó sobre la superficie del canal y golpeó la cara de Giordino con la fuerza de un puñetazo. Un torbellino de carburante en llamas envolvió al hidrofoil, y cuando se apagó y la espuma se dispersó en la noche, los restos carbonizados de la embarcación se hundieron en el agua del canal, entre un gran siseo de vapor y el humo negro que remolineaba y no tardaba en confundirse con el cielo negro.

Giordino, cada vez más atemorizado, remó frenéticamente hacia los restos. Cuando llegó al perímetro de los escombros humeantes, se ciñó el depósito de oxígeno y se sumergió en el canal. El agua, iluminada por el campo de llamas que asolaba la superficie, presentaba un aspecto fantasmal y sobrecogedor. Buscó entre los restos del hidrofoil el cuerpo de su amigo. Sus manos tocaron lo que quedaba de un hombre, una cosa destripada y rota sin piernas. Un ojo negro, abierto en una mirada fija, fue todo lo que necesitó para saber que no era Pitt.

Reprimió la convicción de que nadie podía haber sobrevivido al desastre. Buscó en vano un cuerpo vivo. Dios, ¿dónde está?, gritó mentalmente. Estaba a punto de abandonar la búsqueda, desesperado, cuando algo surgió del barro y le agarró por el tobillo. Giordino experimentó un pánico que dio paso a la incredulidad cuando notó la presa firme de una mano. Giró en redondo y vio una cara que le miraba con sorna, unos ojos verdes que intentaban penetrar la oscuridad líquida, una nariz de la que manaba sangre que se disolvía en el agua.

Como surgido de entre los muertos, los labios de Pitt se torcieron en una sonrisa. Tenía el traje de neopreno hecho trizas y había perdido las gafas de buceo, pero estaba vivo. Señaló hacia arriba, soltó el tobillo de Giordino y pataleó en dirección a la superficie. Emergieron al mismo tiempo, y Giordino rodeó a Pitt en un gran abrazo de oso.

—¡Maldita sea! —gritó Giordino—. Estás vivo.

—Ya lo creo.

—¿Cómo lo hiciste, en el nombre de Dios?

—Pura chiripa. Después de lanzar mi depósito de oxígeno contra la hélice y sumergirme bajo la falda, una reacción muy estúpida, por cierto, apenas me había alejado dos metros cuando la bombona estalló. La explosión fue hacia fuera, y la posterior detonación de los depósitos de combustible fue hacia arriba. Salí precipitado hacia el fondo a causa de la onda expansiva, pero el barro me protegió del impacto. Fue un milagro que mis tímpanos no reventaran. Aún me zumban los oídos. Me duelen sitios cuya existencia desconocía. Debo tener amoratado hasta el último milímetro de mi cuerpo. Me quedé como atontado unos momentos, pero me recuperé enseguida cuando me apliqué el reglador a la boca, después de tragar una buena cantidad de agua turbia. A punto de vomitar, subí a la superficie y me quedé flotando hasta que vi el rastro de tus burbujas.

—Esta vez creí que la habías diñado.

—Yo también —admitió Pitt. Se acarició la nariz y un labio partido—. Algo me golpeó en la cara cuando estaba enredado en el fondo del canal… —Hizo una mueca—. Tengo la nariz rota. Por primera vez en mi vida.

Giordino señaló hacia la plantación, que se había convertido en un infierno.

—¿Ya sabes de qué rama de la familia has heredado el talento de provocar destrucciones?

—No tengo antepasados pirómanos.

Tres guardias de seguridad aún seguían con vida. Uno se alejaba a rastras de la casa, con el uniforme todavía en llamas. El segundo yacía aturdido al borde de la orilla, y se cubría los oídos con las manos, porque le habían estallado los tímpanos. Cuatro cuerpos flotaban en las aguas iluminadas por el incendio. El resto había desaparecido. El tercer guardia superviviente estaba de pie, atontado, y contemplaba los restos del hidrofoil. Brotaba sangre de un corte que tenía en la mejilla, resbalaba por su cuello y teñía de púrpura la camisa.

Pitt nadó hasta la orilla, se puso en pie y caminó hacia el guardia. Éste desorbitó los ojos cuando vio aquella aparición vestida de negro, como si fuera el monstruo del pantano. Llevó la mano hacia la pistolera, pero la explosión se la había arrebatado. Trató de dar media vuelta y huir, se tambaleó unos pasos y cayó. La aparición, cuya nariz sangraba profusamente, le miró.

—¿Hablas inglés, amigo?

—Sí —balbuceó el guarda—. He aprendido vocabulario.

—Estupendo. Dile a tu jefe Qin Shang que Dirk Pitt quiere saber si aún se agacha para recoger plátanos. ¿Lo has entendido?

El guardia tartamudeó varias veces, repitió la frase, y al final lo logró.

—Dirk Pitt quiere saber si el estimado Qin Shang aún se agacha para recoger plátanos.

—Muy bien. Te nombro primero de la clase.

Después, Pitt volvió como si tal cosa hacia el canal y vadeó las aguas en dirección a Giordino, que le esperaba en el esquife.

35

Julia agradeció la llegada de la oscuridad. Avanzó entre las sombras hacia la proa del remolcador, saltó a la barcaza y se escondió entre las bolsas de basura. La tenue luz que despedía la luna no la hacía feliz, pero le permitía seguir los movimientos de la tripulación del remolcador, así como observar el paisaje, en busca de referencias geográficas que la permitieran orientarse. También echaba un vistazo de vez en cuando a la Estrella del Norte para seguir la dirección del barco.

Al contrario del paisaje indefinido del valle del Atchafalaya central, las orillas cubiertas de hierba del Bayou Teche contaban con poblados bosques de robles, mezclados con majestuosos cipreses y flexibles sauces, pero como el borde de un tablero de ajedrez, el cinturón de árboles se abría a cada kilómetro, para revelar las luces de las granjas y los campos recién plantados, iluminados por la luna. Detrás de los pastos vallados, Julia distinguió las formas de animales que pastaban. Reconoció el canto de un sabanero, y por un momento deseó tener una familia y un hogar. Sabía que no faltaba mucho para que sus superiores del INS cortaran en seco sus intentos de detener el tráfico de inmigrantes ilegales y la sentaran detrás de un escritorio.

El remolcador y la barcaza pasaron ante lo que parecía un pintoresco pueblo pesquero. Más tarde averiguó que se trataba de Patterson. El muelle estaba abarrotado de jabegueros, que ocupaban casi todo el espacio disponible. Tomó nota mental del trazado del pueblo a lo largo del canalizo. El capitán del remolcador tocó la bocina cuando apareció ante su vista un puente levadizo. El encargado del puente respondió con otro bocinazo y procedió a izar el puente.

Pocos kilómetros después de dejar atrás Patterson, el remolcador disminuyó la velocidad y empezó a derivar hacia la orilla oeste. Julia miró por la borda de la barcaza y vio una construcción parecida a un almacén, además de otros edificios espaciados alrededor de un muelle alargado. Una verja de hierro rematada por alambradas rodeaba el recinto. Algunos focos dispersos, provistos de bombillas polvorientas de escasa potencia, iluminaban apenas la zona abierta entre el muelle y el almacén. La única señal de vida que distinguió fue un guardia que salió de una pequeña cabaña y se plantó ante una cancela cerrada, al final del muelle. Llevaba el uniforme habitual de los servicios de seguridad privados. Por una ventana de la cabaña vio un televisor encendido.

El corazón le dio un vuelvo cuando distinguió una vía de tren que discurría bajo el gran almacén. Cada vez estaba más convencida de que aquél era el centro principal desde el cual los ilegales eran transportados a sus destinos predeterminados. Una vez allí, eran esclavizados o liberados en ciudades muy pobladas.

Se escondió bajo las bolsas de basura cuando la tripulación china subió a bordo de la barcaza y la amarró al muelle. Una vez asegurada la barcaza, volvieron a bordo del remolcador. Ni una palabra se intercambió entre el capitán, los tripulantes y el guardia. El capitán dio un breve bocinazo para anunciar sus intenciones a un pequeño pesquero de gamba que estaba a punto de pasar. El remolcador dio marcha atrás poco a poco, efectuó un giro de ciento ochenta grados y su proa chata apuntó hacia el canalizo. Después, el capitán aumentó la velocidad y el barco puso rumbo a Sungari.

Los siguientes veinte minutos transcurrieron en un extraño silencio que empezó a asustar a Julia. No porque temiera por su seguridad, sino por el miedo a haber cometido un error. Hacía rato que el guardia había regresado a su cabaña y a la televisión. La barcaza llena de basura seguía amarrada al muelle, olvidada por completo.

Julia se había puesto en contacto con el capitán Lewis poco después de saltar al remolcador, para informarle de su imprudente decisión. Lewis no se alegró al saber que la mujer de cuya seguridad era responsable había corrido un riesgo tan terrible. Como buen profesional, desechó su frustración y ordenó que una lancha llena de hombres armados, al mando del teniente Stowe, siguiera a la barcaza y al remolcador, como apoyo al helicóptero. Su única orden fue que Stowe mantuviera una distancia prudencial del remolcador para no despertar sospechas. Julia oía el zumbido de los motores del helicóptero y veía sus luces de navegación en el cielo.

Sabía muy bien el destino que la aguardaba si los comisarios de Qin Shang la detenían, pero el hecho de saber que unos hombres, dispuestos a arriesgar sus vidas por ella si sucedía lo peor, la vigilaban, le resultaba reconfortante.

Hacía rato que se había quitado las ropas de cocinera de Lin Wan Chu, para embutirlas a continuación dentro de una bolsa de basura, no tanto porque eran incongruentes como porque cualquiera que la hubiera visto asomarse por la borda de la barcaza se habría fijado en la tela blanca. Debajo, sólo llevaba unos pantalones cortos y una blusa.

Por primera vez en casi una hora, habló por la radio en miniatura con el teniente Stowe.

—El remolcador ha dejado a la barcaza, que está amarrada en un muelle cerca de lo que parece un gran almacén.

El teniente Jefferson Stowe, al mando de la lancha, contestó enseguida.

—Confirmado. El remolcador está a punto de pasar por nuestro lado en dirección contraria. ¿Cuál es su situación?

—Tan divertida como observar un árbol mientras se petrifica. A excepción de un guardia de seguridad al otro lado de la verja, muy ocupado en ver la televisión en su cabaña, no se ve ni un alma.

—¿Está diciendo que su objetivo ha fracasado?

—Necesito más tiempo para investigar.

—Espero que no demasiado. El capitán Lewis no es un hombre paciente, y al helicóptero sólo le queda media hora de combustible. Y eso es sólo la mitad.

—¿Cuál es la otra?

—Su decisión de saltar a bordo del remolcador fue tan precipitada que ni mis tripulantes ni yo tuvimos tiempo de cenar.

—No hablará en serio.

—Cuando se trata de hombres de la Guardia Costera que se han quedado sin cenar, hablo más en serio que nunca —replicó Stowe de buen humor.

—No me van a abandonar.

—Por supuesto que no —contestó Stowe—. Sólo espero que el remolcador no haya dejado aparcada la barcaza para pasar la noche, con la intención de transportarla hasta un vertedero por la mañana.

—No creo que sea ése el caso. Hay una vía de tren que entra en uno de los edificios. Este lugar sería un punto ideal para transportar inmigrantes ilegales a destinos de todo el país.

—Pediré al capitán Lewis que pregunte a la compañía férrea los horarios de los trenes de carga que paran en el trapiche —dijo Stowe—. Entretanto, conduciré la lancha a una pequeña ensenada que hay al otro lado del canalizo, unos cien metros al sur de usted. Estaremos ahí hasta que nos digan lo contrario. —Hizo una pausa—. Señorita Lee.

—Sí.

—No se haga ilusiones. Acabo de ver un letrero ruinoso, clavado en un ángulo demencial, en la orilla del canalizo. ¿Quiere saber lo que dice?

—Sí, por favor —contestó Julia, conteniendo su irritación.

—«Planta de Procesamiento de Azúcar Número Uno de Felix Bartholomeaux. Fundada en 1883». Por lo visto, ha amarrado en un trapiche azucarero abandonado hace mucho tiempo. Desde donde yo estoy, el complejo parece más muerto que un huevo de dinosaurio fosilizado.

—Entonces, ¿por qué está protegido por un guardia de seguridad?

—No lo sé.

—¡Un momento! —exclamó ella—. He oído algo.

Escuchó en silencio, y Stowe no hizo preguntas. Como procedente de muy lejos, Julia oyó el ruido del metal al chocar contra el metal. Al principio, pensó que venía del trapiche abandonado, pero luego comprendió que el agua ahogaba el sonido. Apartó bolsas de basura para abrirse paso hasta el fondo del casco. Después aplicó el oído al metal herrumbroso y húmedo de la quilla.

Esta vez oyó voces ahogadas, cuyas vibraciones transmitía el acero. No distinguió palabras, pero daba la impresión de que eran gritos de hombre. Julia trepó a la montaña de bolsas de basura, comprobó que el guardia seguía distraído y miró por encima de la borda. No vio luces en las profundidades, y estaba demasiado oscuro para distinguir algo a escasa distancia de la superficie.

—Teniente Stowe —musitó.

—Estoy aquí.

—¿Ve algo en el agua, entre el muelle y la barcaza?

—Desde aquí no, pero la tengo a la vista.

Julia se volvió instintivamente y miró al otro lado del canalizo, pero lo único que vio fue oscuridad.

—¿Puede seguir mis movimientos?

—Con un catalejo de visión nocturna. No quería que nadie la atacara por detrás sin que usted se enterara.

Buen chico. En otro momento, en otro lugar, habría sentido un afecto creciente por él, pero cualquier pensamiento romántico, por fugaz que fuera, conjuraba la imagen de Dirk Pitt en su mente. Por primera vez en su vida estaba enamorada de un hombre, y su espíritu independiente no sabía muy bien cómo afrontar la situación. Casi a regañadientes, volvió a concentrarse en descubrir los métodos de Qin Shang.

—Creo que hay otra embarcación o compartimiento comunicado con el fondo de la barcaza —informó.

—¿Cuáles son las indicaciones? —preguntó Stowe.

—Oigo voces a través de la quilla. Eso explicaría cómo lograron los chinos introducir a los inmigrantes ilegales en Sungari, ante las narices de inmigración, aduanas y la Guardia Costera.

—Me gustaría aceptar su teoría, señorita Lee, pero un compartimiento submarino, transportado a través de dos mares desde China, y luego cambiado a una barcaza para un viaje por un canalizo de Luisiana, con destino a una terminal de tren situada en un trapiche abandonado, tal vez le reportara un premio de novela, pero no hará mella en mentes pragmáticas.

—Apuesto mi carrera en ello —se obstinó Julia.

—¿Puedo preguntar cuál es su intención?

El tono de Stowe pasó de cordial a oficial.

—Intento entrar en el trapiche y llevar a cabo un registro.

—No es una decisión inteligente. Sería mejor esperar hasta mañana.

—Quizá sea demasiado tarde. Podrían hacinar a los inmigrantes en vagones de carga y llevárselos.

—Señorita Lee —dijo Stowe con frialdad—, la exhorto a pensarlo mejor y desistir. Cruzaré el canalizo con la lancha y la recogeré en la barcaza.

Julia pensó que había llegado demasiado lejos para retroceder.

—No, gracias, teniente Stowe. Voy a entrar. Si descubro lo que espero descubrir, le llamaré para que vengan corriendo.

—Señorita Lee, debo recordarle que, si bien se encuentra bajo la protección de la Guardia Costera, no somos los hombres de Harrelson. Mi consejo es esperar a que amanezca, obtener una orden de registro de algún juez de la parroquia y enviar al sheriff a investigar. Así ganará más puntos ante sus superiores.

Fue como si Julia no lo hubiera escuchado.

—Pida al capitán Lewis que informe a Peter Harper, en Washington, y dé aviso a la oficina del INS en Nueva Orleans. Buenas noches, teniente Stowe. Mañana comeremos juntos.

Stowe intentó varias veces ponerse en contacto con Julia, pero ésta había apagado su radio. Miró con su telescopio de visión nocturna y vio que Julia saltaba desde la lancha y corría por el muelle, para luego desaparecer tras un roble cubierto de musgo que se alzaba delante de la verja.

Julia paró cuando llegó al roble y estuvo escondida unos minutos bajo el musgo que colgaba de las ramas. Paseó la vista por los edificios del trapiche, en apariencia abandonados. No se filtraban luces por las puertas o ventanas. Escuchó, pero sólo oyó el rítmico canturreo de las cigarras, un aviso de que el verano estaba a la vuelta de la esquina. El aire perfumado y húmedo depositaba una capa de sudor bajo su piel, sin que ninguna brisa soplara para refrescarla.

El edificio principal del complejo tenía tres pisos. El fundador debió de estar influido por la arquitectura medieval. El tejado estaba rodeado de baluartes, con cuatro torrecillas que en otro tiempo habían albergado las oficinas de la empresa. Había suficientes ventanas en los muros para iluminar el interior con luz diurna, pero la falta de ventilación habría dificultado considerablemente el trabajo de los empleados. Los ladrillos de arcilla roja tenían aspecto de haber desafiado durante mucho tiempo al bochorno, pero el musgo y las enredaderas iban invadiendo poco a poco sus intersticios y debilitando su sujeción. Muchos habían caído al suelo. Para Julia, el espectáculo sobrenatural de un lugar que en otro tiempo había bullido de actividad, pero ahora estaba abandonado y muerto, sólo auguraba la bola demoledora.

Avanzó entre las sombras de la vegetación que crecía a lo largo de la verja, hasta llegar a la vía de tren que atravesaba la cancela cerrada con candados y finalizaba en una puerta de madera que se abría al sótano del almacén principal. Se agachó y estudió los raíles a la luz de una farola cercana. El acero se veía brillante y libre de herrumbre. Cada vez estaba más convencida de sus sospechas.

Continuó su reconocimiento, silenciosa como un felino, hasta que se encontró con una tubería de desagüe de unos sesenta centímetros de diámetro, que corría bajo la verja y desembocaba en una zanja paralela al trapiche. Inspeccionó a toda prisa la zona cercana para comprobar que no la observaban y se metió dentro de la tubería, con los pies por delante para poder retroceder si estaba bloqueada.

Julia no experimentaba una falsa sensación de seguridad. Sólo la desconcertaba que un único guardia estuviera trabajando para un servicio de seguridad que no era el de Qin Shang Maritime. La ausencia de más guardias y una iluminación mejor sugería que la instalación carecía de valor, tal vez la imagen que se deseaba proyectar. Era demasiado profesional para descartar la posibilidad de que estuvieran grabando sus movimientos con cámaras de vídeo infrarrojas ocultas, desde el mismo momento en que había saltado de la barcaza hasta ahora. No obstante, ya había llegado demasiado lejos para rendirse. Si aquello era una zona de distribución de inmigrantes ilegales, Qin Shang no estaba trabajando con su fórmula habitual de secretismo fanático y seguridad absoluta.

Un hombre ancho de espaldas jamás habría pasado por el tubo de desagüe, pero a Julia aún le sobraron unos centímetros. Al principio, lo único que vio más allá de sus pies fue negrura, pero tras salvar una pequeña curva del tubo, vio un círculo de luz lunar reflejado en el agua. Por fin, salió a una zanja de hormigón que corría alrededor del edificio principal hasta capturar el agua de lluvia que caía desde los caños del tejado.

Se quedó inmóvil y miró a ambos lados. Ni sirenas, ni perros furiosos ni reflectores saludaron su entrada en el trapiche. Satisfecha de que no hubieran detectado su presencia, corrió junto al edificio, buscando una vía de acceso al interior. Apretó la espalda contra las paredes cubiertas de musgo, mientras decidía qué dirección tomar. El lado donde la vía férrea desaparecía en el sótano estaba despejado e iluminado por una luz situada en lo alto del poste, de modo que eligió el otro lado, que ofrecía las sombras oscuras de un bosquecillo de cipreses. Avanzó con sigilo, procurando no tropezar con la basura esparcida por el suelo.

Un espeso matorral le cortó el paso, y Julia se arrastró por debajo. Sus dedos extendidos tocaron un peldaño de piedra, y después un segundo, que conducían hacia abajo. Escudriñó las sombras y descubrió una escalera que descendía al sótano del trapiche. Los peldaños estaban cubiertos de basura, y tuvo que bajar con mucho cuidado. La puerta que había al final de la escalera había visto días mejores. De roble y maciza, en su época habría logrado detener a un ariete, pero un siglo de clima húmedo había herrumbrado los goznes, y a Julia le bastó con una fuerte patada para que la puerta se abriera lo justo para pasar.

Vaciló un momento, al ver que estaba en un pasillo de hormigón. Se veía un débil destello de luz al final, a unos quince metros de distancia. El pasillo olía a humedad, y había charcos de agua en el suelo. Cascotes y muebles antiguos, arrojados al pasillo cuando el trapiche cerró, dificultaban su avance. Julia intensificó sus precauciones cuando llegó a la luz que se filtraba por la ventana vidriera de una pesada puerta de roble que le impedía el paso. Giró con sumo cuidado un pomo oxidado. De pronto, el pestillo se deslizó en silencio a un lado. Entreabrió la puerta unos centímetros. Giró sobre sus goznes con tanta suavidad como si los hubieran aceitado el día anterior.

Se coló dentro con la sensación de una mujer que intuye problemas. Se encontró en el interior de un despacho amueblado con los pesados muebles de roble tan populares a principios del siglo xx. Julia se quedó petrificada. La habitación estaba inmaculadamente limpia. No se veían telarañas, ni una mota de polvo. Era como entrar en una cápsula aséptica. También había caído en una trampa.

Experimentó la sensación de haber recibido un puñetazo en el estómago cuando la puerta de roble se cerró a su espalda y tres hombres salieron de detrás de una mampara que ocultaba una sala de estar, en el otro extremo de la oficina. Todos los hombres iban vestidos de ejecutivos y dos portaban maletines, como si acabaran de participar en una reunión de negocios.

Antes de que pudiera hablar por su radio, inmovilizaron sus brazos y la amordazaron con cinta adhesiva.

—Es usted una joven muy obstinada, Ling T'ai, ¿o debería llamarla Julia Lee? —dijo Ki Wong, jefe de los comisarios de Qin Shang, al tiempo que hacía una breve reverencia y esbozaba una sonrisa diabólica—. No sabe lo feliz que me hace encontrarnos de nuevo.

Stowe miraba al otro lado del canalizo, mientras apretaba el receptor contra el oído y sostenía el micrófono del transmisor con la otra mano.

—Señorita Lee. Si me recibe, por favor conteste.

Oyó lo que parecían voces ahogadas un momento más, hasta que la comunicación se cortó por completo. Su primer instinto fue atravesar el canalizo y cargar contra la cancela del recinto, pero no estaba seguro de si la vida de Julia corría peligro, al menos no estaba lo bastante seguro para arriesgar las vidas de sus hombres en un combate. Otro factor que atormentaba su mente era la posibilidad de caer en una emboscada en territorio desconocido. Stowe se decantó por la estrategia seguida por los oficiales astutos desde que se formó la primera fuerza militar: traspasar la responsabilidad a su superior.

—*Weehawken*, aquí el teniente Stowe.

—Le recibimos —dijo el capitán Lewis.

—Señor, creo que la situación ha cambiado.

—Explíquese.

—Hemos perdido el contacto con la señorita Lee.

Lewis guardó silencio durante unos segundos.

—Mantenga su posición y siga vigilando el trapiche —respondió por fin—. Informe de cualquier novedad. Volveré a ponerme en contacto con usted.

Stowe miró hacia los edificios oscuros y silenciosos.

—Que Dios te ayude si te has metido en algún lío —murmuró para sí—, porque yo no puedo.

36

Pitt y Giordino se alejaron del puesto de mando destruido y se lo tomaron con calma. Parecía razonable dar por supuesto que todas las comunicaciones entre la fuerza de seguridad y el cuartel general de Qin Shang se habían cortado cuando la plantación ardió hasta los cimientos. Continuaron con el proyecto de fotografiar el lecho del canal con el vehículo sumergible, si no se producían más interrupciones. Ninguno de ambos quería hacer un trabajo chapucero.

Llegaron al río Atchafalaya y regresaron por Hooker's Bayou hasta la casa flotante, justo cuando una luz grisazulada empezaba a invadir el cielo por el este. El recibimiento de *Romberg* consistió en abrir los ojos lo suficiente para reconocerles y volver a cerrarlos al instante.

Descargaron el equipo de buceo y el vehículo sumergible. Una vez colocado el esquife sobre el tejado, Giordino puso en marcha el motor Ford 427, mientras Pitt sacaba las estacas de amarre del barro. El sol aún tenía que hacer acto de aparición cuando la casa flotante salió al Atchafalaya y puso rumbo río abajo.

—¿Adónde vamos? —gritó Giordino desde la timonera.

—A Bartholomeaux —repuso Pitt a voz en cuello,

para hacerse oír por encima del rugido del motor.

El tráfico fluvial no era tan escaso como suponía a aquella temprana hora de la mañana. Los pesqueros de cangrejo y ostra ya estaban en el río, en dirección a sus zonas de pesca favoritas. Los remolcadores, con sus trenes de barcazas, iban en dirección sur, después de atravesar el Old River Canal Lock, que permitía el paso del Misisipí al Atchafalaya más arriba de Baton Rouge. Esquivó a las demás embarcaciones con respeto, pero una vez las adelantó puso el barco a una velocidad de cuarenta y dos kilómetros por hora.

Pitt estaba sentado en un pequeño sofá y empezó a mirar las imágenes que el vehículo sumergible había grabado del lecho del canal, empezando en la autopista que bordeaba el Misisipí y terminando en la entrada del Atchafalaya. La duración total del aburrido espectáculo era de seis horas. A excepción de algunos peces, una tortuga y una cría de caimán de apenas treinta centímetros, en el fondo del canal no había otra cosa que cieno. Pitt experimentó alivio al no ver cadáveres, pero tampoco se llevó una sorpresa. El complicado plan de Qin Shang tenía una pequeña grieta. La clave estaba en el canal, y Pitt quería descubrir su propósito, pero aún carecía de pruebas. Sólo una vaga teoría, que incluso él consideraba casi imposible de aceptar.

Apagó el televisor y se reclinó en el sofá. No se atrevió a cerrar los ojos. Le habría resultado fácil dormir, pero no sería justo con Giordino. Aún quedaba mucho por hacer. Preparó el desayuno y llamó a su amigo para que tomara un plato de huevos revueltos con jamón. Preparó café en una cafetera anticuada y sacó un envase de zumo de naranja. Para ahorrar tiempo, sustituyó a Giordino al timón mientras éste comía.

Dirigió la casa flotante hacia Berwick Bay, unos kilómetros más arriba de Morgan City, y navegó hacia el sur por el Wax Lake Canal. Entró en Bayou Teche justo por encima de Patterson, a sólo tres kilómetros del antiguo trapiche azucarero de Bartholomeaux. Devolvió el timón a Giordino y se sentó en el balcón, con *Romberg* tumbado a su lado.

Habían hecho buen tiempo, y aún no habían dado las doce del mediodía cuando Giordino aminoró la velocidad de la casa flotante, después de doblar un recodo y ver aparecer el trapiche a un kilómetro de distancia. Pitt examinó con los prismáticos los edificios y el largo muelle, que corría paralelo a un rompeolas de piedra. Una tensa sonrisa acudió a sus labios cuando vio la barcaza, todavía cargada de basura. Se levantó, apoyó los brazos sobre la barandilla, llamó a Giordino y señaló con el dedo.

—Ése debe de ser el lugar. La barcaza amarrada al muelle parece la misma que vimos en Sungari.

Giordino cogió un catalejo de latón que había encontrado en un cajón, al lado del timón. Miró con el ojo derecho y examinó los edificios y el muelle.

—La barcaza sigue llena. Al parecer aún no se han decidido a tirar la basura.

—Al contrario de los edificios, el muelle no parece tener más de uno o dos años de antigüedad. ¿Distingues a alguien dentro de la cabaña del guardia?

Giordino movió el catalejo y volvió a enfocarlo.

—Hay un guardia de seguridad sentado dentro, viendo la televisión.

—¿Algún indicio de que nos hayan preparado una emboscada?

—He visto cementerios más animados que este lugar. Aún no habrán recibido la noticia de nuestra fiesta en el canal.

—Voy a bajar para inspeccionar el fondo de la barcaza. Perdí mi equipo de buceo en la plantación, así que cogeré el tuyo. Tómatelo con calma, como si tuvieras problemas con el motor. En cuanto esté en el agua, amarra en el muelle y ofrece al guardia otra de tus asombrosas interpretaciones.

—Después de dominar el arte de la manipulación de públicos hostiles —pontificó Giordino—, *Romberg* y yo podríamos montar un número y marchar a Hollywood.

—No te hagas ilusiones —contestó con sorna Pitt.

Giordino disminuyó la velocidad, abrió y cerró la llave de encendido para simular el fallo en los cilindros. En cuanto vio que Pitt bajaba al agua con su traje de neopreno por el lado de la casa flotante que lo ocultaba a la vista del guardia, giró el timón hacia el muelle. Pocos segundos después, cuando miró hacia abajo, su amigo había desaparecido.

Vio que las burbujas de Pitt se acercaban a la barcaza, y después se dispersaban cuando pasó bajo el fondo. Giordino tuvo la impresión de que Pitt descendía cada vez más. Después, las burbujas que asomaban junto a la barcaza desaparecieron por completo.

Giordino alzó una mano para protegerse los ojos del sol, rodeó con habilidad la barcaza y dirigió la casa flotante en paralelo a los pilotes, sin rascar la pintura del casco. Después, dejó caer una escalerilla, saltó al muelle y empezó a pasar las amarras alrededor de un par de norays herrumbrados.

El guardia salió de la cabaña y corrió hacia la casa flotante. Miró con cautela a *Romberg,* que pareció contento de verle. El guardia tenía rasgos asiáticos, pero hablaba con acento de la costa Oeste. Era unos diez centímetros más alto que Giordino, pero más delgado. Llevaba una gorra de béisbol y unas gafas de sol de piloto de la Segunda Guerra Mundial.

—Ha de marcharse. Este muelle es privado. Los propietarios no permiten que nadie amarre aquí.

—No puedo evitarlo. El motor la ha palmado. Déme veinte minutos y lo arreglaré.

El guardia no estaba para bromas. Empezó a desanudar las amarras.

—Ha de marcharse.

Giordino rodeó la muñeca del guardia con una zarpa de hierro.

—Qin Shang no se sentirá contento cuando le informe del descortés comportamiento recibido por uno de sus esbirros.

El guardia miró a Giordino con extrañeza.

—¿Qin Shang? ¿Quién coño es Qin Shang? La Butterfield Freight Corporation me contrató.

Ahora le tocó el turno a Giordino de componer una expresión de extrañeza. Miró hacia donde había visto emerger las últimas burbujas de Pitt, y se preguntó si había cometido una gran equivocación.

—¿Para qué le contrataron? ¿Para mantener alejados a los cuervos del maíz?

—No —dijo el guardia a la defensiva, incapaz de deshacerse de la presa de Giordino, mientras pensaba si se las estaba viendo con un loco y debía desenfundar el revólver—. Butterfield utiliza los edificios antiguos para almacenar muebles y equipo de sus oficinas distribuidas por todo el país. Mi trabajo, y el de los guardias de los demás turnos, es mantener alejados a los gamberros.

Giordino le soltó el brazo. Era demasiado inteligente y cínico para tragarse la mentira. Casi se había desorientado en los primeros momentos de conversación, pero ahora sabía con certeza que el trapiche abandonado de Bartholomeaux ocultaba algo.

—Dígame, ¿qué le parece una botella de Jack Daniels etiqueta negra, a cambio de dejarme quedar un rato hasta que arregle el motor?

—No —dijo el guardia mientras se masajeaba la muñeca.

—Escuche, estoy en un apuro. Si voy a la deriva por

el río mientras estoy arreglando el motor, un remolcador podría embestirme.

—No es mi problema.

—¿Dos botellas de Jack Daniels etiqueta negra?

Una mirada astuta pasó por los ojos del guardia.

—Cuatro botellas.

Giordino extendió la mano.

—Hecho. —Indicó la puerta que conducía al interior del barco—. Suba a bordo y se las pondré en una
bolsa.

El guardia miró con aprensión a *Romberg*.

—¿Muerde?

—Sólo si le mete la mano dentro de la boca y le pisa
la mandíbula.

El guardia rodeó a *Romberg* y entró en la cabina
principal del barco. Fue lo último que recordó hasta que
despertó cuatro horas después. Giordino le golpeó en la
nuca con un puño similar a un garrote, y el guardia se
desplomó inerte.

Diez minutos después, Giordino salía al exterior
vestido con el uniforme del guardia, demasiado largo y
ceñido al mismo tiempo. Con la gorra de béisbol inclinada sobre las gafas de sol, entró en la caseta y se sentó
delante de la televisión, mientras sus ojos vagaban por
los terrenos del trapiche para localizar las cámaras de
vigilancia distribuidas por la propiedad.

Pitt bajó hasta el fondo antes de ascender hacia la barcaza. Le sorprendió descubrir que la profundidad del
canalizo al lado del muelle era de nueve metros, una
profundidad más que suficiente para el tráfico de barcazas. Habrían dragado el fondo para acomodar un
barco de gran calado.

Fue como si una nube pasara sobre el sol. La sombra
de la barcaza ocultaba casi el cincuenta por ciento de la

luz. El agua era de un verde opaco, lleno de partículas de plantas. Apenas había pasado bajo la barcaza, cuando una forma vaga apareció en la penumbra y detuvo su avance.

Un enorme tubo cilíndrico de extremos ahusados colgaba de la quilla de la barcaza. Pitt reconoció al instante el objeto, y su corazón se aceleró. El tamaño y la forma regular eran similares al casco de un submarino primitivo. Nadó a lo largo del casco, un poco por encima. No había portillas visibles, y vio que estaba sujeto a la barcaza mediante un sistema de carriles. Comprendió al instante que los utilizaban para mover el contenedor sumergido desde el barco que lo transportaba a la barcaza y viceversa.

Calculo el tamaño del contenedor en veintisiete metros de largo, casi cinco de diámetro y tres de altura. Sin necesidad de mirar en su interior, Pitt supo que podía alojar entre doscientas y cuatrocientas personas, dependiendo de lo apretujadas que estuvieran.

Nadó al otro lado para buscar una escotilla que conectara con un pasadizo submarino desde el barco al interior del rompeolas. Lo encontró a tres metros de la proa, un pequeño túnel estanco lo bastante ancho para que pasaran dos personas a la vez.

Pitt no descubrió la forma de entrar, pero seguro que no era desde el agua. Estaba a punto de rendirse y volver a la casa flotante, cuando divisó un pequeño portal redondo empotrado en el rompeolas de piedra. El portal se encontraba sobre la superficie del agua, pero justo debajo de las tablas del muelle. Estaba cubierto por una puerta de acero reforzada con tres abrazaderas. Su propósito se le escapó. ¿Una salida de cloaca? ¿Una tubería de desagüe? ¿Un túnel de mantenimiento? Una inspección más detenida de las letras estampadas por el fabricante sobre la puerta de hierro aclaró el misterio: «Fabricado por la Compañía de Sumideros Acadia. Nueva Orleans, Luisiana.»

Era un sumidero utilizado cuando el trapiche funcionaba, para cargar el azúcar sin refinar en las barcazas. Habían demolido el antiguo muelle y construido uno nuevo, un metro y medio más alto, para facilitar el paso de inmigrantes ilegales bajo el agua sin que les vieran desde la superficie. El nuevo muelle, más elevado, se hallaba a unos treinta centímetros sobre el antiguo sumidero de carga.

Las abrazaderas estaban muy oxidadas y quizá no habían funcionado en ochenta años, pero el agua del canalizo no tenía el contenido salino del mar. La corrosión no era grave. Pitt aferró una abrazadera con ambas manos, apoyó los pies contra las tablas del muelle y tiró hacia abajo.

Para su deleite, la abrazadera cedió y se movió un par de centímetros al primer intento. El siguiente se tradujo en unos ocho centímetros. Después giró con más facilidad. Por fin, la extrajo del todo. La segunda abrazadera aún fue más fácil, pero la tercera se resistió con denuedo. Pitt descansó un momento, agotado, antes de proceder a abrir la puerta. También se le resistió. Tuvo que apoyar los dos pies contra el rompeolas y tirar con todas las fuerzas que le quedaban.

Por fin, la puerta de hierro se abrió a regañadientes sobre sus goznes herrumbrosos, que rechinaron en señal de protesta. Pitt echó un vistazo al interior, pero sólo vio oscuridad. Se volvió y nadó bajo el muelle. Se detuvo justo antes de llegar a la casa flotante.

—Al —llamó en voz baja—, ¿estás ahí?

La única respuesta que obtuvo fue de *Romberg*. El perro, intrigado, salió al muelle y olfateó entre los resquicios de la tabla que había justo encima de la cabeza de Pitt.

—Tú no. Quiero a Giordino.

Romberg se puso a menear la cola. Estiró las patas delanteras, se tendió sobre el muelle y jugó a atrapar lo que había debajo de la tabla.

Giordino, que seguía dentro de la caseta del guardia,

se volvía cada tanto hacia la casa flotante para ver si Pitt regresaba. Al ver que *Romberg* tocaba con la pata y arañaba el muelle, como para coger algo que había debajo, sintió curiosidad. Se acercó con parsimonia.

—¿Qué estás olfateando? —le preguntó al perro.

—¡A mí! —susurró Pitt.

—¡Joder! Por un momento pensé que *Romberg* sabía hablar.

Pitt le miró entre las grietas de las tablas.

—¿De dónde has sacado el uniforme?

—El guardia decidió echar una siestecita, y yo, como soy un hombre caritativo y bondadoso, me ofrecí a sustituirle.

—Ya.

—Quizá te interese saber —dijo Giordino, dando la espalda al trapiche y masajeándose la barbilla con barba de dos días para ocultar el movimiento de sus labios— que este lugar es propiedad de la Butterfield Freight Corporation, no de Qin Shang Maritime. Además, es posible que el guardia tenga antepasados asiáticos, pero creo que fue a un colegio de Los Ángeles o San Francisco.

—Butterfield ha de ser la empresa tapadera que Shang utiliza para meter y sacar gente de aquí. Hay un vehículo sumergido conectado al fondo de la barcaza, con capacidad para cuatrocientas personas.

—En ese caso hemos encontrado el filón principal.

—Pronto lo sabremos, en cuanto consiga entrar.

—¿Cómo?

—He descubierto un sumidero que usaban para cargar azúcar en las barcazas. Parece que conduce hasta el edificio principal.

—Ve con cuidado y date prisa. No sé cuánto rato más engañaré a la gente que controla mis movimientos.

—¿Hay una cámara apuntada hacia ti?

—He contado tres, y sospecho que hay algunas más que aún no he localizado.

—¿Puedes pasarme la 45 por la borda? No quiero entrar desnudo.

—Enseguida.

—Buen chico. No importa lo que los demás digan de ti —bromeó Pitt.

—Si oigo un disparo —dijo Giordino mientras caminaba hacia la casa flotante—, *Romberg* y yo vendremos corriendo.

—Será una visión inolvidable.

Giordino entró en el barco, cogió la Colt de Pitt y la bajó atada a un cordel por una ventana, hasta que colgó justo encima de la superficie del agua. Notó un tirón en el cordel y el arma desapareció. Volvió a su puesto de guardia, donde desenfundó el impresionante revólver Magnum 357 que había quitado al guardia, y esperó a que algo sucediera.

Pitt dejó caer el depósito de oxígeno, el contrapeso del cinturón y el resto del equipo de buceo debajo de la casa flotante. Cubierto únicamente con su traje de neopreno, y con la Colt levantada por encima de su cabeza, nadó bajo el muelle hasta el portal del sumidero y se metió dentro. Era muy estrecho, y tuvo que avanzar centímetro a centímetro. Deslizó la Colt bajo el cuello del traje, apretada contra el pecho, para extraerla con facilidad si hacía falta. A medida que se adentraba en el sumidero la luz disminuía, pero aún veía lo bastante bien para apartar los obstáculos que encontraba. Confiaba en no toparse con una serpiente venenosa. Como no tenía espacio para moverse, tendría que golpearla con la Colt o dispararle. Una posibilidad presentaba el riesgo de recibir un mordisco, y otra el de ser descubierto por los guardias de seguridad.

Después, otro temor agarrotó su mente. ¿Qué pasaría si el otro extremo estaba bloqueado por una puerta de hierro que sólo podía abrirse desde el lado contrario? No debía descartar la posibilidad, pero llegó a la conclusión de que el esfuerzo valía la pena. Continuó avanzando hasta que el sumidero se curvó hacia arriba, y la fuerza de gravedad empezó a actuar contra él.

Pitt siguió adelante, con la yema de los dedos en carne viva a causa de clavarlos en el revestimiento oxidado. Una imaginación fantasiosa habría conjurado con facilidad imágenes de monstruos de pesadilla que acechaban en la oscuridad, pero la realidad no reveló más que un sumidero hueco y vacío. Poco a poco, casi imperceptiblemente, el sumidero empezó a ensancharse, como si se estuviera transformando en la mitad superior de un túnel gigantesco. De pronto se descubrió reptando por un ancho conducto que se ensanchaba hacia arriba y los lados. El borde superior distaba sólo algo más de un metro. Ascendió penosamente hacia el borde superior del sumidero.

Apenas consciente del hormigueo que sentía en la nuca, oyó voces que no hablaban en inglés. También percibió un penetrante y nauseabundo olor a cuerpos humanos apretujados en una atmósfera asfixiante. Pitt alzó la cabeza para mirar por el borde del sumidero. Divisó, desde una altura de cuatro metros, una amplia cámara apenas iluminada por una sucia claraboya. Las paredes eran de ladrillo y el suelo de hormigón.

Unos trescientos hombres, mujeres y niños, en diversos estados de enfermedad, desnutrición y fatiga, estaban apretujados en la viciada atmósfera de la cámara, de pie, acostados o acuclillados, sin sitio para moverse. Todos parecían chinos. Pitt no vio ningún guardia. Aquella gente estaba hacinada en lo que había sido la sala de procesamiento del azúcar. La única entrada estaba sellada por una gruesa puerta de madera.

Mientras miraba, la puerta se abrió de repente y un asiático, vestido con el mismo uniforme que Giordino había expropiado al guardia del muelle, empujó con rudeza a un hombre hacia el interior de la cámara. En el pasillo de fuera, otro guardia sujetaba por los brazos a una mujer, y Pitt supuso que era la esposa del hombre. La puerta se cerró con estruendo, y el hombre, muy nervioso, la golpeó con los puños y gritó en chino, tal vez suplicando a los guardias que no se llevaran a su mujer.

Pitt, sin pensar en su seguridad personal, saltó al suelo de la cámara, aterrizó entre dos mujeres y provocó un movimiento reflejo en la masa. Las mujeres le miraron sobresaltadas e intrigadas, pero no dijeron nada. Nadie reparó demasiado en su repentina aparición.

Pitt no se molestó en pedir perdón. Avanzó hacia la puerta entre los cuerpos hacinados. Apartó al hombre que sollozaba y golpeó la puerta con la culata de su arma, un ritmo familiar, un golpe largo, cuatro cortos y dos largos, el de alguien familiarizado con los ocupantes del otro lado. Después de un segundo intento, la osadía de Pitt fue recompensada. Tal como había esperado, la incomprensible llamada había despertado la curiosidad del guardia, que esperaba los puñetazos frenéticos de un marido desesperado.

La puerta se abrió de nuevo, sólo que esta vez era Pitt quien se erguía detrás. Un guardia irrumpió en la cámara, agarró al marido por el cuello de la camisa y lo sacudió con violencia. El otro guardia seguía en el pasillo, sujetando a la mujer con los brazos inmovilizados a la espalda. Habló encolerizado en un inglés perfecto.

—Dile a ese estúpido bastardo por última vez que no recuperará a su esposa hasta que nos entregue otros diez mil dólares estadounidenses.

El brazo de Pitt describió un arco descendente, y la culata de su Colt golpeó la sien del guardia, que cayó inconsciente sobre el suelo de hormigón. Pitt salió al pasillo, con la pistola apuntada a la cabeza del hombre que sujetaba a la joven.

—Perdona la intrusión, pero creo que tienes algo que pertenece a otra persona.

El guardia contempló boquiabierto a aquella aparición vestida de negro.

—¿Quién coño eres?

—Tus cautivos me han contratado como representante —sonrió Pitt—. Suelta a la chica.

Pitt se vio forzado a admitir que el guardia tenía redaños. Rodeó con el brazo el cuello de la muchacha.

—Arroja el arma o le rompo el cuello.

Pitt avanzó y levantó la Colt, hasta que el cañón se inmovilizó a escasos centímetros del ojo izquierdo del guardia.

—Si lo haces, te volaré los ojos. ¿Es eso lo que quieres, pasar ciego el resto de tus días?

El guardia era lo bastante listo para saber que no estaba en situación de discutir. Miró a ambos lados del pasillo, con la esperanza de encontrar ayuda, pero estaba solo. Fingió que soltaba el cuello de la mujer, al tiempo que su otra mano reptaba lentamente hacia la funda de la cadera.

Pitt advirtió el movimiento y hundió el cañón del arma en el ojo del guardia.

—No ha sido una jugada inteligente, amigo mío. —Sonrió, y sus dientes destellaron a la pálida luz.

El guardián lanzó una exclamación de dolor, soltó a la mujer y se llevó las dos manos al ojo.

—¡Oh, Dios, me has dejado ciego!

—No caerá esa breva —dijo Pitt, mientras agarraba al hombre por el cuello de la camisa y lo metía en la cámara. No tuvo que decir nada a la mujer. Ya se había arrojado en brazos de su marido—. A lo sumo, un ojo inyectado en sangre durante unos cuantos días.

Pitt cerró la puerta de un puntapié, se agachó y se apoderó de los revólveres de los guardias. Después, buscó armas escondidas. El guardia al que había dejado inconsciente portaba una pequeña 32 automática a la espalda, encajada en el cinturón. El otro tenía un cuchillo alojado en una bota. A continuación, estudió cuál se le parecía más en estatura y peso. Eran mucho más bajos, pero uno casi se acercaba a sus medidas de pecho y cintura.

Mientras empezaba a cambiarse de ropa, Pitt habló a la horda que le miraba como si fuera una especie de deidad.

—¿Alguien habla inglés?

Dos personas avanzaron hacia él. Una era un hombre anciano de larga barba blanca, y la otra una atractiva mujer de unos treinta años.

—Mi padre y yo sabemos hablar inglés —dijo ella—. Los dos enseñábamos idiomas en la Universidad de Chunking.

Pitt paseó la mirada por la cámara.

—Haga el favor de decirles que aten y amordacen a estos hombres, y que oculten sus cuerpos lo más lejos posible de la puerta, para que no los descubran con facilidad.

Padre e hija asintieron.

—Hemos comprendido —contestó el hombre—. También les aconsejaremos que guarden silencio.

—Gracias —dijo Pitt, mientras se quitaba el traje de neopreno—. ¿Estoy en lo cierto al suponer que los traficantes les han tratado muy mal, y les han pedido más dinero?

—Sí —contestó la mujer—, todo lo que usted dice es verdad. Fuimos sometidos a un trato indecible durante el viaje desde China. Después de llegar a Estados Unidos, fuimos traídos aquí por los comisarios de Qin Shang Maritime, y entregados a una mafia chinoamericana. Son ellos quienes nos exigen más dinero, amenazando con matarnos u obligarnos a una vida de esclavitud si no pagamos.

—Díganles a todos que no se desanimen —dijo Pitt con solemnidad—. La ayuda ya está en camino.

Terminó de vestirse y sonrió al ver que unos siete centímetros de calcetines asomaban entre los zapatos del guardia (dos tallas más pequeños) y los bajos de los pantalones. Mientras los guardias eran arrastrados al otro extremo de la cámara e inmovilizados, Pitt deslizó un revólver y la Colt automática dentro de los pantalones, y se abrochó la camisa sobre ellos. A continuación, ajustó a su costado la funda que contenía el revólver del segundo guardia. Después, lanzó una mirada de aliento a los desgraciados inmigrantes, salió al pasillo, cerró la puerta en silencio y giró la llave.

Seis metros a la izquierda de la puerta el pasillo terminaba en una masa confusa de maquinarias viejas y herrumbrosas, que lo ocupaban del suelo al techo. Pitt fue a la derecha y encontró una escalera que subía a un corredor, el cual se abría en una serie de habitaciones que contenían enormes ollas de cobre que se habían corroído a lo largo de las décadas, hasta que el metal brillante se había cubierto de una pátina verdosa.

Pitt entró en lo que habían sido las dependencias de cocina del trapiche y miró por una hilera de ventanas polvorientas. Debajo vio una inmensa terminal de almacenamiento y embarque. Un par de vías de tren corrían entre dos muelles de carga y se detenían ante una barrera de hormigón. Había unas anchas puertas abiertas en un extremo, con el fin de dar cobijo a tres vagones de mercancías, de los cuales tiraba por una pendiente una locomotora eléctrica diesel pintada con los colores azul y naranja de la Luisiana & Southern Railroad.

Al lado del edificio y cerca de las vías, Pitt distinguió un par de limusinas blancas. Sus conductores charlaban y contemplaban con interés el tren que pasaba.

Pitt comprendió al instante que los inmigrantes estaban a punto de ser descargados en los vagones de mercancías. Sintió un nudo en el estómago y observó que los muelles de carga estaban vigilados por casi una docena de hombres. Después de ver todo lo que había que ver, se sentó debajo de la ventana, con la espalda contra la pared, y estudió la situación.

Impedir que los traficantes subieran a los inmigrantes al tren parecía difícil. Estorbarles era una posibilidad, pero ¿de qué serviría retrasar lo inevitable? Tal vez acabaría con cuatro o cinco guardias antes de que se recobraran de la sorpresa y le dispararan, pero la desventaja numérica seguiría siendo considerable. Casi no existían esperanzas de abortar la partida, pero existía una pequeña posibilidad de provocar un retraso de unas cuantas horas.

Pitt sacó su pequeño arsenal y examinó los dos revólveres Magnum 357, el cuchillo de caza y su vieja Colt. Los revólveres de seis tiros le daban doce balas. Muchos años antes había modificado la culata de la Colt para que aceptara un cargador de doce balas. Los revólveres iban cargados con cartuchos de punta hueca, excelentes para producir destrozos en hombres y animales, pero no muy eficaces para lo que Pitt tenía en su mente. Su 45 contaba con Silvertips Winchester, cuyo efecto no era tan brutal en la carne, pero poseían mayor capacidad de penetración. Tenía veinticuatro posibilidades de detener la partida del tren. Sólo un disparo afortunado lo conseguiría. El problema residía en que no contaba con excesivo material capaz de perforar el metal. Su intención era alcanzar alguna parte vital de los motores diesel y los generadores eléctricos, cortando así toda la potencia transmitida a las ruedas.

Pitt suspiró, se puso de rodillas, cogió un revólver en cada mano y comenzó a disparar contra los costados de la locomotora.

37

Julia no tenía ni idea de cuánto tiempo había permanecido inconsciente. Lo último que recordaba era el rostro dulce de una mujer, una mujer muy hermosa, vestida con un traje ajustado de seda rojo con cortes en ambos lados, que le arrancaba la blusa. A medida que la neblina se disipaba, tomó conciencia de una sensación abrasadora que recorría su cuerpo. También descubrió que sus manos y pies estaban maniatados con cadenas que corrían alrededor de su cintura y pasaban entre las barras de una jaula, de forma que tiraban brutalmente de sus brazos casi hasta dislocarlos y los dedos de sus pies apenas tocaban el suelo. Las cadenas estaban muy tensas y pasaban por encima de la puerta, de manera que le resultaba imposible moverse.

Sólo el aire frío y húmedo que acariciaba su piel desnuda la aliviaba del fuego que corría por sus venas. Le habían quitado la ropa y sólo conservaba el sujetador y las bragas.

La mujer, que parecía euroasiática, la miraba desde una silla cercana. Estaba sentada con las piernas recogidas bajo el cuerpo, y dedicó a Julia una sonrisa de gata que le produjo un escalofrío. Su pelo era de un negro lustroso y caía como una cascada sobre su espalda. Era de hombros anchos, pechos bien redondeados, y su estrecha cintura casi se fundía con las esbeltas caderas. Iba maquillada con estilo y sus uñas eran increíblemente largas. Pero eran sus ojos lo que atraía el interés de Julia. El término científico era heterocromia. Uno de sus ojos era casi negro, mientras que el otro era de un gris claro. El efecto era hipnótico.

—¿Y bien? —dijo con afabilidad—. Bienvenida a la realidad.

—¿Quién es usted?

—Me llamo May Ching. Sirvo a la Tríada del Dragón.

—¿A Qin Shang no?

—No.

—Ha sido muy poco deportivo por su parte drogarme —susurró irritada Julia, al tiempo que pugnaba por derrotar al tormento interno que azotaba su cuerpo.

—Sospecho que no deparó mejor suerte a Lin Wan Chu, la cocinera del *Sung Lien Star* —dijo May Ching—. Por cierto, ¿dónde está?

—La están tratando mejor que a mí.

May Ching encendió un cigarrillo y exhaló el humo hacia Julia.

—Sostuvimos una conversación muy interesante, usted y yo.

—¿Fui interrogada? —exclamó Julia—. No me acuerdo.

—Imposible. Lo último en sueros de la verdad. No sólo transforma la mente en la de un niño de cinco años, sino que da la sensación de que la sangre se ha convertido en lava fundida. Entre la locura y la agonía, ningún hombre o mujer, por más fuerte que sea su voluntad, puede impedir contestaciones sinceras a preguntas íntimas. A propósito, para que no se sienta indebidamente avergonzada, fui yo quien la desnudó y registró. Eligió escondites inteligentes para su pequeña automática y el cuchillo. La mayoría de los hombres no habrían pensado en mirar entre sus piernas y en la parte interna de los bíceps. Por ser una mujer, no obstante, su radio estaba exactamente donde yo pensaba.

—Usted no es china.

—Sólo por parte de madre. Mi padre era inglés.

En aquel momento, Ki Wong entró en la habitación con otro hombre cuyos rasgos faciales eran euroasiáticos. Los dos se pararon delante de Julia y la miraron con lascivia. La piel cetrina de Wong contrastaba con el rostro y el cuello bronceados de su acompañante. Mientras la miraba, daba la impresión de regodearse en una perversa satisfacción.

—Un trabajo muy bueno —dijo a May Ching—. Ha obtenido una cantidad increíble de información muy útil. Descubrir que la señorita Lee está trabajando en colaboración con la Guardia Costera, que vigila nuestra instalación desde el otro lado del canalizo, nos ha concedido el tiempo necesario para sacar a todos los inmigrantes y eliminar las pruebas de nuestra presencia, antes de que las autoridades locales y los agentes de inmigración reúnan sus fuerzas y nos ataquen.

—Quince minutos más, y sólo encontrarán ruinas abandonadas —dijo el otro hombre.

Tenía los ojos negros e insulsos, como los de un mapache. Los ojos de un carroñero, brillantes pero sin calidez. Llevaba el pelo, largo y negro, recogido en una cola de caballo que le llegaba hasta la mitad de la espalda. Su rostro delataba a alguien que vivía por todo lo alto, asiduo de orgías, un jugador de Las Vegas, un mujeriego. La piel se veía tirante, debido a más de un *lifting*. Ninguna proeza quirúrgica podía ocultar el hecho de que no volvería a cumplir los cincuenta. Iba vestido como una estrella de Hollywood.

Se acercó a Julia, cogió un puñado de su cabello y tiró sin piedad su cabeza hacia atrás, hasta que sus ojos sólo pudieron ver el techo.

—Me llamo Jack Loo —dijo con voz fría—. Me perteneces.

—Yo no pertenezco a nadie —jadeó Julia, entre unos labios tensos debido al repentino dolor.

—Se equivoca —dijo Wong—. Qin Shang dio órdenes de matarla en cuanto la viéramos. El señor Loo me hizo una oferta irresistible. Por una pequeña suma la vendí a él.

—¡Cerdo repugnante! —gritó Julia, mientras el miedo empezaba a reflejarse en sus ojos.

—No me eche a mí toda la culpa —dijo Wong, con aire ofendido—. Su futuro está ahora en manos de la Tríada del Dragón, los socios de Qin Shang en el crimen, por decirlo de alguna manera. Nosotros exportamos y la Tríada del Dragón importa. Nosotros traficamos y vendemos; ellos compran, ya sean drogas, inmigrantes o armas. A cambio, el señor Loo, que es el vicepresidente, y sus socios proporcionan a Qin Shang automóviles de lujo, yates, efectos de consumo, alta tecnología, así como billetes falsos, tarjetas de crédito y documentos del gobierno que se envían a China.

—Un acuerdo muy beneficioso para ambas partes —dijo Loo mientras retorcía el cabello de Julia con saña, hasta que la joven gritó. Le dio una fuerte palmada en las nalgas y empezó a quitar las cadenas—. Tú y yo vamos a dar un agradable paseo en mi limusina. Cuando lleguemos a Nueva Orleans, habremos intimado mucho.

—Me las pagarás —murmuró ella mientras la liberaban de los grilletes. Incapaz de permanecer en pie, se desplomó en brazos de Loo—. Soy una agente del gobierno de Estados Unidos. Si me matan, no descansarán hasta atraparles.

Wong rió.

—Sólo usted es la culpable de su situación. Qin Shang envió una fuerza de no menos de veinte hombres para matarla a usted y al señor Pitt. Perdieron su pista, y nadie esperaba verla entrar por nuestra puerta principal.

—Fui una estúpida.

Wong se encogió de hombros para manifestar su acuerdo.

—El comportamiento impulsivo no es lo que conviene a una buena agente del gobierno…

El sonido de disparos dentro del edificio interrumpió a Wong. Miró a Loo, que extrajo una radio en miniatura del bolsillo de su cara chaqueta deportiva y habló por el receptor.

—¿Dónde se han producido esos disparos? —preguntó—. ¿Nos atacan?

—No, señor Loo —contestó su jefe de seguridad desde la sala de control de sistemas—. No se trata de un ataque. Los disparos proceden de una habitación situada encima del muelle de carga del tren. Aún no sabemos quién hay detrás de este ataque ni su propósito.

—¿Alguna baja?

—No. El tirador no dispara contra los guardias.

—¡Manténgame informado! —ladró Loo—. Es hora de marcharnos —dijo Wong. Apenas había pronunciado estas palabras, cuando el tiroteo cesó—. ¿Qué ha pasado? —preguntó por la radio.

Se oyó de nuevo la voz del jefe de seguridad.

—Le habremos alcanzado. Voy a enviar unos hombres arriba para que examinen el cadáver.

—Me pregunto quién será —murmuró Wong en tono pensativo.

—Enseguida lo sabremos —contestó Loo. Se cargó a Julia sobre el hombro como si fuera un saco. Estrechó la mano de Wong—. Me gusta hacer negocios con usted, señor Wong. Sugiero que encuentre otro centro de distribución. Éste ya no es seguro.

Wong sonrió sin la menor expresión de agitación.

—Dentro de tres días, la nueva operación de Qin Shang estará firmemente establecida, y los estadounidenses tendrán mayores problemas en qué pensar.

Salieron juntos de la oficina, con Wong delante, y bajaron una escalera de caracol que se abría a un amplio pasillo, en el que había almacenes vacíos y salas con equipo utilizado cuando el trapiche funcionaba. Habían llegado a la mitad del pasillo, cuando la radio de Loo emitió un pitido.

—Sí, ¿qué pasa? —preguntó, irritado.

—Uno de nuestros agentes estacionados en St. Mary Parish informa que una pequeña flota de la Guardia Costera ha entrado en Bayou Teche, y que dos helicópteros acaban de sobrevolar Morgan City, en esta dirección.

—¿Cuánto tiempo tardarán en llegar?

—Los helicópteros, unos quince minutos, tal vez dieciocho. Añada media hora más para los barcos.

—Muy bien. Cierre todos los sistemas y siga el plan de evacuación y dispersión de todo el personal.

—A sus órdenes.

—Deberíamos estar en nuestras limusinas y en la carretera antes de tres minutos —dijo Loo, mientras se cambiaba a Julia al otro hombro.

—Tiempo más que suficiente para poner una prudente distancia entre nosotros y el trapiche —admitió Wong.

Cuando llegaron a la puerta de acceso a la escalera que bajaba a la terminal de embarque, oyeron gritos, pero no así los ruidos de la locomotora. Entonces, las voces enmudecieron y comprendieron que algo iba mal, muy mal. Atravesaron como una exhalación una puerta que se abría a un rellano situado sobre el muelle de carga. Wong, que iba delante, se detuvo en seco.

Los vagones de mercancías estaban cargados con los inmigrantes, y las puertas estaban cerradas y atrancadas. Pero la locomotora estaba inmóvil, y humo azul surgía de los agujeros de bala que horadaban los paneles que cubrían los motores diesel y el compartimiento de generación de electricidad. Los maquinistas estaban contemplando los daños, y sus expresiones reflejaban impotencia y desconcierto. Los guardias de seguridad que trabajaban para la Tríada ya habían subido a un camión, que se alejó a toda prisa en dirección a la autopista principal en cuanto estuvo cargado.

De repente, Loo comprendió por qué el atacante desconocido no había disparado a los guardias. El miedo y la confusión se apoderaron de él cuando comprendió que el tren no iría a ninguna parte. Trescientos inmigrantes y un cargamento de artículos ilegales, por valor de casi treinta millones de dólares, iban a ser capturados y confiscados por agentes del gobierno estadounidense. Se volvió hacia Wong.

—Lo siento, amigo mío, pero como la transferencia de artículos no ha podido realizarse, debo señalar a Qin Shang como único responsable.

—¿Qué quiere decir? —preguntó Wong.

—Muy sencillo —explicó Loo—. Digo que la Tríada del Dragón no va a pagar este embarque.

—Qin Shang entregó la mercancía tal como se había acordado —dijo Wong. Si Loo y la Tríada del Dragón se echaban atrás en el trato con su jefe, Wong sabía que la responsabilidad recaería sobre sus espaldas. Un fracaso de tal magnitud significaba la muerte cuando uno estaba al servicio de Qin Shang—. Los artículos y propiedades fueron entregados y depositados en sus manos. Usted será considerado responsable.

—Sin nosotros, Qin Shang no puede hacer negocios en Estados Unidos —replicó Loo—. Tal como yo lo veo, no puede hacer otra cosa que aceptar la pérdida.

—Es mucho más poderoso de lo que usted cree. Está cometiendo un grave error.

—Dígale a Qin Shang que Jack Loo no le tiene miedo. Los amigos valiosos no se desechan como ropa vieja. Es demasiado inteligente como para no aceptar una derrota nimia de la que estará recuperado dentro de una semana.

Wong miró como un hurón a Loo.

—En ese caso, nuestro pequeño trato relativo a la señorita Lee ya no está en vigor. Vuelve a mi poder.

Loo meditó unos momentos, y luego rió.

—¿No dijo que Qin Shang la quería muerta?

—Sí, así es —asintió Wong.

Loo levantó a Julia sobre su cabeza con ambas manos.

—Desde aquí a los raíles de acero de la vía hay nueve metros. Imagine que cumplo el deseo de Qin Shang de matar a la señorita Lee, y así reparo nuestras diferencias económicas.

Wong miró hacia la vía, entre la parte posterior del último vagón de mercancías y la barrera de hormigón.

—Sí, tiene razón. Creo que Qin Shang se sentirá más consolado de su pérdida. Pero hágalo ahora, por favor. No podemos perder más tiempo. Hemos de irnos a toda prisa.

Loo extendió los brazos, dispuesto a cumplir su amenaza. Julia chilló. Wong y May Ching aguardaban con sádica anticipación. Ninguno de ellos reparó en que un hombre alto, de pelo ondulado, vestido con un uniforme de seguridad que le iba pequeño, había bajado en silencio la escalera.

—Disculpen la interrupción —dijo Pitt, mientras apretaba el cañón de su Colt contra la nuca de Loo—, pero si alguien se rasca la nariz le vuelo la tapa de los sesos.

Todos se volvieron hacia la voz desconocida. Las facciones bronceadas de Loo palidecieron, con los ojos llenos de incredulidad. Las facciones de May Ching se tensaron de miedo. Wong sólo parecía intrigado.

—¿Quién es usted? —preguntó.

Pitt no le hizo caso. Habló a Loo.

—Baje a la señorita despacio.

Para subrayar su petición, Pitt hundió la Colt en el cuello de Loo.

—No dispare, por favor, no dispare... —suplicó Loo, mientras depositaba poco a poco a Julia a sus pies, con ojos vidriosos de miedo.

Julia cayó de rodillas. Fue entonces cuando Pitt observó los terribles hematomas de sus muñecas y tobillos. Sin vacilar ni un segundo, golpeó a Loo en la sien con el cañón de la Colt, y vio con sombría satisfacción que el directivo de la Tríada caía y rodaba escaleras abajo.

Incapaz de creer que aquella voz fuese la de él, Julia alzó la vista y vio los ojos verdes opalinos y la sonrisa torcida.

—¡Dirk! —murmuró atontada, mientras se incorporaba y tocaba el vendaje de su nariz rota—. Oh, Dios, estás aquí. ¿Cómo es posible...?

Pitt deseaba con todas sus fuerzas alzarla y rodearla en sus brazos, pero no se atrevía a desviar los ojos de Wong. Descifró la expresión y supo que el comisario de Qin Shang estaba encogido para atacar como una serpiente. También adivinó que May Ching no tenía nada que perder, ahora que su jefe era un cuerpo destrozado al pie de la escalera. May Ching le miró con un odio gélido que ninguna mujer le había dedicado antes. Pitt clavó los ojos en ella y apuntó el arma a la frente de Wong.

—Pasaba por aquí y me dije, voy a saludarles.

—¿Se llama Dirk? —preguntó Wong, tirante—. ¿Debo suponer que es Dirk Pitt?

—Eso espero. ¿Y usted?

—Ki Wong, y la señora es May Ching. ¿Qué piensa hacer con nosotros?

—Ki Wong —repitió Pitt con aire pensativo—. ¿De qué me suena ese nombre?

Julia era astuta. Para no estorbar la vigilancia de Pitt, rodeó su cintura con los brazos desde atrás, para no dificultar sus movimientos.

—El jefe de los comisarios de Qin Shang —dijo Julia, que apenas se tenía en pie—. Interroga a los inmigrantes y decide quién vive y quién muere. Fue el que me torturó a bordo del *Indigo Star*.

—No es usted un hombre muy amable, ¿verdad? —dijo Pitt—. He visto su obra.

Un guardia apareció como materializado de la nada. Pitt captó demasiado tarde la inesperada presencia en los ojos de May Ching, cuando lanzaron un destello de triunfo al ver al guardia uniformado. Giró en redondo para hacer frente al atacante, mientras Wong se precipitaba hacia Pitt. May Ching chilló.

—¡Mátale! ¡Mátale!

—Siempre obedezco los deseos de una dama —dijo el intruso sin la menor emoción. El revólver 357 que sujetaba escupió fuego y la detonación resonó en el rellano como un cañonazo. Los ojos de Wong se salieron de sus órbitas cuando la bala le alcanzó sobre el puente de la nariz. Retrocedió, con los brazos extendidos, y cayó por encima de la barandilla. Su cuerpo ya muerto se estrelló sobre las vías.

Giordino contempló su obra con modestia.

—Espero haber hecho bien.

—Y muy a tiempo —dijo Pitt, con la esperanza de que su corazón se pusiera en funcionamiento de nuevo.

—¡Maldito seas! —chilló May Ching. Saltó sobre Pitt, con las largas uñas apuntadas a sus ojos.

Sólo pudo dar un paso, porque el puño de Julia se hundió en su boca, le partió los labios y manchó de sangre su vestido de seda rojo.

—¡Puta! —rugió Julia—. Eso ha sido por drogarme.

—Otro movimiento convulsivo, y el siguiente puñetazo de Julia alcanzó a May Ching en el estómago. La mujer de la Tríada del Dragón cayó de rodillas, sin aliento—. Y eso por dejarme medio desnuda delante de hombres.

—Recuérdame que no te haga enfadar nunca —sonrió Pitt.

La joven se masajeó el puño y le miró con cara triste y tensa.

—Ojalá les hubiéramos sorprendido en el acto de transportar inmigrantes ilegales. Sólo Dios sabe cuántas vidas habríamos podido salvar. Ahora ya es demasiado tarde.

Pitt la abrazó con ternura para no dañar sus costillas rotas.

—¿No lo sabes?

—¿Qué he de saber?

Pitt señaló el tren.

—Hay más de trescientos encerrados en esos vagones de mercancías.

Desconcertada, Julia se puso tensa, como si Pitt la hubiera abofeteado. Miró hacia el tren sin comprender.

—F .taban aquí y no los vi.

—¿Cómo llegaste al trapiche? —preguntó Pitt.

—Subí sin que me vieran a la barcaza de basura cuando se alejó del *Sung Lien Star.*

—Después estuviste encima de ellos desde que saliste de Sungari. Vinieron desde China en un contenedor sumergido que era desplazado mediante un sistema de carriles submarino desde debajo del *Sung Lien Star* hasta la barcaza que les trajo aquí.

La voz de Julia se endureció de repente.

—Hemos de liberarles antes de que el tren se vaya.

—Descuida —dijo Pitt con una sonrisa de astucia—. Ni siquiera Mussolini podría conseguir que ese tren saliera con puntualidad.

Estaban soltando los vagones de mercancías y ayudando a bajar a los inmigrantes ilegales, cuando los agentes del Servicio de Inmigración y Naturalización, así como los guardacostas, llegaron y tomaron el control de la situación.

38

El presidente Dean Cooper Wallace se levantó de detrás de su escritorio cuando Qin Shang entró en el Despacho Oval. Extendió la mano y dijo:

—Mi querido Qin Shang, cuánto me alegro de verle.

Qin Shang acunó la mano del presidente entre las suyas.

—Ha sido muy amable al recibirme, pese a su apretada agenda.

—Tonterías, estoy en deuda con usted.

—¿Van a necesitarme? —preguntó Morton Laird, que había acompañado a Qin Shang desde la sala de recepciones.

—Quédese, por favor, Morton —dijo el presidente—. Me gustaría que estuviera presente.

El presidente indicó a Qin Shang un par de sofás que había ante una mesita auxiliar, y ambos se sentaron.

—Deseo que comunique mi más sincero agradecimiento al primer ministro Wu Kwong por su generosa contribución a mi campaña presidencial. Dígale que cuenta con mi promesa de una estrecha colaboración entre los dos gobiernos.

—Al primer ministro Kwong le agradará saberlo —dijo Qin Shang con afabilidad.

—¿Qué puedo hacer por usted, Qin Shang? —preguntó el presidente, desviando la conversación hacia temas concretos.

—Como ya sabrá, ciertos miembros del Congreso han llamado a mi país un estado esclavista, y condenan lo que ellos llaman violaciones de los derechos humanos. Van a presentar un proyecto de ley para rechazar nuestro estatus de nación más favorecida. El primer ministro Wu Kwong teme que reúnan suficientes votos para ser aprobada.

—No se preocupe —sonrió el presidente—. Tengo la firme intención de vetar cualquier ley aprobada por el Congreso que amenace el comercio entre nuestros dos países. También he declarado en público que los beneficios del comercio mutuo constituyen la mejor oportunidad de eliminar los problemas sobre derechos humanos.

—¿Cuento con su palabra, señor presidente? —preguntó Qin Shang. Su agresividad provocó una expresión de desagrado en Laird.

—Puede decir a su primer ministro que cuenta con mi garantía personal.

Laird estaba maravillado de la atmósfera conciliadora que reinaba en el despacho entre el magnate naviero y el presidente, cuando tendrían que haber saltado chispas de antagonismo en el aire.

—El otro asunto preocupante es el acoso que su Guardia Costera y agentes de inmigración infligen a mis barcos. Los registros se han vuelto más numerosos y minuciosos en los últimos meses, y los retrasos en los embarques nos han costado muy caros.

—Comprendo su preocupación, Qin Shang —dijo Wallace—. Según los últimos cálculos del INS, seis millones de personas viven de manera ilegal en Estados Unidos. Un buen porcentaje de ellas, según afirma Inmigración y Naturalización, fueron introducidas clandestinamente en el país por sus barcos, y el desastre de

Orion Lake fue un acontecimiento difícil de ocultar. En teoría, debería detenerle ahora mismo y acusarle de genocidio.

Qin Shang no se mostró indignado. Miró sin pestañear al hombre más poderoso de la Tierra.

—Sí, según sus leyes tiene todo el derecho a hacerlo, pero en ese caso corre el peligro de que información muy delicada sobre sus manejos secretos con Qin Shang Maritime y la República Popular China sea filtrada al público estadounidense.

—¿Está amenazando con chantajear al presidente de Estados Unidos? —preguntó Wallace, muy alarmado.

—Le ruego que me perdone —rectificó de inmediato Qin Shang—. Sólo deseaba recordar al presidente posibles contingencias.

—No toleraré el genocidio.

—Un infortunado suceso provocado por mafias criminales de su propio país —replicó Qin Shang.

—Según el informe que he leído, no es así.

—Tiene mi solemne promesa de que Orion Lake no se repetirá.

—A cambio, quiere que dejen en paz a sus barcos. ¿Es eso?

Qin Shang asintió.

—Le estaría muy agradecido.

Wallace miró a Laird.

—Informe al almirante Ferguson y a Duncan Monroe de mi deseo de que la Guardia Costera y el INS traten las inspecciones de los barcos de Qin Shang Maritime que entren en nuestras aguas con la misma cortesía ofrecida a cualquier otra compañía de embarques extranjera.

Laird frunció el entrecejo, estupefacto. Se sentó en silencio y no aparentó haber escuchado la orden presidencial.

—Gracias, señor presidente —dijo Qin Shang—.

Hablo en nombre de mi junta directiva cuando digo que su amistad nos honra.

—No se va a librar con tanta facilidad, Qin Shang —dijo Wallace—. Transmita al presidente Wu Kwong mi preocupación acerca del uso continuado de métodos esclavistas para fabricar sus productos. Si hemos de mantener lazos estrechos, su gobierno ha de aceptar el uso de trabajadores pagados decentemente en sus fábricas, y dejar de violar los derechos humanos. De lo contrario, interrumpiré nuestra exportación de fertilizantes fosfatados a China.

Morton Laird sonrió para sus adentros. Por fin, el presidente había tocado un punto sensible. Una empresa tejana, subsidiaria de la poderosa multinacional química radicada en la provincia de Jiangsu, con la sede central en Shanghai, vendía los fertilizantes fosfatados por un valor superior a los mil millones de dólares. Sin amenazas de sanciones comerciales a los productos de algodón, zapatos, juguetes, radios, televisores y artículos complementarios exportados desde China, que totalizaban más de cincuenta mil millones al año, Wallace había incidido en la mercancía más esencial.

Los ojos verdes de Qin Shang lanzaron un fugaz destello de inquietud.

—Comunicaré su consejo al primer ministro.

Wallace se levantó, dando por terminada la entrevista.

—Gracias, señor presidente. Ha sido un privilegio encontrarnos de nuevo.

—Le acompañaré a la sala de recepciones —dijo Laird, al tiempo que disimulaba su desprecio por el financiero asesino.

Pocos minutos después, Laird regresó al Despacho Oval. Wallace no levantó la vista, mientras firmaba una pila de leyes enviadas desde el Congreso.

—Bien, Morton, es evidente por su expresión de amargura que mi representación no le ha hecho feliz.

—No, señor. Me consterna que se haya rebajado a hablar con ese asesino.

—No es el primer monstruo del infierno que entra en esta oficina desde que fue construida. De no ser por Qin Shang y su influencia en el gobierno chino, quizá no estaría sentado aquí.

—Le están engañando, señor. Qin Shang y su gobierno le están engañando. En el interés de la conveniencia política, se ha cavado una tumba demasiado honda para salir de ella.

—Estamos tratando con un país que tiene mil cuatrocientos millones de habitantes —insistió Wallace—. Los pecados que haya cometido han sido en interés de la nación.

—Carece de toda justificación esperar sentados mientras los chinos roban al pueblo estadounidense. El último informe de contraespionaje combinado CIA-FBI mencionaba a cuatrocientos agentes chinos que han penetrado en todos los niveles de nuestro gobierno, desde la NASA al Pentágono. Algunos han accedido a puestos de gran responsabilidad en el Congreso y en los departamentos de Comercio e Interior.

—Vamos, vamos, Morton. Eché un vistazo al informe. No he conseguido ver una amenaza seria a nuestra seguridad. China ya no abriga un deseo fanático de robar nuestra tecnología nuclear y nuestros secretos militares.

—¿Para qué? —replicó Laird—. Su prioridad es ahora el espionaje político y económico. Además de obtener nuestros secretos comerciales y tecnológicos, trabajan cada minuto del día para influir en nuestra política comercial cuando se relaciona con su expansión económica. Ya han superado a Japón como el socio comercial con quien tenemos el mayor déficit. Las previsiones económicas colocan a su economía por delante de la nuestra antes de que su mandato expire.

—¿Y qué? Aunque China nos supere en el producto nacional bruto de su economía, sus habitantes sólo tendrán unos ingresos per cápita que representan una cuarta parte de la media estadounidense.

—Se lo digo con todo respeto, señor presidente: despierte y huela el café. Sus cuarenta y cinco mil millones de dólares a favor en la balanza comercial se invierten en cimentar sus actividades militares y de tráfico ilegal por todo el mundo, al tiempo que mejoran su creciente poderío económico.

—Está adoptando una postura muy contraria a la mía, Morton —dijo con frialdad Wallace—. Espero que sepa lo que hace.

—Sí, señor —repuso Morton—. Lo hago, porque creo con toda sinceridad que ha vendido al país a cambio de sus conveniencias políticas. Sabe muy bien que no estuve de acuerdo cuando les concedió el estatus de nación más favorecida, al tiempo que declaraba que ya no condicionaba su decisión al progreso en los derechos humanos.

—Mi única preocupación eran los empleos estadounidenses.

Wallace se había levantado, con la cara roja de ira.

—Si así es, ¿cómo explica el hecho de que en los últimos quince años un total de ochocientos mil trabajadores estadounidenses hayan perdido su empleo, en favor de mano de obra china, gran parte en condiciones de esclavismo?

—No se pase, Morton —rugió Wallace con los dientes apretados—. No he hecho nada que no haya pagado dividendos al pueblo estadounidense.

Laird se pasó una mano sobre los ojos.

—Hace demasiados años que le conozco para no saber cuándo está deformando la verdad.

—¿Me está llamando mentiroso?

—Eso y más, señor. Le estoy llamando traidor.

Y como prueba de mis sentimientos, le presentaré mi dimisión como jefe de su Estado Mayor antes de una hora. No quiero estar presente cuando tengamos que pagar las consecuencias.

Morton Laird salió del Despacho Oval por última vez. Sabedor de los sentimientos vengativos de su ex amigo, su mujer y él desaparecieron y se trasladaron a una isla de la Gran Barrera de Arrecifes de Australia, donde empezó a escribir las memorias de su vida en Washington, con especial hincapié en su larga asociación con el presidente Dean Cooper Wallace.

Su Zhong, la secretaria personal de Qin Shang, estaba sentada ante un escritorio en el interior de un autobús blindado, donde su patrón había entrado después de su entrevista con el presidente. En cuanto se acomodó en una butaca de cuero, tras un escritorio cubierto con una batería de teléfonos y sistemas informáticos, la mujer le entregó varios mensajes que habían llegado por fax y teléfono vía satélite. Qin Shang había desarrollado un código capaz de frustrar a cualquier agente, del gobierno o comercial, que intentara enterarse de sus asuntos personales. Pasaba los mensajes por un escáner que los traducía al instante.

—¿Alguna noticia de Zhu Kwan?

Su Zhong recitó una sinopsis de los informes, mientras su jefe examinaba las traducciones.

—Sólo que está intentando localizar la población donde los rumores sitúan el hundimiento del *Princess Dou Wan*. Afirma que las piezas no encajan tan bien como parecía.

—Si alguien puede descubrir el paradero del barco, ése es Zhu Kwan —dijo con tono confiado Qin Shang—. ¿Qué más tienes?

—La compra de cuatro petroleros rusos ha concluido. Nuestras tripulaciones vuelan a Sebastopol en estos momentos para hacerse cargo de los barcos. Llegarán a nuestros astilleros de Hong Kong para ser renovados a mediados del mes que viene.

—¿Progresos en el nuevo crucero?

—¿El *Evening Star*? Cuatro meses para terminarlo. Nuestro departamento de promoción está preparando su lanzamiento como el crucero más grande y lujoso del mundo.

—¿Cuáles son las últimas noticias sobre el *United States*?

—Ha entrado por el Head of Passes, en la boca del Misisipí, y navegaba hacia Nueva Orleans. Esa parte de la operación está saliendo como se había planeado.

—¿Algo más que debería saber? —preguntó con cautela Qin Shang—. ¿Algún incidente en Sungari, por ejemplo?

Su Zhong negó con la cabeza.

—En Sungari no.

El hombre comprendió que la noticia era mala porque ella evitaba sus ojos.

—¿Cuál es la historia?

—Agentes federales han atacado y clausurado el centro de distribución de Bartholomeaux, en Luisiana. Trescientos cuarenta y dos inmigrantes han sido detenidos.

—¿Nuestra gente?

—Ki Wong ha muerto. Jack Loo, de la Tríada del Dragón, también ha muerto. Su ayudante, May Ching, ha sido detenida por agentes del INS.

Qin Shang se limitó a encogerse de hombros.

—Ninguno de ellos significa una gran pérdida. Jack Loo no era más que una pieza en la organización chinoamericana. Su muerte y el ataque, sin duda provocado por su seguridad relajada y por su estupidez, me ofrece una excelente oportunidad de renegociar mi acuerdo con la Tríada del Dragón.

—Un acuerdo más provechoso para usted, por supuesto —dijo Su Zhong.

—Por supuesto —sonrió Qin Shang—. De todos modos, iba a ordenar que se cerrara Bartholomeaux dentro de treinta y seis horas, una vez conseguido mi objetivo de convertir Sungari en el principal puerto de embarque del Golfo.

—El último informe no será de su agrado —murmuró de mala gana Su Zhong.

—¿No me haces un resumen?

—Tal vez debería asimilarlo con sus propios ojos, Qin Shang.

La joven señaló con la cabeza el mensaje que contenía un informe detallado sobre la destrucción del puesto de seguridad de Mystic Canal.

Mientras Qin Shang examinaba el informe, sus ojos pasaron de reflejar preocupación a encenderse de ira, cuando llegó al mensaje de Pitt.

—De manera que el señor Pitt se pregunta si todavía me agacho para recoger plátanos. Parece que obtiene un enorme placer al burlarse de mí.

—Deberían cortar la lengua a ese demonio —dijo Su Zhong.

—He tenido muchos enemigos en mis buenos tiempos —musitó Qin Shang—. La mayoría eran competidores de negocios, pero ninguno tan desafiante como Pitt. Debo decir que me gustan sus patéticos intentos de hacerse el ingenioso. ¿Un oponente valioso? —Meneó la cabeza con cansancio—. La verdad es que no, pero sí un oponente que debe saborearse, no como caviar de la mejor calidad, sino como una hamburguesa estadounidense: basta, vulgar y primitiva.

—Si supiera a dónde mirar, vería los lamentables restos de aquellos que le desearon mal y trataron de oponerse a sus ambiciones.

—Pitt será eliminado —dijo Qin Shang con frialdad—. Hasta el momento, sólo ha frustrado un par de proyectos sin importancia, que pueden volver a ponerse en pie con facilidad. Mi única preocupación ahora es saber por qué está en Luisiana, cuando mis fuentes de Washington me informaron de que habían apartado a la NUMA de todas las investigaciones relativas a inmigrantes ilegales. Su insistencia y contumacia en molestarme constituyen un misterio para mí.

—¿Tal vez una venganza desencaminada?

—Pitt es lo que los estadounidenses llaman un justiciero —dijo Qin Shang, en una rara demostración de humor—. Y ahí reside su punto débil. Cuando cometa un error, cosa que hará en algún momento, la causa de su fallecimiento será haber tomado una decisión moral. Aún no ha comprendido que el dinero y el poder, cuando imbricados en el diseño apropiado, nunca pueden perder. —Palmeó la rodilla de la joven—. No te preocupes por Dirk Pitt, mi pequeño pájaro cantor. Morirá muy pronto.

CUARTA PARTE

OLD MAN RIVER

39

29 de abril del 2000
El bajo Misisipí

Treinta kilómetros al sur del Head of Passes, la parte del bajo Misisipí que se bifurca en tres canales importantes que desembocan en el golfo de México, dos grandes helicópteros se turnaban en aterrizar sobre la cubierta de popa del *United States* y dejar su cargamento de hombres y equipo. Después, se elevaron en el aire de nuevo y volaron en dirección oeste, hacia el puerto de Sungari. La operación duró menos de quince minutos, mientras el barco seguía avanzando a una velocidad de veinticinco nudos, tal como dictaban sus sistemas de control automáticos.

Una unidad de hombres armados hasta los dientes, pertenecientes a las fuerzas de seguridad privada de Qin Shang, al mando de un ex coronel del Ejército Popular chino, vestidos con las ropas de faena que usaban los hombres que trabajaban en el río, y provistos de armas automáticas y lanzamisiles portátiles, se dispersó por todas las cubiertas, mientras los técnicos se encaminaban a la sala de máquinas y la timonera, donde tomaron el control manual de los sistemas del barco. Antes de llegar al Paso del Sudoeste, el canal más utilizado por los buques que entran en el río camino del océano, el gran transatlántico aminoró la velocidad cuando llegó el bote con el piloto que conduciría el barco río arriba, hasta Nueva Orleans.

El piloto era un hombre corpulento, con un estómago mimado a base de cerveza. Sudaba copiosamente y se ató un pañuelo rojo alrededor de su cabeza calva cuando entró en la timonera. Saludó con la mano y se acercó al capitán Li Hung-chang, hasta hacía dos días al mando del *Sung Lien Star*.

—Hola, capitán. Sam Boone. He tenido suerte y gané una lotería de pilotos fluviales, cuyo premio era el honor de llevar esta monstruosidad hasta Nueva Orleans —proclamó.

—No será necesario —replicó Hung-chang sin tomarse la molestia de presentarse. Señaló al piloto chino que estaba de pie ante el timón—. Mi segundo de a bordo se ocupará de esa tarea.

Boone miró a Hung-chang con extrañeza.

—Me está tomando el pelo, ¿verdad?

—No. Somos muy capaces de llevar el barco hasta su destino bajo nuestro propio mando.

Cabeceó en dirección a dos hombres que aguardaban cerca. Cogieron a Boone por los brazos y empezaron a llevárselo.

—Espere un jodido momento —resopló Boone, debatiéndose con los guardias—. Está violando las leyes marítimas. Le espera una calamidad si es lo bastante imbécil para intentar manejarlo usted solo. No conoce el río como un piloto experimentado. Tenemos normas rigurosas. Hace veinticinco años que conduzco barcos arriba y abajo del delta. A usted tal vez le parezca fácil, pero créame, no lo es.

Hung-chang hizo una señal a los guardias.

—Encerradle. Si es preciso, dejadle inconsciente.

—¡Está loco! —gritó Boone mientras se lo llevaban a rastras—. ¡Lo encallará, ya lo verá!

—¿Tiene razón, Ming Lin? —preguntó Hung-chang al piloto—. ¿Nos encallarás?

Lin se volvió y le dedicó una leve sonrisa.

—He conducido este barco río arriba doscientas veces, en realidad virtual tridimensional generada por ordenador.

—¿Has encallado alguna vez?

—Dos —contestó sin apartar los ojos del canal—. Las dos primeras veces que lo intenté, pero nunca después.

Los ojos ámbar oscuro de Hung-chang centellearon.

—Mantén la velocidad dentro del límite. Podemos permitirnos la curiosidad, pero no el despertar sospechas, al menos durante las próximas horas.

Hung-chang había sido elegido por Qin Shang para capitanear el *United States* río arriba, hasta Nueva Orleans. No sólo confiaba en él de una manera explícita, sino que su decisión también se basaba en la conveniencia. Tener al timón a un capitán con experiencia en transatlánticos no era una necesidad. Al seleccionar a un capitán y una tripulación que ya se encontraban en Estados Unidos, y con un helicóptero cerca del buque, Qin Shang ahorraba tiempo y los gastos de enviar una tripulación desde Hong Kong. Su motivo oculto era que no creía que oficiales de crucero con más experiencia fueran tan prescindibles como el capitán y la tripulación del *Sung Lien Star*.

Los deberes de Hung-chang consistían en poco más que recibir a los inspectores de aduanas y a los funcionarios de inmigración, e interpretar el papel de héroe conquistador ante las multitudes que se congregaban en las orillas del río. Su verdadera función era la de puro adorno. Además de veinte guardias de seguridad a sueldo de Qin Shang, su tripulación de quince hombres se componía sobre todo de expertos en demolición, mezclados con algunos mecánicos por si el barco necesitaba reparaciones en caso de ataque.

Procuraba olvidar la parte peligrosa del viaje. Veinticuatro horas, ése era todo el tiempo durante el que Qin Shang había solicitado sus servicios. Su evacuación, cuando se produjera, estaba calculada al segundo y bien organizada. Había helicópteros preparados para recoger a los guardias y tripulantes en cuanto las cargas fueran detonadas y el barco echado a pique en el lugar preciso. Qin Shang le había garantizado que Hung-chang sería un hombre rico cuando volviera a casa, siempre que la operación saliera como estaba planeado, por supuesto.

Suspiró. Lo único que le preocupaba era salvar los recodos cerrados del río, esquivar a los demás barcos y pasar bajo los seis puentes que le aguardaban después de Nueva Orleans. La distancia desde el Head of Passes hasta la ciudad era de ciento cuarenta y cinco kilómetros. Si bien el canal de navegación destinado al tráfico que se dirigía al océano medía en la parte baja del río más de doce metros de profundidad y trescientos de ancho, nunca había surcado el Misisipí un barco del tamaño del *United States*. El estrecho canal navegable interior no estaba dragado para un barco de su enorme envergadura, lo cual dificultaba las maniobras.

Después de Venice, la última ciudad de la orilla oeste a la que se podía acceder por autopista, los diques estaban invadidos por miles de personas, deseosas de presenciar el gran espectáculo del transatlántico que surcaba el río. Los estudiantes habían abandonado los colegios para presenciar un acontecimiento que nunca antes había ocurrido, y que no volvería a verse. Cientos de pequeñas barcas privadas seguían la estela del buque, haciendo sonar sus bocinas, mantenidas a una distancia segura por dos barcos de la Guardia Costera que habían aparecido después de que el *United States* saliera del Head of Passes.

Muchas personas guardaban un silencio reverente,

otras gritaban y saludaban, mientras el *United States* salvaba las curvas pronunciadas del río. Su proa rozaba el borde del canal en la orilla oeste, su popa y las hélices, que giraban con mucha lentitud, rozaban la orilla este, que sobresalía alrededor del recodo. Mayo estaba a la vuelta de la esquina, y el aflujo primaveral que vertían los afluentes del Misisipí había elevado el nivel del agua sobre la base de los diques. Hung-chang agradeció que hubiera más agua entre la quilla y el fondo del río. Le concedía más probabilidades de éxito.

Volvió a ajustar la hebilla de la correa de los prismáticos, enderezó la gorra sobre su cabeza y salió al puente. Hizo caso omiso de la brújula montada sobre un pedestal, que respondía a cada cambio en la dirección del barco como si se moviera sobre un río sinuoso. Se alegró de que hubieran prohibido el tráfico en el canal para facilitar el paso del transatlántico. La historia sería diferente después de Nueva Orleans, pero resolvería ese problema cuando llegara el momento.

Alzó la vista al cielo y comprobó con alivio que el tiempo colaboraba. El día era caluroso, y sólo había un asomo de brisa. Un viento de treinta kilómetros en contra habría podido causar un desastre, en el caso de que hubiera empujado al barco hacia la orilla cuando doblaba un recodo. El cielo azul sin nubes y la luz del sol se reflejaban en la superficie del agua, y la dotaban de un aspecto verde, casi limpio. Como navegaba río arriba, las boyas verdes del canal oscilaban a su izquierda, mientras las boyas de navegación rojas rodaban a su derecha.

Saludó a la gente que abarrotaba los diques, entre un mar de coches y camionetas aparcados. Desde la altura en que se encontraba, unos nueve pisos por encima del agua, miró a la horda y vio los pantanos y las tierras de cultivo que se extendían hacia la lejanía. Li Hung-chang se sintió como un pescador que contemplara a alguien interpretar su papel en un drama.

Empezó a pensar en la recepción que les aguardaba en el muelle de Nueva Orleans, y sonrió para sí. Millones de estadounidenses recordarían ese día, pero no por los motivos que suponían.

40

Rudi Gunn estaba esperando a Pitt y Giordino cuando devolvieron la casa flotante al muelle de Doug Wheeler a última hora de aquella misma tarde. Tenía los ojos enrojecidos por la falta de sueño, porque se había pasado casi toda la noche en vela aguardando los esporádicos informes de Pitt. Llevaba unos pantalones cortos caqui y una camiseta con la leyenda «St. Mary Parish, hospitalidad sureña al viejo estilo» en la espalda.

Después de llenar el depósito y cargar su equipo en la lancha del *Marine Denizen,* Pitt y Giordino se despidieron de *Romberg*, que levantó la cabeza y les dedicó un letárgico «buf» de adiós, para volver a dormirse al instante.

Mientras se alejaban, Giordino se acercó a Gunn, que manipulaba el timón.

—Nos iría bien una buena cena y una noche de sueño reparador.

—Apruebo la moción —bostezó Pitt.

—Lo único que tendréis es un termo de café con achicoria —dijo Gunn—. El almirante ha venido en avión a la ciudad con Peter Harper. Se requiere vuestra presencia a bordo del guardacostas *Weehawken*.

—La última vez que lo vi, estaba anclado un poco más arriba de Sungari —dijo Pitt.

—Ahora está amarrado en el muelle de la Guardia Costera cercano a Morgan City —explicó Gunn.

—¿No cenamos? —preguntó Giordino con tristeza.

—No hay tiempo —contestó Gunn—. Si os portáis bien, quizá encontréis algo en la cocina del *Weehawken*.

—Prometo ser bueno —dijo Giordino, con un brillo taimado en los ojos.

Pitt y Gunn intercambiaron una mirada de incredulidad.

—Eso nunca ocurrirá —suspiró Gunn.

—No lo veremos mientras vivamos —remachó Pitt.

Peter Harper, el almirante Sandecker, el capitán Lewis y Julia Lee les esperaban en el comedor de oficiales del *Weehawken* cuando subieron a bordo. También estaba presente el general de división Frank Montaigne, del Cuerpo de Ingenieros del Ejército, y Frank Stewart, capitán del *Marine Denizen*. Lewis preguntó si podía ofrecerles algo. Antes de que Giordino tuviera tiempo de abrir la boca, Gunn se le adelantó.

—Ya hemos tomado café durante el trayecto desde el apeadero de Wheeler, gracias.

Pitt estrechó la mano a Sandecker y Harper, y besó a Julia en la mejilla.

—¿Cuánto tiempo ha pasado desde la última vez que nos vimos?

—Dos horas completas.

—Se me antoja una eternidad —dijo Pitt con una sonrisa traviesa.

—Basta —dijo Julia, al tiempo que le apartaba—. Aquí no.

—Sugiero que vayamos al grano —propuso Sandecker, impaciente—. Tenemos mucho trabajo por delante.

—Y el menor no es transmitirles las humildes disculpas de Duncan Monroe —dijo Harper, que estrechó las manos de Pitt y Giordino a modo de penitencia—. Yo también deseo expresar mi deuda personal de gratitud con la NUMA y con ustedes dos, por desoír nuestras demandas de que se desentendieran de la investigación. Sin su oportuna intervención en Bartholomeaux, nuestro grupo de asalto sólo habría encontrado un agente del INS muerto y un trapiche azucarero vacío. El único aspecto desafortunado fue la muerte de Ki Wong.

—Supongo que habría debido dejarle inconsciente —dijo sin el menor remordimiento Giordino—, pero no era un hombre simpático.

—Comprendo que su acto estuvo justificado plenamente —admitió Harper—, pero con Ki Wong muerto hemos perdido un vínculo directo con Qin Shang.

—¿Tan esencial era para su caso? —preguntó el capitán Lewis a Harper—. Creo que tienen pruebas más que suficientes para colgar a Qin Shang del árbol más cercano. Fue cogido con las manos en la masa, introduciendo de tapadillo casi cuatrocientos inmigrantes ilegales en Sungari, que luego trasladó por Bayou Teche hasta Bartholomeaux. Todos en barcos propiedad de su empresa naviera y vigilados por hombres incluidos en su nómina. ¿Qué más pueden pedir?

—Demostrar que fue Qin Shang quien dio las órdenes.

Sandecker parecía tan perplejo como Lewis.

—Creo que ahora tiene todas las pruebas necesarias para acusarle.

—Una cosa es acusarle —reconoció Harper—, y otra muy distinta condenarle. Nos espera una larga y encarnizada batalla legal, que los fiscales federales no están seguros de ganar. Qin Shang contraatacará con un ejército de abogados de Washington muy bien pagados y eficaces. Tiene de su parte al gobierno chino y a miembros del Congreso muy importantes, y es posible, lamento decirlo, que también a la Casa Blanca. Si pensamos en todas las influencias políticas a las que acudirá, se darán cuenta de que no nos las vemos con un peso pluma, sino con un hombre muy poderoso y muy bien relacionado.

—¿Los líderes chinos no le darían la espalda si estallara un escándalo monumental? —preguntó Frank Stewart.

Harper negó con la cabeza.

—Sus servicios e influencia en Washington anularían las consecuencias políticas negativas que pudieran derivarse.

—Pero cuentan con las pruebas suficientes contra Qin Shang para clausurar Sungari y prohibir que los barcos de Qin Shang Maritime entren en Estados Unidos —dijo el general Montaigne, que intervenía por primera vez.

—Sí, podríamos hacerlo —contestó Harper—, pero los barcos de Qin Shang Maritime, subvencionados por su gobierno, transportan hasta Estados Unidos productos chinos valorados en muchos miles de millones de dólares. Se cortarían su propio cuello si dieran la callada por respuesta cuando cerráramos las puertas a la compañía naviera de Qin Shang. —Harper hizo una pausa y se masajeó las sienes. No era un hombre al que gustara la idea de perder una batalla contra fuerzas que no controlaba—. De momento, lo único que podemos hacer es impedir sus operaciones de tráfico ilegal, y confiar en que cometa un error monumental.

Alguien llamó a la puerta, y el teniente Stowe entró. Entregó en silencio al capitán Lewis un mensaje, y salió con el mismo sigilo. Lewis examinó el escrito y miró a Frank Stewart.

—Una comunicación de su segundo de a bordo, capitán. Usted dijo que deseaba estar informado de cualquier circunstancia nueva en relación al transatlántico *United States*.

Stewart señaló a Pitt.

—Dirk es quien controla los movimientos del barco.

Lewis entregó el mensaje a Pitt.

—Perdone que lo haya leído, pero sólo dice que el *United States* ha pasado bajo el empalme de Crescent City y los puentes de Nueva Orleans, y se acerca al muelle comercial de la ciudad, donde quedará anclado de forma permanente como hotel y casino flotantes.

—Gracias, capitán. Otro proyecto desconcertante, envuelto en los tentáculos de Qin Shang.

—Toda una hazaña conseguir que navegara río arriba desde el Golfo —dijo Montaigne—. Comparable a dejar caer un alfiler a través de una paja sin que toque los costados.

—Me alegro de que esté presente, general —dijo Pitt—. Hay unas preguntas torturantes que sólo usted, como experto en el río, puede contestar.

—Me gustaría intentarlo.

—Sostengo la loca teoría de que Qin Shang construyó Sungari donde está porque tiene la intención de destruir una sección del dique y desviar el Misisipí hasta el Atchafalaya, con el fin de convertirlo en el puerto más importante del golfo de México.

Sería una exageración decir que todos los hombres y la mujer sentados alrededor de la mesa aceptaron a pies juntillas la especulación de Pitt, excepto el general Montaigne. Asintió como un profesor que ha preparado una pregunta difícil a un estudiante y recibe la respuesta correcta.

—Tal vez le sorprenda saber, señor Pitt, que la misma idea me da vueltas en la cabeza desde hace seis meses.

—Desviar el Misisipí —dijo el capitán Lewis con cautela—. Mucha gente, incluido yo, diría que eso es impensable.

—Impensable tal vez, pero no inimaginable para la mente diabólica de Qin Shang —dijo Giordino.

Sandecker clavó la vista en la lejanía.

—Has encontrado una explicación que tendría que haber sido evidente desde el primer día que construyeron Sungari.

Todos los ojos se desviaron hacia el general Montaigne cuando Harper hizo la pregunta inevitable:

—¿Es posible, general?

—El Cuerpo de Ingenieros ha estado luchando contra la naturaleza desde hace ciento cincuenta años para evitar ese cataclismo —contestó Montaigne—. Todos vivimos con la pesadilla de un gran desvío, el mayor desde que los primeros exploradores descubrieron el río. Cuando eso suceda, el río Atchafalaya se convertirá en el brazo principal del Misisipí, y esa sección del Old Man River que ahora discurre desde la frontera norte de Luisiana hasta el Golfo, se transformará en un estuario cenagoso. Ocurrió en la antigüedad y volverá a ocurrir. Si el Misisipí quiere dirigirse hacia el oeste, no podremos detenerle. Es sólo cuestión de tiempo.

—¿Está diciendo que el río cambia de curso siguiendo un calendario prefijado? —preguntó Stewart.

Montaigne apoyó la barbilla sobre el puño de su bastón.

—No se puede predecir la hora o el año, pero ha vagado de un lado a otro de Luisiana siete veces durante los últimos seis mil años. De no haber sido por el hombre, y en especial el Cuerpo de Ingenieros, es probable que en estos momentos el Misisipí atravesara el valle del Atchafalaya, sobre las ruinas sumergidas de Morgan City, hasta desembocar en el Golfo.

—Supongamos que Qin Shang destruye el dique y abre un inmenso aliviadero desde el Misisipí hasta el canal que ha dragado en el Atchafalaya —dijo Pitt—. ¿Cuál sería el resultado?

—Catastrófico, en una palabra —contestó Montaigne—. Empujada por la corriente de un aflujo primaveral de diez kilómetros por hora, una turbulenta avenida de unos seis o nueve metros de altitud inundaría el Mystic Canal y asolaría el valle. Las vidas de doscientos mil habitantes, que ocupan un millón y medio de hectáreas, correrán peligro. Casi todos los pantanos quedarán inundados para siempre. La muralla de agua arrasará ciudades enteras, provocando una tremenda mortandad. Cientos de miles de animales serán borrados de la faz de la tierra como si nunca hubieran existido. Ostrales, viveros de gambas y criaderos de siluros serán destruidos por la repentina disminución de salinidad, debido al flujo imparable de agua dulce. Casi todos los caimanes y la vida marina desaparecerán.

—Nos pinta un futuro desolador, general —dijo Sandecker.

—Eso es sólo la parte dolorosa de la previsión —contestó Montaigne—. En el aspecto económico, la inundación derrumbará los puentes de la autopista y la vía férrea que cruzan el valle, y cortará todo el tráfico de este a oeste. Es muy probable que las centrales generadoras y las líneas de alta tensión resulten destruidas, de forma que el servicio eléctrico quedará interrumpido en miles de kilómetros a la redonda. El destino de Morgan City está sellado: dejará de existir. Los conductos de gas interestatales se partirán, y quedará interrumpida la distribución de gas natural a todos los estados, desde Rhode Island y Connecticut hasta las Carolinas y Florida.

»Además, hemos de pensar en los daños irreparables que padecerá lo que quede del Misisipí —continuó—. Baton Rouge se convertirá en una ciudad fantasma. Todo el tráfico fluvial cesará. El gran valle del Ruhr estadounidense, con su inmensa magnitud industrial de refinerías de petróleo, plantas petroquímicas y silos de grano, ya no podrá funcionar con eficacia al lado de un río contaminado. Sin agua dulce, sin la capacidad del río de limpiar un canal, no tardará en convertirse en un páramo de lodo. Nueva Orleans, aislada del comercio interestatal, seguirá el camino de Babilonia, Angkor Vat y Pueblo Bonito. Y nos guste o no, todos los barcos con rumbo al océano serán desviados desde Nueva Orleans a Sungari. Las pérdidas económicas sólo podrán contarse en decenas de miles de millones de dólares.

—Una idea que de sólo pensarla da dolor de cabeza —murmuró Giordino.

—Se me ocurre una forma de aliviarlo. —Montaigne miró al capitán Lewis—. Supongo que no habrá una botella de whisky a bordo.

—Lo siento, señor —contestó Lewis—. No se permite el alcohol a bordo de los guardacostas.

—No perdía nada preguntando.

—¿Cuál sería la comparación entre el nuevo río y el viejo? —preguntó Pitt al general.

—Actualmente controlamos el caudal del Misisipí desde Old River, unos sesenta y siete kilómetros más arriba de Baton Rouge. Nuestro propósito es mantener una distribución del treinta por ciento en el Atchafalaya y un setenta por ciento en el Misisipí. Cuando los dos ríos confluyan con todo el potencial de su caudal en un sendero más recto, a mitad de distancia del Golfo en comparación con el canal que atraviesa Nueva Orleans, tendremos entre manos un río gigantesco, con una corriente que se precipitará a gran velocidad.

—¿Hay alguna forma de tapar el boquete, si llega a producirse? —preguntó Stewart.

Montaigne meditó.

—Con los preparativos adecuados, el Cuerpo puede responder de diferentes maneras, pero cuanto más tardemos en situar nuestros equipos, más ancho será el hueco que la avenida produzca en el dique. Nuestra única salvación es que la corriente dominante del Misisipí continúe en el canal hasta que el dique se erosione lo bastante para aceptar todo el caudal.

—¿Cuánto tiempo cree que tardaría?

—Es difícil precisarlo. Quizá dos horas, quizá dos días.

—¿El proceso se aceleraría si Qin Shang hundiera barcazas formando una diagonal a través del Misisipí, con el fin de desviar la corriente principal? —preguntó Giordino.

Montaigne pensó un momento.

—Aunque consiguiéramos hundir barcazas suficientes para bloquear todo el ancho del río, una maniobra ya de por sí difícil, aunque fuera con los mejores pilotos de remolcadores, la corriente principal del río seguiría pasando sobre las barcazas, debido a su perfil bajo. Hundidas en el lecho del río, habría unos nueve o diez metros de agua por encima de los techos de carga. Como dique de desviación, el procedimiento no daría resultados prácticos.

—¿Es posible iniciar ya los preparativos para un esfuerzo supremo? —preguntó el capitán Lewis—. ¿Puede tener preparados a sus hombres y equipo para el momento en que Qin Shang destruya el dique?

—Sí, es posible —contestó Montaigne—. A los contribuyentes no les saldrá barato. El problema de dar la orden es que se basa en simples conjeturas. Sospechamos de Qin Shang, pero sin pruebas concluyentes de sus intenciones, tengo las manos atadas.

—Damas y caballeros, creo que hemos caído en el síndrome de cerrar la puerta del establo cuando el caballo ya ha escapado —dijo Pitt.

—Dirk tiene razón —dijo Sandecker—. Sería mucho mejor abortar el plan de Qin Shang antes de que se lleve a la práctica.

—Me pondré en contacto con el departamento del

sheriff de St. Mary y explicaré la situación —propuso Harper—. Estoy seguro de que colaborarán y enviarán agentes al dique.

—Una proposición inteligente —admitió Montaigne—. Yo también tomaré mis medidas. El general Oskar Olson, que estudió conmigo en West Point, se halla al mando de la Guardia Nacional de Luisiana. Enviará con sumo placer un contingente de tropas para apoyar a los agentes del sheriff si se lo pido como un favor personal.

—Los primeros hombres que llegaran al lugar de los hechos tendrían que buscar y desmontar los explosivos —dijo Pitt.

—Si Qin Shang quiere practicar una brecha amplia —dijo Montaigne—, debería llenar de explosivos unos túneles laterales de cien metros de longitud, como mínimo.

—Estoy seguro de que los ingenieros de Qin Shang han calculado lo que hace falta para abrir un boquete gigantesco en el dique —afirmó Pitt.

—Es agradable tener al fin agarrado por los cojones a Qin Shang —suspiró Sandecker.

—Ahora sólo nos falta averiguar el día y la hora —dijo Giordino.

El teniente Stowe volvió a entrar en la sala y entregó al capitán Lewis otra comunicación. Mientras leía el mensaje, entornó los ojos. Después, miró a Pitt.

—Parece que han aparecido las piezas del rompecabezas que faltaban.

—Si el mensaje es para mí —dijo Pitt—, haga el favor de leerlo en voz alta.

Lewis asintió y empezó a leer.

—«Para el señor Dirk Pitt, de la NUMA, a bordo del guardacostas *Weehawken*. Le comunicamos que el antiguo transatlántico *United States* no se ha detenido en Nueva Orleans. Repito, no se ha detenido en Nueva Orleans. Con absoluto desprecio de los procedimientos de atraque y ceremonias de bienvenida programados, el barco ha continuado río arriba hacia Baton Rouge. El capitán se ha negado a contestar a todas las llamadas por radio.» —Lewis alzó la vista—. ¿Qué deduce de esto?

—La intención de Qin Shang nunca fue convertir el *United States* en un casino y hotel flotantes —explicó con sequedad Pitt—. Piensa utilizarlo como dique de desviación. En cuanto el casco de cien metros, con su altura de veintisiete metros, se haya ido a pique en diagonal al río, bloqueará el noventa por ciento del flujo del Misisipí y enviará un enorme caudal al Atchafalaya a través del dique destrozado.

—Ingenioso —murmuró Montaigne—. Entonces no habría forma de detener la fuerza de la gigantesca oleada.

—Usted conoce el Misisipí mejor que nadie de los aquí reunidos, general —dijo Sandecker a Montaigne—. ¿Cuánto tiempo cree que tardará el *United States* en llegar al Mystic Canal, más abajo de Baton Rouge?

—Depende —contestó el general—. Debería ir despacio para salvar algunos recodos muy pronunciados, pero podría acelerar al máximo en los tramos rectos. Desde Nueva Orleans al punto donde se detiene el Mystic Bayou, a poca distancia de la curva del Bayou Goula, hay unos ciento cincuenta kilómetros.

—Debido a que es un cascarón vacío por dentro —dijo Pitt—, navega bastante alzado sobre el agua, lo cual contribuye a aumentar su velocidad. Con todas las calderas a tope, yo creo que puede alcanzar los setenta y cinco kilómetros por hora.

—Ni una patrulla de ángeles podría salvar a cualquier barcaza o bote de recreo que quedara atrapado en su estela —dijo Giordino.

Montaigne se volvió hacia Sandecker.

—Podría llegar al lugar elegido en menos de tres horas.

—No debemos perder ni un segundo. Hay que avisar a los servicios de emergencia estatales para que propaguen la alarma y empiecen a evacuar a todos los habitantes del valle del Atchafalaya —dijo Lewis, con rostro serio.

—Son casi las cinco y media —dijo Sandecker tras consultar su reloj—. Sólo tenemos hasta las ocho y media de esta noche para detener un desastre de incalculables consecuencias. —Hizo una pausa para frotarse los ojos—. Si fracasamos, cientos, tal vez miles, de personas inocentes morirán, sus cuerpos serán arrastrados hasta el Golfo y jamás serán recuperados.

Cuando la reunión terminó y todos abandonaron la sala, Pitt y Julia se quedaron a solas.

—Parece que siempre nos estemos diciendo adiós —dijo ella, con los brazos a los costados y la frente apoyada en el pecho de Pitt.

—Una mala costumbre que hemos de superar —musitó él.

—Ojalá no tuviera que regresar a Washington con Peter, pero el comisionado Monroe ha ordenado que me integre en el grupo que preparará las acusaciones contra Qin Shang.

—Eres una persona importante para la fiscalía.

—Vuelve pronto a casa, por favor —susurró Julia, a punto de llorar.

Pitt la estrechó.

—Puedes quedarte en mi hangar. Entre mi sistema de seguridad y los guardaespaldas que te protegerán, estarás a salvo hasta que yo llegue.

Un brillo travieso apareció entre las lágrimas de Julia.

—¿Puedo conducir tu Duesenberg?

Pitt rió.

—¿Cuándo fue la última vez que manejaste una palanca de cambios?

—Nunca —sonrió Julia—. Siempre he conducido coches automáticos.

—Prometo que cuando vuelva nos iremos de excursión en el Duesy.

—Suena maravilloso.

Pitt la miró.

—Procura portarte bien.

La besó y ambos se alejaron en direcciones opuestas, sin volverse a mirar atrás.

41

Una tenue neblina que colgaba sobre el agua oscura como un edredón transparente apagaba los sonidos del río. Los airones y garzas que recorrían en silencio las orillas, buscando comida en el lodo con sus picos curvos, fueron los primeros en presentir que algo ajeno a su mundo avanzaba hacia ellos en la noche. Empezó como un ligero temblor en el agua, que se convirtió en una repentina corriente de aire y una pulsación ruidosa. Las aves, sobresaltadas, emprendieron el vuelo.

La súbita aparición de la monstruosa sombra asustó a los escasos curiosos que paseaban por los diques después de cenar. Y entonces, el leviatán se materializó de la niebla, precedido por la proa que cortaba el agua con una facilidad increíble para un objeto de semejantes proporciones. Aunque sus cuatro hélices de bronce estaban desconectadas para salvar la curva pronunciada de Nine Mile Point, aún dejó tras de sí una estela enorme que invadió los diques, casi hasta las carreteras que corrían a lo largo de sus crestas, aplastó pequeñas barcas ancladas en la orilla y arrastró al agua a una docena de personas. Los motores sólo funcionaron a plena potencia cuando llegó al siguiente tramo recto, y se lanzó río arriba con increíble velocidad.

A excepción de una luz blanca en el muñón de lo

que había sido su palo de trinquete, y las luces de navegación rojas y verdes, la única iluminación procedía de un resplandor siniestro localizado en la timonera. No se veía movimiento en sus cubiertas, y sólo la breve aparición de siluetas en el puente indicaba alguna señal de vida. Durante los escasos minutos que tardó en parar, pareció un dinosaurio colosal que atravesara un lago de aguas poco profundas. Su superestructura blanca era una sombra en las tinieblas, y su casco negro resultaba casi invisible. No ondeaba ninguna bandera, y su única identificación era el nombre pintado en la proa y en la popa.

Antes de que la niebla lo engullera de nuevo, dio la impresión de que las cubiertas cobraban vida cuando los hombres apostaron armas y montaron una hilera de lanzamisiles portátiles para repeler posibles ataques de agentes de la ley estadounidenses. No eran mercenarios extranjeros ni terroristas aficionados. Pese a sus ropas deportivas, se trataba de un grupo de elite de soldados implacables, entrenados y disciplinados para aquella misión. Si les capturaban vivos, estaban dispuestos a suicidarse o a morir peleando. Si la operación se desarrollaba de acuerdo con el plan, todos serían evacuados en helicópteros antes de echar a pique el barco.

El capitán Hung-chang había anticipado la sorpresa y consternación manifestadas por los miles de espectadores que abarrotaban el muelle de Nueva Orleans para dar la bienvenida al *United States*. Después de adelantar al vapor *Natchez IX*, había ordenado velocidad máxima, y vio divertido que el transatlántico dejaba atrás la ciudad, al tiempo que arrollaba a un pequeño yate y a sus ocupantes, que se habían cruzado sin querer en el camino de la proa afilada. Había reído cuando vio con los prismáticos las caras del comité de bienvenida oficial, compuesto por el gobernador de Luisiana, el alcalde de Nueva Orleans y otros dignatarios. Se quedaron estupefactos cuando el *United States* no se detuvo y pasó ante el muelle donde iba a ser amarrado y remozado con elegantes salones, restaurantes, tiendas de regalos y salas de juego.

Durante los primeros 45 kilómetros, una flotilla de yates, fuera bordas y barcas de pesca siguieron la estela del transatlántico. Un barco de la Guardia Costera también le persiguió río arriba, junto con los coches patrulla del sheriff y la policía que corrían por las autovías paralelas, con las sirenas y las luces encendidas. Helicópteros de los canales de televisión de Nueva Orleans hormigueaban alrededor del buque, con las cámaras apuntadas al espectáculo que tenía lugar bajo ellos. Hung-chang hizo caso omiso de todas las órdenes que le exigían parar. Incapaz de igualar la increíble velocidad del barco en los tramos rectos del río, los barcos particulares y el guardacostas pronto quedaron rezagados.

Cuando cayó la oscuridad, el primer problema real que encontró Hung-chang no fue el estrechamiento del canal entre Nueva Orleans y Baton Rouge, que disminuía hasta 150 metros, la mitad de la anchura anterior. La profundidad de doce metros constituía una garantía razonable. Su casco sólo tenía treinta metros en el punto más ancho, y se estrechaba de manera considerable hacia la línea de flotación. Si podía cruzar el canal de Panamá, pensaba Hung-chang, los sesenta metros de espacio por ambos lados le proporcionaban suficiente margen en las curvas cerradas. Lo que más le preocupaba era salvar los seis puentes que cruzaban el río. El aflujo primaveral había añadido casi cuatro metros y medio a la altura del río, lo cual dificultaría el paso.

El *United States* pasó apenas bajo los puentes de Crescent City Connection y el puente Huey P. Long. Rozó la parte inferior con las chimeneas. Los siguientes dos puentes, el Luling y el Gramercy, le ofrecieron un espacio inferior a tres metros y medio. Sólo quedaba el Sunshine en Donaldsonville, y Hung-chang había calculado que el barco pasaría por los pelos. Después, los únicos obstáculos que encontrarían hasta el Mystic Canal serían los ocasionados por el tráfico fluvial.

Una miríada de pensamientos inquietantes empezó a formarse en la mente del capitán. No había vientos fuertes que desviaran al barco de su curso. Ming Lin guiaba al buque por las complicadas curvas del río con maestría. Y lo más importante de todo era que la sorpresa estaba de su parte. Cuando los estadounidenses se dieran cuenta de lo que estaba pasando, ya sería demasiado tarde. Hung-chang situaría al buque en el lugar preciso para desviar el agua por la brecha practicada con explosivos en el dique, antes de que su tripulación y él lo echaran a pique y fueran transportados por aire a Sungari, donde les esperaba el *Sung Lien Star,* preparado para zarpar de inmediato. Cuanto más se acercaba el *United States* al punto elegido, más lejanas veía sus preocupaciones.

Sintió un estremecimiento inesperado en la cubierta y se puso en tensión. Miró al instante a Ming Lin, en busca de alguna indicación de error, una leve equivocación en sus cálculos, pero sólo detectó unas gotas de sudor en la frente del piloto. Después, las cubiertas se calmaron de nuevo, a excepción del latido de los motores cuando aumentaron la velocidad al máximo en otro tramo recto del río.

Hung-chang estaba de pie, con las piernas bien separadas. Jamás había sentido tal potencia en un barco: 240.000 caballos de fuerza, 60.000 por cada hélice, que empujaban el barco río arriba a la velocidad inaudita de 75 kph, una velocidad que Hung-chang no había alcanzado nunca en un barco. Estudió su imagen en las contraventanas delanteras del puente y vio un rostro sereno. Sonrió cuando el barco pasó ante una mansión de la orilla en la que ondeaba la bandera de la Confederación. Pronto, muy pronto, la bandera ya no se agitaría al viento sobre el poderoso Misisipí, sino sobre un arroyuelo cenagoso.

Reinaba un silencio extraño en el puente. Hung-chang no necesitaba gritar órdenes para cambiar el curso y la velocidad. Ming Lin controlaba por completo el buque, con las manos cerradas alrededor del timón y la vista clavada en un monitor, que reproducía el barco y su relación con el río en una imagen tridimensional transmitida por cámaras infrarrojas montadas sobre la proa y las chimeneas. Por mediación de la ciencia digital, en la parte inferior del monitor aparecían instrucciones sobre desviaciones del curso y la velocidad, lo cual le facilitaba aún más el control del barco.

—Tenemos delante un remolcador que empuja diez barcazas de grano —anunció Ming Lin.

Hung-chang cogió el radioteléfono.

—Capitán del remolcador que se acerca a St. James Landing. Le vamos a alcanzar. Estamos a un kilómetro detrás de usted y le alcanzaremos en Cantrelle Reach. Le adelantaremos por estribor. Nuestra manga es de treinta metros y sugerimos que se desvíe de inmediato.

No hubo respuesta del capitán del remolcador, pero cuando el *United States* entró en Cantrelle Reach, Hung-chang vio gracias a sus prismáticos de visión nocturna que el remolcador estaba girando poco a poco a babor, pero con demasiada lentitud. El capitán del remolcador no se había enterado de la noticia y no sospechaba que un gigante del tamaño del *United States* se dirigiera hacia él a una velocidad inimaginable.

—No lo conseguirá a tiempo —dijo con calma Ming Lin.

—¿Podemos disminuir la velocidad? —preguntó Hung-chang.

—Si no le pasamos en un tramo recto, será imposible después de que entremos en la siguiente serie de recodos.

—Entonces, es ahora o nunca.

Ming Lin asintió.

—Desviarnos de la travesía programada por ordenador podría poner en peligro toda la operación.

Hung-chang cogió el radioteléfono.

—Capitán, desvíese a toda prisa o le arrollaremos.

La voz airada del capitán del remolcador no se hizo esperar.

—No es usted el dueño del río, Charlie Brown. ¿A quién coño cree que está amenazando?

Hung-chang meneó la cabeza.

—Será mejor que mire hacia atrás.

La respuesta fue una exclamación ahogada.

—¡Joder! ¿De dónde han salido?

El remolcador y las barcazas viraron a babor. Aunque lo lograron a tiempo, la enorme estela del transatlántico (su casco desplazaba más de 40.000 toneladas de agua al pasar) se desplomó como una cascada sobre el remolcador y las barcazas, los barrió de costado y los depositó sobre la orilla del dique.

Al cabo de diez minutos, el barco dobló en Point Houmas, llamado así por una tribu de indios que habían vivido en la zona, antes de pasar ante la ciudad de Donaldsonville y salvar sin problemas el puente Sunshine. Cuando las luces del puente desaparecieron tras el último recodo del río, Hung-chang se permitió el lujo de una taza de té.

—Sólo faltan dieciocho kilómetros —dijo Ming Lin. Lo anunció con tanta calma como si estuviera comentando el estado del tiempo—. Veinte minutos, veinticinco a lo sumo.

Hung-chang estaba a punto de terminar el té, cuando el tripulante de vigilancia en el puente de estribor se asomó a la puerta de la timonera.

—Aviones, capitán. Se acercan desde el norte. Parecen helicópteros.

El capitán había deseado que le instalaran una estación de radar, pero como Qin Shang sabía que iba a ser el último viaje del *United States*, denegó el permiso para la inversión.

—¿Sabe cuántos son?

—Dos, y vienen directos hacia nosotros —dijo el vigía, mirando con los prismáticos de visión nocturna.

Que no cunda el pánico, pensó Hung-chang. O eran fuerzas estatales, que no podían hacer otra cosa que proferir vanas amenazas para que el barco se detuviera, o periodistas. Alzó sus prismáticos de visión nocturna y miró río arriba. Después, las venas de su cuello se hincharon cuando comprobó que los helicópteros eran militares.

En el mismo instante, una larga hilera de reflectores se encendió, iluminando el río como si fuera pleno día, y vio una hilera de tanques blindados en el lado opuesto del dique este, con los cañones apuntados hacia el canal por donde el barco estaba a punto de pasar. Hung-chang se quedó sorprendido al no ver lanzacohetes. Como no estaba versado en sistemas de armamento militares, no reconoció los viejos tanques M1A1 de la Guardia Nacional, armados con cañones de 105 milímetros, pero sabía muy bien los daños que podían infligir a un transatlántico no blindado.

Los dos helicópteros, Sikorsky H-76 Eagles, se separaron y pasaron a cada lado del barco, a la altura de la cubierta superior. Uno se cernió sobre la popa, mientras el otro daba vueltas en círculo, con un reflector apuntado hacia la timonera.

Un megáfono resonó sobre el ruido de los rotores:

—¡Detenga su barco!

Hung-chang no dio la orden de obedecer. El destino se había vuelto contra él. Alguien habría advertido a los estadounidenses. ¡Lo sabían! ¡Malditos fueran! Sabían que Qin Shang proyectaba destruir el dique y utilizar el transatlántico como dique de desviación.

—¡Deténganse de inmediato! —bramó la voz de nuevo—. ¡Subimos a bordo para hacernos cargo del barco!

Hung-chang vaciló, mientras calculaba sus posibilidades de huir. Contó seis tanques alineados en el dique de delante. El enemigo, carente de misiles con cabezas de combate, no podría hundir el buque sólo con el fuego de los tanques. Los enormes motores estaban por debajo de la línea de flotación y eran inmunes a la destrucción desde la superficie. Consultó su reloj. Bayou Goula y el Mystic Canal se encontraban apenas a quince minutos. Por un momento, barajó la posibilidad de detener el barco y rendirse a los militares estadounidenses, pero había adquirido un compromiso. Abandonar ahora significaría perder su prestigio. No haría nada que deshonrara a su familia. Tomó la decisión de continuar.

Como para sellar su compromiso, un miembro del grupo de fuerzas especiales disparó un misil antiaéreo portátil de rayos infrarrojos SA-7, de fabricación rusa, contra el helicóptero que sobrevolaba la popa. A menos de doscientos metros era imposible fallar. El misil alcanzó al helicóptero por debajo del fuselaje. Perdieron el control horizontal y el aparato giró locamente en círculos, antes de caer al río y hundirse. Los dos tripulantes y diez soldados lograron ponerse a salvo.

Los hombres del segundo helicóptero no tuvieron tanta suerte. El siguiente misil lo desintegró, y una explosión de fuego y cuerpos humanos saltó en todas direcciones hasta sumergirse en la corriente oscura del río.

Durante el breve incidente, Hung-chang y los soldados chinos no percibieron un zumbido que se acercaba desde el río. Tampoco vieron los dos paracaídas negros que ocultaron las estrellas durante unos instantes. Todos los ojos estaban vueltos hacia los cañones amenazadores de los tanques, todas las mentes estaban concentradas en escapar del cerco de fuego que estaba a punto de abatirse sobre ellos.

—A toda máquina —ordenó el capitán Hung-chang.

42

Diez minutos antes, desde el patio de una escuela situada a una manzana de distancia, Pitt y Giordino se elevaron hacia el cielo nocturno. Después de ponerse cascos y arneses, se ciñeron a su espalda pequeños motores de tres caballos de fuerza, del mismo tamaño que los utilizados en segadoras mecánicas y sierras de cadena. Para asegurar el sigilo, los tubos de escape emitían un sonido apenas perceptible. Las hélices, más parecidas a palas de ventilador y encajadas detrás de un armazón rígido metálico, cortaron el aire. Después de correr unos pasos, los motores cobraron empuje, los casquetes de sesenta y nueve metros cuadrados se hincharon y los dos hombres se elevaron hacia el cielo.

A excepción del casco de acero y el chaleco antibalas, la única arma que llevaba Giordino era la Aserma Bulldog de Pitt, de doce balas. Pitt había elegido su vieja Colt automática. Armas más pesadas habrían dificultado la suspensión en el aire de los parapentes y sus pequeños motores. También había otras consideraciones a tener en cuenta. Su misión no era entablar combate, sino acceder a la timonera y hacerse con el control del barco. El grupo de asalto del ejército se ocuparía de cualquier escaramuza armada.

Demasiado tarde, cuando ya estaban en el aire, vieron los helicópteros del ejército.

Menos de una hora después de que el *United States* pasara ante Nueva Orleans, Pitt y Giordino se habían reunido con el general Oskar Olson, el viejo amigo del general Montaigne y comandante en jefe de la Guardia Nacional de Luisiana, en el cuartel general de Baton Rouge, la capital del estado de Luisiana. Había prohibido a Pitt y Giordino que acompañaran a su grupo de asalto, rechazando de plano su argumentación de que eran los únicos ingenieros navales presentes que conocían la disposición de las cubiertas del *United States,* lo suficiente para apoderarse de la timonera y detener el buque antes de que llegara a Bayou Goula.

—El ejército se ocupará de esto —afirmó Olson mientras se golpeaba la palma de una mano. Para un hombre a punto de cumplir los sesenta, su aspecto era juvenil, confiado y animado—. Puede que haya derramamiento de sangre. No puedo permitir que ningún civil resulte herido, en especial usted, señor Pitt, hijo de un senador de Estados Unidos. No quiero problemas. Si mis hombres no pueden detener el barco, ordenaré que lo hundan.

—¿Es ése su único plan, después de que el barco haya sido controlado? —preguntó Pitt.

—¿Se le ocurre alguna otra manera de parar un barco del tamaño del Empire State Building?

—La longitud del *United States* es mayor que la anchura del río más abajo de Baton Rouge. A menos que alguien experto en manejar sistemas automáticos se encargue del timón, sería fácil perder el control del barco y que quedara encallado en mitad del río, con la proa en una orilla y la popa en la otra, una barrera que cortaría el tráfico de barcazas durante meses.

—Lo siento, caballeros, el compromiso es éste —sonrió Olson—. Sólo después de que nos hayamos apoderado del barco permitiré que usted y el señor Giordino sean conducidos a bordo. Después, se encargarán de él y lo anclarán antes de que se convierta en una amenaza para el tráfico fluvial.

—Si no le importa, general —dijo Pitt con frialdad—, Al y yo ya nos las arreglaremos para subir a bordo.

Olson no comprendió al instante las palabras de Pitt. Tenía sus ojos oliváceos perdidos en la lejanía. Eran los ojos de un viejo veterano cuya nariz había olfateado los olores del combate durante dos décadas, y ahora intuía que se avecinaba otra batalla.

—Le advierto, señor Pitt, que no toleraré disparates ni interferencias. Obedecerá mis órdenes.

—¿Me permite una pregunta, general? —dijo Giordino.

—Dispare.

—Si su grupo no logra apoderarse del barco, ¿qué pasará?

—Como medida de seguridad, un escuadrón de tanques M1A1, dos obuses autopropulsados y un mortero móvil de ciento seis milímetros se dirigen en estos momentos hacia el dique. Más que suficiente para convertir en chatarra al *United States*.

Pitt dirigió una mirada escéptica al general Olson, pero no dijo nada.

—Si eso es todo, caballeros, he de preparar un ataque.

Como si fuera el rector de un colegio que despidiera a dos chicos indisciplinados, el general Oskar Olson volvió a su oficina y cerró la puerta. El plan original de aterrizar en el barco, en cuanto cayera en poder del grupo de asalto del ejército, fue a parar al retrete en menos tiempo del que se tarda en contarlo, meditaba con ironía Giordino mientras volaba a menos de quince metros detrás de Pitt y algo por encima. No necesitaba un diagrama dibujado en una pizarra para saber que tenían todos los números para ser destrozados a balazos o convertidos en moléculas por armas pesadas. Por si estas posibilidades no fueran lo bastante nefastas, tendrían que sobrevivir al ataque del ejército.

Dejarse caer sobre un barco muy rápido en plena noche sin romperse varios huesos no era coser y cantar, pensó Pitt. Enfrentados a un aterrizaje inconcebible, su mayor dificultad residiría en la velocidad de sesenta kilómetros por hora del barco contra la de apenas cuarenta por hora de los parapentes. Sólo podrían aumentar la velocidad si aprovechaban el viento en su favor.

Podían mejorar las posibilidades si volaban río abajo, llegaban al barco y lo rodeaban cuando fuera a doblar el recodo de la antigua plantación de Evan Hall.

Pitt utilizaba gafas de cristales amarillos para atenuar la oscuridad, y confiaba en la iluminación de las casas y los coches que viajaban por las autopistas y carreteras de ambos lados del río para guiar el descenso. Aunque controlaba sin problemas sus movimientos, experimentaba la sensación de estar cayendo por un profundo precipicio, al tiempo que un minotauro indescriptible se precipitaba hacia él desde el fondo. Vio el gigantesco barco, más imaginado que real, pero que se materializaba de la noche, con las colosales chimeneas tan ominosas como amenazadoras.

No podían cometer el menor error. Reprimió el impulso de desviarse para evitar estrellarse contra la superestructura y morir destrozado. Sabía que Al le seguiría sin vacilar, fueran cuales fueran las consecuencias. Habló por la radio fija al interior del casco.

—¿Al?

—Aquí.

—¿Ves el barco?

—Es como estar parado en una vía de tren dentro de un túnel y ver que un expreso se abalanza sobre ti.

—Está aminorando la velocidad para doblar la curva. Sólo tenemos una oportunidad antes de que acelere de nuevo.

—Justo a tiempo para cenar, espero —dijo, ya que no había comido nada desde el desayuno.

—Voy a girar a la izquierda y aterrizar en la cubierta que hay detrás de la chimenea posterior.

—Te sigo —fue la lacónica respuesta de Giordino—. Vigila los ventiladores y no olvides dejarme sitio.

La resolución de Giordino transmitía la lealtad que sentía por su mejor amigo. Era inútil decir que hubiera acompañado a Pitt al infierno. Actuaban como un solo hombre, casi como si se leyeran mutuamente la mente. Hasta que se posaran sobre la cubierta del *United States,* no volverían a hablar. No era necesario.

Como no necesitaban fuerza motriz para aterrizar, apagaron sus motores para eliminar todo sonido en su acercamiento final. Pitt se preparó para iniciar un curso circular. Debajo de sus casquetes, como un par de reptiles voladores negros del Mesozoico a punto de atacar a una esfinge galopante, volaron sobre el dique este y luego giraron hacia el barco que se acercaba, controlando el descenso para aterrizar desde detrás del buque, como un vagabundo que corriera hacia una vía de tren para subir al vagón de cola.

Nadie disparó desde el barco. Ningún proyectil destrozó sus casquetes. Llegaron sin que los hombres que defendían el buque les vieran, detectaran u oyeran. Los soldados chinos estaban atentos a los helicópteros que les acosaban.

Cuando apareció ante su vista la cubierta, con sus dos hileras de ventiladores detrás de la enorme chimenea, Pitt manipuló los mandos para que su casquete se abriera mientras caía en el espacio libre entre los ventiladores. Su tren de aterrizaje (las piernas y los pies) tocaron la superficie de la cubierta, al tiempo que el casquete se desplomaba con un susurro a su espalda. Como no quería esperar a felicitarse por haber aterrizado ileso, apartó a toda prisa el casquete y el motor a un lado.

Tres segundos después, Giordino efectuó un aterrizaje perfecto, a menos de dos metros de distancia.

—Ahora es cuando uno de los dos ha de decir, «Hasta el momento, todo va bien» —susurró Giordino, mientras se liberaba del arnés y el motor.

—Ni agujeros de bala ni huesos rotos. ¿Quién podría pedir más?

Se deslizaron a la sombra de la chimenea y, mientras Giordino escudriñaba la oscuridad, Pitt ajustó una nueva frecuencia en la radio de su casco y llamó a Rudi Gunn, quien estaba con los agentes del sheriff y un grupo de expertos en demolición en la autopista, más arriba de Mystic Canal.

—Rudi, soy Pitt. ¿Me recibes?

Antes de que obtuviera contestación, se puso rígido cuando una descarga de la Aserma Bulldog se mezcló con el fuego racheado de un rifle automático. Giró en redondo y vio que Giordino estaba agachado sobre una rodilla, con la escopeta apuntada a un blanco invisible situado en el extremo posterior de la cubierta.

—Los nativos no son muy cordiales —dijo Giordino con una calma glacial—. Uno de ellos debió oír nuestros motores y vino a investigar.

—Rudi, contesta —repitió Pitt con apremio—. Maldita sea, Rudi, háblame.

—Te oigo, Dirk. —La voz de Gunn sonó diáfana en los auriculares del casco—. ¿Estáis en el barco?

Las palabras de Gunn finalizaron justo cuando Giordino volvía a disparar con la escopeta.

—El ambiente se está caldeando —dijo—. Creo que deberíamos movernos.

—A bordo, sanos y salvos de momento —contestó Pitt a Gunn.

—¿Eso son disparos? —preguntó la voz inconfundible del almirante Sandecker por la radio.

—Al está celebrando el Cuatro de Julio por adelantado. ¿Han encontrado y desconectado los detonadores y explosivos?

—Malas noticias a ese respecto —contestó Sandecker—. El ejército utilizó una pequeña carga para volar las puertas que dan al túnel, al final del canal. Encontramos una cámara vacía.

—Me he perdido, almirante.

—Lamento ser portador de malas noticias, pero no hay explosivos. Si Qin Shang pretende abrir un boquete en el dique, no será aquí.

43

Había mucha más luz en el dique de la autopista, más arriba del Mystic Canal. Reflectores portátiles y luces rojas y azules iluminaban el río y la campiña circundante. Ocho vehículos del ejército con sus pinturas de camuflaje se mezclaban con una docena de coches del sheriff de Iberville Parish. Barricadas levantadas en la autopista había detenido el tráfico que se dirigía al norte y al sur, que ya formaba una cola de casi dos kilómetros.

El grupo de hombres parado junto a un vehículo de mando del ejército contemplaba la escena con expresión preocupada. El almirante Sandecker, Rudi Gunn, el sheriff Louis Marchand, de Iberville Parish, y el general Olson parecían hombres metidos en un callejón sin salida. Olson estaba muy exasperado.

—Una empresa descabellada —rugió. Después de haber sido informado de que sus dos helicópteros habían sido derribados, y se temía por la vida de una docena de hombres, ya no presumía tanto—. Esto no tiene sentido. La voladura del dique es un mito. Nos enfrentamos a una banda de terroristas internacionales. Ése es nuestro auténtico problema.

—He de dar la razón al general —dijo el sheriff Marchand. No era un patán. Era delgado e iba vestido

con un uniforme hecho a medida. Era educado, sofisticado y culto—. El plan de volar el dique para desviar el
río me parece improbable. Los terroristas del *United
States* tienen otro objetivo.

—No son terroristas en el sentido habitual —dijo
Sandecker—. Sabemos sin lugar a dudas quién es el cerebro
de la operación, y además, no robaron el barco. Es una
operación muy compleja y bien financiada para desviar la
corriente del Misisipí por delante del puerto de Sungari.

—Se me antoja un sueño fantasioso —replicó el sheriff.

—Una pesadilla —dijo Sandecker. Miró a Marchand—. ¿Han empezado a evacuar a los residentes del
valle del Atchafalaya?

—Todos los departamentos del sheriff y todo el
personal militar están avisando a las granjas, ciudades y
vecindarios de la posible inundación, y han ordenado
que se trasladen a terreno más elevado —explicó el
sheriff—. Si sus vidas están amenazadas, confiamos en
que las bajas sean mínimas.

—La mayoría de los habitantes no recibirán el aviso a tiempo —dijo Sandecker—. Cuando el dique se
derrumbe, todas las funerarias desde aquí hasta la frontera de Texas tendrán que hacer horas extras.

—Si su conclusión es correcta —dijo Marchand—,
y ruego a Dios que usted y el comandante Gunn se
equivoquen, ya es demasiado tarde para iniciar una búsqueda de explosivos arriba y abajo del río, antes de que
el barco llegue de un momento a otro...

—Pongamos quince minutos —interrumpió Sandecker.

—El *United States* no llegará aquí —dijo Olson.
Consultó su reloj—. Mi grupo de combate de guardias
nacionales, bajo el capaz mando del coronel Bob
Turner, veterano condecorado de la guerra del Golfo,
ocupará su puesto y se preparará a disparar desde el
dique a quemarropa de un momento a otro.

—Es como enviar abejas contra un oso —resopló Sandecker—. Desde que aparezca ante sus hombres hasta que desaparezca al otro lado del siguiente recodo, sus hombres sólo contarán con ocho o diez minutos. Como hombre de la Armada, le digo que cincuenta cañones no detendrán a un barco del tamaño del *United States* en ese período de tiempo.

—Nuestros proyectiles capaces de atravesar blindajes darán buena cuenta de él —insistió el general.

—El transatlántico no es un acorazado ni está blindado, señor. La superestructura no es de acero, sino de aluminio. Sus proyectiles entrarán por un lado y saldrán por el otro sin estallar, a menos que un tiro de suerte alcance una viga de sustentación. Sería mucho mejor que lanzaran proyectiles de fragmentación.

—Si el barco sobrevive o no al ataque del ejército importa poco —dijo Marchand—. El puente de Baton Rouge fue diseñado y construido específicamente para impedir que buques camino del océano continuaran Misisipí arriba. El *United States* tendrá que detenerse o autodestruirse.

—No lo entiende —dijo Sandecker—. Ese barco pesa más de cuarenta mil toneladas. Atravesará su puente como un elefante enfurecido un invernadero.

—El *United States* nunca llegará a Baton Rouge —afirmó Gunn—. Éste es el punto exacto donde Qin Shang pretende volar el dique y echar a pique el buque, a modo de dique alternativo.

—¿Dónde están los explosivos? —preguntó Olson con sarcasmo.

—Si lo que ustedes dicen es verdad, caballeros —dijo Marchand poco a poco—, lo más sencillo sería precipitar el buque contra el dique. ¿No produciría el mismo boquete sin necesidad de explosivos?

Sandecker negó con la cabeza.

—Puede que abra una brecha en el dique, sheriff, pero también lo taponará.

Apenas había acabado de hablar el almirante, cuando se oyeron cañonazos a pocos kilómetros al sur. La autopista retembló cuando los cañones de los tanques rugieron al unísono, y sus destellos iluminaron el horizonte. Todos los hombres que había en la autopista se detuvieron y miraron en silencio río abajo. Los más jóvenes, que no habían servido en ninguna guerra y nunca habían oído una salva de cañonazos, se quedaron fascinados. Los ojos del general Oskar Olson centellearon como los de un hombre que contempla a una mujer hermosa.

—¡Mis hombres han abierto fuego contra el barco! —exclamó—. Ahora sabremos lo que es capaz de hacer un fuego a quemarropa concentrado.

Un sargento salió corriendo del camión de mando, se puso firmes delante del general Olson y dijo:

—Señor, las tropas y los agentes que custodian la barricada de la autopista del norte informan que un par de camiones la han atravesado a toda velocidad y se dirigen hacia aquí.

Todos se volvieron como un solo hombre hacia el norte, y vieron que dos grandes camiones corrían lado a lado por los carriles de dirección sur, perseguidos por los coches patrulla del sheriff, que hacían sonar las sirenas y llevaban encendidas las luces rojas. Un coche se plantó delante de uno de los camiones y aminoró la velocidad, con la intención de que el camión se detuviera en el arcén, pero el conductor del camión lo embistió y lo mandó fuera de la autopista.

—¡El muy idiota! —exclamó Marchand—. Irá a la cárcel por eso.

Sólo Sandecker se dio cuenta de la amenaza que representaba.

—¡Despejen la carretera! —gritó a Marchand y Olson—. ¡Despejen la carretera, por el amor de Dios!

Gunn comprendió.

—¡Los explosivos van en esos camiones! —chilló.

Olson se quedó paralizado por la confusión. Su primera conclusión fue que tanto Sandecker como Gunn se habían vuelto locos. Marchand no. Reaccionó sin vacilar y ordenó a sus agentes que despejaran la zona. Por fin, Olson salió de su trance y gritó órdenes a sus subordinados para que trasladaran a todos los hombres y coches a una distancia segura.

Por abarrotada que estuviera la autopista, guardias y agentes corrieron hacia sus coches y camiones y se alejaron a toda velocidad. La carretera quedó despejada en un minuto. Su reacción fue tan inmediata como instintiva, en cuanto tomaron conciencia del peligro. Ahora, los camiones se veían con absoluta claridad. Eran enormes camiones con remolque de dieciocho ruedas, capaces de transportar más de ochenta mil toneladas. No había ningún letrero pintado en sus costados. Daba la impresión de que era imposible detenerlos, con los chóferes en una actitud claramente suicida.

Sus intenciones se revelaron con claridad cuando se detuvieron junto al Mystic Canal. Uno de ellos se cruzó en la franja central que dividía la autopista. Un helicóptero surgió de repente en la oscuridad y bajó entre los camiones. Los conductores saltaron de las cabinas, corrieron hacia el aparato y se metieron dentro. Casi antes de que los pies del último conductor abandonaran el suelo, el piloto del helicóptero elevó el aparato y desapareció en la noche, en dirección oeste, hacia el río Atchafalaya.

Mientras corrían hacia el sur en el asiento trasero del coche patrulla del sheriff Marchand, Sandecker y Gunn se volvieron para mirar por la ventanilla posterior. Detrás del volante, Marchand tenía los ojos clavados en el espejo retrovisor, sin fijarse en la autopista ni en los coches que corrían a su alrededor.

—Si los expertos en demolición tuvieran tiempo de desactivar los explosivos...

—Tardarían una hora en encontrar y descifrar el mecanismo de detonación —dijo Gunn.

—No volarán el dique hasta que llegue el *United States* —dijo Sandecker en voz baja.

—El almirante tiene razón —afirmó Gunn—. Si se abre una brecha en el dique antes de que el *United States* se cruce en el canal para desviar el agua, entrará suficiente caudal del Misisipí para dejar al transatlántico con la quilla en el barro.

—Aún queda una pequeña posibilidad —dijo Sandecker. Palmeó el hombro de Marchand—. ¿Puede llamar por radio al general Olson?

—Si está escuchando, sí —contestó el sheriff.

Cogió el micrófono y empezó a pedir a Olson que respondiera. Después de varios intentos, una voz contestó.

—Cabo Welch, desde el camión de mando. Le recibo, sheriff. Le paso al general.

Siguió una pausa puntuada por la estática, y después la voz de Olson.

—¿Qué quiere, sheriff? Estoy muy ocupado recibiendo informes desde mis tanques.

—Le paso al almirante Sandecker, señor.

Sandecker se inclinó sobre el asiento delantero y cogió el micrófono.

—General, ¿tiene aviones en el aire?

—¿Por qué lo pregunta?

—Creo que intentan detonar los explosivos por radio desde el helicóptero que recogió a los conductores.

De pronto, la voz de Olson sonó vieja y muy cansada.

—Lo siento, almirante, los únicos aparatos que tenía en las inmediaciones eran los dos helicópteros, pero han desaparecido.

—¿No puede pedir la intervención de aviones de la base aérea más cercana?

—Puedo intentarlo, pero no le garantizo que puedan llegar a tiempo.

—Bien. Gracias.

—No hay de qué preocuparse, almirante —dijo Olson, sin sombra de su anterior seguridad en sí mismo—. Mis tanques no lo dejarán pasar. —Esta vez no lo dijo con tanta confianza.

El tiroteo río abajo sonó como un toque de muertos cuando el *United States* presentó su flanco a los cañoneros de los tanques. Lo que el general Olson desconocía todavía era que no se trataba de una batalla unilateral.

Sandecker pasó el micrófono a Marchand y se hundió en el asiento. La angustia y la derrota se leían en sus ojos.

—Ese bastardo de Qin Shang ha sido más listo que todos nosotros, y no podemos hacer nada por evitarlo, salvo ver cómo muere un montón de gente.

—No nos olvidemos de Dirk y Giordino —dijo Gunn—. Deben estar recibiendo fuego de los chinos y de los tanques y obuses de Olson.

—Que Dios les ayude —murmuró Sandecker—. Que Dios ayude a todos los que viven cerca del río Atchafalaya si el *United States* consigue abrirse paso entre el caos.

44

El *United States* apenas se estremeció cuando los cañones de los seis tanques abrieron fuego contra el buque. A menos de doscientos metros era imposible fallar. Agujeros negros y mellados aparecieron como por arte de magia en las chimeneas y en las cubiertas superiores, que en otro tiempo habían albergado salones, cines y bibliotecas. Tal como había anticipado el almirante Sandecker, la primera salva de cañonazos fue ineficaz. Los proyectiles atravesaron los mamparos de aluminio del buque como si fueran de cartón, se alojaron en los territorios pantanosos de la otra orilla y estallaron sin causar daños. Los morteros de 106 mm disparados desde las lanzaderas de los M125 describieron un arco en el cielo y aterrizaron sobre las cubiertas, abriendo cráteres en las cubiertas inferiores, pero causaron pocos daños. Los proyectiles de fragmentación de 155 mm disparados desde los obuses Paladin autopropulsados provocaron daños de consideración, pero ninguno afectó a la maquinaria vital en las entrañas del casco.

Un proyectil penetró en lo que había sido el comedor, situado en el centro del casco, y estalló, destrozó los mamparos y la escalera antigua. El segundo estalló contra la base del palo de trinquete y lo derribó. El enorme buque salió indemne del desastre. Y entonces, llegó el turno de los soldados profesionales chinos que habían sido preparados para una confrontación táctica. La batalla aún no estaba decidida. No iban a poner la otra mejilla.

Sus lanzamisiles, aunque estaban preparados para disparos tierra-aire y no eran antitanques, escupieron fuego. Uno se estrelló en el tanque de mando, sin penetrar en el blindaje, pero dejó fuera de juego la boca del cañón de 120 mm. También mató al comandante del tanque, que estaba de pie en la escotilla para observar el resultado de su acción, y que no esperaba ninguna reacción en contra. Otro proyectil se estrelló en la abertura circular del techo del portamorteros, mató a dos hombres, hirió a tres e incendió el vehículo.

El coronel Robert Turner, que dirigía el ataque desde su vehículo de mando XM4, tardó en comprender la magnitud de su misión. Ni había pasado por su cabeza que el antiguo transatlántico se revolviera contra los atacantes. Es indignante, pensó. Llamó al general Olson.

—Nos están disparando, general —dijo conmocionado—. He perdido mi unidad de morteros.

—¿Qué están utilizando? —preguntó Olson.

—¡Misiles portátiles! Por suerte, parece que no son capaces de atravesar el blindaje, pero hemos sufrido bajas.

Mientras hablaba, otro misil destrozó las llantas de un tercer tanque, pero sus ocupantes respondieron sin vacilar a la agresión.

—¿Cuál es el efecto de nuestro fuego?

—Daños graves en su superestructura, pero no vitales. Es como intentar detener a un rinoceronte con fusiles de aire comprimido.

—¡No cejen en su empeño! —ordenó Olson—. Quiero que detengan a ese barco.

Entonces, el buque dejó de disparar. No se supo

hasta más tarde, pero Pitt y Giordino, con grave riesgo de sus vidas, habían liquidado a los soldados chinos que manipulaban los lanzamisiles.

Gatearon sobre la cubierta para esquivar el huracán de metralla y para dificultar la puntería de los tiradores chinos que habían detectado su presencia, rodearon la gigantesca chimenea posterior y se quedaron inmóviles. Echaron un vistazo cauteloso a la cubierta de los botes salvavidas, cuyos pescantes estaban vacíos. Casi debajo de ellos, cuatro soldados chinos estaban acurrucados detrás de una amurada de acero, ocupados en cargar y disparar sus misiles portátiles, indiferentes al aluvión de explosiones que estallaba alrededor.

—Están masacrando a nuestros chicos del dique —gritó Giordino en el oído de Pitt.

—Ocúpate de los dos de la izquierda —contestó Pitt—. Los otros son míos.

Giordino apuntó con calma y disparó dos veces. Los dos hombres se desplomaron como muñecos de trapo, casi en el mismo momento que la Colt de Pitt abatía a sus dos compañeros. Los misiles habían sido silenciados.

—Hemos de llegar al puente… —dijo Pitt.

Su voz se convirtió en una exclamación de dolor cuando su cuerpo fue catapultado contra un ventilador. Un tremendo zumbido perforó sus tímpanos, al tiempo que la cubierta se elevaba hacia el cielo debido a una enorme explosión. Un proyectil de un obús había penetrado y estallado en los camarotes de la tripulación. Casi antes de que los cascotes cayeran del cielo, Pitt se esforzó por rechazar las tinieblas que nublaban su visión. Se incorporó con una lentitud agónica.

—Maldito sea el ejército y la madre que los parió a todos —masculló, pese a tener un labio partido y ensangrentado.

Pero sabía que estaban haciendo su trabajo, que luchaban por sus vidas, y que lo estaban haciendo bien.

Poco a poco, la niebla de su mente se disipó, pero todavía veía destellos cegadores blancos y anaranjados ante sus ojos. Vio que Giordino estaba tendido sobre sus piernas. Lo sacudió por el hombro.

—Al, ¿estás herido?

Giordino abrió un ojo y le miró.

—¿Herido? Se han abierto canales en todo mi cuerpo.

Mientras se recuperaba, otra oleada de proyectiles llovió sobre el barco. Ahora, los tanques estaban disparando contra el casco de acero y perforando las planchas. Un obús cayó sobre el puente y lo redujo a una masa retorcida. No obstante, el enorme barco continuó hacia adelante con tozudez, pese al fuego a discreción que recibía. Los guardias nacionales, a quienes se les suele llamar «soldados de fin de semana», luchaban como veteranos curtidos, pero el *United States,* como una ballena herida que se sacudiera de encima una nube de arpones, absorbió el castigo que recibía sin disminuir ni un ápice la velocidad.

El buque estaba a punto de romper el cerco de fuego. Las fuerzas parapetadas en el dique lanzaron una última andanada de fuego desesperado. Una sinfonía de explosiones estremeció al orgulloso transatlántico. No surgieron llamas, ni gigantescas nubes de humo. Su diseñador, William Francis Gibbs, habría lamentado la forma en que lo maltrataban, pero se habría sentido orgulloso de su obsesión por construir un barco a prueba de incendios. El coronel Turner observó desde su vehículo de mando que el gigantesco buque desaparecía en la noche.

Tres siluetas surgieron de las tinieblas y se abalanzaron sobre Pitt y Giordino. Éste tropezó, se incorporó y disparó una ráfaga mortífera contra los chinos atacantes. Pitt sintió que el cañón de un rifle se hundía entre sus costillas, pero lo apartó de un golpe antes de que un chorro de balas rozara su cadera. Descargó la culata de la Colt sobre su enemigo hasta derribarlo. Sin hacer caso de sus heridas, Giordino hundió la escopeta en el pecho de su atacante, al mismo tiempo que apretaba el gatillo. El chino salió disparado hacia atrás, como si un caballo lo hubiera arrollado. Sólo entonces, el pequeño italiano se derrumbó sobre la cubierta.

Pitt se arrodilló al lado de su amigo.

—¿Dónde te han dado?

—En la pierna, por encima de la rodilla —gruñó—. Creo que la tengo rota.

—Deja que eche un vistazo.

Giordino lo apartó.

—No te preocupes por mí. Ve al puente y detén este cascarón de nuez antes de que el dique salte en pedazos. —Consiguió esbozar una sonrisa a pesar del dolor—. Para eso hemos venido.

Sólo faltaban tres kilómetros y cinco minutos para llegar. Pitt corrió como un demonio hacia los restos de la timonera. Se abrió paso entre un laberinto de cables y se detuvo, estupefacto. La estructura del puente ya no existía. Nadie la habría reconocido. Daba la impresión de que las paredes de la timonera se habían derrumbado hacia fuera. Por un milagro, la consola del interior había sobrevivido sin apenas sufrir daños. El cadáver del capitán Li Hung-chang yacía en el suelo, cubierto de cristales y escombros. Su expresión fija, sus ojos abiertos y algunas manchas de sangre en su uniforme casi conseguían que pareciera absorto en el techo desaparecido. Pitt supo al instante que había muerto a causa de una conmoción cerebral.

El timonel seguía en pie, con las manos inertes aferradas al timón. Parecía que una maldición diabólica le había impedido caer al lado de su capitán. Pitt vio, horrorizado, que su cabeza había desaparecido.

Pitt miró por los restos de la ventana del puente. Mystic Canal se encontraba a menos de un kilómetro de distancia. La tripulación había abandonado la sala de máquinas y esperaba en las cubiertas exteriores la llegada del helicóptero que la evacuaría.

Un silencio sepulcral reinaba en el río. Pitt manipuló las palancas e interruptores de la consola, en un intento desesperado por detener el barco, pero sin un jefe de máquinas que ejecutara las instrucciones las enormes turbinas hicieron caso omiso. Ya nada podía parar al *United States*. Su enorme peso y la increíble aceleración lo impulsaban hacia adelante. En el último momento de su vida, Ming Lin había girado el timón y enviado al buque en un ángulo oblicuo, con el propósito de echarlo a pique y cumplir las órdenes de Qin Shang. La proa ya se estaba dirigiendo hacia la orilla este del río.

Pitt sabía que las cargas explosivas depositadas en la sentina del barco estaban programadas para estallar en cualquier momento. No se demoró en contemplar la obscena aparición del timón. Empujó el cuerpo mutilado a un lado y se apoderó del timón, en el preciso instante en que los camiones estallaban en la autopista, a cien escasos metros de distancia. Un escalofrío recorrió su espina dorsal. La desesperación se apoderó de él, pero su resolución, su resistencia infinita, no le permitirían fallar. Había desarrollado un sexto sentido después de haber burlado a la muerte durante años. La desesperación se disipó tal como había venido. Sabía muy bien lo que debía hacer.

Aferró el timón y lo giró, con el fin de fijar un nuevo rumbo antes de que el barco saltara en pedazos.

Giordino se apoyó contra la base de un ventilador, bajo las chimeneas colosales donde Pitt le había dejado. El dolor de su pierna casi se había desvanecido. De repente, aparecieron figuras vestidas de negro de pies a cabeza. Creyéndolo muerto, pasaron de largo sin hacerle caso. Un helicóptero negro se materializó en la noche y pasó sobre el dique este. El piloto aterrizó sobre el mismo puente, detrás de la chimenea donde ambos amigos se habían posado con sus parapentes. Casi antes de que las ruedas del helicóptero tocaran el puente, los hombres de Qin Shang se precipitaron hacia la puerta abierta del fuselaje.

Giordino comprobó el tambor de su escopeta Aserma y vio que le quedaban siete balas. Se inclinó hacia un lado, extendió la mano y se apoderó de un rifle Kalashnikov, que había dejado caer uno de los defensores del barco. Quitó el cargador, observó que sólo había utilizado una cuarta parte y lo introdujo de nuevo en la recámara. Se incorporó con un doloroso esfuerzo sobre una rodilla y apuntó la Aserma al helicóptero.

Sus ojos no parpadearon, su rostro estaba inmóvil. No experimentó la menor sensación de piedad, sólo una fría indiferencia. Aquellos hombres eran extranjeros. Venían para matar y provocar la destrucción. Para Giordino, permitir que escaparan sin castigo era un crimen. Vio a los hombres dentro del helicóptero, que empezaban a reír convencidos de que habían engañado a los estúpidos estadounidenses. Giordino se enfureció.

—¡Cómo os odio! —masculló—. Y os lo voy a demostrar.

Cuando el último hombre estuvo a bordo, el piloto elevó el aparato en vertical. Quedó suspendido unos instantes, antes de apuntar el morro al este. En aquel momento, Giordino abrió fuego, y descargó una andanada de balas en los motores de turbina montados debajo del rotor. Vio que las balas abrían agujeros en la capota, sin efecto aparente.

Tiró la Aserna y cogió el AKM. Surgía un hilo de humo de la turbina de babor, pero el helicóptero no parecía sufrir mayores percances. El rifle no contaba con mira de rayos infrarrojos, y Giordino desechó la mira telescópica. Era difícil fallar un blanco tan grande desde aquella distancia. Apuntó al pájaro de hierro que estaba a punto de desaparecer y apretó el gatillo. Después del último disparo, sólo confió en haber podido lograr que el pájaro no llegara a su destino. Dio la impresión de que el helicóptero quedaba suspendido, antes de caer con la cola hacia abajo. Surgieron llamas de las dos turbinas. Cayó como una roca y se estrelló contra la cubierta de popa. Estalló en una muralla de llamas que se elevó. Al cabo de pocos segundos, la popa se transformó en un infierno, que proyectaba calor y fuego con la energía de un horno.

Giordino tiró el rifle a un lado cuando un agudo dolor recorrió su pierna, como una venganza. Contempló con mirada aprobadora la lengua de fuego que taladraba el cielo.

—Mierda —masculló—, he olvidado los malvaviscos.

45

La explosión resonó en los oídos de los soldados y los agentes del sheriff que se habían detenido a un kilómetro de los dos camiones. Una convulsión demencial de aire comprimido desgarró el aire cuando la horrenda detonación socavó el dique. Segundos después, la erupción de la onda de presión les aturdió, seguida por una explosión de polvo del dique y de hormigón de la autopista. Los camiones, convertidos en fragmentos de metal al rojo vivo, se precipitaron al suelo desde un mundo en caos. Todo el mundo se agachó detrás o debajo de su vehículo para protegerse de la tormenta de escombros.

Sandecker levantó un brazo para proteger sus ojos del destello cegador y los fragmentos voladores. Mientras un gran estruendo taladraba sus oídos, sintió el aire como cargado de electricidad. Una enorme bola de fuego se elevó y estalló, para transformarse en una nube negra remolineante que ocultó las estrellas.

Y entonces todos los ojos se volvieron hacia el lugar donde habían estado los dos camiones y el dique. Todo se había desintegrado. Nadie estaba preparado para el terrorífico espectáculo de los restos del dique. Todos los presentes se encontraban aturdidos por el estruendo que todavía resonaba en sus oídos, y que pronto fue sustituido por un ruido mucho más ominoso, un siseo y un sonido de succión, de intensidad increíble, que se produjo cuando la muralla de agua se precipitó en los brazos expectantes del Mystic Canal, drenado por Qin Shang para aquel propósito.

Durante un largo y terrible minuto contemplaron como hipnotizados una catarata violentísima, tan inconcebible que había que verla para creerla. Vieron impotentes que millones de litros de agua penetraban por la brecha abierta en la autopista y el dique, arrastrada por las leyes naturales de la gravedad e impulsada por la fuerza de la masa y la corriente del río. Se transformó en una muralla de agua hirviente a la que nada podía detener, y que estaba absorbiendo el flujo principal del Misisipí.

La gran ola destructora avanzaba hacia su objetivo.

Al contrario que las olas marinas, no tenía seno. Detrás de la cresta, la masa de líquido avanzaba sin la menor insinuación de distorsión. Su textura era suave y ondulante, provista de una energía incalculable.

Lo que quedaba del pueblo abandonado de Calzas fue inundado y arrasado. La masa irresistible, de casi nueve metros de altura, anegó los pantanos mientras corría hacia los brazos expectantes del río Atchafalaya. Un pequeño yate, con sus cuatro ocupantes, fue succionado por la brecha y desapareció en el centro del maelstrom. El hombre no podía detener la muralla enfurecida de agua incontrolable, que se vertía en el valle antes de llegar al Golfo, donde su flujo cenagoso sería absorbido por el mar.

Sandecker, Olson y los demás hombres que estaban en la autopista no podían hacer otra cosa que presenciar el desastre, como testigos del descarrilamiento de un tren, incapaces de imaginar el cataclismo que aplastaría hormigón, madera, acero y carne. Sus caras se habían convertido en máscaras inexpresivas. Gunn se estremeció y desvió la vista hacia el Misisipí.

—¡El barco! —gritó por encima del estruendo. Señaló con el dedo—. ¡El barco!

Casi en el mismo momento, el *United States* pasó ante ellos. Horrorizados por el espantoso espectáculo de la ola destructora, se habían olvidado del buque. Sus ojos siguieron el brazo y el dedo extendidos de Gunn, y vieron que una interminable silueta negra surgía de la noche, un monstruo de las tinieblas. Su superestructura se había convertido en una masa retorcida e indescriptible. El palo de trinquete había desaparecido, las chimeneas estaban agujereadas y melladas, grandes huecos bostezantes de acero retorcido desgarraban los flancos del casco.

Pero seguía avanzando, impulsado por sus poderosos motores, decidido a colaborar en la devastación. Nadie podría detenerlo. Pasó ante ellos a una velocidad tremenda, y la proa levantó una cortina de agua. Pese a que lo habían utilizado para causar muerte y destrucción, su aspecto era magnífico. Ningún hombre que lo vio aquella noche olvidaría jamás que había visto morir a una leyenda. Ninguna obra teatral había gozado de un final tan dramático.

Esperaron impotentes a que su casco diera la vuelta y se cruzara en el río, para transformarse en el dique que desviaría para siempre al Misisipí de su canal establecido. Sus convicciones parecieron verificarse cuando el agua saltó a lo largo de su casco.

—¡Madre de Dios! —murmuró Olson, sobrecogido—. ¡Han volado las cargas! ¡Se va a hundir!

Cuando el glorioso transatlántico empezó a inclinarse, toda esperanza de que el Cuerpo de Ingenieros pudiera detener la inundación desapareció.

Pero el *United States* no iba a sepultar su proa en la orilla este, con la popa dirigida hacia el oeste. Corría en línea recta por el centro del canal principal, y se curvaba muy lentamente hacia el torrente de agua que se precipitaba por la brecha.

Pitt aferraba el timón con todas sus fuerzas. Ya no podía girarlo más, porque había llegado al tope. Notó que el buque se estremecía cuando las cargas explosivas abrieron enormes boquetes en el fondo, y se maldijo por no poder controlar la velocidad o imprimir al barco un giro más cerrado, pero el sistema de control automático había sido dañado por el fuego del ejército, y sin hombres en la sala de máquinas era imposible cambiar el rumbo. Después, casi milagrosamente, vio que la proa empezaba a escorar a babor.

Pitt sintió que el corazón le brincaba. Era como si el *United States* se negara a pasar a la historia con una mancha en su destacado historial. Había sobrevivido a cuarenta y ocho años de surcar los mares, y al contrario que muchos de sus hermanos que habían ido en silencio al desguace, iba a resistirse hasta el final a la muerte.

Como si Pitt se lo hubiera ordenado, la proa se hundió en la pronunciada pendiente del canal y hendió el barro del fondo en un ángulo oblicuo al dique, sesenta metros más allá de la brecha.

La potencia del flujo del río que entraba por la brecha abierta por la explosión le ayudó a torcer su inmenso casco en lateral contra la brecha. Y de repente, la ola gigantesca que había inundado los pantanos empezó a morir, hasta convertirse en un pequeño torrente que se curvaba alrededor de las hélices de popa, que todavía giraban.

Por fin, el barco se detuvo por completo, y las palas de las hélices de bronce se hundieron en el barro, que las inmovilizó. El *United States* había concluido su último viaje.

Pitt se erguía como un hombre que acabara de correr una maratón, con la cabeza inclinada sobre el timón y las manos cerradas alrededor del armazón. Se sentía mortalmente cansado, y su cuerpo, que aún no se había recuperado de las heridas sufridas en una isla de la costa australiana, sólo unas semanas antes, pedía a gritos un descanso. Su cerebro estaba tan agotado que ya era incapaz de distinguir las contusiones y rasguños producto de las explosiones, de los infligidos por los defensores del barco. Todos se fundían en un mar de tormentos.

Casi tardó un minuto en darse cuenta de que el barco ya no se movía. Sus piernas apenas podían sostenerle, pero soltó el timón y se dispuso a ir en busca de Giordino. Su amigo ya estaba en el destrozado umbral de la puerta, apoyado en el Kalashnikov que había utilizado para derribar el helicóptero.

—Debo decirte que tu forma de atracar deja mucho que desear —sonrió Giordino.

—Concédeme otra hora de prácticas y le cogeré el tranquillo.

El pánico se había disipado en la orilla. Los hombres que miraban desde ella ya no veían un dique roto y una inundación imparable. Todos lanzaron vítores y gritaron exultantes, salvo Sandecker. Contempló el *United States* con ojos tristes. Tenía el rostro demacrado y ajado.

—A ningún marino le gusta ver morir a un barco —dijo.

—Pero ha sido una muerte noble —dijo Gunn.

—Supongo que su destino es ir a parar al desguace.

—Costaría demasiados millones restaurarlo.

—Dirk y Al, benditos sean, han evitado un desastre horroroso.

—Muy poca gente sabrá cuánto deben a esos dos personajes —admitió Gunn.

Un largo convoy de camiones estaba descendiendo por ambos extremos de la grieta. Desde ambas direcciones del río llegaban remolcadores, empujando barcazas cargadas con enormes piedras. Bajo la dirección del general Montaigne, los hombres del Cuerpo de Ingenieros del Ejército, veteranos y acostumbrados a efectuar reparaciones de emergencia en el río, pusieron manos a la obra. Todos los hombres y material disponible, desde Nueva Orleans a Visksburg, habían sido requisados para reparar el dique y volver a poner en funcionamiento la autopista.

Gracias a que el casco del *United States* actuaba como barrera, la oleada que se precipitaba hacia el Atchafalaya quedó mermada. Después de esparcirse entre los pantanos, las aguas salvajes se apaciguaron hasta convertirse en una ola de menos de un metro de altura cuando llegó a Morgan City.

No por primera vez, se había impedido que el poderoso Misisipí abriera por la fuerza un nuevo canal. La batalla entre los hombres y la naturaleza continuaría, pero a la larga sólo podía haber un desenlace.

QUINTA PARTE

EL HOMBRE DE PEKÍN

46

30 de abril del 2000
Washington, D.C.

Qian Miang, el embajador de China ante las Naciones Unidas, era un hombre corpulento, bajo, de pelo cortado al cero, con una sonrisa constante que rara vez dejaba al descubierto los dientes. A quienes le conocían por primera vez les recordaba la escultura de un buda satisfecho, con las manos sosteniendo un estómago protuberante. Qian Miang, que nunca se comportaba como un comunista dogmático, era un hombre afable. Cultivaba la amistad de muchos hombres influyentes de Washington y se movía por los pasillos del Congreso y la Casa Blanca con la desenvoltura de un gato de Cheshire.

Como prefería encargarse de los asuntos importantes al estilo capitalista, se citó con Qin Shang en el comedor privado del mejor restaurante chino de Washington, donde solía invitar a la elite de la capital. Recibió al magnate naviero con un cordial apretón de manos.

—Qin Shang, mi querido amigo. —Su voz era alegre y cordial. En lugar de mandarín, hablaba un inglés perfecto, con un leve acento británico heredado de los tres años pasados en una universidad de Cambridge—. Me ha esquivado durante mi estancia en la ciudad.

—Le presento mis más humildes disculpas, Qian Miang —dijo Qin Shang—. Los problemas me han abrumado. Esta mañana me han informado de que mi proyecto de desviar el Misisipí hacia mi puerto de Sungari ha fracasado.

—Estoy muy bien informado de sus problemas —contestó Qian Miang sin perder su sonrisa—. Para ser sincero, el presidente Lin Loyang está muy disgustado. Al parecer, sus actividades de tráfico ilegal se han convertido en un dolor de cabeza para nuestro gobierno. Nuestra vieja estrategia de infiltrarnos en altas instancias del gobierno e influir en la política estadounidense a favor de China se encuentra seriamente amenazada.

Acompañó a Qin Shang hasta una butaca de caoba tallada colocada ante una mesa circular, y le mostró una selección de vinos chinos que el embajador guardaba en la bodega del restaurante. Qin Shang sólo habló después de que un camarero tirara del cordón de una campanilla para anunciar su presencia, sirviera el vino y abandonara el reservado.

—El INS y la NUMA frustraron mis cuidadosos planes.

—La NUMA no es una agencia de investigación —le recordó Qian Miang.

—No, pero su gente fue la causa directa del ataque a Orion Lake y el desastre de Mystic Canal. Dos hombres en particular.

Qian Miang asintió.

—He examinado los informes. Su intento de asesinar al director de proyectos especiales de la NUMA y a la agente del INS no fue una buena idea, y yo, desde luego, no di la aprobación. No estamos en nuestra patria, donde estas cosas se llevan en secreto. No puede atropellar a ciudadanos, como dicen en Occidente, dentro de sus propias fronteras. Se me ha ordenado comunicarle que cualquier intento de asesinar a funcionarios de la NUMA está estrictamente prohibido.

—Todo cuanto he hecho —replicó Qin Shang— ha sido por el bien de la República Popular China.

—Y de Qin Shang Maritime —añadió en voz baja Qian Miang—. Nos conocemos desde hace demasiado tiempo para engañarnos. Hasta el momento, tanto usted como nuestro gobierno se han beneficiado de sus operaciones, pero ha ido demasiado lejos. Al igual que un oso que derriba un panal de abejas de un árbol, ha enfurecido a un enjambre de estadounidenses.

Qin Shang miró al embajador.

—¿Debo suponer que trae instrucciones del presidente Lin Loyang?

—Me pidió que le transmitiera sus condolencias, pero debo decirle que, a partir de este momento, todas las operaciones de Qin Shang Maritime cesarán en Estados Unidos, y que sus lazos personales con el gobierno estadounidense han de cortarse.

El autocontrol habitual de Qin Shang se quebró.

—Eso sería el fin de nuestras operaciones de tráfico ilegal.

—No lo creo. La compañía naviera del gobierno, China Marine, sustituirá a Qin Shang Maritime en todos los casos de tráfico ilegal, así como en el transporte legal de productos y materiales chinos a Estados Unidos y Canadá.

—La dirección de China Marine no es ni la mitad de eficaz que la de Qin Shang Maritime.

—Tal vez, pero como el Congreso ha exigido una investigación a fondo del caso de Orion Lake y el desastre del Misisipí, y el Departamento de Justicia está a punto de procesarle, debería considerarse afortunado por el hecho de que Lin Loyang no le haya ordenado entregarse al FBI. Los medios de comunicación ya están calificando de acto de terrorismo la destrucción del dique y el *United States*. Por desgracia, se han perdido vidas, y el escándalo inminente sacará a la luz a muchos de nuestros agentes infiltrados por todo el país.

La campanilla anunció la llegada del camarero, que entró en el reservado con una bandeja de platos humeantes. Distribuyó con gracia los platos alrededor de la mesa y desapareció.

—Me he tomado la libertad de pedir la cena para ahorrar tiempo —dijo Qian Miang—. Espero que no le importe.

—Una elección excelente. Me gusta en especial la sopa de aleta de tiburón y el pato lacado.

—Eso me han dicho.

Qin Shang sonrió, mientras probaba la sopa con la tradicional cuchara de porcelana.

—La sopa es tan buena como su inteligencia.

—Todo el mundo conoce sus preferencias gastronómicas.

—Nunca seré procesado —dijo de repente Qin Shang, indignado—. Tengo muchos amigos poderosos en Washington. Treinta senadores y congresistas están en deuda conmigo. Contribuí con suma generosidad a la campaña del presidente Wallace. Me considera un amigo leal.

—Sí, sí —admitió Qian Miang, antes de atacar un plato de fideos con escalonias y jengibre, preparado a la manera tradicional—. Pero cualquier influencia que tuviera hasta ahora se ha visto drásticamente disminuida. Por culpa de esos desgraciados acontecimientos, mi querido Qin Shang, se ha convertido en un engorro político, tanto para la República Popular como para los estadounidenses. Me han informado de que hay una frenética actividad en la Casa Blanca para negar cualquier relación con usted.

—La influencia de que goza nuestro gobierno en Washington se debe en gran parte a mí. Compré y pagué favores y accesos que beneficiaron a la República Popular.

—Nadie niega su contribución —respondió Qian Miang con tono afable—, pero se han cometido errores, errores desastrosos que han de subsanarse antes de que los daños sean irreparables. Ha de desaparecer con discreción de Estados Unidos, para no regresar jamás. Qin Shang Maritime tendrá acceso a todos los demás puertos del mundo. Su base de Hong Kong no ha perdido ni un ápice de su potencia. Sobrevivirá, Qin Shang, y su fortuna incalculable seguirá aumentando.

—¿Y Sungari? —preguntó Qin Shang, mientras notaba que su apetito se desvanecía—. ¿Qué será de Sungari?

Qian Miang se encogió de hombros.

—Olvídelo. La mayor parte del dinero invertido en su construcción fue aportado por intereses comerciales estadounidenses, y otra parte sustanciosa por nuestro gobierno. Fuera cual fuese el coste, Qin Shang, lo recuperará dentro de seis meses. Ese revés no afectará a su imperio.

—Me duele mucho dejarlo correr sin más.

—En caso contrario, el Departamento de Justicia estadounidense le enviará a la cárcel.

Qin Shang miró fijamente al embajador.

—Si rehusara cortar mis contactos con la Casa Blanca y los congresistas, ¿está insinuando que el presidente Lin Loyang me daría la espalda, o incluso que ordenaría mi ejecución?

—Si fuera por el bien del país, no lo dudaría ni un segundo.

—¿No hay forma de salvar Sungari?

Qian Miang negó con la cabeza.

—Su plan de desviar el Misisipí hacia su puerto de Sungari era brillante, pero demasiado complicado. Habría sido mejor que lo construyera en la costa Oeste.

—Cuando presenté el plan a Yin Tsang, dio su aprobación —protestó Qin Shang—. Coincidimos en que era muy necesario para nuestro gobierno controlar un puerto de embarque en la costa atlántica de Estados Unidos, una terminal para introducir inmigrantes ilegales y productos hasta el centro y los estados orientales de Estados Unidos.

Qian Miang dirigió una mirada indescifrable a Qin Shang.

—Por desgracia, el ministro del Interior Yin Tsang murió prematuramente.

—Una dolorosa tragedia —dijo Qin Shang sin cambiar de expresión.

—Ha sido aprobada una nueva directriz, que sitúa nuestras prioridades en la costa Oeste con el fin de adquirir instalaciones ya existentes, como las bases navales de Seattle y San Diego, que ya obran en nuestro poder.

—¿Una nueva directriz?

Qian Miang hizo una pausa para probar el buey al curry.

—El presidente ha dado al proyecto Pacifica su total bendición —contestó Qian Miang.

—¿El proyecto Pacifica? No he sido informado al respecto.

—Debido a sus recientes dificultades con los estadounidenses, todos los implicados consideraron mejor mantenerle al margen.

—¿Puede explicarme su propósito, o los líderes de nuestra nación ya no me consideran digno de confianza?

—En absoluto —contestó Qian Miang—. Aún se le tiene en gran estima. El proyecto Pacifica es un plan a largo plazo cuyo objetivo es dividir a Estados Unidos en tres países.

Qin Shang se quedó perplejo.

—Perdone, pero me parece una fantasía estrafalaria.

—Nada de fantasías, querido amigo, sino una certi-dumbre. Puede que Pacifica no se haga realidad antes de nuestra muerte, pero debido a la emigración de millo-nes de nuestros compatriotas durante los próximos cin-cuenta años, respetados científicos geográficos predicen una nación que se extenderá a orillas del Pacífico, des-de Alaska a San Francisco.

—Estados Unidos entraron en guerra en 1861 para impedir la secesión de la Confederación. No les costa-ría nada hacerlo de nuevo.

—Si el gobierno central fuera atacado desde dos puntos a la vez, no. Cabe la posibilidad de que, antes de Pacifica, surja Hispania, otra nación de gente hispano-parlante que se extenderá desde el sur de California hasta Arizona, Nuevo México y la mitad inferior de Texas.

—Se me antoja casi imposible pensar que Estados Unidos se dividirá en tres naciones —dijo Qin Shang.

—Piense en los cambios que han experimentado las fronteras europeas durante los últimos cien años. Los Estados Unidos no seguirán unidos durante toda la eternidad, como le sucedió al imperio romano. La be-lleza del proyecto Pacifica reside en que, cuando ocurra, la República Popular China estará en condiciones de controlar toda la economía de los países que rodean el océano Pacífico, incluyendo Taiwán y Japón.

—Como ciudadano leal a mi país —dijo Qin Shang—, me gustaría pensar que he contribuido en algo a convertirlo en realidad.

—Y lo ha hecho, amigo mío, lo ha hecho —le tran-quilizó Qian Miang—, pero ha de abandonar el país antes de las dos de esta tarde. Según mis fuentes del Departamento de Justicia, será cuando irán a detenerle.

—¿Y acusarme de asesinato?

—No, destrucción premeditada de propiedad fe-deral.

—Suena bastante vulgar.

—Sólo es el primer paso. Después vendrá la complicidad de asesinato en Orion Lake. También pretenden procesarle por tráfico de inmigrantes ilegales, armas y drogas.

—Imagino que los medios estarán babeando de impaciencia.

—El escándalo será sonado, desengáñese, pero si desaparece con discreción y no da señales de vida, al tiempo que dirige sus negocios desde la oficina de Hong Kong, creo que podremos capear la tormenta. El Congreso y la Casa Blanca no van a romper las relaciones con nuestro gobierno por culpa de las actividades de un hombre. Por supuesto, negaremos cualquier conocimiento de sus actividades, al tiempo que nuestro ministerio de Información lanzará una campaña de desinformación, acusando de todo a los capitalistas de Taiwán.

—Quiere decir que no me arrojarán a los perros.

—Le protegeremos. Los departamentos de Justicia y de Estado solicitarán su extradición, pero un hombre de su poder y riqueza quedará inmune. Ha servido durante muchos años a la República Popular. Hablo en nombre de nuestros compatriotas cuando digo que no queremos perderle.

—Me siento honrado —dijo Qin Shang—. Entonces, debo decirle adiós.

—Hasta que volvamos a encontrarnos en la patria —dijo Qian Miang—. Por cierto, ¿qué le han parecido los pastelillos de dátil?

—Dígale al chef que utilice harina de arroz dulce en lugar de almidón de maíz.

El Boeing 737 surcó un cielo azul zafiro desprovisto de nubes y se desvió hacia el oeste cuando pasó sobre el delta del Misisipí. El piloto echó un vistazo a las marismas de Plaquemines Parish. Cinco minutos después, el avión sobrevoló las aguas marronosas del Misisipí en el pueblo de Myrtle Grove. A instancias de su patrón, el piloto había volado en dirección sudoeste desde Washington a Luisiana, antes de girar hacia el oeste y tomar un rumbo que le llevaría sobre Sungari.

Qin Shang estaba sentado en un cómodo asiento de su lujoso avión privado, y miraba por las ventanillas las pirámides doradas de sus almacenes y edificios de administración. Los rayos del sol se reflejaban en los muros galvanizados con una intensidad cegadora, provocando el efecto preciso que Qin Shang había exigido a sus arquitectos y a la compañía constructora.

Al principio intentó apartar el puerto de su mente. Al fin y al cabo, no era más que una mala inversión. Pero Qin Shang se había volcado demasiado en el proyecto. El puerto de embarque más hermoso, moderno y eficaz del mundo, abandonado y desierto. La idea le atormentaba. No vio barcos en los muelles. Todos los barcos de Qin Shang Maritime que llegaban al Golfo desde ultramar eran desviados hacia la ciudad mejicana de Tampico.

Descolgó el teléfono y ordenó al piloto que volara en círculos sobre el puerto. Apretó la cara contra la ventanilla cuando la maniobra le ofreció una buena panorámica. Al cabo de unos momentos, la mente de Qin Shang empezó a vagar, y contempló sin ver los muelles vacíos, las enormes grúas de carga y los edificios abandonados. Había estado a punto de triunfar en la empresa más grande de la historia, y el fracaso no le satisfacía. No era un hombre capaz de seguir adelante sin mirar atrás.

—Volverá —dijo la voz melodiosa de su secretaria particular, Su Zhong.

Un matiz de irritación se insinuó en Qin Shang.

—Pero tardaré. Si vuelvo a pisar territorio estadounidense, me encerrarán en una de sus prisiones federales.

—Nada dura eternamente. Los gobiernos estadounidense cambian con cada elección. Los políticos van y vienen como lemmings. Los nuevos no se acordarán de este asunto. El tiempo suavizará todas las censuras. Ya lo verá, Qin Shang.

—Me alegro de que digas eso, Su Zhong.

—¿Quiere que contrate a una cuadrilla para mantener las instalaciones?

—Sí. Cuando regrese, dentro de diez o veinte años, quiero ver Sungari tal como está ahora.

—Estoy preocupada, Qin Shang.

El hombre la miró.

—¿Por qué?

—No confío en los hombres de Pekín. Hay muchos que sienten aversión y envidia hacia usted. Temo que aprovechen su desgracia para perjudicarle.

—¿Como una excusa para asesinarme? —sonrió Qin Shang.

La joven agachó la cabeza, incapaz de mirarle a los ojos.

—Pido perdón por mis indecorosos pensamientos.

Qin Shang se levantó del asiento y cogió la mano de Su Zhong.

—No te preocupes, mi pequeña golondrina. Ya he concebido un plan que me hará indispensable para el pueblo chino. Les ofreceré un regalo que durará dos mil años. —La condujo hasta el espacioso dormitorio situado en la popa del avión—. Ahora —musitó—, ayúdame a olvidar mi mala suerte.

47

Después de su reunión con Dirk y Julia, St. Julian Perlmutter se subió las mangas de la camisa y se puso a trabajar. En cuanto empezaba a seguir la pista de un barco desaparecido, se obsesionaba. No dejaba sin investigar ninguna pista, ningún rumor, por insignificantes que parecieran. Pese a que su diligencia y tozudez le habían reportado cierto número de respuestas y soluciones, que habían guiado a los investigadores hasta el descubrimiento de naufragios, los fracasos superaban a los éxitos. La mayoría de los barcos desaparecían sin dejar rastro. El mar infinito, que muy pocas veces desvelaba sus secretos, se los tragaba.

En teoría, el *Princess Dou Wan* parecía uno más de los muchos callejones sin salida a los que Perlmutter había llegado durante sus décadas de historiador marino. Iniciaba sus investigaciones examinando su inmensa colección de datos marítimos, y luego pedía ayuda a los numerosos archivos marítimos de Estados Unidos y el resto del mundo.

Cuanto más imposible el proyecto, más se empecinaba con inflexible tenacidad, trabajando noche y día. De entrada, reunió todos los datos históricos relativos al *Princess Dou Wan,* desde que lo botaron hasta que se perdió. Consiguió y estudió planos y diseños de su construcción, incluyendo especificaciones sobre los motores, equipamiento, dimensiones y planos de las cubiertas. Un dato interesante que obtuvo de los registros fueron sus cualidades marinas. Era un barco muy estable, que había sobrevivido a las peores tormentas durante sus años de servicio en los mares de Asia.

Encargó a un equipo de investigadores que consultaran los archivos de Inglaterra y el sudeste asiático. Gracias a la experiencia de otros historiadores navales, se ahorró gastos y tiempo considerables.

Perlmutter había deseado consultar a su viejo amigo y colega chino Zhu Kwan, pero Pitt no deseaba que sus revelaciones se filtraran hasta Qin Shang. No obstante, se puso en contacto con amigos personales de Taiwán para que buscaran a camaradas todavía con vida de Chiang Kai-shek, pues tal vez arrojaran alguna luz sobre el tesoro perdido.

De madrugada, cuando casi todo el mundo dormía, clavó la vista en un monitor de ordenador y analizó los datos, a medida que se iban acumulando. Examinó una de las seis fotografías conocidas del *Princess Dou Wan.* Era un barco de aspecto majestuoso, pensó. Su superestructura parecía pequeña en relación con el casco. Estudió su imagen coloreada, aumentó la franja blanca del centro de la chimenea verde y se concentró en el emblema de Canton Lines, un león dorado con la pata izquierda levantada. El laberinto de grúas de carga sugería un arco capaz de transportar una carga considerable, además de los pasajeros.

También encontró fotos de su hermano gemelo, el *Princess Yung T'ai,* que había entrado en servicio un año después del *Princess Dou Wan.* Según los registros, el *Princess Yung T'ai* quedó destrozado seis meses antes de que el *Princess Dou Wan* fuera destinado al desguace.

Un viejo transatlántico condenado al desguace no

parecía el transporte ideal para acarrear los tesoros nacionales de China a un destino desconocido, pensó. Apenas estaba en condiciones de navegar por mares revueltos y llevar a cabo un largo viaje a través del Pacífico. También pensaba que Taiwán era el destino más sensato, puesto que fue en aquella isla donde Chiang Kai-shek estableció el gobierno de la China Nacionalista. Era inconcebible que el último informe sobre el barco procediera de un radiotelegrafista naval de Valparaíso, en Chile. ¿Qué hacía el *Princess Dou Wan* a más de seiscientas millas al sur del Trópico de Capricornio, en una zona del océano Pacífico muy alejada de las rutas marítimas tradicionales?

Aunque el transatlántico tuviera la misión clandestina de esconder los tesoros artísticos de China en otra parte del mundo, fuera Europa o África, ¿por qué iba a recorrer una extensa y desierta región del sur del Pacífico y atravesar el estrecho de Magallanes, cuando el trayecto más corto era desviarse hacia el oeste por el océano Índico y rodear el cabo de Buena Esperanza? ¿Era tan importante el secretismo para que el capitán y la tripulación no pudieran correr el riesgo de atravesar el canal de Panamá, o acaso Chiang Kai-shek poseía una caverna o una cabaña oculta en los Andes, donde almacenar los tesoros robados, si en verdad podía demostrarse que el barco transportaba los tesoros del arte chinos?

Perlmutter era un hombre pragmático. No daba nada por garantizado. Volvió a estudiar las fotos del barco. Mientras examinaba su contorno, una idea vaga empezó a formarse en su mente. Llamó a un amigo suyo, archivero naval de Panamá, le despertó en pleno sueño y le convenció de que repasara los registros de los barcos que habían cruzado el canal de oeste a este entre el 28 de noviembre y el 5 de diciembre de 1948.

A continuación, empezó a leer una lista de nombres de los últimos oficiales que habían navegado a bordo del

Princess. Todos eran chinos, excepto el capitán Leight Hunt y el jefe de máquinas Ian Gallagher.

Experimentó la sensación de estar apostando fichas por todos los números de una ruleta. ¿Cuáles son las posibilidades de perder?, pensó. ¿Treinta y seis sobre treinta y seis? Pero había que pensar en el cero y el doble cero. Perlmutter no era idiota. Cubrió todas las apuestas, convencido de que ganaría aunque sólo saliera un número.

Pulsó los botones de su teléfono y esperó a que una voz soñolienta le contestara.

—Hola. Será mejor que la llamada valga la pena.

—Hiram, soy St. Julien Perlmutter.

—Julien, ¿por qué demonios me llamas a las cuatro de la mañana?

La voz de Hiram Yaeger sonaba como si estuviera hablando a través de una almohada.

—Estoy ocupado en una investigación que Dirk me ha pedido, y necesito tu ayuda.

Yaeger se despejó un poco más.

—Cualquier cosa por Dirk, pero ¿por qué ha de ser a las cuatro de la mañana?

—Los datos son importantes, y los necesitamos lo antes posible.

—¿Qué quieres que investigue?

Perlmutter exhaló un suspiro de alivio, sabiendo por experiencia que el genio informático de la NUMA nunca dejaba tirado a nadie.

—¿Tienes papel y lápiz? Voy a dictarte unos nombres.

—Y después ¿qué? —bostezó Yaeger.

—Me gustaría que los buscaras en el censo del gobierno, el IRS y la Seguridad Social. No estaría de más que repasaras tus inmensos archivos navales.

—No quieres gran cosa.

—Y de paso...

—¿No vas a parar nunca?

—Quiero que me localices un barco.

—Sigue.

—Si mi intuición no falla, me gustaría que averiguaras a qué puerto llegó entre el 28 de noviembre y el 10 de diciembre de 1948.

—El nombre del barco y el propietario.

—El *Princess Dou Wan,* de la Canton Lines.

Deletreó los nombres.

—Muy bien. Será lo primero que haga cuando llegue a la sede de la NUMA.

—Empieza ya —le urgió Perlmutter—. El tiempo es vital.

—¿Seguro que estás haciendo esto por Dirk? —preguntó Yaeger.

—Palabra de honor.

—¿Puedo preguntar de qué se trata?

—Sí —respondió Perlmutter, y colgó.

Al cabo de unos minutos de empezar a buscar datos sobre el capitán Leight Hunt, Yaeger encontró al veterano marinero mencionado en diversas referencias de revistas navales, que contenían la lista de los barcos y tripulaciones que habían surcado el mar de China entre 1925 y 1945, en documentos históricos de la Royal Navy, y en viejos artículos periodísticos que relataban el rescate en 1936 de ochenta pasajeros y tripulantes de un carguero de servicio irregular hundido frente a las Filipinas, llevado a cabo por un barco cuyo capitán era Hunt. La última mención de Hunt procedía de un registro marítimo de Hong Kong, un breve párrafo donde se informaba de que el *Princess Dou Wan* no había conseguido llegar al desguace de Singapur. Después de 1948 era como si Hunt se hubiera desvanecido de la faz de la tierra.

A continuación, Yaeger se concentró en Ian Gallagher. Sonrió cuando encontró referencias a Gallagher en el diario de un ingeniero naval australiano, el cual comentaba el colorido testimonio de Gallagher durante la investigación de un naufragio al que había sobrevivido cerca de Darwin. *Hong Kong* Gallagher culpaba al capitán y a los demás tripulantes del desastre, y afirmaba que ninguno de ellos había pasado un solo día sobrio en todo el viaje. La última mención del irlandés era un breve relato de sus servicios prestados en la Canton Lines, con una nota a pie de página sobre la desaparición del *Princess Dou Wan*.

Después, para no dejar nada al azar, Yaeger programó su potente ordenador para que llevara a cabo una investigación de todos los registros mundiales relacionados con los jefes de máquinas de la marina comercial. Como la tarea llevaría tiempo, bajó a la cafetería de la NUMA y tomó un desayuno ligero. Cuando regresó, trabajó en otros dos proyectos geológicos marinos para la agencia, y luego fue a ver si había aparecido algo en el monitor.

Contempló fascinado lo que veía, sin querer aceptarlo. Durante unos breves segundos, la información no se registró en su cerebro. Había acertado un tiro a ciegas. Amplió la búsqueda en otras direcciones. Varias horas después, se derrumbó en su silla y meneó la cabeza. Llamó a Perlmutter, muy satisfecho de sí mismo.

—Aquí St. Julien Perlmutter —dijo la voz conocida.

—Aquí Hiram Yaeger —le imitó el genio de los ordenadores.

—¿Has encontrado algo interesante?

—Nada positivo sobre el capitán Hunt.

—¿Y el jefe de máquinas?

—¿Estás sentado?

—¿Por qué? —preguntó con cautela Perlmutter.

—Ian *Hong Kong* Gallagher no se hundió con el *Princess Dou Wan*.

—¿Qué dices?

—Ian Gallagher consiguió la nacionalidad estadounidense en 1950.

—No es posible. Tiene que tratarse de otro Ian Gallagher.

—Es un hecho incontrovertible —dijo Yaeger, que disfrutaba de su triunfo—. Mientras hablamos, estoy leyendo una copia de su documentación profesional, que le renovó la Administración Marítima del Departamento de Transportes de Estados Unidos, poco después de conseguir la ciudadanía. Después, estuvo bajo contrato durante los siguientes veintisiete años como jefe de máquinas con la Ingram Line de Nueva York. Se casó con una tal Katrina Garin en 1949 y tuvieron cinco hijos.

—¿Aún vive? —preguntó Perlmutter, confuso.

—Según los documentos, cobra sus cheques de la pensión y de la Seguridad Social.

—¿Es posible que sobreviviera al naufragio del *Princess*?

—Suponiendo que estuviera a bordo cuando se hundió. ¿Aún quieres que busque si el *Princess Dou Wan* arribó a un puerto de la costa oriental durante las fechas que me proporcionaste?

—Sin duda —contestó Perlmutter—. Y busca los registros de llegada de un barco llamado *Princess Yung T'ai*, también propiedad de la Canton Lines.

—¿Tienes algo?

—Sólo una loca intuición —replicó Perlmutter—. Nada más.

El borde del rompecabezas está montado, pensó Perlmutter. Ahora tenía que encajar las piezas de dentro. El agotamiento se apoderó por fin de él, y se permitió la extravagancia de una siesta de dos horas. El teléfono lo despertó. Dejó que sonara cinco veces, mientras encarrillaba su mente.

—St. Julien, Juan Mercado, desde Panamá.

—Gracias por llamar, Juan. ¿Has encontrado algo?

—Nada sobre el *Princess Dou Wan*.

—Lo siento. Había confiado en que hubiera cruzado el canal.

—No obstante, he encontrado una coincidencia interesante.

—¿Sí?

—Un buque de la Canton Lines, el *Princess Yung T'ai*, pasó el uno de diciembre de 1948.

Las manos y dedos de Perlmutter se cerraron en torno al auricular.

—¿En qué dirección iba?

—De oeste a este —contestó Mercado—. Desde el Pacífico hasta el Caribe.

Perlmutter no dijo nada, mientras una oleada de júbilo le invadía. Aún faltaban algunas piezas en el rompecabezas, pero se estaba formando un dibujo bastante claro.

—Estoy en deuda contigo, Juan. Acabas de alegrarme el día.

—Me encanta haberte servido de algo, pero la próxima vez hazme un favor, ¿quieres?

—Lo que sea.

—Llámame durante el día. Cada vez que mi mujer piensa que estoy despierto, después de irnos a la cama, se pone cachonda.

48

Cuando Pitt regresó a su hangar de Washington, se llevó una agradable sorpresa al encontrar a Julia en su apartamento. Después de besarse y abrazarse, ella le ofreció un cóctel margarita tradicional.

—Me alegro de que hayas venido a casa —dijo Pitt.

—No se me ocurrió un lugar más agradable y seguro donde alojarme —contestó ella con una sonrisa seductora. Vestía una minifalda de piel azul y una blusa de color tostado.

—Ya he comprendido por qué. Estamos rodeados de guardias de seguridad.

—Cortesía del INS.

—Espero que sean más espabilados que el último grupo —dijo Pitt, mientras sorbía el combinado y asentía en señal de aprobación.

—¿Has vuelto desde Luisiana solo?

—Al está en un hospital para que le enyesen la pierna rota. El almirante Sandecker y Rudi Gunn se adelantaron para informar al presidente.

—Peter Harper me ha hablado de vuestra intervención heroica en el Misisipí. Impedisteis un desastre nacional y salvasteis incontables vidas. Los periódicos y la tele no paran de difundir reportajes sobre los terroristas que volaron el dique, y la batalla entre el *United*

States y la Guardia Nacional. Todo el país está conmocionado por el incidente. Por raro que parezca, nadie habla de ti o de Al.

—Lo preferimos así. —Levantó la cabeza y olfateó el aire—. ¿De qué es ese aroma tan apetitoso?

—Mi cena china para la fiesta de esta noche.

—¿Qué se celebra?

—St. Julien Perlmutter llamó un poco antes de que llegaras para comunicar que, en su opinión, Hiram Yaeger y él han resuelto el misterio de la desaparición del barco cargado con los tesoros chinos. Me dijo que le desagradan en grado sumo las reuniones en edificios gubernamentales, así que le invité a cenar para escuchar sus revelaciones. Peter Harper vendrá también, y me he tomado la libertad de enviar invitaciones al almirante Sandecker y a Rudi Gunn. Ojalá encuentren un hueco para venir.

—Todos admiran a St. Julien —sonrió Pitt—. Vendrán.

—Eso espero, porque de lo contrario, quedarán sobras para dos semanas.

—No se me habría ocurrido una bienvenida mejor —dijo Pitt mientras la abrazaba hasta dejarla sin aliento.

—¡Uf! —La joven arrugó la nariz—. ¿Cuándo fue la última vez que te bañaste?

—Hace varios días. Si dejamos aparte mi inmersión en las aguas del pantano, no he tenido tiempo de meterme en una ducha desde que nos vimos por última vez en el *Weehawken*.

Julia le acarició una mejilla.

—Tu barba parece papel de lija. Ve a ponerte presentable. La gente llegará antes de una hora.

—La presentación es magnífica —dijo Perlmutter, mientras paseaba la vista por la hilera de platos apetitosos que Julia había dispuesto sobre un aparador antiguo del comedor de Pitt, como si fuera un bufé libre.

—Se me hace la boca agua —comentó Sandecker.

—No se me ocurre una expresión mejor —añadió Gunn.

—Mi madre se preocupó mucho de enseñarme a cocinar, y mi padre era un amante de la comida china preparada con un toque francés —explicó Julia, muy halagada. Para la ocasión, se había puesto un vestido de tubo rojo, y su aspecto destacaba como un faro entre el grupo de cinco hombres.

—Espero que no abandone el INS para abrir un restaurante —bromeó Harper.

—No caerá esa breva. Una hermana mía tiene un restaurante en San Francisco, y pasa muchas horas en una cocina pequeña y calurosa. Prefiero la libertad de movimientos.

Los invitados se sirvieron, para luego congregarse alrededor de una mesa que había sido construida a partir del techo del camarote de un velero del siglo XIX. El banquete no les decepcionó. Las felicitaciones se esparcieron como burbujas del mejor champán.

Durante la cena, obviaron a propósito los descubrimientos de Perlmutter y se centraron en el incidente de Mystic Canal. Todos detestaban la idea de que el *United States* fuera destinado al desguace, y expresaron la esperanza de reunir los fondos suficientes para salvarlo y renovarlo, si no como transatlántico, al menos como hotel y casino flotante, tal como estaba previsto. Harper les informó de los cargos presentados contra Qin Shang. Pese a su influencia y la reticencia del presidente y algunos congresistas, las acusaciones derrotaban cualquier oposición.

Como postre, Julia sirvió manzanas fritas con almíbar. Cuando la cena terminó, y después de que Pitt ayudara a Julia a sacar los platos y apilarlos en el fregadero, todo el mundo se acomodó en la sala de estar, atestada de antigüedades navales, marinas y modelos de barcos. Sandecker encendió uno de sus puros sin pedir permiso, en tanto Pitt les servía una copa de oporto de cuarenta años.

—Bien, St. Julien —dijo Sandecker—, ¿cuál es tu gran descubrimiento?

—A mí también me interesa saber cómo cree que concierne al INS —dijo Harper a Pitt.

Éste alzó el oporto y contempló el líquido oscuro como si fuera una bola de cristal.

—Si St. Julien nos pone en la pista de un barco naufragado llamado *Princess Dou Wan*, creo que cambiará las relaciones entre Estados Unidos y China durante décadas.

—Perdone si le digo que me parece improbable —contestó Harper.

Pitt sonrió.

—Ya lo verá.

Perlmutter removió su corpachón en la butaca y abrió su maletín, del que extrajo varias carpetas.

—En primer lugar, un poco de historia para iluminar a los presentes que no saben muy bien de qué estamos hablando. —Hizo una pausa, abrió la primera carpeta y extrajo varias hojas de papel—. Empezaré diciendo que los rumores relativos a que el barco de pasajeros *Princess Dou Wan* zarpó de Shanghai con una inmensa carga de tesoros artísticos chinos, en noviembre de 1948, son ciertos.

—¿Quién es su informador? —preguntó Sandecker.

—Un tal Hui Wiay, ex coronel del ejército nacionalista, que sirvió bajo las órdenes de Chiang Kai-shek. Ahora vive en Taipei. Luchó contra los comunistas hasta que se vio obligado a huir a Taiwán, cuando aún se llamaba Formosa. Tiene noventa y dos años, pero su memoria es prodigiosa. Recuerda con toda claridad que siguió la orden del generalísimo Chiang Kai-shek de vaciar los palacios y museos de todo tesoro artístico que pudiera encontrar. También se apoderaron de todas las colecciones privadas pertenecientes a los ricos, junto con los caudales de todo tipo descubiertos en las cámaras acorazadas de los bancos. Todo ello fue guardado en cajas de madera y transportado a los muelles de Shanghai. Allí fue subido a bordo de un viejo transatlántico, bajo el mando de un general de Chiang Kai-shek llamado Kung Hui. Por lo visto, desapareció de la faz de la tierra al mismo tiempo que el *Princess Dou Wan*, debido a lo cual cabe pensar que iba a bordo del buque.

»Se apoderaron de más tesoros de los que el barco podía transportar, pero como habían quitado todos los muebles y elementos del barco en vistas a su viaje final hacia el desguace de Singapur, Kung Hui logró apretujar más de un millar de cajas en las bodegas y camarotes de pasajeros vacíos. Casi todas las cajas que contenían esculturas fueron aseguradas en las cubiertas al aire libre. El 2 de noviembre de 1948, el *Princess Dou Wan* zarpó de Shanghai y se perdió para siempre.

—¿Desapareció? —preguntó Gunn.

—Como un fantasma.

—Cuando habla de tesoros artísticos históricos —dijo Gunn—, ¿sabe exactamente cuáles eran las piezas?

—El manifiesto del barco, en caso de existir, hubiera enloquecido de envidia y deseo a todos los conservadores de museos del mundo. Un breve catálogo incluiría los monumentales diseños de las armas y jarrones de bronce de la dinastía Shang. Desde el año 1600 al 110 antes de Cristo, los artistas de la dinastía Shang fueron expertos en la talla de la piedra, el jade, el mármol, el hueso y el marfil. Había los escritos de Confucio tallados en madera de su puño y letra de la dinastía Chou, que reinó desde el 1100 al 200 antes de Cristo; magníficas esculturas de bronce, incensarios incrustados de rubíes, zafiros y oro, carrozas de tamaño natural con sus cocheros y seis caballos, platos lacados de la dinastía Han, del 206 al 220 después de Cristo; objetos de cerámica exóticos, libros de los poetas clásicos chinos y cuadros de los maestros de la dinastía T'ang, del 618 al 907; objetos de una hermosura sin igual de las dinastías Sung, Yüan y la famosa Ming, cuyos artesanos eran maestros en la escultura y la talla. Esta artesanía es mundialmente famosa por las artes decorativas, incluyendo el esmalte, los muebles y la alfarería, y por supuesto, todos conocemos su famosa porcelana azul y blanca.

Sandecker observó el humo que surgía de su puro.

—Habla como si todo eso fuera más valioso que el tesoro inca descubierto por Pitt en el desierto de Sonora.

—Es como comparar una copa de rubíes con un vagón lleno de esmeraldas —replicó Perlmutter, y bebió un sorbo de oporto—. Es imposible calcular el valor del lote. Está hablando de miles de millones de dólares, pero como tesoro artístico, la palabra «inapreciable» es pertinente.

—Soy incapaz de imaginar riquezas de tal magnitud —dijo Julia, asombrada.

—Aún hay más —dijo Perlmutter—. La guinda del pastel. Lo que los chinos considerarían las joyas de su corona.

—¿Más preciosas que los rubíes y los zafiros, o los diamantes y las perlas? —preguntó Julia.

—Algo aún más raro que simples chucherías —dijo Perlmutter—. Los huesos del hombre de Pekín.

—¡Santo Dios! —exclamó Sandecker—. No estará insinuando que el hombre de Pekín iba a bordo del *Princess Dou Wan*.

—Pues sí —asintió Perlmutter—. El coronel Hui Wiay juró que una caja de hierro llena de restos prehistóricos fue guardada en el camarote del capitán minutos antes de que el barco se hiciera a la mar.

—Mi padre hablaba a menudo de los huesos desaparecidos —dijo Julia—. La adoración por nuestros antepasados los dotaban de mucho más valor que las tumbas en que descansaban nuestros primeros emperadores.

Sandecker se incorporó y miró a Perlmutter.

—La leyenda de los restos perdidos del hombre de Pekín continúa siendo uno de los grandes enigmas del siglo XX.

—¿Conoce la historia, almirante? —preguntó Gunn.

—En una ocasión, cuando estudiaba en la academia naval, escribí un artículo sobre los huesos perdidos del hombre de Pekín. Creía que habían desaparecido en 1941, y que nunca se habían recuperado, pero St. Julien está diciendo que fueron vistos siete años después en el *Princess Dou Wan*, antes de que zarpara.

—¿De dónde procedían? —preguntó Harper.

Perlmutter señaló a Sandecker.

—Usted escribió el artículo, almirante.

—*Sinanthropus pekinensis.* —Sandecker pronunció las palabras casi con reverencia—. El hombre de Pekín, un humano muy primitivo que caminaba erecto sobre los dos pies. Un anatomista canadiense, el doctor Davidson Black, anunció el descubrimiento de su cráneo en 1929. Era el director de las excavaciones, becado por la Federación Rockefeller. Durante los años posteriores, mientras excavaba en un yacimiento que había sido en otro tiempo una colina con cavernas de piedra caliza, cerca del pueblo de Choukoutien, Black descubrió miles de herramientas de hueso y restos de chimeneas, lo cual demostraba que el hombre de Pekín había dominado el fuego. Las excavaciones efectuadas durante los siguientes diez años encontraron los restos parciales de otros cuarenta individuos, tanto jóvenes como adultos, y lo que se reconoce como la mayor colección de fósiles de homínidos jamás encontrada.

—¿Alguna relación con el hombre de Java, que fue descubierto treinta años antes? —preguntó Gunn.

—Cuando en 1939 se compararon los cráneos de Java y Pekín, vieron que eran muy similares, pero el hombre de Java había aparecido un poco antes y no era un fabricante de herramientas tan sofisticado como el hombre de Pekín.

—Como las técnicas de datación científicas no aparecieron hasta mucho más tarde, ¿existe alguna idea sobre la antigüedad del hombre de Pekín? —preguntó Harper.

—Ya que es imposible datarlo con métodos científicos hasta que vuelva a ser descubierto, se supone que su edad oscila entre los setecientos mil y un millón de años. No obstante, nuevos descubrimientos en China indican que el *homo erectus*, una especie primitiva de humano, emigró de África a Asia hace dos millones de años. Por supuesto, los paleoantropólogos chinos confían en demostrar que el hombre primitivo evolucionó en Asia y emigró a África, en lugar de lo contrario.

—¿Cómo desaparecieron los restos del hombre de Pekín? —preguntó Julia a Sandecker.

—En diciembre de 1941, las tropas invasoras japonesas se estaban acercando a Pekín —explicó el almirante—. Funcionarios del Colegio de Médicos de Pekín, donde se guardaban y estudiaban los huesos irreemplazables del hombre de Pekín, decidieron que debían trasladarse a un lugar más seguro. También era evidente, más en China que en Occidente, que la guerra entre Japón y Estados Unidos era inminente. Científicos chinos y estadounidenses se mostraron de acuerdo en que los fósiles debían ser enviados a Estados Unidos, para conservarlos hasta después de la guerra. Tras meses de negociaciones, el embajador estadounidense en Pekín dio instrucciones de que un destacamento de marines, que debían zarpar hacia las Filipinas, se hiciera cargo de los huesos.

»Los huesos fueron guardados con todo cuidado en dos baúles de la Infantería de marina, y junto con los marines, subieron a un tren que se dirigía a la ciudad portuaria de Tientsin, donde los vivos y los muertos subieron a bordo del *President Harrison*, un barco de pasajeros que pertenecía a la American President Lines. El tren nunca llegó a Tientsin. Las tropas japonesas lo detuvieron y saquearon. Era el ocho de diciembre de 1941, y los marines, que se consideraban neutrales, fueron enviados por los japoneses a campos de concentración por el resto de la guerra. Sólo cabe suponer que, después de haber estado enterrados durante un millón de años, los restos del hombre de Pekín fueron dispersados por los arrozales que bordeaban la vía del tren.

—¿Eso es lo último que se sabe sobre su suerte? —preguntó Harper.

Sandecker negó con la cabeza y sonrió.

—Los mitos se multiplicaron después de la guerra. Uno hablaba de que los fósiles estaban ocultos en una bóveda situada bajo el Museo de Historia Natural de Washington. Los marines que custodiaron el embarque y sobrevivieron a la guerra aportaron más de diez historias diferentes. Los baúles acabaron en un barco hospital japonés, que en realidad iba cargado con armas y tropas. Los marines enterraron los baúles cerca de un consulado estadounidense. Fueron escondidos en un campo de concentración y perdidos después del final de la guerra. Fueron guardados en un almacén suizo, en una bóveda de Taiwán, en el armario de un marine que se los llevó a casa de tapadillo. Sea cual sea la historia verdadera, el hombre de Pekín sigue perdido en la neblina de la controversia. Nadie sabe cómo llegó a manos de Chiang Kai-shek y a bordo del *Princess Dou Wan*.

—Todo esto es muy interesante —dijo Julia mientras depositaba una tetera y tazas sobre la mesa central para que todos se sirvieran—, pero ¿de qué sirve si no podemos encontrar el *Princess*?

Pitt sonrió.

—No hay como una mujer para ir al grano.

—¿Algún detalle relativo a su pérdida? —preguntó Sandecker.

—El veintiocho de noviembre envió una señal de auxilio que fue captada en Valparaíso, Chile. Se encontraba a doscientas millas al oeste de la costa sudamericana del Pacífico. Su operador de radio afirmó que un incendio se había declarado en la sala de máquinas, y que estaba haciendo agua muy deprisa. Los barcos que navegaban en las inmediaciones fueron desviados hacia la zona aproximada, pero sólo encontraron varios chalecos salvavidas vacíos. Las repetidas señales enviadas desde Valparaíso no obtuvieron la menor respuesta, y tampoco se llevó a cabo una búsqueda exhaustiva.

Gunn sacudió la cabeza con aire pensativo.

—Podrían buscar durante años con la tecnología más moderna de la marina sin encontrar nada. Una posición vaga como ésa supone una cuadrícula de búsqueda de dos mil millas cuadradas, como mínimo.

Pitt se sirvió una taza de té.

—¿Se sabía su destino?

Perlmutter se encogió de hombros.

—No había ninguno concreto.

Abrió otra carpeta y entregó a los presentes varias fotos del *Princess Dou Wan*.

—Era un barco bonito para su época —comentó Sandecker, mientras admiraba sus líneas.

Pitt enarcó las cejas. Se levantó de su silla, se acercó a un escritorio y cogió una lupa. Estudió dos fotos con atención y levantó la vista.

—Estas fotos… —dijo.

—¿Sí? —murmuró Perlmutter, expectante.

—No son del mismo barco.

—Tienes razón. Una es del barco gemelo del *Princess Dou Wan*, el *Princess Yung T'ai*.

Pitt miró a Perlmutter.

—Nos estás escondiendo algo, viejo zorro.

—Carezco de pruebas concluyentes —dijo el historiador—, pero tengo una teoría.

—Nos gustaría oírla —dijo Sandecker.

Salió otra carpeta del maletín.

—Abrigo serias sospechas de que la señal de auxilio recibida en Valparaíso fue una mentira urdida por los agentes de Chiang Kai-shek, ya fuera desde tierra o desde un pesquero cercano a la orilla. El *Princess Dou Wan* fue sometido a unas pocas modificaciones, incluido el cambio de nombre, mientras cruzaba el Pacífico. Se convirtió en el *Princess Yung T'ai*, que no había sido desguazado unos meses antes. Bajo su nuevo disfraz, continuó hacia su destino final.

—Has sido muy astuto al imaginar la sustitución —dijo Sandecker.

—De ninguna manera —contestó con modestia Perlmutter—. Un colega de Panamá descubrió que el *Princess Yung T'ai* había cruzado el canal tres días después de que el *Princess Dou Wan* enviara su señal de socorro.

—¿Pudiste seguir su rastro hasta Panamá? —preguntó Pitt.

Perlmutter asintió.

—Gracias a Hiram Yaeger, que utilizó su potente ordenador para buscar las llegadas de barcos a lo largo de la costa Este durante la primera y segunda semanas de diciembre de 1948. Dio en la diana, bendito sea. Los registros demuestran que un buque llamado *Princess Yung T'ai* cruzó el canal de Welland el 7 de diciembre.

El rostro de Sandecker se iluminó.

—El canal de Welland separa el lago Erie del lago Ontario.

—En efecto —reconoció Perlmutter.

—Dios mío —murmuró Gunn—. Eso significa que el *Princess Dou Wan* no desapareció en el océano, sino que se hundió en uno de los Grandes Lagos.

—¿Quién lo habría pensado? —dijo Sandecker, más para sí que para los demás.

—Fue una hazaña conducir un barco de su tamaño por el río San Lorenzo antes de que construyeran el canal —dijo Pitt.

—Los Grandes Lagos —repitió Gunn lentamente—. ¿Por qué ordenaría Chiang Kai-shek que un barco repleto de tesoros artísticos de valor incalculable se desviara miles de millas de su ruta? Si quería ocultar el cargamento en Estados Unidos, ¿por qué no eligió San Francisco o Los Ángeles como punto de destino?

—El coronel Hui Wiay afirmó que desconocía el destino final del barco, pero sabía que Chiang Kai-shek envió algunos agentes a Estados Unidos para que el cargamento fuera descargado y guardado en el mayor secreto. Según él, funcionarios del Departamento de Estado en Washington dirigieron la operación.

—No era un mal plan —comentó Pitt—. Las principales terminales portuarias de las costas Este y Oeste eran demasiado arriesgadas. Los estibadores se habrían dado cuenta de lo que estaban descargando en un abrir y cerrar de ojos. Los rumores habrían corrido como un reguero de pólvora. Los líderes comunistas de China jamás habrían sospechado que sus tesoros nacionales habían sido enviados a tierra estadounidense.

—Si deseaban guardar el secreto, una base naval me parece la elección más obvia —sugirió Harper.

—Habría sido necesaria una orden directa de la Casa Blanca —dijo Sandecker—. Ya se estaba recibiendo un aluvión de críticas desde la Hungría y la Rumanía comunistas por guardar las joyas reales de ambos países en una cámara acorazada de Washington, que el ejército estadounidense había encontrado ocultas en una mina de sal austriaca, nada más finalizar la guerra.

—Si te paras a pensarlo, no es mal plan —insistió Pitt—. Los agentes secretos de China comunista habrían apostado por San Francisco. Debían tener agentes al acecho en las terminales portuarias de la bahía, a la espera de que el *Princess Dou Wan* apareciera bajo el Golden Gate, sin sospechar que el barco se dirigía a un puerto de los Grandes Lagos.

—Sí, pero ¿qué puerto? —preguntó Gunn—. ¿Y de qué lago?

Todos se volvieron hacia Perlmutter.

—No puedo proporcionarles el lugar exacto —dijo—, pero tengo a alguien que quizá nos conduzca hacia la posible zona del naufragio.

—¿Esa persona posee información que tú desconoces? —preguntó Pitt con incredulidad.

—Sí.

Sandecker miró a Perlmutter.

—¿Le has interrogado?

—Aún no. Te lo dejo a ti.

—¿Por qué está tan seguro de que su testimonio es de confianza? —preguntó Julia.

—Porque fue un testigo ocular.

Todo el mundo miró a Perlmutter. Por fin, Pitt formuló la pregunta que todo el mundo tenía en mente.

—¿Vio hundirse al *Princess Dou Wan*?

—Aún mejor. Ian *Hong Kong* Gallagher fue el único superviviente. Era el jefe de máquinas del barco, nadie mejor para proporcionar detalles sobre el hundimiento. Gallagher no volvió a China, sino que se quedó en Estados Unidos, consiguió la ciudadanía y volvió a trabajar en unas líneas de navegación estadounidenses antes de jubilarse.

—¿Aún vive?

—Eso es lo mismo que le pregunté a Yaeger —contestó Perlmutter con una amplia sonrisa—. Él y su mujer se retiraron a una ciudad llamada Manitowoc, en el lado de Wisconsin del lago Michigan. Tengo el número de teléfono y la dirección de Gallagher a vuestra disposición. Si él es incapaz de indicar el lugar del naufragio, nadie podrá.

Pitt se acercó a estrechar la mano de Perlmutter.

—Has hecho un buen trabajo, St. Julien. Te felicito por tu extraordinaria hazaña investigadora.

—A mi salud —brindó un feliz Perlmutter, y se sirvió otra copa de oporto.

—Bien, Peter —dijo Pitt a Harper—. Mi pregunta es: ¿qué haríais si Qin Shang regresara a Estados Unidos?

—No regresará, a menos que se vuelva loco de atar.

—Pero ¿y si lo hiciera?

—Sería detenido en cuanto bajara del avión y encerrado en una prisión federal, hasta que fuera juzgado por cuarenta cargos diferentes, incluyendo genocidio.

Pitt se volvió hacia Perlmutter.

—St. Julien, antes has hablado de un respetado historiador chino con el que has trabajado en el pasado, y que estaba interesado en el *Princess Dou Wan*.

—Zhu Kwan. Es el historiador más reputado de China y el autor de varios textos clásicos sobre las diferentes dinastías. Seguí tus instrucciones y no me puse en contacto con él, por temor de que informara a Qin Shang.

—Bien, ahora se lo puedes contar todo, dejando de lado a Ian Gallagher. Y si Gallagher nos facilita el lugar del naufragio, también podrás decírselo.

—Esto es absurdo —dijo Julia, perpleja—. ¿Por qué quieres dar la pista de los tesoros artísticos a Qin Shang?

—Tú, Peter, el INS, el FBI y todo el Departamento de Justicia queréis a Qin Shang. Y Qin Shang quiere lo que hay a bordo del *Princess Dou Wan*.

—Ya lo entiendo —dijo Harper—. Su locura encierra una lógica. Está diciendo que la obsesión de Qin Shang le impulsará a remover cielo y tierra para apoderarse de los tesoros artísticos desaparecidos, aun al riesgo de ser detenido por entrar clandestinamente en Estados Unidos.

—¿Por qué va a arriesgarse él en persona, cuando puede dirigir una expedición de rescate desde su cuartel general de Hong Kong? —preguntó Gunn.

—Apuesto a que el barco naufragado atormenta sus sueños, y a que no confiaría ni en su madre para dirigir la operación. He comprobado el registro de embarques. Qin Shang Maritime posee un buque de salvamento. En cuanto olfatee la localización del *Princess Dou Wan*, enviará el barco y subirá a bordo en Canadá, cuando baje por el río San Lorenzo hacia los Grandes Lagos.

—¿No tienes miedo de que lo encuentre primero? —preguntó Julia.

—No hay que temer nada. No enseñaremos nuestras cartas hasta que haya recuperado el tesoro.

—El primer paso es encontrarlo. Recuperarlo ocupará un año, o más.

Sandecker no parecía muy convencido.

—Confías demasiado en que Gallagher te guíe hasta el lugar del naufragio. Pudo saltar del barco antes de que se hundiera.

—El almirante tiene razón —dijo Gunn—. Si Gallagher conociera el punto exacto del naufragio, ya habría intentado recuperar el tesoro.

—Pero no lo ha hecho —afirmó Pitt—, por la sencilla razón de que los objetos no han aparecido. Nadie puede ocultar el descubrimiento de un tesoro, St. Julien te lo puede decir. Sean cuales sean sus motivos, Gallagher ha guardado el secreto del emplazamiento, de lo contrario St. Julien habría encontrado alguna información sobre su intento.

Sandecker lo miró a través del humo de su puro.

—¿Cuánto tardarás en salir para Manitowoc?

—¿Me da permiso para ir?

El almirante guiñó un ojo a Harper.

—Creo que el INS permitirá que la NUMA se encargue del asunto hasta que Qin Shang haga acto de aparición.

—No pienso llevarle la contraria, almirante —dijo Harper, risueño. Sonrió a Julia—. Te mereces un largo descanso, Julia, pero sospecho que te complacerá trabajar de enlace entre nuestras dos agencias durante la búsqueda y el rescate.

—Si está pidiendo que me presente voluntaria —dijo la joven, impaciente—, la respuesta es un sí sin condiciones.

—¿Alguna idea de cómo es Gallagher? —preguntó Pitt a Perlmutter.

—Debió de ser un tipo duro en sus buenos tiempos. El apodo de Hong Kong se lo ganó a pulso en todos los bares que pisó mientras su barco estaba fondeado.

—¿No es un pusilánime?

Perlmutter lanzó una risita.

—No, me temo que no.

49

Se cernían nubes amenazadoras, pero no llovió mientras Julia y Pitt salían de la autopista 43 y se desviaban por una carretera de tierra que corría entre huertos, hasta entrar en un bosque de pinos y abedules. Pitt, que no dejaba de vigilar los buzones que flanqueaban la carretera, divisó por fin el que estaba buscando, en forma de vapor antiguo y suspendido mediante una cadena de ancla. El apellido GALLAGHER estaba escrito en el casco.

—Ha de ser aquí —dijo Pitt, mientras giraba por el camino cubierto de hierba que conducía a una pintoresca casa de troncos de dos plantas.

Julia y él habían ido en avión hasta Green Bay (Wisconsin), donde habían alquilado un coche para recorrer los 45 kilómetros que distaba Manitowoc, un puerto al servicio de los barcos grandes que surcaban los lagos. La residencia de los Gallagher se encontraba en la orilla del lago, quince kilómetros más abajo del puerto.

Perlmutter se había ofrecido a llamar para avisar a los Gallagher de su llegada, pero Sandecker pensó que lo mejor era aparecer de improviso, por si el tema del *Princess Dou Wan* no fuera del agrado del ex jefe de máquinas y se ausentara de casa.

La fachada de la casa estaba orientada hacia el bosque, mientras que la parte posterior daba al lago Michigan. Los troncos habían sido convertidos en vigas cuadradas, antes de ser ensamblados y calafateados. Todo el tercio inferior de la casa era de roca de río enlucida, lo cual le daba un aspecto rústico. El tejado picudo estaba forrado de cobre, que había virado a un verde turquesa oscuro. Las ventanas eran altas, con postigos verticales. La madera exterior era de un marrón perdiz, con un toque gris que la fundía a la perfección con el bosque circundante.

Pitt detuvo el coche en el césped que corría alrededor de la casa, y aparcó cerca de un cobertizo para coches cubierto que albergaba un Grand Cherokee y un pequeño yate de seis metros, con un gran motor fuera borda en el yugo de popa. Julia y él subieron hasta un porche estrecho, y Pitt llamó tres veces con la aldaba.

Oyeron el ladrido de perros dentro. Al cabo de unos momentos, una mujer alta de edad avanzada, con el largo pelo gris recogido en un moño, abrió la puerta. Sus ojos eran de un azul portentoso, y las arrugas no habían aparecido todavía en su cara. Su cuerpo se había redondeado por obra de los años, pero su porte era el de una mujer cuarenta años más joven. Julia comprendió al instante que había sido muy hermosa. Hizo callar a los dos perros pachones.

—Hola —dijo con afabilidad—. Parece que va a llover.

—Tal vez no —contestó Pitt—. Creo que las nubes van hacia el oeste.

—¿Puedo ayudarles en algo?

—Me llamo Dirk Pitt y ésta es Julia Lee. Estamos buscando al señor Ian Gallagher.

—Pues le han encontrado —sonrió la mujer—. Soy la señora Gallagher. ¿Quieren pasar?

—Sí, gracias —dijo Julia.

Los perros fueron a sentarse, obedientes, en la escalera que conducía al segundo piso de la casa. Julia se detuvo y miró algo sorprendida la entrada que daba a las habitaciones del otro lado. Había esperado ver el interior de una casa decorada al estilo estadounidense primitivo, con montones de antigüedades, pero la casa estaba llena de muebles y objetos de arte chinos tallados. Las colgaduras de las paredes estaban bordadas con dibujos de seda. Jarrones vidriados se alzaban en algunos rincones, y de ellos surgían arreglos florales secos. Delicadas figurillas de porcelana descansaban sobre estanterías elevadas. Una vitrina contenía casi treinta esculturas de jade. Las alfombras que cubrían los suelos de madera eran de lana, con dibujos chinos.

—Oh, Dios mío —exclamó Julia—. Tengo la sensación de haber entrado en casa de mis padres, en San Francisco.

La señora Gallagher se puso a hablar en mandarín con Julia.

—Pensé que le gustaría ver cosas orientales.

—¿Puedo preguntarle si sus objetos son muy antiguos, señora Gallagher?

—Llámeme Katie, por favor. Todo el mundo lo hace. Es el diminutivo de Katrina. —Hizo un ademán que abarcaba la casa—. Ninguno tiene más de cincuenta años. Mi marido y yo empezamos a coleccionar objetos desde que nos casamos. Yo nací y me crié en China, y nos conocimos allí. Aún sentimos un gran afecto por su cultura. —Les invitó a pasar a la sala de estar y volvió a hablar en inglés por cortesía hacia Pitt—. Hagan el favor de acomodarse. ¿Les apetece un poco de té?

—Sí, gracias —dijo Julia.

Pitt se acercó a la chimenea de piedra y miró el cuadro de un barco que colgaba sobre la repisa.

—El *Princess Dou Wan* —dijo sin volverse.

La señora Gallagher apretó las dos manos contra su pecho y exhaló un suspiro.

—Ian siempre decía que alguien vendría un día.

—¿Quién creía que vendría?

—Alguien del gobierno.

Pitt le dedicó una cálida sonrisa.

—Su marido es muy perspicaz. Yo soy de la Agencia Nacional Marina y Submarina, y Julia es del Servicio de Inmigración y Naturalización.

La mujer miró a Julia con tristeza.

—Supongo que su intención es deportarnos, porque entramos en el país de forma ilegal.

Pitt y Julia intercambiaron una mirada de perplejidad.

—Pues no —dijo él—. Hemos venido por un asunto muy diferente.

Julia se acercó a la mujer y le rodeó la cintura.

—No ha de preocuparse por el pasado —dijo en voz baja—. Eso ocurrió hace mucho tiempo, y según los registros, tanto usted como su marido son ciudadanos al cien por cien y pagan sus impuestos.

—Pero hicimos algunas trampas con los documentos.

—Cuanto menos se diga, mejor —rió Julia—. Si usted no lo dice, yo tampoco lo haré.

Pitt miró a Katie Gallagher con curiosidad.

—Habla como si los dos hubieran entrado en Estados Unidos al mismo tiempo.

—Así fue —dijo la mujer, y volvió la cabeza hacia el cuadro—. En el *Princess Dou Wan*.

—¿Usted iba en el barco cuando se hundió? —preguntó Pitt con incredulidad.

—Es una historia extraña.

—Nos encantaría oírla.

—Siéntense, por favor, y les traeré el té. —Sonrió a Julia—. Creo que le gustará el sabor. Me lo traen de Shanghai, de la misma tienda donde lo compraba hace sesenta años.

Minutos después, mientras servía el té verde oscuro, Katie contó la historia de cómo había conocido a Ian *Hong Kong* Gallagher cuando ambos trabajaban para la Canton Lines. Habló de las visitas que hacía a su futuro marido a bordo del *Princess Dou Wan*, mientras desmantelaban el barco para su viaje al desguace, y que cientos de cajas eran depositadas en el muelle y subidas a bordo en plena noche.

—Uno de los generales de Chiang Kai-shek, un hombre llamado Kung Hui...

—Conocemos el nombre —la interrumpió Pitt—. Fue el que se apoderó del barco y mandó subir el cargamento secreto.

—Todo con el máximo sigilo —admitió Katie—. Después de que el general Hui tomara el mando del *Princess* se negó a permitir que mi perrito *Fritz* y yo bajáramos a tierra. Quedé prisionera en el camarote de Ian desde aquel momento hasta que el barco se hundió en una violenta tormenta un mes después. Ian sabía que el buque estaba a punto de partirse en dos, y me obligó a vestirme con varias capas de ropa de abrigo. Después, me arrastró literalmente hasta la cubierta de botes superior, donde me metió en una balsa salvavidas. El general Hui se sumó a nosotros justo antes de que el barco naufragase.

—¿El general Hui abandonó el barco con ustedes?

—Sí, pero murió congelado unas horas después. El frío era insoportable. Las olas eran altas como casas. Fue un milagro que sobreviviéramos.

—¿Alguien les recogió a Ian y a usted?

—No; fuimos a la deriva hasta la orilla. Yo estaba a punto de morir debido a la hipotermia, pero Ian forzó la cerradura de una cabaña de veraneantes, encendió un fuego y me devolvió a la vida. Varios días después cruzamos el país hasta la casa de un primo de Ian que vivía en Nueva York. Nos acogió hasta que pudimos tenernos en pie. Sabíamos que no podíamos regresar a China, que había caído en las garras de los comunistas, así que decidimos quedarnos en Estados Unidos y casarnos. Después de obtener los documentos pertinentes, no diré cómo, Ian volvió al mar, mientras yo criaba a nuestros hijos. Casi todos estos años hemos vivido en Long Island, pero cuando los niños eran pequeños siempre pasábamos las vacaciones de verano cerca de los Grandes Lagos, y llegamos a encariñarnos con el lago Michigan. Cuando Ian se jubiló, construimos esta casa. Vivimos bien, y nos gusta navegar por el lago.

—Tuvieron mucha suerte —dijo Julia.

Katie miró con nostalgia una fotografía de ella con sus hijos y nietos, tomada durante la última reunión de Navidad. Había más fotos. Una de un joven Ian erguido sobre un muelle oriental estaba al lado de un carguero de servicio irregular, y junto a ésta se veía a una hermosa y rubia Katrina que abrazaba a un pequeño perro pachón. Se enjugó una lágrima.

—Cada vez que miro esa fotografía me pongo triste —dijo—. Ian y yo tuvimos que abandonar el barco con tal rapidez que dejé a mi pequeño *Fritz* en el camarote. El pobre animalito se hundió con el barco.

Julia miró a los dos perros que seguían a Katrina por todas partes, meneando la cola.

—Parece que *Fritz* sigue con usted, al menos en espíritu.

—¿Le importa si hablo con el señor Gallagher? —preguntó Pitt.

—En absoluto. Cruce la cocina y verá la puerta trasera. Le encontrará en el embarcadero.

Pitt salió desde la cocina a un largo porche que dominaba el lago. Caminó por el césped que descendía hasta la orilla y terminaba en un pequeño muelle, el cual se adentraba unos nueve metros en el lago. Encontró a Ian Gallagher sentado en un taburete de lona al final del muelle, con la caña de pescar apoyada sobre una corta barandilla. Tenía un viejo sombrero de ala flexible inclinado sobre los ojos, y parecía dormitar.

El leve movimiento del muelle y el sonido de los pasos despertaron a Gallagher.

—¿Eres tú, Katie? —preguntó.

—Me temo que no —contestó Pitt.

Gallagher se volvió, miró al desconocido desde debajo del ala del sombrero, y después miró de nuevo hacia el lago.

—Pensaba que era mi mujer. —Pronunció las palabras con un leve acento irlandés.

—¿Va bien?

El viejo irlandés sacó una cadena del agua. Seis peces de buen tamaño colgaban de ella.

—Hoy tienen hambre.

—¿Qué utiliza como cebo?

—Los he probado todos, pero los hígados de pollo y los gusanos son los que mejor van. —Hizo una pausa—. ¿Le conozco?

—No, señor. Me llamo Dirk Pitt. Soy de la NUMA.

—He oído hablar de la NUMA. ¿Van a hacer alguna investigación en el lago?

—No. He venido a hablar con Ian Gallagher acerca del *Princess Dou Wan*.

Ni fuegos artificiales ni redoble de tambores, sólo el hecho escueto y sencillo. Gallagher continuó inmóvil. Ni un músculo se agitó en su rostro, ni un tic en el ojo delató que estuviera sorprendido. Por fin, Gallagher se incorporó en el taburete, se echó el sombrero hacia atrás y dedicó a Pitt una mirada melancólica.

—Siempre supe que algún día aparecerían para hacerme preguntas sobre el *Princess*. ¿Para quién ha dicho que trabajaba, señor Pitt?

—Para la Agencia Nacional Marina y Submarina.

—¿Cómo me han encontrado después de tantos años?

—En nuestros días es casi imposible esconderse de los ordenadores.

Pitt se acercó y vio que Gallagher era un hombretón de más de cien kilos de peso y una estatura aproximada a la suya, casi un metro noventa. Tenía la cara sorprendentemente lisa para un marinero, pero habría pasado casi todo el tiempo en la sala de máquinas, donde hacía calor y el aire estaba impregnado de aceite. Sólo la piel rojiza y la nariz bulbosa delataban los efectos de su afición al alcohol. El estómago era redondo y colgaba por encima del cinturón, pero tenía la espalda ancha y fuerte. Había conservado casi todo su cabello, tan cano como su bigote.

La caña de pescar dio una sacudida, y Gallagher sacó un salmón de kilo y medio.

—Llenan el lago de truchas y salmones, pero adoro los viejos tiempos en que podías sacar un lucio o un sollo.

—He hablado con su mujer —dijo Pitt—. Me contó cómo los dos habían sobrevivido a la tormenta y al naufragio.

—Un milagro, diría yo.

—Dijo que el general Hui murió en la balsa.

—Recibió su merecido —sonrió Gallagher—. Debe de conocer el papel de Hui en el último viaje del *Princess*, de lo contrario no estaría aquí.

—Sé que el general Hui y Chiang Kai-shek saquearon la herencia histórica de China y se apoderaron del *Princess Dou Wan* con la intención de transportar el tesoro a Estados Unidos, donde tenían que ocultarlo.

—Ése era el plan, hasta que la Madre Naturaleza lo impidió.

—Se ha necesitado un equipo de gente muy sacrificada para descubrir el subterfugio. La falsa señal de auxilio del barco hundido frente a Valparaíso, los chalecos salvavidas del barco esparcidos por el agua, la alteración del *Princess Dou Wan* para hacerlo pasar por su gemelo, el *Princess Yung T'ai*, durante su paso por el canal de Panamá y el descenso por el San Lorenzo hasta los Grandes Lagos. La única pieza que falta en el rompecabezas es su destino.

Gallagher enarcó una ceja.

—Chicago. Hui había acordado con el Departamento de Estado que los tesoros serían descargados en el puerto de Chicago. No tengo ni puta idea de a dónde pensaban enviarlos a continuación, pero una borrasca atacó desde el norte. Como hombre familiarizado con los océanos, ignoraba que en los Grandes Lagos podían formarse tormentas peores que en cualquier mar. Por Dios, desde entonces he visto a marineros de agua salada marearse y vomitar las tripas durante una tormenta en un lago.

—Dicen que hay más de cincuenta y cinco mil naufragios documentados sólo en los Grandes Lagos —comentó Pitt—. Y el lago Michigan se lleva la palma, por haber engullido más barcos que todos los lagos juntos.

—Las olas de los Lagos pueden ser más mortíferas que las del océano. Alcanzan nueve metros y son mucho más veloces. Las olas de los Grandes Lagos son mucho más traicioneras e implacables. Giran como un maelstrom, desde todas direcciones a la vez. No, señor, he visto ciclones en el Índico, tifones en el Pacífico y huracanes en el Atlántico, pero no hay nada más terrible que una tempestad invernal en los Grandes Lagos. Y la noche que el *Princess* se hundió fue una de las peores.

—Al contrario que en el mar, apenas hay espacio para maniobrar un barco en los Lagos —dijo Pitt.

—Eso es cierto. En el mar, el barco puede huir de la tormenta. Aquí, ha de continuar su rumbo o irse a pique.

Gallagher habló a continuación de la noche que el *Princess Dou Wan* se hundió. Habló de ello como si fuera un sueño recurrente. Los cincuenta y dos años transcurridos desde entonces no habían borrado ni un ápice de su recuerdo de la tragedia. Todos los detalles parecían tan frescos como si hubiera ocurrido el día anterior. Habló de los padecimientos que Katrina y él habían soportado, y de que el general Hui había muerto de frío en la balsa.

—Cuando llegamos a la orilla, empujé la balsa con los restos de Hui hacia las aguas rabiosas del lago. No volví a verle, y me pregunté a menudo si habrían encontrado el cadáver.

—¿Puedo preguntarle dónde se hundió el barco? ¿En cuál de los Grandes Lagos?

Gallagher enganchó el pez en la cadena y la tiró al agua antes de contestar. Levantó la mano y señaló hacia el este.

—Justo allí.

Al principio Pitt no le entendió. Pensó que se estaba refiriendo a uno cualquiera de los cuatro Grandes Lagos que había al este. Después, lo comprendió.

—¿En el lago Michigan? ¿El *Princess Dou Wan* se hundió aquí, en el lago Michigan, no lejos de donde estamos?

—Yo diría que a unos cuarenta kilómetros al sudoeste de aquí.

Pitt estaba jubiloso y aturdido al mismo tiempo. La revelación era demasiado estupenda para ser verdad: los restos del *Princess Dou Wan* y su tesoro se encontraban a tan sólo cuarenta kilómetros de allí.

—Usted y la señora Gallagher debieron de ser arrojados a tierra muy cerca de aquí.

—Muy cerca no —sonrió—. Éste es el punto exacto, donde se levanta el muelle. Intentamos durante muchos años adquirir esta propiedad por motivos sentimentales, pero los propietarios se negaron. Sólo después de su muerte, sus hijos aceptaron. Derribamos la vieja cabaña que la familia utilizaba durante las vacaciones, la misma cabaña que nos había salvado a Katie y a mí de morir congelados. Estaba en muy mal estado, así que la derribamos y construimos la casa que ve. Pensamos que la vida nos había concedido una segunda oportunidad, y consideramos una buena idea pasar los años que nos quedaban en el mismo lugar donde nacimos por segunda vez.

—¿Por qué no buscó los restos del naufragio y recuperó los objetos?

Gallagher lanzó una breve carcajada y meneó la cabeza.

—¿Para qué? Los comunistas aún gobiernan en China. Lo reclamarían para ellos. Tendría suerte si podía conservar un clavo de las cajas donde descansan.

—Podría haberlos reclamado para usted. Se habría convertido en un hombre muy rico.

—Los comunistas no serían los únicos buitres que vendrían a olfatear. En cuanto empezara a sacar antigüedades, los burócratas de los estados de Wisconsin, Michigan y el gobierno federal se lanzarían sobre mí. Acabaría pasando más tiempo en los tribunales que recuperando objetos, y me gastaría más dinero en abogados del que obtendría.

—Puede que tenga razón —dijo Pitt.

—Tengo razón —resopló Gallagher—. Yo también me dediqué a buscar tesoros cuando era joven. No da beneficios. Si encuentras uno, además de luchar contra el gobierno, aparecen otros buscadores de tesoros para robarte el hallazgo. No, señor Pitt, mi familia era mi riqueza. Cuando llegue el momento, pensaba siempre, alguien lo recuperará por el bien de la gente. Entretanto, vivo muy feliz sin él.

—No hay muchos hombres que piensen como usted, señor Gallagher —dijo Pitt con respeto.

—Hijo, cuando sea tan viejo como yo comprenderá que hay cosas mucho más importantes que poseer yates y aviones elegantes.

Pitt sonrió.

—Señor Gallagher, me gusta su estilo.

Ian limpió su pesca, y Katie insistió en que Dirk y Julia se quedaran a cenar. También les invitaron a quedarse a dormir, pero Pitt tenía muchas ganas de regresar a Manitowoc, encontrar un cuartel general para el proyecto de búsqueda y salvamento, y comunicar a Sandecker la noticia. Durante la cena, las dos mujeres charlaron en mandarín, muy complacidas, mientras los hombres intercambiaban relatos marítimos.

—¿El capitán Hunt era un buen hombre?

—Ningún marino mejor ha pisado una cubierta —afirmó Gallagher con tristeza, mientras miraba el lago por la ventana—. Aún sigue ahí. Se hundió con el barco. Le vi de pie en la timonera tan tranquilo como si estuviera esperando a la mesa de un restaurante. —Se volvió hacia Pitt—. Me han dicho que las aguas frías conservan las cosas, al contrario que el agua salada y los seres marinos, que devoran cuerpos y barcos hasta que no queda nada.

Pitt asintió.

—No hace mucho, unos buzos sacaron un automóvil de un transbordador de coches que había permanecido en el fondo de este mismo lago durante casi setenta años. La tapicería todavía estaba incólume, los neumáticos aún contenían aire, y después de secar el motor y el carburador, además de cambiar el aceite, cargaron la batería y pusieron en marcha el coche. Después, alguien lo condujo hasta un museo de automóviles de Detroit.

—Entonces, esos tesoros artísticos chinos deberían estar en buen estado.

—La mayoría, imagino, en especial los objetos de bronce y porcelana.

—Sería fantástico ver todas esas antigüedades descansando en el fondo del lago —dijo con anhelo Gallagher. Después, meneó la cabeza y se frotó los ojos, que habían empezado a humedecerse—. Pero rompería mi corazón ver al pobre *Princess* en su tumba de lodo.

—Tal vez —dijo Pitt—, pero encontró una muerte más noble que si hubiera sido destripado en el desguace de Singapur.

—Tiene razón —afirmó Gallagher con solemnidad—. Encontró una muerte noble.

50

Por la mañana, Pitt y Julia se despidieron de los Gallagher y se inscribieron en un atractivo hostal de Manitowoc. Mientras Julia deshacía la maleta, Pitt llamó a Sandecker y le informó de su encuentro con los Gallagher.

—¿Pretendes decirme que uno de los mayores tesoros del mundo ha estado plantado ante las narices de todo el mundo durante el último medio siglo, y que Gallagher no se lo ha contado a nadie? —preguntó Sandecker, asombrado.

—Los Gallagher son como usted, almirante. Al contrario de Qin Shang, la codicia nunca les ha impulsado. Pensaban que lo mejor era no molestar a los restos del naufragio hasta que llegara el momento propicio.

—Deberían recibir una generosa recompensa, como premio al descubrimiento.

—Un gobierno agradecido puede hacer la oferta, pero dudo que la acepten.

—Increíble —dijo Sandecker en voz baja—. Los Gallagher me han devuelto la confianza en la raza humana.

—Vamos a necesitar un buen buque de búsqueda y salvamento.

—Ya me he adelantado. Rudy ha alquilado un buque de búsqueda completamente equipado. La tripulación ya está en camino hacia Manitowoc. El barco se llama *Divercity*. Como hemos de proceder en el más estricto secreto, he pensado que llamarías menos la atención con un barco más pequeño. Es una imprudencia anunciar a los cuatro vientos la búsqueda de un tesoro de incalculable valor. Si el rumor se esparciera, mil buscadores de tesoros caerían sobre el lago Michigan como un banco de pirañas en un estanque lleno de siluros.

—Un fenómeno que ocurre cada vez que se busca un tesoro —corroboró Pitt.

—Y con la esperanza y la confianza de que lleves a cabo un salvamento triunfal, también he ordenado que el *Ocean Retriever* abandone un proyecto en la costa de Maine y se dirija hacia el lago Michigan.

—La elección ideal. Está muy bien equipado para un proyecto de salvamento.

—Debería llegar al punto del naufragio dentro de cuatro días.

—¿Ha planeado y organizado todo esto sin saber si Gallagher nos pondría sobre la pista? —preguntó Pitt con incredulidad.

—Una vez más, anticipación.

La admiración de Pitt por Sandecker nunca dejaba de aumentar.

—Es difícil estar a su altura, almirante.

—Yo siempre hago apuestas compensatorias.

—Ya lo veo.

—Buena suerte, y tenme informado.

Pitt dedicó el día a conversar con los buceadores locales sobre el estado del agua, y a estudiar los planos del lecho del lago. A la mañana siguiente, al romper el alba, Pitt y Julia aparcaron el coche en la dársena de yates de

Manitowoc y recorrieron el muelle hasta encontrar al *Divercity* y a sus tripulantes, que ya les estaban esperando.

El barco, un Parker de ocho metros y medio con cabina, era impulsado por un motor fuera borda Yamaha 250. Era funcional y estaba equipado con un sistema de posicionamiento global diferencial NavStar conectado con un ordenador 486 y un magnetómetro marino Geometerics 866, además de un sonar de banda lateral Klein que jugaría un papel clave en la búsqueda de los restos del *Princess Dou Wan*. Para una identificación minuciosa, el barco contaba con un vehículo robótico submarino Benthos MiniRover MK II.

La veterana tripulación consistía en Ralph Wilbanks, un hombretón de unos cuarenta años, expresivos ojos castaños y bigote erizado, y su compañero, Wes Hall, plácido, afable y apuesto, que habría podido ser el doble de Mel Gibson.

Wilbanks y Hall acogieron con cordialidad a Pitt y Julia y se presentaron.

—No les esperábamos tan temprano —dijo Hall.

—Nosotros nos levantamos con las gallinas —bromeó Pitt—. ¿Cómo ha ido su viaje desde Kenosha?

—Aguas calmas durante todo el camino —contestó Wilbanks.

Los dos hombres hablaban con un suave acento del sur. A Pitt le cayeron bien casi de inmediato. No necesitaba un informe para saber que eran dos buenos profesionales. Vieron divertidos que Julia saltaba desde el muelle, y aterrizaba sobre la cubierta con la agilidad de un felino. Iba vestida con tejanos, jersey y una parka de nilón.

—Es un barco estupendo, muy práctico —dijo Pitt.

Wilbanks asintió.

—Trabaja bien. —Se volvió hacia Julia—. Espero que no le importará, señora, pero no llevamos retrete.

—No se preocupen por mí —sonrió Julia—. Tengo una vejiga de acero.

Pitt miró hacia el lago de aspecto infinito.

—Brisa ligera, olas de treinta a cincuenta centímetros, condiciones en apariencia buenas. ¿Estamos preparados para zarpar?

Hall asintió y desanudó las amarras atadas a las cornamusas del muelle. Justo cuando estaba a punto de subir a bordo, señaló a una figura que se acercaba con paso torpe y frenéticos ademanes.

—¿Va con ustedes?

Pitt vio a Giordino, que cruzaba las tablas de madera sobre un par de muletas, con la pierna herida enyesada desde el tobillo a la ingle. El italiano exhibió su célebre sonrisa.

—Maldita sea tu estampa por pensar que podías dejarme en tierra mientras tú te llevabas la gloria.

—Nadie podrá decir que no lo intenté —dijo Pitt, contento de ver a su amigo.

Wilbanks y Hall subieron a Giordino por encima de la borda y lo acomodaron sobre una larga almohada colocada encima de una pequeña plataforma levantada en mitad del barco. Pitt le presentó a los tripulantes, mientras Julia buscaba el termo en su cesta de picnic y le servía una taza de café.

—¿No deberías estar en el hospital? —le preguntó.

—Odio los hospitales. Muere demasiada gente en ellos.

—¿Estamos todos? —preguntó Wilbanks.

—Todos presentes y a punto —contestó Pitt.

Wilbanks sonrió.

—Pues vamos allá.

En cuanto salieron del puerto, Wilbanks aceleró y el *Divercity* empezó a surcar las olas a una velocidad de casi 45 kph. Mientras Julia y Giordino estaban sentados en la popa, admirando el paisaje y el inicio de un día espectacular, bajo un cielo decorado con nubes que pasaban sobre sus cabezas como una manada de búfalos blancos, Pitt entregó a Wilbanks su plano, con una X marcada a unos 42 kilómetros al sudeste de la casa de Gallagher. Había encerrado la X en una cuadrícula de búsqueda de ocho kilómetros de lado. Wilbanks programó las coordenadas en el ordenador y miró, mientras los números aparecían en el monitor. Hall se dedicó a estudiar las fotografías y dimensiones del *Princess Dou Wan*.

Dio la impresión de que apenas había pasado el tiempo, cuando Wilbanks disminuyó la velocidad del barco.

—Llegando a ruta uno dentro de ochocientos metros.

Pitt ayudó a Hall a bajar por la borda el magnetómetro y el sonar de banda lateral. Después de atar los cables, volvieron a la cabina.

Wilbanks desvió el barco hacia el extremo de una línea que aparecía en el monitor, la cual conducía hasta una cuadrícula de búsqueda de rutas paralelas.

—Faltan cuatrocientos metros.

—Tengo la sensación de estar participando en una aventura —dijo Julia.

—Te vas a llevar una cruel decepción —sonrió Pitt—. Recorrer rutas de búsqueda en pos de un naufragio es de lo más aburrido. Podría compararse con segar la hierba de un jardín infinito. Puedes pasarte horas, semanas o incluso meses sin encontrar ni un neumático viejo.

Pitt se ocupó del magnetómetro cuando Hall conectó el sonar Klein & Associates Systems 2000. Se sentó en un taburete ante un monitor de vídeo de alta resolución montado en la misma consola que una impresora térmica, la cual reproducía el fondo del lago en 256 tonos diferentes de gris.

—Trescientos metros —anunció Wilbanks.

—¿Cuál será nuestro radio de acción? —preguntó Pitt a Hall.

—Como estamos buscando un objetivo grande, de unos ciento cincuenta metros de longitud, recorreremos rutas de mil metros. —Señaló el detalle del fondo del lago que la impresora empezaba a plasmar—. El fondo parece liso y sereno, y como estamos trabajando en agua dulce, no deberían existir problemas para localizar una anomalía que coincida con las dimensiones del objetivo.

—¿Velocidad?

—El agua está muy serena. Creo que podemos ir a quince kilómetros por hora y lograr una lectura precisa.

—¿Puedo mirar? —preguntó Julia desde la puerta de la cabina.

—Adelante —dijo Hall, y se apartó para dejarle sitio; apenas había espacio para moverse.

—El detalle es asombroso —dijo ella mientras contemplaba la imagen de la impresora—. Se ven hasta las ondas en la arena.

—La resolución es excelente —informó Hall—, pero no puede compararse con la definición de una fotografía. La imagen del sonar puede compararse a una foto que ha sido duplicada y luego pasada por la fotocopiadora tres o cuatro veces.

Pitt y Hall intercambiaron una sonrisa. Los observadores siempre se aficionaban a mirar los datos del sonar. Julia no fue una excepción. Sabían que permanecería como en trance durante horas, y que esperaría con entusiasmo a que la imagen de un barco se materializara.

—Iniciando ruta uno —anunció Wilbanks.

—¿Cuál es nuestra profundidad, Ralph? —preguntó Pitt.

Wilbanks echó un vistazo al sondeador de profundidad, que colgaba desde el tejado sobre un lado del timón.

—Unos ciento veinte metros.

Giordino, experto en las tareas de búsqueda e inspección, gritó desde donde estaba, con la pierna enyesada sobre la barandilla.

—¡Voy a dormir la siesta! Avisadme si veis algo.

Las horas transcurrieron con lentitud, mientras el *Divercity* atravesaba las olas a 15 kph. El magnetómetro hacía tictac, la línea de registro recorría el centro del papel cuadriculado, y se desviaba hacia los lados cuando detectaba la presencia de hierro. Al mismo tiempo, el sonar de banda lateral emitía un suave castañeteo mientras el filme de plástico térmico se desenrollaba de la impresora. Reveló un lecho del lago frío, desolado y libre de desechos humanos.

—Ahí abajo hay un desierto —dijo Julia, mientras se frotaba sus ojos cansados.

—No es el lugar más adecuado para construir la casa de tus sueños —sonrió Hall.

—Ahí termina la ruta veintidós —anunció Wilkins—. Vamos a la veintitrés.

Julia consultó su reloj.

—Es la hora de comer —dijo. Abrió la cesta de picnic que había preparado en el hostal—. ¿Alguien tiene hambre, además de yo?

—¡Yo siempre tengo hambre! —grió Giordino desde la popa del barco.

—Asombroso. —Pitt meneó la cabeza—. Desde cuatro metros de distancia, al aire libre, con el ruido del motor fueraborda, y es capaz de captar cualquier mención de comida.

—¿Qué exquisiteces has preparado? —preguntó Giordino a Julia después de arrastrarse hasta la puerta de la cabina.

—Manzanas, barritas de avena, zanahorias y té de hierbas. Puedes elegir entre emparedados de hummus y de aguacate. Es lo que yo llamo un almuerzo energético.

Todos los hombres del barco se miraron horrorizados. Julia no habría encontrado una reacción más hostil que si se hubiera presentado voluntaria para cambiar pañales en una guardería. Por pura deferencia hacia Julia, ninguno de los hombres dijo nada negativo, pues se había tomado la molestia de preparar el almuerzo. El hecho de que fuera una mujer, y de que sus madres les hubieran educado como caballeros, complicaba aún más el dilema. Sin embargo, Giordino no era de la vieja escuela. Protestó a voz en grito.

—Emparedados de aguacate —dijo con asco—. Voy a nadar hasta el Burger King más próximo…

—¡Tengo una lectura en el magnetómetro! —interrumpió Pitt—. ¿Se ve algo en el sonar?

—El gancho de remolque de mi sonar está más a popa que tu sensor —dijo Hall—; así que mi lectura tardará un poco más.

Julia se acercó a la impresora del sonar, esperando ver la aparición de un objeto. Poco a poco, la imagen de un objetivo sólido empezó a moverse en el monitor de vídeo y en la impresora al mismo tiempo.

—¡Un barco! —exclamó—. ¡Es un barco!

—Pero no el que queremos —repuso Pitt—. Es un viejo velero posado en el fondo.

Wilbanks se reunió con los demás para mirar el barco hundido.

—Fijaos en el detalle. Los camarotes, las cubiertas de escotilla, el bauprés, todo se ve con absoluta claridad.

—Los palos han desaparecido —observó Hall.

—Debió llevárselos la misma tormenta que lo hundió —dijo Pitt.

Hall congeló la imagen del objetivo en la pantalla de vídeo y comparó los aumentos sincrónicos.

—Buen tamaño —comentó, mientras estudiaba la imagen—. Cuarenta y cinco metros, como mínimo.

—¿Qué sería de su tripulación? —dijo Julia—. Espero que se salvaran.

—Como está relativamente intacto —dijo Wilbanks—, debió hundirse muy deprisa.

El momento de fascinación pasó, y la búsqueda del *Princess Dou Wan* continuó. La brisa soplaba del oeste y amainó hasta que la bandera izada en la popa apenas ondeó. Un barco cargado con minerales pasó a unos cientos de metros de distancia, y el *Divercity* se meció debido a su estela. A las cuatro de la tarde, Wilbanks se volvió y miró a Pitt.

—Nos quedan dos horas de luz diurna. ¿A qué hora quieres volver al muelle?

—Nunca se sabe el momento en que el lago se pone desagradable. Sugiero que continuemos y recorramos la mayor longitud posible de cuadrícula, mientras las aguas sigan en calma.

—Hay que aprovechar la luz —aprobó Hall.

La sensación de impaciencia no había disminuido. Pitt había pedido que Wilbanks empezara la búsqueda a través del centro de la cuadrícula en dirección este. Habían concluido la mitad, y ahora estaban trabajando hacia el oeste. Aún faltaban treinta rutas. El sol colgaba sobre la orilla oeste del lago, cuando Pitt volvió a gritar.

—Un objetivo en el magnetómetro —anunció con excitación—. Grande.

—Allá vamos —dijo Julia, electrizada.

—Tenemos un barco de acero moderno —anunció Hall.

—¿Muy grande? —preguntó Wilbanks.

—No lo sé. Aparece en el borde de la pantalla.

—Es enorme —dio Julia, asombrada.

Pitt sonrió como un jugador que acaba de hacer bingo.

—Creo que ya lo tenemos.

Echó un vistazo a la X del plano. Los restos se hallaban casi cinco kilómetros más cerca de la orilla de lo que Gallagher había calculado. De hecho, su estimación había sido de una exactitud increíble, teniendo en cuenta las circunstancias.

—Está partido en dos —dijo Hall, y señaló la imagen negroazulada de la pantalla, mientras todo el mundo, incluido Giordino, se abría paso para ver mejor—. Sesenta metros de su popa se encuentran a cuarenta y cinco metros del resto, con una amplia zona de deshechos en medio.

—Parece que la sección de proa está erguida —añadió Pitt.

—¿De veras crees que es el *Princess Dou Wan*? —preguntó Julia.

—Los sabremos cuando el vehículo robot se acerque. —Pitt miró a Wilbanks—. ¿Quieres esperar a mañana?

—Ya hemos llegado, ¿no? —replicó Wilbanks con una sonrisa—. ¿Alguien se opone a que trabajemos de noche?

Nadie se opuso. Pitt y Hall se apresuraron a recuperar el sonar y el magnetómetro, y conectaron el vehículo robot Benthos MiniRover MK II con el control manual y un monitor de vídeo. Como sólo pesaba unos 35 kilos, entre ambos los arrojaron al agua. Las brillantes luces halógenas del vehículo desaparecieron en las profundidades, a medida que iniciaba su viaje hacia el oscuro fondo del lago Michigan. Un cable umbilical lo sujetaba al *Divercity* y a la consola de control. Wilbanks clavó un ojo en la pantalla de ordenador del sistema de posicionamiento global, y dejó que el *Divercity* flotara inmóvil sobre los restos del naufragio.

El descenso a 120 metros sólo duró unos minutos. La luz del sol poniente desapareció a los cien metros. Hall detuvo el MiniRover cuando el fondo apareció a la vista. Parecía un manto apelmazado de lodo gris.

—La profundidad en este punto es de ciento veintinueve metros —informó, mientras dirigía el vehículo en un círculo cerrado. De pronto, las luces iluminaron un ancho fuste que parecía un tentáculo gigante proyectado desde un monstruo marino.

—¿Qué coño es eso? —murmuró Wilbanks.

—Muévelo hacia ahí —ordenó Pitt—. Creo que hemos llegado a la sección delantera del casco, y lo que vemos es el pescante superior de una grúa de carga posada sobre la cubierta de proa.

Hall movió el vehículo a lo largo de un costado de la grúa, hasta que la cámara envió una clara imagen de un casco perteneciente a un barco grande. Desplazó el vehículo robot hacia la proa, que estaba erguida, como si el buque se hubiera negado a morir y aún soñara en surcar los mares. El perfil del nombre del barco no tardó en hacerse visible sobre la proa negra. Una a una, las letras desfilaron por la pantalla.

Un médico te dirá que, si tu corazón se detiene, has muerto. Pero todos los tripulantes del *Divercity* tuvieron la impresión de que su corazón se paralizaba durante varios segundos, mientras el nombre del barco hundido pasaba bajo las cámaras del MiniRover.

—¡El *Princess Yung T'ai*! —gritó Giordino—. ¡Lo hemos conseguido!

—El rey del mar de la China —murmuró Julia, como si estuviera en trance—. Parece tan frío y aislado. Es como si hubiera estado rezando para que llegáramos.

—Pensaba que buscábamos al *Princess Dou Wan* —dijo Wilbanks.

—Es una larga historia —contestó Pitt con una amplia sonrisa—, pero ambos son el mismo. —Apoyó una mano sobre el hombro de Hall—. Avanza hacia la popa, a tres metros como mínimo del costado del buque, para que nuestro cable no se enrede y perdamos el vehículo.

Hall asintió en silencio. La visibilidad era de casi quince metros bajo las luces halógenas del vehículo, y mostraban que el exterior del *Princess Dou Wan* había cambiado poco en los últimos cincuenta y dos años. El agua dulce gélida y la profundidad habían impedido la corrosión y el crecimiento de vegetación marina.

La superestructura apareció a la vista, con un aspecto sorprendentemente reciente. Sólo una leve capa de cieno se había adherido a la pintura. El *Princess Dou Wan* semejaba el interior de una casa encantada abandonada, libre de polvo durante medio siglo.

Hall movió el vehículo alrededor del puente. La fuerza del oleaje y la presión del fondo habían destrozado casi todas las ventanas. Vieron el telégrafo de la sala de máquinas, y el indicador todavía señalaba A TODA MÁQUINA. Sólo unos pocos peces vivían en su interior. Las olas enloquecidas habían engullido a los tripulantes. El MiniRover avanzó paralelo al buque en un rumbo horizontal, a corta distancia del puente de paseo principal. Los pescantes de los botes estaban vacíos y retorcidos, sombría evidencia del caos y el terror ocurridos durante aquella noche de 1948. Había cajas de madera, todavía intactas, esparcidas sobre toda la cubierta. Faltaba la chimenea situada a popa del puente, pero se veía el lugar donde había caído al lado del casco, cuando el barco se hundió en el blando fondo.

—Daría cualquier cosa por ver lo que hay dentro de esas cajas —dijo Pitt, sin apartar los ojos de la pantalla.

El casco, a popa de la superestructura, estaba abierto y destripado, el acero retorcido y mellado en el momento que se había partido debido a la acción de las gigantescas olas. La sección de popa se había desgajado por completo. Era como si un gigante hubiera partido el barco y arrojado los fragmentos a un lado.

—Parece que haya recuerdos del barco esparcidos en un campo de escombros que separa las dos partes del barco —observó Giordino.

—No puede ser —dijo Pitt—. Fue despojado de

todas sus partes no esenciales antes de ir al desguace. Aun a riesgo de que me toméis por un optimista incorregible, apuesto a que estamos contemplando media hectárea de fabulosas obras de arte.

Las cámaras del MiniRover revelaron a continuación un mar de cajas de madera repartidas entre las secciones destrozadas del barco. La predicción de Pitt se confirmó cuando el vehículo flotó sobre el campo de restos y captó una forma extraña que se materializaba del barro. Todos contemplaron estupefactos un objeto procedente de un pasado remoto, que se alzaba poco a poco hacia el objetivo de la cámara. Las paredes de una caja de madera habían estallado como pétalos de rosa, y habían dejado al descubierto una extraña forma que destacaba en la soledad sobrenatural.

—¿Qué es eso? —preguntó Wilbanks.

—Un caballo y su jinete de bronce de tamaño natural —murmuró Pitt con reverencia—. No soy un experto, pero ha de ser la escultura de un emperador chino de la dinastía Han.

—¿En cuánto calculas su antigüedad? —preguntó Hall.

—Cerca de dos mil años.

El efecto que producían el caballo y su jinete, erguidos en el fondo, era tan intenso, que todos contemplaron la imagen en la pantalla durante unos minutos sin decir palabra. Para Julia era como si hubiera retrocedido en el tiempo. La cabeza del caballo estaba ladeada un poco en dirección al MiniRover, con las fosas nasales dilatadas. El jinete estaba sentado muy tieso, con la vista clavada en la nada.

—El tesoro —susurró Julia—. Está por todas partes.

—Gira hacia la popa —indicó Pitt.

—El cable ya no puede estirarse más —contestó Hall—. Ralph tendrá que mover el barco.

Wilbanks asintió, calculó la distancia y la dirección

en el ordenador, y movió el *Divercity*, que arrastró al MiniRover hasta que se detuvo sobre la sección de popa desgajada. Después, Hall movió el vehículo robot sobre las hélices del buque, cuyas aspas sobresalían del cieno. El enorme timón todavía estaba fijado hacia adelante en línea recta. Vieron las letras de la popa, que identificaban a Shanghai como el puerto natal del barco. La historia era la misma: las planchas del casco dobladas y destrozadas, los motores destripados, los tesoros artísticos esparcidos.

Pasó la medianoche mientras los primeros ojos humanos que contemplaban al *Princess Dou Wan* en 52 años estudiaban las dos mitades del casco partido y su cargamento desde todos los ángulos. Cuando al fin decidieron que no había nada más que ver, Hall empezó a recuperar el MiniRover.

Nadie apartó la vista de la pantalla hasta mucho después de que el MiniRover ascendiera hacia la superficie y el *Princess Dou Wan* se perdiera en las negras profundidades. El barco volvió a quedarse solo en el fondo del lago, con la única compañía del velero desconocido que descansaba a sólo dos kilómetros de distancia. Pero la soledad era temporal. Muy pronto, hombres, barcos y máquinas sondearían sus huesos y se apoderarían de la preciosa carga que había transportado de un extremo a otro del mundo, y que había custodiado con celo durante todos aquellos años.

El desafortunado viaje del *Princess Dou Wan* no había concluido, aún no. El epílogo todavía estaba por escribir.

51

El historiador Zhu Kwan estaba sentado ante un escritorio situado en mitad de un enorme despacho, y estudiaba los informes reunidos por un ejército internacional de investigadores contratados por Qin Shang. El proyecto sobre el *Princess Dou Wan* ocupaba la mitad de una planta del edificio de Qin Shang Maritime en Hong Kong. No se escatimaban gastos. No obstante, pese al enorme esfuerzo, no se había descubierto nada importante. Para Zhu Kwan, la desaparición del barco continuaba siendo un misterio.

Zhu Kwan y su equipo examinaban todas las fuentes navales en busca de una pista, en tanto el barco de búsqueda y salvamento de Qin Shang continuaba su inspección de las aguas de la costa de Chile. Construido en su astillero de Hong Kong, el buque era un portento de la tecnología submarina y la envidia de todas las instituciones de investigación y ciencias oceanográficas de las naciones marítimas. Se le había bautizado como *Jade Adventurer*, en lugar de darle un nombre chino, para agilizar los trámites burocráticos cuando operaba en aguas extranjeras. El barco y su tripulación ya habían descubierto los restos de un junco del siglo XVI hundido en el mar de la China, y habían rescatado su cargamento de porcelana de la dinastía Ming.

Zhu Kwan estaba examinando una descripción de las obras de arte pertenecientes a una colección particular, propiedad de un rico comerciante de Pekín desaparecido en 1948. El hombre había sido asesinado, y Zhu Kwan había localizado a sus herederos, y obtuvo un inapreciable inventario de obras de arte perdidas. Estaba estudiando un dibujo de un barco que transportaba vinos, cuando su ayudante habló por el interfono.

—Señor, le llaman desde Estados Unidos. Un tal St. Julien Perlmutter.

Zhu Kwan dejó el dibujo.

—Pásamelo.

—Hola, Zhu Kwan, ¿eres tú? —preguntó la voz jovial de Perlmutter.

—St. Julien, qué sorpresa. Me honra la llamada de mi viejo amigo y colega.

—Te sentirás más que honrado cuando oigas lo que tengo que decirte.

El historiador chino estaba perplejo.

—Siempre me alegra conocer tus descubrimientos.

—Dime, Zhu Kwan, ¿aún te interesa encontrar un barco llamado *Princess Dou Wan*?

Zhu Kwan experimentó una punzada de pánico.

—¿Tú también lo andas buscando?

—Oh, no —contestó Perlmutter—. Ese barco no me interesa para nada, pero mientras investigaba otro barco perdido, un transbordador de coches de los Grandes Lagos, me topé con un documento escrito por un maquinista en el que contaba su horrible experiencia a bordo del *Princess Dou Wan*.

—¿Has encontrado un superviviente? —preguntó Zhu Kwan, incapaz de dar crédito a su buena suerte.

—Se llama Ian Gallagher. Sus amigos le llamaban *Hong Kong*. Era el jefe de máquinas del *Princess* cuando se hundió.

—Sí, sí, tengo un expediente sobre él.

—Gallagher fue el único superviviente. Jamás regresó a China por motivos obvios, y se esfumó en Estados Unidos.

—El *Princess* —dijo con voz ahogada Zhu Kwan, incapaz de contener su impaciencia—. ¿Gallagher anotó su posición aproximada cuando se hundió ante las costas de Chile?

—Cógete bien, amigo mío —dijo Perlmutter—. El *Princess Dou Wan* no naufragó al sur del Pacífico.

—Pero ¿y su llamada de auxilio final? —murmuró un confuso Zhu Kwan.

—Descansa en el fondo del lago Michigan.

—¡Imposible! —exclamó Zhu Kwan.

—Es verdad. La llamada de auxilio fue falsa. El capitán y la tripulación, siguiendo instrucciones de un general llamado Kung Hui, cambiaron su nombre por el de su barco gemelo, el *Princess Yung T'ai*. Después, cruzaron el canal de Panamá, subieron la costa Este y bajaron por el San Lorenzo hasta llegar a los Grandes Lagos. Fue zarandeado por una espantosa tormenta y se fue a pique trescientos kilómetros al norte de Chicago, su destino final.

—Esto es increíble. ¿Estás seguro de los hechos?

—Te enviaré por fax el informe de Gallagher sobre el viaje y el hundimiento.

Un nudo empezó a formarse en el estómago de Zhu Kwan.

—¿Gallagher habló del cargamento que llevaba el barco?

—Sólo hizo una referencia —contestó Perlmutter—. Gallagher escribió que el general Hui le confesó que las cajas de madera subidas a bordo en Shanghai estaban llenas de muebles y prendas de ropa personales de importantes funcionarios y jefes militares de la China Nacionalista, que huían de los comunistas.

Una gran oleada de alivio se derramó sobre Zhu Kwan. El secreto parecía a salvo.

—En ese caso, da la impresión de que los rumores concernientes a un gran tesoro no son verídicos. No había un cargamento de valor excepcional a bordo del *Princess Dou Wan*.

—Tal vez algunas joyas, pero nada capaz de llamar la atención de un buscador de tesoros profesional. Los únicos objetos que tal vez se recuperarán, aparecerán en poder de buceadores locales.

—¿Has revelado esta información a alguien más, aparte de mí? —preguntó Zhu Kwan.

—A nadie. Eres mi único conocido que estaba interesado en el naufragio.

—Te agradecería muchísimo, St. Julien, que no hablaras a nadie de tu descubrimiento. Al menos durante unos meses.

—Prometo no decir ni una palabra.

—Además, como favor personal...

—Sólo tienes que decirlo.

—No me envíes por fax el informe de Gallagher. Sería mejor un correo privado. Yo me haré cargo de todos los gastos, por supuesto.

—Como quieras —accedió Perlmutter—. Contrataré los servicios de un correo en cuanto cuelgue.

—Gracias, amigo mío —dijo con toda sinceridad Zhu Kwan—. Me has prestado un gran servicio. Aunque el *Princess Dou Wan* carezca de valor histórico o económico, ha sido un mosquito en mi oreja durante muchos años.

—Te comprendo, créeme. Algunos naufragios perdidos, por insignificantes que sean, cautivan y atormentan la imaginación de un investigador. Nunca se olvidan hasta que se encuentran respuestas sobre su desaparición.

—Gracias, St. Julien.

—Te deseo lo mejor, Zhu Kwan. Adiós.

El historiador chino no daba crédito a su suerte. Lo

que tan sólo minutos antes se le antojaba un enigma imposible, se había resuelto de repente. Aunque jubiloso, decidió no informar a Qin Shang hasta que llegara el correo con el relato de Ian Gallagher, y tuviera un par de horas para estudiarlo.

Qin Shang se sentiría muy complacido cuando averiguara que el fabuloso tesoro artístico robado a su país se había conservado sano y salvo durante tantos años en el agua dulce de un lago. Zhu Kwan confiaba en vivir lo suficiente para ver los objetos exhibidos en un museo de arte nacional.

—Buen trabajo, St. Julien —dijo Sandecker cuando Perlmutter colgó—. Habrías servido para vendedor de coches de segunda mano.

—O para político —murmuró Giordino.

—Me siento como un canalla por haber engañado a ese pobre viejo —dijo Perlmutter. Miró a los cuatro hombres de la NUMA sentados a su alrededor en el despacho de Sandecker—. Zhu Kwan y yo nos conocemos desde hace muchos años. Siempre nos hemos respetado. Mentirle me ha sabido muy mal.

—Él también te engañó —dio Pitt—. No ha parado de afirmar en todo momento que su interés por el *Princess Dou Wan* era puramente académico. Sabe muy bien que el barco se hundió con una fortuna fantástica a bordo. Sería fácil interceptar un fax. ¿Por qué insistió, si no, en que enviaras el informe de Gallagher con un correo? Ya puedes apostar a que arde en deseos de comunicar la noticia a Qin Shang.

Perlmutter negó con la cabeza.

—Zhu Kwan es un erudito muy serio. No dirá nada a su jefe hasta que haya analizado el documento. —Miró de una en una las caras que le observaban—. Sólo por curiosidad, ¿quién escribió el informe que voy a enviarle?

Rudi Gunn levantó la mano casi con timidez.

—Yo me ofrecí para el trabajo. Un trabajo bastante bueno, si me permite decirlo. Naturalmente, me tomé ciertas libertades con el texto. Una nota a pie de página aclara que Ian Gallagher murió de un infarto en 1992. Así no descubrirán su pista.

Sandecker miró a su director de proyectos especiales.

—¿Tendremos tiempo suficiente para recuperar los tesoros antes de que el barco de salvamento de Qin Shang aparezca?

Pitt se encogió de hombros.

—Si el *Ocean Retriever* es el único barco que trabaja en el naufragio, no.

—No te preocupes —dijo Gunn—. Ya hemos logrado los servicios de dos buques más. Uno es de una empresa privada de Montreal, y el otro nos lo ha prestado la marina estadounidense.

—La rapidez es esencial —dijo Sandecker—. Quiero que recuperéis el tesoro antes de que los rumores se propaguen. No quiero interferencias de nadie, incluido nuestro gobierno.

—¿Y cuando haya concluido el rescate? —preguntó Perlmutter.

—Los objetos serán trasladados a unas instalaciones equipadas para protegerlos de cualquier daño después de tantos años de inmersión. En ese momento, anunciaremos el descubrimiento y nos retiraremos a un discreto segundo plano, mientras los burócratas de Washington y Pekín se pelean por él.

—¿Y Qin Shang? —insistió Perlmutter—. ¿Qué ocurrirá cuando aparezca en el lugar del naufragio con su propio barco de salvamento?

Pitt sonrió con astucia.

—Le dispensaremos un recibimiento digno de un hombre de sus cualidades.

52

El *Ocean Retriever*, con Pitt, Giordino, Gunn y Julia a bordo, fue el primer barco en llegar y situarse encima de los restos del *Princess Dou Wan*. El barco de salvamento canadiense *Hudson Bay*, de la empresa Deep Abyss Sistems Limited de Montreal, llegó sólo cuatro horas más tarde. La operación de salvamento, con la ayuda del buen tiempo y el agua serena, comenzó de inmediato.

La parte submarina del proyecto fue llevada a cabo por sumergibles que utilizaban brazos articulados, con la colaboración de buzos embutidos en unos sistemas de buceo atmosféricos para aguas profundas llamados Newtsuits, similares en apariencia al muñeco de Michelin. Los trajes, bulbosos, construidos de fibra de vidrio y magnesio, y autopropulsados, permitían que su huésped trabajara durante largos períodos de tiempo a la profundidad de ciento veinte metros, sin preocuparse por la descompresión.

Los objetos empezaron a ascender de forma sistemática, y con veloz regularidad, en cuanto se estableció la rutina. La operación aún se aceleró más cuando el buque de rescate *Dean Hawes*, de la Marina estadounidense, apareció dos días antes de lo esperado y se estacionó junto a los otros dos barcos. Se le consideraba nuevo (había sido botado dos años antes) y había sido construido especialmente para trabajar en aguas profundas, así como para el salvamento de submarinos en particular.

También se estacionó una enorme barcaza abierta, con largos depósitos de lastre sujetos a lo largo de su casco, mediante el sistema de posicionamiento global. Después fue hundida a escasa distancia de la sección delantera del *Princess Dou Wan*. Los operarios de las grúas, que trabajaban desde los barcos y utilizaban cámaras submarinas, manipulaban las pinzas situadas al final de los cables de los cabrestantes, y recuperaban las cajas esparcidas sobre las cubiertas exteriores, las almacenadas en las bodegas de carga, y los objetos que cubrían el fondo, entre las dos secciones del casco partido. Las cajas, junto con su contenido, eran izadas a la barcaza hundida. Cuando estaba cargada hasta los topes, los depósitos de lastre se llenaban de aire presurizado y la barcaza se elevaba hasta la superficie. Después, un remolcador la empujaba hasta el puerto de Chicago, donde la esperaba un equipo de arqueólogos de la NUMA, que se hacía cargo de los tesoros artísticos. Los extraían con cuidado de las cajas para trasladarlos a unos depósitos de conservación provisionales, hasta que pudieran ser transportados a una instalación permanente.

En cuanto una barcaza partía, otra la sustituía, y el proceso se repetía.

Seis sumergibles, tres de la NUMA, uno de los canadienses y dos de la marina, trabajaban en armonía, izaban las cajas y las depositaban en el compartimiento de carga, especialmente diseñado, de la barcaza hundida.

Para facilitar la extracción de las obras de arte que había dentro del casco, los buzos provistos de Newtsuits cortaban las planchas de acero con sopletes de alta tecnología que fundían el metal bajo el agua a una velocidad increíble. Después, los sumergibles entraban por la abertura y sacaban los tesoros, ayudados por las pinzas de las grúas.

Toda la operación se observaba y dirigía desde una sala de control a bordo del *Ocean Retriever*. Pantallas de vídeo conectadas con cámaras situadas estratégicamente alrededor de los restos revelaban todas las fases del rescate. Pitt y Gunn vigilaban los sistemas de vídeo de alta resolución. Hacían turnos de doce horas, como la tripulación de los tres barcos. No paraban de ascender objetos desde el fondo.

Pitt habría dado su brazo derecho por trabajar en uno de los sumergibles o en un Newtsuit, pero como director de proyectos especiales se necesitaba su experiencia para coordinar y guiar la operación desde la superficie. Contempló uno de los monitores con envidia cuando vio que Giordino era introducido dentro del sumergible *Sappho IV*, con pierna rota y todo. El italiano había trabajado más de setecientas horas en sumergibles, y el que estaba pilotando era su favorito. En esta ocasión, el menudo italiano pensaba entrar con el sumergible en la superestructura del *Princess Dou Wan*, después de que los buzos provistos de Newtsuits cortaran los mamparos.

Pitt se volvió cuando Rudi Gunn entró en la sala de control. La luz del sol iluminó por un instante el interior, que carecía de ventanas o portillas.

—¿Ya estás aquí? Juraría que acababas de salir.

—Más o menos —sonrió Gunn.

Portaba bajo el brazo una gran fotografía de mosaico enrollada, tomada desde encima del naufragio antes de que se iniciara la operación. La fotografía era de incalculable valor para detectar objetos esparcidos en el campo de restos, y para dirigir a los sumergibles y buzos hacia las diferentes secciones del naufragio.

—¿Cómo va? —preguntó.

—La barcaza está llena y asciende a la superficie —contestó Pitt. Su nariz captó el olor a café que procedía de la cocina. Se moría de ganas de tomar una taza.

—No deja de asombrarme la cantidad de objetos que salen —dijo Gunn, ocupando su sitio ante la consola de comunicaciones y la hilera de pantallas de vídeo.

—El *Princess Dou Wan* iba increíblemente sobrecargado —dijo Pitt—. No me extraña que se partiera y se hundiera por culpa de una tormenta violenta.

—¿Cuánto falta para terminar?

—Casi todas las cajas sueltas han sido recuperadas del fondo del lago. La sección de popa está a punto de quedar limpia. Las bodegas de carga deberían quedar vacías antes de que termine el siguiente turno. Ahora falta sacar las cajas más pequeñas apretujadas en los pasillos y camarotes, en la parte central del buque. Cuanto más se adentren los buzos, más difícil les resultará cortar los mamparos.

—¿Sabemos cuándo llegará el barco de salvamento de Qin Shang?

—¿El *Jade Adventurer*? —Pitt contempló una carta de los Grandes Lagos extendida sobre una mesa—. El último informe anunciaba que había dejado atrás Quebec, río San Lorenzo abajo.

—Tardará menos de tres días.

—No perdió el tiempo. Se puso en camino hacia el norte desde Chile, cuyas aguas estaban investigando, menos de una hora después de que Zhu Kwan recibiera tu informe falsificado.

—Nos irá por poco —dijo Gunn, mientras veía que los dedos articulados de un sumergible se apoderaban con delicadeza de un jarrón de porcelana que sobresalía del barro—. Tendremos suerte si terminamos y nos largamos antes de que el *Jade Adventurer* y nuestro amigo se presenten aquí.

—Tendremos suerte si Qin Shang no ha enviado a

uno de sus agentes por delante para echar un vistazo a los alrededores.

—El guardacostas que patrulla nuestra zona aún no ha divisado ningún barco sospechoso.

—Cuando empecé mi turno de anoche, Al dijo que un periodista local había conseguido ponerse en contacto con el *Ocean Retriever*. Al le dio una pista falsa cuando el periodista preguntó qué hacíamos aquí.

—¿Qué le dijo?

—Qué estábamos buscando restos de dinosaurios en el fondo del lago.

—¿El periodista se lo tragó? —preguntó Gunn con escepticismo.

—Lo más probable es que no, pero se entusiasmó cuando Al le prometió invitarle a bordo el fin de semana.

Gunn se quedó perplejo.

—Ya nos habremos ido para entonces.

—Has captado la idea —rió Pitt.

—Es una suerte que los rumores sobre tesoros no hayan alertado a un enjambre de buscadores.

—Llegarán en cuanto corra la voz para apoderarse de las sobras.

Julia entró en la sala de control con una bandeja en la mano.

—Desayuno —anunció con aspecto risueño—. Hace una mañana espléndida.

Pitt se frotó su barba incipiente.

—No me había dado cuenta.

—¿Por qué estás tan contenta? —preguntó Gunn.

—Acabo de recibir un mensaje de Peter Harper. Qin Shang bajó de un avión japonés en Quebec, disfrazado de tripulante. La Policía Montada del Canadá le siguió hasta el puerto, donde subió a un bote que le trasladó al *Jade Adventurer*.

—¡Aleluya! —exclamó Gunn—. Ha picado el anzuelo.

—Y la caña entera —sonrió Julia. Dejó la bandeja sobre la mesa del plano y quitó el mantel, dejando al descubierto platos con huevos y beicon, tostadas, pomelos y café.

—Eso sí es una buena noticia —dijo Pitt mientras acercaba una silla a la mesa—. ¿Dijo Harper cuándo piensa detener a Qin Shang?

—Se ha reunido con la asesoría jurídica del INS para preparar el plan. Existe un gran temor de que el Departamento de Estado y la Casa Blanca intervengan.

—Yo también lo temo —dijo Gunn.

—Peter y el comisionado Monroe tienen mucho miedo de que Qin Shang se les escape de entre los dedos gracias a sus contactos políticos.

—¿Por qué no sube a bordo del *Jade Adventurer* y lo detiene ya? —preguntó Gunn.

—No podemos detenerle legalmente si el barco bordea la costa canadiense mientras navega por los lagos Ontario, Erie y Hurón —explicó Julia—. Qin Shang sólo entrará en aguas estadounidenses después de que el *Jade Adventurer* haya atravesado el estrecho de Mackinac y entrado en el lago Michigan.

Pitt comió con lentitud su pomelo.

—Me gustaría verle la jeta cuando su tripulación baje una cámara hasta el *Princess* y lo encuentre vacío.

—¿Sabes que ha presentado una reclamación sobre el barco y su cargamento, mediante una de sus empresas subsidiarias, en los tribunales estatales y federales?

—No —dijo Pitt—, pero no me sorprende. Es su forma de funcionar.

Gunn tabaleó sobre la mesa con un cuchillo.

—Si alguno de nosotros presentáramos una reclamación por el tesoro de un barco mediante los canales legales, se nos reirían en la cara. Encima, tendríamos que entregar todos los objetos encontrados al gobierno.

—La gente que busca tesoros cree que sus problemas terminan cuando hacen un gran hallazgo —comentó Pitt—, sin darse cuenta de que acaban de empezar.

—Tienes toda la razón —contestó Gunn—. Aún no conozco un descubrimiento que no haya sido disputado en los tribunales por un parásito o un burócrata del gobierno.

Julia se encogió de hombros.

—Tal vez, pero Qin Shang tiene demasiada influencia para soportar que le den con la puerta en las narices. De entrada, ha comprado a toda la oposición.

Pitt la miró como si su mente agotada hubiera pensado de repente en algo.

—¿No desayunas? —preguntó.

Julia negó con la cabeza.

—Ya he tomado un bocado antes.

El segundo de a bordo del barco apareció en la puerta y llamó la atención de Pitt.

—La barcaza ha subido a la superficie, señor. Dijo que quería echar un vistazo a su carga antes de que se la llevara el remolcador.

—Sí, gracias. —Pitt se volvió hacia Gunn—. Es todo tuyo, Rudi. Nos veremos mañana a la misma hora y en el mismo sitio.

Gunn agitó la mano sin apartar los ojos de los monitores.

—Que duermas bien.

Julia apretó el brazo de Pitt cuando salieron al puente y contemplaron la gran barcaza surgida de las profundidades. Estaba llena de cajas de todos los tamaños, que contenían valiosos tesoros del pasado de China. Todo había sido separado por las grúas y los sumergibles. En un compartimiento dividido, provisto de un almohadillado especial, se hallaban expuestas las obras de arte cuyas cajas estaban rotas o destruidas. Algunas eran instrumentos musicales (campanillas de piedra, campanas de bronce y tambores). Había una cocina de tres patas con un espantoso rostro moldeado en la puerta, grandes tallas ceremoniales de jade que representaban a hombres, mujeres y niños, y esculturas de animales en mármol.

—Oh, mira —exclamó Julia—. Han subido al emperador montado.

Expuesta por primera vez al sol desde hacía medio siglo, con el agua que brillaba sobre la armadura de bronce del jinete y chorreaba de su caballo, la escultura de dos mil años de antigüedad parecía tan nueva como el día que había salido del molde. El emperador desconocido contemplaba ahora un horizonte infinito, como si buscara nuevas tierras para conquistar.

—Es tan increíblemente hermosa —sugirió Julia. Señaló las demás cajas, cuyo contenido seguía oculto—. Me asombra que los contenedores de madera no se hayan podrido, después de estar sumergidos tantos años.

—El general Hui era un hombre muy meticuloso —dijo Pitt—. No sólo insistió en que las cajas se construyeran con una pared exterior y un revestimiento aislante interior, sino que exigió teca en lugar de una madera más vulgar. Debieron transportarla desde Birmania a Shanghai en un carguero, para utilizarla en los astilleros. Hui sabía que la teca es muy fuerte y duradera, y no me cabe duda de que tomó el control del astillero para construir las cajas. Lo que no pudo predecir en aquel tiempo es que su previsión lograría proteger los tesoros durante los cincuenta años que han permanecido bajo el agua.

Julia levantó una mano para protegerse los ojos del reflejo del sol en el agua.

—Es una pena que no las hubiera construido estancas. No es posible que los objetos laqueados, las tallas de madera y los cuadros hayan sobrevivido sin sufrir algunos daños o destruirse.

—Los arqueólogos no tardarán en descubrirlo. Con suerte, el agua dulce y fría habrá conservado muchos de los objetos más delicados.

Mientras el remolcador se disponía a empujar la barcaza hasta el muelle de Chicago, un tripulante salió de la timonera con un papel en la mano.

—Otro mensaje para usted, señorita Lee, de Washington.

—Debe de ser de Peter —dijo la joven. Lo leyó mientras su cara expresaba sorpresa, frustración y, por fin, ira—. Oh, Dios mío —murmuró.

—¿Qué pasa?

Julia entregó el mensaje a Pitt.

—La Casa Blanca ha ordenado al INS que aborte la operación para detener a Qin Shang. No debemos molestarle ni acosarle. Cualquier tesoro recuperado del *Princess Dou Wan* ha de ser entregado a Qin Shang, como representante plenipotenciario del gobierno chino.

—Qué locura —dijo Pitt, demasiado cansado para dar rienda suelta a su indignación—. Ese hombre es un genocida. ¿Entregarle el tesoro? El presidente habrá sufrido una hemorragia cerebral.

—Nunca me había sentido tan impotente en toda mi vida —dijo Julia, furiosa.

De pronto, los labios de Pitt esbozaron una sonrisa demencial.

—Yo en tu lugar no me lo tomaría tan a pecho. Siempre hay un aspecto positivo.

Ella le miró como si se hubiera vuelto loco.

—¿De qué estás hablando? ¿Dónde está el aspecto positivo de permitir a esa basura que ande libre por ahí y se quede los tesoros para él?

—Las órdenes de la Casa Blanca dejan bien claro que el INS no debe molestar ni acosar a Qin Shang.

—¿Y qué?

—Las órdenes no hablan de que la NUMA pueda o no pueda...

Pitt se interrumpió cuando Gunn salió al puente, muy nervioso.

—Al piensa que ya los tenemos —dijo—. Está a punto de subir a la superficie y quiere saber cómo hay que manejarlos.

—Con mucho cuidado —contestó Pitt—. Dile que los suban poco a poco, y bien sujetos. Cuando emerja, subiremos el *Sappho IV* a bordo con ellos.

—¿Quiénes son ellos? —preguntó Julia.

Él le dirigió un breve vistazo, antes de bajar por una escalerilla hasta la cubierta de rescate.

—Los huesos del hombre de Pekín, por supuesto.

La noticia corrió como reguero de pólvora, y la tripulación del *Ocean Retriever* empezó a congregarse en la cubierta de popa. Las tripulaciones de los demás barcos se apretujaron en las barandillas para seguir con la mirada la actividad que se desarrollaba a bordo del barco de la NUMA. Se hizo un extraño silencio cuando el *Sappho IV* salió a la superficie y se meció sobre las tranquilas olas del lago. Los buzos esperaban en el agua para sujetar el gancho del cable de la grúa a la anilla dispuesta en la parter superior del sumergible. Todos los ojos estaban clavados en la cesta de tela metálica que sostenían los dos brazos articulados. Dos cajas de madera descansaban sobre la cesta. Todos contuvieron el aliento cuando el sumergible fue izado lentamente del lago. El operario de la grúa depositó con sumo cuidado el sumergible en su calzo.

Los tripulantes se apelotonaron alrededor del sumergible cuando la arqueóloga del barco dirigió la descarga de las cajas sobre la cubierta. Mientras la arqueóloga, una rubia de unos cuarenta años llamada Pat O'Connell, dejaba al descubierto el interior de las cajas, Giordino abrió la escotilla desde el interior del sumergible y asomó la cabeza y los hombros.

—¿Dónde los has encontrado? —gritó Pitt.

—Con la ayuda de un diagrama de los planos de la cubierta, logré forzar el camarote del capitán.

—Parece el lugar adecuado —dijo Gunn, que miraba con unos prismáticos.

La arqueóloga O'Connell, con la colaboración de cuatro pares de manos ansiosas, abrió la tapa de la caja.

—Oh, Dios mío —exclamó admirada.

—¿Qué pasa? —preguntó Pitt—. ¿Qué ve?

—Baúles militares con la sigla USMC.[1]

—Bueno, no se quede ahí. Ábralos.

—Deberían abrirse en un laboratorio —protestó O'Connell—. La metodología correcta, ya sabe.

—¡No! —replicó Pitt—. A la mierda la metodología correcta. Estas personas han trabajado mucho y duro. Merecen ver los frutos de su esfuerzo. Abra los baúles.

Al comprender que Pitt no iba a aceptar un no por respuesta, y tras ver las expresiones de hostilidad reflejadas en el mar de caras que la rodeaban, O'Connell se arrodilló y empezó a abrir la cerradura del baúl con una pequeña palanca. La pared que rodeaba la cerradura se derrumbó como si estuviera hecha de arena, y la mujer levantó la tapa muy despacio.

La bandeja superior del baúl contenía varios objetos envueltos en gasa empapada, colocados en compartimientos individuales. Como si estuviea desenvolviendo el Santo Grial, O'Connell extrajo con suma delicadeza la envoltura del objeto principal. Cuando cayó el último fragmento de gasa, alzó lo que parecía un cuenco circular pardoamarillento.

—Un cráneo —musitó—. Del hombre de Pekín.

1.   United States Marine Corps: Cuerpo de Infantería de Marina de Estados Unidos (N. del T.)

53

El capitán del *Jade Adventurer*, Chen Jiang, había servido en Qin Shang Maritime Limited durante veinte de sus treinta años en el mar. Alto y delgado, de pelo cano erizado, manejaba su barco con serenidad y eficacia. Forzó una sonrisa y habló a su patrón.

—Ahí está su barco, Qin Shang.

—No puedo creer que después de tantos años lo esté viendo por fin —dijo Qin Shang, con la vista clavada en el monitor de vídeo que recibía las imágenes de un vehículo robótico submarino que se movía bajo los restos del naufragio.

—Tenemos suerte de que la profundidad sea sólo de ciento veintinueve metros. Si el barco se hubiera hundido frente a las costas de Chile, habríamos trabajado a tres mil metros de profundidad.

—Parece que el casco está partido en dos.

—No es extraño que los barcos sorprendidos por una tormenta en los Grandes Lagos se partan —explicó Chen Jiang—. El *Edmund Fitzgerald*, un legendario carguero de minerales, quedó destrozado al hundirse.

Durante la búsqueda, Qin Shang se había paseado de un lado a otro de la timonera sin reposo. Aparentaba indiferencia ante el capitán y los oficiales del barco, pero bajo su frialdad exterior, su corazón latía acelerado. Qin Shang no era un hombre paciente. La tediosa espera era un tormento del que habría deseado librarse.

El *Jade Adventurer* no parecía el habitual buque de búsqueda y salvamento. Su esbelta superestructura y los dos cascos de catamarán le conferían el aspecto de un yate de lujo. Sólo el elegante pescante moderno de su popa sugería que era algo más que un barco de placer. Sus cascos estaban pintados de azul, con una franja roja que corría a lo largo de los bordes anteriores. La obra muerta era de un blanco cegador.

Con una longitud de 97 metros, elegante y potente, era una maravilla de la ingeniería, equipado con los sistemas e instrumentos más recientes y sofisticados. Era el orgullo y el goce de Qin Shang, diseñado y construido a partir de sus especificaciones con el único fin de rescatar el *Princess Dou Wan*.

El barco había llegado al lugar del naufragio a primera hora de la mañana, confiando en la posición aproximada que St. Julien Perlmutter había proporcionado a Zhu Kwan. Qin Shang experimentó un gran alivio al ver que sólo había dos barcos en treinta kilómetros a la redonda, un carguero de mineral que se dirigía hacia Chicago, y otro que Chen Jiang identificó como un buque de investigación, a sólo cinco kilómetros de distancia. Les presentaba el costado de estribor y se desplazaba en dirección contraria con una letargia inusual.

El *Jade Adventurer*, que utilizaba las mismas técnicas y equipo básicos que Pitt y la tripulación del *Divercity*, se encontraba en la tercera hora de búsqueda cuando el operador del sonar anunció un objetivo. Después de cuatro pases más para mejorar la calidad de recepción, el operador del sonar pudo anunciar con seguridad que habían localizado un barco en el fondo, cuyas dimensiones coincidían con las del *Princess Dou Wan*. Entonces, bajaron por la borda un vehículo robótico submarino de fabricación china, que descendió hacia los restos.

Después de otra hora de contemplar el monitor, Qin Shang se irritó.

—¡No puede ser el *Princess Dou Wan*! ¿Dónde está su cargamento? No veo nada que confirme el informe sobre las cajas de madera que protegían los tesoros artísticos.

—Es extraño —murmuró Chen Jiang—. Las planchas de acero del casco y la superestructura parecen diseminadas alrededor de los restos. Es como si el barco hubiera estallado.

Qin Shang palideció.

—Estos restos no pueden ser los del *Princess Dou Wan* —repitió.

—Mueve el vehículo alrededor de la popa —ordenó Chen Jiang al operador.

Al cabo de unos minutos, el pequeño vehículo se detuvo y el operador tomó un primer plano de las letras escritas sobre la popa: PRINCESS YUNG T'AI, SHANGHAI.

—¡Es mi barco! —exclamó Qin Shang.

—¿Es posible que lo hayan rescatado sin su conocimiento? —preguntó Chen Jiang.

—Imposible. Un tesoro tan inmenso no habría podido permanecer oculto durante tantos años. Algunas piezas habrían emergido.

—¿Ordeno a la tripulación que prepare el sumergible?

—Sí, sí —dijo Qin Shang, nervioso—. Debo verlo de cerca.

Qin Shang había contratado a unos ingenieros para que construyeran el sumergible al que llamaba *Sea Lotus*. Lo había construido una empresa francesa especializada en vehículos capaces de descender a grandes profundidades. Había supervisado todos los aspectos de la fabricación. Al contrario que la mayoría de sumergibles, cuyas exigencias técnicas se anteponían a la comodidad de la tripulación, el *Sea Lotus* parecía más un despacho que una cámara para estudios científicos espartana. Para Qin Shang, era un barco de placer. Había aprendido su manejo y solía pilotarlo en los alrededores del puerto de Hong Kong, tras lo cual sugirió algunas modificaciones para acomodarlo a sus exigencias personales.

También ordenó que construyeran un segundo sumergible, el *Sea Jasmine*. Su propósito era servir de apoyo al *Sea Lotus* si éste sufría problemas mecánicos.

Una hora después, el sumergible privado de Qin Shang fue sacado de su compartimiento y preparado para descender al agua. Después de comprobar todos los sistemas, el copiloto aguardó junto a la escotilla a que Qin Shang entrara.

—Pilotaré solo el aparato —dijo Qin Shang.

El capitán Chen Jiang le miró.

—¿Lo cree prudente, señor? No está familiarizado con estas aguas.

—Sé muy bien cómo se maneja el *Sea Lotus*. No olvide, capitán, que yo lo creé. Bajaré solo. Debo ser el primero en ver los tesoros robados a nuestro país durante tantos años. He soñado demasiado en este momento para compartirlo.

Chen Jiang se encogió de hombros y no dijo nada. Se limitó a indicar con un ademán al copiloto que se apartara, mientras Qin Shang bajaba por la escalerilla fija en el interior de la torre encargada de impedir que el agua penetrara por la escotilla abierta e inundara la cámara de control y presión. Cerró la puerta y conectó los sistemas de mantenimiento vital.

Sumergirse a 129 metros era un juego de niños para un aparato construido con el objetivo de soportar la enorme presión que ejercía el agua a 7.500 metros de profundidad. Se sentó en una cómoda butaca que él mismo había diseñado, frente a la consola de control y un amplio ventanal situado en la proa del sumergible.

El *Sea Lotus* se sumergió en el lago Michigan. Los buceadores llevaron a cabo una última inspección del exterior, antes de que Qin Shang se adentrara en las gélidas profundidades.

—Ya puede comenzar el descenso —dijo Chen Jiang por el altavoz.

—Inunden los depósitos de lastre —contestó Qin Shang.

Chen Jiang era un oficial con demasiada experiencia para permitir que su patrón hiciera caso omiso de sus responsabilidades como capitán del *Jade Adventurer*. Se volvió hacia un oficial y dictó una orden que Qin Shang no pudo oír.

—Que el *Sea Jasmine* esté preparado para bajar, como medida de precaución.

—¿Sospecha problemas, señor?

—No, pero no podemos permitir que Qin Shang sufra el menor daño.

El *Sea Lotus* no tardó en perderse de vista bajo las olas e inició su lento descenso hacia el fondo del lago. Qin Shang contemplaba las aguas verdosas, que se tiñeron de negro como por arte de magia, y su reflejo en el cristal. Tenía los ojos fríos, la boca apretada, sin sonreír. En el breve espacio de una hora había pasado de ser un hombre absolutamente confiado en sí mismo, a alguien cuyo aspecto denotaba preocupación, cansancio y confusión. No le gustaba lo que veía en el rostro nebuloso que le devolvía la mirada. No recordaba haber sentido jamás tal angustia. Los tesoros tenían que estar dentro de los cascos destrozados, se repetía una y otra vez, en tanto el sumergible se iba hundiendo en las frías aguas del lago. Tenían que estar. Era inconcebible que alguien se le hubiera adelantado.

El descenso no se prolongó más de diez minutos,

pero para Qin Shang los segundos transcurrieron como horas. Al fin, encendió las luces exteriores. Empezaba a hacer frío dentro de la cámara, de modo que encendió la calefacción. Introdujo una pequeña cantidad de aire presurizado en los depósitos de lastre para disminuir la velocidad del descenso. De haberse sumergido a una profundidad superior a los trescientos metros, habría sujetado pesas a la quilla del sumergible.

El lecho del lago, liso y desnudo, emergió bajo las luces. Modificó el lastre y se detuvo a un metro y medio del fondo. Conectó los propulsores eléctricos y empezó a describir un amplio círculo.

—Estoy en el fondo —comunicó a su tripulación—. ¿Pueden ver dónde estoy en relación con los restos?

—El sonar le sitúa a sólo cuarenta metros al oeste del lado de estribor del grupo de restos principal —contestó Jiang.

El corazón de Qin Shang se aceleró debido a la impaciencia. Dirigió el *Sea Lotus* en un curso paralelo al casco, y después elevó el sumergible sobre la barandilla de la cubierta de carga delantera. Vio surgir cajas de la negrura y las esquivó. Se encontró sobre una de las bodegas de carga. Inclinó la popa hacia arriba para que las luces iluminaran la caverna y escrutó con los ojos la oscuridad.

Horrorizado, vio que estaba vacía.

Entonces, algo se movió en las sombras. Al principio pensó que era un pez, pero después emergió de la negrura de la bodega y se concretó en un monstruo horrendo, una aparición de otro mundo. Ascendió poco a poco, como si levitara en el aire, como un ser horripilante del abismo, y avanzó hacia el sumergible.

En la superficie, el capitán Chen Jiang vio con alarma que el buque de investigación que había divisado antes había efectuado un giro de noventa grados y encaraba al *Jade Adventurer*. La maniobra permitió ver que, durante todo el rato, había ocultado a la vista un guarda-costas estadounidense. Ahora, los dos barcos se dirigían a toda velocidad hacia el buque chino.

54

Qin Shang parecía un hombre que hubiera visto el pozo más profundo del infierno y no quisiera saber nada más de él. Tenía la cara tan blanca y rígida como masilla endurecida. El sudor chorreaba por su frente, y sus ojos se veían vidriosos debido a la sorpresa. Pese a ser un hombre que controlaba sus emociones, se quedó paralizado. Contemplaba estupefacto el rostro del monstruo amarillo y negro. El rostro esbozó una sonrisa diabólica, y Qin Shang reconoció de repente las facciones.

—¡Pitt! —susurró.

—Sí, soy yo —contestó Pitt por el sistema de comunicaciones submarino instalado en el Newtsuit—. Me oye, ¿verdad, Qin Shang?

La incredulidad y la posterior repugnancia al averiguar quién era la aparición liberaron un chorro de veneno en las venas de Qin Shang, mientras la sorpresa se convertía en ira.

—Le oigo —dijo poco a poco, mientras se hacía de nuevo con el control de sus pensamientos. No preguntó de dónde salía Pitt o qué estaba haciendo allí. Había una sola pregunta en la mente de Qin Shang.

—¿Dónde está el tesoro?

—¿Qué tesoro? —dijo Pitt con expresión de perplejidad—. Yo no tengo ningún tesoro.

—¿Qué ha sido de él? —preguntó Qin Shang, cuyos ojos transparentaban una infinita sensación de derrota—. ¿Qué ha hecho con las obras maestras de mi país?

—Ponerlas a buen recaudo de sabandijas como usted.

—¿Cómo?

—Con mucha suerte y mucha gente estupenda —replicó Pitt, impasible—. Después de que mi investigador descubriera a un superviviente que le allanó el camino, organicé un proyecto de salvamento con la colaboración de la NUMA, la Marina de Estados Unidos y los canadienses. Completaron el rescate en diez días, antes de filtrar la posición del *Princess Dou Wan* a su investigador. Creo que se llama Zhu Kwan. Después nos limitamos a esperar a que apareciera. Sabía que estaba obsesionado por el tesoro, Qin Shang. Le leí como si fuera un libro. Ahora, ha llegado el momento de que pague por sus delitos. Al volver a entrar en Estados Unidos, ha dado al traste con cualquier posibilidad de vivir durante muchos años. Por desgracia, debido a la falta de ética y moralidad que corrompe el mundo actual, su dinero y su influencia política han impedido que acabara en la cárcel, pero resulta que va a morir. Va a morir como justo castigo por todas las personas inocentes que ha asesinado.

—Trama unas intrigas muy divertidas, Pitt —repuso Qin Shang, pero la inquietud de sus ojos desmintió su tono burlón—. ¿Quién se encargará de que yo muera?

—Le estaba esperando —dijo Pitt, con el odio reflejado en sus ojos verdes—. No dudé ni por un momento de que vendría, y de que vendría solo.

—¿Ha terminado? ¿O quiere matarme de aburrimiento?

Qin Shang sabía que su vida pendía de un hilo, pero aún tenía que averiguar cómo iba a morir. Si bien la indiferencia de Pitt le ponía nervioso, un mecanismo interno de autodefensa desplazó al miedo. Su mente conspiradora empezó a concentrarse en un plan para salvarse. Sus esperanzas aumentaron cuando comprendió que Pitt carecía del apoyo de un barco. Un buzo encerrado en un Newtsuit no subía o bajaba sin un cable umbilical. Tenían que subirlo y bajarlo desde el barco mediante un cabrestante. El cable también servía como medio de comunicarse. Pitt estaba respirando aire autónomo, que no podía durar mucho más de una hora. Sin mantenimiento vital proporcionado desde la superficie, Pitt estaba viviendo de prestado, indefenso por completo.

—No es tan listo como piensa —dijo Qin Shang, algo pálido—. Desde aquí tengo la impresión de que es usted quien va a morir, señor Pitt. ¿Su ingenioso aparato de buceo contra mi sumergible? Sus posibilidades son las mismas que las de un perezoso contra un oso.

—Me apetece intentarlo.

—¿Dónde está su barco de apoyo?

—No lo necesito —dijo Pitt con petulancia—. He venido a pie desde la orilla.

—Goza de muy buen humor, para ser un hombre que nunca volverá a ver el sol. —Mientras Qin Shang hablaba, sus manos se movieron furtivamente hacia los controles de los brazos manipuladores y sus pinzas—. Puedo optar por tirar mis pesas y flotar hasta la superficie, dejándole abandonado a su suerte. O puedo llamar a mi tripulación y ordenar que bajen mi sumergible de apoyo.

—Eso no es justo. Dos osos contra un perezoso no es justo.

La compostura imperturbable de aquel hombre era inhumana, pensó Qin Shang. Hay algo que no cuadra.

—Está muy seguro de sí mismo —dijo, mientras calculaba sus opciones.

Pitt alzó uno de los brazos manipuladores del traje

y mostró una pequeña caja impermeable con una antena.

—Por si se está preguntando el motivo de que no reciba noticias de sus amigos de arriba, este aparatito desmodula las comunicaciones en ciento cincuenta metros a la redonda.

Eso explicaba por qué no había recibido llamadas del *Jade Adventurer*. No obstante, aquella información no mermó la determinación de Qin Shang.

—Se ha entrometido en mis asuntos por última vez. —Los dedos de Qin Shang se curvaron sobre la palanca de aceleración y los controles de los brazos—. No voy a perder ni un minuto más con usted. He de descubrir dónde ha escondido mi tesoro. Adiós, señor Pitt. Voy a arrojar mis depósitos de lastre para emerger.

Pitt sabía muy bien lo que se avecinaba. Pese al agua turbia que les separaba, detectó un súbito cambio en los ojos de Qin Shang. Levantó los brazos manipuladores para proteger su burbuja vulnerable y dio marcha atrás a los dos motores montados a cada lado de la cintura del traje. Su reacción se produjo casi al mismo instante que el sumergible se lanzaba hacia adelante.

Era una batalla que Pitt no podía ganar. Sus pinzas manipuladoras, mucho más pequeñas, no podían compararse con las del sumergible. Además, el vehículo de Qin Shang podía moverse a una velocidad doble que la del traje. Si las pinzas mecánicas del sumergible perforaban el traje, todo habría terminado.

Pitt vio cómo los grandes brazos manipuladores se extendían a los lados con el propósito de rodearle en un abrazo mortal, que destrozaría el traje y lo inundaría de agua. Cuando eso sucediera, padecería una muerte horrible.

No abrigaba el menor deseo de esperar a que el agua penetrara hasta sus pulmones por su garganta al descubierto. Sólo el estallido de la repentina presión bastaría para que sus últimos momentos fueran insufribles. Había estado a punto de ahogarse en dos ocasiones como mínimo, y no quería repetir la jugada. En sus planes no entraba el morir a manos de su peor enemigo.

Pitt tuvo ganas de precipitarse hacia adelante y utilizar sus brazos manipuladores para destrozar la ventana del sumergible, pero eran demasiado cortos y los brazos del sumergible los apartarían sin la menor dificultad. Además, atacar no entraba en sus planes. Escrutó las fauces de la muerte, vio la sonrisa malvada en el rostro de Qin Shang y movió el traje hacia atrás en un esfuerzo inútil por ganar tiempo.

Se agachó y utilizó las pinzas para coger un trozo de tubo tirado sobre la cubierta. Después, intentó desviar con él los brazos mortíferos del sumergible. Fue un gesto casi ridículo. Qin Shang dirigió las pinzas hacia Pitt por ambos lados. Se apoderaron del tubo casi como si le quitaran un caramelo a un niño. Si la pelea hubiera tenido espectadores, éstos habrían creído presenciar un ballet entre dos animales enormes a cámara lenta. La presión del agua circundante entorpecía todos los movimientos.

Entonces, Pitt sintió que la parte posterior del traje se aplastaba contra el mamparo delantero del *Princess Dou Wan*. Ya no había sitio para escapar. El desequilibrado duelo sólo había durado unos siete u ocho minutos. Pitt vio la sonrisa satánica en el rostro de Qin Shang cuando su enemigo se dispuso a matarle.

De repente, una forma vaga surgió de la oscuridad, como un gran buitre.

Giordino, tendido en el interior de su sumergible con la forma de un pequeño aeroplano de alas rechonchas, maniobró el *Sappho IV* hasta situarlo detrás del *Sea Lotus*. Manipuló los controles de una garra que sobresalía por debajo del vehículo. La garra empuñaba una pequeña bola redonda de unos siete centímetros de diámetro, sujeta a un pequeño aparato de succión. Toda la atención de Qin Shang estaba centrada en acabar con Pitt. Giordino apretó la bola y el mecanismo de succión contra el casco del *Sea Lotus*, hasta que se enganchó. Después, se alejó a toda prisa y desapareció en la oscuridad.

Veinte segundos después, un estruendo se propagó por el agua. Al principio, Qin Shang se quedó estupefacto cuando sintió que el *Sea Lotus* se estremecía. Comprendió demasiado tarde que la osadía de Pitt no era más que una maniobra de diversión para facilitar el ataque de otra fuerza. Luego, contempló con creciente horror una telaraña de diminutas grietas que se extendía por la pared superior de la cámara. De pronto, el agua penetró como disparada por un cañón. La cámara presurizada conservó su integridad y no estalló hacia dentro, pero el torrente de agua anunciaba el inminente final.

El terror se apoderó de Qin Shang cuando vio que el agua no cesaba de subir y llenaba rápidamente el interior del sumergible. Conectó las bombas para vaciar los depósitos de lastre y bajó la palanca que soltaba las pesas sujetas bajo la quilla. El *Sea Lotus* ascendió varios metros, y luego se inmovilizó, a medida que el agua penetraba y neutralizaba su flotabilidad. Empezó a caer poco a poco, se posó en el fondo y levantó una nube de lodo.

Qin Shang trató de abrir la escotilla exterior, en un frenético intento de alcanzar la superficie, 120 metros más arriba, un esfuerzo imposible debido a la inmensa presión del agua.

Pitt atravesó la nube de lodo y miró por la ventana del sumergible. Recordó los cuerpos esparcidos en el fondo de Orion Lake, mientras el archicriminal chino respiraba por última vez, antes de que el agua helada del lago inundara su nariz y su boca, y acallara su postrer chillido. A continuación, las luces halógenas se apagaron y el sumergible se sumió en una oscuridad total.

Pitt sudaba a mares dentro del traje. De pie sobre el fondo, contemplaba con sombría satisfacción la tumba submarina de Qin Shang. El magnate multimillonario, que había sojuzgado, explotado y asesinado a miles de personas inocentes, pasaría la eternidad en las profundidades, al lado del barco que había obsesionado casi toda su vida. Un final adecuado, pensó Pitt sin el menor remordimiento.

Alzó la vista cuando Giordino reapareció en el *Sappho IV*.

—No te has dado mucha prisa. Podría haberme matado.

Giordino bajó el sumergible hasta que sus caras estuvieron a medio metro de distancia.

—No sabes cuánto me gustó el espectáculo —rió—. Ojalá te hubieras visto con ese traje de Michelín haciendo de Errol Flynn, con un tubo en lugar de una espada.

—La próxima vez, tú te encargas de la parte difícil.

—¿Qin Shang?

Pitt indicó con una pinza el sumergible inmóvil.

—En su sitio.

—¿Cuánto aire te queda?

—Menos de veinte minutos.

—No hay tiempo que perder. Quédate quieto hasta que conecte mi cable con la anilla que hay encima de tu casco. Después te remolcaré hasta la superficie.

—Aún no. He de hacer una cosa.

Activó los propulsores del traje y subió por el costado de la superestructura hasta llegar a la timonera. Habían cortado con sopletes los mamparos para entrar y extraer los tesoros apiñados en los pasillos y en los antiguos camarotes. Estudió a toda prisa un diagrama del interior del barco y se propulsó hacia el camarote contiguo al del capitán. Por asombroso que pareciera, los muebles estaban relativamente intactos y mezclados en el pequeño compartimiento. Al cabo de unos minutos de búsqueda, Pitt encontró lo que iba buscando y extrajo una pequeña bolsa de su cinturón, que llenó con objetos de un rincón del camarote.

—Será mejor que te apresures —le advirtió la voz preocupada de Giordino.

El *Sappho IV* y el Newtsuit emergieron uno al lado del otro cuando aún quedaban tres minutos para que el aire de Pitt se agotara, y fueron izados a bordo del *Ocean Retriever*. Mientras los técnicos trabajaban para extraer a Pitt del enorme traje, miró hacia el *Jade Adventurer* de Qin Shang. Una partida de abordaje del guardacostas estaba examinando los documentos del barco, antes de ordenar que saliera de aguas estadounidenses.

Cuando por fin estuvo libre del engorroso traje, Pitt se inclinó sobre la barandilla y clavó la vista en el agua, al tiempo que Julia rodeaba su cintura con los brazos y enlazaba las manos sobre su estómago.

—Estaba preocupada por ti —dijo en voz baja.

—Confié mi suerte a Al y Rudi, convencido de que no fallarían.

—¿Qin Shang ha muerto? —preguntó la joven, segura de la respuesta.

Pitt cogió su cara entre las manos y la miró a los ojos.

—Es sólo un mal recuerdo que conviene olvidar.

Julia echó la cabeza hacia atrás, de nuevo con expresión preocupada.

—Cuando corra la voz de que le has matado, tendrás problemas con el gobierno.

Pese al agotamiento, Pitt lanzó una carcajada.

—Cariño, yo siempre tengo problemas con el gobierno.

EPÍLOGO

FRITZ

55

31 de julio del 2000
Washington, D.C.

El presidente Dean Wallace Cooper trabajaba hasta altas horas de la noche en su despacho secreto de Fort McNair, y no sentía remordimientos a la hora de citar a sus funcionarios bien entrada la madrugada. No se levantó de su silla cuando su nuevo jefe de estado mayor, Harold Pecorelli, entró con el comisionado Duncan Monroe, el almirante Sandecker y Peter Harper. Tampoco invitó a sus huéspedes a sentarse.

Wallace no era un hombre feliz.

Los medios le estaban crucificando por sus relaciones con Qin Shang, acusado de conspiración por la destrucción y las muertes ocurridas en el río Misisipí. Para colmo de males, los líderes chinos habían sacrificado a Qin Shang y negaban cualquier relación con él. La cabeza visible de Qin Shang Maritime Limited había desaparecido, y hasta el gobierno chino desconocía su paradero. El *Jade Adventurer* seguía navegando de regreso a China. El capitán Chen Jiang no se había puesto en contacto por radio, pues no deseaba ser el primero en anunciar la muerte de Qin Shang a manos de los estadounidenses.

Al mismo tiempo, Wallace se complacía en fingir que había sido un elemento clave en el descubrimiento y rescate de los tesoros artísticos chinos. Ya se habían iniciado negociaciones para devolverlos a su país de origen. Fotógrafos y cámaras de televisión habían hecho su agosto inmortalizando el increíble despliegue de objetos, a medida que eran extraídos de sus cajas y preparados para ser conservados. Los huesos del hombre de Pekín habían provocado una conmoción internacional.

Wallace, tras recibir el consejo de que era mejor para él no interferir, había permitido que el INS y la CIA trabajaran en colaboración, detuvieran a casi trescientos mafiosos chinos y los llevaran a los tribunales. Miles de inmigrantes ilegales que trabajaban en condiciones de esclavitud fueron detenidos, para luego ser deportados a China. Tal vez no habían cortado de forma definitiva la invasión de inmigrantes ilegales que entraban en Estados Unidos, pero las operaciones se habían interrumpido de forma drástica.

Los consejeros más cercanos al presidente, conscientes de los errores cometidos por su predecesor, habían insistido en que Wallace admitiera sus equivocaciones sin más dilación. Todos los errores de juicio que había cometido se debían a su preocupación por el bien del país. El objetivo era procurar que fuera elegido para un segundo mandato.

—Ha sobrepasado los límites de su jurisdicción —dijo Wallace a Monroe—. Y lo ha hecho sin informar a nadie de sus intenciones.

—Me he limitado a cumplir mi deber, señor —replicó Duncan.

—China es una magnífica plataforma para el futuro de la economía estadounidense, y usted ha frustrado la estrecha relación que he conseguido forjar entre ambos países. El futuro de Estados Unidos reside en un sistema de comercio internacional, y China es un paso vital hacia ese objetivo.

—No, señor presidente —dijo Sandecker con su habitual testarudez—, si eso significa permitir que una oleada de inmigrantes ilegales inunde nuestro país.

—Ustedes no son expertos en política exterior, ni economistas —dijo con frialdad Wallace—. Su especialidad, Duncan, es ocuparse de la inmigración, y la suya, almirante, los proyectos científicos marítimos. Ninguno de los dos ha recibido la orden de perder los papeles.

Sandecker se encogió de hombros y dejó caer su bomba.

—Admito que los científicos e ingenieros de la NUMA no se dedican a ejecutar criminales, pero...

—¿Qué ha dicho? —preguntó Wallace—. ¿Qué está insinuando?

—¿Nadie le ha informado? —preguntó Sandecker con fingida inocencia.

—¿De qué?

—Del desgraciado accidente en el que Qin Shang perdió la vida.

—¿Ha muerto? —exclamó Wallace.

Sandecker asintió con solemnidad.

—Sí, padeció un ataque de locura temporal y atacó a mi director de proyectos especiales en el lugar donde reposan los restos del *Princess Dou Wan*, de modo que el señor Pitt se vio obligado a matar en defensa propia a Qin Shang.

Wallace se quedó estupefacto.

—¿Tiene idea de lo que ha hecho?

—Si algún monstruo pedía a gritos que lo exterminaran, era Qin Shang —replicó con sarcasmo Sandecker—. Debo añadir que me siento orgulloso de mis hombres.

Antes de que el presidente pudiera censurar al almirante, Peter Harper intervino en la discusión.

—He recibido un informe de la CIA muy esclarecedor, porque revela que ciertos miembros del gobierno chino conspiraban para asesinar a Qin Shang. El objetivo era apoderarse de Qin Shang Maritime Limited para fusionarla con la naviera nacional china, China Marine. No existen motivos para creer que interrumpirán las operaciones de tráfico de inmigrantes ilegales, pero sin Qin Shang no podrán operar a la misma escala, o con similar eficacia. Esto nos beneficia.

—Han de comprender, caballeros —dijo con diplomacia Pecorelli—, que el presidente ha de defender determinadas políticas e intereses, por impopulares que parezcan.

Sandecker lo miró con severidad.

—Ya no es un secreto que Qin Shang actuaba como intermediario entre la Casa Blanca e intereses ilegales chinos.

—Una opinión equivocada, debido a la desinformación —dijo Pecorelli, y se encogió de hombros con indiferencia.

Sandecker se volvió hacia el presidente Wallace.

—En lugar de crucificarnos a Duncan y a mí, deberíamos recibir medallas por haberle librado de un peligro para la seguridad nacional y haber depositado uno de los tesoros más grandes de la historia en su regazo.

—Su popularidad subirá muchos enteros entre los chinos cuando se lo devuelva —añadió Monroe.

—Sí, sí, una hazaña asombrosa —reconoció Wallace sin reflexionar. Sacó un pañuelo del bolsillo de la chaqueta y se secó el labio superior, para luego seguir defendiendo su postura—. Deberían ver la situación internacional a través de mis ojos. En la actualidad, tengo entre manos un centenar de diferentes asuntos comerciales con los chinos que significan miles de millones de dólares para la economía estadounidense y cientos de miles de puestos de trabajo para nuestros asalariados.

—¿Por qué los contribuyentes estadounidenses han de ayudar a China a convertirse en una potencia mundial? —preguntó Harper.

—Al menos —dijo Monroe para cambiar de tema—, dote de más prerrogativas al INS para detener la inmigración ilegal. Según los últimos cálculos, hay más de seis millones de inmigrantes ilegales en Estados Unidos. Hemos logrado reducir la invasión por la frontera de México, pero los métodos chinos son más sofisticados y exigen medidas más severas.

—Creo que lo mejor sería decretar una amnistía general, y acabar de una vez por todas —insinuó Wallace.

—Creo que no se da cuenta de la grave situación que vivirán nuestros nietos, señor presidente —dijo Monroe con gravedad—. En el año 2050, la población estadounidense superará los trescientos sesenta millones de habitantes. Cincuenta años después, teniendo en cuenta la actual tasa de nacimientos y el flujo de inmigrantes, llegaremos a quinientos millones. A partir de ahí, las cifras son horrorosas.

—Nada puede impedir una explosión demográfica a nivel mundial, salvo una guerra o una plaga devastadoras —dijo Monroe—. Mientras seamos autosuficientes en materia de alimentos, no veo las consecuencias.

—¿Ha echado un vistazo a las predicciones de los analistas y geógrafos de la CIA? —preguntó Sandecker.

Wallace negó con la cabeza.

—No sé de qué predicciones me está hablando.

—Las previsiones futuras auguran una división de Estados Unidos, tal como lo conocemos.

—Eso es ridículo.

—Con el tiempo, los chinos se harán con el control de la costa Oeste, desde San Francisco a Alaska, y los hispanos gobernarán los territorios que se extienden desde Los Ángeles hasta Houston.

—Está sucediendo delante de sus narices —dijo

Harper—. Han entrado suficientes chinos en la Columbia Británica para dar un vuelco a su política.

—No puedo concebir unos Estados Unidos divididos —protestó Wallace.

Sandecker le miró.

—Ninguna nación o civilización perdura eternamente.

El nuevo jefe del estado mayor del presidente, que había sustituido a Morton Laird, carraspeó.

—Siento interrumpir, señor presidente, pero llega tarde a su siguiente cita.

Wallace se encogió de hombros.

—Lo dejamos aquí. Lamento no poder proseguir esta discusión, caballeros. No obstante, ya que no están de acuerdo con mis posturas políticas, no tengo otro remedio que pedir su dimisión.

Los ojos de Sandecker se endurecieron.

—No obtendrá la mía, señor presidente. Sé dónde hay muchos cuerpos enterrados, literalmente. Si me despide, arrojaré tanta tierra sobre la Casa Blanca que sus consejeros aún la estarán sacando cuando lleguen las siguientes elecciones.

—Comparto los sentimientos del almirante —dijo Monroe—. El INS y yo hemos ido demasiado lejos para ceder el testigo a un burócrata descerebrado. Mis agentes y yo hemos trabajado en estrecha colaboración durante los últimos seis años, y ya vemos la luz al final del túnel. No, señor presidente, lo siento, pero no dimitiré sin luchar.

Pese a una oposición tan enconada, Wallace no montó en cólera. Miró a los dos hombres y percibió su obstinada determinación. Se dio cuenta de que no eran funcionarios vulgares, asustados de sus responsabilidades, sino auténticos patriotas. No debía enfrentarse a ellos, sobre todo en un momento en que necesitaba todo el apoyo de la prensa y la televisión. Les dedicó una sonrisa desarmante.

—Vivimos en un país libre, caballeros. Tienen todo el derecho a expresar su insatisfacción, incluso ante el presidente de la nación. Retiro mi solicitud de que dimitan y les autorizo para que dirijan sus respectivas agencias con absoluta libertad. Sin embargo, les advierto de que si me causan más problemas políticos en el futuro, se encontrarán de patitas en la calle en un abrir y cerrar de ojos. ¿Me he expresado con claridad?

—Desde luego —dijo Sandecker.

—Con absoluta claridad —añadió Monroe.

—Gracias por su sinceridad —dijo Wallace—. Ojalá pudiera decir que he disfrutado de su compañía, pero no sería cierto.

Sandecker se detuvo en la puerta.

—Una pregunta, señor presidente.

—Sí, almirante.

—¿Cuándo piensa devolver a los chinos los tesoros artísticos que hemos recuperado?

—Después de haber obtenido a cambio todas las compensaciones políticas posibles —replicó Wallace—. No recibirán ni un solo objeto hasta que hayan sido exhibidos en la Galería Nacional de Arte y en todas las principales ciudades del país. Le debo eso al pueblo.

—Gracias, señor. Le felicito por su astuto juicio.

—Como ve —sonrió Wallace—, no soy tan ogro como usted pensaba.

Después de que Sandecker, Monroe y Harper salieran por el túnel que conducía a la Casa Blanca, Wallace dijo a su jefe de estado mayor que deseaba estar unos momentos a solas. Se quedó sentado, absorto en sus pensamientos, y se preguntó cómo le juzgaría la historia. Deseó con todas sus fuerzas ser clarividente y poder leer el futuro. Un talento que todos los presidentes anteriores habían anhelado, sin duda. Por fin, suspiró y llamó a Pecorelli.

—¿Con quién estoy citado ahora?

—Sus redactores de discursos desean robarle unos minutos de su tiempo para dar los últimos toques a su discurso en la Asociación Universitaria Hispanoamericana.

—Sí, es un discurso importante —dijo el presidente—. Una excelente oportunidad para anunciar mi nuevo plan para fundar una agencia cultural.

Era otro día rutinario en el despacho del presidente.

56

—Me alegro mucho de volver a verles —dijo Katie, al abrir la puerta—. Pasen. Ian está en el porche, leyendo el periódico de la mañana.

—No podremos quedarnos mucho rato —dijo Julia mientras entraba—. Tenemos que tomar un avión para Washington a mediodía.

Pitt siguió a las dos mujeres hasta el interior de la casa. Llevaba una pequeña caja de madera bajo el brazo. Atravesaron la cocina y salieron al porche que daba al lago. Soplaba una brisa fresca y el agua estaba picada. Un velero navegaba a favor del viento a unos dos kilómetros de distancia. Gallagher se puso en pie, con el periódico en la mano.

—Dirk, Julia, gracias por venir a vernos —saludó.

—Traeré un poco de té —dijo Katie.

Pitt habría preferido un café a aquella hora temprana de la mañana, pero sonrió y dijo:

—Me apetece.

—Espero que hayan venido para hablarnos del proyecto de salvamento —dio Gallagher.

Pitt asintió.

—Ése es el propósito de nuestra visita.

Gallagher les indicó que tomaran asiento alrededor de una mesa plegable.

—Pónganse cómodos.

Después de sentarse, Pitt dejó la caja a sus pies. Cuando Katie volvió con el té, Pitt y Julia estaban hablando del salvamento y describían algunos de los tesoros artísticos que habían visto en las cajas rotas. No mencionaron a Qin Shang, cuya existencia Ian y Katie desconocían. Pitt habló del descubrimiento de los huesos del hombre de Pekín.

—El hombre de Pekín —repitió Katie—. El pueblo chino le reverencia como un honorable antepasado.

—¿Vamos a quedarnos parte de los tesoros? —preguntó Gallagher.

Pitt negó con la cabeza.

—Creo que no. Me han dicho que el presidente Wallace quiere entregar todo el tesoro al pueblo chino, después de que se haya exhibido por todo Estados Unidos. Los huesos del hombre de Pekín ya están camino de su hogar.

—¿Te das cuenta, Ian, de que todo habría podido ser nuestro? —observó Katie.

Él palmeó su rodilla y lanzó una carcajada.

—¿Dónde lo habríamos puesto? Hay tanta quincalla china en la casa que ya podríamos abrir un museo.

Katie puso los ojos en blanco.

—Maldito irlandés, amas a esos objetos tanto como yo. —Se volvió hacia Julia—. Tendrá que disculparle. Un patán siempre es un patán.

—Deberíamos irnos —dijo Julia, aunque no tenía ganas.

Pitt se agachó, cogió la caja del suelo y la entregó a Katie.

—Le he traído un presente del *Princess Dou Wan*.

—Espero que no sea una pieza del tesoro —dijo la anciana, sorprendida—. Eso sería un robo.

—No, le pertenece —la tranquilizó Julia.

Katie abrió la tapa de la caja, casi con aprensión.

—No entiendo —dijo, perpleja—. Parecen los huesos de un animal. —Después, vio el pequeño dragón dorado sujeto a un collar de tela roja desteñida—. ¡Ian! ¡Ian! —gritó al comprender—. Mira, me han traído a *Fritz*.

—Ha regresado con su ama —dijo Gallagher, con ojos húmedos.

Se formaron lágrimas en los ojos de Katie cuando se levantó de la mesa y abrazó a Pitt.

—Gracias. No sabe cuánto significa esto para mí.

—Seguro que ahora se ha dado cuenta —dijo Julia, dirigiendo una mirada de ternura a Pitt.

Gallagher abrazó a su mujer.

—Le enterraré con los demás. —Miró a Pitt y a Julia—. Tenemos un pequeño cementerio para los animales domésticos que han muerto durante todos estos años.

Mientras el coche se alejaba, Ian *Hong Kong* Gallagher se quedó al lado de Katie, que no dejaba de sonreír mientras se despedía con la mano. Pitt descubrió que envidiaba al fornido irlandés. Gallagher estaba en lo cierto: había descubierto riquezas sin rescatar el tesoro del *Princess Dou Wan*.

—Forman una pareja maravillosa —dijo Julia, al tiempo que saludaba.

—Debe de ser fantástico envejecer al lado de una persona a la que amas.

Julia lo miró, asombrada.

—No sabía que eras un sentimental.

—Tengo mis momentos bajos —sonrió Pitt.

Ella se reclinó en el asiento y contempló con aire pensativo los árboles que desfilaban.

—Ojalá pudiéramos hacer lo que nos diera la gana y no tener que volver a Washington.

—¿Quién nos lo va a impedir?

—¿Estás loco? Yo tengo mi trabajo en el INS. Tú tienes el tuyo en la NUMA. Nuestros superiores esperan larguísimos informes sobre el rescate del tesoro y las demás experiencias atroces que hemos sufrido para abortar el tráfico de inmigrantes ilegales. Nos tendrán ocupados durante las próximas semanas, y estaremos de suerte si conseguimos vernos unas horas los domingos. Para colmo, sólo Dios sabe qué te hará el Departamento de Justicia cuando se entere de que te cargaste a Qin Shang en los restos del *Princess Dou Wan*.

Pitt no dijo nada. Apartó una mano del volante, buscó en el bolsillo interior de su chaqueta y entregó dos sobres a Julia.

—¿Qué es esto? —preguntó ella.

—Dos billetes de avión para México. He olvidado decirte que no volvemos a Washington.

Julia se quedó boquiabierta.

—Cada vez estás más loco.

—A veces me asusto de mí mismo. No atormentes a tu cabecita. Lo he arreglado con el comisionado Monroe y el almirante Sandecker. Nos han concedido diez días de vacaciones. Admitieron que era lo mínimo que podían hacer. Los informes pueden esperar. El gobierno federal no tiene prisa.

—No he traído la ropa apropiada.

—Te compraré un vestuario entero.

—¿A qué lugar de México vamos? —preguntó ella, cada vez más exaltada—. ¿Qué vamos a hacer?

—Vamos a descansar en la playa de Mazatlán, beber margaritas y ver la puesta de sol sobre el mar de Cortés.

—Creo que me gustará —dijo Julia, y se acurrucó contra él.

Pitt la miró y sonrió.

—Ya me lo había imaginado.

ÍNDICE